KB065113

숙영낭자전의 작품세계 1

숙영낭자전의 작품세계 1

김선현 · 최혜진 · 이문성 · 이유경 · 서유석

보고사

이 저서는 2012년 정부(교육과학기술부)의 재원으로 한국연구재단의 지원을
받아 수행된 연구임(NRF-2012-S1A5A2A03-034080)

머리말

〈숙영낭자전〉은 적강한 두 남녀의 애절한 사랑과 결연, 정절 모해로 인한 낭자의 죽음과 재생의 서사를 담고 있는 조선 후기 고소설로서, 19세기 초중반에는 판소리로 불리기도 했다. 소설 〈숙영낭자전〉의 정확한 창작 연대를 알 수는 없으나, 경판28장본의 간기가 함풍경신(咸豐庚申, 1860년)인 것으로 보아 대략 18세기 후반에서 19세기 초반 무렵에 창작되었을 것으로 추정된다. 현재 한글로 필사된 다수의 이본이 남겨져 있는데 이본의 표기 형태로 볼 때 주된 독자는 평민가 여성이나 양반가의 부녀자들로 추정되며, 〈숙영낭자전〉이 구활자본으로 유통되던 20세기 초반까지 작품을 필사하며 소설을 향유했던 것으로 보인다.

이러한 소설의 인기에 힘입어 소설 〈숙영낭자전〉은 판소리화 되어 불려졌다. 판소리 〈숙영낭자전〉은 송만재의 『관우희』(1843년)에서는 열두 마당에 포함되지 않았지만, 정노식의 『조선창극사』(1940년)에는 열두 마당의 하나로 거론되고 있다. 정노식은 헌종에서 고종 연간에 활동했던 전해종 명창이 〈숙영낭자전〉을 잘 불렀다고 기록하고 있는데, 이로 보아 19세기 초중반 무렵에 〈숙영낭자전〉이 판소리로 불렸을 것으로 추정된다. 이후 20세기에 들어 정정렬 명창에 의해 불렸으며, 그의 소리는 박녹주 명창을 거쳐 박송희 명창에게 이어졌다. 박녹주 명창의 말에 따르면, 정정렬 명창은 〈숙영낭자전〉을 스승으로부터 배우지 않고 스스로 재편곡해서 불렀다고 한다. 현재 정정렬 명창이 부른 〈숙영낭자전〉은 토막소리만이 CD로 남아 있어 창본의 전모를 확인할 수 없고, 그 역시 스승에게 배운 것이 아니기에 전해종 명창이 부른 판소리 〈숙영낭자전〉의 실체는 파악하기가 어렵다.

현재 〈숙영낭자전〉의 이본은 소설본의 경우, 필사본 150여종과 경판본 3종, 활자본 4종(면수에 따른 분류)이 확인되며, 창본은 사설이 온전하게 남겨져 있는 것만 포함할 경우 4종의 이본을 찾아볼 수 있다. 정정렬의 창본은 구약여행 대목만이 토막소리로 남겨져 있기 때문에 창본의 전모를 확인할 수 없어 이본 수에 포함하지 않았다. 이 가운데 이 책에서는 필사본 24편, 경판본 3편, 활자본 4편, 창본 3편 등 총 34편의 이본을 정리하였다. 필사본의 경우, 이본의 범위가 방대할 뿐만 아니라 개인 소장본이 40여 편이고 기관에 소속되어 확인이 어려운 경우가 많았다. 따라서 영인으로 출간되거나 도서관에서 공개하여 수합이 가능한 자료 가운데 필사기가 적혀있거나 결말의 차이가 분명이 드러나는 이본들을 중심으로 선본(善本)을 모아 엮었다. 이본에 따라 작품의 제목이 '수경낭자전', '낭자전', '옥낭자전', '숙영낭자전' 등으로 다양한데, '숙영낭자전'이 소설본과 창본을 두루 포괄할 수 있는 제목이라고 판단하여 이 자료집에서는 '숙영낭자전'을 대표 제목으로 삼았으며, 이본의 명칭을 '소장자 이름과 장수' 혹은 '소장처와 장수'를 기준으로 병기하였다.

〈숙영낭자전〉은 두 남녀의 꿈을 통한 소통과 만남, 낭자의 비극적인 죽음과 재생을 그린 조선 시대 판타지이다. 이 작품 속에 담긴, 사랑을 향한 열정과 욕망 그리고 이를 가로막는 규범과 이념의 문제는 당대 사회뿐 아니라 오늘날에도 여전히 유효한 의미를 지닌다. 이에 〈숙영낭자전〉은 1928년과 1956년에는 영화로 상영되었고, 1936년에는 창극으로 공연되었을 뿐 아니라 최근에는 연극과 창극으로 공연되어 다양한 방식으로 현대인들과 소통하고 있다. 또한 〈숙영낭자전〉은 이념적 억압 상황 속에서 19~20세기 부녀자들에게 위안의 문학이 되었을 것이다. 필사 행위를 적극적인 독서 행위라고 파악할 때, 이본별 다양한 결말은 숙영낭자를 통해 세계와 공명(共鳴)하고자 했던 여성 독자들의 의식이 반영된 것이라 짐작해 볼 수 있기 때문이다. 그리고 이러한 의미에서 〈숙영낭자전〉은 위안과 해원의 문학으로서 현대에도 의미 있게 읽힐 수 있을 것이다.

그동안 자료를 찾아 함께 공부하며 든든한 버팀목이 되어 주신 덕산고전연구회 선생님들께 사랑과 감사의 마음을 전한다. 그리고 책을 엮을 수 있도록 애써 주신 보고사에도 감사 인사를 드린다.

2014년 새해를 맞이하며
수락산 아래에서,
필자들을 대표하여 김선현 씀.

차례

숙영낭자전의 작품세계 1

소설본

[필사본]

숙영낭자전의 작품세계 2

[필사본]

옥낭자전이라(박순호 32장본)

특별 숙영낭ᄌᆞ젼(충남대 16장본)

슉영낭자전의 작픔세계 3

[경판본]

슉영낭ᄌᆞ젼 단(대영박물관 28장본)

슉영낭ᄌᆞ젼 단(연세대 20장본)

슉영낭ᄌᆞ젼 단(국립중앙도서관 16장본)

[활자본]

(특별)숙영낭ᄌᆞ뎐(신구서림본)

슉영낭ᄌᆞ젼 권단(한성서관 32장본)

(특별)숙영낭ᄌᆞ젼(대동서원본)

(특별)숙영낭ᄌᆞ젼(대동서원 15장본)

창본

박녹주 창본 <숙영낭자전>

박송희 창본 <숙영낭자가>

박동진 창본 <숙영낭자전>

작품일람표

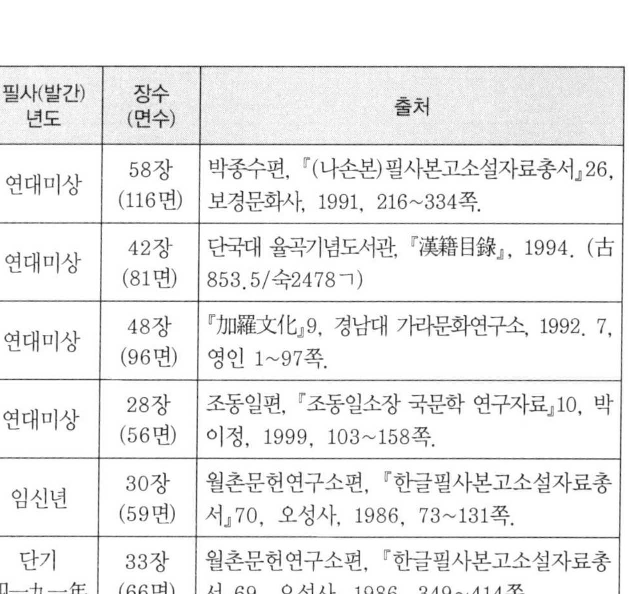

작품명	필사(발간) 년도	장수 (면수)	출처
낭ᄌᆞ젼 단	연대미상	58장 (116면)	박종수편, 『(나손본)필사본고소설자료총서』26, 보경문화사, 1991, 216~334쪽.
낭자전이라	연대미상	42장 (81면)	단국대 율곡기념도서관, 『漢籍目錄』, 1994. (古853.5/숙2478ㄱ)
수겡옥낭좌전 권지단이라	연대미상	48장 (96면)	『加羅文化』9, 경남대 가라문화연구소, 1992. 7, 영인 1~97쪽.
수경낭ᄌᆞ젼 이라	연대미상	28장 (56면)	조동일편, 『조동일소장 국문학 연구자료』10, 박이정, 1999, 103~158쪽.
수경낭ᄌᆞ젼 이라	임신년	30장 (59면)	월촌문헌연구소편, 『한글필사본고소설자료총서』70, 오성사, 1986, 73~131쪽.
수경낭자전 이라	단기 四一九一年	33장 (66면)	월촌문헌연구소편, 『한글필사본고소설자료총서』69, 오성사, 1986. 349~414쪽.
수경낭자전	연대미상	66장 (132면)	박종수편, 『(나손본)필사본고소설자료총서』26, 보경문화사, 1991, 337~468쪽.
수경옥낭ᄌᆞ젼 니라	계묘년	47장 (94면)	조동일편, 『조동일소장 국문학 연구자료』10, 박이정, 1999, 1~96쪽.
슉항낭자젼 권지일이라	갑인년	40장 (79면)	단국대 율곡기념도서관, 『漢籍目錄』, 1994. (古853.5/숙2477거)
슈경낭ᄌᆞ젼	갑진년	24장 (48면)	김광순편, 『(필사본) 한국고소설전집』19권, 경인문화사, 1993, 385~432쪽.

작품명	필사(발간) 년도	장수 (면수)	출처
슈경낭즈젼	연대미상	46장 (91면)	김광순편, 『(필사본)한국고소설전집』48, 경인문화사, 1993, 161~ 251쪽.
슈경낭즈젼 권지단	을사년	44장 (88면)	단국대 율곡기념도서관, 『漢籍目錄』, 1994.(古853.5/숙2478가)
슈경낭즈젼 단	연대미상	22장 (44면)	박종수편, 『(나손본)필사본고소설자료총서』27, 보경문화사, 1991, 3~46쪽.
슈경낭즈젼 이라	무신년	33장 (66면)	김광순편, 『(필사본)한국고소설전집』44, 경인문화사, 1993. 1~70쪽.
슈경낭자젼 이라	연대미상	43장 (85면)	월촌문헌연구소편, 『한글필사본고소설자료총서』70, 오성사, 1986, 671~757쪽.
슈경낭전이라	연대미상	28장 (56면)	김광순편, 『(필사본)한국고소설전집』19, 경인문화사, 1993. 154~210쪽.
슈경옥낭자전 니라	연대미상	55장 (109면)	단국대 율곡기념도서관, 『漢籍目錄』, 1994.(古853.5/숙2477구)
슉영낭즈젼	계사년	44장 (87면)	김광순편, 『(필사본)한국고소설전집』19, 경인문화사, 1993. 67~153쪽.
슉영낭자전 이라	갑신년	34장 (67면)	단국대 율곡기념도서관, 『漢籍目錄』, 1994.(古853.5/숙2477교)
옹낭즈전 상이라	연대미상	46장 (92면)	월촌문헌연구소편, 『한글필사본고소설자료총서』79, 오성사, 1986, 132~223쪽.
옥낭즈젼이라	연대미상	31장 (62면)	단국대 율곡기념도서관 (율곡 고853.5 옥953)
옥낭자전	기묘년	40장 (80면)	월촌문헌연구소편, 『한글필사본고소설자료총서』75, 오성사, 1986. 652~731쪽.
옥낭자전이라	연대미상	32장 (63면)	월촌문헌연구소편, 『한글필사본고소설자료총서』75, 오성사, 1986, 732~793쪽.
특별 숙영낭즈젼	병진년	16장 (32면)	충남대학교 학산문고 (고서학산 集 小說類 1988.)

작품명	필사(발간) 년도	장수 (면수)	출처
슉영낭ᄌ젼 단	1860년	28장 (57면)	김동욱 W. E. Skillend · D. Bouchez 공편, 『古小說 板刻本 全集』4, 羅孫書屋, 1975, 445~459쪽
슉영낭ᄌ젼 단	연대미상	20장 (39면)	김동욱, 연세대학교, 『영인 고소설 판각본 전집』2, 연세대학교인문과학연구소, 1973, 9~18쪽.
슉영낭ᄌ젼 단	1920년	16장 (32면)	국립중앙도서관, 『고서목록』1, 1970. (古朝 48-59)
(특별) 슉영낭ᄌ뎐	1915년	22장 (43면)	국립중앙도서관(3634-2-82(1)
슉영낭ᄌ젼 권단	1916년	32장 (63면)	국립중앙도서관(3634-2-82(7)
(특별) 슉영낭ᄌ젼	1917년	19장 (37면)	국립중앙도서관(3634-2-82(6)
(특별) 슉영낭ᄌ젼	1918년	15장 (30면)	국립중앙도서관(3634-2-82(10)
박녹주 창본	1971년		문화재관리국편, 『무형문화재조사보고서』12집, 한국인문과학원, 1998, 423~430쪽.
박송희 창본	2004년		채수정 엮음, 『박록주 박송희 창본집』, 민속원, 2010, 233~250쪽.
박동진 창본	1980년대		이국자, 『판소리연구』, 정음사, 1987.

일러두기

- 영인본의 글자는 원문대로 옮기는 것을 원칙으로 하였다.
- 띄어쓰기는 현대 맞춤법을 기준으로 하여 의미 파악이 가능한 정도로 다시 정리했다.
- 소설본의 장(면)수 표시는 〈1-앞〉과 같이 표기하였고, 작품 원문에 장(면)수가 적혀 있는 경우에는 원문에 따라 표기하였다. 창본은 장(면)수로 하지 않고 장단으로 표기하였다.
- 판독 불가 글자는 □로 표시하였다.
- 원문의 줄 밖에 가필이 되어 있는 경우, 글자 옆에 (　) 표시를 하고 그 내용을 적었다.
- 한문이 병기되어 있는 경우 모두 (　)에 표기하였다.
- 표제와 내제가 다른 경우, 내제를 작품 제목으로 삼고 표제는 해제에 밝혔다.

낭군젼[illegible]

[illegible]

낭ᄌᆞ젼단(김동욱 58장본)

〈낭ᄌᆞ젼단〉은 58장(116면)의 필사본 고소설로, 표제는 〈淑英娘子傳〉이다. 시대적 배경은 고려이며, 상공의 이름은 'ᄇᆡᆨ셕쥬'로 '츙열 ᄇᆡᆨ평의 후예'로 소개되며, 그에 대한 소개가 작품 서두에 제시된다. 작품 전반부의 서사는 필사본 계열의 서사와 대동소이하다. 작품 후반부를 살펴보면, 매월의 모해로 훼절을 의심 받고 자결한 낭자는 선군의 꿈에 나타나 옥연동에 수장해 줄 것을 당부하고, 선군이 옥연동으로 가 장사를 지내고 제문을 읊자 낭자가 재생한다. 재생한 낭자는 상공 부부께 하직한 후 선군과 자식 남매를 데리고 승천하며, 상공부부는 자식들을 보낸 후 이승에 남아 종들을 다 속량한 후 백 세까지 살다가 한날한시에 죽는 것으로 끝맺는다. 상공이 임 진사 댁 소저와 선군의 정혼을 주선하나 선군의 거절 이후, 임소저에 대한 서사는 없다. 여러 글씨체가 보이는 것으로 보아 여러 사람이 돌아가면서 필사한 듯 하고, 앞장과 맨 뒷장의 글씨가 부분 부분 뭉개져 보이지 않는다.

출처: 박종수편, 『(나손본)필사본고소설자료총서』26, 보경문화사, 1991, 216~334쪽.

〈1-앞〉

각셜리라 니젹의 고려국 시졀의 경승 좌도 안동 짜의 빅셕쥬라 ᄒᆞᄂᆞᆫ ᄉᆞ람이 이시되 츙열 빅평의 후예라 소연 등과ᄒᆞ야 벼살리 병조□□예 □□야 일홈이 일국의 빈ᄂᆞ더라 일조의 불의 참소을 만ᄂᆞ 삭탈관직ᄒᆞᄆᆡ 할일읍셔 고향의 도라와 농업을 심씨이 □□의 졔일 부ᄌᆞ 되여 셰월을 보ᄂᆡ던이 연광이 □□이 되엿씨되 실ᄒᆞ의 일졈 혈육이 읍셔 부인 졍씨로 더부러 슬허ᄒᆞ던이 일일은 부인 졍씨 쥬연 탄왈 죄즁의

〈1-뒤〉

무ᄌᆞ식ᄒᆞᆫ 죄 크다 ᄒᆞᄆᆡ 뉘을 ᄃᆡ면ᄒᆞ리요 쏘한 일즉이 쳡을 ᄂᆡ침즉 ᄒᆞ되 □□□ 너부신 덕으로 지우금가지 존문의 의탁ᄒᆞ□□□□□□□□□□□□□ □ 쇼빅산 쥬령봉의 들어가셔 극진이 삼 삭만 □□□ ᄒᆞ오면 혹 남여 간의 쇼원 셩츄을 ᄒᆞᆫ다 ᄒᆞ온이 우리도 졍셩을 비러 보ᄉᆞ니다 ᄒᆞ온이 상공이 우워왈 비러 ᄌᆞ식을 ᄂᆞ흘진ᄃᆡ 쳔ᄒᆞ의 무ᄌᆞ식ᄒᆞᆫ ᄉᆞ람이 쏘 어ᄃᆡ 잇ᄉᆞ올잇가 아무러커ᄂᆞ 부인 소원이 글어ᄒᆞ오면 비러 보ᄉᆞ니다 그날부텀 목욕ᄌᆡ계ᄒᆞ고 젼조단발ᄒᆞ고

〈2-앞〉

소빅산으로 들어가 극진이 졍셩으로 발원ᄒᆞ고 집의 도라와셔 부쳬 길기던이 과연 그달부텀 ᄐᆡ긔 잇셔 십 삭이 ᄎᆞᄆᆡ 일일은 집안의 운무 ᄌᆞ욱ᄒᆞ며 향ᄂᆡ 진동하며 남ᄌᆞ을 탄싱ᄒᆞᆫ이 ᄒᆞ날노셔 ᄒᆞᆫ 션예 ᄂᆡ려와 옥병의 향슈을 부어 ᄋᆡ기을 씨겨 뉘고 부인더러 리르ᄃᆡ 이 아기ᄂᆞᆫ 쳔ᄉᆞᆼ 션관으로 요지현의셔 슈경낭ᄌᆞ로 더부러 희롱ᄒᆞᆫ 죄로 ᄉᆞᆼ제계옵셔 인간의 젹거ᄒᆞ와 삼싴 연분으로 ᄆᆡ즈려 ᄒᆞ고 귀ᄃᆡᆨ의 탄싱ᄒᆞ와신이 부ᄃᆡ부ᄃᆡ 쳔위을 거ᄉᆞ리지 마압고 귀이 길읍소셔 ᄌᆡ삼 당부ᄒᆞ고

〈2-뒤〉

올ᄂᆞ가거날 ᄯᅩᄒᆞᆫ 경신을 진졍ᄒᆞ여 ᄉᆞ공을 쳥ᄒᆞᆫ이 ᄉᆞ공이 급피 들어오거날 션예 일오던 말삼을 다 ᄂᆞᆫ낫치 고ᄒᆞᆷᄆᆡ 아기을 ᄌᆞ셰이 본이 얼골리 관옥 갓고 셩음이 쇄락ᄒᆞ여 일홈을 ᄇᆡᆨ션군니라 ᄒᆞᆫᄃᆡ 션군이 졈졈 ᄌᆞ라ᄂᆞᄆᆡ ᄇᆡᆨ가지 일을 무불통지ᄒᆞ고 골격이 품ᄃᆡᄒᆞᆫ이 뉘 안이 칭찬ᄒᆞ리요 션군이 ᄂᆞ히 십오 셰예 당ᄒᆞᄆᆡ 셰ᄉᆞᆼ ᄉᆞ람리 이로ᄃᆡ 쳔ᄉᆞᆼ 션관니라 ᄒᆞᆫᄃᆡ 부뫼 ᄋᆡ즁ᄒᆞ여 웃지 져와 갓튼 ᄇᆡ필을 증ᄒᆞ리료 ᄒᆞ며 날로 광문ᄒᆞ던이 ᄯᅩᄒᆞᆫ 니젹의 슈경낭ᄌᆞ 쳔ᄉᆞᆼ의 득죄ᄒᆞ고 옥연

〈3-앞〉

동의 젹거ᄒᆞᆫ 후로 션군과 금셰 연분이 지즁ᄒᆞ시ᄂᆞ 션군 인간의 탄ᄉᆡᆼᄒᆞ기로 쳔ᄉᆞᆼ 일을 아지 못ᄒᆞ야 타문의 구혼ᄒᆞ던이 낭죄 ᄉᆡᆼ각ᄒᆞ되 우리 양인이 인간 젹거ᄒᆞ야 ᄇᆡᆨ연가약을 금셰예 ᄆᆡ졋던이 니졔 낭군이 타문의 구혼ᄒᆞ온이 아마도 쳔ᄉᆡᆼ연분이 속졀읍시 될가ᄒᆞ여셔 ᄯᅩᄒᆞᆫ 심울ᄒᆞ온고로 일일은 밤의 션군의 ᄭᅮᆷ의 뵈여 갈오ᄃᆡ 낭군이 쳡을 모르시고 타문의 구혼을 ᄒᆞ시온이 쳔ᄉᆡᆼ 연분으로 요지현의 가셔 낭군으로 더부러 희롱ᄒᆞᆫ 죄로 ᄉᆞᆼ졔계옵셔 인간의 ᄂᆡ치시ᄆᆡ 인간의

〈3-뒤〉

셔 인연을 금셰예 결친ᄒᆞ랴 ᄒᆞ엿던이 웃지 타문의 구혼을 ᄒᆞ려 ᄒᆞ시ᄂᆞᆫ잇가 낭군은 삼 연만 위ᄒᆞᆫ하고 쳡을 기다리옵소셔 ᄌᆡ삼 당부ᄒᆞ고 문득 간ᄃᆡ읍거날 ᄭᆡ다른이 남가일몽이라 낭ᄌᆞ의 ᄭᅩᆺ싸온 얼골리며 낙인지ᄉᆡᆨ과 편월슈화 지틱ᄂᆞᆫ 쳔ᄉᆞᆼ 명월리 구름 속의 소ᄉᆞᄂᆞᆫ 듯ᄒᆞ고 단슌호치을 반만 여러 ᄒᆞᄂᆞᆫ 소ᄅᆡ 귀예 ᄌᆡᆼᄌᆡᆼᄒᆞ고 옥 갓튼 얼골이 눈의 삼삼ᄒᆞ여 ᄌᆞᆷᄎᆞ 병이 되엿ᄂᆞᆫ지라 부뫼 민망ᄒᆞ여 왈 네의 병셰을 보온이 고이ᄒᆞ시다 ᄒᆞ시고 진졍을

〈4-앞〉

일위라 ᄒᆞ신이 션군이 ᄃᆡ왈 모월 모일의 일몽을 웃ᄉᆞ온이 옥 갓튼 낭ᄌᆡ와 일오ᄃᆡ 월궁의 션예로라 ᄒᆞ고 엿ᄎᆞ엿ᄎᆞ ᄒᆞ고 가읍던이 그 후로부터 병이 되여ᄊᆞ온이 일각이 여삼츄로소니다 웃지 삼 연을 기달릿가 글노 인ᄒᆞ여 병이 골슈의 깁펴ᄂᆞ니다 ᄒᆞ거날 부뫼 왈 너을 ᄂᆞ흘 ᄯᆡ예 ᄒᆞ날노셔 ᄒᆞᆫ 션예 ᄂᆡ려와셔 엿ᄎᆞ엿ᄎᆞ ᄒᆞ던이 과연 슈경낭ᄌᆞ로 그러ᄒᆞᄂᆞ ᄉᆞᆱ은 다 허쇠라 ᄉᆞ렴 말고 음식니ᄂᆞ 먹으라 한ᄃᆡ 션군이 왈 아물리 ᄉᆞᆱ이 허산들 ᄯᅩᄒᆞᆫ 정영ᄒᆞᆫ 긔약이 지

〈4-뒤〉

즁ᄒᆞ온이 아모것도 먹을 ᄉᆡᆼ각이 읍ᄂᆞᆫ니다 ᄒᆞ고 ᄌᆞ리에 누엇고 니지 안이ᄒᆞ거날 부뫼 민망이 여기여 ᄇᆡᆨ약으로 구ᄒᆞ되 일 졈 효음이 읍ᄂᆞᆫ지라 낭ᄌᆡ 옥연동 젹거ᄒᆞ엿시ᄂᆞ 낭군의 병셰 즁ᄒᆞᆫ 쥴을 알고 밤마다 몽즁의 왕ᄂᆡᄒᆞ여 니로ᄃᆡ 낭군이 웃지 날만ᄒᆞᆫ 안여ᄌᆞ을 위ᄒᆞ여 병이 져ᄃᆡ지 깁펴ᄂᆞᆫ잇가 니 약을 씨옵소셔 ᄒᆞ고 옥병 셰슬 ᄂᆡ여 노흐며 가로ᄃᆡ ᄒᆞᄂᆞᄂᆞᆫ 불노초옵고 ᄯᅩ ᄒᆞᄂᆞᄂᆞᆫ 불ᄉᆞ초옵고 ᄯᅩ ᄒᆞᄂᆞᄂᆞᆫ 만졍취온이 부ᄃᆡ부ᄃᆡ 니 삼 약을 씨옵고 삼 연만 ᄎᆞ무소셔

〈5-앞〉

ᄒᆞ거날 ᄉᆡ다른이 간ᄃᆡ읍거날 션군이 더욱 병셰 즁ᄒᆞ더라 낭ᄌᆡ ᄯᅩᄒᆞᆫ ᄉᆡᆼ각ᄒᆞ되 낭군의 병이 졈졈 즁ᄒᆞ고 가셰 빈ᄒᆞᆫᄒᆞᆫ이 웃지 ᄒᆞ여야 셰간을 니루게 ᄒᆞ리요 ᄒᆞ고 ᄯᅩ ᄉᆞᆱ의 와 일로ᄃᆡ 낭군의 병셰 졈졈 즁ᄒᆞ고 ᄉᆞ세 곤궁ᄒᆞ옵기로 금동ᄌᆞ ᄒᆞᆫ 쌍을 가져와ᄊᆞ온이 낭군임 ᄌᆞ시ᄂᆞᆫ 벽ᄉᆞᆼ의 안쳐 두옵시면 ᄌᆞ연 부귀ᄒᆞ올리다 ᄯᅩᄒᆞᆫ 화ᄉᆞᆼ을 쥬며 왈 니 화ᄉᆞᆼ은 쳡의 용모온이 밤니면 덥고 ᄌᆞ옵고 ᄂᆞ지면 병풍의 걸러두옵소셔 ᄒᆞ거날 ᄉᆡ달른이 발셔 간ᄃᆡ

〈5-뒤〉

읍는지라 인ᄒᆞ여 금동ᄌᆞ을 벽승 올여 안치고 낭ᄌᆞ의 화승을 병풍의 거러 두고 사사로 낭ᄌᆞ 갓치 보던이 각읍 ᄉᆞ람덜리 다 니르되 ᄇᆡᆨ션군의 집의 귀물리 잇다 ᄒᆞ고 귀경 가ᄌᆞ ᄒᆞ고 ᄉᆞ람이 금은을 무슈이 가지고 ᄎᆞ단을 갓초와 들어와 닷토와 귀경ᄒᆞ더라 글어ᄂᆞ 션군의 병이 ᄎᆞ효가 읍는지라 쏘ᄒᆞᆫ 낭ᄌᆞ 쑴의 와 이로ᄃᆡ 낭군이 종시 쳡을 잇지 못ᄒᆞ와 져ᄃᆡ지 심회 막심ᄒᆞ온이 일노 민망답답ᄒᆞ와니다 바라옵건ᄃᆡ 아즉 ᄃᆡᆨ 집의 종 ᄆᆡ월을

〈6-앞〉

잠간 방슈을 ᄒᆞ와 울젹ᄒᆞᆫ 심회을 진정ᄒᆞ옵쇼셔 ᄒᆞ고 문즉 간ᄃᆡ읍거날 ᄭᆡ달은니 남가일몽이라 닛튼날 비자 ᄆᆡ월을 불너 동쳡을 삼은니 졔유 심회을 증ᄒᆞᄂᆞ 탐탐ᄒᆞᆫ 졍은 낭ᄌᆞ와 못ᄒᆞᆫ지라 ᄆᆡ일 낭ᄌᆞ을 ᄉᆡᆼ각ᄒᆞᆫ니 울울ᄒᆞᆫ 심회와 총총ᄒᆞᆫ 심희을 이긔지 못ᄒᆞ는지라 니젹의 낭ᄌᆞ 옥연동의 젹거ᄒᆞ여씨ᄂᆞ 낭군을 ᄉᆡᆼ각ᄒᆞ니 만일 낭군니 첩을 ᄉᆡᆼ각ᄒᆞ시다가 쥭으시면 ᄇᆡᆨ연긔약니 쇽졀읍시 허ᄉᆞ로다 ᄒᆞ고 쏘ᄒᆞᆫ 쑴의 와 일로ᄃᆡ 낭군니 쳡을 보고져 ᄒᆞ오면 옥연동 가

〈6-뒤〉

문정을 차ᄌᆞ 오옵쇼셔 ᄒᆞ고 간ᄃᆡ읍거날 션군니 놀ᄂᆞ ᄭᆡ달은니 쏘ᄒᆞᆫ 쑴니라 마음니 황홀ᄒᆞ여 눕고 니지 못ᄒᆞ던 몸니 완완니 니러ᄂᆞ 부모임게 엿ᄌᆞ오되 간밤의 일몽을 읏더시되 낭ᄌᆞ 와셔 옥연동으로 ᄎᆞᄌᆞ오라 ᄒᆞ옵고 갓던니라 아무니 ᄉᆡᆼ각ᄒᆞ와도 병셰 급박ᄒᆞ온니 그곳슬 차ᄌᆞ간ᄂᆞ니다 ᄒᆞ고 닌ᄒᆞ여 ᄒᆞ직ᄒᆞ니 부모 우어 왈 네 밋혀쏘다 ᄒᆞ고 붓ᄌᆞ버 안치니 션군이 민망답답니 역여 일로ᄃᆡ 쇼ᄌᆞ 병니 니갓ᄉᆞ와 부모님 명영을 어긔와 옥연동으로 차져가ᄂᆞ니다

〈7-앞〉

ᄒᆞ며 ᄂᆡ달르니 부모 마지못ᄒᆞ여 허락ᄒᆞ신ᄃᆡ 션군니 심ᄉᆡ 쇄락ᄒᆞ여 ᄇᆡᆨ마금편으로 옥연동으로 ᄎᆞ졈차졈 가ᄂᆞᆫ지라 니젹의 종일토록 가되 옥연동을 가지 못ᄒᆞᄂᆞᆫ지라 울울ᄒᆞᆫ 마음을 진정치 못ᄒᆞ여 ᄒᆞ날을 울얼너 비어 왈 명명ᄒᆞ신 상천은 하감ᄒᆞ옵쇼셔 옥연동 가ᄂᆞᆫ 질을 발켜 닌도ᄒᆞ여 ᄇᆡᆨ연긔약을 일케마옵쇼셔 ᄒᆞ고 쥰마가편으로 ᄎᆞ졈차졈 드러간니 셕양은 ᄌᆡ을 넘고 옥연동은 당당한ᄃᆡ 숲으로 드러간니 그졔야 광활ᄒᆞ여 쳔봉만학은

〈7-뒤〉

그림으로 그려 닛고 슈ᄉᆞᆼ부연은 연당의 푸여 닛고 유쳔안ᄉᆞᆫ은 광풍의 날여닛고 황금 갓튼 쇠고리ᄂᆞᆫ 상ᄒᆞ긔의 왕ᄂᆡᄒᆞ고 탐화광졉은 츈풍의 흔을거려 츈ᄉᆡᆨ을 잔탄ᄒᆞ며 화양은 습의ᄒᆞ니 별유쳔지비닌간 일너라 ᄎᆞ졈ᄎᆞ졈 드러가면셔 발아본니 쥬렴화각은 공즁의 쇼셔ᄂᆞᆫᄃᆡ 션판의 ᄒᆞ여스되 옥연동 가문졍니라 ᄒᆞ여더라 션군니 마음니 황홀ᄒᆞ여 불고염치ᄒᆞ고 당상의 올너간니 낭ᄌᆞ 아미을 슉니고

〈8-앞〉

슈괴ᄒᆞᆫ ᄐᆡ되을 니긔지 못ᄒᆞ여 피셕 ᄃᆡ왈 그ᄃᆡᄂᆞᆫ 읏더ᄒᆞᆫ 쇽ᄀᆡᆨ니관ᄃᆡ 임으로 션ᄃᆡ을 오르ᄂᆞᆫ다 션군 ᄃᆡ왈 ᄂᆞ ᄂᆞᆫ 유ᄉᆞᆫᄒᆞᄂᆞᆫ 쇽ᄀᆡᆨ일어니 져어ᄒᆞ신 쥴 모로고 션경을 드러왓은니 죄ᄉᆞ무셕니로쇼니다 ᄒᆞ니 낭ᄌᆞ 왈 그ᄃᆡᄂᆞᆫ 목슴을 잇기거던 쇽쇽키 ᄂᆞ가쇼셔 ᄒᆞ니 션군니 마음니 낭망ᄒᆞ여 반간온 마음니 일변 두려온지라 션군니 ᄇᆡᆨ단 ᄉᆞ긔ᄒᆞ여도 잇ᄯᆡ을 일흔면 다시 만날 날니 읍ᄂᆞᆫ지라 션군니 나가 왈 낭ᄌᆞ은 날을 모로ᄂᆞ니가 낭ᄌᆞ 동시 층

〈8-뒤〉

니불문ᄒᆞ고 시약불견ᄒᆞ며 모로ᄂᆞᆫ 쳬 ᄒᆞ니 션군니 할길읍셔 ᄒᆞ날을 우럴너

탄식ᄒᆞ고 문을 다드며 셤ᄒᆞ의 ᄂᆞ려션니 그제야 낭ᄌᆞ 노긔홍상의 ᄇᆡᆨ학션을 쥐고 병풍의 빗겨 셔셔 불너 왈 낭군은 가지 말고 ᄂᆡ 말을 잠간 들으쇼셔 ᄒᆞ니 션군니 심상니 희락ᄒᆞ여 도러션니 낭ᄌᆞ 왈 그ᄃᆡᄂᆞᆫ 닌간의 환ᄉᆡᆼ한들 지식니 져ᄃᆡ지 읍슨익가 아무리 쳔즁을 ᄆᆡ져신들 웃지 당일 허락ᄒᆞ리니가 ᄒᆞ고 올으기을 청ᄒᆞ거날 션군니 심ᄉᆡ 희락ᄒᆞ여 그제야 완완 올너간니

〈9-앞〉

낭ᄌᆞ 호치을 반ᄀᆡᄒᆞ여 말ᄒᆞ되 난군은 웃지 그리 지식니 읍ᄂᆞ닛가 ᄒᆞ거날 션군니 보ᄆᆡ 마음니 황홀ᄒᆞ여 ᄯᅱ여들고져 ᄒᆞ나 졔유 안심ᄒᆞ여 낭ᄌᆞ의 옥슈을 잡고 왈 오날 낭ᄌᆞ을 ᄃᆡ면ᄒᆞ니 이제ᄂᆞᆫ 죽어도 ᄒᆞᆫ니 읍ᄂᆞ니다 ᄒᆞ며 그리던 졍희을 ᄉᆡᆼ각ᄒᆞ와 병니 되여슨니 ᄃᆡ장부의 ᄒᆡᆼ실니라 ᄒᆞ리요 우리 양닌니 쳔상의 득죄ᄒᆞ고 인간의 ᄂᆡ려와 니연을 ᄆᆡ져 두고 ᄉᆞᆷ 연을 위ᄒᆞᆫᄒᆞ여ᄊᆞ온니 ᄉᆞᆷ 연 후 쳔교로 ᄇᆡᆨ필을 ᄉᆞᆷ고 ᄉᆞᆼ봉을 육여로 갓츄면 ᄇᆡᆨ연

〈9-뒤〉

회로 ᄒᆞ련니와 만일 몸을 허신ᄒᆞ오면 쳔위을 거ᄉᆞ림니요 무예 막심ᄒᆞ온니 부ᄃᆡ 감심ᄒᆞ여 삼 연만 위ᄒᆞᆫᄒᆞ옵고 기달여 니연을 ᄆᆡ지면 ᄇᆡᆨ연회로 ᄒᆞ리니다 션군니 ᄃᆡ왈 일일여삼취라 ᄉᆞᆷ 연니 몃 ᄉᆞᆷ취라 ᄒᆞᄂᆞ니가 낭ᄌᆡ 만일 그져 도러가라 ᄒᆞ시면 션군니 목슴니 비조직셕니라 ᄂᆡ 목슴니 황쳔의 외로온 혼ᄇᆡᆨ니 되오면 낭ᄌᆞ의 신명닌들 온젼ᄒᆞ올니가 복망 낭ᄌᆞᄂᆞᆫ 장간 몸을 허신ᄒᆞ옵시면 션군의 목슴을 보젼ᄒᆞ올니다 낭ᄌᆞᄂᆞᆫ ᄉᆞᆼᄇᆡᆨ 갓

〈10-앞〉

튼 졍졀을 장간 구핌을 바라고 ᄯᅩᄒᆞᆫ 낙시의 물닌 고기을 구ᄒᆞ여 쥬옵쇼셔 ᄒᆞ며 ᄉᆞᄉᆡᆼ을 결단ᄒᆞ니 낭ᄌᆞ 형세 문부ᄐᆡ손지ᄉᆞᆼ니라 ᄇᆡᆨ니ᄉᆞ지ᄒᆞ야도 무가

ᄂᆡ히라 니젹의 월광은 만쳔ᄒᆞ고 야ᄉᆡᆨ은 ᄉᆞᆷ 경니라 션군니 침금 ᄂᆞ아가니 낭ᄌᆞ 할길읍셔 몸을 허락ᄒᆞ닌지라 션군 그졔야 원낭침을 도도 베고 젼일 그리던 겹겹ᄒᆞᆫ 원을 이뤄고 밤을 지ᄂᆡ이 두 ᄉᆞ람의 졍은 워낭이 녹슈을 만남 갓고 비춰 여리 짓들임 갓더라 일야를

〈10-뒤〉

지ᄂᆡ니 은은ᄒᆞᆫ 졍은 용쳔금 드ᄂᆞᆫ 칼노 베히거던 베히거ᄂᆞ 홍노의 불근 불노 살으거던 살으거ᄂᆞ 인간 ᄉᆡᆼ각 가쇼롭다 니 안니 셰상닌가 공명을 뉘 알숀야 ᄒᆞ며 희롱ᄒᆞᄂᆞᆫ지라 낭ᄌᆞ 왈 남셩의 욕심니 아무니 대단ᄒᆞ신들 니ᄃᆡ지 무예 퇴심ᄒᆞ온니가 이졔ᄂᆞᆫ 무가ᄂᆡ히라 ᄒᆞ고 ᄂᆡ 몸이 임의 부졍ᄒᆞ여신니 공부ᄒᆞ기 부지럽다 ᄒᆞ고 신향길을 ᄎᆞ려 낭군과 ᄒᆞᆫ가지로 가사니다 ᄒᆞ고 청ᄉᆞᄌᆞ을 물어

〈11-앞〉

ᄂᆡ여 옥연교의 올너 안즈이 션군이 ᄇᆡ향ᄒᆞ야 집으로 도려온니 이젹의 낭ᄌᆞ 시부모 양위게 현안ᄒᆞ온이 상공 부쳐 공경 지극ᄒᆞ고 낭ᄌᆞ을 자시본이 졀부 활용은 쳔ᄒᆞ절ᄉᆡᆨ이요 양안의 홍도화 츈풍의 헌날이ᄂᆞᆫ 듯 ᄒᆞ더라 상공 부쳐 ᄋᆡ즁이 여겨 낭ᄌᆞ을 동별당의 쳐쇼을 졍ᄒᆞ고 워낭지약을 이류게 ᄒᆞ이 두 ᄉᆞ름의 졍이 비ᄒᆞᆯ 씌 업더라 션군이 낭ᄌᆞ로 더부려 ᄆᆡ일

〈11-뒤〉

희롱ᄒᆞ며 일시도 잇지 못ᄒᆞ여 써ᄂᆞ지 안이ᄒᆞ고 ᄯᅩᄒᆞᆫ 학업을 젼폐ᄒᆞ이 상공 부쳐 미망ᄒᆞ나 다만 션군ᄲᅮᆫ이라 ᄭᅮ짓도 못ᄒᆞᄂᆞᆫ지라 셰월이 여류ᄒᆞ야 팔연을 지ᄂᆡᆫ이 ᄌᆞ식 남ᄆᆡ을 ᄂᆞ안ᄂᆞᆫ지라 ᄯᆞᆯ의 일홈은 츈양이요 아들의 일홈은 동츈이라 ᄒᆞ고 연ᄒᆞ여 셰간이 요부ᄒᆞ이 동산의 ᄯᅩᄒᆞᆫ 가문졍을 지ᄭᅩ 외현금

과 낙츈방이라 ᄒᆞᄂᆞᆫ 가ᄉᆞ을 지여 탄금ᄒᆞ여 옥낭ᄌᆞ와 화답ᄒᆞ

〈12-앞〉

이 그 노ᄅᆡ 장찬 쳐양ᄒᆞ여 ᄉᆞᆫ악을 ᄭᆡ치ᄂᆞᆫ지라 그 가ᄉᆞ의 ᄒᆞ여시되 양인니 ᄃᆡ작 삼화 가ᄎᆞᆫ이 일ᄇᆡ일ᄇᆡ부일ᄇᆡ라 아취옥연군차시ᄒᆞ이 명쵸의 유의커든 포금ᄂᆡᄒᆞ쇼셔 낭ᄌᆞ 놀기을 다ᄒᆞᄆᆡ 마음이 여광여취ᄒᆞ여 월ᄒᆞ의 ᄇᆡ회ᄒᆞ니 션군이 낭ᄌᆞ의 알옴다온 ᄐᆡ도을 보고 마음을 진경치 못ᄒᆞ여 ᄒᆞ더라 부모 ᄆᆡ일 ᄉᆞ랑ᄒᆞ여 션군과 낭ᄌᆞ을 다리고 희롱ᄒᆞ야 왈 네의 두 ᄉᆞᄅᆞᆷ은 부명 쳔상 션

〈12-뒤〉

관 션예로다 ᄒᆞ시고 션군으로 더부러 이로ᄃᆡ ᄂᆡ 드ᄅᆞᆫ니 금방 과거을 뵈다 ᄒᆞ이 너도 경셩의 올너 입신양명ᄒᆞ여 부모 안젼의 영화을 보이고 죠션을 비ᄂᆡ미 엇더ᄒᆞ요 ᄒᆞ시고 즉일의 과거길을 ᄌᆡ촉ᄒᆞ이 션군이 ᄃᆡ왈 우리 셰간니 쳔ᄒᆞ의 일부요 뇌비 쳔여 귀라 군신지쇼약과 이목지쇼욕을 심ᄃᆡ로 ᄒᆞ올 거신어날 무어시 부족ᄒᆞ와 급졔 바라이요 ᄒᆞ이 이날은 잠시도 낭ᄌᆞ을 이별 ᄒᆞ고 ᄯᅥ날 ᄯᅳᆺ

〈13-앞〉

지 업시더라 낭ᄌᆞ 방의 드려가 부친 말삼을 ᄒᆞ며 과거의 안이 가기로 말삼ᄒᆞ이 낭ᄌᆞ 음용ᄃᆡ왈 장부 셰상의 쳐ᄒᆞᄆᆡ ᄉᆡᆼᄯᆞᆫ 일홈을 용문의 올니고 영화을 부모 안젼의 뵈오고 죠션을 빗ᄂᆡ미 장부의 ᄯᅥᆺᄯᅥᆺᄒᆞᆫ 일이여날 이졔 낭군이 쳡을 잇지 못ᄒᆞ옵고 과거의 안이 가오면 공명도 일ᄉᆞ옵고 ᄯᅩᄒᆞᆫ 부모 양위와 다른 ᄉᆞᄅᆞᆷ이라도 쳡의계 혹ᄒᆞ여 안이 간다 ᄒᆞᆯ 거신이 낭

〈13-뒤〉

군은 마음을 회심ᄒᆞ여 ᄇᆡᆨ연 ᄉᆞ린 졍을 두어 달 이지시고 금번 장원 급졔 ᄒᆞ여시면 부모게 영화 되면 그 안이 ᄉᆞᆼ쾌ᄒᆞ며 이 마음도 귀ᄒᆞ면 그 안니 충양ᄒᆞ올이가 향장을 ᄎᆞ려 쥐며 왈 낭군니 만일 과거의 안이 가시면 맛참ᄂᆡ ᄉᆞ지 안이ᄒᆞ로이다 ᄒᆞ고 금은 슈쳔 양과 노복 오육 닌과 은안쥰말을 ᄐᆡ여 쥬며 길을 ᄌᆡ촉ᄒᆞ이 션군이 마지못ᄒᆞ여 금미 연츈 삼월 망간의 발힝ᄒᆞᄉᆞ 부모

〈14-앞〉

양위게 ᄒᆞ즉ᄒᆞ고 낭ᄌᆞ을 이별ᄒᆞ여 도라보며 왈 부모 양위와 어린 ᄌᆞ식을 다리고 무량이 지ᄂᆡ오면 슈이 도라와 졍회을 펴ᄉᆞ이다 ᄒᆞ며 못ᄂᆡ 니별ᄒᆞ며 길을 써나며 ᄒᆞᆫ 거름의 도라셔며 두 거름의 도라보니 낭ᄌᆞ 즁문의 비겨션 양은 질거홈이라 그러ᄂᆞ 션군은 ᄂᆡᄂᆡ 잇지 못ᄒᆞᆫ 심회 간졀ᄒᆞ야 죵일도록 가되 계유 삼심 이을 가 슉쇼을 졍ᄒᆞ고 셕반을 ᄇᆞ드이 낭ᄌᆞ 연연ᄒᆞᆫ 졍이 심즁의 ᄉᆞ

〈14-뒤〉

러ᄒᆞ던이 ᄒᆞ인이 민망이 여겨 엿ᄌᆞ온ᄃᆡ 셔방임이 음식을 젼폐ᄒᆞ고 쳘 이 원졍의 엇지 득달ᄒᆞ려 ᄒᆞ시ᄂᆞᆫ잇가 션군이 슬허 왈 ᄌᆞ연 심회 울젹ᄒᆞ여 음식을 먹을 길이 업ᄯᅩ다 방쵸츰의 ᄉᆡᆼ각ᄒᆞ이 낭ᄌᆞ의 얼골리 누의 삼삼ᄒᆞ고 말쇼ᄅᆡ 귀예 징징ᄒᆞ야 답답ᄒᆞᆫ 졍회을 이기지 못ᄒᆞ여 이경 말 삼경 쵸의 ᄒᆞ인이 다 잠을 들거ᄂᆞᆯ 션군이 그졔야 신발을 도도ᄒᆞ고 집으로 도라와 담장을 너머 낭ᄌᆞ

〈15-앞〉

의 들러가니 낭ᄌᆞ 놀ᄂᆡ여 가로ᄃᆡ 엇지 이 집픈 밤의 완ᄂᆞᆫ잇가 션군이 ᄃᆡ왈 힝ᄒᆞᆫ ᄇᆡ 져유 삼심 이을 가 슉쇼을 졍ᄒᆞ고 낭ᄌᆞ을 ᄉᆡᆼ각ᄒᆞ이 울젹ᄒᆞᆫ 심ᄉᆞ을

니긔지 못ᄒᆞ야 음식도 먹지 못ᄒᆞ고 잠을 일우지 못ᄒᆞ고 완ᄂᆞᆫ이다 낭ᄌᆞ로 더부러 말ᄒᆞ며 질기던이 잇ᄯᅢ 상공이 션군을 경셩의 보ᄂᆡ고 집안의 도젹을 살피려 ᄒᆞ고 담장을 두루 도라 동별당의 간니 낭ᄌᆞ의 방의셔 남졍의 쇼ᄅᆡ 들이거날 상공이 ᄉᆡᆼ각

〈15–뒤〉

ᄒᆞ되 낭ᄌᆞ의 ᄇᆡᆨ옥 갓튼 졍졀의 엇지 외인을 ᄃᆡᄒᆞ리요 ᄒᆞ고 창박긔 귀을 지우려 드르즉 낭ᄌᆞ 익키 말ᄒᆞ다가 가로ᄃᆡ 박긔 시부임이 오시듯 ᄒᆞ오니 낭군은 ᄌᆞ최을 감쵸쇼셔 ᄒᆞ며 아희 달ᄂᆡᄂᆞᆫ 쇼ᄅᆡ로 동츈의 등을 두다리며 ᄌᆞ장ᄌᆞ장 위이 ᄌᆞ장 ᄒᆞ며 말ᄒᆞ되 너의 아반임은 금번 장원 급졔ᄒᆞ여 영화로 오ᄂᆞᆫ이라 ᄒᆞ고 인ᄒᆞ여 낭ᄌᆞ 션군을 ᄭᅬ와 이로ᄃᆡ 시부임이 문박긔 와 ᄌᆞ최을 엿보고 가오이 낭군은 밧비 ᄂᆞ가옵소셔 만일 쳡을 잇지 못ᄒᆞ와 다시 오다가 난 시부

〈16–앞〉

임 염탐지ᄒᆞ의 ᄌᆞ최을 들이오면 ᄂᆡ계 ᄃᆡ죵이 도러올 뜻ᄒᆞ오니 부ᄃᆡ 마음을 온젼니 간졀ᄒᆞ여 경셩의 올너가 졀관ᄒᆞ여 영화로 ᄂᆞ려와 질기ᄉᆞ니다 ᄒᆞ고 ᄂᆡ여보ᄂᆡ던니 션군니 연연ᄒᆞᆫ 마음을 닛지 못ᄒᆞ고 ᄉᆞ쳐의 도러간즉 ᄒᆞ넌니 잠을 ᄭᆡ지 안니ᄒᆞ여ᄂᆞᆫ지라 ᄯᅩ 닛튼날 발힝ᄒᆞ여 졔유 오십 니을 가 슉쇼을 졍ᄒᆞ고 셕반을 지ᄂᆞᆫ 후의 ᄯᅩᄒᆞᆫ 심ᄉᆡ 온젼치 못ᄒᆞ여 낭ᄌᆞ의 당부ᄒᆞ던 말은 무름스고 ᄒᆞ닌 모로게 집의

〈16–뒤〉

도러와 낭ᄌᆞ 방의 드러가니 낭ᄌᆞ ᄃᆡ경질ᄉᆡᆨᄒᆞ여 왈 낭군니 날 갓튼 ᄉᆞᄅᆞᆷ을 ᄉᆞ모ᄒᆞ여 공명의 마음니 읍고 이갓치 할진ᄃᆡ 진실노 ᄂᆡ 몸이 쥭어 모롬니

올토다 ᄒᆞᆫ니 션군이 도로혀 무류ᄒᆞ더라 이 말은 낭ᄌᆞ 연연ᄒᆞᆫ 졍니 간졀ᄒᆞᄂᆞ 낭군의 심희을 위로ᄒᆞᆷ일너라 일러구러 졍담으로 담화ᄒᆞ던니 ᄯᅩ 상공니 문 박긔 와 엿보ᄂᆞᆫ지라 남졍의 쇼ᄅᆡ 창박긔 들이거ᄂᆞᆯ ᄉᆞᆼ공니 혼자말 ᄒᆞ되 고니 ᄒᆞ다 낭ᄌᆞ 갓튼 졍졀노 웃지 오닌을 ᄃᆡᄒᆞ여ᄂᆞᆫ

〈17–앞〉

요 ᄂᆡ 집 담장니 놉고 노비 쳔여 귀ᄃᆡ 어지 오닌니 임의로 츌입ᄒᆞᄂᆞᆫ고 ᄒᆞ며 분ᄒᆞ물 이긔지 못ᄒᆞ여 도라온이라 이젹의 낭ᄌᆞ 시부임 문박긔 오신 쥴 알고 낭군의 ᄌᆞ최을 감쵸고 안희 달ᄂᆡ여 왈 야야야 잠을 ᄌᆞᄌᆞ ᄒᆞ며 죵ᄂᆡ 낭군의 홍젹을 감초ᄂᆞᆫ지라 션군이 ᄯᅩᄒᆞᆫ 마음이 슬펴 쳐소로 도라간이라 이젹의 상공이 부인다려 말삼ᄒᆞ고 낭ᄌᆞ을 불너 문왈 쥬야로 집안의 괴니ᄒᆞ긔로 도젹을 ᄉᆞᆯ피려 ᄒᆞ고 담장을 두로 도라다이다가 낭ᄌᆞ의 쳐쇼의 간이 방안의 셔 남졍의 소ᄅᆡ ᄂᆞ거

〈17–뒤〉

날 고이 너겨 도라왓던이 ᄯᅩ 잇튼날 밤의 엿ᄎᆞᄎᆞᄒᆞ이 엇지ᄒᆞᆫ 리인지 고이ᄒᆞ 이 실상을 바로 아뢰라 ᄒᆞᄃᆡ 낭ᄌᆞ 왈 밤이면 심심ᄒᆞ기로 동츈과 ᄆᆡ월을 다리고 마삼ᄒᆞ여ᄂᆞᆫ이다 엇지 외인을 다리고 말ᄉᆞᆷᄒᆞ여시이가 ᄒᆞᄃᆡ 져긔 마 음을 노희ᄂᆞ 졍영이 ᄂᆞᆷ졍의 쇼ᄅᆡ 들이ᄂᆞᆫ지라 아지 못ᄒᆞ여 ᄆᆡ월을 불너 문왈 너 요ᄉᆞ이 낭ᄌᆞ 방의 갓더야 ᄒᆞ이 알뢰되 쇼인은 몸이 곤ᄒᆞ여 요ᄉᆞ이 낭ᄌᆞ 방의 간 ᄇᆡ 업ᄂᆞᆫ이다 상공 더옥 슈상이 여겨 ᄆᆡ월을 ᄭᅮ지져 왈 요ᄉᆞ이 낭ᄌᆞ 방의셔 쥬야로 외인의 소ᄅᆡ 나거ᄂᆞᆯ 괴이ᄒᆞ여 낭

〈18–앞〉

ᄌᆞ다려 무은즉 심야의 심심ᄒᆞ여 너로 더부러 말ᄒᆞ엿다던이 너ᄂᆞᆫ 가지 안이 ᄒᆞ엿다 ᄒᆞ이 부명이 엇던 놈이 다이면셔 통간ᄒᆞᄂᆞ지라 네 착슬리 살펴 그

놈을 아라 올이라 ᄒᆞ이 ᄆᆡ월이 청영ᄒᆞ고 쥬야로 ᄉᆡᆼ각ᄒᆞ되 죵젹을 아지 못ᄒᆞ ᄂᆞᆫ지라 ᄆᆡ월이 ᄉᆡᆼ각ᄒᆞ되 셔방임이 낭ᄌᆞ와 작ᄇᆡᆨᄒᆞᆫ 후로 지금 팔 연의 나을 도라보지 안이ᄒᆞᆫ이 ᄂᆡ 간장이 귀뷔귀뷔 셕ᄂᆞᆫ 쥴 뉘가 아라보리요 ᄒᆞ고 잇ᄯᅢ을 만ᄂᆞ 낭ᄌᆞ을 음ᄒᆡᄒᆞ면 그 안이 상쾌ᄒᆞᆫ가 ᄒᆞ고 금은 슈쳔 양을 도젹ᄒᆞ야

〈18-뒤〉

가지고 져의 동유 즁의 가 의논ᄒᆞ야 왈 금은 슈쳔 양 쥴 써신이 뉘가 ᄂᆡ 말을 들르냐 ᄒᆞ이 그 즁의 돌쇠라 놈이 ᄉᆡᆼ금견골이요 마음이 오활ᄒᆞᆫ 놈이라 ᄃᆡ답ᄒᆞ거ᄂᆞᆯ ᄆᆡ월이 돌쇠다려 왈 은금을 쥴 써신이 간슈ᄒᆞ고 ᄂᆡ 말을 시힝ᄒᆞ라 ᄂᆡ ᄉᆞ경이 다음이 안이울이 셔방임이 아무 연분의 ᄂᆞ을 방슈을 불이시던이 옥낭ᄌᆞ 작ᄇᆡᆨᄒᆞ 후로부텀 ᄂᆞ을 도라보지 안이ᄒᆞᄆᆡ 쳡쳡 ᄊᆞ인 원을 뉘다려이 말을 ᄒᆞᆯ니요 쥬야 낭ᄌᆞ을 음ᄒᆡ코져 ᄒᆞ되 틈

〈19-앞〉

일젼의 상공님 영을 뫼옵ᄭᅴ 슈일을 낭ᄌᆞ 방의 슈을 타지 못ᄒᆞ여던니 맛참 셔방임니 경셩의 가 기신니 ᄂᆡ 소원을 맛칠지라 ᄒᆞ고 그ᄃᆡ ᄂᆡ 말을 들을지라 낭ᄌᆞ의 방문 박긔 안져싸가 ᄂᆡ 상공게 엿ᄌᆞ오면 분명 상공이 나올 거신이 기달니다가 ᄉᆞᆼ공 안목의 슈상ᄒᆞᆫ 거동을 보닌 쳬 ᄒᆞ고 낭ᄌᆡ의 방으로 나온다시 도망ᄒᆞ여시먼 상공계옵셔 실상으로 아라 낭ᄌᆞ 피치 못ᄒᆞ고 욕이 이슬 거신니 아라 츄신ᄒᆞ라 ᄒᆞ고 ᄆᆡ월이 상공 침쇼의 드러가 알외되

〈19-뒤〉

직ᄒᆞ던니 엇던 놈닌 거 들어가거ᄂᆞᆯ 쇼닌니 죵젹을 감츄옵고 귀을 지우려 듯ᄊᆞ온니 낭ᄌᆞ 그놈달여 리으난 말숨니 셔방님니 경셩의 올너가셔신니 날려오거던 쥭니고 ᄌᆡ물을 도젹ᄒᆞ여 도망ᄒᆞ자 ᄒᆞ던니다 ᄒᆞ니 ᄉᆞᆼ공 듯고 마음

니 놀나와 칼을 셰여들 낭ᄌᆞ 방으로 향ᄒᆞ여 가던니 과연 팔 척 장승이 낭ᄌᆞ 방문을 다치고 ᄂᆡ다라 도망ᄒᆞ거ᄂᆞᆯ 상공니 분홈물 니긔지 못ᄒᆞ여 침소의 도라와 밤을 지ᄂᆡ던니 니윽ᄒᆞ여 오경 북쇼ᄅᆡ ᄂᆡ며 원촌의 계명셩이 들니거날 노복

〈20-앞〉

등을 불너 호령ᄒᆞ 좌우의 갈너 셰우고 ᄎᆞ혜로 엄쵸 궁문ᄒᆞ며 왈 ᄂᆡ 집의 담장니 놉파신이 외닌이ᄂᆞ ᄉᆡᆼ심도 츌입ᄒᆞ랴 너의 놈덜은 낭ᄌᆞ 방의 츄입ᄒᆞ던 놈을 알 거신니 바로 아뢰라 ᄒᆞ며 호령ᄒᆞ며 낭ᄌᆞ을 자바오라 ᄒᆞᄂᆞᆫ 쇼ᄅᆡ 천지 진동ᄒᆞ난지라 ᄆᆡ월이 영을 듯고 밧비 낭ᄌᆞ 방의 드러가 발을 구르며 포악ᄒᆞ여 왈 낭ᄌᆞᄂᆞᆫ 무삼 잠을 집피 드러시며 낭군 니별ᄒᆞ신 졔 불과 일삭니 못ᄒᆞ여 엇던 놈으로 통간ᄒᆞ와 자쵀가 셜누ᄒᆞ냐

〈20-뒤〉

상공 안목의 들니와 무죄ᄒᆞᆫ 울니을 니ᄃᆡ도옥 엄치ᄒᆞ여 쥭니려 ᄒᆞ오며 낭ᄌᆞ을 즙아오라 ᄒᆞ신니 밧비 가ᄉᆞ니다 낭ᄌᆞ 동츈을 달니고 즘을 일로지 못ᄒᆞ여 싸가 계유 즘 달계 ᄌᆞ던니 쳔만 뜻북긔 ᄆᆡ월의 호통니 츄ᄉᆡᆼ 갓거ᄂᆞᆯ 놀나 ᄭᆡ달으이 문박긔 들ᄂᆡᄂᆞᆫ 쇼ᄅᆡ 요안ᄒᆞ며 ᄆᆡ월니 ᄌᆡ쵹니 셩화갓거날 낭ᄌᆞ 정션을 진경ᄒᆞ여 의복을 ᄆᆡ 동니고 옥즘을 머니에 곳고 ᄂᆞ온니 노복 등이 모다 이로ᄃᆡ 낭ᄌᆞ씨

〈21-앞〉

ᄂᆞᆫ 무엇시 부죡ᄒᆞ건ᄃᆡ 셔방임 ᄂᆞ가신ᄃᆡ 어인 놈을 통간ᄒᆞ다가 ᄌᆞ쵀을 들여 무죄ᄒᆞᆫ 쇠인 등을 니ᄃᆡ지 맛치ᄂᆞᆫ잇가 ᄒᆞ이 낭ᄌᆡ 이 말을 듯고 ᄃᆡ경질ᄉᆡᆨᄒᆞ여 일변 통분ᄒᆞ고 일변 ᄒᆞᄂᆞᆫ니 어인 말인고 아무란 쥴 모로난지라 ᄉᆞ경을 모로고

직피여 시부모 방문 박긔 쫄여안치거늘 정신이 방황ᄒᆞ여 엿ᄌᆞ오되 이 집픈 밤의 무삼 죄 잇삽건ᄃᆡ 종으로 ᄒᆞ여금 자바오라 ᄒᆞ신ᄂᆞᆫ잇가 ᄒᆞ이 상공이 분ᄒᆞ여 왈 ᄂᆡ 낭ᄌᆞ 침소의 간즉 낭ᄌᆡ 경영이 외인을 다리고 말

〈21-뒤〉

ᄒᆞ거늘 진졍을 아지 못ᄒᆞ여 분ᄒᆞ물 잠간 참고 낭ᄌᆞ을 불너 무르즉 낭ᄌᆞ의 소답이 낭군니 경셩의 간 후로 밤이면 심심ᄒᆞ와 츈양 동츈과 ᄆᆡ월을 다리고 말삼ᄒᆞ엿다 ᄒᆞ거늘 그 후의 ᄆᆡ월을 불너 무른즉 소인은 낭ᄌᆞ 방의 간 ᄇᆡ 업다 ᄒᆞ거늘 피연 괴니 여겨 ᄌᆞ쇠을 엿보던니 금야의 낭ᄌᆞ의 침소의 가즉 엇던 놈인지 팔 척 장승인지 낭ᄌᆞ의 방문을 다치고 도망ᄒᆞᄂᆞᆫ지라 무삼 발명 ᄒᆞ리요 ᄒᆞ시고 고셩ᄃᆡ칰ᄒᆞ이 낭ᄌᆞ 이 말을 듯고 눈물을 흘

〈22-앞〉

여 쳔만 ᄋᆡᄆᆡᄒᆞᆫ 말노 발명ᄒᆞ되 누명을 벼셔날 길이 업ᄂᆞᆫ지라 상공이 옥분ᄒᆞ 물 니긔지 못ᄒᆞ여 왈 ᄂᆡ 목젼의 완연니 본 일을 니ᄃᆡ지 발명ᄒᆞ이 보지 못한 이리야 엇지 다 셩언ᄒᆞ리요 ᄒᆞ며 호령이 츄상갓거늘 낭ᄌᆞ 왈 아무리 시부임 영이 엄슉ᄒᆞ옵고 부월지ᄒᆞ온들 일졈 작죄 업삽건ᄃᆡ 쳔지 귀신과 일월셩신 임이 쇼부의 유죄무죄을 아라 ᄋᆡᄆᆡ코 원통ᄒᆞᆫ 누명을 벽겨 쥬옵쇼셔 ᄒᆞ며 가심을 두다리며 통곡ᄒᆞ이 어덕의 고목이 쓰을 ᄂᆡ고 귀신이 셜어ᄒᆞ니

〈22-뒤〉

엇지 천지들 울고져 안니ᄒᆞ리요 보ᄂᆞᆫ ᄉᆞ람니 도라셔 ᄎᆡ슈린니 ᄆᆡ월 돌쇠 이외야 어ᄂᆡ ᄉᆞ름니 안이 울 이 업셔 상공의 양 눈을 본이 상공니 졈졈 분긔 등등ᄒᆞ여 왈 죵시 통간ᄒᆞ난 놈을 뭇알숀야 ᄒᆞ며 죵 등을 시겨 낭ᄌᆞ을 결박ᄒᆞ여 ᄆᆡ을 쳐 궁문ᄒᆞ이 낭ᄌᆞ 의름 갓치 허튼 머리 옥 갓튼 낭츌 덥퍼

ᄒᆞ르ᄂᆞᆫ니 눈물이요 숀난이 유혈을 보틔이 셤셤니 쒸놈ᄂᆞᆫ이 살거리ᄂᆞᆫ ᄋᆡ미ᄒᆞᆫ 분을 도와쥬기을 ᄌᆡ촉ᄒᆞ고 살 뜻지 젼허 업셔 신셰도 가련ᄒᆞᆫ지라 낭ᄌᆞ 정신을 ᄎᆞ려 왈

〈23-앞〉

아무리 육예을 안니 갓춘 며ᄂᆞᆯ인들 니갓튼 음힝으로 입피옵고 니목으로 보시다 ᄒᆞ옴고 박련 분노ᄒᆞ시이 발명무로ᄒᆞ오나 졈졈 통촉ᄒᆞ옵쇼셔 이ᄂᆡ 몸니 비록 셰상의 잇ᄉᆞ오ᄂᆞ 빙천옥절 갓튼 마음과 불경니부지ᄉᆞ을 아옵고 ᄯᅩᄒᆞᆫ 쳥쳔니 와연커ᄂᆞᆯ 엇지 외인을 통간ᄒᆞ엿시릿가 ᄒᆞ며 방셩통곡ᄒᆞ이 그 ᄋᆡ달온 졍상은 눈으로 ᄎᆞ마 보지 못ᄒᆞᆯ너라 상공이 더 질노 왈 일국 ᄃᆡ가 규중의 외인 츌입도 만ᄉᆞ무셕이ᄃᆡ 허물며 안목

〈23-뒤〉

의 분명ᄒᆞᆫ 일을 보와신이 변연니 다ᄉᆞ린이라 ᄒᆞ고 창두을 호령ᄒᆞ여 왈 ᄀᆡᆨ별 엄치ᄒᆞ여 죵ᄉᆞ질ᄒᆞ라 ᄒᆞ신니 낭ᄌᆞ ᄇᆡᆨ셜 갓튼 송ᄋᆡ미의 소소ᄂᆞᆫ니 눈물이라 낭ᄌᆞ 혼미 즁의 겨유 인ᄉᆞ을 ᄎᆞ려 엿ᄌᆞ오되 낭군니 쳡을 ᄉᆞ모ᄒᆞ여 과거 발힝ᄒᆞ던 ᄂᆞᆯ 져유 삼심 니을 가 ᄀᆡᆨ실의 잠을 리루지 못ᄒᆞ와 와거ᄂᆞᆯ 만단으로 ᄀᆡ유ᄒᆞ여 보ᄂᆡ여삽던이 ᄯᅩ 니튼ᄂᆞᆯ 심야의 와삽거ᄂᆞᆯ 쥭기로써 강권ᄒᆞ여 보ᄂᆡ옵고 ᄌᆞ최을 숨기옵기ᄂᆞᆫ 어린 소견의 힝여 부모 ᄭᅮ쥬 잇슬가 두려

〈24-앞〉

워 즉시 엿잡지 못ᄒᆞ여삽던니 잇간이 미워 그러ᄒᆞᆫ지 니러탓시 뉘명으로 형별이 몸의 미쳐사온이 ᄒᆞ면목으로 말삼 아뢰며 니후의 낭군을 ᄃᆡ면ᄒᆞ오릿가 유죄무죄ᄂᆞᆫ ᄒᆞᄂᆞᆯ과 ᄯᅡ이 알뜻 ᄒᆞ온니다 ᄒᆞ며 ᄌᆞ결코ᄌᆞ ᄒᆞ다가 낭군과 ᄌᆞ식을 ᄉᆡᆼ각ᄒᆞ고 업더져 기졀ᄒᆞ던이 시모 졍씨 그 ᄎᆞ목ᄒᆞᆫ 경통을 보고 실피

울며 상공 젼 아뢰여 왈 상공 임니 안혼ᄒᆞ여 발키 보시지 못ᄒᆞ옵고 숑쥭 갓튼 낭ᄌᆞ을 음간ᄉᆞ을 져렷ᄐᆞ시 박ᄃᆡᄒᆞ시니 엇지 후환이 업ᄉᆞ오리가

〈24-뒤〉

부닌이 ᄂᆞ려 달여들러 창두을 물니치고 졀박ᄒᆞᆫ 거슬 글너 노희며 낭ᄌᆞ의 손을 잡고 ᄂᆞ츨 한태 ᄃᆡ이고 통곡ᄒᆞ여 니로ᄃᆡ 부모 망영되여 너의 졍졀을 몰나보고 이 지경 되여신니 누명을 ᄒᆞᆫ치 말ᄂᆞ 너의 졍졀은 ᄂᆡ 안ᄂᆞᆫ지라 별당으로 가 슬푼 마음을 안심ᄒᆞ라 ᄒᆞ니 낭ᄌᆡ 옛ᄌᆞ온ᄃᆡ 옛말의 ᄒᆞ여시되 도젹의 ᄯᅢᄂᆞᆫ 볏고 데은 ᄯᅢᄂᆞᆫ 못 볏ᄂᆞᆫ다 ᄒᆞ오니 엇지 이렷 뉘명을 입고 살기을 바라리요 쥬거 모롬이 맛당ᄒᆞ다 ᄒᆞ고 ᄒᆞ스려 ᄒᆞᆫ니 부인이 만단으로 가유ᄒᆞ되 죵ᄂᆡ 듯지 안이ᄒᆞ난지

〈25-앞〉

라 낭ᄌᆡ 손으로 머리예 딜너썬 옥잠을 ᄲᅢ여 들고 ᄒᆞ날을 우얼너 ᄌᆡ비 통곡ᄒᆞ야 왈 소소명명ᄒᆞ신 창쳔은 ᄒᆞ감ᄒᆞ옵셔 이ᄆᆡᄒᆞᆫ 니을 명ᄇᆡᆨ키 분간ᄒᆞ여 쥬옵소셔 쳡이 만일 의닌으로 통간ᄒᆞ여 죄을 범ᄒᆞ여삽거든 니 옥잠이 쳡 가삼의 박키옵고 만닐 이ᄆᆡᄒᆞ거든 옥잠니 져 ᄃᆡ청 ᄯᅳᆯ 돌의 ᄉᆞ못 박키여 지위을 명박키 분간ᄒᆞ여 쥬옵고 낭군임 도라오실 ᄯᅢ가지 ᄉᆡᆨ지지 마옵소셔 ᄒᆞ고 울며 옥잠을 멀니 향ᄒᆞ여 공즁으로 던지이 그 옥잠 바람의 붓친다시 ᄇᆞ로 ᄃᆡ청 신방돌

〈25-뒤〉

의 ᄉᆞ못 박키ᄂᆞᆫ지라 그졔야 낭ᄌᆞ ᄶᅡᆼ의 업ᄲᅥ져 긔졀ᄒᆞ니 상공이 그 변을 보고 놀ᄂᆞ와 안마음의 눈을 ᄲᅢ고져시ᄂᆞ 무가ᄂᆡ히라 노복니 부ᄭᅳ러워 쥬졔ᄒᆞ던이 노복덜이 그 신긔홈을 보고 슈ᄯᅩ린 그져야 상공니 ᄂᆞ려 달여들어

낭ᄌᆞ의 소ᄆᆡ을 붓들고 비러 왈 낭ᄌᆞᄂᆞᆫ 늘근의 망영된 일을 일 분도 ᄉᆡᆼ각지 말고 마음을 안심ᄒᆞ라 ᄒᆞ며 ᄇᆡᆨ가지로 위로ᄒᆞ되 낭ᄌᆞ의 빙청옥결 갓튼 마음의 원통ᄒᆞᆫ 심회을 니긔지 못ᄒᆞ여 만 번 쥭어도 살지 안니ᄒᆞ고 쳔 번 살

〈26-앞〉

리야 반가온 ᄉᆡᆼ각이 업ᄂᆞᆫ지라 ᄉᆞ라ᄉᆞ난 ᄂᆡ 갓튼 뉘명을 신원치 못ᄒᆞ리라 ᄒᆞ고 쥭기을 ᄒᆞᆫᄉᆞᄒᆞ거ᄂᆞᆯ 상공이 비러 왈 남녀 간의 ᄒᆞᆫ 번 뉘명은 인간상시라 엇지 니ᄃᆡ지 셜어ᄒᆞᄂᆞᆫ다 ᄒᆞ고 만단으로 가유ᄒᆞ여 쳐쇼로 보ᄂᆡᆫ지라 낭ᄌᆞ 시모 졍씨을 붓들고 통곡ᄒᆞ여 가로ᄃᆡ ᄂᆞᆯ 갓튼 겨집이 음힝ᄒᆞᆫ 죄로 셰상의 낫ᄐᆞᄂᆞ셔 그 말니 쳔츄의 유젼ᄒᆞ면 엇지 부그렵지 안이ᄒᆞ리요 ᄒᆞ며 진쥬 갓튼 눈물

〈26-뒤〉

을 흘여 옥면을 젹신니 시모임니 ᄎᆞ목ᄒᆞᆫ 거동을 보고 상공을 ᄎᆡᆨᄒᆞ여 왈 낭ᄌᆞ의 빙셜 갓튼 졍졀을 일죠의 들러온 음힝으로 돌여보ᄂᆡ니 그런 원통ᄉᆞ고 분ᄒᆞᆫ 이리 어ᄃᆡ 이스리요 만일 쥭어 남ᄌᆞ 읍스면 션군이 ᄂᆡ려와 쥭엄을 보면 결단코 갓치 쥭을 거신니 아무커ᄂᆞ ᄂᆡᄂᆡ 안심ᄒᆞ여 후환 읍게 ᄒᆞ라 ᄒᆞ며 ᄉᆞᆼ공 ᄉᆞᆼᄒᆞ여 무슈이 ᄎᆡᆨ하여 원망ᄒᆞ더라 이젹의 츈양의 나흔 칠 셰요 동츈의 나흔 ᄉᆞᆷ 셰라 츈양이 낭ᄌᆞ의 치마을 붓들고 울며

〈27-앞〉

엿ᄌᆞ오ᄃᆡ 어머임 어머임 어마임아 쥭지 말고 살어보오 쥭은 후의 ᄂᆡᆫ들 어니 ᄉᆞᆯ며 동츈인들 어 살ᄉᆞ고 아바임 ᄂᆡ려오시거든 이 원통ᄒᆞᆫ 사졍이나 ᄒᆞ와 아ᄆᆡᄒᆞᆫ 신원을 ᄒᆞ옵소셔 동춘이난 발서 졋 먹ᄌᆞ ᄒᆞ고 우ᄂᆞ니다 방의 들어가 동츈이 졋시ᄂᆞ 먹겨 쥬옵소서 만일 어마임 쥭ᄉᆞ오면 울리ᄆᆡ은 뉘을 의지ᄒᆞ여 살ᄂᆞ ᄒᆞ시ᄂᆞ이가 울며 어미 손을 잇글고 방으로 들간이 낭ᄌᆞ 마지못ᄒᆞ여 방의

들어가 츈양 겻틔 안치고 동츈을 안고 젓슬 먹이며 슴슴 싱각흔니 어지

〈27-뒤〉

살라 잇셔 들러온 셰숭의 부지ᄒᆞ여 쳔상ᄉᆞ와 요지현을 이지로 그러ᄂᆞ 낭군과 ᄌᆞ식을 싱각흔니 한낫 간ᄌᆞᆼ의 일쳔 쥴불 일러ᄂᆞ 오장육부을 틔와닌이 빅셜 갓치 흔 얼골리 먹장 갓치 거머온니 연연헌 말소릐도 씌아진 그룻되여 잠잠흔 누물노 옷짓슬 젹시며 윈갓 치복을 닉여 노코 츈양의 머리을 만지며 니로듸 슬푸다 츄양아 오늘늘 닉 죽기ᄂᆞᆫ ᄒᆞᆫ날이 무니 여김미라 ᄒᆞ고 네 부친니 ᄂᆞ려오거든 이런 ᄉᆞ졍니나 ᄒᆞ

〈28-앞〉

여 원통흔 흔빅이ᄂᆞ 위로ᄒᆞ라 하며 슬피 통곡ᄒᆞ여 왈 츈양아 니 빅학션은 쳔ᄒᆞ 졔일 보빅라 치우면 더온 바름이 나고 더우면 치온 ᄇᆞ롬이 ᄂᆞ난니 부듸 집피 간슈ᄒᆞ여싸가 동츈니 장셩ᄒᆞ거든 쥬고 져 칠보단장과 비단 치복은 네게 쇼당지물리라 잘 간슈ᄒᆞ엿다가 너 ᄎᆞ지ᄒᆞ라 ᄒᆞ며 츈양아 닉 죽은 후에 어린 동싱을 다리고 목말ᄂᆞ ᄒᆞ거든 물을 먹이고 빅고푸다 ᄒᆞ거든 밥을 먹기고 울거든 달닉여 억고 부듸부듸 누을 흘

〈28-뒤〉

겨보지 말고 더부러 죠히 잇스라 가련타 츈양아 불숭흔 동츈을 엇지 흘고 답답ᄒᆞ다 츈양아 뉘을 의지ᄒᆞ랴 하며 눈물이 비 오듯 ᄒᆞ니 츈양이 어미 거동을 보고 듸셩통곡 왈 어만임아 어만임아 엇지 이듸지 셜어 ᄒᆞ시ᄂᆞᆫ잇가 만일 어만임 쥭시오면 우리 두은 뉘을 의탁ᄒᆞ여 ᄉᆞ라나리요 쇽졀업시 항긔 쥭어 어만임을 의탁ᄒᆞ리니다 가련타 동츈이 셰숭의 낫ᄐᆞ낫다가 장셩ᄒᆞ기 어려온니 원통코 답답ᄒᆞ다 뫼여 셔로 붓들고 슬피 통곡ᄒᆞ다

〈29-앞〉

가 인ᄒᆞ여 츈양니 어미 치마 ᄌᆞ락을 붓들고 잠을 들거ᄂᆞᆯ 낭ᄌᆞ 잠든 ᄌᆞ식을 붓들고 아무리 ᄉᆡᆼ각ᄒᆞ여도 다시 세ᄉᆞᆼ의 ᄉᆞ라ᄂᆞ셔 낫출 드러 뉘을 ᄃᆡ면ᄒᆞ리요 쥭어 구원의 도라가 누명을 씃치지라 ᄒᆞ며 츈양 동츈을 어로만져 왈 ᄂᆡ 니의 ᄌᆞᆼ셩ᄒᆞᄂᆞᆫ 양을 보지 못ᄒᆞ고 ᄐᆡᄉᆞᆫ 갓치 분ᄒᆞᆫ 마음을 이긔지 못ᄒᆞ여 속절읍시 쥭으리로다 손ᄶᅡ라을 ᄭᆡ무러 벽ᄉᆞᆼ의 글을 써 부치고 다시 잠든 ᄌᆞ식을

〈29-뒤〉

어루만쳐 왈 가련타 츈양아 불ᄉᆞᆼᄒᆞ다 동츈아 너의ᄂᆞᆫ 뉘을 의지ᄒᆞ여 살양ᄒᆞ며 금의을 ᄂᆡ여 입고 원낭침을 도도 베고 세ᄌᆞᆼ도 드ᄂᆞᆫ 칼노 셤셤옥슈로 더위잡바 쥭을ᄭᅡ 말ᄭᅡ 여러 번 ᄌᆞ져ᄒᆞ다가 ᄯᅩᄒᆞᆫ 슬피 울며 왈 강복의 ᄊᆞ인 ᄌᆞ식을 두고 ᄯᅩᄒᆞᆫ 쳘 니 원경의 간 낭군도 보지 못ᄒᆞ고 쥭으이 엇지 쥭ᄂᆞᆫ 혼ᄇᆡᆨ닌들 조혼 귀신이 되리요 ᄒᆞ고 칼을 놉피 드러 가삼을 지로이 쳥쳔ᄇᆡᆨ일의 우소소

〈30-앞〉

ᄒᆞ고 뇌셩 천지 진동ᄒᆞ거ᄂᆞᆯ 츈양 동츈이 놀ᄂᆡ여 ᄭᆡ니 엇지 쳔지 무심ᄒᆞ리요 황겁 중의 보니 낭ᄌᆞ 가삼의 칼을 ᄭᅩᆺ고 유혈니 낭ᄌᆞᄒᆞ거ᄂᆞᆯ 츈양이 ᄃᆡ경질ᄉᆡᆨᄒᆞ여 흠긔 칼의 질너 쥭으리라 ᄒᆞ고 칼을 ᄲᆡ려 ᄒᆞ이 ᄲᆡ지지 안니ᄒᆞᄂᆞᆫ지라 츈양이 동츈을 ᄭᆡ워 다리고 신체을 붓들고 낫출 혼ᄐᆡ ᄃᆡ이고 ᄃᆡ셩통곡ᄒᆞ여 왈 어만임아 어만임아 이 릴니 어인 일고 ᄂᆞᆯ과 동츈을 다려가옵소셔 ᄒᆞ며 슬피 운이 곡

〈30-뒤〉

셩니 원근의 들니거ᄂᆞᆯ ᄉᆞᆼ공 부부와 노복 등이 놀ᄂᆡ여 드러간이 낭ᄌᆞ 가삼의

칼을 ᄭᅳ고 쥭거써ᄂᆞᆯ 경황 분쥬ᄒᆞ여 칼을 쎄랴 ᄒᆞ이 원혼니 되여 칼이 쎄지지 안니ᄒᆞ이 ᄋᆞ모리 ᄒᆞᆯ 쥴을 모로고 ᄉᆞᆼᄒᆞ노복이 진동ᄒᆞ여 동츈은 어미 쥭은 쥴 모로고 달여드러 졋슬 섈며 안니 ᄂᆞᆫ다 ᄒᆞ고 운니 츈양이 동츈을 달ᄂᆡ여 왈 어만임 잠을 ᄭᆡ거든 졋슬 먹ᄌᆞ ᄒᆞ고 두로 만지며 왈 동ᄉᆡᆼ 동츈아 어만임 쥭어신니 우리은 어니 살며 너의 거동

〈31-앞〉

보기 슬타 ᄒᆞ며 ᄯᅩᄒᆞᆫ 신체을 붓들고 낫츨 흘들며 왈 어만임아 어만임아 ᄂᆞᆯ니 ᄇᆞᆯ가온이 어셔 니러ᄂᆞ소 ᄒᆡ가 도도온니 니러ᄂᆞ소 동츈은 졋 먹ᄌᆞ고 어버도 안이 듯고 안ᄂᆞ도 안니 듯고 어만임만 부르며 우ᄂᆞᆫ이다 ᄇᆞᆸ을 쥬어도 안니 먹고 물을 쥬어도 안이 먹고 졋만 먹ᄌᆞᄂᆞᆫ니다 ᄒᆞ며 츈양니 동츈을 안고 우리도 어만임과 ᄒᆞ씌 쥭어 지ᄒᆞ의 도라가ᄌᆞ ᄒᆞ며 궁글며 통곡ᄒᆞ니 그 경ᄉᆞᆼ을 ᄎᆞ마 보지 못ᄒᆞᆯ너라

〈31-뒤〉

초목금쉬 다 셔러ᄒᆞᄂᆞᆫ 듯 일월니 무광ᄒᆞ고 ᄉᆞᆫ쳔이 븐ᄉᆡᆼᄒᆞ니 아무리 쳘셕간 장인들 안니 울 니 업더라 이러구러 슬피 통곡ᄒᆞ다가 ᄂᆞᆯ리 ᄇᆞᆯ그ᄆᆡ 벽ᄉᆞᆼ의 예 업던 혈셔 잇거ᄂᆞᆯ ᄌᆞ시예 보니 그 글의 ᄒᆞ여시되 슬푸다 이ᄂᆡ 몸니 쳔ᄉᆞᆼ 의 득죄ᄒᆞ고 인간의 ᄂᆞ려와 쳔ᄉᆞᆼ연분으로 낭군을 닌연으로 긔약ᄒᆞ고 일시 도 못 잇던니 공명의 ᄯᅳ지 잇셔 연연낭군 ᄒᆞ여던이 과거의 보닌 니후로 조물리 시긔ᄒᆞ고 귀신이 작희

〈32-앞〉

ᄒᆞᆫ가 ᄇᆡᆨ옥 갓튼 이ᄂᆡ 몸니 음힝으로 도라가셔 쇽절읍시 쥭게 되니 니갓튼 셔론 지정 뉘다려 말ᄒᆞ리요 셤셤 드ᄂᆞᆫ 칼을 션ᄯᅳᆺ ᄌᆞᄇᆞ들고 입더지며 잠든

ᄌᆞ식 도라보와 ᄉᆡᆼ각ᄒᆞ니 ᄂᆡ 쥭기ᄂᆞᆫ 셜지 안이ᄒᆞ되 강복의 ᄊᆞ인 ᄌᆞ식 니ᄂᆡ 몸 쥭은 후의 누을 의지ᄒᆞ며 살여ᄂᆡ리요 ᄂᆡ의 진졍을 ᄉᆡᆼ각ᄒᆞ이 이 마음 둘 ᄃᆡ 읍다 허물며 낭군임은 월젼의 니별ᄒᆞ여 쳘 이 ᄇᆡᆨ씌 몸이 잇셔 니 몸 피ᄎᆞ의 못 보고

〈32-뒤〉

쥭어진니 이 마음도 셥셥거니와 ᄉᆞ라 잇셔 보지 못ᄒᆞᆫ 낭군의 마음닌들 엇지 온젼ᄒᆞ리요 피ᄎᆞ ᄇᆡᆨ연긔약 속졀업시 허ᄉᆞ로다 허ᄉᆞ로다 낭군임아 낭군임아 어셔 밧비 도라와셔 이 몸 쥭은 신체ᄂᆞᆫ 몸쇼 슈습ᄒᆞ고 원통ᄒᆞᆫ 니ᄂᆡ 혼ᄇᆡᆨ이나 명박키 신원ᄒᆞ여 쥬옵소셔 ᄒᆞᆯ 말 무궁ᄒᆞᄂᆞᆫ 원통ᄒᆞᆫ 마음니 쥭기을 ᄌᆡ촉ᄒᆞ이 그만 그치노라 ᄒᆞ엿더라 니러구러 ᄉᆞ흘을 지ᄂᆡᄆᆡ ᄉᆞᆼ공 부쳐 ᄉᆡᆼ각ᄒᆞ되 낭ᄌᆡ 니졔 쥭

〈33-앞〉

어신이 션군니 도라와 낭ᄌᆞ 가삼의 칼을 ᄊᆞᆺ고 쥭은 뫼양을 보면 분명이 우리 모ᄒᆞᆷᄒᆞ여 원통이 쥭은 쥴 알고 션군이 결단코 쥭글 거신니 션군이 나려오지 안니ᄒᆞ여셔 낭ᄌᆞ의 신체을 간슈ᄒᆞ미 올타 ᄒᆞ고 방의 드러가 소렴을 ᄒᆞᆯ려 ᄒᆞ이 신체가 방의 붓고 요동치 안이ᄒᆞ니 ᄉᆞᆼ공 붓쳐와 노복 등이 그 거동을 보고 아무리 ᄒᆞᆯ 쥴을 모로더라 이젹의 션군이 경셩의 올ᄂᆞ간이 쳔ᄒᆞ 션ᄇᆡ 구름 뫼듯

〈33-뒤〉

ᄒᆞ엿ᄂᆞᆫ지라 션군이 경셩의셔 슈일 유ᄒᆞ여 과거ᄂᆞᆯ을 당하여 ᄌᆞᆼ즁 긔계을 갓초와 가지고 ᄌᆞᆼ듕의 들어가 션판을 살펴본니 글졔을 걸러시되 도강이셔라 ᄒᆞ여거ᄂᆞᆯ 션군이 닐필휘지ᄒᆞ여 션ᄌᆞᆼ의 밧치고 ᄂᆞ온니라 니젹의 황졔

션군의 글을 보시고 ᄃᆡᄎᆞᆫ 왈 니 글은 분이 이닌의 글리로다 귀마다 듀옥니요 글씨ᄂᆞᆫ 용ᄉᆞ비등 ᄒᆞ야신이 이 션ᄇᆡ난 신통ᄒᆞᆫ ᄉᆞ름이라 ᄒᆞ시고 즉시 봉ᄂᆡ을 긔탁ᄒᆞ신니 경

〈34-앞〉

ᄉᆞᆼ도 안동 ᄯᅡ의 거ᄒᆞᄂᆞᆫ ᄇᆡᆨ션군이라 ᄒᆞ야거ᄂᆞᆯ 황졔 즉시 실ᄂᆡ을 두세 번 진퇴ᄒᆞᆫ 후의 할임학ᄉᆞ을 졔슈ᄒᆞ시거ᄂᆞᆯ 션군니 쳔은을 츅ᄉᆞᄒᆞ시고 한원의 입죠ᄒᆞᆫ 후의 비ᄌᆞ ᄒᆞ여금 부모 위젼과 옥낭ᄌᆞ의 편지ᄒᆞᄂᆞᆫ지라 니젹의 노ᄌᆡ 쥬으로 ᄂᆡ려와 ᄉᆞᆼ공 젼의 편지을 드리이 ᄉᆞᆼ공니 바다 본니 한은 부모계 들닌 편지요 한 ᄌᆞᆼ은 옥낭자의계 부친 편지여날 ᄉᆞᆼ공니 편지을 ᄯᅥ여 본니 ᄒᆞ여시되

〈34-뒤〉

문안 알외오며 그 ᄉᆞ이 부모님계옵셔 쳬후일향만안 ᄒᆞ옵신지 목구구부리 암거 못ᄒᆞ오며 ᄌᆞ식은 ᄒᆞ명 닙ᄉᆞ와 몸니 무양ᄒᆞ오며 ᄯᅩᄒᆞᆫ 쳔은 닙ᄉᆞ와 금번 ᄌᆞᆼ원 급졔ᄒᆞ여 할님학ᄉᆞ로 입죠ᄒᆞ여 ᄂᆡ려온니 도문일시은 금월 망일니온니 도문 그교은 알라 ᄒᆞ옵소셔 ᄒᆞ여더라 낭ᄌᆞ계 가은 편지을 부인 졍씨 들고 울며 츈양을 쥬워날 이 편지은 네 어미계 붓치ᄂᆞᆫ 편지라 가졋다가 네 글읏의 간

〈35-앞〉

슈ᄒᆞ라 ᄒᆞ고 부닌니 부언 방셩통곡ᄒᆞ니 츈양니 그 편지을 바다 가지고 울며 동츈을 안고 신체 방의 들가 어미 신체을 흔들고 울며 얼골 덥퍼던 소ᄆᆡ을 벅기고 편지 ᄯᅥ여 들고 ᄂᆞᆫ츨 한ᄐᆡ ᄃᆡ고 슬피 통곡 왈 어마님나 일러ᄂᆞ소 아바님 편지 왓ᄂᆞᆫ니다 일어ᄂᆞ소 아바임 ᄌᆞᆼ원 급졔ᄒᆞ여 할님학ᄉᆞ로 졔슈ᄒᆞ

여 ᄂᆡ려오시ᄂᆞᆫ니ᄃᆞ ᄒᆞ며 편지로 ᄂᆞ츨 덥푸며 왈 동춘니ᄂᆞᆫ 여일 졋 먹ᄒᆞ고 우ᄂᆞ이다 어마님 평시의 글을

〈35-뒤〉

조와ᄒᆞ시던니 오날은 아바님 편지 왓ᄉᆞ오되 웃지 반긔 안이ᄒᆞ시ᄂᆞᆫ익가 춘양은 글을 몰너 어마임 영혼 젼의 고차 못ᄒᆞ온이 답답ᄒᆞ와니다 ᄒᆞ고 조모임 젼의 빌러 왈 조모님은 어마님 영혼 젼의 가 편지 ᄉᆞ연을 일은시면 어마임 영혼니 강동할 뜻 ᄒᆞᄂᆞ이ᄃᆞ ᄒᆞ니 졍씨 마지못ᄒᆞ여 낭ᄌᆞ 빙소의 들어가 편지을 써여 들고 울면셔 고

〈36-앞〉

ᄒᆞᄂᆞᆫ지라 그 글의 ᄒᆞ엿시되 문안 젹ᄉᆞ오며 일 장 졍출노 옥낭ᄌᆞ 좌ᄒᆞ의 붓치ᄂᆞᆫ니ᄃᆞ 울리 양닌의 ᄐᆡ손 갓튼 졍니 철 이의 가리ᄆᆡ 낭ᄌᆞ 면목을 용망낭망이요 불ᄉᆞ이ᄌᆞᄉᆞ로다 그ᄃᆡ의 화ᄉᆞᆼ니 젼과 핏치 달너 날노 변ᄒᆞᆫ이 아지못거라 무슴 병니 들엇ᄂᆞᆫ지 아지 못ᄒᆞ여 ᄀᆡᆨ충 등ᄒᆞ의 슈심으로 좀을 일우지 못ᄒᆞ니 민망답답ᄒᆞ오며 낭ᄌᆞ의 셥

〈36-뒤〉

ᄋᆡᄒᆞ심으로 금방 장원 급제ᄒᆞ여 할님학ᄉᆞ로 이 몸니 영귀ᄒᆞ여 ᄂᆞ려온니 웃지 낭ᄌᆞ의 뜻슬 맛초지 안니ᄒᆞ여실니요 도문일ᄉᆞ은 금월 모일로 앙망낭ᄌᆞ은 쳔금 갓튼 옥쳬을 안보ᄒᆞ옵소셔 ᄂᆞ려가 반가 보올니ᄃᆞ ᄒᆞ여덜라 졍씨 보기을 ᄃᆞᄒᆞᄆᆡ 더옥 실푼 마음은 진졍치 못ᄒᆞ여 통곡ᄒᆞ여 왈 실푸다 춘양아 가련타 동춘

〈37-앞〉

아 너의 어미 일코 엇지 살ᄂᆞ ᄒᆞᄂᆞᆫ다 ᄒᆞ며 ᄉᆡ로니 통곡ᄒᆞ이 춘양과 동츈이 그 편지 ᄉᆞ연을 듯고 어미 신체을 안고 궁글며 ᄒᆞᆫ슬피 우니 ᄎᆞ목한 그동을 ᄎᆞ마 보지 못ᄒᆞᆯ너라 졍씨 ᄉᆞᆼ공을 불너 왈 션군의 편지 ᄉᆞ연이 엿ᄎᆞ엿ᄎᆞᄒᆞ고 ᄯᅩᄒᆞᆫ 낭ᄌᆞ을 잇지 못ᄒᆞ여 병니 되엿다 ᄒᆞ이 오흐려 낭ᄌᆞ 쥭은 쥴 모로고도 리갓치 병니 되엿다 ᄒᆞ이 만일 션군니 도라와 낭ᄌᆞ 쥭엄을 보면 결단코 항

〈37-뒤〉

긔 쥭을 ᄯᅳᆺᄒᆞ이 이 일을 웃지 ᄒᆞ리요 ᄉᆞᆼ공니 ᄃᆡ왈 ᄂᆞ도 글노 쥬야로 염예ᄒᆞ옵ᄂᆞᆫ니다 그러ᄂᆞ 조흔 못ᄎᆡᆨ이 닛ᄊᆞ온이 염예 마옵소셔 ᄒᆞ고 즉시 노복을 불너 의논 왈 ᄒᆞᆯ임니 ᄂᆡ려와 낭ᄌᆞ 쥭검을 보면 결단코 쥭을 ᄯᅳᆺᄒᆞ니 너의 등은 각각 ᄉᆡᆼ각ᄒᆞ여 ᄒᆞᆯ임의 안심ᄒᆞᆯ 도예을 ᄉᆡᆼ각ᄒᆞ라 ᄒᆞ신이 그 즁의 ᄒᆞᆫ 늘근 죵니 엿ᄌᆞ온ᄃᆡ 소인니 젼의 ᄒᆞᆯ임을 모시고 아모 ᄃᆡ 임진ᄉᆞ ᄃᆡᆨ의

〈38-앞〉

가온이 여러 ᄉᆞ름니 무슈이 모다ᄂᆞᆫᄃᆡ 층즁 ᄉᆡ이로 일월 갓튼 쳐ᄌᆞ ᄂᆞ와 귀경ᄒᆞ다가 몸을 은ᄉᆡᆨᄒᆞ오니 할임니 그 쳐ᄌᆞ을 즘간 보시고 쳔ᄒᆞ졀ᄉᆡᆨ이로다 ᄒᆞ시며 잇지 못ᄒᆞ와 근쳐 ᄉᆞ름다려 뭇ᄌᆞ온니 임진ᄉᆞ ᄃᆡᆨ 낭ᄌᆞ로라 ᄒᆞ니 할임니 층츤ᄒᆞ시며 못ᄂᆡ ᄉᆞ모ᄒᆞ여신니 그 ᄃᆡᆨ 낭ᄌᆞ와 인연을 ᄆᆡ즈시면 혹 안심지 되올 ᄯᅳᆺ ᄒᆞ오나 연젼의 임진ᄉᆞ ᄃᆡᆨ은 나려오ᄂᆞᆫ 노변니온이 할임니 ᄂᆞ려

〈38-뒤〉

오ᄂᆞᆫ 길의 경ᄉᆞ되온이 더옥 죠흘 ᄯᅳᆺ ᄒᆞ나이다 연소ᄒᆞᆫ 마음의 신경의 고혹ᄒᆞ오면 구경을 니즐 ᄯᅳᆺ ᄒᆞ온이 아모ᄶᅩ로 진심ᄒᆞ여 ᄉᆡᆯ이 그 ᄃᆡᆨ 가와 결혼커

ᄒᆞ옵소셔 ᄉᆞᆼ공이 그 말을 듯고 ᄃᆡ희ᄒᆞ여 왈 너의 말이 가ᄌᆞᆼ 올토다 ᄯᅩᄒᆞᆫ 임진ᄉᆞ와 ᄂᆞᆯ과 평ᄉᆡᆼ 쥭마지우라 ᄂᆡ 말을 드을 뜻ᄒᆞ니 지금 션군의 몸이 영귀 되여신니 쳥ᄒᆞ면 노종ᄒᆞᆯ 뜻 ᄒᆞ니라 ᄒᆞ고 ᄉᆞᆼ공이 즉시 발ᄒᆡᆼᄒᆞ여 임진ᄉᆞ ᄃᆡᆨ의 간이 님진ᄉᆞ ᄒᆞᆫ연니 연졉ᄒᆞ고 왈 누

〈39-앞〉

지의 엇지 오시ᄂᆞᆫ잇가 ᄉᆞᆼ공니 ᄃᆡ왈 ᄌᆞ식 션군이 증젼의 수경낭ᄌᆞ로 더부러 년분이 지즁ᄒᆞ여 일시도 써ᄂᆞ지 안니ᄒᆞ며 민망ᄒᆞ던 ᄎᆞ의 금번 과거을 당ᄒᆞ여 경셩의을 보ᄂᆡ여던니 다ᄒᆡᆼ으로 금번 ᄌᆞᆼ원 급졔ᄒᆞ녀 ᄒᆞᆯ임으로 이러 오ᄂᆞᆫ 편지가 왓ᄉᆞᆺ되 마참 가운니 불ᄒᆡᆼᄒᆞ온지 졔 연분이 진ᄒᆞ여ᄂᆞᆫ지 금월 모일의 낭ᄌᆞ 쥭어신니 혼ᄉᆞ답ᄒᆞ라 분명 션군니 나려오면 졀단코 쥭엄을 면치 못ᄒᆞᆯ 뜻

〈39-뒤〉

ᄒᆞ오이 혼취을 광문ᄒᆞ온이 진사 ᄃᆡᆨ의 아름다온 만셰 낭ᄌᆞ 잇다 ᄒᆞ옵기로 염치을 불고ᄒᆞ고 왓ᄉᆞ온이 진ᄉᆞ 되미 엇더ᄒᆞ온잇가 ᄌᆞ식 션군은 연소ᄒᆞᆫ 마음의 신경을 가루면 구경을 이질 듯 ᄒᆞ오니 ᄇᆞ라옵건ᄃᆡ 쾌이 허락ᄒᆞ옵쇼셔 ᄌᆞ식 션군이 ᄌᆡᄉᆡᆼ지은을 입어 우리 두 집의 영화 귀니ᄒᆞ옵미 엇지 질겁지 안이ᄒᆞ리잇가 ᄒᆞᆫᄃᆡ 진ᄉᆞ ᄃᆡ왈 져연 칠월 망간의 가문경 벌의셔

〈40-앞〉

ᄒᆞᆯ임과 낭ᄌᆞ와 두 ᄉᆞ름 노난 양을 본이 양닌이 탄금ᄒᆞ며 가ᄉᆞ를 을푸ᄂᆞᆫ 양은 월궁 항ᄋᆡ가 옥황ᄉᆞ졔계 반도 지상ᄒᆞᄂᆞᆫ 거동 갓던이다 ᄂᆡ 여식으로 비할진ᄃᆡ 옥낭ᄌᆞᄂᆞᆫ 츄쳔단월이요 ᄂᆞ의 여식은 흑운ᄇᆞᆫ월리라 그 낭ᄌᆞ 만일 쥭어ᄊᆞ오면 할임니 졀단코 셰상의 부지치 못ᄒᆞᆯ 거신이 만일 처혼ᄒᆞ여다가

쓧과 갓지 못ᄒᆞ오면 인ᄒᆞ여 ᄂᆡ 여식은 바릴 쓧 ᄒᆞ온니 그 안이 ᄒᆞᆫ심ᄒᆞ오잇가 직숨

〈40-뒤〉

당부ᄒᆞ고 조계 가ᄒᆞᆫ고로 허혼ᄒᆞ여 혼임 갓튼 ᄉᆞ회을 정ᄒᆞ미 엇지 길겁지 아이ᄒᆞ올이요 ᄒᆞ며 그졔야 쾌이 허락ᄒᆞ거ᄂᆞᆯ ᄉᆞᆼ공니 ᄃᆡ희ᄒᆞ여 왈 션군이 금월 망일의 진ᄉᆞ ᄃᆡᆨ 문젼으로 지ᄂᆡᆯ 거신이 그ᄂᆞᆯ노 ᄐᆡ길ᄒᆞ여 힝예을 ᄒᆞ기을 정ᄒᆞ고 상공이 집으로 도라와 납치을 보ᄂᆡ고 션군 오기을 지다리더라 각셜 리라 이젹의 션군니 청ᄉᆞ관ᄃᆡ의 박옥호을 들고 ᄇᆡᆨ총마ᄉᆞᆼ의 금안을 지어 타고 쳣기을 ᄇᆞᆫ

〈41-앞〉

공의 빗치고 화동을 쌍쌍이 압셰우고 쥰마로 나려오던니 일침이 심 이식 버러셔더라 젓 쇼ᄅᆡᄂᆞᆫ ᄐᆡ평국 놀ᄋᆡᄒᆞ여 산쳔니 상응ᄒᆞ고 청지은 일광을 갈이와 오난 즁의 청춘 ᄉᆞᆫ연이 ᄇᆡᆨ총쥰마의 금안을 지여 타고 날여온니 각도 각읍의 노소닌민이 다토와 구경ᄒᆞ며 층찬 안이 할 니 읍더라 경기러의 득달 ᄒᆞ니 강ᄉᆞ이 션군을 보고 슬ᄂᆡ을 두세 번 청ᄒᆞ니 션군니 머리예 어사화을 곳고 허리의 옥ᄃᆡ을 ᄯᅴ고 완완이 들어간니 감

〈41-뒤〉

ᄉᆞ 슬ᄂᆡ을 청ᄒᆞ여 진퇴ᄒᆞᆫ 후 ᄃᆡ츤 왈 그ᄃᆡ난 진실노 션풍도결이라 ᄒᆞ더라 예젹의 션군이 여러 날 노돈을로 잠을 일오지 못ᄒᆞ야 잠간 조호던이 사몽비 몽 간의 낭ᄌᆞ 완연이 문을 열고 들어와 할임 겻ᄐᆡ 안지ᄆᆡ 낭ᄌᆞ 몸의 유혈이 낭ᄌᆞᄒᆞ고 눈물을 흘이여 왈 나은 심운이 불힝ᄒᆞ와 셰상의 잇지 못ᄒᆞ고 구원 의 돌어갓난이다 젼일 시모임계 낭군의 편지 사연 듯ᄉᆞ온니 금방 장원 급졔

ᄒᆞ여 할임가지 ᄒᆞ여 날여오신

〈42-앞〉

다 ᄒᆞ온니 아몰니 죽은 혼ᄇᆡᆨ인들 웃지 질겁지 안이할니요 낭군이 영화으로 ᄂᆞ려오시며 ᄒᆞ 반갑ᄉᆞ와 이곳가지 왓ᄉᆞ온이 슬푸다 낭군임은 아모리 영화로 ᄂᆡ려오시건이와 쇼비난 남과 갓치 보지 못ᄒᆞ온니 이런 답답고 졀ᄇᆡᆨᄒᆞ온 일니 어ᄃᆡ 잇ᄉᆞ오리가 가연타 낭군임아 츈양을 엇지ᄒᆞ며 동츈을 엇지ᄒᆞᆯ고 어셔 밧비 ᄂᆞ려가 츈양 동츈을 달ᄂᆡ소셔 어미 일코 슬피 울고 아비 그리워 슬워 우ᄂᆞᆫ니다 쳡의

〈42-뒤〉

몸이 슈척ᄒᆞ여 촌촌젼지ᄒᆞ여 왓ᄉᆞ오이 나의 가삼니ᄂᆞ 만쳐 보소셔 ᄒᆞ며 ᄒᆞᆫ슘지우고 낙누ᄒᆞ거ᄂᆞᆯ 션군니 반겨 낭ᄌᆞ을 안고 손을 잡아 낭ᄌᆞ의 몸을 져보이 가삼의 칼이 ᄇᆡᆨ켜거ᄂᆞᆯ 놀나 연고을 무른즉 낭ᄌᆞ의 알는 소ᄅᆡ로 ᄒᆞ되 탁탁 ᄉᆞ랑의 영이 말니라 우리 두를 두고 일은 마리 낭군이 과가의 가실 ᄯᅢ예 셔방임니 ᄂᆞᆯ을 잇지 못ᄒᆞ야 두 번 오신 ᄌᆞ최의 귀신이 무여ᄒᆞ무로 ᄆᆡ월의 츄종으로

〈43-앞〉

시부임니 ᄇᆡᆨ쥬지셜노 ᄋᆡᄆᆡ이 잡ᄉᆞ오ᄆᆡ 버셔ᄂᆞᆯ 길리 업ᄊᆞ와 죽어ᄂᆞᆫ이다 ᄒᆞ고 잇슬 ᄯᅢ예 원촌의 계명셩이 들리거ᄂᆞᆯ 낭ᄌᆞ 왈 유명이 달은고로 밧비 가ᄂᆞᆫ니다 ᄒᆞ고 문득 간ᄃᆡ업거ᄂᆞᆯ 놀ᄂᆞ ᄭᆡ달은이 ᄂᆞᆷ가일몽이라 쉼니 ᄒᆞ 흉참ᄒᆞ여 이러 안진이 오경 북소ᄅᆡ ᄂᆞ며 계명셩니 들이거ᄂᆞᆯ ᄒᆞ인을 불너 질을 ᄌᆡ촉ᄒᆞ며 쥬야로 ᄂᆞ려오ᄂᆞᆫ지라 잇ᄯᅢ 와 상공이 쥬육을 ᄇᆡ셜ᄒᆞ고 노복 등을 거나려 오ᄂᆞᆫ지라 ᄉᆞᆼ공

〈43-뒤〉

이 임진ᄉᆞ ᄃᆡᆨ 문젼의 와 홀임 오기을 지달이던니 홀임니 ᄇᆡᆨ마금안으로 쥬마
ᄒᆞ여 오거ᄂᆞᆯ 상공이 실ᄂᆡ을 두세 번 진퇴ᄒᆞᆫ 후의 션군의 손을 잡고 가로ᄃᆡ
네 급졔ᄒᆞ여 옥당 홀임으로 오니 질거옴이 층양읍도다 ᄒᆞ며 손슈 슐ᄌᆞᆫ을
권ᄒᆞ이 할임니 두 손으로 ᄇᆞ든이 이삼 ᄇᆡ을 지ᄂᆡ지라 상공이 흔연이 이로ᄃᆡ
ᄂᆡ 모젼 ᄉᆡᆼ각ᄒᆞ이 네 벼살리 ᄒᆞᆫ원의 잇고 얼골리 두목지상이요 풍ᄎᆡ 거룩ᄒᆞᆫ
ᄃᆡ 엇지 너 갓튼 장부가 ᄒᆞᆫ

〈44-앞〉

분인으로 셰월을 보ᄂᆡ리요 ᄂᆡ 너을 위ᄒᆞ여 어진 낭ᄌᆞ을 광문ᄒᆞ여 이 골
임진ᄉᆞ ᄃᆡᆨ 낭ᄌᆞ 이스되 쳔ᄒᆞ절ᄉᆡᆨ니라 ᄒᆞᄆᆡ 일젼의 임진ᄉᆞ을 ᄎᆞᄌᆞ와 네 ᄇᆡᆨ필
을 졍ᄒᆞ여 힝예 오ᄂᆞᆯᄂᆞᆯ로 졍ᄒᆞ미라 네 뜻지 엇더ᄒᆞ요 ᄒᆞ며 만단으로 셜화ᄒᆞ
이 션군이 ᄃᆡ왈 모야의 ᄭᅮᆷ ᄭᅮ온니 낭ᄌᆞ 몸의 피을 흘니고 졋틔 안져 가슴을
만지며 말을 못ᄒᆞ이 아마도 무삼 연괴 잇ᄂᆞᆫ잇가 ᄒᆞ며 가로ᄃᆡ 낭ᄌᆞ와 언약이
지즁ᄒᆞ오니 집의 ᄂᆞ려가 낭ᄌᆞ을

〈44-뒤〉

보고 말을 들은 후의 결단ᄒᆞ오리다 ᄒᆞ고 질을 ᄌᆡ촉ᄒᆞ여 임진ᄉᆞ 집 압풀
지ᄂᆡ거ᄂᆞᆯ 상공니 홀임을 붓들고 만단으로 ᄀᆡ유ᄒᆞ여 왈 양반의 ᄒᆡᆼ실리 아이
로다 혼인은 인간승ᄉᆞ라 부모 구혼ᄒᆞ여 육예을 갓쵸와 영화을 ᄉᆡᆼ젼의 빈ᄂᆡ
미 ᄌᆞ식의 도례의 올커ᄂᆞᆯ 네 고집ᄒᆞ여 임소졔와 죵시 ᄃᆡᄉᆞ을 글읏되계 ᄒᆞ이
군ᄌᆞ의 도리 안이로다 ᄒᆞ거ᄂᆞᆯ 홀임니 묵묵부답ᄒᆞ고 말을 ᄌᆡ촉ᄒᆞ이 ᄒᆞ인니
엿ᄌᆞ오되 ᄃᆡ감임 영이

〈45-앞〉

엿ᄎᆞ엿ᄎᆞᄒᆞ옵고 ᄯᅩᄒᆞᆫ 임진ᄉᆞ ᄃᆡᆨ이 낭ᄑᆡᆨ ᄌᆞ심ᄒᆞ온이 ᄒᆞᆯ임은 집피 ᄉᆡᆼ각ᄒᆞ옵소셔 ᄒᆞ이 ᄒᆞᆯ임니 ᄊᆞ지져 물이치고 ᄇᆡᆨ마금편으로 달여가거ᄂᆞᆯ ᄉᆞᆼ공이 할길읍셔 마을 달여 뒤을 ᄯᆞ라오다가 집 압페 다다라 상공이 션군을 붓들고 ᄂᆞᆼ누ᄒᆞ여 왈 과거ᄒᆞ여 영화로 오거이와 네 경셩의 써ᄂᆞᆫ 후의 낭ᄌᆞ 방의 외인 ᄂᆞᆷ경의 소ᄅᆡ ᄂᆞ거ᄂᆞᆯ 고니ᄒᆞ여 낭ᄌᆞ다려 무르이 너 왓더란 말은 안이ᄒᆞ고 ᄆᆡ월을 다리고 말ᄒᆞ여노라 ᄒᆞ거ᄂᆞᆯ

〈45-뒤〉

부모 도리예 이리 가ᄌᆞᆼ 슈ᄉᆞᆼᄒᆞᄆᆡ 낭ᄌᆞ을 약간 경계ᄒᆞ여던이 낭ᄌᆞ 엿ᄎᆞ엿ᄎᆞ 쥭어신이 이런 망극답답ᄒᆞᆫ 일리 어ᄃᆡ 이슬리요 ᄒᆞ신ᄃᆡ 션군이 이 말삼을 듯고 ᄃᆡ경질ᄉᆡᆨᄒᆞ며 쳬읍ᄒᆞ양 왈 아ᄇᆞᆫ임은 날을 임진ᄉᆞ ᄃᆡᆨ 낭ᄌᆞ게 장가들나고 ᄒᆞ시고 소기ᄂᆞᆫ 말ᄉᆞᆷ니 올흔신잇가 진실노 낭ᄌᆞ 쥭어ᄂᆞᆫ잇가 ᄒᆞ며 ᄒᆞᆯ임니 여광엿취ᄒᆞ여 쳔지도지ᄒᆞ여 즁문의 다다른이 동별당의셔 ᄋᆡ연ᄒᆞᆫ 우름소ᄅᆡ 문박긔 들이거ᄂᆞᆯ ᄒᆞᆯ

〈46-앞〉

임니 누물리 ᄉᆡ음 솟듯 나ᄂᆞᆫ지라 담ᄌᆞᆼ 안의 드러간이 ᄃᆡ청 신방돌의 옥ᄌᆞᆷ이 ᄉᆞ뭇 박켜거ᄂᆞᆯ 할임니 옥잠을 ᄲᆡ여 들고 눈물을 흘려 왈 무정ᄒᆞᆫ 옥잠은 마죠 ᄂᆞ와 ᄇᆞᆫ겨ᄒᆞ되 유정ᄒᆞᆫ 우리 낭ᄌᆞ은 웃지 안이 ᄂᆞ오고 방성통곡ᄒᆞ여 압풀 불별치 못ᄒᆞ여 동별당의 들어간이 가이읍고 쳘양ᄒᆞ다 츈양이 동츈을 등의 업고 빙소의 드러가 어미 신체을 흔들며 우름을 ᄎᆡ쳐 우지 못ᄒᆞ고 긋슬 갓튼 눈물이 비 오듯시

〈46-뒤〉

ᄒᆞᆯ이며 ᄋᆡ고답답 어만임아 이러ᄂᆞ오 이러ᄂᆞ오 과가 가던 아반임 왓ᄂᆡ이다 ᄒᆞ며 등의 업핀 동츈은 할임을 보고 ᄃᆡ셩통곡ᄒᆞ고 츈양이 ᄒᆞᆯ임을 붓들고 업더져 울며 왈 어만임 죽어난이다 ᄒᆞ며 동츈이 ᄂᆞᆯ노 졋 먹ᄌᆞ ᄒᆞ며 어만임 신체을 붓고 우ᄂᆞᆫ이다 ᄒᆞ며 슬피 우이 할임니 츈양 동츈을 안고 통곡ᄒᆞ며 압풀 분별 못ᄒᆞ며 ᄯᅩ 낭ᄌᆞ 신체을 안고 긔졀ᄒᆞ이 츈양 동츈이 ᄒᆞᆯ임을 흔들며 낫츨 ᄒᆞᆫᄐᆡ ᄃᆡ고 우이 할임니 졔유

〈47-앞〉

정신을 ᄎᆞ려 통곡ᄒᆞ며 신ᄉᆞᆼ의 덥펴든 거슬 벅기고 본즉 옥 갓튼 낭ᄌᆞ 가삼의 칼을 ᄭᅬ고 ᄌᆞᄂᆞᆫ다시 누어거ᄂᆞᆯ 할임니 부모을 도러보와 왈 아모리 무상ᄒᆞ온들 이졔갓지 칼을 쎄지 안이ᄒᆞ여삼ᄂᆞᆫ이가 ᄒᆞ며 션군이 칼을 잡고 ᄂᆞ슬 ᄒᆞᆫᄐᆡ ᄃᆡ고 낭ᄌᆞ야 낭ᄌᆞ야 션군이ᄂᆡ 도러와ᄂᆡ 이러ᄂᆞ소 이러ᄂᆞ소 ᄒᆞ며 칼을 쎄이 ᄇᆡᆨ켜든 구멍으로 청죠ᄉᆡ 셰 마리 날라ᄂᆞ며 ᄒᆞᄂᆞ흔 할임의 억ᄀᆡ 위의 안져 울되 ᄒᆞ면목 ᄒᆞ면목ᄒᆞ며 울고 ᄯᅩ ᄒᆞᄂᆞ난 츈양의 억ᄀᆡ 우의 안져

〈47-뒤〉

울되 소ᄋᆡᄌᆞ 소ᄋᆡᄌᆞᄒᆞ며 울고 ᄯᅩ ᄒᆞ흔 동츈의 억ᄀᆡ 우의 안ᄌᆞ 울되 유감심 유감심ᄒᆞ며 울고 ᄂᆞ라가거ᄂᆞᆯ 할임니 그 ᄉᆡ소ᄅᆡ을 들은이 ᄒᆡ면목은 음힝을 입고 무삼 면목으로 낭군을 다시 보리요 ᄒᆞᄂᆞᆫ 소ᄅᆡ요 소ᄋᆡᄌᆞ 츈양아 부ᄃᆡ부ᄃᆡ 동츈을 잇지 말고 조희 잇스라 ᄒᆞᄂᆞᆫ 소ᄅᆡ요 유감심은 동츈아 어린 너을 두고 죽어시ᄆᆡ 눈을 감지 못ᄒᆞ리로다 ᄒᆞᄂᆞᆫ 소ᄅᆡ너라 그 청조ᄉᆡ 세흔 낭ᄌᆞ의 삼혼칠ᄇᆡᆨ니 낭군을 망종시별ᄒᆞ고 가ᄂᆞᆫ 소ᄅᆡ라 그ᄂᆞᆯ

〈48-앞〉

붓텀 낭ᄌᆞ 신체 점점 달분지라 할임니 낭ᄌᆞ 신체을 안고 ᄃᆡ성통곡ᄒᆞ여 왈 슬푸다 낭ᄌᆞ야 츈야 동츈 보기 슬타 불상ᄒᆞ다 낭ᄌᆞ야 어린 동츈을 젓 먹기소 장ᄉᆡᆼᄒᆞ던 우리 낭ᄌᆞ야 날을 바리고 어ᄃᆡ로 가ᄂᆞᆫ고 졀통ᄒᆞ다 낭ᄌᆞ야 날 다려 가소 원슈로다 원슈로다 과가로 급제야 ᄒᆞᄂᆞ 못ᄒᆞᄂᆞ 금의옥식을 먹그나 못 먹그 낭ᄌᆞ 얼골 보고지고 일시만 못 보와도 삼츈 가던이 이졔난 우리 낭ᄌᆞ 영결종천 ᄒᆞ여시니 어ᄂᆡ 쳘연 다시 볼고 어

〈48-뒤〉

린 ᄌᆞ식을 엇지 ᄒᆞ며 나ᄂᆞᆫ 낭ᄌᆞ 업시 일시들 엇지 살고 ᄒᆞ며 낭ᄌᆞ의 신쳬을 노치 안이ᄒᆞ고 궁글며 왈 ᄂᆡ일도 살 ᄯᅳᆺ지 업신이 ᄂᆞ도 쥭어 낭ᄌᆞ을 ᄯᅡ라가셔 상봉ᄒᆞᄉᆞ이다 ᄒᆞ고 쳐량타 츈양아 너ᄂᆞᆫ 엇지 살며 ᄋᆡ달다 동츈아 너을 웃지 ᄒᆞᆯ고 ᄒᆞ며 긔절ᄒᆞ이 츈양니 동츈으로 울며 왈 ᄋᆡ고답답 아바임아 니ᄃᆡ지 ᄒᆞᆫ탄ᄒᆞ시다가 아바임 신명을 마초시면 우리 두른 엇지 살ᄂᆞ ᄒᆞ시ᄂᆞᆫ이가 ᄒᆞ며 츈양 동츈을 붓들고 울다가 츈양이 동츈

〈49-앞〉

을 밥 쥬며 달ᄂᆡ이며 무을 마시이며 이이 우지 마라 아반임 쥭으면 너ᄂᆞᆫ 엇지 살며 ᄂᆡ들 웃지 살니요 우리도 함긔 쥭어 아바임을 ᄯᅡ라가 부모 혼을 의ᄐᆡᆨᄒᆞ지 ᄒᆞ며 동츈아 동츈아 우지 마라 ᄒᆞᆫ 손으로 할임을 붓들고 ᄯᅩ ᄒᆞᆫ 손으로 동츈의 몸을 안고 슬픠 통곡ᄒᆞ이 초목금슈 다 우ᄂᆞᆫ 듯 ᄒᆞ더라 할임니 츈양 동츈의 경경을 보고 츈양 손을 잡고 방으로 드러가 동츈의 머리을 만지며 운이 츈양니 압픠

〈49-뒤〉

안ᄌᆞ 아반임아 동츈이 ᄇᆡ곱푸다 ᄒᆞ든 밥을 쥬고 목마르다 ᄒᆞ거든 물을 마시고 밤니면 어버 달ᄂᆡ던이다 ᄒᆞ니 할임이 더옥 슬품미 층양업셔 울울ᄒᆞᆫ 심ᄉᆡ며 젹막ᄒᆞᆫ 회포을 이긔지 못ᄒᆞ야 도로 긔절ᄒᆞ거ᄂᆞᆯ 츈양이 그 거동을 보고 할임게 비러 왈 아바임아 ᄇᆡ들 안이 곱푸시며 목인들 안이 가ᄅᆡ릿가 어만임 ᄉᆡᆼ시의 아바임 오시거든 들리라 ᄒᆞ시고 ᄇᆡᆨ화쥬을 옥병의 가득 ᄎᆡ와 두엇ᄉᆞ온이 ᄉᆞᆯ이ᄂᆞ

〈50-앞〉

잡슈시면 어만임 임죵시의 유원을 일우이다 슬어 마르시고 ᄌᆞ잉ᄒᆞᆫ 츈양 동츈을 어여쎄 여겨 ᄉᆡᆼ각ᄒᆞ와 이 ᄉᆞᆯ을 잡슈시요 ᄒᆞ며 옥준의 가득 부어 들고 ᄭᅮᆯ러안ᄌᆞ 울며 빌거ᄂᆞᆯ 할임니 ᄉᆞᆯ을 바다 들고 늣겨 왈 ᄂᆡ 이 ᄉᆞᆯ을 먹고 ᄉᆞ라 뭇엇ᄒᆞ리요만ᄂᆞᆫ 네 졍셩이 ᄒᆞ 가련ᄒᆞ고 네 어미 유원을 이른다 ᄒᆞ니 마시노라 ᄒᆞ며 먹으려 ᄒᆞ이 눈물리 ᄉᆞᆯ존의 더펴 ᄉᆞᆯ잔의 ᄎᆡᄂᆞᆫ지라 츈양 울며 왈 어만임 별셰ᄒᆞ실 ᄯᆡ의

〈50-뒤〉

이로되 슬푸다 ᄂᆡ 쥭기ᄂᆞᆫ 셜지 안이ᄒᆞ되 쳔만 ᄋᆡᄆᆡᄒᆞᆫ 음힝을 입고 황쳔의 도라간니 웃지 눈을 감고 쥭으리요 ᄒᆞ며 쳘 이 원경의 인ᄂᆞᆫ 낭군의 얼골을 닷시 못 보고 도라가노라 네 아바임니 급졔ᄒᆞ여 ᄂᆞ려오시되 입음즉ᄒᆞᆫ 관ᄃᆡ 도포 읍기로 도포 지여 장의 너코 관ᄃᆡ 지턴니 뒤ᄌᆞ락의 ᄇᆡᆨ학을 노ᄐᆞ가 학의 날ᄀᆡ ᄒᆞᆫ 짝을 맛치지 못ᄒᆞ고 이런 이을 당ᄒᆞ여 속졀업시 황쳔의 도라간이 네 아바임 오시거든 날 본다시 드리라 ᄒᆞ시고 동츄

〈51-앞〉

을 안고 졋 먹기여 잠들리고 날도 잠든 후의 쥭어더이다 ᄒᆞ며 관ᄃᆡ 도포을 갓다가 들리며 왈 슈포졔도ᄂᆞ 보옵소셔 ᄒᆞ고 ᄃᆡ셩통곡ᄒᆞ이 할임니 그 관ᄃᆡ을 본이 오ᄎᆡ 영농ᄒᆞ며 고시 단금포의 칠ᄉᆞ 단정포로 안을 ᄃᆡ희여거ᄂᆞᆯ ᄒᆞᆫ 번 보ᄆᆡ 흉장이 막키고 두 번 보ᄆᆡ 가삼니 답답ᄒᆞ고 셰 번 보ᄆᆡ 어안니 막막ᄒᆞ고 네 번 보ᄆᆡ 안목이 희미ᄒᆞ여 일쳔간장이 구뷔구뷔 셕ᄂᆞᆫ지라 ᄂᆡ 엇지 이런 ᄎᆞ목ᄒᆞᆫ 이을 보고 살기을 바라리요 리러구러 십여

〈51-뒤〉

일을 지ᄂᆞᄆᆡ 일일은 ᄉᆡᆼ각ᄒᆞᄆᆡ 당초의 ᄆᆡ월을 슈쳥을 삼아던이 낭ᄌᆞ 작ᄇᆡᆨᄒᆞᆫ 후로 져을 븍ᄃᆡᄒᆞ여던이 부명코 몹슬 여이 시긔ᄒᆞ여 낭ᄌᆞ을 모흠ᄒᆞ미로다 ᄒᆞ고 즉시 노복으로 호령ᄒᆞ여 잡아ᄂᆡ여 꿀이고 엄치ᄒᆞ며 궁문 왈 네 젼후 소회을 바로 아뢰라 ᄆᆡ월이 울며 엿ᄌᆞ온ᄃᆡ 소인은 소회 읍ᄂᆞᆫ이다 ᄒᆞ거ᄂᆞᆯ 할임니 더옥 ᄃᆡ분ᄒᆞ여 창두을 호령하여 크 ᄆᆡ을 치이 ᄆᆡ월이 할길읍셔 젼후 실상을

〈52-앞〉

ᄀᆡᄀᆡ 승복ᄒᆞ거ᄂᆞᆯ 할임니 크게 호령ᄒᆞ여 왈 낭ᄌᆞ의 침소로 ᄂᆞ가던 놈은 엇던 놈이다 ᄆᆡ월이 알뢰ᄃᆡ 과연 돌쇠로소이다 잇ᄯᆡ 돌쇠 ᄯᅩᄒᆞᆫ 창두 즁의 션ᄂᆞᆫ지라 할임니 고성ᄃᆡ질 왈 돌쇠을 잡아ᄂᆡ여 결박ᄒᆞ고 ᄉᆞᆷ모장을 들려 뷔며 무른ᄃᆡ 돌쇠 울며 알외되 소인은 은금을 탐욕ᄒᆞ와 쳔지을 모로옵고 ᄆᆡ월의 무인의 들러ᄉᆞ온이 맛당니 쥭을 죄을 범ᄒᆞ여ᄉᆞ온이 어셔 쥭여 소인의 작죄지죄을 덜게 ᄒᆞ옵

〈52-뒤〉

소셔 알뢰ᄃᆡ 할임니 분ᄒᆞ물 이긔지 못ᄒᆞ여 창두을 불너 셰우고 돌쇠을 박

살ᄒᆞ여 쥭기고 할임니 찻던 칼을 쎅여 들고 ᄂᆞ여와 엇지 너 갓튼 연을 일긱 인들 세상의 살여두리요 ᄒᆞ며 ᄆᆡ월의 ᄇᆡ을 질너 헛치며 상공을 도라보며 왈 이런 요망ᄒᆞᆫ 연의 말을 듯고 ᄇᆡᆨ옥 무죄ᄒᆞᆫ ᄉᆞ름을 쥭어ᄉᆞ오니 니런 ᄋᆡ달 온 일니 어ᄃᆡ 잇ᄊᆞ올이가 ᄒᆞ이 상공니 묵묵부답ᄒᆞ고 눈물만 흘여이더라 잇ᄯᆡ 할

〈53-앞〉

임니 낭ᄌᆞ 신체을 안장ᄒᆞ랴 ᄒᆞ고 졔문과 장예 계교을 ᄎᆞ리던니 니ᄂᆞᆯ 밤의 일몽을 어든니 낭ᄌᆞ 허튼 머리을 산발ᄒᆞ고 만신의 피을 흘이고 방문을 열고 들러와 졋ᄐᆡ 안져 왈 슬푸다 낭군임아 옥셕을 귀별ᄒᆞ여 쳡의 ᄋᆡᄆᆡᄒᆞᆫ 이을 발커 쥬옵시니 그도 감격ᄒᆞᆫ 즁의 ᄆᆡ월을 쥭여ᄉᆞ온이 니졔 쥭어도 ᄒᆞᆫ이 업ᄉᆞ옵거니와 다만 낭군을 다시 보지 못ᄒᆞ고 츈양 동츈을 두고 황쳔의 외로온 혼ᄇᆡᆨ이

〈53-뒤〉

되오니 쳘쳔 원이 가삼의 ᄉᆞ못치ᄂᆞᆫ지라 슬푸다 낭군임아 쳡의 신체을 육진 장포로 질근 묵거 시슨의도 뭇지 말고 구슨의도 뭇지 말고 옥연동 못 가온ᄃᆡ 너허 쥬옵시면 구천 타일의 낭군과 춘양 동츈을 다시 볼 듯 ᄒᆞ오이 부ᄃᆡ부ᄃᆡ 헛되이 ᄉᆡᆼ각지 마옵시고 나의 말삼ᄃᆡ로 ᄒᆞ옵소셔 만일 그럿지 안이ᄒᆞ옵시면 ᄂᆡ월을 이로지 못할 섄 안이라 낭군의 신셰와 춘양 동츈의 일ᄉᆡᆼ이 가련ᄒᆞ오리다 부ᄃᆡ부ᄃᆡ 나의 원ᄃᆡ

〈54-앞〉

로 ᄒᆞ여 쥬옵소셔 ᄒᆞ고 뭇득 간ᄃᆡ업더라 그 소ᄅᆡ ᄭᆡ다른니 남가일몽이라 급피 부모임게 몽ᄉᆞ을 셜화ᄒᆞ고 즉일의 장ᄉᆞ 계교을 갓초와 소염ᄒᆞ려 ᄒᆞ이

신체가 방의 붓고 요동치 안이ᄒᆞ거ᄂᆞᆯ ᄉᆞᆼᄒᆞ 가인니 망극ᄒᆞ여 아무리 ᄒᆞᆯ 쥴을 모로다가 할임니 ᄉᆡᆼ각ᄒᆞ이 낭ᄌᆞ ᄋᆡᄆᆡᄒᆞᆫ 일노 무단이 쥭어고 일ᄉᆡᆼ ᄉᆞ랑ᄒᆞ던 춘양 동츈을 두고 황쳔의 외로온 혼ᄇᆡᆨ니 되여신이 아무리 영혼인들 엇지 심ᄉᆡ 온젼ᄒᆞ리요 ᄒᆞ며 ᄇᆡᆨ가지로 ᄀᆡ

〈54-뒤〉

유ᄒᆞ되 소불동염이라 할임니 슬푼 심회을 이긔지 못ᄒᆞ여 춘양 동츈을 ᄉᆞᆼ복 지여 이피고 말을 ᄐᆡ와 ᄒᆡᆼ상 압픠 셰우고 간이 그졔야 관판이 운동ᄒᆞ며 ᄒᆡᆼ상이 나ᄂᆞᆫ다시 가난지라 이윽ᄒᆞ여 옥연동 못 가온ᄃᆡ 다다르이 ᄃᆡ탁니 창일ᄒᆞ여 슈광이 셥천ᄒᆞ여거ᄂᆞᆯ 할임니 할일업셔 ᄒᆞᆫ탄ᄒᆞ이 니윽ᄒᆞ여 쳔지 아득ᄒᆞ며 순천이 무광ᄒᆞ며 인ᄒᆞ여 물이 ᄌᆞ져지고 육지 갓거ᄂᆞᆯ ᄌᆞ셔이 본니 그 연못 가온ᄃᆡ 셕광이 노여거ᄂᆞᆯ 모다 비상이 여

〈55-앞〉

겨 셕광의 너허 안장ᄒᆞ이 ᄯᅩᄒᆞᆫ ᄉᆞ면으로 노셩벙역이 니러ᄂᆞ며 오운이 연동을 둘너싸던니 시각의 ᄃᆡ틱이 창일ᄒᆞ거ᄂᆞᆯ 할임니 ᄃᆡ셩통곡ᄒᆞ며 물을 향ᄒᆞ여 무슈이 탄식ᄒᆞ고 졔문 지여 졔할ᄉᆡ 유셰ᄎᆞ 모연 모원 모일의 할임 ᄇᆡᆨ션군은 감소고우 옥낭ᄌᆞ 실령지ᄒᆞ 하ᄂᆞᆫ이다 삼ᄉᆡᆼ연분으로 그ᄃᆡ을 만나 워낭비춰지낙을 ᄇᆡᆨ연히로할가 바랏던이 인간니 시긔ᄒᆞ고 귀신이 작희ᄒᆞ여 낭ᄌᆞ로 더부러 누월을 남

〈55-뒤〉

북의 갈이여던니 쳔만 ᄋᆡᄆᆡ지ᄉᆞ로 구쳔의 외로온 혼ᄇᆡᆨ이 되여신니 엇지 슬푸지 안이ᄒᆞ리요 ᄋᆡ달다 낭ᄌᆞᄂᆞᆫ 셰상만ᄉᆞ을 바리고 구쳔의 도아가건이와 션군은 어린 춘양 동츈을 다리고 뉘을 미더 살꼬 슬푸다 낭ᄌᆞ의 신체을

압동산의 무더 쥬고 무덤이ᄂᆞ 보ᄌᆞ ᄒᆞ엿던니 낭ᄌᆞ의 옥쳬을 물속의 너허신이 황천 타일의 무삼 면목으로 낭ᄌᆞ을 ᄃᆡ면ᄒᆞ리요 비록 유명이 다르나 인경은 여상여희

〈56-앞〉

ᄒᆞ니 ᄒᆞᆫ 번 다시 만ᄂᆞ 상봉ᄒᆞ물 쳔만 바라난이다 ᄒᆞ일비 쳑작을 드리온니 복감ᄒᆞ옵소셔 ᄒᆞ며 업더져 무슈이 통곡ᄒᆞ이 초목금슈 다 우난 듯 ᄒᆞ고 산쳔이 문허지고져 ᄒᆞ더 이윽ᄒᆞ여 ᄯᅩ 노셩이 이러나며 연당슈 ᄭᅳᆯ난 듯 ᄒᆞ더니 물졀이 갈ᄂᆞ지며 이윽ᄒᆞ여 낭ᄌᆞ 칠보단장의 노의홍상을 갓초오고 청ᄉᆞᄌᆞ ᄒᆞᆫ 쌍을 몰고 완연니 나오거ᄂᆞᆯ 션군과 호상ᄒᆞ던 ᄉᆞᄅᆞᆷ이 ᄃᆡ경질ᄉᆡᆨᄒᆞ여 이로ᄃᆡ 낭ᄌᆞ임 쥭

〈56-뒤〉

은 졔 십여 일니요 ᄯᅩᄒᆞᆫ 슈즁 혼ᄇᆡᆨ이 되여거ᄂᆞᆯ 엇지ᄒᆞ여 사라 나오난고 ᄒᆞᆫ이 션군니 낭ᄌᆞ을 붓들고 ᄃᆡ셩통곡ᄒᆞ이 낭ᄌᆞ 단슈호치을 반만 여러 ᄒᆞ고 이로ᄃᆡ 낭군은 사염 말고 부모 양위계 뫼ᄋᆞᆸ시고 쳔궁으로 가ᄉᆞ니다 ᄒᆞ고 청ᄉᆞᄌᆞ을 타고 집으로 드러가이 상공과 져씨 ᄂᆡ달라 낭ᄌᆞ을 붓들고 통곡ᄒᆞ여 왈 낭ᄌᆞ은 어ᄃᆡ을 갓ᄃᆞ 왓난야 ᄒᆞ며 일번은 차목한 마음을 이긔지 못ᄒᆞ더라 낭ᄌᆞ ᄉᆞᆼ공과 졍씨 젼의 가 졀ᄒᆞ고 사로ᄃᆡ 쳡은 ᄋᆡᆨ운이 쳔상여

〈57-앞〉

오며 ᄆᆡᆨ비쳔슈라 너무 ᄒᆞᆫ치 마옵소셔 ᄒᆞ며 왈 옥황상졔임니 우리을 올나오라 ᄒᆞ시이 쳔명을 거ᄉᆞ리지 못할 거신니 올나가옵ᄂᆞᆫ이다 ᄒᆞ이 상공 부쳐 더욱 쳐량ᄒᆞᆫ 심ᄉᆞ을 층양치 못할너라 낭ᄌᆞ ᄇᆡᆨ학션과 포쥬와 약쥬 ᄒᆞᆫ 병을 들여 왈 이 ᄇᆡᆨᄒᆞᆨ션은 몸이 치우면 더운 바ᄅᆞᆷ니 나온니 쳔ᄒᆞ 유명ᄒᆞᆫ 보ᄇᆡ옵고

포쥬ᄂᆞᆫ 슈복 포ᄌᆞ은 긔운 불평ᄒᆞ시거든 ᄇᆡᆨ학션과 포ᄌᆞ

〈57-뒤〉

을 몸의 진이시오면 ᄇᆡᆨ 셰 무양ᄒᆞ올이다 ᄒᆞ고 부모임 양위임니 지ᄒᆞ 상봉할 져긔 낙극 여화궁 세겨로 모셔 가오이다 천상 션관이 극낙궁 ᄉᆞ환을 단이오이 극낙 연화궁으로 오시면 반가이 ᄆᆞᆫ나 뵈올리다 ᄒᆞ고 션군다여 왈 우리 올ᄂᆞ갈 시가 급ᄒᆞ여신니 밧비 부모 젼의 ᄒᆞ즉ᄒᆞ고 올나가ᄂᆞᆫ이다 ᄒᆞ이 션군이 부모지 경을 잇지 못ᄒᆞ여 ᄉᆡ로이 슬러ᄒᆞᆫ이 션군과 낭ᄌᆞ 부모 양위을 위로ᄒᆞ여

〈58-앞〉

나아가 복지 고왈 소ᄌᆞ 등은 셰상 연분이 진ᄒᆞ여삽기로 오날날 ᄒᆞ즉ᄒᆞ옵ᄂᆞᆫ이다 ᄒᆞ고 인ᄒᆞ여 ᄒᆞ즉ᄒᆞ며 부모 양위임 ᄂᆡᄂᆡ 평안ᄒᆞ옵소셔 ᄒᆞ고 청ᄉᆞᄌᆞ ᄒᆞᆫ 쌍을 모라 ᄂᆡ여 할임은 동츈을 안고 낭ᄌᆞ은 츈양을 안고 무지ᄀᆡ로 더위ᄌᆞ바 ᄇᆡᆨ운을 감두로고 오운의 ᄊᆞ여 천궁으로 올나간ᄂᆞᆫ지라 각셜리라 상공이 션군과 낭ᄌᆞ을 나간 후로 남여 종을 다 불너 속양ᄒᆞ

〈58-뒤〉

며 세간을 다 분침ᄒᆞ여 쥬고 ᄇᆡᆨ 셰을 ᄉᆞ다가 ᄒᆞᆫ 날 ᄒᆞᆫ 시의 상공 부쳐 별세ᄒᆞ 신니 소ᄇᆡᆨ산 슈여봉의 곡셩 소ᄅᆡ 셰 마ᄃᆡ 나며 안긔 ᄌᆞ욱ᄒᆞ던이 집안의 운무 덥펴 삼 일을 벗지 안니ᄒᆞ□□□□□□□□□ ᄒᆞ고 관곽을 가초와 □□ □ 안장ᄒᆞ이 □ 소ᄇᆡᆨ산 츄여봉의셔 □□□□□□□□□

낭자젼이라

셕의 고려국 시절의 안동 땅 백상공이

니시되 소년 등과하야 승[illegible] 한[illegible]

니 사람들 [illegible] 하고 한님의 동[illegible] 놀음을 하니 상

이 안동 숙부되매 시되면 땅에 [illegible] 더니 셔

호[illegible] [illegible] 불사 시부의 풀드[illegible]

[illegible] 한 듯이 일니는 간 시부이 상문[illegible]

[illegible] 모뵈시 [illegible] 본돼 드리 가서

[illegible] 흐며 [illegible] 니 마[illegible]

[illegible] 사 미가 [illegible]

낭자전이라(단국대 42장본)

〈낭자전이라〉는 단국대학교 율곡기념도서관에 소장되어 있는 작품으로, 총 42장(81면)으로 구성되어 있으나 중간에 필사가 중단되어 있다. 글씨체는 단정하고 방언이 많이 섞여 있으며, 작품 말미에 편지글이 남겨져 있으나 필체가 난해하여 정확한 내용을 확인할 수는 없다. 이 이본은 숙영낭자의 장례 부분에서 필사가 중단되어 있는데, 글씨체가 바뀌는 것으로 보아 필사자가 바뀌면서 자연스레 필사가 중단된 것으로 보인다. 시대적 배경은 고려이고, 작품 서두에 상공에 대한 소개가 수록되어 있으며, 필사본이 가지고 있는 기본적인 화소는 대부분 가지고 있다. 선군이 과거급제하여 돌아오는 길에 백상공이 임소저와의 정혼을 주선하나, 결말부가 낙장 되어 임소저와 선군의 혼사 화소 유무는 확인할 수 없다.

출처: 단국대학교 율곡기념도서관 (古 853.5 / 숙 2478ㄱ)

〈1-앞〉

낭자젼이라

셩ᄋᆡ 고려국 시절의 안동ᄯᅡᆼ ᄇᆡᆨ상공이 니시ᄃᆡ 소년등과하여 소인ᄇᆡ 참소를 만나니 삭탈관직 하고 고향ᄋᆡ 도라와 농읍을 힘산이 안동 독부되여시되 연광이 만히 너며 싯ᄒᆞ외 일졈 혈육이 읍서 생시 부인을 드부러 한탄하든이 일니은 잠시 부인 상공ᄯᅡ라 문 왈 쇼ᄇᆡᆨ산 충열봉ᄋᆡ 드러가 □□어 □□□하며 혹 □□□□□□□□□□□□□□□□

〈1-뒤〉

자석을 어들진ᄃᆡ 엇지 □□□□□□이시리 그러나 부인 소원ᄃᆡ로 하리ᄒᆞ니 그날부텽 모음지기 ᄒᆞ고 전조단발ᄒᆞ야 시비를 더부러 졍셩으로 소ᄇᆡᆨ산 충열봉의 드어가 파언ᄒᆞ고 삼일 만ᄋᆡ 집의 도라와 그날부텀 ᄐᆡ긔니서 십식을 ᄎᆡ와 단싱홀ᄉᆡ 집안의 운무 ᄌᆞ욱ᄒᆞ고 부인 잠간ᄌᆞ무든이 비몽 간의 ᄒᆞᄂᆞᆯ노 선려 ᄂᆞ려와 의긔을 옥단의 환탄을 부여 싀긔고 부인다려 니르ᄃᆡ 이 의긔난 천상선관으로서 수경ᄂᆞᆼᄌᆞ로 더부어 요지난인의 가 히롱ᄒᆞᆫ

〈2-앞〉

죄로 상지ᄭᅴ 득죄ᄒᆞ고 지ᄒᆞ의 ᄂᆡ치신니 언분을 어긔지마읍소셔 ᄒᆞ고 간ᄃᆡ 업겨날 ᄭᆡ다웃니 남가일몽이라 니욱키 의긔 탄상ᄒᆞ니 과연 기ᄂᆞᆷᄌᆞ라 직시 상공을 청ᄒᆞ니 드러와 부인을 늬로ᄒᆞ고 그 ᄋᆞ히을 보니 천상선관 갓더라 일흠을 선군니라 ᄒᆞ고 점점 자라ᄆᆡ 긔흠을 이기지 못ᄒᆞ던니 그러겨로 칠시의 당ᄒᆞ여 ᄒᆞᆨ업을 심시더라 시월니 여유하야 선군의 언광니 십육시의 당ᄒᆞ여 저ᄌᆞᆺ탄 ᄇᆡ필을 광문ᄒᆞ더니 잇ᄯᆡ의 숙경낭ᄌᆞ난 천상의 득죄ᄒᆞ고 옥연동의 깃거ᄒᆞ여 □□□

〈2-뒤〉

힘시며 시월을 보ᄂᆡ다가 선군의 구혼ᄒᆞ물 ᄉᆡᆼ각ᄒᆞ고서 군니 닌간의 이시ᄆᆡ 엇지 청상일을 아리요 만일 다언 가문의 혼쵀ᄒᆞ면 ᄇᆡᆨ연긔약 속절업시 허사로다 ᄒᆞ고 이날 밤 선군의 ᄭᅮᄋᆡ가 이로ᄃᆡ 낭군은 첩얼 모로난잇가 첩은 천상 수경낭ᄌᆞ옵더니 요지언의 가 낭군과 히롱ᄒᆞᆫ 죄로 인간의 ᄂᆡ치시ᄆᆡ 금시 인연을 ᄆᆡᄌᆞ겨던 엇지 다른 가문의 혼치ᄒᆞ시난닛가 낭군은 삼연외ᄒᆞ고 첩은 긔다리소셔 ᄌᆡ삼 당부ᄒᆞ고 간ᄃᆡ업거늘 쇠다리니 일몽니라 직시 이려나 낭ᄌᆞ의 형용을 ᄉᆡᆼ각ᄒᆞ다 아람다온

〈3-앒〉

ᄐᆡ도와 긔니ᄒᆞᆫ 천ᄉᆡᆼ은 어이 다 창양ᄒᆞ리요 말소릐 암암ᄒᆞ고 얼굴니 옏듯ᄒᆞ니 잠을 이우지 못ᄒᆞ여 병이 ᄃᆡ여ᄂᆞᆫ지라 부모닌 말ᄒᆞ여 문왈 ᄂᆡ 병시 고이ᄒᆞᆫ지라 괴니지 말고 바로 알드라 ᄒᆞ시니 선군이 마지못ᄒᆞ야 ᄃᆡ왈 모월의 일몽을 엿ᄉᆞ오니 엇더ᄒᆞᆫ 낭ᄌᆞ 와 일로ᄃᆡ 월궁선여라 ᄒᆞ고 엿ᄎᆞ엿ᄎᆞᄒᆞ옵고 가더니 거 후부텀 병니 ᄃᆡ여ᄉᆞ오니 삼연을 엇지 지다리가ᄒᆞᆫᄃᆡ 부인 정시 왈 너을 ᄂᆞ혈 ᄊᆡ 쳔ᄉᆞᆼ 선여 ᄂᆞ어와 여ᄎᆞ여ᄎᆞᄒᆞ더니 수경ᄂᆞᆼᄌᆞ 너다러 글고 ᄒᆞ이 ᄭᅮᆷ은 ᄃᆞ련ᄂᆞ라 엇지 최신ᄒᆞ리요 부모을 ᄉᆡᆼ각ᄒᆞ여 엄식이ᄂᆞ 멱으라 ᄒᆞᄃᆡ 선군

〈3-뒤〉

왈 아무리 ᄭᅮᆷ니 현층층 ᄒᆞᆫ뎔 이가치 청명ᄒᆞᆯ고 기약 지즁ᄒᆞᄆᆡ 용망니난망이요 불상니자상이라 이러무로 음식도 멱지 못ᄒᆞ고 눕고 니지 못ᄒᆞ여니ᄃᆞ 부모 민망ᄒᆞ여 약을 시ᄃᆡ ᄎᆞ도 엽더라 각설 이적의 낭ᄌᆞ 옥연동 젹도의 이시나 션군의 병시 외중ᄒᆞᆫ쥴 알고 ᄆᆡ양 ᄭᅮᆷ의 가 일너 왈 낭군은 엇지 안여ᄌᆞ을 과 ᄉᆡᆼ각ᄒᆞ여 져다지 병니 중ᄒᆞ시니가 ᄒᆞ며 우리 병 시을 주며 왈 이

약주을 시소셔 ᄒᆞ나흔 불로주요 ᄯᅩ ᄒᆞ나흔 불ᄉᆞ쥬요 ᄯᅩ ᄒᆞ나흔 망졍주온니 니 약을 시오면 ᄌᆞ면 ᄎᆞ도이시니라 ᄒᆞ고 가겨늘 ᄭᆡ다려니 ᄭᅮᆷ이라 션군 마암니 간졀ᄒᆞ여 병시 ᄂᆞᆯ노 드ᄒᆞ

〈4-앞〉

더라 낭ᄌᆞ ᄉᆡᆼ각ᄒᆞᄃᆡ 션군의 병니 점점 침죽ᄒᆞ고 가시도 영날ᄒᆞᄆᆡ 심히 민망ᄒᆞᆫ지라 가 ᄯᅩ ᄭᅮᆷᄋᆡ 니로ᄃᆡ 낭군의 병시 즁ᄒᆞ고 가시 ᄯᅩ 졈지ᄒᆞᄆᆡ 금동ᄌᆞ ᄒᆞᆫ 상을 ᄀᆞ져와시이ᄃᆞ 기시난 방의 두오면 자연 부ᄒᆞ리다 ᄒᆞ고 ᄯᅩ 화상을 주며 왈 니 화상은 쳡의 용모오니 빔이면 덥고 ᄌᆞ고 ᄂᆞ지면 힝픙의 겨며두옵고 쳡얼 상ᄃᆡᄒᆞᆫ 다시 마음을 노히시고 삼연을 긔다리옵소셔 ᄒᆞ고 이러나그늘 션군니 방안을 손으로 낭ᄌᆞ을 ᄌᆞ부려 ᄒᆞ이 벌셔 업난지라 니러ᄂᆞ 방안을 살피보니 의업든 금동ᄌᆞ ᄒᆞᆫ 상과 화상 닐겨을 금동ᄌᆞ난 병상

〈4-뒤〉

안치고 화상은 힝풍ᄋᆡ 거려 두고 스시로 스시로 보고보ᄃᆡ 병시난 호흡니 업더라 각셜 이젹의 할도 츌니 모ᄃᆞ 니로ᄃᆡ 안동 ᄇᆡᆨ션군의 기니ᄒᆞᆫ 보ᄇᆡ잇다 ᄒᆞ니 긔경가ᄌᆞ ᄒᆞ며 금은을 가지고 다토와 긔경ᄒᆞ이 니러무로 가시난 요부ᄒᆞ나 션군의 병은 죽긔되야시이 부모 날마동 근심으로 시월을 보ᄂᆡ며 일가 노복이 황황분주ᄒᆞ더라 이젹의 ᄯᅩ ᄭᅮᆷ의 와 니로ᄃᆡ 낭군이 쳡의 마을 종시 듯지 아니ᄒᆞ옵고 이ᄃᆞ지 병니 즁ᄒᆞ니 엇지 답답지 안이ᄒᆞ리요 ᄃᆡᆨ의 ᄃᆡᆨ 집비ᄌᆞ ᄆᆡ월노 방수을 쳥ᄒᆞ와 심희

〈5-앞〉

나 더옵고 삼연만 기다리소셔 ᄒᆞ고 근ᄃᆡ업겨을 ᄭᆡ다러니 ᄯᅩᄒᆞᆫ ᄭᅮᆷ니라 ᄉᆡᆼ각ᄒᆞᄃᆡ 낭ᄌᆞ의 말니리 그려ᄒᆞ이 힝여 심려을 들가ᄒᆞ여 잇텬날 부므ᄭᅴ 고왈

ᄀᆞᆫ밤의 일몽을 어던적 낭ᄌᆞ와 니로ᄃᆡ 버ᄌᆞ ᄆᆡ월을 방수을 엇지다 죄선ᄒᆞ리요 격려나 숢도 순순졍명ᄒᆞ니 그리ᄒᆞ고 ᄒᆞ고 직시 ᄆᆡ월 불너 종쳡을 삼으나 엇지 심회을 두리요 무로 병시니을 면치 못ᄒᆞ야 션군니 혼ᄌᆞ말노 낭ᄌᆞ야 삼연니 밋날 밋달인고 가 왈 삼열 되올진ᄃᆡ □두지나 말나 지ᄂᆞ긔 왈 나울나풀 진ᄃᆡ 쉬바□

〈5-뒤〉

거 ᄒᆞ여 쥬소 불상ᄒᆞᆯᄉᆞ ᄂᆡ의 부모 ᄂᆡ 목숨 속졀업시 쥭긔되다 ᄋᆞᄅᆞᄃᆞ온 ᄂᆞᆼᄌᆞ 몸은 여오고ᄃᆡ 기시온고 봉ᄂᆡ 영주 바다물의 션음ᄒᆞ고 노라 신가 ᄐᆡ산 홍산 노푼봉의 노던 선여 ᄯᆞ로은가 알고져라 낭ᄌᆞ 수석구름 박긔 ᄋᆞ덕 ᄯᅩᄃᆞ도괴 춘화 긔약와 오동츄야 월명석을 근심으로 보ᄂᆡ선니 ᄉᆞᄅᆞᆷ이야 못ᄒᆞᆯᄃᆡ라 어이ᄒᆞᆯ고 낭ᄌᆞ야 공부도 조컨어와 인명을 도라보소 망극ᄒᆞ다 우리 부모 정셩으로 어든 ᄌᆞ식 주옥ᄀᆞᆺ치 즁아가 후사도 못전ᄒᆞ고 목젼참척 본다 말문 ᄒᆞ탄을 마지못ᄒᆞ더

〈6-앞〉

라 이적의 낭ᄌᆞ 옥연동의 선군 정시와 병시을 쳡각ᄒᆞ기가 얼ᄒᆞᆫ지라 만일 션군 죽어면 ᄇᆡᆨ연 긔약 속졀업시 허사되리오ᄃᆞ ᄯᅩ 숢의 가 니로다 낭군니 죽서 쳡을 ᄉᆞ모ᄒᆞ여 져다지 의중ᄒᆞ시니시 무ᄂᆡ희ᄅᆞ 삼연을 기다리면 두리 연분니 금시의 즁ᄒᆞ다 ᄇᆡᆨ연동낙 될겨설 ᄂᆞᆼ군의 병신 저리ᄒᆞ니 ᄂᆡ러□수 현ᄉᆞ로다 쳡을 보려 ᄒᆞ시그든 옥연동 가문정을 ᄎᆞ자 오도셔 ᄒᆞ고 간ᄃᆡ업겨을 션군니 그 말을 듯고 반기 씌다러니 ᄂᆞᆷ가일몽이라 마엄니 황홀ᄒᆞ여 눕고 니지 못ᄒᆞ던 □□□□□□

〈6-뒤〉

부모방의 들러가니 부모 선군을 보고 반기 문왈 병식의 이지 못ᄒᆞ던니 오날은 엇지 히보을 ᄒᆞᄂᆞ다 선군니 ᄃᆡ왈 간밤의 숨을 ᄉᆞᆫ 옥낭ᄌᆞ 와 이로ᄃᆡ 낭군의 병시의 즁ᄒᆞ서니 첩을 보려 ᄒᆞ시그ᄂᆞᆯ 옥연동으로 오ᄅᆞ ᄒᆞ고 가ᄆᆡ ᄌᆞ연 정선니 황홀ᄒᆞ고 몸니 부경ᄒᆞ여 부모 젼 어이 말삼을 고ᄒᆞ고 그곳을 ᄎᆞ자가려 ᄒᆞ나니ᄃᆞ ᄒᆞ고 인ᄒᆞ여 ᄒᆞ직ᄒᆞ져을 부모와 병든지 누월니라 음식도 못 멱고 기운도 상ᄒᆞ니 가지말라 ᄒᆞᄃᆡ 선군니 민망ᄒᆞ여 왈 소ᄌᆞ 병니

〈7-앞〉

이려타시 즁ᄒᆞ니 가지말리 엇지ᄒᆞ시 □ᄒᆞ시난닛가 ᄒᆞᄃᆡ 목전 선군의 ᄎᆞᆼ목ᄒᆞᆫ 병을 보오면 □지의 후회될 지시니 고집긔 말우 마옵소서 사즁구ᄉᆡᆼ으로 부모님 명영을 거ᄉᆞ려 낭ᄌᆞ의 말 쏫ᄎᆞ 옥연동을 가옵나이다 ᄒᆞ고 문박긔 나가거늘 부모 마지 못하여 허락ᄒᆞ시어 선군니 거지야 섬ᄉᆞ 허락하여 옥연동으로 간지라 각설 잇ᄯᆡ의난 츈삼월니라 필마단기로 산공을 더러가어 중긍을 귀경ᄒᆞ고 종일토록 가되 옥연동 지경을 아지 못ᄒᆞ난지라 호러니 노ᄅᆡᄒᆞ여 왈 천금빙션진의 긕니 선경

〈7-뒤〉

물보러 아지 ᄒᆞ고 ᄇᆡᆨ마금을 ᄎᆞᄌᆞ간니 청산은 눌눌ᄒᆞ고 녹동은 낙낙ᄒᆞᆫᄃᆡ 서양은 저 넘고 연동은 창망토다 슈상부암는 얼지 이별이별ᄒᆞ고 양우 처사ᄂᆞᆫ 광풍의 흣날니며 길화 금은 가지 우의 ᄊᆡ고 피오련ᄀᆞ ᄇᆡᆨ옥은 쏫서이나 부모 다 무정ᄒᆞᆫ 동경이여고 긱의 밧쁜 긔렬 드디긔나 업소셔 실웃다 저 두견은 무선 소ᄅᆡ 잇도 쓴고 불으긔 ᄒᆞᆫ 소ᄅᆡ 심ᄉᆞ 듈ᄃᆡ 업다 이려ᄒᆞᆫ 공산 중의 이 심ᄉᆞ을 더□ ᄉᆡ로온ᄃᆡ 비나니다 비나니다 청쳔일월 소소흠긔 시그던 옥연동 가난 기을 발리 인도ᄒᆞ옵소셔 노ᄅᆡ을 찻

〈8-앞〉

마치고 완보로 드려가며 원전을 살피보니 춘말 졀벽상의 쥬난 화각니 은연니 비나겨늘 반가온 마암으로 급피 올나가니 낭ᄌ 선군을 보고 ᄋ미을 쉬긔고 비긔 안ᄌ 문왈 그ᄃ 엇썬ᄒ 사룸니완ᄃ 선경의 니무로 오도난다 선군니 ᄃ왈 나는 우산ᄒ난 숙긱니옵더니 아무ᄃ줄 모로고 왓사오니 죄사 부석니로소니다 낭ᄌ 왈 그ᄃ난 목숨을 ᄋ긔겨늘 밧비 나가라 ᄒᄃ 선군니 마암니 둘 ᄃ 업서 도로히 들러온지라 싱각ᄒᄃ 잇써을 일려면 다시 보기 어려우니 사싱을 모

〈8-뒤〉

로고 졈졈 나아들며 왈 낭ᄌ난 나을 모로난잇가 ᄒᄃ 종시 시약 불견ᄒ고 청약 불믈ᄒ니 선군니 ᄒ리 업셔 물올 닷고 셩ᄒ의 나려셔니 낭ᄌ 그지야 녹의홍상이 빅ᄒ션을 쥐고 평상의 비기셔셔 션군을 뷸너 왈 낭군은 가지 말고 닉 말을 드려소셔 ᄒ니 선군니 마음얼 조심ᄒ야 도랴 션니 낭ᄌ 선군 ᄶ려 왈 그ᄃ난 인간의 탄싱ᄒ여시나 그다지 무지ᄒ가 이무리 쳔연니 청ᄒ여 인간의 믹지라 ᄒ들 엇지 일은의 여락ᄒ리요 ᄒ고 오로긔을 쳥ᄒᄃ 선군니 그

〈9-앞〉

말을 듯고 완보로 올라가며 낭ᄌ의 ᄭᅩᆺ다온 을굴올 숙이며 ᄯᅩ 요죠ᄒ 틱도을 보교 마암니 쇠락ᄒ여 긋피 가 안지며 조심ᄒ니 낭ᄌ 단졍니 괴좌ᄒ여 단순을 반기 왈 낭군여니 그리 지각읍난닛가 선군니 눈을 혀리 낭ᄌ을 보ᄂ 옥안은 빈며 셜부화요 ᄌ며 □니 흑운을 히□청 갓더라 반가온 마음을 진경치 못ᄒ여 낭ᄌ 옥슈을 잡고 왈 오날날 낭ᄌ의 옥안을 ᄃᄒ니 ᄂ의 전간의 쇠신고 ᄒ던 병니 간ᄃ업도다 ᄒ고 긔리든 전희을 ᄃ장부라 ᄒ리요 우리 양인

〈9-뒤〉

니 쳔상의 득죄ᄒᆞ고 인연을 ᄆᆡᄌᆞ신니 ᄉᆞᆷ연 후ᄋᆡ야 청조을 ᄆᆡ삼고 상봉을 육의ᄉᆞᆷ야 닌연을 ᄆᆡᄌᆞ ᄇᆡᆨ연동낙ᄋᆡ 후환니 업실 거실 직금 몸을 혀ᄒᆞ면 쳔듸을 그사리더라 마암을 구지ᄒᆞ고 도라가 삼연만 긔다리소셔 ᄒᆞᄃᆡ 선군니 ᄃᆡ로 왈 일각니 여ᄉᆞᆷ처라 ᄉᆞᆷ연니 밋삼ᄒᆞ고 낭ᄌᆞ 낭ᄌᆞ야 나을 겨져가라 ᄒᆞ면 졀싼코 죽을 겨시니 그지야 ᄇᆡᆨ연 동낙 속졀업시되니 ᄇᆞ리근ᄃᆡ 낭ᄌᆞ은 삼연 지졀얼 바리고 급피 몸을 허하라 불ᄋᆡ 든 나부와 낙수 문 괴긔을 구ᄒᆞ옵소셔 ᄒᆞ고 낭ᄌᆞ

〈10-앞〉

옥슈을 잡고 금침을 나솨오니 낭ᄌᆞ의 현시 우부ᄃᆡ산니라 혀리업씨 몸을 허ᄒᆞ여 왈 ᄂᆡ의 공부 현ᄉᆞ로다 ᄒᆞ고 두 순순니 긔리든 졍회을 설화ᄒᆞ어 밤을 지ᄂᆡ니 그 정니 ᄇᆡ홀ᄃᆡ 어도라 잇튼날 낭ᄌᆞ 선군 싸로 니로되 니지난 ᄂᆡ 몸니 부정ᄒᆞ니 공부ᄒᆞ여 부질업다 ᄒᆞ고 쳔사ᄌᆞ을 모라ᄂᆡ여 신힝을 차려 낭군 함긔 거ᄌᆞᄒᆞ고 옥연동을 나려오니 션군니 길겨ᄒᆞ여 집으로 온니라 니적의 낭ᄌᆞ 시부모씌 현알ᄒᆞᆫᄃᆡ ᄉᆞᆼ공부쳐 공순 졉ᄃᆡᄒᆞ고 낭ᄌᆞ을 ᄌᆞ시니 보니 진시 졀ᄃᆡ 가닌니요 만□

〈10-뒤〉

일ᄉᆡᆨ니라 직시 빌당을 지여 쳐소을 정ᄒᆞ고선 선군과 동낙ᄒᆞ니 그 정니 드옥 심ᄒᆞ더라 이후로 선군니 일시도 써나지 안니ᄒᆞ고 ᄒᆞᆨ업을 전되ᄒᆞ고 서로 슈작ᄒᆞ니 상공부쳐 민망ᄒᆞ나 선군 ᄲᅮᆫ이의 ᄭᅮ씨도 못ᄒᆞ더라 리여고로 시월을 보ᄂᆡ니 님니 팔연니라 ᄌᆞ석 남ᄆᆡ 두어시ᄃᆡ 장아의 일홈은 춘양이요 차ᄌᆞ의 일홈은 동츈니라 가시 요부ᄒᆞ며 동산의 감은정을 짓고 오헌금을 타며 ᄇᆡᆨ능곡이라 ᄒᆞ난 가시을 탄니 그 그 곡조의 왈 음정의 기푼 연분 진셰의

다시 ᄆᆡᄌᆞ ᄐᆡ산을 회정을

〈11-앞〉

삼고 남ᄉᆞᆫ 송ᄇᆡᆨ 목숨지여 강능 갓치 금드요머 일월갓치 명낭ᄒᆞ야 ᄇᆡᆨ자 천손 만시ᄋᆡ 부절불픔 하오리라 마기 다하여 홍이 다치 못하여 월ᄒᆞ의 휘홍 선균이 쏘 노ᄅᆡ지여 황답ᄒᆞ여 왈 산득ᄋᆡ ᄇᆡ윤여 곡금ᄋᆡ 음난 ᄉᆡᄂᆞᆫ 모심이 보기이라 정젼ᄋᆡ 히난 곳과 창위의 발근 달은 유피 흔을 도드릿 석이도 여명인니요 하작 풍우개이라 벅드홍산 츈□ 홍으로 보서오고 화황산 ᄇᆡᆨ금츄절 질김으로 마자온니 옥슈신인 가ᄉᆞ커든 형문ᄃᆡᆨ을

〈11-뒤〉

부러ᄒᆞ라 슴부 강영 다남ᄒᆞ 액ᄆᆡᆼ종천 ᄒᆞ오리라 이러ᄒᆞ며 히용ᄒᆞ니 부모 ᄉᆞ랑ᄒᆞ여 선군 낭ᄌᆞ을 도라보며 왈 니러ᄂᆞᆫ 분명 선관 선여도다 ᄒᆞ고 선군을 불너 왈 ᄂᆡ 드려닌 금방 과긔 비닌다 ᄒᆞ니 너도 과긔가 입신양명ᄒᆞ여 닐홈을 용문의 올니고 부모 안전의 영화을 보니미 엿더ᄒᆞᆫ요 선군 왈 가시 요부ᄒᆞ고 노비 천영 어망니라 궁심지소닥과 니목지소호을 힐ᄃᆡ로 ᄒᆞ그는 무어시 부족ᄒᆞ와 급지을 바ᄅᆡ이오 니말 ᄒᆞ거난 즘시도 낭ᄌᆞ을 쓰나지 아니ᄒᆞ미라

〈12-앞〉

라하고 길을 써나 ᄒᆞᆫ 겨름의 도라서고 두 결름의 도리보니 ᄂᆞᆼᄌᆞ 즁문의 셔셔 보난긋시 과긔가물 길겨홉니라 선군은 낭ᄌᆞ을 닛지 못ᄒᆞ여 동일토록 가ᄃᆡ 긔우 슴십니을 가 슉도을 정ᄒᆞᄒᆞ고 석반을 ᄇᆞ더며 낭ᄌᆞ을 ᄉᆡᆼ각호니 홍츰쥬니 마득ᄒᆞ여 식이가 젼니 업고 심ᄉᆞ 울울ᄒᆞ여 식상을 물히니 치니 ᄒᆞ닌니 민망ᄒᆞ야 엿ᄌᆞ오ᄃᆡ 서방님 음식을 전희ᄒᆞ옵고 철 니 원힝을 엇지 득달ᄒᆞ신닛가 선군 왈 ᄌᆞ연 그리 ᄒᆞ도다 ᄒᆞ고 공방독침ᄋᆡ 홀로 누어 ᄉᆡᆼ각ᄒᆞ

니 낭ᄌᆞ의 을

〈12-뒤〉

굴은 눈의 슴슴ᄒᆞ고 성음은 괴의 쟁쟁ᄒᆞ여 정희을 니긔지 못하니라 니날 밤 슴경의 ᄒᆞ인 잠든 후의 집으로 도라와 단장을 넘여 낭ᄌᆞ 방의 더려간니 낭ᄌᆞ 놀ᄂᆡ 왈 엇지 니 긔픈 밤의 오시난닛가 선군 왈 기우 삼십 니을 가 슉소얼 정ᄒᆞ고 혼ᄌᆞ 누어 ᄂᆞᆼᄌᆞ을 ᄉᆡᆼ각ᄒᆞ니 잠니우지 못ᄒᆞ여 완ᄂᆞ니다 ᄒᆞ고 ᄌᆞ약키 말ᄒᆞ더니 이ᄯᆡ의 상공니 선군을 보ᄂᆡ고 집안의 혀수ᄒᆞ여 도적을 살피려 ᄒᆞ고 후원을 도라 동상 별쌍의 간니 낭ᄌᆡ 방의셔 ᄂᆞᆷᄌᆞ 소ᄅᆡ 들니겨 늘 고이ᄒᆞ

〈13-앞〉

여 순식경 드른 즉 남성 경ᄌᆞ니 분명ᄒᆞᆫ지라 상공이 ᄉᆡᆼ각ᄒᆞᄃᆡ 낭ᄌᆞ의 병설 갓탄 절긔로 엇지 위인을 ᄃᆡᄒᆞ리요 그니리 고니ᄒᆞ고 비상ᄒᆞ도ᄃᆞ ᄒᆞ고 ᄯᅩ 어턴니가 망니이로ᄃᆡ 문맛ᄀᆡ 시부님 오신과 시주든니 자추을 감추소셔 ᄒᆞ 고 아히을 달ᄂᆡ며 왈 야야 ᄌᆞᄌᆞ 아아 너 아부님 과긔 가시니 급지ᄒᆞ여 오난 니라 ᄒᆞ겨늘 ᄉᆞᆼ공니 니 말을 더옥 고히ᄒᆞ나 ᄒᆞ닐ᄃᆡ 보리라 ᄒᆞ고 침도로 도라간니라 니직ᄋᆡ 낭ᄌᆞ 선군 쓰려 왈 시부님 문밧긔라 ᄌᆞ

〈13-뒤〉

최울 엿보고ᄂᆞᆫ 가시주온니 급피 가옵소셔 만닐 다시 첩을 닛지 못ᄒᆞ와 오다 가 시뷰 엄영지ᄒᆞᄋᆡ 죵적니 탈노ᄒᆞ면 ᄂᆡ긔도 구종니 ᄂᆞ실분더러 낭군니 부모 셤긔난 도리도 ᄋᆞᆫ니요 ᄌᆞᆼ부가 공명ᄋᆡ 쓰지 읍고 어니ᄒᆞ리요 부ᄃᆡ 마옴 을 죠심ᄒᆞ여 슈니 경성ᄋᆡ 득달ᄒᆞ와 과긔ᄒᆞ여 영화로 오소셔 권ᄒᆞ여 보ᄂᆡ니 라 선군니 훌훌니 쓰나 ᄉᆞ쳐의 온 적 ᄒᆞ닌드리 ᄌᆞᆷ을 ᄌᆡ지 안니하여더라 그 잇트날 발힝ᄒᆞ야 긔우 오십 니들 가 숙소을 정ᄒᆞ고 석반을 지ᄂᆡᆫ 후ᄋᆡ ᄯᅩ 잠을 일우지 못ᄒᆞ여 낭ᄌᆞ 당

〈14-앞〉

부ᄒᆞ던 말을 잇고 ᄒᆞᄂᆡᆫ 모로기 집을 도라와 낭ᄌᆞ 방의 둘어가니 낭ᄌᆞ ᄃᆡ경질ᄉᆡᆨ 왈 ᄌᆞᆼ부가 공명의 ᄯᅳ지 업고 호망ᄒᆞ여 살을 엇지 잇지 믄ᄒᆞ리요 ᄒᆞ고 이갓치 ᄂᆡ취ᄒᆞᆫ ᄒᆡᆼ실을 하신이 연지 사부의 흡리라 ᄒᆞ리요 차라이 ᄂᆡ 죽난 것이 올타 ᄒᆞ고 빈ᄉᆡᆨ ᄃᆡ로ᄒᆞᆫ이 선군니 거지야 ᄭᆡ다라든이 인ᄶᆡᆨ 상공 뮨박긔 ᄯᅩ 와 잔취늘 연보든니 남자 소ᄅᆡ 들이그늘 이 거동을 보고 상공이 혼말로 고히하다 낭ᄌᆞ 절기로 언지 위인을 ᄃᆡ호머 ᄂᆡ 집이 당장이 놈고 노비 만ᄒᆞᆫ지라 위인 언지 출입하리요

〈14-뒤〉

몸들 참지 몬하야 처소로 도라온이라 낭자 시뷰임은 문박ᄀᆡ 온 줄을 알고 낭군ᄋᆡ 자취을 감츄면 동춘을 달ᄅᆡ미 왈 야야 어서 자자 너ᄋᆡ 아봄임 임ᄐᆡ 듯 나을ᄋᆡ 나가기신고로 곤이나 안나신가 엄식이나 잘자시가 가만이 이시아가 철기을 여갓고 ᄒᆞᆫ매중 서 ᄌᆞ츄을 감츄난지라 선균이 거지야 마암을 긔피 ᄉᆡᆼ각ᄒᆞ고 ᄉᆡᆨ초ᄋᆡ도 하온이 하인이 잠들 ᄒᆞ그늘 모이와 이신이라 이튼날 상공이 뷰인다려 이 말을 설화하고 낭자을 뷸노 문왈 선균 과간 혹 지반이 고요하ᄆᆡ 도적을

〈15-앞〉

보려ᄒᆞ고 휴원을 도라 낭ᄌᆞ 낭ᄌᆞ와 쳐소ᄋᆡ 간 즉 남남ᄌᆞᄋᆡ 쇼ᄅᆡ 들닌니라 필언 고디ᄒᆞ니 바로 니르라 ᄒᆞᆫᄃᆡ 낭ᄌᆞ낭ᄌᆞ 답왈 서방님 ᄯᅥ난 후로 밤니면 심심ᄒᆞ와 동츈 츈양과 ᄆᆡ월 다리고 말슴ᄒᆞ여 나니다 엇지 위닌을 ᄃᆡᄒᆞ리가

상공니 말을 듯고 마암니 조곰 노히나 ᄂᆞᆷᄌᆞ 소ᄅᆡ 정영ᄒᆞᄆᆡ 밋진 상공 못하여 ᄆᆡ월을 불너 문왈 ᄂᆡ 요사ᄋᆡ 낭ᄌᆞ 방ᄋᆡ 갓던다 ᄆᆡ월니 ᄃᆡ왈 손여난 요ᄉᆡ의 몸니 ᄌᆞ연 곤ᄒᆞ와 간니리 읍난니다 상공니 드옥 수ᄉᆞᆼ니 니기 ᄆᆡ월을 ᄭᅮ지져 왈 ᄂᆡ 요ᄉᆡ 집니 고요ᄒᆞ기로 도

〈15-뒤〉

적을 직히든니 두로도라 낭ᄌᆞ 쳐소ᄋᆡ 간니 남ᄌᆞ 소ᄅᆡ 나그늘 고히ᄒᆞ여 낭ᄌᆞ을 뷸너 무련 즉 심야의 적적ᄒᆞ기로 너로 드부려 말ᄒᆞ엿다 ᄒᆞᄃᆡ 너난 가지 안ᄒᆞ엿다 ᄒᆞ니 분명 위인을 간통ᄒᆞ미라 ᄂᆡ 밤으로 자시히 살피여 ᄌᆞ부랴 ᄒᆞᆫᄃᆡ ᄆᆡ월니 쳥명ᄒᆞ고 쥬야로 슈탐ᄒᆞ되 죵시 ᄌᆞ취을 아지 못ᄒᆞᆫ난지라 ᄆᆡ월니 ᄉᆡᆼ각ᄒᆞᄃᆡ 서방님 낭ᄌᆞ 작ᄇᆡᄒᆞᆫ 후로 지금 팔 연니 되야시되 날을 도라보지 안니ᄒᆞ신니 ᄂᆡ 마암 뉘 알니요 잇써을 당ᄒᆞ야 낭ᄌᆞ을 업히 홈미 ᄉᆞᆼ귀ᄒᆞᆯ가 금은 ᄉᆞᆷ천 양을 도적ᄒᆞ

〈16-앞〉

야 저의 동ᄂᆡ 즁의 가 니로ᄃᆡ 슈천 양은 ᄌᆞ로 쥽 겨신니 뉘라서 ᄂᆡ 말을 드려니오 ᄒᆞ니 그 즁ᄋᆡ 돌쇠라 ᄒᆞ난 놈니 본ᄃᆡ 완만강악 ᄒᆞᆫ지ᄅᆞ ᄃᆡ답ᄒᆞ겨늘 늘 ᄆᆡ월니질 그 즉시 금은을 주며 왈 ᄂᆡ 말 ᄃᆡ로 시ᄒᆡᆼᄒᆞ라 다려미 안니라 ᄀᆡ도 알근니와 서방님 야속 연분ᄋᆡ 날노 방슈을 접ᄒᆞ더니 그 후ᄋᆡ 옥낭ᄌᆞ 작ᄇᆡᄒᆞ옵고부터 잘연니 되야시되 날을 도라보지 안니ᄒᆞ니 철천지원니 신간의 가아득ᄒᆞ야난지라 닐노셔 낭ᄌᆞ을 히코져 ᄒᆞ되 틈을 엇지 못ᄒᆞ드니 아마츰의 소원을 마칠지라 그ᄃᆡ난 ᄂᆡ 말로

〈16-뒤〉

ᄒᆞ라 오날 밤ᄋᆡ 낭ᄌᆞ의 방문 박긔 안자ᄶᅡ가 ᄂᆡ 방ᄋᆡ 더러가 ᄉᆞ연을 엇자오면

상공니 나올겨신니 ᄂᆡ 상공 안묵ᄋᆡ 슈ᄉᆞᆼᄒᆞᆫ 겨동을 비이고 낭ᄌᆞ 방ᄋᆡ서 나오난 치하면 ᄉᆞᆼ공니 실상을 알여 실피신니 그 뒤의난 ᄂᆡ 아라 엿ᄌᆞ오면 낭ᄌᆞ ᄉᆞ언 탈노날 그신니 부ᄃᆡ 아라 쥬션ᄒᆞ라 ᄒᆞ고 거날 밤 상공ᄋᆡ ᄆᆡ월니 ᄉᆞᆼ공 처소ᄋᆡ 드르가고 왈 닐전ᄋᆡ 낭ᄌᆞ 닐관어로ᄉᆞᆫ 상공 영을 듯삽고 쥬야로 탐ᄃᆡ ᄒᆞ옵던니 거야ᄋᆡ 엇ᄯᅥ한 놈니 낭ᄌᆞ 방의 가옵거늘 소녀 종적을 감초업고 귀을 긔우려 들은 적 낭

〈17-앞〉

자 그놈다려 왈 닐전의 시뷰님 슈ᄉᆞᆼ한 ᄌᆞ최 보고 날을 뷸너 뷴뷰 여ᄎᆞ여ᄎᆞ 하옵긔로 이러이러 ᄃᆡ답ᄒᆞ여신니 뷰ᄃᆡ 죠심하여 단니라 ᄒᆞ옵고 ᄯᅩ 우리 서방님 오시그던 쥬긔고 ᄌᆡ물 도적하여 도망ᄒᆞ자 하온니 소너도 듯다가 닐말 말타ᄆᆡ 간담니 서늘하고 발니 ᄶᅵᆼᄋᆡ 붓지 안니 ᄒᆞ와 종모지모 와사오니 상공은 겹지 그 널을 자ᄇᆡ 처치ᄒᆞ옵소셔 상공니 그 말을 듯고 크기 놀ᄂᆡ 칼을 들고 낭ᄌᆞ 방을 항ᄒᆞ여 간니 돌쇠난 놀니 낭ᄌᆞ 방문 밧ᄀᆡ 안자다가 상공오시

〈17-뒤〉

물 보고 방문을 여려 다치고 단장을 넘어 닷그널 상공니 분하물 니기지 뭇ᄒᆞ여 조차와 밤 ᄉᆡ기을 기리든니 이욱ᄒᆞ여 기명셩니 나며 동망니 말가 ᄂᆞᆼ저 타 노복을 ᄒᆞ령ᄒᆞ여 좌우ᄋᆡ 날여 타고 ᄎᆞ려ᄃᆡ로 궁문ᄒᆞ여 왈 ᄂᆡ 접니 당ᄌᆞᆼ니 놉코 노비 쳔여 귀라 위닌이야 졋저 츌님하리오 너히 등은 낭ᄌᆞ 방의 단니ᄂᆞᆫ 놈을 알겨신니 종실즉코ᄒᆞ라ᄒᆞ며 낭ᄌᆞ을 ᄎᆞ바ᄒᆞ오라 ᄒᆞ난지 라 ᄆᆡ월니 쳥명

〈18-앞〉

ᄒᆞ고 겸지 낭ᄌᆞ 침소로 두려가 발을 ᄲᅮᆯ리면 왈 낭ᄌᆞ 무선 잠을 잇ᄃᆡ겨정 ᄌᆞ난닛가 셔방님 과긔 가신 적 일ᄉᆡᆨ니 ᄆᆞᆺᄒᆞ여 엇더ᄒᆞᆫ 놈을 간통ᄒᆞ다 ᄉᆞᆼ공 안목의 들ᄃᆡ겨ᄃᆡ 무죄ᄒᆞᆫ 우리 등의긔 니다지 음힝ᄒᆞ셔난잇가 ᄉᆞᆼ공니 급피 ᄌᆞ바오라 ᄒᆞ신니 ᄇᆞᆺ비 가ᄉᆞ이다 ᄒᆞ며 ᄒᆞ영니 츙상갓던지라 낭ᄌᆞ 아히을 다리고 ᄌᆞᆷ을 닐우지 ᄆᆞᆺᄒᆞ다가 저우 ᄌᆞᆷ을 드렷든니 쳔망몽되ᄋᆡ ᄆᆡ월이 ᄌᆡ축 니 절둑ᄒᆞ난 소리 씌다련니

〈18-뒤〉

가즁니요 한ᄒᆞ고 ᄆᆡ월니 ᄌᆡ축니 셩화 갓그늘 낭ᄌᆞ 이려나 정선을 전정ᄒᆞ여 머리ᄋᆡ 옥잠을 ᄭᅩᆺ고 나오니 노복니 보고 니ᄃᆡ리 낭ᄌᆞ난 무엇 여혀서 부족ᄒᆞ 야 그ᄉᆞ이을 못 ᄎᆞᆷ아서 엇ᄡᅳᆫ 놈을 간통ᄒᆞ다가 즁젹니 탈노ᄒᆞ여 무좌ᄒᆞᆫ 소인 등의긔 ᄋᆡ형을 당키 ᄒᆞ난잇가 낭ᄌᆞ 니말을 듯고 간담 셔늘ᄒᆞ여 분ᄒᆞ물 엇지 다 칭양ᄒᆞ리 □겨려나 곡절을 아지 못ᄒᆞ여 ᄆᆡ월 ᄶᅡ라ᄀᆞ 시부님 문왈 ᄂᆡ ᄲᅮᆯ안진니

〈19-앞〉

정신을 정정처 뭇은는호라 이젹ᄒᆞ여 엿ᄌᆞ오ᄃᆡ 무산 죄가 즁ᄒᆞ와 노복 등의 거 독셜니 ᄃᆡ난ᄒᆞ고 ᄯᅩᄒᆞᆫ 충두로 자바 마으타 ᄒᆞ서난닛가 ᄉᆞᆼ공니 질ᄂᆡ 왈 ᄂᆡ 언젼ᄋᆡ 낭ᄌᆞ 쳐소ᄋᆡ 가니 정녕 위인과 말ᄒᆞ겨늘 젼ᄀᆞ열 아지 뭇ᄒᆞ여 낭ᄌᆞ을 불너 무런젹 ᄆᆡ월을 다리고 말히엿다 ᄒᆞ리 ᄆᆡ월은 낭ᄌᆞ 방의 가지 안니ᄒᆞ엿다 하니 그 닐니 고히ᄒᆞ여 ᄌᆞ최을 탐저ᄒᆞ더니 ᄀᆞᆫ 밤ᄋᆡ 간 즉 ᄯᅩᄒᆞᆫ 엇더한 놈니 낭

〈19-뒤〉

ᄌᆞ 방문을 다치고 도망ᄒᆞ이 이지야 무드선 발명ᄒᆞ리오 ᄒᆞ시고 고셩ᄃᆡ절 왈 엇더ᄒᆞᆫ 놈닌저 죵실적고ᄒᆞ라 ᄒᆞ겨늘 낭ᄌᆞ 니 말을 듯고 설루통곡 왈 쳔만 ᄋᆡ미ᄒᆞ나 발명무저로도니라 ᄉᆞᆼ공니 더옥 분하여 왈 묵젼ᄋᆡ 몬날을 져니ᄒᆞ겨든 몬일니야 엇지 형은하리요 하리니 츄상 갓겨늘 낭ᄌᆞ 왈 시부님 멍니 아무리 엄숙하든 ᄒᆞᆫ 발명도 뭇ᄒᆞ오릿가 ᄉᆞᆼ공니 분ᄀᆡ등ᄒᆞ여 왈 종저 기망ᄒᆞ 말로니러지 안

〈20-앞〉

니ᄒᆞ난양 ᄒᆞᆫᄀᆞᆺ ᄎᆞᆼ루로 ᄒᆡ여곰 졀박 엄치구문ᄒᆞ라 ᄒᆞᄃᆡ ᄎᆞᆼ루 명을 듯고 달라 드러 적박한니 낭자ᄋᆡ 신시 가언ᄒᆞᆫ지라 옥안비ᄋᆡ 눈물이 비온 듯하여 왈 아무리 육여 엄난 며나린들 ᄎᆞᆷ마 못할 말노셔 노복을 시긔이 이리 몹실 형병을 하시난잇가 셜연 시부 목젼ᄋᆡ 보와 겨셔도 힝여 위인 알가 저혀ᄒᆞ여 소뷰을 뷸너 은견니 문난 겨시 ᄉᆞ뷰의 도리여늘 니다치 ᄒᆞ시문 무산 쓰진 아지 못ᄒᆞ겨니와 소부난 직금 쥭어 맛당ᄒᆞᆫ지라 비녹 진시ᄋᆡ 니서도 옥설 갓탄 정졀로 시부

〈20-뒤〉

양의와 낭군 셤긔물 알고 뷰인은 두 가중 셤기지 아니ᄒᆞ물 아오나 이ᄌᆡ난 속절 업도다 그려나 위인 간통은 고ᄉᆞᄒᆞ고 ᄌᆞᆷ신들 ᄉᆞ람을 ᄃᆡ하리요 민쳔니 ᄌᆡ상ᄒᆞ고 닐쳘니 발ᄀᆞ겨든 ᄂᆡ일을 알근마남 발명ᄒᆞᆯ ᄉᆞᆺ지 전니 업도다 ᄒᆞ고 실피 통곡ᄒᆞ니 그 정상니야 여니다 칭양ᄒᆞ리요 ᄉᆞᆼ공니 니 말을 씃고 더옥 ᄃᆡ로 왈 모ᄂᆞᆫ 닐을 닐ᄒᆞᆼ약 담은로니 나을 쳑망ᄒᆞ니 심ᄉᆞᆼ니 다ᄉᆞ리지 못ᄒᆞ리 ᄃᆞ ᄎᆞᆼ두을 호엉ᄒᆞ여 긔별 엄치ᄒᆞ라 ᄒᆞᆫᄃᆡ 뷸상ᄒᆞ다 ᄂᆞᆼᄌᆞ의

〈21-앞〉

옥변ᄋᆡ 눈물리니 비온 듯ᄒᆞ고 빙셜 ᄀᆞᄐᆞᆫ 죵야리의 유혈니 낭ᄌᆞᄒᆞᆫ지라 낭ᄌᆞ 홍극니 막히 말을 못ᄒᆞ더라 ᄀᆡ부 정졍ᄒᆞ여 엿자 왈 낭군니 쳡을 잇지 못ᄒᆞ와 과가 발힝ᄒᆞ든 날 ᄉᆞᆷ십 니을 가 숙소을 졍ᄒᆞ고 ᄌᆞᆷ을 니루지 못ᄒᆞ와 ᄒᆞᆫ닌 모로기 회졍ᄒᆞ야 소부 방ᄋᆡ 와삽긔로 마저 논하여 만단 ᄀᆡ유ᄒᆞ라 보ᄂᆡ삽온이 쏘 잇듯날 심심야ᄋᆡ 왓삽긔로 쥭긔로셔 강권하여 보ᄂᆡ압고 □□□□히야거난 엇던 초근의 부모임 구죵이 이실ᄀᆞ 두러워 진쥭 엿잡지 못ᄒᆞ엿든니 도ᄎᆞᄋᆡ

〈21-뒤〉

이ᄃᆡ지 더려온 말과 ᄋᆡᆨ형 당홀 쥴 알면 엇지 진즉 고치 안니리가 일전ᄋᆡ 시뷰님 무려실 ᄯᆡᄋᆡ ᄆᆡ월을 다리고 말ᄒᆞ다 ᄒᆞ문 시뷰을 드려ᄒᆞᆫ ᄇᆡ라 이ᄌᆡ 귀신시 작히ᄒᆞᆫ가 가속이며 벼ᄒᆞᆫᄀᆞ 니려ᄒᆞᆫ 형별과 누명을 당ᄒᆞ니 발명무지옵고 이후ᄋᆡ 무삼 면목으로 낭군을 ᄃᆡᄒᆞ 노복의 곤욕을 당ᄒᆞ고 ᄉᆞ라 무엇ᄒᆞ리요 ᄂᆡ 니 죄 닛고 업긔난 명쳔니 알근마난 발명ᄒᆞᆯ 곳지 읍셔 ᄌᆞ결코져 ᄒᆞ다가 낭군 여려 ᄌᆞ식을 ᄉᆡᆼ각ᄒᆞ야 방ᄋᆡ 업

〈22-앞〉

더저 ᄀᆡ절ᄒᆞ니 시모 졍시 울며 ᄉᆞᆼ공 젼ᄋᆡ 고왈 물을 ᄲᆞ엽고 다시 다ᄀᆡ 어업도다 안혼ᄒᆞ와 보지 못ᄒᆞᆫ 닐노 송ᄇᆡᆨ 가탄 ᄉᆞ람을 져다지 ᄒᆞ오니 엿지 후환니 업시리요 ᄒᆞ고 ᄂᆡ달나 출두을 물리치고 졀박ᄒᆞᆫ 겨실 겯ᄂᆡ 노히며 왈 낭ᄌᆞ야 뷰모 망영ᄒᆞᆫ 그실 ᄒᆞᆫ지 말라 너의 졀긔 지님니 아나니라 ᄒᆞ며 낫탈ᄒᆞ려ᄃᆞ니며 실피 통곡ᄒᆞ니 원통ᄒᆞᆫ 마암을 어니 다 칭양ᄒᆞ리요 도라가 안심ᄒᆞ라 ᄒᆞᄃᆡ 낭ᄌᆞ 시모을 안고 울며

〈22-뒤〉

왈 도적은 면ᄒᆞ여도 음힝은 면치 못ᄒᆞ다 말은 여로뷰더 니셔겨든 니 갓튼 누명과 노복의 죄업시 설울 듯고 사라 실ᄃᆡ 업도다 ᄒᆞ고 □피 통곡ᄒᆞ니 보난 니 위 안니 실혀ᄒᆞ리요 저 시상이 ᄌᆞ의 그동을 보고 만단으로 ᄀᆡ우ᄒᆞᄃᆡ 좋시 듯지 안니 ᄒᆞ드라 낭ᄌᆞ 눈물을 혈리며 머리을 만져 옥좀을 ᄲᆡ여 들고 하날을 ᄒᆞᆼᄒᆞ야 비려 왈 □ᄒᆞᆫ 명쳔닐 쳘은 감동ᄒᆞ옵소셔 소너의 허물을 발키소셔 소녀이 지은 죄 니삽겨든 이 옥좀니 ᄀᆞ솜의 빅

〈23-앞〉

히옵고 무죄ᄒᆞ겨든 셤돌이 빅히 소셔 ᄒᆞ고 공즁을 ᄒᆞᆼᄒᆞ여 옥잠을 ᄯᅥᆫ지니 옥좀니 공즁이 비히 ᄒᆞ댜ᄀᆞ 나려와 셤돌이 빅키난지라 ᄉᆞᆼ공니 보고 그지야 진간 의미ᄒᆞᆫ 쥴 알고 노복을 닐변 물여 ᄃᆡ치고 왈 ᄃᆡ져 그 본니 고ᄃᆡ ᄒᆞ도다 ᄒᆞ시고 ᄂᆡ다라 낭자을 붓들고 일너 왈 ᄂᆡ 망영ᄒᆞᆫ 일노 괴염치 말라 ᄒᆞ며 만단 긔우ᄒᆞᄃᆡ 낭ᄌᆞ 서부 ᄒᆞ시든 닐과 노복의 질욕을 ᄉᆡᆼ각ᄒᆞ니 원통 분ᄒᆞ여 쥭긔로 ᄒᆞᆫᄉᆞᄒᆞ니 상공니 낭ᄌᆞ의 저든

〈23-뒤〉

얼 보고 왈 ᄂᆡ 즘간 ᄉᆡᆼ각쳐 못ᄒᆞ고 실리 호물 누ᄀᆞ 니말ᄒᆞᄃᆡ 죵시 듯저 안니ᄒᆞ리 놈녀 간 ᄒᆞᆫ 번 늬명은 병가ᄉᆞᆼᄉᆞ라 너무 설허 말고 안섬ᄒᆞ여라 ᄒᆞᆫᄃᆡ 낭ᄌᆞ 니 말을 듯고 울며 왈 남녀 간 ᄒᆞᆫ 번 뉘명니 ᄉᆞᆼᄉᆞ라ᄒᆞ오니 시뷰의 집 안의 니련 닐니 어ᄃᆡ니서리요 니 일은 시상의 우훌겨시니 빅골니들 엇지 뷰그럽지 안니ᄒᆞ리요 ᄒᆞ고 ᄃᆡ셩통곡ᄒᆞ여ᄒᆞ 잇ᄯᅢ의 츈양의 나은 칠서요 동츈은 삼서라 칠서의 나난 마리

〈24-앞〉

무산 닐을 하리요 만난 굿ᄃᆡ 잇다ᄀᆞ 어머니 겨동을 보고 울며 왈 으만님야 으마님야 이 그저 여닌 일고 국곡투식ᄒᆞ엿뜬가 절박은 속신질고 ᄆᆡ성관비 죵첩닌ᄀᆞ 죵야 티난 어닌 일고 노복의 등긔든가 언도 노ᄃᆡ 뷴명ᄒᆞ라 으마님야 으마님야 외닌 간통ᄒᆞ여그든 셩명니나 가져 쥐요 죽긔로셔 절단ᄒᆞ니 죽단 말의 으꼰말고 우지마라 어만님아 셔렴마라 으만님아 아반님 나려오면 혈마 셜원 못ᄒᆞ리가 으만님 죽ᄉᆞ오면 으리 두 몸

〈24-뒤〉

어니ᄒᆞ며 ᄂᆡᆫ들 안니 뷸ᄉᆞᆼᄒᆞᆫ가 섬시젼 으사닐코 ᄂᆡ을 밋고 ᄉᆞ란말고 너무 글고 마옵고 방으로 ᄀᆞᄉᆞ니다 동츈니 경명 ᄌᆞ고 우니다 □점을 진정ᄒᆞ와 져지나 먹니소셔 ᄒᆞ고 무주니 울그녈 낭ᄌᆞ 마지못ᄒᆞ며 드려가 츈양을 굿ᄐᆡ 안치고 동츈을 안고 졋을 먹긔며 왈 답답ᄒᆞ다 ᄂᆡ 닐리야 팔ᄌᆞ도 용열ᄒᆞ다 니러ᄒᆞᆫ 누명과 ᄋᆡᆨ형 당ᄒᆞᆯ 주을 어니 알며 노복덜 이리ᄋᆡ 욕본 닐을 수수안구 ᄉᆡᆼ각ᄒᆞᆫ어 숨혼니 문으지고 간장니 ᄊᆞᆫ키ᄂᆞᆫ

〈25-앞〉

듯ᄒᆞᄃᆡ 성혼할 곳지 읍셔 죽음믈 ᄉᆡᆼ각ᄒᆞ니 으린 자석 염염두고 죽긔ᄀᆞ ᄀᆞ열ᄒᆞ다 ᄂᆡ 목숨 죽으 저 먼 황천ᄋᆡ 도라간들 져 ᄌᆞ석을 으니ᄒᆞᆯ고 혼ᄌᆞ 안ᄌᆞ ᄇᆡᆨ니 ᄉᆞ귀ᄒᆞᄃᆡ 분함과 원통ᄒᆞ며 탐의 □□을 ᄎᆡ와 죽으믈 ᄌᆡ촉ᄒᆞ난지라 ᄒᆞ리읍셔 농을 열고 온갓 ᄎᆡ복과 보ᄇᆡ을 ᄂᆡ여 츈양을 여로만지 왈 설푸다 츈양아 나난 닌지 죽근니와 너 부친 오시거든 니른 말 ᄌᆞ시ᄒᆞ연 통ᄒᆞᆫ 혼ᄇᆡᆨ니나 ᄋᆡ로ᄒᆞ여라 가련ᄐᆞ 츈양아 니 ᄇᆡᆨ혹션은 적ᄌᆞᆼᄒᆞᆫ 보ᄇᆡ라 추우면

〈25-뒤〉

덕운 바람니 나고 더우면 ᄎᆞᆫ 바람니 나난져 북ᄃᆡ 기피 간수ᄒᆞ여다가 동츈니 장셩켜든 주고 비단 ᄎᆡ복과 칠보단ᄌᆞᆼ니며 ᄃᆡ모ᄌᆞᆼ도와 순검 족졀잠은 ᄂᆡ긔 속당 지물니라 ᄌᆞᆯ 간수ᄒᆞ여ᄃᆞ가 날 본 다시 ᄒᆞ여라 ᄀᆡ긔 수안ᄋᆡ 도복과 관ᄃᆡ 니서이 너 아부 오시그든 더ᄂᆡ라 ᄒᆞ고 실피 통곡 왈 츈양아 ᄂᆡ 죽은 후ᄋᆡ 동츈 다리고 ᄇᆡ고푸다 ᄒᆞ그든 밥을 주여 달ᄂᆡ고 목마려다 ᄒᆞ거던 물을 주여 할리고 으마으마 부려그든 업고 안고 ᄌᆞ

〈26-앞〉

조 ᄒᆞ여 읍도 압눈 보지말고 언니 죽고 ᄌᆞᆼ셩커든 나ᄋᆡ 선연ᄒᆞ여ᄅᆞ 뷸ᄉᆞᆼᄐᆞ 츈양아 동츈 으니 ᄒᆞᆯ고 ᄂᆡ 팔ᄌᆞ 물필ᄒᆞᄌᆞ ᄂᆡ여 신시가 텬ᄒᆞ다 답답ᄒᆞᄃᆞ ᄂᆡ 여셔업으난 고ᄃᆡ 셜화ᄒᆞᆯ고 시상을 ᄉᆡᆼ각ᄒᆞ니 ᄇᆡ히 발리 죽고 황쳔의 도라 간들 눈을 쌈지 못ᄒᆞᆫ 혼ᄇᆡᆨ닌들 니졀손야 설중 마음 둘ᄃᆡ 읍고 원통한기 칭양읍ᄃᆞ 쳔지가 몸ᄂᆞᄒᆞ고 닐월니 무상니라 온면ᄋᆡ 혈어ᄂᆞᆫ 눈물리 옷킷털 젹시니 츈양니 으무 거동을 보고 통곡 왈 으만님아 느무 실허

〈26-뒤〉

마옵소셔 ᄒᆞ며 붓들고 밤니 맛드록 우마가 츈양니 잠간 잠을 드난지라 닛ᄶᆡ 시모 경시 낭ᄌᆞ의 그동을 보고 빙셜 갓한 졀긔로 닐로ᄋᆡ 마치니 원홍코 분한지ᄅᆞ 상공을 ᄎᆡᆨ망 왈 만닐 낭ᄌᆞ 죽으면 셩군니 도라와 ᄒᆞᆷ긔 죽을 거시니 후환 읍긔ᄒᆞ옵소셔드라 이젹의 ᄂᆞᆼ자 츈양 잠든 후의 아무리 ᄉᆡᆼ각히ᄃᆡ 사라 낫웃 들고 ᄂᆡ을 ᄃᆡᄒᆞ리요 츈양 동츈을 어르만져 왈 ᄂᆡ 원통 분함을 셜천ᄒᆞᆯ고 ᄌᆡ 읍셔 시부미ᄒᆞ라 ᄒᆞ고 손가락을 ᄭᆡ무으 벽상

〈27-앞〉

ᄋᆡ 영별세을 셔노코 잠든 아히을 만저 왈 불상하다 ᄂᆡ 죽은 후ᄋᆡ 눌다려 으미라 ᄒᆞ며 의탁ᄒᆞ리요 ᄒᆞ며 금ᄋᆡ을 ᄂᆡ여 닙고 ᄌᆞᆷ난 동츈 츈양을 만지며 옥안ᄋᆡ 눈물을 금치 못ᄒᆞ야 왈 다시 보ᄌᆞ 츈양 동츈 다시 보ᄌᆞ 보자 동츈 조히 닛거라 동츈 우지마라 동츈 츈양 ᄂᆡ 죽어 황천ᄀᆞ면 다시 보긔 으업도 다 잇 골을 설피 보니 청풍명월 하든 금실적절벽 녹을 ᄯᆡ 눈물로 바ᄅᆡ보니 단ᄌᆞᆼ 안의 ᄇᆡᆨ단 와지당가의 설ᄂᆡ반 동ᄂᆡᄉᆡᆨ 사랑ᄒᆞ는리다□

〈27-뒤〉

ᄀᆞ하여 잇거라 날 사랑하던 낭군 철이 박ᄀᆡ 가 기시고 못본지 석 달이라 원통 뇌외 서러한 말숨 못드ᄒᆡ잇고 니지 영결하ᄌᆞ하니 철천지 한니 ᄃᆡ리로 다 원망 집도 도미고 잠ᄌᆞ난 동츈을 만지 왈 불상하다 동츈아 자지 말고 전먹으라 어무 얼굴 ᄌᆞᆷ 막죽이 ᄋᆞᆺ으무럿지 마ᄎᆞ로라 우지말고 잘잇거라 밥부로 으미 삼고 차물노 저질삼아 부ᄃᆡ 먹기 실허도 자주자주 먹니다 가련하고 불상하다 너ᄋᆡ 천지을죽 어난 ᄊᆡᄋᆡ 다시 볼고 동츈 츈양아 눌ᄉᆞ두고고 죽난언ᄉᆡᆼ

〈28-앞〉

니 무선 죄로 지여든 공안발ᄋᆡ 동츈을 비이고 한 손을 더러 머리 우ᄋᆡ 옷장을 여러 장□을 ᄂᆡ여노코 동츈얼 만ᄌᆡ며 칼을 만지고 가삼을 만지며 죽을가 말가 여러 번 자지 하라 동츈 츈양얼 보고 다시보며 한섬 직고 ᄆᆡ월과 노복의 요솔니며 시부임 ᄋᆡᆨ천강판한 임일을 ᄉᆡᆼ각ᄒᆞ니 손ᄋᆡ 쥔 칼이 목숨을 ᄌᆡ촉ᄒᆞᄃᆡ ᄋᆞ린 자여를 다시 만저 왈 가련하다 ᄂᆡ 일이여 강보ᄋᆡ 사인 자석과 낭군을 바리고 죽으어니

〈28-뒤〉

사후 혼빅인들 엇지 하리요 하고 칼을 두러 가삼을 전쥬며 아히을 도라 보다 왈 동츈 츈양아 부듸부듸 잘 잇거라 ᄒᆞ고 칼을 가삼의 작지건이 천지가 무심ᄒᆞ리요 ᄂᆡ성벽역니 천지을 진동하니 츈양니 놀ᄂᆡ ᄭᆡ다라 모친을 살피 보니 가삼의 칼을 ᄭᅩᆺ고 죽언난지라 보고 ᄃᆡ경질ᄉᆡᆨ 왈 어마님 어마님 니겨시 으인일고 하며 함기 쥭어러ᄒᆞ고 가삼의 칼얼 ᄲᆡ러 ᄌᆞᆫ니 요동치 안니 하난지라 할일읍

〈29-앞〉

서 동츈을 ᄭᆡ와 다리고 어마임아 날의 동츈 업으리라 ᄒᆞ시ᄂᆞᆫ잇가 ᄒᆞ며 실피 통곡ᄒᆞ이 곡성이 원견의 들이난지라 상공부처와 노복이 놀ᄂᆡ 겹피 더러가니 망ᄌᆞ 가삼의 칼을 곱고 쥭은난지라 모다 붓고 ᄃᆡ성질ᄉᆡᆨ하여 칼을 ᄲᆡ러하니 원혼이 되엄 바지지 안니 하ᄃᆡ 상공부처 아무리 할 줄을 므르더라 동츈이 어미 쥭언 줄 모ᄅᆞ고 젓을 물고 울겨늘 츈양니 동츈 안고 달ᄂᆡ며 왈 동츈

〈29-뒤〉

츈양아 으마님 잠이 드러신이 ᄭᆡ거든 먹ᄌᆞ하며 뉘 ᄊᆞ러 사라죽고 우리 신시 가른하다 동츈아 너을 어어할고 정지등옥 불상하다 ᄇᆡ곱푸고 목마음를 뉘가 아라 전멱닐고 우지마라 동츈아 느 어마 하난 소ᄅᆡ ᄂᆡ 가삼 압푸ᄯᅩ다 니은 고상 저런 그동 두로 ᄉᆡᆼ각하이 느 보기 드욱 실타 차라리 ᄂᆡ 간적으느 셔 동안이 보먼 ᄂᆡ 마음 상쾌ᄒᆞ나 비신시 차목할지라 ᄒᆞ고 신치을 안고 헌들 동츈얼 으이할고 잠드고 기사거던 이러나소서

〈30-앞〉

날이 ᄉᆡ고 ᄒᆡᆼ가로 다사노니 으서 니러나소서 동츈이 젓먹ᄌᆞ고 우난이다

안아도 안듯고 업어도 안듯고 밥쥬여도 안이 먹고 물조도 안니 듯고 전먹자고 ᄋᆞ마님 부러난이라 그 ᄎᆞ목한 그동 웃지 다 보리요 동춘을 안고 ᄃᆡ성통곡ᄒᆞ니 그적난 초목금슈 다 실호하난 듯 철석간장니라도 안니 우니 읍더라 그로무로 실피 우라가날 니셔거늘 ᄇᆡᆨ상을 살피 보이의 읍든 글리 넌난지라 그 혈스ᄋᆡ ᄒᆡ여시ᄃᆡ 실푸다 니 몸이 천상의 득죄하고 인간의 나려와서 ᄉᆞᆷᄉᆡᆼ긔약 십피 ᄆᆡᄌᆞ ᄇᆡᆨ연ᄒᆡ로 기약ᄒᆞ

〈30-뒤〉

고 츈하츄동 사시 줄얼 ᄉᆞᆷ시로 문이저서 히히낙낙 반기든 장부 일홈으로 공명을 하려 하고 가긔 시른 가긔얼 근근하여 빗ᄂᆡᆫ 후의 소석니 막막ᄒᆞ와 회슈 장안 ᄀᆞ신 낭ᄌᆞ 슈삼월을 못 보와서 오날이나 소식을 가사 ᄂᆡ 일이나 소식올가 회슈 장안 밧뵈 보니 산천은 첩첩하고 ᄇᆡ눈은 자진고ᄃᆡ 낭ᄌᆞ 소식 ᄎᆞᆼ망ᄒᆞ고 ᄇᆡᆨ구ᄇᆡ어 샌이로다 낭군임아 ᄀᆡᆨ찬한등 홀노 안ᄌᆞ셔 빗소리 참바람ᄋᆡ 외기럭긔 울고 각시 집 ᄉᆡᆼ각니 ᄂᆞ직나리 가련타 ᄂᆡ 일니야 낭군임 작별로 구고울 설긔오머 노북을 화순ᄒᆞ여 시월을 보ᄂᆡ ᄋᆞ고 철 이ᄋᆡ 가

〈31-앞〉

신 낭군이 힝으로 도라울가 망지여 원하옵던니 조물리 시긔쇼어 괴신니 저히 한가 빙설 갓탄 말궁 절긔 음힝으로 쥭긔되니 이갓치 서른 진정 뉘싸러 설화할고 요천금손의 들고 우닌 자석도라 보이 천지가 막막ᄒᆞ고 일월이 무강ᄒᆞ라 설설리 원통하여 쥭긔로 ᄉᆡᆼ각하이 이른한 동춘 츈양 뉘을 의지하다 말고 흉직의 ᄎᆞ안 원혼 ᄇᆡᆨ상의 무뤄두고 황천의 도라가니 ᄂᆡ 몸이야 그만이ᄃᆡ 보지 못한 낭군 심ᄉᆞ 오죽 원통하리ᄂᆞᆫ히라 ᄇᆡᆨ연긔약 속절읍시 헌ᄉᆞ로다 낭군임아 어서 밧비 나려 와서 신ᄎᆡ나 그두옵고 혼ᄇᆡᆨ니나 위로ᄒᆞ소 구천ᄒᆞ일

〈31-뒤〉

익 언히을 감추리다 즈을말솜 첩첩하딕 손쌋락을 긔물고 빅상을 딕하믹 원통 분함이 죽음얼 직촉하와 니만 하여난이다 ᄒᆞ엿드라 이러구로 사오 닐 지닉며 상공부처 싱각하딕 선군니 도라와 낭즈 가삼익 칼을 보면 분명 우리 모흠한 쥴 알고 함긔 듁으러 ᄒᆞᆯ 거신이 오지 안이 전익 염심ᄒᆞ여 올타 하고 상공니 드르가 염심하러 하이 칼니 쌕지지 안이 하그늘니와 섬돌익 옥잠을 씩러하이 쏘한 쌔지지 안니 하난지라 상공부처와 노복 등이 징황ᄉᆞ 여 염심하러 하니 신치가 요동치 안이 하믹 철천지 원혼인 쥴 알고 아무리 할쥴 모로드라 각설 이적익

〈32-앞〉

선군이 궁성익 올나가 과긔 날을 기다리든이 상상몽사 흉창하믹 마암을 이지 못하드라 과긔날리 당하믹 지필얼 가초와 잔즁익 드르가이 천하 선빅 모와드라니 욱하여 글지을 닉여 그려그늘 바리본고 일필회저 ᄒᆞ여 바치이 닛러 왕ᄉᆞᆼ니 슨군의 글시을 보시고 딕ᄎᆞ 왈 글은 신인의 글리요 글시난 용사 빅른니라 신통ᄒᆞᆫ 선빅라 ᄒᆞ시고 봉서을 힉그하신이 공상도 선빅드라 왕이 직시 심닉을 위을 두시면 진퇴 후의 ᄒᆞᆯ임학사을 지수 하신이 순군니 츤원을 축ᄉᆞ 하고 ᄒᆞᆫ원의 닙조 후의 직시 하인을 하여 공부모양위와 낭즈씌 펀지하야 보닉이로 각설 이

〈32-뒤〉

적의 하닌이 쥬야로 나려와 상공씌 흔알 ᄒᆞ고 펀지을 올니그늘 쎠여 보이 그저 외라 여시딕 문안 아릭오며 실ᄒᆞ의 써난 후로 부모양외 분긔 치일 장마 안ᄒᆞ옵신지 알고저 워몃 구구하오며 슨군 긱지 무사ᄒᆞ오니 하림입삽 근이와 부모 은둑으로 장원급지하와 ᄒᆞᆯ님의 닙죠하압고 도문닐 즈원급을

만일릿다 ᄒᆞ여드라 상공니 보시고 일히닐비하여 낭ᄌᆞ씌 가는 편지을 부인 정시을 ᄒᆞᆫ듸 나도 가지고 울여 왈 낭ᄌᆞ 사라쓴들 오작 반기로다 실푸다 반가온 편지가 도로히 실프고 가른ᄒᆞ쏘다 츈양을 쥬며 왈 니 편지가 느으무긔 온 그신니 가다가 간슈하여 다가 츈

〈33-앞〉

양니 핀지울 바다 가지고 실피 울머 동츈을 안고 어무님 빈수의 가여 부친을 붓들고 드른금ᄋᆡ을 빗기고 편지을 피여 들고 통곡 곡왈 이러나소 이러나소 어마임아 이러나소 주야 평ᄉᆡᆼ 기다리든 아부임 소식 왓나이다 장원겁지하와 훌임학사로 ᄂᆞ러온다 하니 이러나소서 ᄒᆞ머 낫틀 듣고 왈 으마 으마 동츈얼 으이 할고 젓먹자고 우ᄂᆞ니다 으아 으아 하난 소ᄅᆡ 차마 목전 못보노다 안고 웁고 하여도 안 근치고나이다 으마임 ᄉᆡᆼ전의 ᄎᆞᆫ조와 하시든니 오날날 반가온 아부지□ 와시듸 웃지 반기지 안이 하난잇가 츈양은 글□□

〈33-뒤〉

ᄒᆞ믜 으마님 전ᄋᆡ 고치 못ᄒᆞ니다 발ᄒᆞ나이다 하며 동츈을 안고 조모님 전의가 미러 왈 으마님 영실의가 잠간 가옵소서 핀지 사연을 일느주오면 어마임 영혼니 감동할가ᄒᆞ나이다 부인 그 말을 듯고 직시 낭ᄌᆞ 빈소ᄋᆡ 드르가 핀지을 들고 눈물을 헐이머니난지라 그시의 ᄒᆞ여시듸 문안 적ᄉᆞ오머 일 연 삼연ᄋᆡ 소식이 적적하와 조운 모우머 화조 월ᄉᆡᆨᄋᆡ ᄉᆡᆼ각니 간절하와 가윤 바ᄅᆡ 벗고 눈물을 쌔일 ᄊᆞ랏니러이 상상몽ᄉᆞ 홍참하믜 무산먼니 드르난지 아지 못하니 답답ᄒᆞ오이다 그르나 ᄂᆞᆼᄌᆞᄋᆡ 건건하심을 입ᄉᆞ와 할임학ᄉᆞ 곳

〈34-앞〉

나러가온니 낭ᄌᆞ 마음인들 오직 반기라시릿가 나문 말슴은 니러가ᄒᆞ올가

하나이다 ᄒᆞ여더라 부인 정시 보기를 ᄃᆞ하ᄆᆡ 통곡 왈 실푸다 느웁시 으이 살고 츈양니 으무 그동얼 보고 눈물얼 허리 할임 오기을 기다리드라 각설 잇ᄯᅢᄋᆡ 선군이 청사관ᄃᆡ의 빅옥화을 집고 저철이 층총마의 천긔을 써우고 화동을 살이 서우고 ᄃᆡ도 전여 발한ᄃᆡᄒᆞᆫ 설로 나러오니 그ᄋᆡ의 참난하드라 층층로ᄋᆡ 다다러이 감사은 죠외 충최을 보고 실ᄂᆡ을 진ᄐᆡ하그늘 홀임리 물리의 ᄋᆞ사화을 고□

〈34-뒤〉

고 허리의 옥되을 ᄆᆡ고 완완이 드르가시면 진더ᄒᆞ이 감사 죄찬완 그져난 진실노 선픙도골이로다 하고 주찬을 ᄂᆡ여 ᄃᆡ접하드다 잇ᄯᅢ의 선군니 몸이 ᄉᆞᆫ하여 잠간 누어든이 비몽간의 낭ᄌᆞ 듣느오ᄃᆡ 만의 유홀리 낭ᄌᆞ하여 것ᄐᆡ 와 안지면 눈물얼 흘이 왈 낭군 극창한든ᄋᆡ 긔치일항ᄒᆞ신가 첩은 신ᄋᆡᆨ보군 길ᄒᆞ와 시상은 바린지 님이 오리라 님 전ᄋᆡ 낭ᄌᆞ 전ᄋᆡ 사얼 읍시 엇긔ᄋᆡ 드르이ᄒᆞᆫ 할임학사 곳 나려 오신다 하시ᄆᆡ 아무리 혼빅인들 웃지 깃ᄲᅳ지 안이 하리오 할임리 ᄌᆡ빅 왈 부모은 둑어로 천은을

〈35-앞〉

닙사와 몸이 영긔ᄒᆞ여로다 오읍고 뷰모양외여고 무양하온이 드울 깁사와 니다 상공의 ᄃᆡ왈 ᄂᆡ ᄉᆡᆼ각ᄒᆞ니 ᄂᆡ 버살리 옥동지접이라 족죄 두 부닌을 둘 듯하긔로 읏조 숙여을 광문ᄒᆞ드니 이곳 임진ᄉᆞ ᄃᆡᆨ 낭ᄌᆞ니시ᄃᆡ 얼굴과 자ᄐᆡ 만고 졀ᄉᆡᆨ이라 일전ᄂᆡ 진ᄉᆞ와 말ᄒᆞ어 오날 힝니 ᄒᆞᄃᆡ 하여신니 네 듯지 읏ᄯᅳᄒᆞᆫ옷 선군이 ᄃᆡ왈 간밤ᄋᆡ 닐몽을 엿ᄉᆞ온니 낭ᄌᆞ 몸ᄋᆡ 칼얼 ᄭᅩᆸ고 어전키 안ᄌᆞ 실피 울머 여ᄎᆞ여ᄎᆞ하오ᄆᆡ 몽사을 엇지 취신ᄒᆞ리오만 그사ᄋᆡ 무숨 변니를 나잇ᄀᆞ 낭ᄌᆞ와 얼약니 지중하ᄋᆡ 낭ᄌᆞ 말을 듯고 성ᄋᆡ

〈35-뒤〉

ᄒᆞᄉᆞᆫ하나니라 ᄒᆞ고 길을 ᄌᆡ촉하거늘 상공니 이ᄅᆞᆯ 듣고 만단ᄀᆡ우 왈 혼인언 인간ᄃᆡ사라 부모의 말삼을 듣고 입화을 븨미 자식ᄋᆡ 도리여늘 네 어이 고집하여 임진ᄉᆞ 소ᄌᆡ을 낭패하려하니 소지의 도리 안니라 ᄒᆞᄃᆡ 묵묵뷰답ᄒᆞ고 가그늘 ᄉᆞᆼ공니 하리읍셔 뒤을 ᄯᆞ라 집 압ᄑᆡ 닥리 선군을 붓들고 눈물을 헐리 왈 필두다 선조아 너 심드난홈 집안이 고요하ᄆᆡ 도적을 살피르라고 후원으로 도ᄅᆞ 낭ᄌᆞ 방ᄋᆡ 가니 낭ᄌᆞ 소ᄅᆡ 들니그늘 고히허기 불느 무른 적 느 와ᄯᆞ라 아니하고 츈양긔 ᄆᆡ월을 다리고 말ᄒᆞ

〈36-앞〉

여도라긔로 직시 ᄆᆡ월을 불느 무런니 그시ᄋᆡ 간 ᄇᆡ 읍다 하ᄆᆡ 부모 ᄃᆡ여 양간 궁긔ᄒᆞ여든니 낭ᄌᆞ 여ᄎᆞ여ᄎᆞ하여 죽어신니 니어른 망칙ᄒᆞᆫ 변이 으죄 이시리요 선군 왈 아부임 진사 소지을 층혼하려 하시고 나을 쇠긔난 말인지 진실노 죽으ᄂᆞᆫ잇가 ᄒᆞ머 여광여쵀하므로ᄃᆡ ᄌᆞᆼ문ᄋᆡ 다다러니 ᄆᆡ당의 곡성이 진동ᄒᆞ그늘 간장니 스널하여 지척을 문별치 못하고 드러가이 슴돌ᄋᆡ 옥잠이 ᄇᆡᆨ희그늘 ᄇᆡ여들고 눈물 윤험이 왈 무정한 옥잠은 나얼 보고 반긔난 긔듯 낭ᄌᆞ난 으ᄃᆡ가고 ᄂᆡ 온 줄 모라ᄂᆞᆫ지 통곡하여 벌다 하별의ᄅᆞᆯ 가이 층양ᄒᆞ다 츈양ᄋᆡ 그른 □이여 절긔을 사□

〈36-뒤〉

발ᄒᆞ고 동츈을 안고 으무 신치을 보고 ᄋᆡ고ᄋᆡ고 어마임아 이러나소 이러나소 고ᄃᆡᄒᆞ든 아부임 염힝으로 오난니라 설피 통곡ᄒᆞ니 그 층창함물 ᄂᆡ 안니우리요 동츈운 할임을 보고 어마 어마 ᄒᆞ난 소리 눈얼 ᄎᆞ마 문 닷고 귀울으니 드룬손아 츈양은 할임의 청ᄉᆞᆷ을 붓들고 왈 아반임은 어니 그리 드디 올시난잇가 동츈이 으니ᄒᆞᆯ고 으무임 ᄀᆞ신 후로 젓 먹ᄌᆞ고 우난니라 ᄒᆞ머

무슈니 통곡ᄒᆞ니 할임니 그거 동츈 보고 목이 ᄆᆡ여 우도 못하ᄂᆞᆫ지라 지우 정신을 슈십하여 듭푼 금의ᄋᆡ 윤ᄆᆡᆺ기고 보니 ᄭᅩᆾ 가탄 얼굴리 발서 밧나만 상ᄒᆡ드라니 그동안 ᄇᆞᆾ고 부모을 원망ᄒᆞ여 왈 아무리 무상

〈37-앞〉

한들 칼도 ᄊᆡ지 안니 ᄒᆞ난잇가 ᄒᆞ여 실피 통곡ᄒᆞ고 칼을 잡고 가 만저 왈 낭ᄌᆞ아 선군이 왓나이다 니러나소서 ᄒᆞ고 칼을 ᄊᆡ이 칼 ᄲᅢ진 궁문긔 청조시 말니 나라ᄆᆡ 한 시흔 할임ᄋᆡ 멸니ᄋᆡ 안ᄌᆞ 울며 하면목 하면 울고 ᄯᅩ 하나흔 동츈ᄋᆡ 발리ᄋᆡ 안ᄌᆞ 우리 우감심 우감심 ᄒᆞ며 울고 날라라가그늘 ᄉᆡᆨ소리을 드르니 ᄒᆞ면목 하난 소리는 무삼 먼목으로 낭군을 보오리요 ᄒᆞ난 그시요 ᄯᅩ 소ᄋᆡᄌᆞ닌 츈양아 동츈을 우리지 말고 불상니 ᄉᆡᆼ각ᄒᆞ라 ᄒᆞᄂᆞᆫ 소리요 ᄯᅩ 유감심은 츈양아 느를 두고 황천ᄋᆡ 도라ᄀᆞ니 눈을 갓지 못하고 외로온 혼ᄇᆡᆨ이 쥬야로 ᄉᆡᆼ각하여 울고 단니오라 ᄒᆞ난

〈37-뒤〉

소리라 그 충조난 낭ᄌᆞ의 삼혼이라 낭군을 막죡 이빌하고 ᄀᆞᄆᆡ 이날부터 신치 점점 상하난지라 선군니 낭ᄌᆞ 신치을 안고 울며 왈 낭ᄌᆞ야 동츈양으이 할고 실푸고 가른하다 그ᄃᆡ난 만사 잇고 가근이와 나ᄂᆞᆫ 어린 자식 다리고 엇지 하야 사란 말고 ᄀᆞᆫ니 그든 일으나 소잠이 드르 겨른 일으나 소나을 엇지 니저 불고 황춘으로 가시난고 우리 삼부자 함기 다리가소 옥낭ᄌᆞ야 원슈로다 과긔가 원슈 할임 옥당긔찬하고 국ᄋᆡ 옥석 귀찬할 아람다온 낭ᄌᆞ 얼굴 으난 ᄊᆡ의 다시 볼고 일시도 못 보오며 삼츄 갓치 네긔든니 일죠 니별리□이 앙걸리되 단만 가잇ᄌᆞ히도 하리읍고 동츈

〈38-앞〉

츈양 우난 그동 ᄂᆡ 심ᄉᆞ 상공하쏘다 나른 고상 저런 그동 보지 말고 듯지 말고 낭ᄌᆞ와 함긔 죽어 황츤ᄋᆡ 가 상봉할가 마음은 간절ᄒᆞ나 불상한 동츈 츈양 너히을 어이할고 ᄒᆞ며 긔절ᄒᆞ니 츈양이 붓들고 빌으 왈 엇지 이ᄃᆞ지 실허하시난잇가 천굼 갓탄 몸을 돌보시고 우리 남ᄆᆡ을 ᄉᆡᆼ각하오소셔 ᄒᆞ고 동츈을 달ᄂᆡ며 왈 우지 마라 마라 쥬근이 우지 마ᄅᆞ 보ᄅᆡᄃᆡ단 두ᄌᆞ 가옷 ᄂᆡ 저고리 말주고 ᄇᆡᆨ방슈쥬 열ᄯᅮ ᄌᆞᄋᆡ ᄂᆡ 츠ᄆᆡ을 하라든니 으마 읍서신니 노라 더하라 홀라할고 답답하다 ᄂᆡ 일리 아반다질□리다 ᄇᆡᆨ아쓴들 저고리 나 하여 쥬 우지 마라 아바임 네 소리ᄋᆡ

〈38-뒤〉

드욱 심허 ᄒᆞ실로다 이러그러 실피 울니 무정한 □ 쵸목도 실흔 듯 사람이 아닐여무ᄒᆞ리요 홀님이 동츈 츈양ᄋᆡ 그동을 보고 달ᄂᆡ며 심회을 니긔지 못ᄒᆞ 더라 할임이 츈양을 불느 왈 느이 으만닛 죵시ᄋᆡ 유언니 업든아 츈양이 울며 왈 어마임 임종하실 ᄯᆡ 날ᄶᅡ러 하는 말니 죽긔난 셜치 안니 하ᄃᆡ ᄋᆡ미한 누명을 입으 황천ᄋᆡ 도라가니 눈을 감지 못ᄒᆞᆫ다 ᄒᆞ고 ᄯᅩ 과긔ᄋᆡ 가신 느 아바임을 ᄉᆡᆼ연 뭇뵈고 느 남ᄆᆡ을 두고 죽난 나ᄋᆡ 마암 웃드하ᄒᆞᆫ리요 느 부친 오시그든 이른 말숨하여라 니분 과긔난 단단니하여 올그시ᄆᆡ 입불 도포

〈39-앞〉

와 관ᄃᆡ ᄀᆡᆨ긔 슈안ᄋᆡ 니시ᄃᆡ 뒤ᄌᆞ 관ᄋᆡ ᄒᆞᆨ을 노ᄐᆞᄀ 학ᄋᆡ 왼편 나리을 뭇다 하고 니른 일을 당하여 황천ᄋᆡ 도라가이 느 부친 오시그든 날 본다시 드리로 다 하고 동츈을 전멱이여 ᄌᆡ노코 나르 ᄌᆞᆷ든 후ᄋᆡ 죽으난니라 ᄒᆞ고 창문을 열고 도로 관ᄃᆡ을 ᄂᆡ여 노코 부친 압ᄑᆡ 노코 통곡하이 홀임니 관ᄃᆡ울 피여보 이 오ᄎᆡ 영농ᄒᆞᆫᄃᆡ 뒤 ᄌᆞ락만 ᄇᆡᆨ학을 노와난지라 할임니 동츈 츈양ᄋᆡ 그동을

보고 왈 ᄂᆡ 니 은번을 보고 어니 살니요 하여 통곡ᄒᆞ니 상공과 ᄆᆡ월니며 노복이 궁황분쥬하드라 이러구러 여르날 지ᄂᆡᄆᆡ 할임니 ᄉᆡᆼ각ᄒᆞᄃᆡ 당쵸

〈39-뒤〉

ᄋᆡ ᄆᆡ월을 작츱ᄒᆡ여든니 옥낭ᄌᆞ 온 휴로 저를 도라보지 안이하이 분명니 여ᄋᆡ 모흠니라 하고 직시 ᄆᆡ월을 잡아ᄂᆡ여 절박 음치 궁문 왈 ᄂᆡ 전후 도ᄒᆡᆼ을 바로 아뢰라 ᄒᆞᆫᄃᆡ ᄆᆡ월니 할리읍셔 울며 왈 소여난 죄 업난니다 ᄒᆞᆫᄃᆡ 할임니 두석질로 왈 형구 업드리로라 하여 ᄆᆡ월을 엄ᄒᆡᆼ하이 ᄆᆡ월리 그지야 긔긔직고 ᄒᆞ그늘 할임니 호령 왈 낭ᄌᆞ 방의서 ᄂᆞ오든 놈 엇드한 놈인다 ᄆᆡ월니 이뢰되 창두 돌쇠로소이다 한ᄃᆡ 돌쇠도 그 즁ᄋᆡ 나열ᄒᆞ여난지라 ᄒᆞᆯ임니 분노하여 돌쇠을 ᄌᆞ바ᄂᆡ여 ᄉᆞᆯ이고 ᄉᆞ모장으로 치

〈40-앞〉

며 궁문하이 돌쇠 나리ᄃᆡ 소닌언 천금을 용심하옵고 ᄆᆡ월ᄋᆡ 간긔ᄋᆡ 쌔저 여ᄎᆞ여ᄎᆞ하여ᄉᆞ오이 ᄌᆡ 뭇석으로소니다 할임니 분을 참지 못하여 ᄉᆞ모장으로 박살하고 ᄎᆞ뜬 칼을 ᄇᆡ여 ᄆᆡ월릐 뵈을 질느 왈 니러한 요망한 연을 ᄌᆞᆼ신듯 살여두리요 ᄒᆞ고 상공을 원망 왈 ᄇᆡᆨ옥 갓탄 낭ᄌᆞ을 쥭니ᄉᆞ오니 원혼코 분함니으ᄃᆡ 이시리요 ᄒᆞᆫᄃᆡ 상공이 들긔하여 아무 말도 못하드라 ᄒᆞᆯ임니 낭ᄌᆞ 안중라러던 ᄒᆞ고 지물을 닷치든니 니날□ ᄉᆞᆷᄋᆡ 와 닐로ᄃᆡ 삼가쥬라 낭군임아 옥설 갓탄 쳡 을ᄆᆡ한 일을 □

〈40-뒤〉

키신이 그도 감근하션니다 다만 낭군과 으린 ᄌᆞ석을 다시 몬 보고 황천ᄋᆡ 도라가 외로온 혼ᄇᆡᆨ이 ᄃᆡ온이 천천지 원니 가삼ᄋᆡ ᄆᆡ치도ᄃᆞ 낭군임은 쳡ᄋᆡ 신치을 신ᄉᆞᆫ 구산 구치 말고 옥연동 못가되 여어 쥬시면 구쳔 타일ᄋᆡ 은히을

갑퓨리다 만닐 겨러치 안이하면 닉의 원을 퓨지 못ᄒᆞ리로다 하고 간ᄃᆡ읍그늘 씌다런이 닐종호쳡니라 이러나 부모긔 몽ᄉᆞ을 고ᄒᆞ고 직시 지물을 갓초와 빈소의 가니 신치 요동치 안이하그늘 망극하여 아무리 ᄒᆞᆯ 쥴 모로다가 할임니 ᄉᆡᆼ각하ᄃᆡ 낭ᄌᆞ 일ᄉᆡᆼ의 자석

〈41-앞〉

얼 잇지 못하고 화천의 도라ᄀᆞ신니 혼빅인들 심ᄉᆞᆼ하리요 ᄒᆞ며 만단긔유하되 소무동정이라 ᄒᆞᆯ님이 실푼 누물며 국고 동축을 ᄉᆞᆼ복얼 닙피고 ᄒᆡᆼ상 압피셔우이 겨지아 운동하여 ᄒᆡᆼ상이 나는 다시 ᄀᆞ난지라 니역하여 ᄒᆞᆫ날의 ᄃᆡ여 도라 할임니 ᄎᆞ마

아ᄌᆞ님 답 술피시압

ᄌᆞᄂᆡ 유단 육필 졍셩을 잘 바로니 답니 쳐연 쳐연 동시져의 도셔니 잘 알□ 안쳡안멍 무안난치미면 슉ᄆᆡᆨᄒᆞ오나 구미도 달리 안이하□ 젼다시지 아오니

〈41-뒤〉

목셕이다 □□□도다 □□□□ 사람다는 션경은 아여 임ᄌᆞ 당□□□□□□
□□□□□□□□□□□□□□□□□□□□□□□□□□□□□□□□□
□□□□□□□□□□□□□□□□□□□□□□□□□□□□□□□□□
□□□□□□□□□□□□□□□□□□□□□□□□□□□□□□□□□
□□□□□□□□□□□□□□□□□□□□□□□□□□□□□□□

〈42-앞〉

□□□□□□□□□□□□□□□□□□□□□□□□□□□□□□□□□
□□□□□□

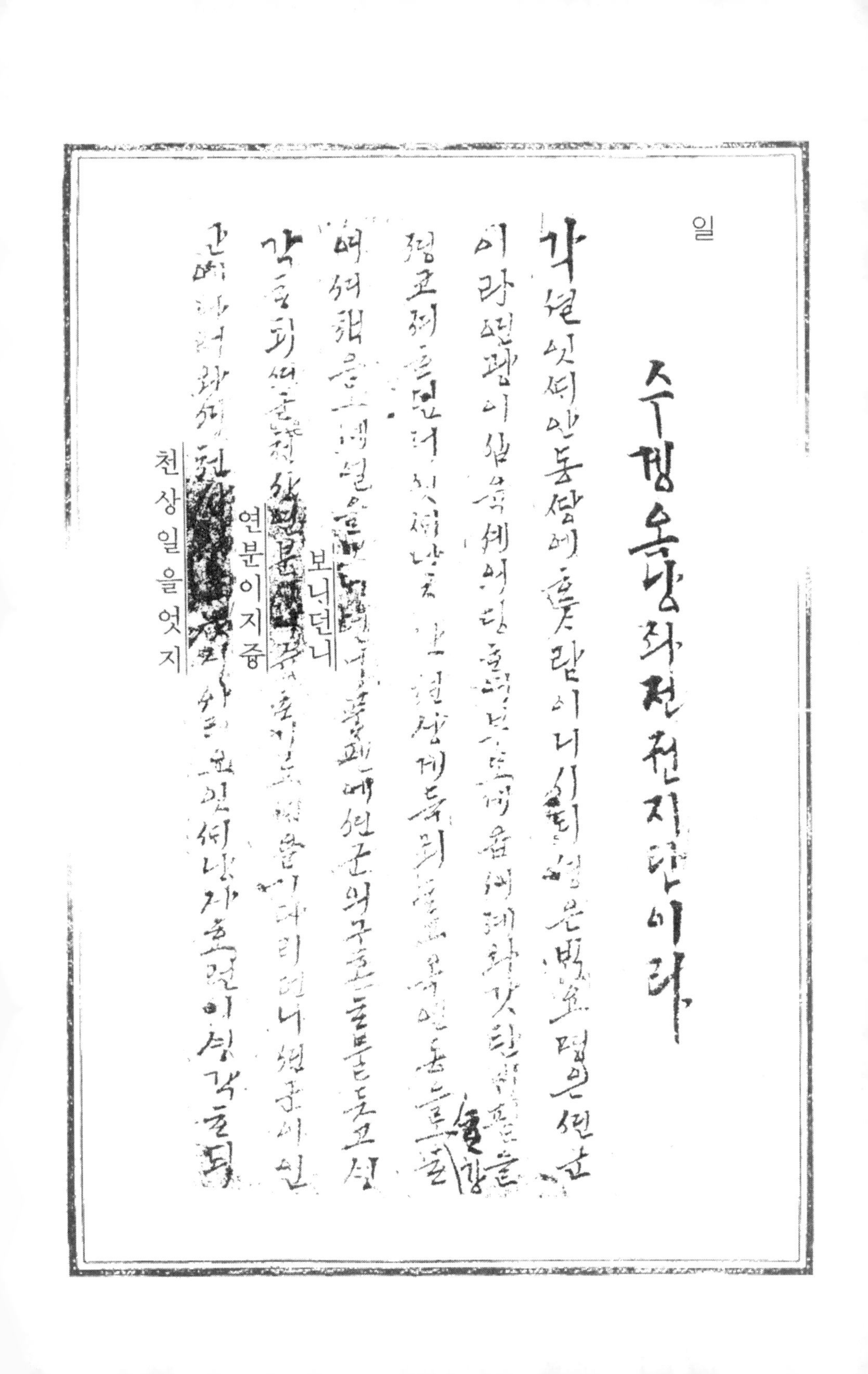

일

보니던니

연분이지즁

천상일을엇지

수겡옥낭좌전 권지단이라(경남대 48장본)

〈수겡옥낭좌전 권지단이라〉는 48장(96면)의 필사본 소설로서, 제목에서부터 알 수 있는 바대로 작품 전체가 경상도 방언으로 이루어져 있는 것이 특징이다. 다른 이본들과 달리 이 이본에는 시대적 배경과 백공의 이름이 소개되지 않고, 작품 초반에 바로 16세가 된 백선군이 언급되면서 백공부부가 백선군의 배필을 구하는 내용이 나온다. 또한 이 이본의 경우 숙영낭자의 장례가 치러지고 그 과정에서 숙영낭자의 재생이 이루어지며 이후 시부모를 지상에 남겨둔 채 선군과 자식을 데리고 하늘로 떠나는 것이 특징이다. 숙영낭자는 백선군의 꿈에 나타나 옥연동 연못에 장사를 지내달라고 부탁하는데, 연못 속에 장사를 지낸 후 제를 올리자 연못의 물이 갈라지며 낭자가 다시 살아나온다. 그리고 옥황의 뜻이라 하며 백선군과 자식들을 데리고 하늘로 올라가 시부모와 떨어져서 지내다가, 시부모가 돌아가신 후에 내려와 장례를 치르는 것으로 끝맺는다. 이 이본에는 숙영낭자의 죽음 이후 백선군의 슬픔을 우려한 백공이 임 진사 딸과의 혼사를 추진하나 선군의 반대로 무산되고, 이후 임소저에 대한 언급은 없다.

출처: 〈수겡옥낭좌전영인본〉, 『加羅文化』9, 경남대 가라문화연구소, 1992. 7, 영인본 1~97쪽.

〈일-앞〉

각셜 잇ᄯᆡ 안동 ᄯᅡᆼ에 ᄒᆞᆫ ᄉᆞ람이 니시되 셩은 ᄇᆡᆨ이요 명은 션군이라 연광이 십육 셰의 당ᄒᆞ여 부모게옵셔 졔화 갓탄 ᄇᆡ필을 정코져 ᄒᆞ던니 잇ᄯᆡ 낭ᄌᆞ난 천상게 득죄ᄒᆞ고 옥연동으로 ᄒᆞ강ᄒᆞ여 셔책으로 셰얼을 보ᄂᆡ던니 풍펜에 션군의 구혼ᄒᆞ불 듯고 ᄉᆡᆼ각ᄒᆞ되 션군은 천상연분이 지즁ᄒᆞ기로 ᄯᆡ을 기다리던니 션군이 인간에 나려와셔 천상 일을 엇지 아리요 잇ᄯᆡ 낭자 호련이 ᄉᆡᆼ각ᄒᆞ되

〈일-뒤〉

선군이 만일 타문의 혼사을 정ᄒᆞ오면 ᄇᆡᆨ연 기약을 □□□ 허ᄉᆞ 될지라 ᄒᆞ고 하로밤의 몽즁의 가로되 낭군은 첩을 모로시난잇가 첩은 쳔상의 수겡낭ᄌᆞ로소이다 요지연의 낭군과 히롱ᄒᆞᆫ 죄로서 인간의 □□ ᄒᆞ엿시니 낭군은 엇지 첩을 모로시난잇가 ᄒᆞ고 간ᄃᆡ업거날 ᄭᆡ달언니 일장춘몽이라 직시 일러 안지니 낭ᄌᆞ 얼굴이 □□□□□□□□□□□ 징징ᄒᆞ여 서칙을 전페ᄒᆞ고 낭ᄌᆞ만 ᄉᆡᆼ각ᄒᆞ더니 ᄯᅩ ᄒᆞ로

〈이-앞〉

밤의 낭ᄌᆞ 와 이로되 낭군이 첩을 ᄉᆡᆼ각 말고 삼 연만 지달리오면 ᄇᆡᆨ연기약을 정ᄒᆞᆯ 터이오니 그리 아옵소서 ᄒᆞ고 간ᄃᆡ업거날 ᄭᆡ달러니 심신이 살난ᄒᆞ여 식음을 전폐ᄒᆞ고 일로 병이 되엿시니 부모 민망ᄒᆞ야 너 병셰가 고이ᄒᆞᆫ이 긔이지 말고 직고ᄒᆞ라 ᄒᆞᆫ이 선군이 마지못ᄒᆞ여 ᄃᆡ왈 모야의 일몽을 엇사온니 엇ᄯᅥᄒᆞᆫ 낭ᄌᆞ 와 이로되 월궁선여라 ᄒᆞ고 엿ᄎᆞ엿ᄎᆞᄒᆞ고 간 후로붓터 병이 되엿ᄉᆞ오니 삼 연은 ᄉᆡ로이 일각이 여

〈이-뒤〉

삼추 ᄒᆞ오니 엇지 ᄒᆞ올잇가 부인 정씨 왈 너을 나을 ᄯᆡ에 천상 선여 나려와

엿ᄎᆞ엿ᄎᆞᄒᆞ던니 글노 ᄒᆞ여 그러ᄒᆞᆫ가 실푸다 셰상ᄉᆞ 허ᄉᆞ라 ᄒᆞᆫ이 선군이 아모리 그러ᄒᆞᆫ들 이ᄂᆡ 연약ᄒᆞᆫ 몬이 ᄐᆡ산 갓탄 병을 시러신이 엇지ᄒᆞ여 사ᄅᆞ날고 ᄒᆞ면 그거시 분명ᄒᆞ다 쥭어면 속절업시 되리라 ᄒᆞᆫ니 부모 가로되 병틴 후로ᄂᆞᆫ 음식도 몬 멱고 눅고 이러나지 못ᄒᆞ니 부모 민망ᄒᆞ여 약을 씨되 차후 엇ᄂᆞᆫ지라 낭ᄌᆞᄂᆞᆫ 옥연동에 이시나 선군의

〈삼-앞〉

병셰 위중한 줄 알고 이날 밤에 와서 이로되 낭군은 ᄂᆡ의□□늘 ᄉᆡᆼ각ᄒᆞ며 저ᄃᆡ지 병이 위중ᄒᆞ신잇가 ᄒᆞ면 유리병 세 ᄀᆡ를 주면 왈 이 술을 씨옵소서 ᄒᆞ고 ᄒᆞᆫ 병은 불사주오 ᄯᅩ ᄒᆞᆫ 병은 불노주오 ᄯᅩ 한 병은 말연주오니 이 슐 □시오면 자연 차호 이실지라 ᄒᆞ고 간ᄃᆡ업거날 ᄭᆡ달런니 남가일몽이라 선군의 마음이 간절ᄒᆞ여 병세 날노 위중ᄒᆞ여 ᄯᅩ 낭자 ᄭᅮᆷ에 와 일오되 낭군의 병이 중ᄒᆞ고 기ᄉᆡᆨ이 날노 □□니 잇ᄯᅢ 낭자 할 수 업서 금동자

〈삼-뒤〉

ᄒᆞᆫ 쌍을 가저와셔 낭군은 첩을 잇지 못ᄒᆞ여 이러키 지중ᄒᆞ니 이 금동자는 벽상의 거러두면 자연 ᄒᆡ포를 풀리라 ᄒᆞ고 가거ᄂᆞᆯ 손을 드러 낭자를 자부려 ᄒᆞ니 발서 간ᄃᆡ업난지라 이러나 살피보니 전일 업던 금동자 한 쌍과 화상 한 장이 잇거ᄂᆞᆯ 직시 금동자는 침상에 안처 두고 화상은 평풍에 붓치 두고 시시로 보고 보니 병세 ᄯᅩ한 차호 업ᄂᆞᆫ지라 각설 의적에 팔도 사람드리 모와 드리오며 일오되 안ᄯᅩᆼ쌍의 백셩군의 집에 괴이ᄒᆞᆫ 보ᄇᆡ 잇

〈사-앞〉

닥고 귀겡가ᄌᆞ ᄒᆞ고 금을 가지고 닷토와 귀겡ᄒᆞ거날 이러무로 가서은 점점 요부ᄒᆞ나 선군의 병은 쥭기 되니 부모가 날마당 근심으로 셰월을 보ᄂᆡ더라

일가 노복이 분쥬ᄒᆞ더라 이적의 낭ᄌᆞ ᄯᅩ ᄭᅮᆷ의 와 일로되 낭군은 ᄂᆡ 말을 듯지 안이ᄒᆞ니 그 ᄉᆡ이의 시비 ᄆᆡᆼ월노 방수울 정ᄒᆞ고 심희나 더옵소서 ᄒᆞ고 삼 연만 기달이요 ᄒᆞ더니 간ᄃᆡ엇거날 ᄭᆡ달러니 남가일몽이라 ᄉᆡᆼ각ᄒᆞᆫ이 낭ᄌᆞ의 말이 그러ᄒᆞᆫ이 ᄒᆡᆼ여 심희나 덜가 ᄒᆞ여 이튼

〈사-뒤〉

날 부모게 고왈 간밤의 일몽의 엇ᄉᆞ오니 낭ᄌᆞ 와서 일로ᄃᆡ 비ᄌᆞ ᄆᆡᆼ월노 방수을 정ᄒᆞ고 심회나 들나 ᄒᆞ던니다 부모 왈 몽ᄉᆞ을 ᄉᆡᆼ각ᄒᆞ여 ᄆᆡᆼ월노 방수을 ᄒᆞ여 그러나 낭ᄌᆞ의 말이 그러ᄒᆞᆫ이 그러ᄒᆞ라 ᄒᆞ고 이날붓터 ᄆᆡᆼ월노 방수을 정ᄒᆞ여 셰월을 보ᄂᆡ나 엇지 비회을 드리요 이럼으로 병셰 날로 위즁ᄒᆞ니 심히로 ᄒᆞᄂᆞᆫ 말이 낭ᄌᆞ야 낭ᄌᆞ야 삼 연이 멋 ᄒᆡ멋 멋 날일이양 나만난고 ᄒᆞ면 삼 년 데올진ᄃᆡ 아알이 지나 발아거나 의황날을 이럴진ᄃᆡ

〈오-앞〉

용서ᄒᆞ여 쥬옵소서 ᄂᆡ 목숨이 쏙절업시 죽기 데여시니 낭ᄌᆞ 몬은 어ᄂᆞᆫ 곳에 게시ᄂᆞᆫ고 봉ᄂᆡ여수인 바당물에 선유ᄒᆞ고 노라신가 ᄐᆡ산형수 노푼 봉에 모던 초비 쌀아든가 알고지라 낭ᄌᆞ 얼골 눈에 ᄒᆞᆫ 번 볼 수 업다드라 춘풍항지야요동천 월초석에 근심으로 보인 명을 알고 도라보소 망□□다 낭ᄌᆞ야 낭ᄌᆞ야 공부도 좃큰이와 사ᄅᆞᆷ 목숨 도라보소 우리 부모 정성으로 어던 ᄌᆞ식 주옥 갓치 사랑타가 후사도 못

〈오-뒤〉

전ᄒᆞ고 목전의 ᄎᆞ목ᄒᆞᆫ 일을 뵈인단 말가 ᄒᆞᆫ탄을 마지못ᄒᆞ여 수심할 제 낭자 옥영동의셔 낭군의 병세을 마지 ᄉᆡᆼ각ᄒᆞ고 만일 션군이 죽으면 ᄇᆡᆨ연기약을 속절업시 허사되리로다 ᄒᆞ고 ᄯᅩ 몽중의 와서 일오되 낭군은 첩을 ᄉᆡᆼ각하여

저ᄃᆡ지 위중ᄒᆞ시니 후일을 ᄉᆡᆼ각ᄒᆞ니 ᄇᆡᆨ연동약 될거실 낭군의 병세 저려ᄒᆞ니 ᄂᆡ의 공부 허사로라 첩을 보러 ᄒᆞ시거든 옥연동 가문정을 ᄎᆞ자오소서 ᄒᆞ고 간듸업거ᄂᆞᆯ 선군이 그 말을 듯고 반가

〈육-앞〉

이 ᄭᆡ달러니 남가일몽이라 마음이 살ᄂᆞᆫᄒᆞ야 눅고 이러나지도 못ᄒᆞ던이 완연이 이러나 부모 방의 드러간이 부모 선군을 반가이 문왈 너 병셰가 눅고 이러나지 못ᄒᆞ던이 오날은 엇지 힝보을 ᄒᆞᄂᆞᆫ가 선군이 왈 간반에 ᄭᅮᆷ을 ᄭᅮ오니 낭ᄌᆞ 와서 이로되 낭군의 병셰이 즁하오니 첩을 보러 ᄒᆞ시거든 옥영동 가문정을 ᄎᆞᄌᆞ오라 ᄒᆞ오니 ᄌᆞ연 정신이 항홀ᄒᆞ여이다 ᄒᆞᆫ이 부모 ᄃᆡ왈 몽사을 어지 다 츄심ᄒᆞᆫ단말가

〈육-뒤〉

선군이 왈 아모러 그러ᄒᆞᆯ지라도 낭ᄌᆞ의 말이 허지 안이오니 소ᄌᆞ 잠시 옥영동으로 ᄎᆞᄌᆞ가니라 ᄒᆞ니 부모 ᄃᆡ왈 너 병든 ᄌᆡ 누월리라 ᄒᆞ니 음식도 몬 멋고 기운도 상ᄒᆞ니 가지 말라 ᄒᆞᆫ니 성군이 민망ᄒᆞ여 소ᄌᆞ 병이 이러타시 급ᄒᆞ오니 염여 마옵소서 목전의 ᄎᆞ목ᄒᆞᆫ 병을 보오면 그제야 후회될 거시오니 고집되기 말유 마옵소서 만 가지 천 가지로 이리 오니 부모 마지못ᄒᆞ여 허낙ᄒᆞ니 낭ᄌᆞ 말ᄒᆞᄂᆞᆫ ᄃᆡ로 쏫ᄎᆞ 옥영동

〈칠-앞〉

으로 가옵ᄂᆞᆫ니다 ᄒᆞ고 문 밧게 ᄂᆞ가거날 각설 이적의 잇ᄯᅢᄂᆞᆫ 춘삼월 호지절이라 칠막단기로 산공을 ᄎᆞ자 가면 풍겡도 구겡ᄒᆞ고 종일토록 가되 옥연동 기겡을 못ᄒᆞᄂᆞᆫ지라 홀연이 노릐ᄒᆞ면 왈 천금ᄇᆡᆨ면지동ᄀᆡ기 선겡을 보려 ᄒᆞ고 ᄇᆡᆨ마금편으로 차자오니 창송을 울울ᄒᆞ고 노송은 낙낙ᄒᆞᆫᄃᆡ 석양은 지를

넘고 연동은 창망토다 수상 부안은 연지에 범고ᄒᆞ고 양유 쳔만신은 강풍에 허날이고 항금은 가지 우에 쇠ᄉᆞ리오 ᄒᆡ당하 ᄉᆞ고 쏙의 시졀업

〈칠-뒤〉

는 나부로다 무정ᄒᆞ다 풍경이야 고척의 밧분 길을 어□□□단말가 실푸다 저 두견은 무신 소ᄅᆡ 듯든고 불너 ᄒᆞ는 소ᄅᆡ 둘 ᄃᆡ 업ᄂᆞᆫ니 이ᄂᆡ 심정 억고억고 식롭도다 비는 청청빅일우소소ᄒᆞᆫ니 낭자 게시든 옥연동 가는 길을 발키 인도ᄒᆞ옵소서 노ᄅᆡ를 맛치고 안보로 드러가면 원건을 살피보니 칭암절벽 상의 주란화긱이 은건이 베이거ᄂᆞᆯ 반가온 마음을 이기지 못ᄒᆞ여 급피 올ᄂᆞ 가니 낭자 선군을 보고 ᄋᆡ미을 쉬기고 비계 안지며 문

〈팔-앞〉

왈 그ᄃᆡ는 엇써ᄒᆞᆫ 사람이건ᄃᆡ 선겡을 임으로 오는잇가 선군이 ᄃᆡ왈 나는 유산ᄒᆞ는 사름이옵더니 아무 ᄃᆡᆫ 줄 모로고 왓사오니 무이ᄒᆞᆫ 인싱의 죄를 용서ᄒᆞ옵소서 낭자 왈 그ᄃᆡ는 목숨을 ᄋᆡᆨ기거든 속커 나가소서 ᄒᆞᆫᄃᆡ 선군의 마음이 둘 ᄃᆡ 업서 도로 도라서서 ᄉᆡᆼ각ᄒᆞ니 잇ᄯᆡ를 일으면 다시 보기 어룰시라 ᄒᆞ고 사싱을 모로고 점점 나나 드리안지며 왈 낭자는 날을 모로난니가 낭자 종시 모로난 쳬 ᄒᆞ고 청이불문ᄒᆞ고 선군이 할일업서 □□□□

〈팔-뒤〉

고의 나렷스니 낭자 그제야 녹의홍상의 빅학선을 들고 □□□ 비계 서서 선군을 불너 왈 낭군은 가지 말고 ᄂᆡ 말을 드러소서 ᄒᆞᆫ니 선군이 마음을 조심ᄒᆞ여 도라션니 낭자 왈 그ᄃᆡ는 인간의 탄ᄉᆡᆼᄒᆞ엿스나 엇지 미리 허락ᄒᆞ 리요 ᄒᆞ고 오려기를 청ᄒᆞ니 선군이 그 말을 듯고 안보로 올나가며 아롬짝고 포포ᄒᆞᆫ ᄐᆡ도을 보고 마음이 쇠락ᄒᆞ여 젓ᄐᆡ 가 안지니 낭자 단성이 괴자ᄒᆞ고

단술을 반기ᄒᆞ여 문왈 낭군은 엇지 그리 지긱이 업

〈구-앞〉

ᄂᆞᆫ잇가 ᄒᆞ니 선군이 눈을 드러 낭자을 바ᄅᆡ보니 옥안운빈과 섬섬옥수 씨인 거동은 명월리 후운을 헛치ᄂᆞᆫ 덧 ᄒᆞ더라 반가온 마음은 일구 칭랑치 못ᄒᆞ여 낭자의 옥수를 잡고 오날날 낭자의 옥안을 ᄃᆡ면ᄒᆞ니 저간의 신고ᄒᆞ던 병시 간ᄃᆡ업도다 ᄒᆞ고 기리든 정회를 ᄃᆡ강 설하ᄒᆞ니 낭자 왈 낭군은 엇지 요망ᄒᆞᆫ ᄋᆡ여자을 ᄉᆡᆼ각ᄒᆞ여 병이 낫스니 엇지 ᄃᆡ장부라 ᄒᆞ리오 우리 양인이 천상의 덕죄ᄒᆞ고 이연을 ᄆᆡ잣스니 삼 연 후에 천지를 깃품 삼고 상□□

〈구-뒤〉

로 육예 삼야 이연을 ᄆᆡ자시니 ᄇᆡᆨ연동약의 후한이 업실□□□ 몸을 허락ᄒᆞ여 천위를 거살리미라 마음을 ᄉᆞ지여 도라가 삼 연만 기다리오소서 ᄒᆞᆫᄃᆡ 선군이 ᄃᆡ왈 삼 연이 몃 ᄒᆡ면 낭자야 그저 가라 ᄒᆞ면 절단코 쥬거□이 그제야 ᄇᆡᆨ연동낙 허사되니라 바ᄅᆡ건ᄃᆡᆫ 낭ᄌᆞᄂᆞᆫ 삼연지절을 바리고 급피 몸을 허락ᄒᆞ여 ᄭᅩᆺ 본 나부와 낙수 문 고기을 급피 구ᄒᆞ옵소서 낭ᄌᆞ의 옥수를 잡고 낙누ᄒᆞ여 금침의 나사든이 낭ᄌᆞ 헝

〈십-앞〉

세 문무ᄐᆡ산지상이라 ᄒᆞ릴업서 몸을 허락ᄒᆞ여 왈 ᄂᆡ의 삼 연 공부 허사로다 ᄒᆞ고 두리 기리든 정희을 설ᄒᆞᆫ 밤을 지ᄂᆡᆫ직 그 정이 비ᄒᆞᆯ ᄃᆡ 업ᄂᆞᆫ지라 잇턴날 성군을 달이고 이로ᄃᆡ 이제난 ᄂᆡ 몸이 부정ᄒᆞ여 공부ᄒᆞ기 부질업다 ᄒᆞ고 천사자을 불너 신힝을 ᄎᆞ러 낭군과 함게 가ᄌᆞ ᄒᆞ고 옥연교에 올나 안지니 선군이 질거ᄒᆞ여 집으로 도라온이라 이적의 낭ᄌᆞ 씨부모게 션싱□□□

〈십-뒤〉

공부쳐 공순이 접딕ᄒᆞ고 낭ᄌᆞ을 본직 진 절딕가인이요 만고절쉭이라 직시 별당을 지여 처소을 정ᄒᆞ고 선군과 낭군과 동낙ᄒᆞ더라 그 정이 비흘 씨 엇더라 이후로 난군이 일시도 써나지 안이ᄒᆞ고 학업도 전폐ᄒᆞ고 그ᄂᆡ니 상공부처 민망ᄒᆞ여 선군을 ᄭᅮ지도 못ᄒᆞ고 셰월을 보ᄂᆡ던이 어연지간에 칠연이라 ᄌᆞ식 나믹을 두엇시되 장여의 일홈은 츈항이오 ᄎᆞᄌᆞ의 일홈은 동츈이라 가셰가 점점 요부ᄒᆞ믹 동상

〈십일-앞〉

의 가문정을 짓고 오헌김을 타믹 빅능곡이라 ᄒᆞᄂᆞᆫ 것실 타믹 그 곡조의 ᄒᆞ엿시되 ○ 옥겡 깁푼 연분 믹ᄌᆞ ○ 태펭근곤 ᄒᆞᄌᆞ ᄒᆞ고 ○ 창히 갓탄 정을 삼고 ○ 츈항 동츈을 다리고 ○ 츈하추동 사시절의 ○ 히히낙낙 물아가면 ○ 빅ᄌᆞ쳔손 만셰동낙ᄒᆞ오니라 ○ ᄒᆡ엿더라 ○ 타기을 다ᄒᆞ믹 홍이 맛지 못ᄒᆞ여 월하의 비회ᄒᆞᆫ이 선군이 또 소릭로 하답ᄒᆞ여 월산두의 빅운이며 공중의 우난 싀난 무심이 보경이와 정전의 □□

〈십일-뒤〉

ᄭᅩᆺ과 창 우의 발은 달은 우리 홍을 도도온다 셕일의 □□□이오 벽도홍화 삼츈홍을 호셩으로 보ᄂᆡ오고 항화 삼빅구 추절을 길거무고 마ᄌᆞ온니 수부강명 다남ᄒᆞ여 영종천ᄒᆞ울이다 이러져리 히롱ᄒᆞ고 부모 사랑ᄒᆞ여 션군과 낭ᄌᆞ을 도라보면 왈 디히난 분명ᄒᆞᆫ 선여로다 ᄒᆞ고 션군을 불너 왈 ᄂᆡ 드런니 금방 과기을 뵈신다 ᄒᆞᆫ니 과기을 보라 입신양병ᄒᆞ여 일홈을 용문의 올니고 노비 천여 구라 궁심시지속

〈십이-앞〉

락과 이목지소도를 심딕로 ᄒᆞ여거던 무어시 부족ᄒᆞ여 급지를 바릭리오 이

만ᄒᆞ기ᄂᆞᆫ 잠시라 낭자을 잇지 못ᄒᆞᆯ지라 물너 나와 낭자 방의 드러가니 낭자 염용ᄃᆡ왈 장부 세상에 나서 남자 일홈을 용문에 올니고 영화를 부모전의 올니미 장부의 도리 ᄯᅳᄯᅳᄒᆞ미라 낭군은 첩을 잇지 못ᄒᆞ여 종시 안이 가며 공명도 불리ᄒᆞ고 부모와 일가친척이며 친고라도 첩의게 혹ᄒᆞ고 안간다 ᄒᆞ올 거시니 복은 낭군은 첩을 잇고 과ᄀᆡ을 가소서 올나가 급제ᄒᆞ면

〈십이-뒤〉

부모게 영화되옵고 국가의 충신이 되여 임군을 도도와 어진 일홈을 천추의 유전ᄒᆞ오면 장부의 ᄯᅳᆺᄯᅳᆺᄒᆞ미옵고 ᄂᆡ 몸의 영화를 바ᄅᆡ나니다 ᄒᆞ니 낭군이 ᄋᆡ여자을 ᄉᆡᆼ각ᄒᆞ여 과ᄀᆡ을 안이 가면 사부의 도리도 안니오 직시 과ᄀᆡ 힝장을 차려 주면 왈 낭군은 과ᄀᆡ을 안니 가시면 첩은 죽사올 거시니 부ᄃᆡ 가옵조서 ᄒᆞ고 노복 오룩 인을 ᄐᆡᆨ정ᄒᆞ여 길을 ᄌᆡ촉ᄒᆞ니 선군이 할 수 엽서 이날 힝할ᄉᆡ 부모를 ᄒᆞ직ᄒᆞ고 낭자를 도라보면 왈 부모님

〈십삼-앞〉

묘시고 어런 ᄌᆞ식을 다리고 ᄂᆡᄂᆡ 무랑이 지ᄂᆡ소서 수히 도라와 셜하하리다 ᄒᆞ고 길을 써나가면 ᄒᆞᆫ 거럼에 도라보고 두 거럼에 도라션이 낭ᄌᆞ 중문의 비게 셔셔 보난 거동은 과ᄀᆡ 가뮬 길거ᄒᆞ미리 션군은 낭ᄌᆞ을 잇지 못ᄒᆞ여 종일토록 가되 제우 삼십 이을 가 숙소을 졍ᄒᆞ고 셕반을 바던이 낭ᄌᆞ 얼골이 눈의 삼삼ᄒᆞ고 말소ᄅᆡ은 귀의 ᄌᆡᆼᄌᆡᆼᄒᆞ여 음식을 멱을 길리 업셔 심ᄒᆞ을 듈ᄃᆡ 업더라 셕상을 뮬이친이 ᄒᆞ인

〈십삼-뒤〉

이 민망ᄒᆞ여 엿ᄌᆞ오ᄃᆡ 셔방임은 진지을 일의 ᄒᆞ고 철 이 원겡을 엇지 덕달ᄒᆞ실잇가 ᄒᆞᆫ이 션군이 왈 ᄌᆞ연 그러ᄒᆞ도다 ᄒᆞ고 공방 독침의 홀노 누엇신이

ᄉᆡᆼ각난이 낭ᄌᆞᄲᅢᆫ이로다 할 수 엇셔 일의 안ᄌᆞᄶᅡ가 이날 밤 삼겡의 ᄒᆞ 잠던 후의 집으로 도라와 단장을 넘의 낭ᄌᆞ 방을 드러간이 낭ᄌᆞ 놀ᄂᆡ 문왈 이 집푼 밤에 엇지 오시ᄂᆞᆫ잇가 션군이 왈 겨우 삼십 알을 가 숙소을 정ᄒᆞ고 혼자 누어 낭자을 ᄉᆡᆼ각ᄒᆞ니 잠을 일우지 못ᄒᆞ야

〈십사-앞〉

앗난이다 ᄒᆞ고 자략기 말ᄒᆞᆫ이 잇ᄶᅢ 상공이 션군을 보□□ 집 안이 허수ᄒᆞ여 도적을 살피라고 후원을 드러가ᄶᅵ 낭ᄌᆞ 벨당에 간이 남ᄌᆞ 소ᄅᆡ 들이거ᄂᆞᆯ 고히ᄒᆞ여 무식근 듯더니 남셩이 분명ᄒᆞᆫ지라 상공이 ᄉᆡᆼ각ᄒᆞ되 낭ᄌᆞ 추상갓탄 절ᄀᆡ로 엇지 외인을 ᄃᆡ면ᄒᆞ니오만은 그 일이 고히ᄒᆞ도다 ᄒᆞ고 ᄯᅩ 드런니 문 박케 씨부임이 오신가 실푸온이 ᄌᆞ최을 감초소셔 ᄒᆞ고 아히을 달ᄂᆡ면 왈 악아악아 잠을 ᄌᆞᄌᆞ 너의

〈십사-뒤〉

여 아부지 셔율 가서 급제ᄒᆞ여 오난이라 ᄒᆞ면 아히을 달ᄂᆡ거ᄂᆞᆯ 상공이 더욱 고히ᄒᆞ여 도라셔면 훗일을 볼이라 ᄒᆞ고 처소로 도라온이라 이ᄶᅵᄋᆡ 낭ᄌᆞ 션군을 다려 왈 씨분임이 문 박게 와 이 말 드러면 고히 여길 거신이 급가옵소셔 만일 첩을 입지 못ᄒᆞ여 오다가은 씨분임 종적이 탈노ᄒᆞ면 ᄂᆡ게 구종이 이실분더러 낭군이 부모 셍기ᄂᆞᆫ 도리도 안이오 ᄯᅩᄒᆞᆫ 공명의 ᄯᅳ긔 업난긔라 부ᄃᆡ부ᄃᆡ 마음을 조심ᄒᆞ여

〈십오-앞〉

수히 겡성에 득달ᄒᆞ여 영하로 오옵소서 권권ᄒᆞ여 보ᄂᆡᆫ이라 선군이 훌훌히 ᄯᅥ나 처소로 도라오니 아직 ᄒᆞ인들이 잠을 ᄭᆡ지 안니ᄒᆞ엿거날 ᄯᅩ 잇튼날 질을 ᄯᅥ나 겨우 오십 니를 가 숙소을 정ᄒᆞ고 석식을 지ᄂᆡᆫ 후의 잠을 일우지

못ᄒᆞ고 낭지 당부ᄒᆞ던 말을 잇고 ᄒᆞ인 모로기 집을 도라와 낭자 방의 드러가니 낭자 ᄃᆡ겡질ᄉᆡᆨᄒᆞ여 왈 장부가 공명의 ᄯᅳ지 업고 요망ᄒᆞᆫ ᄋᆡ여자를 ᄉᆡᆼ각ᄒᆞ여 오시난잇가 일허ᄒᆞ니 엇지 사부의 후여라 하리요 ᄎᆞ라리 ᄂᆡ 죽ᄂᆞᆫ 거

〈십오-뒤〉

시 올토다 ᄒᆞ고 변ᄉᆡᆨ되로ᄒᆞ여 선군이 그제 아무리 ᄒᆞ여 말을 못ᄒᆞ던니 잇ᄯᆡ 선군이 혼자 ᄒᆞᄂᆞᆫ 말리 고히ᄒᆞ다 낭자 절힝으로 엇지 외인을 ᄃᆡ면ᄒᆞ리요 ᄯᅩᄒᆞᆫ ᄂᆡ 집 단장이 놉고 놉피 만ᄒᆞᆫ지라 외인이 와 엇지 출입ᄒᆞ리오 ᄒᆞ고 세상시를 알 수 업다 ᄒᆞ고 처소로 도라오더라 잇ᄯᆡ 낭자 씨분님 문 밧게 오신 줄 알고 선군의 ᄌᆡ체를 갓초오면 왈 아히를 달ᄂᆡ면 ᄒᆞ난 말리 너의 아부지ᄂᆞᆫ 엇지 ᄊᆞ나 얼마나 가신난고 노독이나 안니 나고 음식이나 잘 자신ᄂᆞᆫ가 ᄒᆞ면 천

〈십육-앞〉

리 원경을 엇지 갈고 ᄒᆞ면 종시 ᄌᆡ촉을 감추ᄂᆞᆫ지라 선군이 그죄 마음을 조심ᄒᆞ고 ᄉᆡ처에 도라오니 ᄒᆞ인이 잠을 ᄭᆡ지 안니ᄒᆞ엿거ᄂᆞᆯ ᄒᆞ인를 ᄭᆡ와 길을 ᄌᆡ촉ᄒᆞ니라 잇튼날 상공이 부인다려 설하하고 낭자를 불너 문왈 선군이 과ᄀᆡ 간 후에 집이 고요ᄒᆞ기로 도적을 살피러 ᄒᆞ고 후원 별당에 가니 남정 소ᄅᆡ 나기로 고히ᄒᆞ여 도라와 낭자를 불너 무련직 낭자 ᄃᆡ왈 요ᄉᆡ 볌이면 심심ᄒᆞ여 춘향 동춘과 ᄆᆡᆼ월을 더부려 밤을 지ᄂᆡ사오니다 ᄒᆞ거ᄂᆞᆯ 상공이 이 말

〈십육-뒤〉

을 듯고 마음이 족곰 노이나 남자 소ᄅᆡ 정영ᄒᆞ여 왈 수 업서 직시 ᄆᆡᆼ월 부너 문왈 너 요ᄉᆡ에 낭자 방에 간 일이 잇나양 ᄒᆞ니 ᄆᆡᆼ월이 ᄃᆡ왈 소여ᄂᆞᆫ

요ᄉᆡ의 몸이 곤ᄒᆞ여 낭자 방에 간 ᄇᆡ 업ᄂᆞᆫ이다 ᄒᆞ거ᄂᆞᆯ 상공 덕욱 수상ᄒᆞ여 ᄆᆡᆼ월을 ᄭᅮ지저 왈 ᄂᆡ 요ᄉᆡ에 집이 고요ᄒᆞ기로 도적을 직히던이 두로 도라 ᄂᆞᆼ자 처소로 도라가니 낭자 소ᄅᆡ 나거ᄂᆞᆯ 고히ᄒᆞ여 낭자을 불너 무론직 심야 적막ᄒᆞ기로 너로 더부러 말을 ᄒᆞ엿다 ᄒᆞ기로 너을 불너 무런직 너ᄂᆞᆫ 가지 안니ᄒᆞ엿다 ᄒᆞ니 분

〈십칠-앞〉

명 외인을 간통ᄒᆞ미라 너 일후의 살피여 그 놈을 자부라 ᄒᆞᆫᄃᆡ ᄆᆡᆼ월리 ᄉᆡᆼ각ᄒᆞ되 서방님이 낭자와 작ᄇᆡᄒᆞᆫ 후로 지금 팔 연이 되엿시되 나을 도라보지 안이ᄒᆞ니 ᄂᆡ 마음을 뉘가 알리요 잇ᄯᆡ을 당ᄒᆞ여 낭자을 음ᄒᆡᄒᆡ미 상ᄏᆡᄒᆞ다 ᄒᆞ고 금은 수천 양을 도적ᄒᆞ여 죄의 동모 중의 가서 일오ᄃᆡ 금은 수천 양을 줄 거시니 뉘가 ᄂᆡ 말을 드러리요 ᄒᆞ니 그 중에 도쎄라 ᄒᆞᄂᆞᆫ 놈이 본ᄃᆡ ᄒᆡᆼ사 고약ᄒᆞᆫ지라 ᄃᆡ답ᄒᆞ거ᄂᆞᆯ ᄆᆡᆼ월이 길거ᄒᆞ여 금은 수천 양을 주면 왈 ᄂᆡ 말ᄃᆡ로 시ᄒᆡᆼᄒᆞ라 다롬이

〈십칠-뒤〉

안니라 계도 알건이와 서방님이 아모 연분의 날을 방수 삼앗더니 옥낭자 작ᄇᆡᄒᆞᆫ 후로ᄂᆞᆫ 지금ᄭᅡ지 도라보지 안니ᄒᆞ니 철천지원이 심중 가득ᄒᆞᆫ지라 날노 낭자 방의 수직ᄒᆞ라 ᄒᆞᄆᆡ 낭자 ᄒᆡ코저 ᄒᆞ되 틈을 엇지 못ᄒᆞ더니 맛참ᄂᆡ 소원을 맛친지라 그ᄃᆡᄂᆞᆫ 오날밤에 낭자 방문 밧게 안잣다가 ᄂᆡ가 ᄂᆡ당의 드러가 상공전의 엿자오되 상공이 날올거신이 ᄂᆡ 상공 완목의 뵈이시고 낭자 방문 박게 나오난 체 ᄒᆞ면 상공이 실상을 알 터이요 그 뒤ᄂᆞᆫ ᄂᆡ 아라 엿자오면 장

〈십팔-앞〉

ᄎᆞ ᄌᆞ연이 탈이 날 거신이 알아 수션ᄒᆞ라 ᄒᆞ고 그날 밤 삼겡에 ᄆᆡᆼ월리 삼공 처소의 드러가 엿ᄌᆞ오되 쇼여가 수일 밤을 수직ᄒᆞ여도 그 사ᄅᆞᆷ의 종적을 모로옵싸가 그야의 수직하온직 팔 척 장신이 드러가오기로 소여가 듯ᄌᆞ온이 낭ᄌᆞ 그놈을 다리고 왈 일전의 씨분임이 수상 ᄌᆞ쳬을 보고 나을 불러 분부ᄒᆞ되 엿ᄎᆞ엿ᄎᆞᄒᆞ고 이러이러ᄒᆞ고 ᄒᆞ엿신이 부ᄃᆡ 죠심ᄒᆞ여 단이라 ᄒᆞ옵고 우리 서방임 오시거던 죽기고 ᄌᆡ물을 탈□ᄒᆞ여

〈십팔-뒤〉

도망ᄒᆞ자 ᄒᆞ온이 소여 듯자온이 그 말ᄒᆞᄆᆡ 불 이기시 못ᄒᆞ여 발리 ᄊᆞᆼ의 붓치 안이ᄒᆞ여 죵모지모 업친앗ᄉᆞ온이 상공은 급피 가셔 그 놈을 자바 쳐치 ᄒᆞ옵소셔 ᄒᆞᆫ니 상공이 그 말 듯고 코게 놀ᄂᆡ 칼을 들고 낭ᄌᆞ 방을 ᄒᆡᆼᄒᆞ여 간이 돌ᄊᆡ ᄒᆞᆫ 놈이 낭ᄌᆞ 방문 박게 안잣다가 상공 오심을 보고 방문을 열러 닷치고 단중을 너어가거ᄂᆞᆯ 상공이 분홈을 이기지 못ᄒᆞ여 도라와 날 새기을 기달이던이 이연ᄒᆞ야

〈십구-앞〉

게명셩이 나면 동방이 발가오거ᄂᆞᆯ 노복 등을 호령ᄒᆞ여 자우로 갈ᄂᆞ 셰우 차러로 국문ᄒᆞ여 왈 ᄂᆡ 집 단장이 놉고 놉피 천여 인이라 외인이야 엇치 출입ᄒᆞ리요 너히 등은 낭ᄌᆞ 방에 단이ᄂᆞᆫ 놈을 알거신이 죵실 직고 ᄒᆞ라 ᄒᆞ고 낭ᄌᆞ을 자바오라 ᄒᆞᄂᆞᆫ 소ᄅᆡ 턴지 진동ᄒᆞᄂᆞᆫ지라 ᄆᆡᆼ월이 삼공의 영을 바다 낭ᄌᆞ 침소로 당ᄒᆞ여 문을 열고 짐피 든 잠을 ᄭᆡ여 왈 낭ᄌᆞᄂᆞᆫ 무신 잠을 이ᄃᆡ지 자신ᄂᆞᆫ잇가

〈십구-뒤〉

서방임이 가기 가신 ᄌᆡ 일 ᄉᆡᆨ도 몬 되어셔 엇든 놈을 간통ᄒᆞ다가 ᄋᆡᄆᆡ 무제

ᄒᆞᆫ 우리 등의게 이ᄃᆡ지 의ᄆᆡᄒᆞ신ᄂᆞᆫ잇가 상공게읍셔 낭ᄌᆞ을 ᄌᆞ바오시라 ᄒᆞᆫ이 쌀이 가살이라 호영이 추산갓탄지라 낭ᄌᆞ 아히을 달이고 잠을 일우지 못ᄒᆞ다가 게우 잠을 어드 자든이 잠길의 놀ᄂᆡ 씌달러니 박게 요란ᄒᆞ거ᄂᆞᆯ 영창을 열고 본이 시비 ᄆᆡᆼ월이라 너 어이 요란ᄒᆞᄂᆞᆫ냐 ᄒᆞᆫᄃᆡ 상공의 분부메아

〈이십-앞〉

앗ᄂᆞᆫ이다 ᄒᆞ면 급피 가자 ᄒᆞ거ᄂᆞᆯ 할일업서 나간이 노복이 보고 이로ᄃᆡ 낭ᄌᆞ은 무엇시 부족ᄒᆞ여 그시을 참지 못ᄒᆞ여 엇더ᄒᆞᆫ 놈을 간통ᄒᆞ다가 탈노ᄒᆞ여 무제ᄒᆞᆫ 소인 등이 이 익헝을 당ᄒᆞ신노잇가 낭ᄌᆞ 이 말 듯고 간담이 선을ᄒᆞ여 분홈을 엇지 다 칭양ᄒᆞ리요 □고 그러나 곡절을 아지 못ᄒᆞ여 ᄆᆡᆼ월을 ᄯᅡ라간이 천지가 암암ᄒᆞ고 진퇴 업시 가셔 씨분임 문 박게 ᄭᅮ러 안ᄌᆞ 경신을 진정치 못ᄒᆞ네라 이셕ᄒᆞ여 엿자오되

〈이십-뒤〉

무신 죄 지중ᄒᆞ야 노복의게 욕설리면 ᄯᅩ 창두로 자바오라 ᄒᆞ신잇가 상공이 질노 왈 ᄂᆡ 일전에 낭자 침소을 가니 분명 외인을 ᄃᆡᄒᆞ여 말 ᄒᆞ기로 진가을 아지 못ᄒᆞ여 ᄆᆡᆼ월을 불너 무론직 ᄆᆡᆼ월은 간 ᄇᆡ 업다 ᄒᆞᄆᆡ 고히ᄒᆞ여 ᄌᆞ체을 탈지ᄒᆞ던이 감밤에 ᄯᅩ한 엇더ᄒᆞᆫ 놈인지 종실직고하라 ᄒᆞ거ᄂᆞᆯ 낭자 이 말을 듯고 통곡 왈 천만분 익ᄆᆡᄒᆞ나 발명 무제로소이다 상공 더욱 분ᄒᆞ여 왈 목전의 본 일을 저럭키 ᄒᆞ거던 낭자 이 말을 듯고 실피 통곡 왈 못 본 일이야

〈이십일-앞〉

넛지 다 칭양ᄒᆞ리요 호령이 추산갓탄지라 낭자 왈 아모리 씨분임 영이 음숙ᄒᆞ온들 발명도 못ᄒᆞ오리가 상공이 분기 등등ᄒᆞ여 왈 종시 기망ᄒᆞ고 바로

아리지 아니ᄒᆞᄂᆞᆫ양 창두로 ᄒᆞ여곰 절박ᄒᆞ라 ᄒᆞ고 음치궁문ᄒᆞ라 ᄒᆞ니 창두 달나드러 절박ᄒᆞ니 낭자 사세 ᄆᆡᆼ낭ᄒᆞᆫ지라 옥안운빈의 눈물리 비오ᄂᆞᆫ 덧 털리면 왈 아모리 육여를 갓초지 ᄒᆞᆫ들 노복으로 ᄒᆞ야곰 죄를 주시난닛가 ᄒᆞ면 ᄌᆞ서이 ᄉᆡᆼ각ᄒᆞ옵소서 씨분님 목전의 보앗시니 힝여 외임을 ᄃᆡ면ᄒᆞᆯ가 ᄒᆞ여 수부로 불너 은근이 언근이 뭇ᄂᆞᆫ거

〈이십일-뒤〉

시 씨부의 도리거ᄂᆞᆯ 이ᄃᆡ지 ᄒᆞ시문 무신 쎠신지 아지 못ᄒᆞ거이와 소부은 죽어 맛당ᄒᆞᆫ지라 비록 옥설 가탄 정절노써 씨부 양위와 낭군 선ᄒᆞ물 알고 부인 두 가장을 센기지 안니ᄒᆞ물 아오니 집피 ᄉᆡᆼ각ᄒᆞ옵소서 그러나 외인 간통은 고사ᄒᆞ고 일후의 낭군을 엇지 ᄃᆡ면ᄒᆞ리오 ᄒᆞ고 명천이 치상ᄒᆞ고 일월이 발가거든 ᄂᆡ 일을 알건만은 발명ᄒᆞᆯ 고지 업다 ᄒᆞ고 실피 ᄒᆞ날을 우러러 통곡ᄒᆞ니 그 정상을 뉘라서 다 충양ᄒᆞ리오 상공이 그 말을 듯고 더욱 ᄃᆡ로 왈 너 죄를 짓고

〈이십이-앞〉

나을 ᄒᆞ여곰 칙망ᄒᆞ니 죽어도 죄을 다 면치 못ᄒᆞ리라 ᄒᆞ고 노복을 호령ᄒᆞ여 ᄀᆡᆨ별리 엄치ᄒᆞ라 ᄒᆞ고 추산갓치 호령ᄒᆞ니 불상ᄒᆞᆫ 옥낭자 옥면에 흐러난니 눈물리요 ᄇᆡᆨ설 갓탄 저 다리에 소사난이 유혈이라 낭자 기가 ᄆᆡᆨ키 말을 못ᄒᆞ다가 죄우 정신을 차려 다시 엇자오되 낭군이 첩을 잇지 못ᄒᆞ야 ᄒᆞ인 모로게 회정ᄒᆞ여 소부 방의 앗삽기로 마지못ᄒᆞ야 만단 ᄀᆡ유ᄒᆞ여 보ᄂᆡ삽더니 ᄯᅩ 잇튼날 밤의 앗삽기로 절단코 간권ᄒᆞ여 보ᄂᆡ옵고 종적을 감초기로 부모

〈이십이-뒤〉

임 구종이 이실가 ᄒᆞ여 진작 엽잡지 아니ᄒᆞ엿더니 일전 씨부임 부러실 ᄯᅢ에 ᄆᆡᆼ월 다리고 말ᄒᆞ엿다 ᄒᆞᆷ은 씨부님을 두려ᄒᆞᆷ이니 이제 구신이 저허ᄒᆞᆫ가 가솔리 미허ᄒᆞᆫ가 일은 형별과 누명을 당ᄒᆞ오니 발명무제옵고 후일의 무삼 면목으로 낭군을 ᄃᆡᄒᆞ오릿가 노복의게 더러온 옥설을 이갓치 당ᄒᆞ고 사라 무엇ᄒᆞ리오 ᄂᆡ의 죄 잇고 업기ᄂᆞᆫ 명천이 감동ᄒᆞ실지라 ᄒᆞ고 ᄌᆡ결코저 ᄒᆞ다가 낭군과 어린 ᄌᆞ식을 ᄉᆡᆼ각ᄒᆞ고 업더저 기절ᄒᆞ니 씨부와 정씨 그 형상을 차마 보지 못ᄒᆞ

〈이십삼-앞〉

여 상공게 고달ᄒᆞ고 마오 마오 그리 마오 ᄂᆡ 형상을 보니 ᄂᆡ 안목이 혼혼ᄒᆞ고 보지 못ᄒᆞ겟소 송ᄇᆡᆨ 갓탄 사ᄅᆞᆷ을 저ᄃᆡ지 박ᄃᆡᄒᆞ니 엇지 후한이 업실이오 ᄒᆞ고 ᄂᆡ달나 창두을 물니치고 절박ᄒᆞᆫ 거실 푸러 노허면 왈 낭자야 낭자야 부모 망영된 거실 ᄒᆞᆫ치 마라 절기야 나지만은 일시을 참우소서 허고 우지 마라 ᄒᆞ면 옥면의 듯난 눈물을 어로만저 왈 언통ᄒᆞᆫ 말을 엇지 다 층양ᄒᆞ리요 허고 침소로 도라가 마음을 안심ᄒᆞ라 ᄒᆞ니 낭자 씨모을 안고 울면 왈 도적의 ᄯᅥᆨ는 면ᄒᆞ여도 원힝은 면치 못ᄒᆞᆫ다 말

〈이십삼-뒤〉

리 예로붓텀 이섯거던 이갓탄 누명과 노복의게 구설을 듯고 살아 무엇ᄒᆞ리오 ᄒᆞ고 실피 통ᄒᆞ니 보난 사람이 뉘 안니 설버ᄒᆞ리요 정씨 낭자 실품을 보고 만단 ᄀᆡ유ᄒᆞ되 조씨 듯지 아니ᄒᆞ더라 낭자 눈물을 흘리물 보고 머리을 만저 왈 옥잠을 ᄲᅦ여 들고 ᄒᆞ나을 우러러 탄식 왈 비러 가로되 소소ᄒᆞᆫ 명천은 일월을 살피소니 소여의 지ᄂᆞᆫ 죄야옵거던 옥잠이 가삼에 박히옵고 무죄ᄒᆞ거던 섭돌키 ᄇᆡᆨ키주옵소서 ᄒᆞ고 공중을 힝ᄒᆞ여 옥잠을 ᄯᅥ지니 옥잠이

공중의 ᄇᆡ회

<이십사-앞>

ᄒᆞ다가 나려와 섭돌케 박히ᄂᆞᆫ지라 상공 그 거동을 보고 그제야 진가이 ᄋᆡᄆᆡᄒᆞᆫ 줄을 알고 ᄂᆡ달나 낭자을 붓돌고 일너 와 ᄂᆡ가 망영되기 ᄒᆞᆫ 거실 너무 가렴치 말나 ᄒᆞ면 만단 ᄀᆡ유ᄒᆞᆫᄃᆡ 낭자 씨부 ᄒᆞ시든 일과 노복의 곤욕을 ᄉᆡᆼ각ᄒᆞ니 원통ᄒᆞ여 죽기를 ᄉᆡᆼ각ᄒᆞ니 상공이 낭자 그 거동 보고 왈 장간 ᄉᆡᆼ각ᄒᆞ니 실체ᄒᆞ물 누누이 말을 ᄒᆞ되 조시 듯지 안니ᄒᆞ니 남녀간 ᄒᆞᆫ 먼 실수난 변가상사라 너무 실허 말고 마음을 실험ᄒᆞ여라 ᄒᆞᆫᄃᆡ 낭자 이 말을 듯고 씨모을 붓들고 왈 울면 남녀간

<이십사-뒤>

한 변 실수ᄂᆞᆫ 여사라 ᄒᆞ나 사부의 돌리가 일은 일이 어ᄃᆡ 이실리요 ᄒᆞ고 일은 일을 후세에 유전ᄒᆞᆯ 거시니 ᄇᆡᆨ골인들 엇지 붓거럽지 안이할리오 ᄒᆞ고 실피 통곡ᄒᆞ니 이ᄯᆡ의 춘양의 나는 칠 세요 동춘의 나은 삼 셰라 칠 셰 아히가 무신 일을 알이오만은 젓ᄐᆡ 잇다가 어모 거동을 보고 울면 왈 어만임 이거시 언 일인잇가 울면 조부을 원망ᄒᆞᄂᆞᆫ 말이 죽도록 달치ᄒᆞ실 거시 무어시며 결박은 무삼 일고 직창간종치며가 종알이 ᄆᆡᆺ기난

<이십오-앞>

어인 일고 노복의 소회가 분명ᄒᆞ다 ᄒᆞ고 어만임의 간통ᄒᆞ엿거든 셩명이나 가라치소셔 ᄒᆞᆫ디 죽기로 겔단ᄒᆞᆫ니 죽단 말이 어인 말고 우지 마오 우지 마오 어만임 우지 마오 어만임야 아반임 날러온면 셜마 셜원 못ᄒᆞ릿가 어만임 죽사오면 어런 동츈 어니 ᄒᆞ면 ᄂᆡᆫ들 안이 뷸상ᄒᆞᆫ가 십 셰 젼의 어미 일코 뉘을 ᄆᆡᆺ고 ᄉᆞᄌᆞ말고 너무 거리 마옵소셔 안으로 갓사이다 동춘은 젓

멱작고 우노이다 마음을 진정ᄒᆞ여 동춘이 젓거나 멱이쥬소셔

〈이십오-뒤〉

ᄒᆞ고 무수히 울거날 낭ᄌᆞ 츈양을 졋ᄐᆡ 안치고 동춘을 안고 저지 멱거 왈 ᄋᆡ고 쌉쌉 ᄂᆡ 일이야 팔자도 용열ᄒᆞ다 일어ᄒᆞᆫ 누명과 ᄋᆡᆨ헝을 당할 쥴을 어이 알면 노복 등의 욕본 일을 놈놈 안ᄌᆞ ᄉᆡᆼ각ᄒᆞ니 삼홈이 헛터지고 간ᄌᆡᆼ이 써너저도 신원할 곳이 전이 업셔 쥬거물 ᄉᆡᆼ각ᄒᆞᆫ이 어런 ᄌᆞ식은 엽ᄑᆡ 두고 쥭기가 가런ᄒᆞ다 ᄂᆡ 목신 ᄒᆞ나 쥭어 항천의 돌라간들 져 자식을 어이할고 ᄒᆞ면 혼자 ᄉᆡᆼ각다가 분함과 원통ᄒᆞᆷ이

〈이십육-앞〉

가삼의 가득ᄒᆞ여 쥭거물 ᄌᆡ촉ᄒᆞ난지라 ᄀᆡᆨ거수리와 반다지을 열고 온갓 치복과 보ᄇᆡ을 놋코 춘양을 어로만지면 왈 춘양아 실푸다 나난 이제 쥭거이와 너ᄂᆞᆫ 너 부친 오시거든 이런 말을 자셔히 ᄒᆞ야 원통ᄒᆞᆫ 혼ᄇᆡᆨ을 위로ᄒᆞ여라 ᄒᆞ고 ᄀᆡᆨ거수리 안의 붓치 ᄒᆞᆫ ᄌᆞ리 이시되 극키 즁ᄒᆞᆫ 보ᄇᆡ라 ᄎᆞ부면 더운 바람이 나고 더부면 찬 바람이 난이라 부ᄃᆡ부ᄃᆡ 집피 간수ᄒᆞ엿싸가 동춘이 장셩커든 주고 비단 처복과 ᄃᆡ도 장도와 숨금 주젹살은

〈이십육-뒤〉

너어게 소장지물이라 잘 간슈ᄒᆞ엿싸가 날 본다시 ᄒᆞ여라 ᄀᆡᆨ거수 안의 도복 간ᄃᆡ 이신이 너 부친 오시거든 듸러라 ᄒᆞ고 실피 통곡 왈 춘양아 춘양아 ᄂᆡ 쥭의 후의 동춘을 다리고 ᄇᆡ곡파 울거든 밤을 주어 달ᄂᆡ고 목말나 울거든 물을 주어 달ᄂᆡ고 어마어마 불어거든 업고 조조히 달ᄂᆡ여라 눈도 부럿쓰도 말고 안이 쥭고 장셩커든 ᄂᆡ의 말 ᄌᆞ시 ᄒᆞ라 ᄒᆞ고 불상ᄒᆞ다 츈양 동춘아 너을 어이ᄒᆞᆯ고 몬실 연어 이ᄂᆡ 팔자 금연 신수 불겔ᄒᆞ여

〈이십칠-앞〉

쥭의지면 어ᄂᆞᆫ 곳에 설하할고 ᄋᆡ고ᄋᆡ고 ᄂᆡ 신셰야 셰상 만사을 ᄉᆡᆼ각ᄒᆞᆫ니 너히을 두고 항천을 도라간들 눈을 깜도 못ᄒᆞ고 혼ᄇᆡᆨ인들 이질손양 실푼 마음은 둘 다 업고 원통히 미들 ᄃᆡ 업다 천지가 암암ᄒᆞ고 일월이 무강이라 옥연의 누물이 흘너 옷지슬 젹신이 춘양이 어모임 거동을 보고 어마임 어마임 너무 그리 서러마라 ᄒᆞᆫ니 낭ᄌᆞ 동춘을 안고 밤이 넛도로 우다가 본이 춘양이 잠을 드럿난지라 잇ᄯᆡ의 정씨 낭ᄌᆞ의

〈이십칠-뒤〉

빙셜 갓탄 정절을 일시의 맛친니 원통코 분한지라 상공을 칙망 왈 만일 낭ᄌᆞ 쥭거면 션군이 도라와 보고 함게 쥭을 거신이 후한이 업게 ᄒᆞ옵소셔 ᄒᆞ고 만단 ᄀᆡ유ᄒᆞ더라 잇ᄯᆡ 낭ᄌᆞ 춘양 잠든 후의 아모리 ᄉᆡᆼ각ᄒᆞ여도 살아난들 낫틀 들고 뉘을 ᄃᆡ면ᄒᆞ리요 ᄒᆞ고 춘양 동춘을 어로만지면 왈 ᄂᆡ 원통ᄒᆞ고 분함물 신원할 곳지 업신니 무거ᄂᆡ리라 ᄒᆞ고 손가락을 ᄭᆡ무라 벅상의 헐셔로 써써난 온말노 써셔 놋코 잠든 아히을 만저 왈 불상

〈이십팔-앞〉

ᄒᆞ다 ᄂᆡ 죽은 후의 뉘달어 어머ᄒᆞ리 실피 울면 금의을 ᄂᆡ여 입고 자ᄂᆞᆫ 춘양 동춘을 만지면 옥면의 눈물을 참지 못ᄒᆞ여 왈 다시 보자 다시 보자 춘양 동춘아 다시 보자 너거들이 ᄂᆡ 죽어 항천의 가면 다시 보기 어렵도다 오동추야 월초석의 이촉저촉 놉피 놋고 청풍명월 발근 달은 금실 쏘으게 건덜ᄒᆞ다 ᄒᆞ면 창문을 다시 열고 낭군과 함게 노던 가문정 별송ᄃᆡ을 눈물로 바ᄅᆡ보고 단장 안에 ᄇᆡᆨ당하 연당가의 설ᄆᆡᄒᆞ라 나를 사랑ᄒᆞᄂᆞᆫ 국하는 잇거만는 나를 사랑ᄒᆞ

〈이십팔-뒤〉

던 우리 낭군은 천 리의 가시고 보지 못혼 지 이삼 삭이라 원통후다 이닉 서럼도 못다후고 이제 영이별후자 후니 철천지한이로다 원잉침 도도 벼고 자는 동춘을 다시 만저 왈 불상후다 도춘아 자지 말고 저질 막족 먹으라 우지 말고 잘 잇거라 밥을 어미 삼고 물을 저질 삼고 부딕부딕 먹기 실타 말고 자조 먹어라 가련후다 춘양 동춘아 불상후다 동춘아 너으 형제을 어는 쎄에 다시 볼고 너히 형제을 두고 죽는 인싱 살라도 죄인이오 죽어도 악귀로다 후면 혼 손으로 동

〈이십구-앞〉

춘을 만지고 혼 손으로 칼을 들고 왈 가삼을 전자 보고 죽을살가 여런 분자지후다가 춘양 동춘을 다시 보고 혼숨후고 밍월과 노복 등의게 옥본 일과 씨분님 익형후던 일을 굽이굽이 싱각후니 손의 든 칼리 무숨을 지촉후니 어린 자식을 다시 만지면 왈 가련후다 닉 신세야 강보 씨인 자식과 낭군을 저바리고 죽으니 사호 빅골인들 편후리오 후고 칼을 들러 가삼을 전주면 이리저리 도라보니 참아 보지 못하리로다 작식을 도라보면 너히 두리 부딕 부딕 잘 잇

〈이십구-뒤〉

거라 후고 다시 이러나 좁발을 드러 저질 짜서 운묵에 놋코 싱각후되 아히들이 씨면 분명 울 거시라 후고 칼을 볏덧후며 분이직발후여 처미을 가지고 얼골 덥고 셤셤옥수로 칼을 드러 볏듯 노흐니 뇌셩빅역이 천지을 흔덜거놀 그 소리에 아히들이 씨여 보니 방중의 예 업던 유혈리 잇거놀 살피보니 낭자 가삼에서 나는지라 호호막막후여 자서히 본니 칼을 숍고 죽것놀 춘양이 아모리 할 줄 몰나 딕성통곡 왈 어마님아 어마님아 이거시 외인

일이오 ᄒᆞ면 ᄒᆞᆫ가

〈삼십-앞〉

지로 죽어려 ᄒᆞ고 칼을 ᄲᅢ러 ᄒᆞ니 요동치 안니ᄒᆞᄂᆞᆫ지라 ᄒᆞᆯ릴업서 도춘을 다리고 어마임아 어마임아 날과 동춘을 어이 ᄒᆞ시ᄂᆞᆫ잇가 ᄒᆞ면 실피 통곡ᄒᆞ니 그 곡성이 원건의 들리ᄂᆞᆫ지라 상공 부처와 노복 등이 놀ᄂᆡ 급히 드러가니 낭자 가삼의 칼을 ᄭᅩᆺ고 죽엇ᄂᆞᆫ지라 그 정상을 보고 ᄃᆡ경질ᄉᆡᆨᄒᆞ여 칼을 ᄲᅢ러 ᄒᆞ니 ᄯᅩ한 원혼이 되여 ᄲᅡ지지 안이ᄒᆞᄆᆡ 상공 부처 아모리 할 줄을 모르더라 동춘이는 어미 죽은 줄을 모로고 저질 물고 울거ᄂᆞᆯ 춘양이 동춘이을

〈삼십-뒤〉

안고 달ᄋᆡ여 왈 동춘아 동춘아 어만님이 잠을 집피 드럿시니 잠을 ᄭᆡ거든 저질 먹자 ᄒᆞ면 뉘다러 어마 ᄒᆞᆯ고 우리 신세 가련ᄒᆞ다 동춘이 너을 어이ᄒᆞᆯ고 불상ᄒᆞ다 우리 동ᄉᆡᆼ ᄇᆡ 곱푸고 목 마른들 뉘 젓 먹고 살아날고 우지 마라 동춘아 너 우ᄂᆞᆫ 소ᄅᆡ ᄂᆡ의 마음 둘 ᄃᆡ 업다 ᄒᆞ니 동춘이는 어마어마 ᄒᆞᄂᆞᆫ 소ᄅᆡ ᄂᆡ의 간장 다 녹ᄂᆞᆫ다 ᄒᆞ면 고ᄉᆡᆼᄒᆞᆯ 길을 ᄉᆡᆼ각ᄒᆞ니 천지가 아득ᄒᆞ다 ᄎᆞ라리 ᄂᆡ가 죽으면 너 우ᄂᆞᆫ 소ᄅᆡ을 안이 듯지 ᄂᆡ 사라 너 우ᄂᆞᆫ 거동을 목석인들 어이 보라 ᄒᆞ고 신체을 완

〈삼십일-앞〉

고 궁걸면 어마님아 어마님아 동춘을 어이 할고 잠이 드러거든 이러나소 날이 ᄉᆡ고 ᄒᆡ가 도닷사오니 어서 이러나소서 동춘을 젓 먹자고 우ᄂᆞᆫ이다 아마도 안이 듯고 어버도 안이 듯고 밤을 주어도 안이 먹고 젓 먹자고 어마님을 불으ᄂᆞᆫ이다 그 차목ᄒᆞᆫ 거동을 엇지 다 보리오 동춘을 안고 ᄃᆡ성통곡ᄒᆞ니 그 정상은 초목과 금수라도 보기 실허ᄒᆞ리라 철석 간장 안이어던 엇지

안이 울이오 그러구로 게명성이 나거ᄂᆞᆯ 이역ᄒᆞ여 벽상을 살피보니 전의 업던 글이 써 잇ᄂᆞᆫ지라 그 글의 ᄒᆞ엿시되 실푸다 이ᄂᆡ

〈삼십일-뒤〉

일신 천상의 득죄ᄒᆞ고 인간의 나려와서 삼춘언약 집피 ᄆᆡ자 ᄇᆡᆨ연ᄒᆡ로ᄒᆞ고 춘하추동 사시절의 일시도 못 이저서 히히낙낙 반가온 우리 낭군 공명을 차자ᄒᆞ고 과ᄀᆡ길을 권권ᄒᆞ여 보ᄂᆡᆫ 후의 몬ᄂᆡ몬ᄂᆡ 가신 낭군 수삼 ᄉᆡᆨ을 못 보와서 오날이나 소식 올가 ᄂᆡ일이나 소식 올가 회수의 안자 바ᄅᆡ보니 산천은 첩첩ᄒᆞ고 ᄇᆡᆨ운이 자진 곳ᄃᆡ 낭군 볼 길이 창망ᄒᆞ다 비거비ᄅᆡ 붓이로다 낭군임아 낭군임아 ᄀᆡᆨ창 ᄒᆞᆫ등의 홀노 안자 ᄉᆡᆨ벽 설리 찬바람의 외기럭이 울고 갈 제 ᄉᆡᆼ각이 오직할잇가 가련타 ᄂᆡ 일이야

〈삼십이-앞〉

낭군임 ᄌᆡᆨ별지후로 노복을 ᄒᆞ순ᄒᆞ여 세월을 보ᄂᆡ오고 천 리의 가신 낭군 요ᄒᆡᆼ으로 도라올가 바ᄅᆡ고 지ᄃᆡ리옵더니 조물이 시기ᄒᆞᆫ가 귀신이 저히ᄒᆞᆫ가 빙설 갓탄 말근 절ᄀᆡ 천ᄒᆡᆼ으로 죽읏시니 이갓치 설운 정을 뉘달어 설ᄒᆞ홀리 용천금 손의 들고 어린 자식 도라보니 천지가 막막ᄒᆞ여 일월이 무강ᄒᆞ다 설설 원통ᄒᆞ여 죽기을 ᄉᆡᆼ각ᄒᆞ니 가련ᄒᆞᆫ 춘양 동춘이는 뉘을 어지하라 홀고 홍중의 ᄆᆡᆺ친 원을 벽상에 기록ᄒᆞ고 항천의 도라가니 ᄂᆡ 몸이 알근마는 이ᄃᆡ지 보지 못ᄒᆞᆫ 낭군 심사 적적 원통

〈삼십이-뒤〉

ᄒᆞ다 ᄇᆡᆨ연기약 속절업시 허사로다 낭군임아 낭군임아 어서 밥이 날러와서 신체나 거도와 주옵고 혼ᄇᆡᆨ이나 위로ᄒᆞ옵소서 구천의 도라가 은회을 갑푸리다 ᄒᆞ올 말삼 첩첩ᄒᆞ되 손ᄶᅡ락을 ᄭᆡ무라서 벽상의 기록ᄒᆞ고 항천의 도라

가ᄂᆞ니다 잇ᄯᅴ 상공 부처 ᄉᆡᆼ각ᄒᆞ되 선군이 도라와 낭자 가삼의 칼을 보면 분명 무함할 줄 알고 함게 주거려 ᄒᆞᆫ 거시니 오기 전의 엄십ᄒᆞ미 올토다 ᄒᆞ고 상공 드러가 엄십ᄒᆞ려 ᄒᆞ니 가삼의 칼이 ᄲᅡ지지 안이ᄒᆞ거ᄂᆞᆯ ᄯᅩ 섭돌의 옥잠을 ᄲᆡ려 ᄒᆞ니 요동치 안니ᄒᆞᄂᆞᆫ지

〈삼십삼–앞〉

라 상공 부처와 노복 등이 거힘ᄒᆞ여 엄십ᄒᆞ려 ᄒᆞ니 신체가 요동치 안이ᄒᆞᄆᆡ 철천지 원혼인 줄 아라 아모리 할 줄을 모로더라 각설 이적의 선군이 경성의 올ᄂᆞ가 과ᄀᆡᄂᆞᆯ을 지다리더니 항상 몽사 홍참ᄒᆞ여 마음을 잇지 못ᄒᆞ더라 가ᄀᆡᄂᆞᆯ을 당ᄒᆞᄆᆡ 지필을 가초와 장중의 드러가니 천하 선ᄇᆡ 다 모앗더라 선군이 글제을 보니 강구의문동요라 ᄒᆞ엿더라 직시 글을 지어 일천의 밧치니 항상이 선군 길을 보고 ᄃᆡ찬 왈 이 글은 신통ᄒᆞᆫ 사람의 글리라 ᄒᆞ고 귀귀마당 관수요 자자이 비점이라

〈삼십삼–뒤〉

직시 봉ᄂᆡ을 ᄯᅥ여 보니 경상도 안도ᄲᅡᆼ의 ᄇᆡᆨ선군이라 ᄒᆞ엿더라 항상이 직시 실ᄂᆡ을 보던이 선군이 두세 분 진퇴ᄒᆞ고 국궁사ᄇᆡᆨᄒᆞ니 항상이 ᄃᆡ찬ᄒᆞ고 할임학사을 제수ᄒᆞ니 선군이 천은을 축사ᄒᆞ고 나아 직시 할임이 부모 양위와 옥낭자게 편지ᄒᆞ여 ᄒᆞ인을 보ᄂᆡᄂᆞᆫ지라 이적의 ᄒᆞ인이 주야로 나려와 상공 전에 문안ᄒᆞ고 편지을 뒤리거ᄂᆞᆯ 상공이 그 편지을 ᄀᆡ탁ᄒᆞ니 그 서의 ᄒᆞ여시되 문안 아리옵ᄂᆞᆫ이다 ᄒᆞ고 실하의 ᄯᅥᄂᆞᆫ 후로 부모 양위분 기체후 일안만 ᄒᆞ옵신잇가 소자 선군의 ᄀᆡᆨ중에 무탈ᄒᆞᆫ

〈삼십사–앞〉

오니 다행다행이로소이다 부모 은덕으로 장원급제ᄒᆞ여 할임으로 나리가오

리다 ᄒᆞ고 도문 일자은 ᄂᆡ월 회간이라 ᄒᆞ엿드라 보시고 일히일비ᄒᆞ여 또 낭ᄌᆞ게 가ᄂᆞᆫ 편지은 정씨을 쥬이 반가이 바다 가지고 울면 왈 낭ᄌᆞ 사라쓴들 오직만 가동ᄒᆞᆯ니 실피다 낭ᄌᆞ 반가온 편지가 오히러 실피도다 ᄒᆞ고 춘양을 주면 왈 이 편지가 너 모게 오난 편지라 ᄒᆞ고 쥬니 춘양이 바다 가지고 실피 울면 왈 동춘을 암고 방에 드러가 어모 신체을 붓들고 더푼 오실 베기고 편지을 페여 들고 통곡 왈

〈삼십사-뒤〉

이러나소 이러나소 어묘임 이러나소 쥬야 평상 기다리든 아부임 편지 안난이다 장원금제 할임학사 오난이다 ᄒᆞ고 낫툴 덧고 왈 어모임아 동춘을 어이 ᄒᆞᆯ고 젓 멱자 우난이다 어만임 상전에 결을 조하ᄒᆞ더니 오날은 반갑도 안이 ᄒᆞ오 아반임 편지가 와시되 엇지 안니 반기ᄂᆞᆫ고 ᄒᆞ면 춘양은 글을 못ᄒᆞ여 어만임 전에 고치 못ᄒᆞᆫ니 답답ᄒᆞ오이다 ᄒᆞ면 동춘을 암고 조모 전에 비어 왈 어만임 방에 칼시 가 편지 사연을 일어 쥬옵소서 어만임 영혼이

〈삼십오-앞〉

라도 감동ᄒᆞ실가 ᄒᆞᄂᆞᆫ이다 정씨 그 말을 듯고 직시 방에 드러가 편지을 쎠고 눈물을 헐이면 편지을 본이 ᄒᆞ엿시되 ᄃᆡ강 적사오면 이편 삼월에 소식이 적막ᄒᆞ여 쇼문도 목어와 하조월색에 집 ᄉᆡᆼ각이 간절ᄒᆞ와 고향을 바ᄅᆡ본이 눈물을 보리다 ᄒᆞᆫ이 항상 몽상 홍참함ᄆᆡ 무삼 병이 들어ᄂᆞᆫ지 모로왈 쌋쌋ᄒᆞ도다 그러나 낭ᄌᆞ 근ᄒᆞ든 말ᄃᆡ로 할임학사 든여 나러가온니 낭ᄌᆞ 마음인들 오직 반가을잇가 나문 말삼은 나러가 설하ᄒᆞ리다 ᄒᆞ

〈삼십오-뒤〉

엿드라 부인 정씨 보기을 다ᄒᆞ고 통곡 왈 실푸다 너히 형제 어이 할고 ᄒᆞ더

라 각설 잇ᄯᅵ의 선군이 ᄇᆡᆨ여호을 지고 철이 준총마에 청홍기을 ᄡᅦ우고 하동을 쌍쌍히 세우고 ᄃᆡ도정여 발ᄃᆡ거롬에 나려오니 위예가 찰난ᄒᆞ더라 경상도와 다달으니 감사 선군을 보고 실ᄂᆡ을 진퇴ᄒᆞᆯ시 할밈이 머리의 어사하을 ᄡᅳ고 허리에 옥ᄃᆡ을 ᄯᅴ고 왕왕 드러가되 찬왈 그ᄃᆡᄂᆞᆫ 선풍도골리라 ᄒᆞ고 주호을 ᄂᆡ여 먹은 후의 ᄌᆞᆨ별ᄒᆞ고 나오던이 선군이 몸이 곤ᄒᆞ여 잠간 조우더니 비몽 간의 낭자가 왓거

〈삼십육-앞〉

ᄂᆞᆯ 보니 유혈이 낭자ᄒᆞ고 젓티 안지면 왈 낭군은 ᄀᆡᆨ창ᄒᆞᆫ등의 기체후 일황ᄒᆞ신잇가 소첩은 시운이 불길ᄒᆞ여 신세을 맛친 ᄌᆞ 이며 오ᄅᆡᆫ지라 ᄒᆞ고 일전의 낭군임 편지 사연을 씨모님게 드러니 할임학사로 나려온다 ᄒᆞ니 아모리 혼ᄇᆡᆨ인들 오직 반갑사오릿가 엿거지 앗사옴은 실푸다 영힝이나 다시 보지 못ᄒᆞᆯ 거시니 엿지 망극지 안이할오리오 낭군은 자식을 어이 할고 빗비 와 동춘을 달ᄂᆡ소서 첩의 몸은 수치ᄒᆞ야 촌촌전진ᄒᆞ여 잇ᄂᆞᆫ이다 ᄒᆞ고 간ᄃᆡ업거ᄂᆞᆯ 남가

〈삼십육-뒤〉

일몽이라 심신이 살난ᄒᆞ여 변변 수상키 하직ᄒᆞ고 온이라 시랑 부처 박게 나와 노복을 불너 위논 왈 할임 편지 사연이 엿차엿차ᄒᆞ고 ᄒᆞᆫ 회포 만ᄒᆞᆯ 거시니 너히 등은 무신 ᄭᅬ을 ᄂᆡ여 할임을 살기ᄒᆞ라는양 그 중의 늘근 노복이 엿자오되 거월의 ᄂᆡ가 할임을 모시고 임 진사 ᄃᆡ문 전으로 가오니 ᄒᆞᆫ 낭자 잇거ᄂᆞᆯ 탈지ᄒᆞ니 임 진사 ᄃᆡᆨ 낭자라 ᄒᆞᄆᆡ 할임이 그 낭자을 보고 몬ᄂᆡ 사랑ᄒᆞ시거ᄂᆞᆯ 소인이 ᄉᆡᆼ각ᄒᆞ오니 서방임 나려오실 ᄯᅵ의 임 진사 낭자와 겔혼ᄒᆞ오면 서방임 연소ᄒᆞᆫ 마음의 신

〈삼십칠-앞〉

정을 이혹ᄒᆞ시면 구경을 이질가 ᄒᆞ노이다 ᄒᆞ시니 시랑이 올히 여계 그 말리 ᄃᆡᆼ연ᄒᆞ다 ᄒᆞ고 임 진사은 ᄂᆡ와 죽마고우라 ᄯᅩᄒᆞ 니 말을 ᄒᆞ면 낙종ᄒᆞ리라 ᄒᆞ고 직시 발ᄒᆡᆼᄒᆞ여 임 진사 ᄃᆡᆨ의 이런이 진사 왈 누지의 엇지 요임ᄒᆞ신잇가 시랑이 왈 자식이 수겡낭자와 연분이 지즁ᄒᆞᆫᄃᆡ 가ᄀᆡ 간 후로 우연이 득병ᄒᆞ여 세상을 발이사오니 선군은 소ᄒᆡᆼ이 할임학사로 날어오나 낭자 죽음을 보면 병이 날 듯ᄒᆞ오니 우ᄒᆡᆼ 벨당을 비울 수가 업신니 인결ᄒᆞᆫ 사정이 이서 왓ᄂᆞᆫ이다

〈삼십칠-뒤〉

ᄒᆞ고 ᄂᆡ 드러니 진사 ᄃᆡᆨ의 이이ᄒᆞᆫ 여식이 잇다 ᄒᆞ오니 두룹다 마옵시고 허혼ᄒᆞ여 길급기로 바ᄅᆡ오니 ᄂᆡ 자식과 결혼ᄒᆞ기을 허락ᄒᆞ옵소서 진사 공경이 ᄃᆡ왈 거면의 가문정의 할임과 낭자 오ᄂᆞᆫ 거동을 보니 월군 항히 월경의 올ᄂᆞᆫ 반월을 들고 상제 전의 경상ᄒᆞᄂᆞᆫ 모양이라 ᄂᆡ의 여식과 비ᄒᆞ고진ᄃᆡᆫ 낭자ᄂᆞᆫ 추천명월이오 ᄂᆡ의 여식은 흑운의 반달이라 ᄒᆞ고 낭자 정영 주것시면 할임이 일정 살기을 마ᄐᆡ리오 만일 허혼ᄒᆞ엿다가 ᄯᅳ과 갓치 못ᄒᆞ면 ᄂᆡ 자식만 바릴 거시니

〈삼십팔-앞〉

그 안이 절박ᄒᆞ신잇가 ᄌᆡ삼 사양ᄒᆞ니 시랑 ᄇᆡᆨ연 ᄋᆡ결ᄒᆞ니 진사 ᄉᆡᆼ각ᄒᆞ되 할임의 풍곡을 사랑ᄒᆞ야 허락ᄒᆞ거ᄂᆞᆯ 시랑이 다시 ᄃᆡ히 왈 금월 망일노 ᄒᆡᆼ예ᄒᆞ사리다 ᄒᆞ고 집을 도라와 납치을 보ᄂᆡ고 주육을 작만ᄒᆞ여 중노로 나간이라 각셜 잇ᄯᆡ의 할임이 길을 ᄯᅥ나 화동과 풍약을 물이치고 주야로 나려온니 시랑이 주육을 ᄎᆞ려 가지고 임진ᄉᆞ 집 압ᄑᆡ 와 고ᄃᆡᄒᆞ더라 잇ᄯᅡ의 션군이 필마로 셩ᄒᆞ 갓치 오거ᄂᆞᆯ 실ᄂᆡ을 두셰 분 진퇴ᄒᆞᆫ 후의 너 급제ᄒᆞ여 옥당

〈삼십팔-뒤〉

할임으로 한힝ᄒᆞ니 길겁기 칭양업다 ᄒᆞ시고 주육을 권ᄒᆞ여 쥬을 십여 빅을 권ᄒᆞᆫ 후의 시랑이 왈 너 베살이 할임의 이시니 너 풍치 조껀이와 ᄒᆞᆫ 부인을 싱각 말고 닉 말을 드러라 이곳 임 진사 ᄯᆞᆯ리 천ᄒᆞ의 일식이라 낭ᄌᆞ의 난형난지ᄒᆞᆫ이 너 오난 날의 겡ᄉᆞ로 치ᄒᆞ고져 ᄒᆞ야 빅필을 정하엿신이 너 ᄯᅳ지 엇드ᄒᆞᆫ요 저 건닉 ᄎᆡ일 치고 ᄎᆡ일 밋ᄐᆡ 중맛 치고 잔치ᄒᆞᄂᆞᆫ 집은 임진ᄉᆞ 집이라 발은 길에 말을 몰라 ᄒᆞ고 간이 션군이 ᄃᆡ왈 간밤에 ᄒᆞᆫ ᄭᅮᆷ을 ᄭᅮᆫ이

〈삼십구-앞〉

낭ᄌᆞ 몸에 유헐리 랑ᄌᆞᄒᆞ오니 무신 일이 인ᄂᆞᆫ잇가 혼인은 도라가 낭ᄌᆞ와 이론ᄒᆞ여 겔단ᄒᆞ리다 ᄒᆞ고 말을 ᄌᆡ촉ᄒᆞ여 임 진사 문전을 도라가거ᄂᆞᆯ 시랑이 말머리을 붓들고 다시 ᄀᆡ유ᄒᆞ여 왈 양반의 힝사가 안이라 ᄒᆞ시고 혼인은 부모 영을 ᄶᅩᄎᆞ 영하을 빈닉미 올거ᄂᆞᆯ 너 고집을 세□ 임 진사 집안에 종신ᄃᆡ□을 거부ᄒᆞᆫ니 군자의 일이 안이로다 ᄒᆞ거ᄂᆞᆯ 할임 묵묵부답ᄒᆞᆫᄃᆡ 시랑 ᄌᆡ촉ᄒᆞ여 온니 하인이 엿자오ᄃᆡ ᄃᆡ감 명영이 여ᄎᆞ

〈삼십구-뒤〉

여ᄎᆞᄒᆞ여 임 진사 닉사가 랑ᄑᆡ온니 할임은 집피 힝각ᄒᆞ옵소셔 ᄒᆞ거ᄂᆞᆯ 할임이 하인을 직시 물이치고 팔마단청으로 나러오거ᄂᆞᆯ 시랑이 할길업셔 실품을 머검고 말을 타고 ᄯᆞ라 노다가 집 압ᄑᆡ 다다라 션군을 부들고 왈 너 가ᄀᆡ 간 후에 낭ᄌᆞ 방에 남ᄌᆞ 소ᄅᆡ 나거ᄂᆞᆯ 고힌 녀게 물은직 너 왓단 말은 안이ᄒᆞ고 ᄆᆡᆼ월로 더부러 말ᄒᆞ엿다 ᄒᆞ기로 직시 ᄆᆡᆼ월을 불너 물은직 간 빅 업다 ᄒᆞ거ᄂᆞᆯ 부모 마음에 약간 겡계ᄒᆞ엿더니

〈사십-앞〉

낭자 엿ᄎᆞ엿ᄎᆞᄒᆞ엿시ᄆᆡ 이런 쌉쌉고 망극ᄒᆞᆫ 일이 어ᄃᆡ 이실이오 ᄒᆞ고 선군이 그 말을 듯던이 ᄃᆡ경질ᄉᆡᆨᄒᆞ여 왈 이런 일이 어ᄃᆡ 이서 날을 썩기 임진사 집의 장ᄀᆡ들나 ᄒᆞ신잇가 ᄒᆞ면 낭자 정영 주것신잇가 천지돈지 경황중에 드러가니 집안의 ᄋᆡ연ᄒᆞᆫ 우름 소ᄅᆡ 나거ᄂᆞᆯ 쌀게 □□ 문안에 드러서서 본이 섭돌의 옥잠이 ᄇᆡᆨ히거ᄂᆞᆯ 할임이 눈물을 흘러 갈오되 무정ᄒᆞᆫ 옥잠은 날를 보고 반기ᄂᆞᆫ 듯 유정ᄒᆞᆫ 낭자씨ᄂᆞᆫ 어ᄃᆡ 가고 날을 보고 반기지 안이ᄒᆞᄂᆞᆫ고 ᄒᆞ면 급히 드러가니 춘양이 동춘을 안고 모친 신체을

〈사십-뒤〉

붓들고 이러나소 이러나소 아분임 안ᄂᆞᆫ이다 이러나옵소서 ᄒᆞ면 호천망극 실피 우니 산천초목과 비금주수라도 눈물을 멱음ᄂᆞᆫ 듯ᄒᆞ더라 할임이 두 아ᄒᆡ 거동을 보고 간장이 녹ᄂᆞᆫ 듯ᄒᆞ야 아풀 분별치 못ᄒᆞ고 방에 드러가 낭자 신체을 붓들고 업더지 기절ᄒᆞ엿다가 이역ᄒᆞ여 정신을 차러 ᄃᆡ성통곡ᄒᆞ면 왈 낭자야 경성 갓흔 선군이 앗ᄂᆞᆫ이다 낭자ᄂᆞᆫ 엇지 선군을 보고 반기지 안이하신잇가 ᄒᆞ면 살라 씰ᄯᅦ업ᄂᆞᆫ 선군을 다려가옵소서 ᄒᆞ고 신체을 열고 보니 낭자 가삼의 칼이 ᄭᅩᆸ피거ᄂᆞᆯ 선군

〈사십일-앞〉

이 ᄃᆡ경ᄒᆞ여 부모임을 도라보면 왈 아모리 무심ᄒᆞ온들 이적지 칼을 ᄲᅦ여 주지 아니ᄒᆞ신잇가 ᄒᆞ면 칼을 자바 ᄲᅦᆫ직 칼 ᄲᅦᆫ 궁ᄀᆡ서 청조 ᄉᆡ 마리 날나 나와서 ᄒᆞᆫ 마리ᄂᆞᆫ 할임의 억ᄀᆡ 안지면 ᄒᆡ면목 ᄒᆡ면목 ᄒᆞ면 울고 ᄯᅩ 한 마리ᄂᆞᆫ 충양의 억ᄀᆡ 안지면 유자심 유자심 ᄒᆞ면 울고 ᄯᅩ ᄒᆞᆫ 마리ᄂᆞᆫ 동춘이 억ᄀᆡ 안지면 소ᄋᆡ자 소ᄋᆡ자 ᄒᆞ면 울고 날아가거ᄂᆞᆯ 그 ᄉᆡ 우름 소ᄅᆡ는 ᄒᆡ면목ᄒᆞᄂᆞᆫ 쓰진 은힝을 입고 항천의 도라간들 무삼 면목으로 낭군을 ᄃᆡ면ᄒᆞᄂᆞᆫ

소릭요 소익자 소익자 ᄒᆞᆫ 소릭는 불상타 춘

〈사십일-뒤〉

양 동춘을 울이지 말고 부듸부듸 잘 이시라 ᄒᆞᆫ 소릭요 쏘 유자심 유자심 ᄒᆞᆫ 소릭는 동춘을 두고 죽ᄂᆞᆫ 인싱 눈을 깜고 가들 못ᄒᆞ는 소릭요 ᄒᆞ더라 그 혼빅은 낭자의 삼호칠빅이라 낭군을 이별ᄒᆞ고 구천의 도라가ᄂᆞᆫ지라 이ᄂᆞᆯ붓틈 낭자 신체가 썩ᄂᆞᆫ 듯ᄒᆞ더라 선군이 엇지 다 이런 변을 기록ᄒᆞ리요 선군이 낭자 신체을 붓들고 통곡 왈 실푸다 춘양아 동춘을 어이 할고 ᄒᆞ면 익밀토다 낭자너 얼골을 어ᄂᆞᆫ 곳익 ᄒᆞᆫ 번 볼고 적막공산 무든 비ᄂᆞᆫ 낭자 얼골 안이신가 소실ᄒᆞᆫ풍 북창문은 낭자 수회

〈사십이-앞〉

안이신가 원수로다 원수로다 과거길이 원수로다 불상ᄒᆞᆫ 목숨 비명의 죽단 말가 영결종친 ᄒᆞ엿시니 어ᄂᆞᆫ날의 만ᄂᆡ볼고 ᄎᆞ라리 나도 죽거 지ᄒᆞ의 도라가서 낭자 얼골 다시 보자 ᄒᆞ고 아모리 싱각ᄒᆞᆫ들 당상 학발 부모 두고 쏘 강보의 씌인 자식 두고 죽을 쓰지 전히 업다 ᄒᆞ고 춘양 동춘을 안고 무수히 통곡ᄒᆞ니 눈에서 피가 나고 일강이 허미ᄒᆞ니 어ᄂᆞᆫ 사람이 서러 안이 ᄒᆞ리 업더라 춘양이 울면 왈 아부임이 이러타시 서러ᄒᆞ시다가 만일 죽사오면 우리ᄂᆞᆫ 엇지 살나 ᄒᆞ신잇가 ᄒᆞ니 동춘이 쏘 울면 왈

〈사십이-뒤〉

아부임이 와 요식에ᄂᆞᆫ 저질 멱어도 빅부러지 안이ᄒᆞᄂᆞᆫ이다 ᄒᆞ면 무수히 울거ᄂᆞᆯ 할임이 춘양 동춘을 보니 가삼이 쌉쌉ᄒᆞ더라 잇씌의 시랑이 그 정상을 보고 묵묵부답이라 할임이 동춘을 업고 춘양의 손을 잡고 덜면 나면 울울ᄒᆞᆫ 심회을 칭양치 못ᄒᆞᆯ네라 춘양이 율면 엿자오되 빈들 오직 곱후시며

목인들 오직 마르릿가 어만임 ᄉᆡᆼ시에 아부임 오시거든 뒤리라 ᄒᆞ시고 ᄇᆡᆨ하
주 두 병의 가득히 ᄎᆡ와 두엇사오니 수리나 잡수시오 어마임이 유언ᄒᆞ신이
다 ᄒᆞ고 옥잔의 술을 가득 부어 들고 권

〈사십삼-앞〉

ᄒᆞ거ᄂᆞᆯ 할임이 술잔을 바다 들고 ᄒᆞᄂᆞᆫ 마리 ᄂᆡ 이 술을 안이 먹을 거시로되
너 어마님 유온ᄒᆞ던 말이 잇다 ᄒᆞ기로 먹노라 ᄒᆞ시고 먹으니 춘양이 울면
왈 어마임 임종시의 날달러 이로되 실푸다 ᄂᆡ 죽기ᄂᆞᆫ 설지 안이ᄒᆞ되 천만
누명을 입고 항천의 도라가니 엇지 눈을 짬무리오 너 붓친 급제ᄒᆞ여 날어오
시거던 이런 말을 자시 ᄒᆞ라 ᄒᆞ고 이붐직ᄒᆞᆫ 도포 업기로 관ᄃᆡᄒᆞ고 도포을
지어 장 안의 장 안의 엿코 관ᄃᆡᄂᆞᆫ 지어 옥암의 여헛시되 과되 양편 억ᄀᆡ의
학수을 놋타가 우편 나ᄅᆡ을

〈사십삼-뒤〉

못다 놋코 이런 변을 당ᄒᆞ니 가련타 ᄒᆞ더이다 ᄒᆞ고 관ᄃᆡ와 도포을 ᄂᆡ여
드리 왈 어마님 수품과 ᄌᆡ조을 보옵소서 ᄒᆞ고 업더저 통곡ᄒᆞ거ᄂᆞᆯ 바다 보니
천상조화요 귀신의 공역이라 오ᄎᆡ가 영용ᄒᆞ거ᄂᆞᆯ 팔사 단금포의 칠사 항문
포단으로 안을 밧치ᄒᆞ엿거ᄂᆞᆯ 할임과 자여드리 일천 간장이 봄눈 녹ᄂᆞᆫ 듯ᄒᆞ
더라 엇지 심정을 쎽히리오 이러구로 십여 일을 지ᄂᆡᄆᆡ 노복을 호령ᄒᆞ여
ᄆᆡᆼ월을 자바ᄂᆡ여 궁문ᄒᆞ라 ᄒᆞ니 노복이 영을 듯고 ᄆᆡᆼ월을 자부러 가니 ᄆᆡᆼ월
이 천지 아

〈사십사-앞〉

득ᄒᆞ여 오ᄂᆞᆫ지라 ᄒᆞᆯ임이 분부ᄒᆞ되 너 죄을 아ᄂᆞᆫ양 죽기기 전의 직고ᄒᆞ라
ᄒᆞᆫᄃᆡ 별장으로 치죄ᄒᆞ니 ᄆᆡᆼ월이 ᄆᆡ을 전ᄃᆡ지 못ᄒᆞ여 전후사을 낫낫치 아르

니 너 말을 드러니 일시도 보기 실타 ᄒᆞ고 직시 처참ᄒᆞ니라 잇ᄯᅴ의 선군이 낭자을 장여ᄒᆞ랴 ᄒᆞ고 노복의겨 절영ᄒᆞ니 이날 밤의 낭자 할임의 몽중의 와 이로되 실푸다 낭군임이 옥석을 발키고 원수을 갑파주시니 구천의 도라가도 은혜을 갑고 눈을 깜무리다 ᄒᆞ고 그러나 바리건된 첩의 신체는 낭군이 친

〈사십사-뒤〉

이 염섭ᄒᆞ여 다론 ᄃᆡ 뭇지 말고 옥연동 가문정을 가서 연못 가운되 무더 주시면 황천 타일의 은혜을 치사ᄒᆞ고 다시 보올 날이 이사오리다 ᄒᆞ거ᄂᆞᆯ 할임이 우다가 ᄭᆡ다련니 남가일몽이라 두세 분 탄식ᄒᆞ고 장사 계고을 ᄎᆞ일 ᄉᆡᆨ 수금치옥으로 ᄉᆡᆼ이을 만들고 각ᄉᆡᆨ 비단으로 자우우을 둘엿시니 강치 찰는ᄒᆞ는지라 삼척 명전의 할임이 친필노 씨되 옥당 할임학사 처 옥는자 정열 직위라 두러시 썻더라 ᄉᆡᆼ이 아퓌 세우고 ᄒᆡᆼ상을 ᄯᅦ우니 일국의 처랑ᄒᆞ

〈사십오-앞〉

더라 졔문 지어 갓차 놋고 발인졔을 파ᄒᆞ고 길을 ᄌᆡ촉ᄒᆞᆫ여 간이 ᄯᅡᆼ에 붓고 요동치 안이ᄒᆞ거ᄂᆞᆯ 일가 만극ᄒᆞ여 ᄇᆡᆨ가지로 ᄀᆡ유ᄒᆞ여도 요불쳔동이라 할임이 실펌을 머금고 춘양 동춘을 말을 ᄐᆡ우고 생이 압ᄑᆡ 셰운이 그졔ᄒᆞ 신쳬 요동ᄒᆞ는지라 소ᄇᆡᆨ산을 올라간이 잇ᄯᅴ ᄯᅢ 춘삼월 호시절이라 ᄇᆡᆨ화은 만발ᄒᆞ고 두목은 참천ᄒᆞᆫᄃᆡ 무심ᄒᆞᆫ ᄇᆡᆨ운은 셕상에 은은ᄒᆞ고 울ᄒᆞᆫ 두겐은 ᄒᆞ쳑에 눈물 ᄉᆡᆨ러 기쳑도을 일삼더라

〈사십오-뒤〉

실푸다 왕손의 방초은 ᄒᆡ마당 청초된이 불상ᄒᆞ다 우리 낭ᄌᆞ 영혼인들 안이 울가 음전ᄒᆞ고 요초ᄒᆞᆫ 우리 낭ᄌᆞ 어난 날에 다시 볼고 적막공산을 나가서

제을 파ᄒᆞ고 이러ᄒᆞᆫ 심산 즁에 첩첩이 쌔잇신이 엇지 다 기록ᄒᆞ리요 힝상을 ᄎᆡᆨ 쪽ᄒᆞ야 옥연동을 다다런니 묘 안에 물이 지피거ᄂᆞᆯ 할임이 천지가 아덕ᄒᆞ거ᄂᆞᆯ 자서이 본이 인ᄒᆞ여 물이 절로 모러 연못 가운ᄃᆡ 셕간이 잇거ᄂᆞᆯ 비상이 여게 안장하엿던이

〈사십육-앞〉

이역ᄒᆞ여 사면으로 운무가 자옥ᄒᆞ면 시각 간의 물이 연못 가온ᄃᆡ 칭일ᄒᆞ거ᄂᆞᆯ 할임이 ᄃᆡ성통곡ᄒᆞ면 물을 힝ᄒᆞ여 무수히 탄식ᄒᆞ고 제문 지여 제ᄒᆞᆯ식 그 제문의 ᄒᆞ엿시되 유세차 모연 모월 모일의 할임 ᄇᆡᆨ선군은 감소고우 옥낭자 실영지하의 제ᄒᆞ노라 오히려 삼ᄉᆡᆼ연분의로 그ᄃᆡ로 만나 원양빗치지낭을 ᄇᆡᆨ연히로ᄒᆞᆯ가 바ᄅᆡᆺ더니 만물이 시게ᄒᆞᆫ가 구신이 시긔ᄒᆞᆫ가 낭자을 더부려 수월을 이별ᄒᆞ여 주야로 잇지 못ᄒᆞ던 중의 낭자 빙설 갓탄 정절을 천만 ᄋᆡᄆᆡᄒᆞᆫ 누명을 당ᄒᆞ엿

〈사십육-뒤〉

시니 엇지 가련치 아니ᄒᆞ리오 ᄋᆡ달다 낭자야 선군을 발리고 구천의 도라가거니와 선군은 어린 자식을 다리고 뉘을 밋고 사리오 실푸다 낭자의 신체을 압동산에ᄂᆞ 무듯든들 무덤이나 □□ 보올 거설 옥체을 물의 엿헤신이 항천 타일의 무삼 면목으로 ᄃᆡ면ᄒᆞ리요 비록 유명은 다르나 구구ᄒᆞᆫ 사정이야 인신들 이질잇가 ᄒᆞᆫ 분 다시 상봉ᄒᆞ기 천만 바ᄅᆡ오니 일ᄇᆡ 첨잔으로 흠강ᄒᆞ옵소서 ᄒᆞ니 노셩벽역이 천지 진동ᄒᆞ더니 운무 자옥ᄒᆞ거ᄂᆞᆯ 이역ᄒᆞ여 물이 갈나지

〈사십칠-앞〉

거ᄂᆞᆯ 자서히 보니 그 가온ᄃᆡ 낭자 ᄎᆡᆨ복 단장의 녹이홍상으로 진주와 월ᄑᆡ을

차고 천사제을 불고 완연이 └오는 거동이 찰└흔지라 호상군이 딕갱질식 흐여 바릭보지 못흐더라 할임이 낭자을 붓들고 딕성통곡흐니 낭자 단순을 반만 여러 일오되 낭군은 실허 마옵소서 첩은 시운이 불결흐여서 천군의 올나가서 옥항상제계 선신흐여 상제 힉고흐시되 도로 날러가 선군과 어린 자식을 다리고 올나오라 흐시믹 천사귀 흔 쌍을 가지고 앗└이다 흐고 씨부 양위게 뵈온딕 시랑

〈사십칠-뒤〉

과 정시 찰괴흐여 길이 망영된 일을 용서흐옵소서 흐거늘 낭자 염용딕왈 이└ 첩이 불민흔 타시옵고 귀신이 시기흐무로 천상에 올나가서 상제계 뵈온딕 힉고흐시되 지하에 나려가서 부모을 하직흐고 낭군과 자식을 다리고 올나오라 흐시기로 낭군과 춘양 동춘을 다리고 가온이 복망 부모임은 만세무량 흐옵소서 흐면 부모 앙위게 흐직흐고 낭자└ 동춘을 안고 할임은 춘양을 안고 무지기을 더우자바 빅운을 히롱흐고 올나가니 운무가 자옥흐면 옥제 소릭

〈사십팔-앞〉

멸니 가니 호싱군이 실식흐여 왕천만 흘 싸롬이라 잇씩의 시랑과 정씨 집으로 도라와 주야로 흔탄만 흐고 세월을 보닉더니 실푸다 시랑 부처 우연이 득병흐여 세상을 이별흐니 일동이 요동흐고 일가이 망극흐더라 잇씩의 선군과 낭자 와 이시나 부모 죽은 줄을 알고 직시 옥하게 수유흐고 낭자└ 빅운연을 타고 할임은 빅옥 계자을 타고 무지기 달이을 놋코 본가로 나려오니 일가 제인이 칭찬 안이 할 이 업더라 직시 예을 갓초와 녹위 원산의 안장흐고 제문 지여 제

〈사십팔-뒤〉

홀식 그 제문의 ᄒᆞ엿시되 유세ᄎᆞ 모연 모월 모일의 불호자 선군은 감소고우 부모 실영지하의 제ᄒᆞ오니 셰상 연분이 지중ᄒᆞ여 옥경의셔 부모 양위 구몰 ᄒᆞ신 줄을 모로옵고 잇삽다가 이제 나려 왓ᄉᆞ온이 죄을 사ᄒᆞ옵소서 연이나 일비쳠작을 올이오니 상행ᄒᆞ옵소서 ᄒᆞ고 구천 타일의 만나 보기을 천만 바리ᄂᆞᆫ니다 할임과 낭자 실피 통곡ᄒᆞ니 산천초목과 비금주수 다 우ᄂᆞᆫ 듯ᄒᆞ 더라 제을 파ᄒᆞ고 집을 도라와 가사을 탈출ᄒᆞ여 본이 여러 십만 금이라

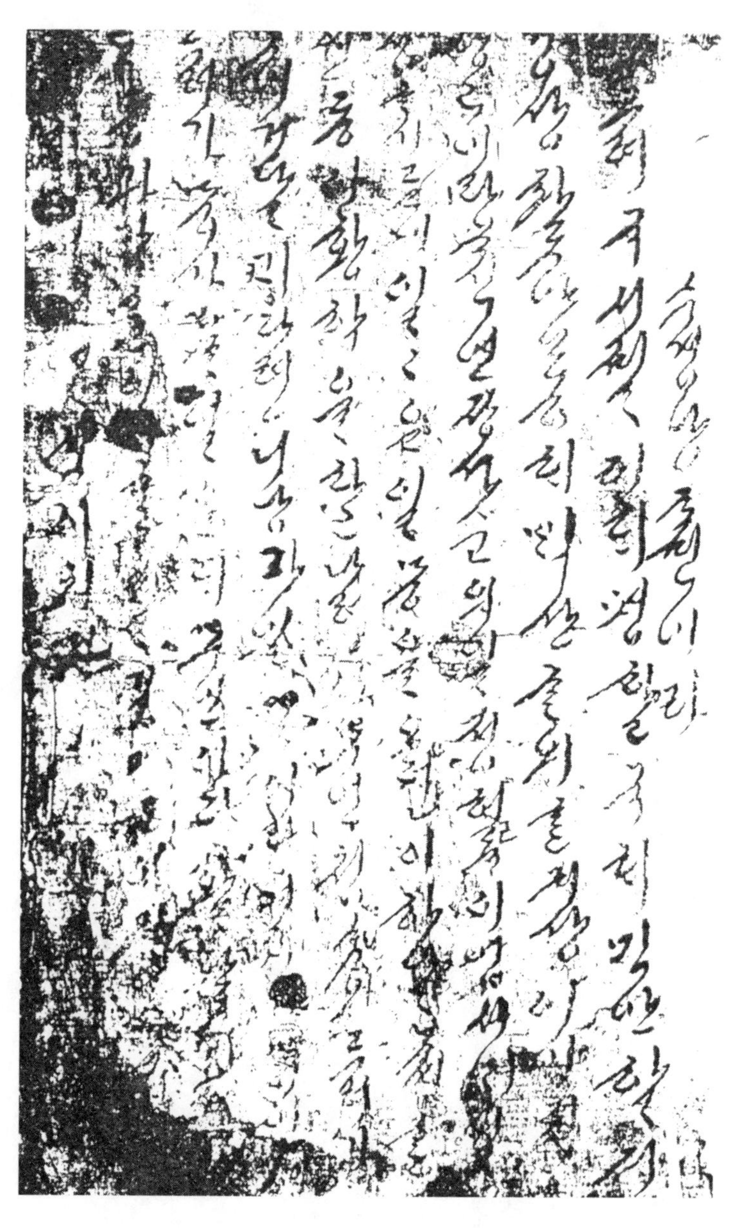

수경낭즈젼이라(조동일 28장본)

〈수경낭즈전이라〉는 총 28장(56면)으로 이루어진 필사본이다. 중간 중간 글씨를 알아볼 수 없을 정도로 상태가 좋지 않고 마지막 장과 그 앞 장은 낙장은 아니지만 훼손이 심해 결말을 알아 볼 수 없을 정도이다. 총 3명의 필사자가 돌아가면서 필사를 하고 있는데, 가장 많은 분량을 담당한 필사자의 글씨가 알아보기 어려워 판독에 많은 어려움이 있다. 시대적 배경은 고려이고, 공간적 배경은 '안동 틱빅산'이며, 작품 서두에 상공에 대한 소개가 없고 기자치성하는 화소 없이 일몽을 얻어 선군을 낳는 것으로 서사가 시작된다. 또한 필사본에 자주 등장하는 낭자의 보물과 선약이 앞부분에 등장하지 않는다. 이 이본은 특이하게 옥연동 못 가운데 장사한 낭자가 큰 굿을 시행하자 재생한다. 재생한 낭자는 부모님께 하직 인사 후 선군과 자녀들과 함께 승천하는데, 마지막 장의 글씨가 뭉개져 자세한 내용을 확인할 수는 없다. 과거급제 후 내려온 선군에게 상공이 임소저와의 정혼을 권유하나 거절하고, 이후에 임소저와 선군의 혼인 화소는 없다. 작품 뒤에 〈정을선전〉 전반부가 필사되어 있다.

출처: 조동일 편, 〈조동일 소장 국문학 연구자료〉 제 10권, 박이정, 1999, 103~158쪽.

〈1-앞〉

□고려국 시졀이 ᄐᆡ평하고 국ᄐᆡ민안할저 경상좌도 안동 ᄐᆡᄇᆡᆨ산ᄒᆞ의 ᄒᆞᆫ 지상이 이□□ 상고이라 우신 연장 서순의 일정 혈육이 업셔 □□ 상ᄒᆞ 시름이 일일은 일몽을 으던이 하□□□ ᄒᆞᆫ□ 동□ 황학을 타고 나려와 부인 첩□□ 드러가 □□거다ᄀᆞ ᄭᆡ다련니 남가일□□□ □□ □□□ 드려가 몽사를 일오ᄃᆡ 그□□ □□□□ □□ 과□□□□□□□□□□ □□□□□ 시□□□□□ □□□

〈1-뒤〉

기 츄운 굴평ᄒᆞ여 귀동ᄌᆞ□□□ □□□□을 이기지 못ᄒᆞ고 그 안히 □□□□ □□□□□□고 거동이 경졀한지라 그 아히 자라나 ᄆᆡ히 □□안이ᄒᆞ여 시셔 ᄇᆡᆨ가을 무불홍달한이 뉘 안이 칭찬하리요 부모 사랑ᄒᆞ야 ᄒᆞᆯ쳐 광문ᄒᆞ든이라 잇ᄯᆡ 옥낭자 쳔정의 류죄ᄒᆞ고 옥연동 젹게ᄒᆞ여 연회로 ᄆᆡ일 션군을 ᄉᆡᆼ각하되 만일 낭군아 타문의 구혼하면 상ᄉᆡᆼ연분이 속졀업시 현사되리로다 하고 이날 밤의 션군의 ᄭᅮᆷ의 와 일로되 낭군은 쳡을 모로시난잇가 쳡은 월궁 션여로셔 요제연

〈2-앞〉

의셔 낭군을 드부려 히롱하다가 상졔계 득죄ᄒᆞ고 우리 양인이 인간의 나려와 이연을 금ᄉᆡᆼ의 ᄆᆡ자든니다련 가문의 졀혼ᄒᆞᆫ다 ᄒᆞ니 아무리 어려올지라도 삼연을 차무시면 삼연을 지ᄂᆡ 휴의 육예을 윰니을 갓초와 ᄇᆡᆨ연을 기약하서이다 지삼 당부ᄒᆞ고 간ᄃᆡ업거날 ᄭᆡ다련니 남가닐몽니라 경신이 황홀ᄒᆞ야 아름다온 얼골리 눈의 셥셥ᄒᆞ고 아람다온 말 소ᄅᆡ 귀ᄋᆡ 경ᄒᆞᆯ니 장부의 구든 간장이 호련이 병이 되야 눈고 이지 못ᄒᆞ니 부모 민망ᄒᆞ여 문 왈 너 병 간장고 □□□□□□□ □□□□□한ᄃᆡ 션군이 ᄃᆡ왈 □□□□□□□□

〈2-뒤〉

천상으로 일 션여 나려와 여ᄎᆞ□□□□□□□□ □슈의 장심ᄒᆞ난니라 부닌 이 왈 너을 나헌니 하날셔 선여 나려와 옥낭ᄌᆞ라 ᄒᆞ고 여ᄎᆞ여ᄎᆞᄒᆞ고 가든이 아모리 하여□ 옥낭ᄌᆞ가 시푸나 ᄉᆞᆱ은 다 현사라 음식을 먹어라 ᄒᆞᆫ이 션군니 왈 ᄯᅩᄒᆞᆫ ᄉᆞᆱ은 다 허사라 ᄒᆞ온들 경영ᄒᆞᆫ 기약이 이선선 자연 부지 못ᄒᆞ리다 ᄒᆞ고 눈물이지 못ᄒᆞᆫ이 낭ᄌᆞ 비록 옥연동의 니시나 낭군 병 셔이을 알고 ᄯᅩᄒᆞᆫ ᄉᆞᆱ으로 ᄒᆞ여곰 션군이게 와셔 이러 되오리 병셔이을 쥬어 왈 하난 불사약이요 하나난 불노초요 ᄒᆞ나난 만ᄆᆡᆼ초온니 부ᄃᆡ 이 상약을 ᄌᆞ시소셔 하거날 ᄭᆡ다은니 발셔 간ᄃᆡ업거날 션군니 ᄆᆡ일 낭ᄌᆞ을 ᄉᆡᆼ각

〈3-앞〉

하여 병니 졈졈 청즁한지라 낭ᄌᆞ ᄉᆡᆼ각ᄒᆞ되 낭군이 병시 지즁ᄒᆞ고 가산이 가난ᄒᆞᆫ니 엇지하여 가산을 으들고 하난 쥴 알고 금동자 한 상 가지고 낭자의 화상을 기릴 품의 품고 와셔 션군 침소의 안지면 쥬어 왈 낭군임 자서난 방의 안쳐두고 이 화상을 보소셔 쳡의 용모온니 쳡과 갓치 보옵소셔 하고 가거날 ᄭᆡ다련이 일몽이라 인하여 금동자을 벽상의 안치고 낭자 화상을 밤이면 덥고 자고 나지면 병풍의 기려두고 보든이 사람마당 이려되 션군의 집의 성불리 잇다 ᄒᆞᆫ이 귀경가자 ᄒᆞ□ □ 금연은 갓초와 드려ᄀᆞ 본이 이러뮤 로 시간이 요부ᄒᆞ□ □□□ 낭ᄌᆞ을 ᄉᆡᆼ각ᄒᆞ여 병이 청즁ᄒᆞ야 □□□□□□□ □□□

〈3-뒤〉

군이 종시 쳡을 엇지 못ᄒᆞᆫ이 고와ᄒᆞ도다 ᄒᆞ고 ᄉᆞᆱ의 외□□□ 낭군 형시 요부ᄒᆞ 여도 쳡만 ᄉᆡᆼ각ᄒᆞᆫ이 위션 ᄃᆡ집 종 ᄆᆡ월을 슈쳥을 사마 울젹ᄒᆞᆫ 마음을 드옵소셔 ᄒᆞ고 간ᄃᆡ업거날 인ᄒᆞ여 ᄆᆡ월을 슈쳥을 사마 서월을 보ᄂᆡ든니 ᄆᆡ월이 비록

틔도 단장흔나 믹일 낭즈을 싱각흔니 더옥 병니 청즁흔지라 옥낭즈 쏘흔 굼의 와 니로딕 낭군이 쳡을 이지 못흔이 쳡을 보려ᄒ시그든 옥연동을 ᄎᄌ옵소셔 ᄒ고 가거날 션군이 씨다른니 눕고 이지 못ᄒ든 몽니 완연이 이려나 부모씌 엿ᄌ오딕 굼의 낭ᄌ 와 이러이러 ᄒ든이라 ᄒ거날 부모 드려 믹 그마려 허망ᄒ나 일변 싱각ᄒ믹 싱광훌지라 션군 ᄒ난딕로 둔

〈4-앞〉

이 션군이 힝장을 차려 옥연동을 ᄎᄌ 가난지라 종일토록 가되 옥연동을 보지 못ᄒ믹 심사 막막ᄒ여 ᄎ츰ᄎ츰 드려가면 사면을 바릭 분이 청청흔 칭앙봉은 좌우의 평풍되고 붕어난 연당의 물길딕로 노라 잇고 청청흔 버덜 가지난 광풍을 못이겨 흔들 흔들 ᄒ난 즁의 황금 갓탄 쐬쏘리난 양유 즁의 왕닉ᄒ고 난만흔 두견식난 화초을 ᄎ람ᄒ고 상거상닉 병나으난 인을 전을 나라들고 광풍을 히롱하고 설피 우난 잘닉비난 이산져산 우려잇고 셕안은 직산ᄒ고 갈길은 드옥 아든ᄒ이 ᄎ□ 드려ᄀ면 바릭든이 맛츰닉 바라분이 그 가온딕 □□

〈4-뒤〉

ᄒ여 종용화각이 반공의 솟난딕 션판의 ᄒ여시□ 옥연동이라 ᄒ여거날 션군이 그지야 심사 딕락ᄒ여 드러ᄀ 당상외 올나간이 흔 션여 칠보단장의 월픽을 ᄎ리고 음용 딕왈 그딕난 엇듯흔 록긱이관딕 감이 낭의 전의 임으로 드러오난요 속속키 나가소셔 ᄒ거날 션군이 싱각ᄒ딕 잇씨을 일허면 닷시 만나지 못ᄒ리다 ᄒ고 경경 드려간이 낭ᄌ난 나을 몰나 보시난잇가 나난 유산긱을 단니난 ᄉ람이라 ᄒ딕 낭ᄌ □서 나려 난처흔거날 션군이 할 길 업서 당의 나려 도라나온니 심사 막막흔지라 그지야 낭ᄌ 셤셤옥수로 빙풍 이지ᄒ고 단순호치을 반만 얼고 말을 ᄒ되

〈5-앞〉

낭군은 가지 마옵고 ᄂᆡ 말 드려보셔 하거날 션군이 올나간이 낭 곤처 안거니 말ᄒᆞ되 낭군은 엇지 그리 지각이 업난잇가 아모리 쳔연을 ᄆᆡ자선들 엇지 인연을 져바리잇가 ᄒᆞ거날 션군이 낭ᄌᆞ을 차려본이 정신이 아른ᄒᆞ여 씌여 드려 낭ᄌᆞ의 손을 잡고 기리든 경을 ᄒᆞ면 회포을 드난지라 잇ᄯᆡ 월셕은 만쳔ᄒᆞ고 아시은 상금이라 낭ᄌᆞ 방의 드려가 원앙청 ᄇᆡ취긍을 좌우의 헌쳐 녹코 낭ᄌᆞ를 □려 젼일 기리든 말을 사사이 셜화ᄒᆞᆫ이 니 날 밤은 고ᄒᆞᆫ 경은 청용도 드난 칼노 비허거든 ᄇᆡ허거나 홍노의 불젼□□ 씨지거든 써지거날 사람 취흠흠은 원앙이 녹슈의 논

〈5-뒤〉

이 난 듯 그 정상을 엇지 다 ᄎᆞᆼ양ᄒᆞ리요 낭ᄌᆞ 왈 낭군 의기의 뇌 몸을 임의 허락 ᄒᆞ여시니 신힝ᄒᆞᄉᆞ이다 ᄒᆞ고 쳥노ᄉᆡ을 모라ᄂᆡ여 션군이 타고 시비ᄂᆞᆫ 좌우의 옹위ᄒᆞ여 션군의 집의 온이 부모 반거온 경은 엇지 다 ᄎᆞᆼ언ᄒᆞ리요 낭ᄌᆞ 부모기 비온ᄃᆡ 상공 부쳐 낭ᄌᆞ을 ᄎᆞ려 보니 쳔ᄒᆞ 졀ᄉᆡᆨ이라 아미ᄂᆞᆫ 츈풍도이의 홍도화 피난 듯 슈즁연화 아ᄎᆞᆷ이실 먹음언 듯 ᄒᆞᆫ지라 낭ᄌᆞ을 위ᄒᆞ야 동별당을 지어 쥬니 원양지낙을 일우기ᄒᆞᆫ이 사랑ᄒᆞᆫ 경과 어엿ᄲᅳᆫ 경은 비할 ᄃᆡ 업더라 션군이 낭ᄌᆞ을 들부려 일서로 써나지 안니ᄒᆞ고 도ᄒᆞᆫ 학업을 젼피ᄒᆞᆫ니 부부 민망ᄒᆞ나 다만 션군 쑨이라 ᄭᅮ짓도 못ᄒᆞ드라 일려그 려 세월이 여루ᄒᆞ

〈6-앞〉

야 ᄌᆞ석 남ᄆᆡ을 나은이 ᄯᆞᆯ의 일홈은 츈앙이요 아달 일홈은 동츈이라 상공니 션군의 부부을 불너 히용 왈 너의 두 ᄉᆞ람은 천상 션관 션여로다 ᄒᆞ며 ᄉᆞ랑 ᄒᆞ시드라 일일은 션군을 불너 왈 ᄂᆡ 드른이 금변 과거 보닌다 ᄒᆞᆫ니 경셩의

올나가 입신양명ᄒᆞ야 일홈을 용문의 올니고 죠션을 빗ᄂᆡ미 엇더ᄒᆞ며 부모기 영화을 보니면 그 안이 조혈손야 ᄒᆞᆫᄃᆡ 션군이 ᄃᆡ왈 우리 시간이 요부ᄒᆞ고 노비 쳔여명이라 이목지소호을 다 할 ᄇᆡ어날 무워시 부죡ᄒᆞ여 졈지을 발리리요 만일 경셩의 올나간들 낭ᄌᆞ로 더부려 두어 달 이별이 될 듯ᄒᆞ온이 거간 ᄉᆞ정이 그 안이 어려울릿가 ᄒᆞ고 낭ᄌᆞ 방의 들려가

〈6-뒤〉

부모임 ᄒᆞ시든 말솜을 ᄒᆞ고 과거 안이 가기을 ᄒᆞᆫᄃᆡ 낭ᄌᆞ ᄃᆡ왈 ᄃᆡ장부 셰ᄉᆞᆼ의 쳐ᄒᆞᆫᄆᆡ 산다온 일홈을 용문의 올나 조션을 빈ᄂᆡ기 ᄒᆞ고 부모 양위 젼의 영화을 보이미 ᄃᆡ장부의 ᄯᅥᆺᄯᅥᆺᄒᆞᆫ ᄇᆡ어날 만일 낭군이 과거의 안니 가시면 부모임 마음이 뷸평ᄒᆞ올 거시오 ᄯᅩᄒᆞᆫ 구죵이 이실 거신이 원망이 다 쳡의계 밋칠 듯 ᄒᆞ온이 아모리 어러올지라도 경셩의 올나가 과거 보고 오시면 그 사이 기리든 졍회을 다 푸올리ᄃᆞ 노복 오육인을 퇵취ᄒᆞ여 과거 길 써나기을 ᄌᆡ촉ᄒᆞ거날 션군이 할 길 업셔 직시 길일을 퇵취ᄒᆞ야 발힝ᄒᆞ실ᄉᆡ 부모 양위 젼의 ᄒᆞ직ᄒᆞ고 낭ᄌᆞ을 도라보머 왈 부모임 뫼시고 어린 ᄌᆞ식을 다리고 시시 무량ᄒᆞ옵소셔 ᄒᆞ고 써날ᄉᆡ ᄒᆞᆫ 거

〈7-앞〉

거렴의 도라보고 두 거렴 도라보고 ᄯᅩ 도라본이 낭ᄌᆞ 그 즁문의 어지ᄒᆞ여 왈 낭군은 철이원정의 평안이 힝ᄎᆞᄒᆞ옵소셔 ᄒᆞ난 소ᄅᆡ 장부의 구든 간장이 다 녹난지라 션군이 이날 종일토록 가되 겨우 삼십 이을 가 슉소을 정ᄒᆞ고 쉬든니 하인이 셕반을 올이거날 션군이 낭ᄌᆞ을 ᄉᆡᆼ각ᄒᆞ여 눈의 보니ᄂᆞᆫ 거시 다 낭ᄌᆞ의 얼골이라 ᄀᆡᆨ창ᄒᆞᆫ동의 잠을 이우지 못ᄒᆞ고 다만 ᄉᆡᆼ각ᄒᆞᆫ이 낭ᄌᆞ 섄이로다 한 번 ᄒᆞᆫ심ᄒᆞ고 두 번 탄석ᄒᆞ다가 이경 말 삼경 초의 ᄒᆞ인이 다 잠들거날 거지야 신발을 도도ᄒᆞ고 집으로 도라와 낭ᄌᆞ 방의 드려 간이 낭ᄌᆞ

ᄃᆡ경 왈 이 짓푼 밤의 엇지 오시난잇고 한ᄃᆡ 션군이 ᄃᆡ왈 오날

〈7-뒤〉

지우 삼십 이을 가 슉쇼을 졍ᄒᆞ고 ᄌᆞ연 낭ᄌᆞ을 ᄉᆡᆼ각ᄒᆞ여 식상을 먹지 못ᄒᆞ미 즁노의셔 혹 병니 날가 ᄒᆞ여 낭ᄌᆞ을 드부여 졍회을 들가 ᄒᆞ노라 ᄒᆞ고 침소의 나아가 졍회을 드난지라 각셜 잇ᄯᆡ 상공이 집안을 살피려 ᄒᆞ고 두로 도라 동별당의 간이 낭ᄌᆞ 방의셔 남졍 소ᄅᆡ 나거날 상공이 ᄉᆡᆼ각하ᄃᆡ ᄂᆡ 집의 단장이 놉고 노비 만ᄒᆞ거날 엇지 위인이 츄립ᄒᆞ리요 위인 소ᄅᆡ을 일번 이섬 ᄒᆞ고 침소을 도라와 잠을 일우지 못ᄒᆞ드라 낭ᄌᆞ 션군을 ᄭᆡ와 왈 션군의 ᄌᆞ취을 부모임이 아려신가 서푸온이 죄칙이 이설가 ᄒᆞ난이라 밧비 슉쇼을 가옵소셔 ᄒᆞᆫ이 션군이 할 길 업셔 슉소로 간이 하인이 잠을

〈8-앞〉

ᄭᆡ지 안이ᄒᆞ여거날 ᄯᅩ 잇튼날 길을 ᄯᅥ날 ᄉᆡ 지우 이십 이을 가 슉쇼을 졍ᄒᆞ고 쉬든이 낭ᄌᆞ을 ᄉᆡᆼ각ᄒᆞ여 ᄯᅩ 집우로 도라와 낭ᄌᆞ 방의 드려간니 낭ᄌᆞ ᄃᆡ경 왈 낭군이 쳡을 종시 잇지 못ᄒᆞ고 밤당 왕ᄅᆡᄒᆞ시다ᄀᆞ 쳔금갓튼 몸이 즁노의셔 혹 병는면 엇지ᄒᆞ려 ᄒᆞ시는잇가 만일 쳡을 잇지 못ᄒᆞ실진ᄃᆡ 쳡이 낭ᄌᆞ 슉소로 가오리다 ᄒᆞᆫ이 션군이 ᄃᆡ왈 낭ᄌᆞ는 주즁여ᄌᆞ로셔 엇지 건 ᄇᆡᆨ 이을 ᄒᆡᆼ보ᄒᆞ리요 ᄒᆞᄃᆡ 낭ᄌᆞ 화상을 쥬어 왈 이 화상은 쳡의 용모온니 빗치 변ᄒᆞ거든 쳡의 편치 못할 쥴 아ᄅᆞ소셔 ᄒᆞ고 셔로 기러든 졍회을 셜화든이 잇ᄯᆡ 상공이 동별당의 간이 낭ᄌᆞ 방의셔 위인이 소ᄅᆡ 분명

〈8-뒤〉

하거날 상공이 사창의 귀울 기우리고 드련이 낭ᄌᆞ 시부모 문박ᄀᆡ 완난 쥴 알고 츈양 동츈을 달ᄂᆡ 왈 너의 아반임은 경셩ᄋᆡ 올나가 과거ᄒᆞ여 영화을

오시리라ᄒᆞ면 ᄋᆡ기을 달ᄂᆡ난 척 하거날 상공이 침소의 도라와 날ᄉᆡ기을 기다리든니 낭ᄌᆞ 션군을 ᄭᆡ와 왈 낭군임의 자취을 부모님이 알려시난가 시푸온나 밥비 가옵소셔 ᄒᆞᆫ니 션군이 할 길 읍셔 몬ᄂᆡ 연연 의의ᄒᆞ다가 ᄯᅥᆯ쳐 이별ᄒᆞ난지라 잇튼날 상공이 낭ᄌᆞ을 불러 문 왈 ᄂᆡ 요ᄉᆞ니 집안이 수상ᄒᆞ여 도적을 살피려 ᄒᆞ고 슌힝을 ᄒᆞ다가 동벌당의 간의 낭ᄌᆞ 방ᄋᆡ셔 남ᄌᆞ 소ᄅᆡ 남ᄆᆡ 그 이리 수상ᄒᆞ도다 무산 일 잇난요 ᄒᆞᄃᆡ 낭ᄌᆞ 엿ᄌᆞ오ᄃᆡ 낭군

〈9-앞〉

이 경셩의 올나가신 후로난 밤이면 섭섭ᄒᆞ와 츈양 동츈과 종 ᄆᆡᆼ월을 더부러 말삼ᄒᆞ여난이다 ᄒᆞ거날 상공이 거리 너거나 일번 이심ᄒᆞ여 ᄆᆡ월을 불너 문 왈 요사이 낭ᄌᆞ 방의 갓든야 ᄒᆞ선ᄃᆡ ᄆᆡ월리 엿좌오ᄃᆡ 소여난 요ᄉᆞ이 신병이 잇ᄉᆞ와 낭ᄌᆞ 방의 간 ᄇᆡ 업난이라 ᄒᆞᆫ니 상공 왈 요ᄉᆞ이 슌힝을 돌고 동별당의 간니 낭ᄌᆞ 방ᄋᆡ서 위인 소ᄅᆡ 밤마다 난이 너 나가 수적ᄒᆞ여 그 놈의 성명을 아라오라 ᄒᆞ신ᄃᆡ ᄆᆡ월이 영을 듯고 나와 슈적을 적키되 위인의 죵적을 보지 못ᄒᆞ고 ᄆᆡ월이 ᄉᆡᆼ각ᄒᆞ되 당초의 션군이 나을 수청을 사마다ᄀᆞ 낭ᄌᆞ와 작별ᄒᆞᆫ 휴로 나을 근 팔연을 도라 보지 안니ᄒᆞ니 나ᄋᆡ 일천간장 다 농난 쥴 뉘라

〈9-뒤〉

셔 아라보리요 ᄂᆡ 잇ᄯᆡ을 당하여선이 낭ᄌᆞ을 모홈ᄒᆞ면 그 안이 ᄉᆡᆼ광ᄒᆞ리요 ᄒᆞ고 금은 슈슈만만 양을 도적ᄒᆞ여 가지고 져의 즁의셔 뉘라셔 ᄂᆡ 말을 드려고 ᄒᆞᆫ이 것 즁 ᄒᆞᆫ 놈 니 이시되 일홈은 돌쉬라 ᄒᆞ난 놈의 키ᄀᆞ 팔척니나 되고 분시 음흉ᄒᆞᆫ 놈이라 ᄆᆡ월이 말을 듯고 젼ᄒᆞᆫ이 ᄆᆡ월이 돌쉬다려 일너 왈 ᄂᆡᄋᆡ 소원이 다람니 안이라 낭ᄌᆞ 일 □□할져 하민이 그ᄃᆡ은 ᄂᆡ 말ᄃᆡ로

ᄒᆞ면 검은 슈천 양을 쥴 거신니 그리ᄒᆞ라 ᄒᆞ고 이 날 밤의 동별당의 가 낭ᄌᆞ 방문 밧기 둘쉬을 안치고 일너 왈 그ᄃᆡ난 이고ᄃᆡ 잇시면 ᄂᆡ 상공의 침소의 가 엿ᄎᆞ엿ᄎᆞᄒᆞ면 분명 상공이 그ᄃᆡ을 자부려 할 거시이 그ᄃᆡ

〈10-앞〉

나 낭ᄌᆞ 방으로 나우난 치ᄒᆞ고 방문을 열고 다라난 치 단장을 넘거 도망ᄒᆞ라 약속을 경ᄒᆞ고 ᄆᆡ월이 상공 침소의 가 엇ᄌᆞ오ᄃᆡ 소여을 동별당ᄋᆡ 수젹ᄒᆞ라 영을 바ᄋᆸ고 주야로 수젹하되 사람을 보지 못ᄒᆞᄋᆸ든이 과연 오날 밤ᄋᆡ 가온직 웃든ᄒᆞᆫ 놈이 키가 팔 쳑이나 되난 놈이 낭ᄌᆞ 방의 드러가 낭ᄌᆞ로 드부려 히롱ᄒᆞ거날 손여 ᄀᆞ ᄉᆞ창의 귀을 기우려 듯ᄉᆞ온니 낭ᄌᆞ 하난 말니 셔방님이 경셩의 올나가사온니 나려 오거든 줘기고 ᄌᆡ물을 도젹ᄒᆞ여 가지고 도망ᄒᆞᄌᆞ ᄒᆞ든이다 ᄒᆞᆫ니 상공이 니 말을 듯고 ᄃᆡ분ᄃᆡ로ᄒᆞ여 칼을 ᄲᆡ여 들고 나난다시 동별당ᄋᆡ 간니 엇든ᄒᆞᆫ 놈이 낭ᄌᆞ 방이셔 나와 단장을 □□

〈10-뒤〉

도망ᄒᆞ거날 상공이 침소의 도라와 분을 이기지 못하야 안자 밤을 ᄉᆡ우든니 이역하여 오경 북소ᄅᆡ 나며 원촌의 기명성니 들니겨날 상공니 노복을 불너서 좌우의 시우고 ᄎᆞ리로 업치고 궁문 왈 ᄂᆡ 집니 원장 놉기로 위인이 출입지 못하그든 너 놈 중의 엇드한 놈니 낭자 방의 간통하난다 분명 느의 놈의 잇실 긋시니 바로 아뢰라 ᄒᆞ고 ᄆᆡ로 치며 븐을 이기지 못허고 호령 왈 낭자을 밧비 잡아 오라 하신ᄃᆡ ᄆᆡ월리 먼져 별당의 드러가 즁문을 쒸다리며 ᄃᆡ호 왈 낭자난 무삼 잠을 이ᄃᆡ지 자난요 ᄃᆡ감임니 자바오시라 하난이다 낭자 놀ᄂᆡ ᄲᆡ다러니 문박긔 요란하거날 문을 열고 본니 남여 노복

〈11-앞〉

이 젼후의 옹위하여그날 낭자 문 왈 느의 등니 무삼 이리 인난닷 한되 월미 되답 왈 낭자난 웃드한 놈을 다리고 잠을 자다가 헌젹니 나타니서 의미한 우리 등을 이닷 궁문하시기하난요 또한 쥭기려 하시니 낭자난 밧비 나가 무죄한 우리 등을 살여 쥬압소서 직촉기 성화 갓거날 낭자 이 말을 듯고 여광여취허여 아모리 할 쥴 몰나며 이러나 온잠을 쏫거며 나와 상공 젼의 엿좌오되 이 집헌 밤에 무삼 일노 노복을 하여곰 자바오라 하시난고 상공니 되로 왈 닉 슈야로 낭자 방문 밧기 순힝하든니 위인 소릭 나기로 닉 젼일 낭자을 불느 무련젹 낭자 답허기을 낭군이 상경하신 후로 밤니면 심심하와 춘양 동춘과 죵 미월을 다리고 담화

〈11-뒤〉

하여다 허기로 그 후외 미월을 불너 무련젹 낭자 방의 간 바 업다 하거날 무삼 연고 잇다 하고 슈야 순힝하든니 오날 밤의 낭자 방의서 위인니 츄입하미 분명하그날 무삼 발명하리요 보지 못한 일리야 엇지 경언허리 낭자 방의 나오난 놈니 웃든 놈이냥 또한 일국 직상가의 위인도 츄입하난 긋도 죄만하그든 항호 닉 목젼의 완연니 닉왕허니 필시 간통니 젹실하도다 잡담 말고 바로 가려쳐 셩명을 알외라 하시니 낭자 눈뮬을 흘이며 왈 아모리 육예을 갓추지 안니 하애신들 이려한 말삼으로 구종하시니 발명 무지로소이다 서서 쥬찰ᄒᆞ옵소셔 닉 날이 비록 인간의 쳔ᄒᆞᆫ 빅 되여시나

〈12-앞〉

빅옥갓탄 경졀 로셔 엇지 위닌을 되ᄒᆞ면 또ᄒᆞᆫ 열여는 불경이부라ᄒᆞ여신니 엇지 위인을 간통ᄒᆞ오리갓 쥭어도 무죄ᄒᆞ온니다 ᄒᆞᆫ니 상공이 더옥 되로ᄒᆞ여 노복을 호령 왈 낭ᄌᆞ 결박나잉ᄒᆞ라 ᄒᆞ선이 창두 영을 듯고 일시의 고흠ᄒᆞ

고 달여드려 낭즈의 두 팔을 즈바 결박ᄒᆞ여 상공젼의 ᄭᅮᆯ인ᄃᆡ 상공이 ᄃᆡ질 왈 너 죄는 만사무식일로다 잠담 말고 간통ᄒᆞᆫ 놈을 □□ 알외라 ᄒᆞ시며 큰 ᄆᆡ로 힁장ᄒᆞᆫ이 낭즈의 월셕갓탄 두 귀몃히 흘르난이 눈물이요 옥셕갓ᄒᆞᆫ 팔다리 난 소사난이 유혈이라 낭즈 혼미한 즁의 지우 경신을 진졍치 못ᄒᆞ엿든니 겨우 경신을 진졍ᄒᆞ여 엿죄오ᄃᆡ 낭군이 쳡을 잇지 못ᄒᆞ엇 발힁ᄒᆞ든 날 지우□□

<12-뒤>

이을 가 슉소을 졍ᄒᆞ고 왓삽든이 ᄯᅩ 잇튼날 밤의 왓삽기로 쳡이 어련니 □□건의 부모님 알려시면 죄칙니 니설ᄀᆞ 염여ᄒᆞ와 잣취을 감추와 보ᄂᆡ옵고 실상을 엿줍지 못ᄒᆞ여든니 인간이 시기ᄒᆞᆫ지 귀신이 작히한지 니련 누명을 입어 사경의 이려ᄉᆞ온니 무슴 면목으로 발명ᄒᆞ오릿가 ᄒᆞᆫ니 상공니 더옥 ᄃᆡ로ᄒᆞ여 집장ᄒᆞᆫ 종을 고찰ᄒᆞ여 왈 너 종시 기망ᄒᆞ난야 ᄒᆞ신이 낭즈 할 길 업셔 ᄒᆞ날을 우려 □ 왈 소소ᄒᆞᆫ 명쳔님아 ᄒᆞ감ᄒᆞ옵소셔 ᄒᆞ며 통곡ᄒᆞᆫ이 시모 졍시 낭즈의 통곡ᄒᆞ난 거동을 보고 상공젼의 고 왈 낭즈난 무삼 죄 엇건ᄃᆡ 이ᄃᆡ지 염영ᄒᆞ시난잇가 상공은 살피지 못ᄒᆞ고 ᄇᆡᆨ옥갓ᄒᆞᆫ 낭즈을 엄히으로 박ᄃᆡᄒᆞ시니 엇지 휴환니 엄시리오 ᄒᆞ고 셔□나려 왈 낭즈

<13-앞>

의 기 낫흘 ᄒᆞᆫᄐᆡ 다이고 일너 왈 늘건 부모 망영되물 허물치 말나 너의 졍졀은 ᄂᆡ의 아난 ᄇᆡ라 별당의 갓셔 욕된 마암을 □나ᄒᆞ시니 낭즈 답 왈 ᄂᆡ 엇지 이런 누명을 입고 살기을 웃지 바리잇ᄀᆞ 쥭고져 ᄒᆞ난니다 ᄒᆞ고 손으로 옥잠을 ᄲᆡ여 쥐고 ᄒᆞ날을 우러러 비러 왈 소소명명ᄒᆞᆫ 일월은 이러ᄒᆞᆫ 누명을 발키쥬옵소셔 만일 위닌을 ᄃᆡᄒᆞ여거든 이 옥잠이 ᄂᆡ 가삼의 박키고 만일 ᄋᆡᄆᆡᄒᆞ그든 이 옥잠니 셤돌의 박키쥬옵소셔 ᄒᆞ고 옥잠을 ᄲᆡ여

공즁ᄋᆡ ᄯᅳᆫ지고 업피져 기절ᄒᆞᆫ니 니ᄋᆡᆨ고 옥잠이 나려와 셤돌의 사모 박히거 날 거지야 일ᄀᆞ 노복니 일이시의 달여드러 일려 안치고 상공니 비려 왈 낭ᄌᆞ난 실허마오 늘건 몸이 망영되물 셔럼마라 낭ᄌᆞ 너분 소건으로 ᄉᆡᆼ각ᄒᆞ 와 안심ᄒᆞ

〈13-뒤〉

라 ᄒᆞ□ 낭ᄌᆞ 왈 나난 시상을 바리고져 ᄒᆞ난니라 ᄒᆞᆫ이 상공이 닷시 비러 왈 남녀 간의 ᄒᆞᆫ반 뉴명은 인간의 상사라 엇지 이ᄃᆡ도록 ᄒᆞ시난양 낭ᄌᆞ 왈 ᄂᆡ 아모리 ᄉᆡᆼ각ᄒᆞ여도 죽어 발명코져 ᄒᆞ나이다 ᄒᆞᆫᄃᆡ 상공니 낙안ᄒᆞ여 아무 말도 못ᄒᆞ드라 낭ᄌᆞ 시모 정시을 붓들고 왈 날 갓탄 기지이 이런 누명을 입고 엇지 살기을 바라 안심ᄒᆞ리요 ᄃᆡ셩통곡ᄒᆞᆫ이 시모 그 거동을 보고 상공을 도라보아 왈 ᄇᆡᆨ옥갓ᄒᆞᆫ 낭ᄌᆞ을 일조의 드려온 음ᄒᆡᆼ을 도라보ᄂᆡ니 그 안니 원호코 답답한 이리 어ᄃᆡ 이시리요 ᄒᆞ고 만일 낭ᄌᆞ 죽은 후□ 션군니 나려오면 결단코 죽을 거시니 니 일을 엇지 할고 무슈니 실허ᄒᆞᆫ니 츈양 동츈이 낭ᄌᆞ의 쳐마을 붓들고 울며 왈 엄마님아

〈14-앞〉

엄마님아 죽지마오 죽지마오 지발 득분 죽지 마오 어린 동츈을 어니 살라 ᄒᆞ신잇ᄀᆞ 아만님 나려오시거든 일은 셜원 사정 셜화ᄒᆞ고 죽거난 살거나 ᄒᆞ옵소셔 ᄒᆞ면 ᄯᅩᄒᆞᆫ 어련 동츈이 졋먹고져 우난이라 방ᄋᆡ 드러가 동츈이 졋지나 먹이소셔 만일 엄마님이 죽사오면 우리 남ᄆᆡ을 어지ᄒᆞ여 살라ᄒᆞ오 츈양이 엄무 손을 잡고 드러ᄀᆞᄌᆞ 드러ᄀᆞᄌᆞ ᄒᆞᆫ니 낭ᄌᆞ 마지못ᄒᆞ여방ᄋᆡ 방ᄋᆡ 드려가 츈양을 졋히 안치고 동츈을 안고 졋질 먹이면 눈물을 흘여 옷지설 젹시면 온갓 이복을 ᄂᆡ여 놋코 츈양을 어로 만지면 왈 설푸다 죽기난 셜지 안안니ᄒᆞ되 너 아반님을 쳘 니 박글 이별ᄒᆞ고 오날날 나 쥬난 거동 보지

못ᄒᆞᆫ니 ᄂᆡ어 심사 들 ᄃᆡ 업다 가련타 춘양아 이 부ᄎᆡᆨ은 쳔ᄒᆞ의

〈14-뒤〉

업난 보ᄇᆡ라 치우면 드운 바람 나고 드우면 치운 바람니 난이 부ᄃᆡ 부ᄃᆡ 집피 간슈ᄒᆞ여닷가 동츈니 장셩ᄒᆞ거든 쥬라 ᄒᆞ고 ᄎᆡᆨ복 단장과 벼단 이복을 ᄂᆡ여 놋코 왈 이거선 간슈ᄒᆡ여다가 이부라 ᄒᆞ고 불상한 츈양아 내 쥭은 후의 어련 동츈을 엇지ᄒᆞᆯ고 목마리다 ᄒᆞ거든 물을 먹이고 ᄇᆡ고푸다 ᄒᆞ거든 밥을 먹기고 울거든 업우먼 안아 달ᄂᆡ면 눈을 흘거 보지 말고 다리고 잘 이시라 ᄒᆞ고 낭ᄌᆞ 동츈을 어니할고 답답고 가련ᄒᆞ다 츄양이 뉘을 엇지ᄒᆞ여 살고 ᄒᆞ면 눈물리 비오듯 ᄒᆞᆫ이 츈양이 ᄋᆡ걸 왈 우리을 귀거ᄋᆡ 엇지ᄒᆞ여 살라하신잇가 엄마님 엄마님아 엇지 이런 말숨을 ᄒᆞ시난니가 하며 엄

〈15-앞〉

미을 붓들고 통곡ᄒᆞ다가 츈양니 홀련니 잠니 들거날 낭ᄌᆞ 막막한 심사와 원통ᄒᆞᆫ 분기을 이기지 못ᄒᆞ여 아모리 ᄉᆡᆼ각ᄒᆞ여도 ᄂᆡ 몸니 구천ᄋᆡ 도라가셔 이련 누명을 시치미 올토다 ᄒᆞ고 불명이 아히 잠을 ᄭᆡ며 죽지 못ᄒᆞ리로다 ᄒᆞ고 츈양 동츈을 어로만지면 왈 불상ᄒᆞ다 츈양아 가련ᄒᆞ다 동츈아 부ᄃᆡ부 ᄃᆡ 조히 이시라 ᄒᆞ고 원앙침 도도비고 은중도 더난 칼노 셤셤옥슈 덥셕 자바 가삼을 지런니 청천월셕니 며치업고 산쳔니 암암ᄒᆞᄃᆡ 쳔동소ᄅᆡ 츈양 이 ᄭᆡ다은니 공중의 풍우 참참ᄒᆞ고 옥갓한 가삼ᄋᆡ 쇱피난이 옥장도요 허려 난니 유혈이라 츈양이가 차목ᄒᆞᆫ 거동을 보고 ᄃᆡ경절ᄉᆡᆨᄒᆞ여 칼을 ᄲᆡ려ᄒᆞᆫ니 ᄲᆡ지지 안이ᄒᆞ거날 츈□□

〈15-뒤〉

츈을 ᄭᆡ와 다리고 엄무 선치을 헌들며 ᄋᆡ통하여 왈 엄만임아 우리드러을

다리 가옵소셔 하며 통곡ᄒᆞᆫ니 ᄋᆡ연ᄒᆞᆫ 우름 소리ᄋᆡ 상공과 일가노복니 일시ᄋᆡ 도라온니 낭ᄌᆞ 칼을 쏩고 누어거날 창황 즁ᄋᆡ 칼을 ᄊᆡ려 ᄒᆞᆫ이 원혼이 ᄃᆡ여 쎄이지 안니하거날 상공과 노복이 아모리 ᄒᆞᆯ 쥴 모로드라 동츈이난 엄모 신치 죽은 쥴 모로고 달여드러 졋질 멱어러 ᄒᆞᆫ니 츈양이 동츈을 달ᄂᆡ여 왈 엄마님이 잠을 ᄊᆡ거든 졋질 먹으라 ᄒᆞ고 츈앙니 시시ᄊᆡᆨᄊᆡᆨ로 엄무신치을 헌듈면 왈 엄마님아 엄마님아 이러낫소 이러낫소 날 발ᄀᆞ소 잠을 ᄊᆡ오 이려나소 이려나소 동츈이 졋 먹잣고 울고 업어도 안이듯고 안나도 안니듯고 엄마 ᄃᆞ만 극려□이라 밥을 쥬

〈16-앞〉

어도 안이 멱고 물을 쥬어도 안니 먹고 졋만 먹ᄌᆞ고 ᄒᆞ난니라 ᄒᆞ고 츈양니 동츈과 셔로 울면 왈 우리도 죽어셔 엄만님과 ᄒᆞᆫ가지 가자 ᄒᆞ면 우난 양은 ᄎᆞᆷ아 보지 못ᄒᆞᆯᄂᆡ라 아모리 철셕갓탄 간장닌들 뉘 안니 우 리 업드라 그러구루 시오일이 지ᄂᆡ시되 신치 마려지 안니ᄒᆞ난지ᄅᆞ 상공이 ᄉᆡᆼ각ᄒᆞ되 낭ᄌᆞ 이졔 죽어신니 만일 션군이 나려와 낭ᄌᆞ 가삼ᄋᆡ 칼을 보면 분명 우리 □□하여 원통이 죽은 쥴 알거신이 션군이 보지 안ᄒᆡ여셔 낭ᄌᆞ 신치을 감츄미 올토다 ᄒᆞ고 상공이 방ᄋᆡ 드려가 염을 ᄒᆞ려ᄒᆞᆫ이 신치 요동치 안이ᄒᆞ거날 상공이 닐ᄀᆞ 노복을 다리고 아무리 ᄒᆞᆯ 쥰 무□드라 각셜이라 잇ᄊᆡ 션군이 경셩의 올나 슈일 만의 과거 날을 당□□

〈16-뒤〉

여 장즁의 의올 갓초와 가지고 장즁ᄋᆡ 드러간니 ᄒᆞ지을 거려시되 도강의셔라 ᄒᆞ여거날 션군이 서지을 펴여노코 일필휘지ᄒᆞ여 션장의 맛치고 나온니라 이젹ᄋᆡ 황지 션군ᄋᆡ 글올 보고 ᄃᆡ찬 왈 이 글을 보니 혹마ᄃᆞᆼ 쥬옥이요 귀귀 마당 ᄆᆡ졈이라 이 션ᄇᆡ난 진실노 설홍ᄒᆞᆫ 사람이라 하시고 당시 실ᄂᆡ을

청ᄒᆞᆫ니 두시 변 진퇴ᄒᆞ 휴ᄋᆡ 할님을 지슈 ᄒᆞ시고 쏘한 학사을 ᄒᆞ여겨날 션군이 쳔은을 츅슈ᄒᆞ고 짓시 노복으로 ᄒᆞ여금 부모 양외와 낭ᄌᆞ게 편지을 드려니 상공이 ᄢᅧ여 본니 그 글ᄋᆡ 하여시되 부모님 강관ᄒᆞ옵시무로 금번ᄋᆡ 장원 급지ᄒᆞ여ᄉᆞ온니 도문일ᄌᆞ난 금월 ᄆᆡᆼ일이온니 도문거조나 착실이 차리소셔 ᄒᆞ여드라 낭ᄌᆞ거 온 편지난 부인니 바다들고 츈양을 불너 왈 이 편지난 너ᄋᆡ

〈17-앞〉

기 온 편지라 가져다가 간슈ᄒᆞ여라 ᄒᆞᆫ니 츈양이 그 편지을 ᄇᆞ다가지고 동츈을 다리고 방ᄋᆡ 들어가 엄무 신치을 흔들면 ᄂᆞᆺ흘 한틔 다이고 편지을 피여 들고 호천 통곡 왈 이러나소 이러나소 아반님 급지ᄒᆞᆫ 편지 왓ᄉᆞ온니다 반기이려 나지 안니ᄒᆞ시난잇ᄀᆞ 아반님 금번 장원 급지ᄒᆞ하여 ᄒᆞᆯ님학사ᄒᆞ여난니다 엄만님 젼ᄋᆡ 편지을 조와ᄒᆞ시든이 아반님 편지 와ᄉᆞ온ᄃᆡ 반기지 안니ᄒᆞ시난잇가 츈양은 글을 몰나와 엄만님 젼ᄋᆡ 편지 사연을 고ᄒᆞ지 못□□ᄒᆞ여이다 ᄒᆞ고 조모님기 비러 왈 조모님은 엄무 영혼 젼ᄋᆡ 편지 사연을 이너시면 엄무 선영이라도 감동할가 ᄒᆞ난니라 ᄒᆞ면 ᄋᆡ글ᄒᆞᆫ니 정시 마지못ᄒᆞ여 편지 사연은 본니 그셔ᄋᆡ ᄒᆞ여시되 문안 잠간 젹ᄉᆞ오면 □□□□□□□□□

〈17-뒤〉

치난이다 우리 양닌의 틱산 갓한 뎡이 철이ᄋᆡ 갈여신니 낭ᄌᆞ 마□□엄은 눈ᄋᆡ 삼삼하면 지ᄋᆡ 경경ᄒᆞᆫ니 구구ᄒᆞᆫ 졍은 일펼노 난기로 ᄒᆞ리ᄃᆡ 화상이 날노 빗치 면히간니 아지 못커라 무산 명이 드러나지 알고져 ᄒᆞ여 쥬야 서망ᄒᆞ오다 낭ᄌᆞᄋᆡ 경권하므로 □면ᄒᆞ여 할님학사ᄋᆡ 뭇니 영괴ᄒᆞ여 나려오난니 도문일ᄌᆞ난 검월 삼일리온니 그리 알고 □ᄃᆡ 낭ᄌᆞ난 쳔금갓타 몸을 안□ᄒᆞ여 ᄂᆡᄂᆡ 무량 ᄒᆞ옵소셔 ᄒᆞ여드라 보기을 다ᄒᆞ미 마음이 여광여취ᄒᆞ

여 츈양 동츈을 여루만지며 실펴 통곡ᄒᆞ니 그 쳐량ᄒᆞᆫ 마음을 차마 보지 못할너라 젹시 나와 상공 젼의 일너 왈 션군의 편지 사연이 여ᄎᆞᄒᆞ고 낭ᄌᆞ을 잇지 못ᄒᆞ여 죽을 더ᄒᆞ여시니 □□

〈18-앞〉

니 나려와 낭ᄌᆞ의 죽엄은 부면 졀당코 죽을 거신이 이 일을 엇지ᄒᆞᆯ고 ᄒᆞᆫ니 상공이 ᄃᆡ왈 ᄂᆡ ᄉᆡᆼ각ᄒᆞᆫ니 조헌 못칙이 이신이 부인은 염여마옵소셔 ᄒᆞ고 직시 노복을 불너 일너 왈 할님이 나려와 낭ᄌᆞ 죽엄을 보면 결당코 죽을 거신니 너 각각 ᄉᆡᆼ각ᄒᆞ여 보라 ᄒᆞ신니 그 즁의 눌건 종니 엿ᄌᆞ오ᄃᆡ 소인이 겨연의 학님을 모시고 이진사ᄃᆡᆨ의 가온시닌이 무슈이 모와난ᄃᆡ 치인 장송 □□ 옥갓한 낭ᄌᆞ 나온이 할님이 그 쳐자을 보고 쳔ᄒᆞ졀ᄉᆡᆨ이라고 ᄉᆞ람 마당 뭇사오면 몬ᄂᆡ 사랑ᄒᆞ시든니다 엇지 거 ᄃᆡᆨ의 구혼ᄒᆞ오면 좃혓덧ᄒᆞ오니다 □□ 이진사 ᄶᅵᆨ은 나려오시난 길리온니 연소ᄒᆞᆫ 마음의 신경이 가덕ᄒᆞ면 구졍을 이질가 ᄒᆞ난니다 ᄒᆞ니 상공이 ᄃᆡ히ᄒᆞ여 왈 □□□□□□□□

〈18-뒤〉

하시고 직시 발힝ᄒᆞ여 이진사 ᄶᅵᆨ의 간니 이진사 영졉ᄒᆞ여 왈 엇지 이 뉴지의 오시난잇가 ᄒᆞᆫ니 상공이 ᄃᆡ왈 ᄌᆞ식 션군이 옥낭ᄌᆞ와 인연이 지즁ᄒᆞ든니 낭ᄌᆞ 모월 모일의 죽여신니 가운이 불힝ᄒᆞ야 이련 변을 당ᄒᆞ여시나 ᄌᆞ식을 경셩의 보ᄂᆡ든이 금변 과거의 요힝을 참□하여 할님흑ᄉᆞ을 ᄒᆞ여다 기별ᄒᆞ여난니다 다렴 안이라 말슴ᄒᆞ기 어려우나 혼쳔 광문ᄒᆞ니 진사ᄶᅵᆨ 아름다온 낭ᄌᆞ 잇다 ᄒᆞ긔 구혼고져 하여 염치을 불고ᄒᆞ고 왓난니라 엇지ᄒᆞ오리갓 진사난 허라ᄒᆞ옵소셔 ᄒᆞᆫᄃᆡ 진사 ᄃᆡ왈 젼언의 ᄒᆞᆫ 번 낭ᄌᆞ을 본니 진시노 월궁션여라 ᄂᆡ 여ᄌᆞ식과 옥낭ᄌᆞ와 빈ᄒᆞ져ᄃᆡ ᄂᆡ의 여식은 구람 속의 만월이

〈19-앞〉

요 옥낭ᄌᆞ은 츌천 단워이라 만일 경셩이 허라ᄒᆞ엿다가 ᄂᆡ□과 가지 못ᄒᆞ면 ᄂᆡ ᄋᆡ 여식만 바릴 거신이 그 안니 ᄒᆞᆫ심ᄒᆞ릿가 ᄒᆞ며 지삼 ᄉᆞ양ᄒᆞ다가 마지 못ᄒᆞ여 허ᄅᆞᆨᄒᆞ여 왈 한님 갓ᄒᆞᆫ 사회을 졍ᄒᆞ면 엇지 길겹지 안이ᄒᆞ리요 상공이 ᄃᆡ히ᄒᆞ여 왈 셩군이 금월 망일노 진사씌 문젼으로 지ᄂᆞᆯ 거신니 그 날노 히찰ᄒᆞ사니다 약속ᄒᆞ고 집ᄋᆡ 도라와 남□을 보ᄂᆡ고 션군 오기을 기다려드라 ○ 각셜이라 잇씌 할님 나리오난지라 손ᄋᆡ ᄇᆡᆨ옥호을 들고 ᄇᆡᆨ호만ᄋᆡ 금안을 지어 타고 청ᄀᆡ을 반공ᄋᆡ □펴□우고 화동을 상상이 셔우고 쥰마로 나려 온니 일힝은 심니을 버려난ᄃᆡ 제□□난 월문ᄋᆡ 숫일 청운 박슐ᄋᆡ 부려난니 실ᄂᆡ도라 한님□□

〈19-뒤〉

난 좌우ᄋᆡ 옹위ᄒᆞ여 난즁ᄋᆡ 이원신원이 청쥰마상ᄋᆡ 드려시 안ᄌᆞ신이 풍치 넘넘ᄒᆞ고 위염이 엄슈ᄒᆞ드라 귀경ᄒᆞ난 사람니 뉘 안니 칭찬ᄒᆞ리요 그려그로 일일은 ᄒᆞᆫ 쥬점ᄋᆡ 슈든니 호련이 우든니 벼몽간ᄋᆡ 낭ᄌᆞ 유혈을 흘니면 졋히 안ᄌᆞ 눈물을 훈여 왈 쳡으 신윤이 불힝ᄒᆞ여 시상을 바리고 황천ᄀᆡᆨ이 되여ᄉᆞ온니 젼의 시부모님게 낭군ᄋᆡ 편지 ᄉᆞ연을 듯사오니 금번 장원급지ᄒᆞ여 할님혹사가 징ᄒᆞ여 기신다 ᄒᆞ옵니 아뮤리 쥭은 혼ᄇᆡᆨ인들 마음이 기로ᄒᆞ와 이곳가지 왓삽난이다 실푸다 낭군니 영화로 오시되 남과 ᄀᆞᆺ지 못ᄒᆞᆫ이 이련 ᄋᆡ달ᄒᆞᆫ 닐이 어ᄃᆡ 이시리요 실푸ᄃᆞ 낭군임니 츈양을 어니ᄒᆞ면

〈20-앞〉

의근 동츈을 어니할고 ᄒᆞ면 쳡ᄋᆡ 몸니 슈쳑ᄒᆞ와ᄉᆞ온이 쳡ᄋᆡ 몸니나 만져 쥬옵소셔 하며 한심짓고 낙누하기을 마지안니ᄒᆞ거날 낭자을 안고 가삼을 만져 보니 엣 업든 칼리 쏩피거날 놀나 ᄁᆡ다려니 평ᄉᆡᆼ 잇지 못할 혼몽이라

하고 리러 안거니 오경 북소ᄅᆡ 들니거날 하인을 불너 길을 ᄌᆡ촉허여 길을 쓰나 쥬야로 나려오난지라 ○ 각셜 잇ᄯᆡ의 상공니 길일을 당하여 임진사ᄃᆡᆨ에 와서 할임 오기을 기다리든니 이역고 할임니 오난지라 그 오난 거동이야 엇지 다 성언허리요 할임니 상공게 현알허니 상공니 못ᄂᆡ 와답하시며 혼

〈20-뒤〉

련 니로ᄃᆡ 너 이ᄌᆡ 급지하여 나려온니 길급기 칭양업다 하시고 왈 ᄂᆡ 일젼의 싱각하니 네 벼살리 옥당 할임의 겨하며 얼골리 관옥갓고 흉최 거록하니 장부 세상외 처ᄒᆞ여 오니 한 낭자로 세월을 보ᄂᆡ리요 요사이의 혼쳐 광문한즉 임진사 ᄃᆡᆨ의 낭자 잇시되 천하 절ᄉᆡᆨ이라 하뫼 일젼의 진사와 언약을 정하여시니 너 마음의 엇드한양 ᄒᆞ시니 선군 ᄃᆡ왈 간밤의 일몽 으드니 낭자 옥혈을 혈니며 졋ᄐᆡ 보니 오니 무삼 일인지 알지 못허ᄋᆞᆸ고 ᄯᅩ 낭자 언약기 지즁허온니 집ᄋᆡ 도라가 낭자 말을 듯고 허낙허오리다 하고 질을 ᄌᆡ

〈21-앞〉

촉ᄒᆞᆫ니 상공이 말머리을 붓들고 만단으로 ᄀᆡ유ᄒᆞ여 왈 인은 인간ᄃᆡ사라 부모 구혼ᄒᆞ여 윤이올 가초지 안니히여도 영화을 ᄉᆡᆼ전의 보니미 ᄌᆞ식의 도리라 너□고 집ᄋᆡ로 히면 진사 ᄯᆡ 낭자난 일시이 가련ᄒᆞᆫ니 양반ᄋᆡ 힝시이 안니라 ᄒᆞ신ᄃᆡ 할임이 멱멱부답ᄒᆞ고 질만 ᄌᆡ촉ᄒᆞ거날 상공니 할 길 업셔 말을 타고 뒤을 ᄯᆞ라가 집 압ᄑᆡ 다날나 상공이 션군의 말머리을 붓들고 낙누 왈 너 상경ᄒᆞᆫ 후의 낭ᄌᆞ 방ᄋᆡ셔 위인ᄋᆡ 소ᄅᆡ 나거날 낭ᄌᆞ을 불너 무런직 너 왓서 단여 갓다 말을 안니ᄒᆞ고 ᄆᆡ월을 더부러 노라다 하기로 그 후ᄋᆡ ᄆᆡ월을 불너 무런직 낭ᄌᆞ 방ᄋᆡ 간

〈21-뒤〉

빅 업다 ᄒᆞ거날 부모 사렴된지라 그 이리 가장 고이하여 □□간 경기ᄒᆞ여든 이 낭ᄌᆞ가 모월 모일의 엿ᄎᆞ엿ᄎᆞᄒᆞ여신니 답답한 일이 어ᄃᆡ 이시리요 ᄒᆞ신ᄃᆡ 할님이 이 말을 듯고 칙고 왈 아반임은 나올 임진사ᄯᅢᆨ의 장ᄀᆡ 들나 ᄒᆞ시고 쉬기난 말ᄉᆞᆷ인잇가 진실노 그려ᄒᆞ여잇가 여광여취ᄒᆞ여 졍신이 업난지라 즁문의 드려간니 이연ᄒᆞᆫ 곡셩소ᄅᆡ 드려오거날 놀ᄂᆡ 급피 드려간이 셤돌의 오잠이 박키거날 할님이 옥잠을 빅여들고 낙누 왈 무정ᄒᆞᆫ 옥잠으 마조나와 반기난ᄃᆡ 유졍ᄒᆞᆫ 낭ᄌᆞ는 엇지 나을 반가ᄒᆞᆯ 쥴 모로난고 ᄒᆞ고 ᄃᆡ셩통곡ᄒᆞ여 질을 분별치 못ᄒᆞ고 드려근이 츈양이 엄무

〈22-앞〉

신체을 흔들며 이러나소 어마님아 니러나소 아바님 오시나이다 ᄒᆞ며 할님을 붓들고 울며 왈 아바님은 어마님 쥭어시니 우리를 엇지ᄒᆞ랴 ᄒᆞ신잇싸 동츈이 젓먹ᄌᆞ ᄒᆞ고 어마님 신체을 안고 우ᄂᆞ이다 ᄒᆞ거ᄂᆞᆯ 할님이 츈양 동츈의 경샹도 불샹 ᄌᆞ잉 ᄒᆞ련이와 낭ᄌᆞ의 시신을 안고 궁글며 통곡ᄒᆞ다가 신체을 벗기니 가삼의 칼을 솝고 누워거ᄂᆞᆯ 할님이 부모을 도라보며 왈 아모리 무심한둘 니젹지 칼도 안니 쎅시잇가 ᄒᆞ고 칼을 쎅니 칼 빅히던 궁긔서 청조 셰 마리 나라ᄂᆞ와 한 마리ᄂᆞᆫ 할님 엇ᄭᅦ 안ᄌᆞ 하면 하면 하며 울고 ᄯᅩ 한 마리는 츈양의 엇ᄭᅦ 안ᄌᆞ 두즘시 두즘시ᄒᆞ며 울고 ᄯᅩ ᄒᆞᆫ 마리ᄂᆞᆫ 동츈 엇ᄭᅦ 안자 □□

〈22-뒤〉

ᄌᆞ 소의ᄌᆞ ᄒᆞ며 울거ᄂᆞᆯ 그 ᄉᆡ소ᄅᆡ 드라니 ᄒᆞ면목은 음힝을 닙고 무산 면목으로 낭군을 다시 ᄃᆡᄌᆞ리요 우잠심은 어린 거슬 두고 쥭으니 눈울 깜지 못ᄒᆞᆯ니라 ᄒᆞᄂᆞᆫ 쇼ᄅᆡ요 소의ᄌᆞ 소의ᄌᆞ ᄒᆞᄂᆞᆫ 거ᄉᆞᆫ 츈양 동츈이을 잇지 말고 부□□

조히 니시라 ᄒᆞᄂᆞᆫ 소ᄅᆡ라 그 청조 세 마리ᄂᆞᆫ 낭ᄌᆞ의 삼혼칠ᄇᆡᆨ이라 낭군을 막죽 보고 가ᄂᆞᆫ ᄉᆡ라 그날부터 신체 점점 다□□□ □□니 ᄃᆡ곤 왈 슬푸다 낭ᄌᆞ야 그ᄃᆡ 얼굴 다시 한 번 보□ ᄒᆞ□ 하고 원망□ᄒᆞ오 낭ᄌᆞ야 어린동츈 경상 보ᄀᆡ 실소 가련타 낭ᄌᆞ야 날 다리가오 원슈로다 급지가 원슈로다 과거ᄂᆞ 안니 갓던들 이런 광경 니실손야 원망ᄒᆞ다 ᄇᆡᆨ옥갓탄 우리 낭ᄌᆞ 일시만 못보아도 여숨츄 지님 갓던니 인저야 영결종천 니별이로다 ᄋᆡ고 막막 ᄂᆡ 일이야 할님도 ᄂᆡᄉᆞ 시ᄃᆞ □□ 낭ᄌᆞ 얼골 □□□□

〈23-앞〉

얼골 보고지고 낭ᄌᆞ 인정을 ᄉᆡᆼ각ᄒᆞᆫ이 다시 보기 망연ᄒᆞ다 진정을 ᄉᆡᆼ각ᄒᆞ이 ᄂᆡ 마음 어지럽고 신쳐을 도라본이 간장이 다 셕난다 쳐량ᄒᆞ다 츈양이야 너난 어이 살며 ᄋᆡ연ᄒᆞ다 동츈이야 너난 어이 살고 ᄒᆞ며 기졀ᄒᆞᆫ니 츈양이 울며 왈 아바님야 우리 어라 ᄉᆡᆼ각ᄒᆞ여 겨운얼 진정ᄒᆞ옵소셔 만일 아반임 쥭사오면 우리난 엇지 살라ᄒᆞ시난잇가 ᄒᆞᆫ이 할임이 츈양 동츈의 경경을 ᄉᆡᆼ각ᄒᆞ여 ᄎᆞ마 쥭지도 못ᄒᆞ고 ᄃᆡ셩통곡ᄒᆞ면 동츈을 안고 츈향을 달ᄂᆡ고 방의 드려가 동츈을 만지여 운이 츈양이 할임게 엿ᄌᆞ오ᄃᆡ 어마님이 ᄇᆡ고프다 ᄒᆞ거든 밥 쥬여 달ᄂᆡ라 ᄒᆞ온니 너무 실허 마옵소셔 ᄒᆞᆫ이 할님이 그 말을 듯고 □욱 실허ᄒᆞ여 울울한 심사을 진정치 못ᄒᆞ여 기졀ᄒᆞ거날 츈양

〈23-뒤〉

아가 거동을 보고 할님기 비러 왈 아반님아 빈들 안니 고푸며 목언들 안이 말을가 어마님 ᄉᆡᆼ시의 아반님 오시거든 더리라 ᄒᆞ옵고 ᄇᆡᆨ화쥬을 옥병의 가득 ᄎᆡ의 두여사온이 한잔 잡슈오며 어마님 즘시 뵈ᄋᆞᆸ시ᄃᆞ □□□□□ ᄒᆞ고 옥잔의 ᄇᆡᆨ화쥬을 가득 부여 드리이 잔을 잡아 □□□□□□□ 먹고 사라 무웟하리요나난 너의 경경을 ᄉᆡᆼ각ᄒᆞ고 □□□□□을 ᄉᆡᆼ각ᄒᆞ여노라

ᄒᆞ고 술잔을 바다든이 눈물리 슐잔의 ᄎᆞᄌᆞ□□□□□□안니 울기 어□□님 별셔 ᄒᆞ실 ᄯᅵ 날다려 □□□□ ᄂᆡ 죽써도 서ᄅᆞ지 안니ᄒᆞᄃᆡ 천만 의외 음힝을 보고 황천의 도아간들 눈을 쌈으니요 ᄯᅩ 쳘 니 원경의 가신 낭군을 다시 못보고 도라간니 너의 부친□ 급졔ᄒᆞ여 요□들 엇지

〈24-앞〉

질겨 ᄒᆞ리요 ᄯᅩ 의복 등절을 관ᄃᆡ 도포 업ᄂᆞᆫ 고로 지어 장안의 여어노코 관ᄃᆡᄂᆞᆫ 지어 슈렬 노타가 맛지 못ᄒᆞ고 누명을 닙습고 황천의 도라간니 너 부친니 오시거던 날 본다시 드리라 하시고 동츈을 젓먹여 ᄌᆡ와 노코 나도 잠든 후의 죽어ᄂᆞ이다 ᄒᆞ며 츈양니 관ᄃᆡ 도포을 ᄂᆡ여 노코 어마님 슈품니나 보옵소셔 ᄒᆞ고 ᄃᆡ셩통곡ᄒᆞ거날 할님 □ 그 관ᄃᆡ 도포을 본니 오ᄎᆡ 영농ᄒᆞ여 팔ᄌᆞ 안금폭의 칠□□□금판을 ᄃᆡ니고 짓다가 죽죽어거ᄂᆞᆯ 할님이 한 번 보ᄆᆡ □□니 막막ᄒᆞ고 두 번 보ᄆᆡ 눈물이 ᄆᆡ양되니 일쳔 간장니 ᄌᆞ연 다 녹는다 ᄂᆡ 일니의 이다지 차목할 쥴 아라시리요 일은 □□□□□□□□□

〈24-뒤〉

기을 바라리오 니러 ᄌᆞ긔을 심여 일을 지ᄂᆡᄆᆡ 할님니 ᄉᆡᆼ각ᄒᆞᄆᆡ 당초의 ᄆᆡ월 노 방슈 불너ᄊᆞ가 낭ᄌᆞ와 작ᄇᆡᄒᆞᆫ 후로 자을 팔 연니 되여시ᄃᆡ 져을 도라 보지 안인 ᄇᆡ라 분명 ᄆᆡ월이 낭ᄌᆞ을 모함ᄒᆞ엿ᄯᅩ다 ᄒᆞ고 직시 노복을 호령ᄒᆞ여 ᄆᆡ월 ᄌᆞ바 ᄂᆡ여 업치고 궁문월 젼후 죄힝을 바로 알외라 ᄒᆞᆫ니 ᄆᆡ월니 울며 엿ᄌᆞ오ᄃᆡ 쇼녀ᄂᆞᆫ 일점 소죄 업ᄉᆞ이다 ᄒᆞ거ᄂᆞᆯ 할님이 더옥 ᄃᆡ로ᄒᆞ여 창두을 호령ᄒᆞ여 큰 ᄆᆡ로 ᄆᆡᆼ장ᄒᆞᆫ니 ᄆᆡ월니 할기 억셔 젼후 죄상을 기기 쥬달ᄒᆞ거ᄂᆞᆯ 할님이 크기 호령ᄒᆞ여 낭ᄌᆞ의 침소로 나간 놈은 엇더ᄒᆞᆫ 놈이야 ᄆᆡ월이 고 왈 과연 돌쇠로소이다 잇ᄃᆡ 돌

〈25-앞〉

쇠도 창푹 즁의 잇는지라 할님이 되로ᄒᆞ여 돌쇠을 ᄌᆞ바 ᄂᆡ여 경박ᄒᆞ여 ᄉᆞ모장으로 픽며 무란니 돌쇠 울며 여ᄌᆞ오되 ᄆᆡ월니 금은을 쥬어 여ᄎᆞ여ᄎᆞᄒᆞ라 ᄒᆞ거놀 소인은 무식한 소견의 금은을 탐ᄒᆞ외 쳔귀을 아지 못ᄒᆞ와 죄을 범ᄒᆞ엿사온니 엇지 ᄉᆞᆯ기을 바라리요 할되 할님이 분기을 이기지 못ᄒᆞ여 ᄌᆞ바 ᄂᆡ여 ᄉᆞ모장을 픽여 쥐기고 ᄆᆡ월이 결박ᄒᆞ여 칼을 ᄌᆞ바 ᄆᆡ월을 질너 쥐기고 상공을 도라보며 왈 이런 요망ᄒᆞᆫ 년의 말을 듯고 빅옥무죄ᄒᆞᆫ 낭ᄌᆞ을 쥭이ᄉᆞ온니 엇지 원통치 안니 ᄒᆞ오리잇가 상공이 묵묵부답ᄒᆞ고 눈물을 흘일다람일ᄂᆡ라 ᄎᆞ셜 이적의 할□□□□□□□□□

〈25-뒤〉

사 거조을 ᄎᆞ리니 이 날 밤 몽즁의 낭ᄌᆞ 와 문되 만신의 뉴혈니 낭ᄌᆞᄒᆞᆫ되 머니를 산발ᄒᆞ고 문을 열고 드러와 겨틱 안지며 술푸다 낭군니 옥셕을 분별ᄒᆞ여 쥬옵시니 은혜 감격ᄒᆞ오나 ᄆᆡ월을 쥭니ᄉᆞ온니 이져ᄂᆞᆫ 쥭어도 무ᄉᆞᆫ 한니 이시리요 그러나 다만 낭군을 다시 보지 못ᄒᆞᆯ고 츈양 동츈을 두고 황천 타일의 외로온 혼니 되온니 철천지원니 가ᄉᆞᆷ의 ᄆᆡ치ᄂᆞᆫ지라 술푸다 낭군님하 쳡의 신쳬을 거어 신산의도 뭇지 말고 구산의도 뭇지 말고 옥연동 못가온되 장ᄉᆞᄒᆞ여 주옵소셔 구원 타일의 도라가도 낭군과 츈양 동츈을 다시 볼 듯ᄒᆞ오니 부ᄃᆡ부되 ᄂᆡ 말되로 ᄒᆞ여 쥬옵소셔 만일 그러체 안니ᄒᆞ오면 낭군 신쳬와 츈양 동츈

〈26-앞〉

일신니 가련ᄒᆞᆯ 거신니 부되부되 ᄂᆡ 말되로 ᄒᆞ여 쥬옵소셔 ᄒᆞ고 문득 간되 업거날 놀ᄂᆡ ᄭᆡ다라니 남가일몽이라 션군니 낭ᄌᆞ 몽ᄉᆞ을 부모님게 셜화ᄒᆞ고 인ᄒᆞ여 장ᄉᆞ 긔구을 갓초와 운상ᄒᆞ려 ᄒᆞᆫ니 곽이 요동치 안니ᄒᆞ거날 할님

과 하인니 뒤경ᄒᆞ여 아모리 할 쥴 모라더라 할님이 ᄉᆡᆼ각하ᄃᆡ 낭ᄌᆞ 이ᄆᆡᄒᆞᆫ 쥭음이나 일ᄉᆡᆼ 사랑ᄒᆞ던 츈양 동츈 두고 쥭어신니 혼ᄇᆡᆨ인들 엇지 원통치 아니ᄒᆞ리요 ᄇᆡᆨ가지로 ᄀᆡ유ᄒᆞᄃᆡ 조곰도 요동치 안니ᄒᆞᄂᆞᆫ지라 할님이 술푼 심회을 셜화ᄒᆞ기를 슈습 ᄎᆞ ᄒᆞᄃᆡ ᄎᆞ시 요동치 아니ᄒᆞ거ᄂᆞᆯ 할림니 술푼 심회을 진정치 못ᄒᆞ

〈26-뒤〉

여 츈양 동츈을 상복을 지어 닙피고 막을 ᄐᆡ와 뒤의 ᄶᅡ라간니 그ᄌᆞ야 ᄒᆡᆼ상니 날ᄃᆞ시 ᄲᅥᄂᆞᆫ지라 모약히 만만 길의 구비구비 도라든니 ᄒᆡᆼ식이 처량ᄒᆞ니 일월니 부단니 □슬푸다 옥연동의 도라드니 ᄃᆡ틱은 쳔강ᄒᆞ고 슈단은 쳡쳔이라 할님이 망극ᄒᆞ여 ᄃᆡ경ᄒᆞ고 설퍼ᄒᆞ여 실푸 말을 영의 올언이 쳔지 아득ᄒᆞ여 일월리 무광ᄒᆞ든이 인ᄒᆞ여 못이 자자지고 자시 본이 못 가온ᄃᆡ 셕곽이 노여거날 볌상이 여시 셕곽의 안장ᄒᆞᆫ이 사면으로 뉘셩박역이 쳔치진동ᄒᆞ여 오윤이 둘이거날 시간의 ᄃᆡ틱이 쳔강ᄒᆞ겨날 할님이 물을 향ᄒᆞ여 망션ᄒᆞᆯ □ ᄒᆞ고 저문 지어 실피ᄒᆞ고 츈양 동츈을 다리고 집으로 와 방안으로

〈27-앞〉

드러가여 동츈을 안고 츈양아 너의 어미 업시 어이 살고 션군이 낭ᄌᆞ 어이 살고 설푸다 낭ᄌᆞ야 월경외 집을 비와 놋코 ᄃᆡ궐 갓ᄒᆞᆫ 져 집을 원경의 비와 놋코 어디로 가고 안이 우난고 가련ᄒᆞ 낭ᄌᆞ야 ᄂᆡ ᄂᆡ의 경상을 보고 너의 정상 ᄉᆡᆼ각을 ᄒᆞ이 ᄂᆡ셔 마음이 드옥 실다 낭ᄌᆞ야 나난 뉘울□짐 삼고 살고 실푸다 낭ᄌᆞ야 영풍의 기린 한이 쾌치거든 오자든가 가련하 낭ᄌᆞ 여ᄌᆡ 진역 안치 밥이 읍듯그든 올라든가 낭ᄌᆞ야 어이 그리 ᄃᆡ든고 설푸다 낭자야 질이 막키 못오든가 가련타 낭ᄌᆞ야 물리 막키 못오든가 졀노 쥭은 고몽 낭기 업피 거든 오실난가 독쥭ᄒᆞᆫ 강셜ᄒᆞᆫ이 눈이 만아 못오□□ 하운은 다시 봉ᄒᆞᆫ

이 봉이 놉파 날여오든가 동소 □□□□□□□

〈27-뒤〉

사성 말 오경 초의 두 날리 혹혹 치며 쏫고쏫고 하며 □□□□□난가 션군이 낭ᄌ 엄엄ᄋ 싱각ᄒ이 누의 삼삼 귀의 징징 ᄒ고 셔□이 낭ᄌ 실푸물 이기지 못ᄒ여 ᄃ셩통곡 운이 츈양이 ᄒ난 말리 엄무 신치를 뒷동산외 무더든들 무둠이나 보련마난 무듬도 못 본이 엇지 설푸지 안이ᄒ리요 ᄃ셩통곡ᄒ면 운이 엄엄을 ᄃ피ᄒ야 장ᄎ 병이 되여 눕고 이지 못ᄒ거날 거날 밤의 굼을 어던 낭ᄌ 완연이 문울 얼고 드러와셔 ᄒ난 마리 ᄒ날 갓ᄒ 셔방임아 구츌갓ᄒ 셔방님야 날 보고져 시푸그든 □□□□□□□□□□□ 다시 실거 가져와 옥연동외 큰 구셜 삼 일만 ᄒ여 쥬소서 ᄒ여 날을 볼거시라 ᄒ고 간ᄃ 업거늘 ᄀ다른이

〈28-앞〉

남가일몽이라 션군이 몽사을 싱각ᄒ고 직서ᄒ헌 날을 바다 □□닷셤을 □□□ 다시 설거 □□□무부을 하리고 옥연동 못 가온디 큰 굿실 할 ᄉ 이틀을 ᄒ여도 종적을 보지 못ᄒ여든이 삼일 만으 시□의 못ᄉ 물리 구비구비 솟흔이 못 가온ᄃ셔 쏫치 피여나든이 또 솟의셔 명월갓흔 옥낭자 칠보단장ᄒ고 나오거날 션군이 왈 낭ᄌ야 ᄉ람이 쥐이거든 든기즤기 쥬□셔ᄒ며 운이 낭ᄌ ᄒ난 말리 셔방임 미우지 마옵소셔 ᄒ고 셔방임아 우리 양인이 옥황상제게옵셔 하□ᄒ오시되 도로 나려가면 츈양 동츈을 볼듯ᄒ고 그사이 부모임이 평안이 게시나잇가 션군이 이 말을 듯고 □□□□□□□□□

〈28-뒤〉

깃자외라 ᄒ이 낭ᄌ 이 말을 듯고 □□도라가 □□안으로 드러간이 츈양

동츈이 □□□□□ 보고 운이 낭ᄌᆞ 동츈을 안고 □□□□ 션군이 올히 너기 도라와 부모님 젼의 □□ᄃᆡ 부모 □□ □□ 가탓 이ᄌᆡ야 완난야 하며 일□□ □□□□□□□□드라 낭ᄌᆞ 부모 양위 젼의 고왈 쳡의 ᄋᆡ운이 □□□□□□ □□□ 너무 ᄒᆞᆫ탄 마옵소셔 ᄒᆞ며 우리 양인이 인간ᄋᆡ 나려와 귀신이 □□□ □□□□□□□□□□□□낭군 □□□□□□□□□□□□□□□□□□□ □ᄒᆞ여 □□ 낭군과 츈양 동츈을 다리고 올나가오니다 □□□□ᄒᆞᆫ 마옵소셔 ᄒᆞᆫᄃᆡ 상공 □□ 이 말을 □□□□□□□

수졍낭ᄌᆞ젼이라

각셜 쳔국 시졀의 경샹도 안동ᄯᅡᆼ의 ᄇᆡᆨ셩쥐라 ᄒᆞᆫ 션ᄉᆞ람 잇시지 최씨 후ᄇᆡᆨ셩으로 우리 소년등과ᄒᆞ녀 일홈이 ᄆᆡᆼ효 젼취ᄒᆞ여서 ᄂᆡ 부귀 일국의 웃듬이라 ᄒᆞ시운이 불ᄒᆡᆼᄒᆞ여 쇼인 찰쇼을 ᄇᆞᆫ나 ᄉᆡᆨ탈 ᄑᆞᆫ직ᄒᆞ고 무ᄒᆡ 충돌ᄒᆞᆫ이 ᄒᆞᆯ길 업셔 염셔고 ᄒᆞᆼ의 도라와 승샹 ᄇᆞᆼ염을 ᄒᆞᆷ씨이 일신은 편ᄒᆞ나 연광이 ᄉᆞ십의 일로ᄃᆡ 일졈혈류 이 업셔 샹공 부부 ᄆᆡ일 실혀ᄒᆞ든이 일ᄂᆞᆯ은 부인이 탈왈 세샹의 부ᄌᆞ식 ᄒᆞᆫ 난ᄉᆞ람 ᄂᆞᆫ 불효로 감쳔지죄을 면치 못ᄒᆞ온ᄃᆞ ᄒᆞᄂᆡ 우리 ᄒᆞᆫ 후세샹의 도라가 무삼 면목으로 샨영을 뵈면 ᄒᆞ니 가 이은다 쳥 으죄 우사인 ᄀᆞᆫ의 듯ᄶᅡ온ᄂᆡ 소ᄇᆡᆨ산 충봉의 드오가 보삽 일 기도ᄒᆞ고 발원ᄒᆞ여 쳔졔을 지시오면 혹 작을

수경낭ᄌᆞ젼이라(박순호 30장본)

이 이본은 박순호 소장의 30장(59면) 필사본이다. 이 작품의 시대적 배경은 월국 시절이다. 상공의 이름은 빅셩취이며 작품 서두에 그에 대한 소개가 서술되어 있다. '님신 이월 이십ᄉᆞᆷ일 수경낭ᄌᆞ젼이라'는 필사기가 남겨져 있다. 작품 말미에 원흥댁이 책의 주인으로 나타나 있어 여성 독자를 대상으로 하였음을 알 수 있으며, 구어체와 비문이 많은 것으로 볼 때 문식이 많지 않은 사람이 필사한 것으로 보인다. 백선군의 전생과 태몽이 나타나고 낭자를 옥연동 못 가운데 수장하고 재생하는 화소가 있다. 전체 줄거리는 대동소이하나 마지막 결구가 특이하다. 백선군과 낭자, 춘양, 동춘이 승천하지만 임소저는 혼자 남아 시부모가 모두 돌아가시고 참혹하게 살아가는 것으로 그려지고 있으며, 임소저가 죽어 두견새가 되어 부르는 노래로 끝을 맺고 있다. 내용은 57면에서 끝이 나고 간기와 소원주 등의 글귀가 마지막 2면에 걸쳐 쓰여 있다.

출처: 월촌문헌연구소 편, 『한글필사본고소설자료총서』70, 오성사, 1986, 73~131쪽.

〈1-앞〉

각설 월국시졀의 경상도 안동짜의 빅셩취라 ᄒᆞᄂᆞᆫ ᄉᆞ람이 잇시ᄃᆡ 츼월후 빅성으 후으리 소년 등과ᄒᆞ여 일홈이 명죠젼서 ᄒᆞ여시니 부귀 일국의 읏듬이라 시운이 불힝ᄒᆞ며 쇼인 참쇼을 만나 삭탈관직ᄒᆞ고 무외 충돌ᄒᆞᆫ이 할길 업셔 엽서 고항의 도라와 승상 농엽을 함씨이 일신은 편ᄒᆞᄂᆞ 연광이 ᄉᆞ십의 일로ᄃᆡ 일졈혀륙이 업서 상공부부 ᄆᆡ일 실혀ᄒᆞ든이 일일은 부인이 탄왈 세상의 부ᄌᆞ식ᄒᆞᄂᆞᆫ ᄉᆞ람ᄂᆞᆫ 불호감쳔지이 죄을 면치 못ᄒᆞ온ᄃᆞ ᄒᆞ니 우리 후세상의 도라가 무삼 면목으로 산영을 ᄃᆡ면ᄒᆞ니가 이은 다 쳡으 죄으나 인간의 듯싸온니 소빅산 충영봉의 드오가 오십일 기도ᄒᆞ고 발원ᄒᆞ여 천졔을 지ᄂᆡ오면 혹 작을

〈1-뒤〉

두다 ᄒᆞ오니 우리도 쳔힝으로 발원하여 보사오(이)다 ᄒᆞ니 상공이 답왈 비려 ᄌᆞ식을 볼진ᄃᆡ 엇지 세상의 무ᄌᆞ식ᄒᆞ리 잇리오만은 부인의 소원이 그려ᄒᆞᆯ진ᄃᆡ 비려 보사니다 그날부틈 져죠단발 ᄒᆞ고 충영봉으로 드르가 경성으로 발원ᄒᆞ여 천졔을 지ᄂᆡ고 집의 왓든이 과연 그달부텀 틱기잇서 십삭을 당ᄒᆞ니 호련 ᄒᆞ로날 밤의 집의 치운니 ᄌᆞ옥ᄒᆞ면 힝ᄂᆡ 진동ᄒᆞ든이 하날노서 ᄒᆞᆫ 선여이 나려와 옥병의 항수를 긔울여 ᄋᆡ기을 씨그 뉩피고 부인ᄯᆞ려 이로ᄃᆡ 이 아히ᄂᆞᆫ 쳥상선관으로서 요지연의 수경낭ᄌᆞ로 드부러 히룽ᄒᆞᆫ 죄로 옥항상졔옵서 인간ᄂᆡ의 ᄂᆡ치신 ᄇᆡ라 쳔상연분으로 이연을 ᄆᆡᄌᆞ여 출졔ᄒᆞ여시니 부ᄃᆡ 장성ᄒᆞ그든 쳥상연분을 이투소서 ᄒᆞ고 가ᄃᆡ염그날 부인 이 역히 졍신을 진졍

〈2-앞〉

ᄒᆞ여 살피본이 비농간일여라 작시 상고을 부여 몽상을 설ᄒᆞᄒᆞ니 상공이

질거ᄒᆞ여 아히 살피본니 열골니 ᄇᆡᆨ옥갓고 염성은 쳥명ᄒᆞ여 ᄇᆡᆨ옥을 ᄭᆡ난듯 ᄒᆞ고 풍ᄎᆡ는 점점ᄒᆞ여 쳔상선관 갓튼지라 상공이 ᄉᆞ랑ᄒᆞ여 일홈을 성군이라 ᄒᆞ다 셩군이 졈졈 장성ᄒᆞ여 지서ᄇᆡᆨ가을 무불토달ᄒᆞ고 긔골중수ᄒᆞ니 뉘라서 칭찬 안ᄒᆞ이고 그으구로 성군 나히 십오세을 당하ᄆᆡ 세상ᄉᆞ람이 다 선관이라 ᄒᆞ여라 이으무로 부모 걱히 ᄉᆞ랑ᄒᆞ야 져와 갓탄 ᄇᆡ필을 구ᄒᆞ고져 ᄒᆞ여 무로 광문ᄒᆞ드라 잇ᄯᆡ 수경낭ᄌᆞ 쳔상의 득제ᄒᆞ고 오연동의 도라와 공부을 혐씨든이 성군과 이연 어약ᄒᆞ고 잇ᄯᆡ을 지다더드니 성군이 잇간의 장성ᄒᆞᄆᆡ 그 부인 선젼관

〈2-뒤〉

인 줄을 아지 못ᄒᆞ고 타문의 구혼ᄒᆞᆫ 구ᄒᆞ니 만일 타문ᄒᆞ여 구혼ᄒᆞ면 우리 언약니 속졀업시 혀ᄉᆞ로다 ᄒᆞ고 이날 밤의 션군의 몽중 이로ᄃᆡ 낭군을 쳡을 모로신잇가 쳡은 쳔상션여로서 용지연의 □□낭군과 히롱ᄒᆞᆫ 쥐로 옥항상졔계옵서 옴 인간 ᄂᆡ치시ᄆᆡ 년악을 잇지 아니ᄒᆞᆫ 그 ᄯᆡ을 지다리옵던니 이졔 타문의 구혼ᄒᆞ여 ᄒᆞ난잇가 낭구은 삼년위한ᄒᆞ고 쳡을 기다리쇼서 ᄒᆞ고 가ᄃᆡ 업그날 성군니 롤ᄂᆡ ᄭᆡ다른니 남가일몽이라 직시 낭ᄌᆞ 열골 ᄉᆡᆼ각ᄒᆞ니 ᄉᆡ다운 형용과 ᄑᆡ월수 마지 ᄐᆡ도은 청쳔명월니 구렴 반긔 빗치난 듯 단순호치 반기ᄒᆞ고 말하ᄒᆞ(는) 소ᄅᆡ온 귀의 징징ᄒᆞ고 열골 누에 삼삼ᄒᆞ여 잠을 이류지 못ᄒᆞ여 주야로 ᄉᆡᆼ각ᄒᆞ니 일노 병니 되여난지라 부모 민망ᄒᆞ여 성군 ᄲᅡ려 일며 왈 병을 보니 가장 고혀ᄒᆞᆫ지라 젼경을 말ᄒᆞ라 ᄒᆞ니 성군 마지 못ᄒᆞ야 엿ᄌᆞ오ᄃᆡ

〈3-앞〉

올궁선여라 (ᄒᆞ)고 엿ᄌᆞ오ᄃᆡ 여ᄎᆞ여ᄎᆞᄒᆞ오니 그 후로 소ᄌᆞ 병니 이러ᄒᆞ오이다 ᄒᆞ면 고ᄒᆞ니 부인이 왈 여 ᄂᆞ혈젹 젹의 하날로 션여 ᄂᆞ려와서 이러ᄒᆞ드

니 수경낭ᄌᆞ로 일너며로다 성군이 엿ᄌᆞ오ᄃᆡ 어렷타시 명명ᄒᆞ고 이지 못ᄒᆞ거(늘)든 부외 민망ᄒᆞ여 ᄇᆡ야으로 구병ᄒᆞᄃᆡ ᄇᆡ약이 무호ᄒᆞ여 ᄉᆞᆯ는 마당 위중ᄒᆞᆫ지라 이력의 낭ᄌᆞ 쳐소의 잇다가 낭군으 병ᄒᆞᆫ이 중ᄒᆞᆫ 줄 알고 ᄯᅩ ᄒᆞ오밤의 와 이로ᄃᆡ 낭ᄌᆞ는 으지 요망ᄒᆞᆫ 여ᄌᆞ을 ᄉᆡᆼ각ᄒᆞ여 병 니ᄃᆡ지 급중ᄒᆞ는잇가 무삼 약을 주면 왈 이 약이 ᄒᆞᆫ 봉지 만병주요 ᄯᅩ ᄒᆞᆫ 병은 불노초라 ᄯᅩ ᄒᆞᆫ 보지는 불ᄉᆞ주라 오니 부ᄃᆡ부ᄃᆡ 이 약을 씨옵소서 ᄯᅩ 아무리 마음의 간절ᄒᆞᄂᆞ 장부 할 일 ᄒᆞᆫ 마음을 열이 ᄉᆡᆼ각ᄒᆞ옵고 삼연만 ᄒᆞᆫᄒᆞ고 기달리옵소서 ᄒᆞ거늘 셩군이 반기ᄒᆞ여 달라가고져 ᄒᆞ든이 발서 간 곳 읍거늘 성군이 ᄃᆡ혹ᄒᆞᆫ

〈3-뒤〉

마음을 진정치 못ᄒᆞ여 병이 더옥 지즁ᄒᆞ여ᄂᆞ지라 낭ᄌᆞ ᄯᅩ ᄉᆡᆼ각ᄒᆞ되 낭군으 병이 날노 흠을 보고 ᄯᅩ ᄭᅮᆷ와 일오ᄃᆡ 쳡으 화상과 금동ᄌᆞ ᄒᆞᆫ쌍을 가져와 싸오니 겻쳐ᄒᆞ는 방어 두옵고 하면 요부할이다 ᄒᆞ고 간ᄃᆡ엽그날 놀ᄂᆡ ᄭᆡ달른이 ᄂᆞᆷ가몽이라 ᄯᅩ (금)동ᄌᆞ 흔 쌍을 병상ᄋᆡ 안치고 황를 벽의 뭇두고 낭ᄌᆞ갓 상ᄃᆡ ᄒᆞ며 본이 죠금도 병니 ᄎᆞ호 엽ᄂᆞ지라

각설 이젹ᄋᆡ 각도각읍 ᄉᆞ람이리오ᄃᆡ 안도쩡 ᄇᆡᆨ성취 집의 구경 가ᄌᆞ ᄒᆞ면 사람마당 금을 실코 구경온다 서간은 오ᄌᆞᄒᆞᄂᆞ 병서난 점점 명귀 경각이라 여경으로 어든 방을 뉘라셔 곤치 이젹ᄋᆡ 낭ᄌᆞ ᄯᅩ 이로ᄃᆡ 낭군은 구구히 일너도 쳡으 말을 ᄯᅳᆺ지 안니ᄒᆞ고 져ᄃᆡ지 병이 위즁ᄒᆞᆫ니 쳡을 보려 ᄒᆞ거든 ᄆᆡᆼ월로 더부려 우선 방수 경ᄒᆞ옵고 울도지심을 푸옵쇼셔 ᄒᆞ고 간ᄃᆡ

〈4-앞〉

업거날 노ᄂᆡ ᄭᆡ달르니 남가일몽일여라 성군이 ᄉᆡᆨ각ᄒᆞ여 ᄯᅩ 낭ᄌᆞ 말이 그려ᄒᆞ니 병이ᄂᆞ 나혈가 ᄒᆞ여 잇트날 부(모) 양위을 쳥여 몽ᄉᆞ을 설화ᄒᆞ니 부모

가라스되 몽중스을 엇지 다 히심ᄒᆞ니요마은 쉽니 고히ᄒᆞ니 그리ᄒᆞ라 ᄒᆞ고 ᄆᆡᆼ월을 불너 왈 공ᄌᆞ의 울도지심을 풀기 ᄒᆞ라 ᄒᆞ니 ᄆᆡᆼ월이 쏘ᄒᆞᆫ 혀락ᄒᆞ여 쳡쳡을 슴든니 낭ᄌᆞ 연연ᄒᆞᆫ ᄐᆡ도을 잇지 못ᄒᆞ의 점점 병니 지중ᄒᆞ여 쇠기지 못ᄒᆞᄂᆞᆫ지라 성군니 ᄒᆞᆫᄌᆞ 돌탈왈 낭ᄌᆞ야 낭ᄌᆞ야 수경낭ᄌᆞ야 삼연보삼연이고 이ᄂᆡ 병세 이려ᄒᆞᆫ이 삼연 젼의 명ᄌᆡ경각ᄒᆞ엿신니 (이)ᄂᆡ 못 ᄒᆞᄂᆞ 죽여지면 뉘서 유연 구경할 말을 드□이요 인ᄉᆡᆼ ᄒᆞᆫ 말 쥭여지면 어ᄂᆞᆫ 쳔년 도라오리요 ᄂᆡ 마음 어이홀괴 부모 마음 오작□ᄒᆞ 짐성갈역 ᄂᆞᄒᆞᆫ ᄌᆞ식 주회갓치 ᄉᆡᆼ각다 후스을 고사ᄒᆞ고 목젼의 ᄎᆞ목한 일을 불가ᄒᆞ여 ᄇᆡᆨ약

〈4-뒤〉

으로 구병ᄒᆞ되 말경 ᄉᆞ경 드려신이 엿지 안이 ᄒᆞᆫ심ᄒᆞ니요 ᄒᆞ면 눈무을(노) 금침을 적시ᄂᆞᆫ지라 이ᄯᅢ 낭ᄌᆞ 옥연동의 아달가 낭군의 병세와 경치을 ᄉᆡᆼ각ᄒᆞ니 가연ᄒᆞᆫ지라 만일 낭군이 ᄂᆞ을 이거지 못ᄒᆞ여 주거 긔연약이 속절엽시 혀ᄉᆞ로다 ᄒᆞ고 ᄯᅩ 쉽의 와이되 낭ᄌᆞ은 됴시 쳡월 말을 듯지 안이ᄒᆞ고 병이 졈졈 위중ᄒᆞ니 무가ᄂᆡ해라 그려ᄂᆞ(ᄂᆞ공)부가 혀ᄉᆞ되다 삼연만 참으시면 우리 연 ᄇᆡᆨ연히로 할거설 방금 군을 ᄎᆞᄌᆞ오소서 ᄒᆞ그날 성군 그 말 듯고 ᄭᆡ다오니 ᄯᅩᄒᆞᆫ 일몽이라 마음이 황홀ᄒᆞ여 직시 이러ᄂᆞ 부모젼의 드려간니 부모 보고 반기ᄒᆞ여 왈 오날은 엇지 ᄂᆡ방의 드려오난 승군 엿ᄌᆞ오되 소ᄌᆞ 간밤의 일몽을 어듯싸오여 수경낭ᄌᆞ와 여ᄎᆞ여ᄎᆞᄒᆞ옵기로 부모게 그 ᄉᆞ연을 주달ᄒᆞ옵고 졀

〈5-앞〉

ᄎᆞᄌᆞ 가옵고져 ᄒᆞ나이다 ᄒᆞ고 ᄒᆞ직ᄒᆞ니 부모왈 병든 가스월 되야 음식도 모멱고 어ᄃᆡ로 가리ᄒᆞᄂᆞᆫ다 ᄒᆞ면 말유ᄒᆞ니 성군 여ᄌᆞ오ᄃᆡ 소ᄌᆞ 병니 이갓치 급중ᄒᆞ니 말니오면 도로히 후히가 될 그시니 부모님은 마삼유치 마으소서

ᄒᆞ고 옥연동으로 ᄶᅩᆺᄎᆞ 가난지라 ᄒᆞ고 문박계 나와시니 부모 마지못ᄒᆞ야 혀락ᄒᆞ니 성군니 그지야 마음이 히락ᄒᆞ며 죵일토록 차ᄌᆞ가되 옥연동을 보지 못ᄒᆞ고 ᄯᅩᄒᆞᆫ 심곡 혐노로 차ᄌᆞ간니 석양은 져을 넘고 옥연동은 막막ᄒᆞ다 소봉 ᄐᆡ산을 녀며가면 좌우을 살피보니 층암졀벽은 방공의 쇼사잇고 만학 쳔봉은 좌우평풍되야 여계 져게 긔름으로 둘여여이고 □학 ᄇᆡᆨ학니 와ᄂᆡᄒᆞᆫ ᄂᆞᆫ 그 간운ᄃᆡ 화각이 반공주의 솟난

〈5-뒤〉

ᄃᆡ 션관의 ᄒᆞ여시ᄃᆡ 오연동 광형젼이라 ᄒᆞ여기을 성군니 마음 혀락ᄒᆞ여 염치불고 당상의 오나가니 낭ᄌᆞ ᄂᆞᆫ간의 섯다가 의미을 쉬기고 단장 다수호치 반ᄀᆡᄒᆞ여 엿ᄌᆞ오ᄃᆡ 그ᄂᆞᆫ 웃드ᄒᆞᆫ 사람으로 나모 선경의 이무로 올ᄂᆞ오난이가 셩군이 ᄃᆡ왈 유산 구경ᄒᆞᆫᄂᆞᆫ ᄉᆞ람일내이 나무 선경을 무고니 올왓서이니 죄ᄉᆞ무석이로소이다 낭ᄌᆞ 답왈 그ᄃᆡ 목숨을 ᄋᆡᆨ거드스이 ᄂᆞ리가라 ᄒᆞ니 성군 마음을 둘업서 졈졈 나가ᄌᆞᆫ치면 낭ᄌᆞ은 ᄂᆞ을 나을 모로나이가 낭ᄌᆞ 죵시 엇지 안니ᄒᆞ니 성군 할기업서 할날을 우려려 탄왈 ᄒᆞ고 문밧긔 ᄂᆞ서니 낭ᄌᆞ 그지야 손을 ᄇᆡᆨ옥선을 덜고 평풍의 빗거서서 성군을 불으왈 낭군을 가지 말고 ᄂᆡ말을 드려소셔 ᄒᆞ

〈6-앞〉

리 성군이 그지야 마음 히락ᄒᆞ여 도라서니 낭ᄌᆞ왈 그ᄃᆡᄂᆞᆫ 인간의 ᄒᆞᆫ싱ᄒᆞ고 ᄂᆞ은 천상의서 나려왓근이와 인여을 보로건니와 ᄃᆡ장부 셰ᄉᆞᆼ의 난다ᄀᆞ 그려ᄒᆞ기 지식 엽ᄂᆞ닛가 아무리 연분을 ᄆᆡᄌᆞ신들 엇지 얼연의 혀ᄂᆞᆨᄒᆞ리오 당상의 올ᄂᆞ기을 쳥ᄒᆞ니 성군니 그지 ᄆᆞ음니 히락ᄒᆞ여 ᄃᆞᆼ상의 올나가 낭ᄌᆞ ᄃᆡᄒᆞ여 살피본이 단수호치 반만 열고 낭군니 쳡을 이지 못ᄒᆞ야 병니여 쥭기 되여삽드니 나을 ᄌᆞ서 보읍쇼셔 ᄒᆞ거ᄂᆞᆯ 성군니 눈 을려 낭ᄌᆞ을 살피보니

열공은 청천의 명월이 혹운을 벼서난 듯ᄒᆞ니 마음니 여광여치ᄒᆞ여 왈 오날일 낭ᄌᆞ을 ᄃᆡ면ᄒᆞ니 이졔 죽을거연 이리도 ᄒᆞ니 염ᄂᆞ이다ᄂᆞᆫ이다 낭ᄌᆞ ᄃᆡ왈 그려ᄒᆞ면 엿지 ᄃᆡ장부라 ᄒᆞ리요 양인

〈6-뒤〉

천상의 득죄ᄒᆞ고 인간의 ᄂᆞ려와 인연을 ᄆᆡᄌᆞ시니 삼년 후의 유례을 갓쵸와 빅연동낙을 할가 바ᄅᆡ든이 지금 몸을 혀락ᄒᆞ연 쳔이을 거ᄉᆞ리고 ᄯᅩ한 우리 몸의 ᄒᆡ가 도라올 기시니 부ᄃᆡ 마음을 녈이 ᄉᆡᆼ각ᄒᆞ여 삼연 후만 기다리쇼서 ᄒᆞ니 성군니 왈 일일리 여삼추 (이)온니 엇지 삼연을 기다리이요 오ᄂᆞᆯ 거져 도라가면 ᄂᆡ 목숨이 세상을 바리이다 ᄒᆞ니 그 졍히을 당치 못ᄒᆞ여 침금의 나 몸을 규피준이 성군이 그지야 졍회을 설ᄒᆞᄒᆞ니 그려구로 밤을 지ᄂᆡ고 낭ᄌᆞ 굿기 엿ᄌᆞ오ᄃᆡ 이지ᄂᆞᆫ 이연을 이리씨니 신힝 ᄎᆞ려 낭구을 ᄯᅡ라가니다 ᄒᆞ면 쳥ᄉᆞ을 모라ᄂᆡ여 오연고의 안ᄌᆞ 성군과 ᄒᆞᆫ긔로 집의 도라온니 잇ᄯᆡ 낭ᄌᆞ 시부 양위을 ᄇᆡ오니 상공ᄂᆞᆫ 경ᄀᆡ 경ᄃᆡᄒᆞ고 낭ᄌᆞ

〈7-앞〉

을 실피보니 설부ᄒᆞ용은 천상절ᄉᆡᆨ이요 고은 ᄐᆡ도 고현 양은 홍도화가 춘푼의 만발함가 갓고 ᄒᆡ당화 암츰 이실을 며금은 듯ᄒᆞ니 상 사랑ᄒᆞ여 별ᄶᅡ을 중수ᄒᆞ여 낭ᄌᆞ을 거쳐ᄒᆞ기 ᄒᆞ드라 이젹의 성군니 낭ᄌᆞ 덧ᄂᆞ지 안이ᄒᆞ니 상공 민망ᄒᆞᄂᆞ 유ᄌᆞ졍니 성군ᄲᅮᆫ이라 ᄭᅮ저저 못ᄒᆞ드라 아려구로 세월을 보ᄂᆡ든이 팔녀 만의 이외 ᄌᆞ식 남ᄆᆡ을 두으사ᄃᆡ 그 아ᄃᆞᆯ의 일홈은 동춘이라 ᄯᆞᆯ 일홈은 춘힝이라 일일은 낭ᄌᆞ 탄금ᄒᆞ다가 월하의 ᄇᆡ회ᄒᆞ드니 성군니 낭ᄌᆞ 연연ᄒᆞᆫ ᄐᆡ도을 보고 여엿 마음을 진졍치 못ᄒᆞ여 급피 나가 손을 잡고 회롱ᄒᆞ니 요니쌍요이 일월 히롱ᄒᆞᄂᆞᆫ 듯ᄒᆞ오니 상공 보고 천상 선관선녀라 ᄒᆞ드니 일일은 상공니 성군을 불여 왈 방금 드른니 경

〈7-뒤〉

성의 과ᄀᆡ을 보인ᄒᆞ니 여도 경성ᄋᆡ 올ᄂᆞ가 양ᄉᆡᆼ회ᄒᆞ여 부모 양위 녕ᄒᆞ로 보기 ᄒᆞ라 성군니 ᄃᆡ왈 우리가 가ᄉᆞᄂᆞᆫ 일국의 웃듬이요 궁심지죠ᄒᆞ와 목지 쇼낙을 귀비이 무로거랄 무으시 부죡ᄒᆞ여 비살을 ᄇᆡᄅᆡ리요 ᄒᆞ니 낭ᄌᆞ 염용 ᄃᆡ왈 장부 세상 낫삽다가 숫다온 일흠 용문의 올ᄂᆞ 영ᄒᆞ을 죠정의 ᄇᆡᆺᄂᆡ미 을크날 낭군 엿지 요망ᄒᆞᆫ 안ᄌᆞ ᄉᆡᆼ각ᄒᆞ여 과□리 뜻 업지 업ᄂᆞ잇가 낭군은 집피 ᄉᆡᆼ각ᄒᆞ여 경성을 올나가 장ᄒᆞᆫ(온)집지하여 부모야위 션영ᄒᆞ 보이기 ᄒᆞ면 쳡의 마음 으지 질급지 안이ᄒᆞ이요 ᄒᆞ면 과거 ᄒᆡᆼᄎᆞ을 주며 왈 낭군 쳡을 잇지 못하면 과ᄀᆡ을 안니ᄒᆞ오면 쳡은 걸단코 셩상을 이별ᄒᆞᆯ 거신리 그리 말고 과소서 ᄒᆞ면 ᄒᆞᆼ금 쳔양과 노비

〈8-앞〉

ᄒᆞᆫ 쌍을 ᄐᆡᆨ출ᄒᆞ여 기을 ᄌᆡ촉ᄒᆞ니 셩군니 올려 이기더라 ᄒᆡᆼ장을 ᄎᆞ릴ᄉᆡ 부모 야위전의 ᄒᆞ직ᄒᆞ고 낭ᄌᆞ 도라보면 왈 낭ᄌᆞ 거간의 부모양위을 뫼시고 으인 ᄌᆞ식을 다리고 무양니 지ᄂᆡ오면 ᄂᆡ 주이 도라와 여연 졍을 설하리이다 ᄒᆞ면 ᄒᆞ직ᄒᆞ고 질을 써나 젹의 한렴의 도라보옵고 두 그럼의 가도 보면 낭도 풍문의 나와 과ᄀᆡ 가닌양 보고 졀거 ᄒᆞ드라 그으나 ᄉᆡᆼ각ᄒᆞ여 심ᄉᆞ 삭막ᄒᆞᄂᆞᆫ 지라 죵일토록 가ᄃᆡ 긔우 삼십 이을 숙소을 졍ᄒᆞ고 밤을 바드니 낭ᄌᆞ 연ᄒᆞᆫ ᄐᆡ도을 ᄉᆡᆼ각ᄒᆞ니 구미가 져히 업셔 상을 불여치고 양ᄌᆞ만 ᄉᆡᆼ각 하인 등 엿ᄌᆞ오ᄃᆡ 셔방님은 영심 젼펴ᄒᆞ고 원졍ᄒᆡᆼᄌᆞ을 하실ᄂᆞᆫ이가 셩군답 ᄌᆞ연 심 사 불안ᄒᆞ여 염식 막지 못ᄒᆞ노라 ᄒᆞ고 공방독침의

〈8-뒤〉

누오신이 낭자 암ᄃᆞ온 ᄐᆡ도 누의 삼삼ᄒᆞ고 담하호 말쇼ᄅᆡᄂᆞᆫ 귀의 ᄌᆡᆼᄌᆡᆼᄒᆞ여 잠을 이누지 못ᄒᆞ여듯니 잇ᄶᆡᄂᆞᆫ 밤니 삼경이라 모로기 집의 도라와 단장

너모가 낭ᄌᆞ 방의 드려간이 낭ᄌᆞ 로왈 여ᄂᆞᄌᆞ 말삼ᄒᆞ되 양ᄌᆞ군니 집푼 밤의 회로ᄒᆞ시ᄂᆞᆫ이가 성군 답왈 오날 제우 질 삼십 일을 가 슉쇼을 졍ᄒᆞ고 공방독침 누오시니 낭ᄌᆞ 연여ᄒᆞᆫ ᄐᆡ도을 잇지 못ᄒᆞ야서 안난이다 ᄒᆞ고 낭ᄌᆞ로 더부히롱ᄒᆞ든니 이ᄯᅢ의 상공니 올달 성군이을 과ᄀᆡ보ᄂᆡ고 집안 비여시니 도젹을 사죄라ᄒᆞ고 후원 벌당 근쳐의 가이 낭ᄌᆞ 방의 놈ᄌᆞ소ᄅᆡ 들니거ᄂᆞᆯ 상공니 ᄉᆡᆼ각ᄒᆞ되 낭자 ᄇᆡᆨ옥간탄 졀힝으로 엿지 위인을 다리고 말ᄒᆞ리요만은 그이가장 수상ᄒᆞ도다 ᄒᆞ고 귀소ᄅᆡ 자서혀 듯고 양ᄌᆞ 이로ᄃᆡ 무밧ᄀᆡ 시부가 온(신)듯 ᄒᆞ오니

〈9-앞〉

낭군은 자치을 감추소서 ᄒᆞ면 달ᄂᆡ되 동춘니 종을 드다이면 왈 자자 동춘나 너의 아반음이 과ᄀᆡ의 가서 장원급지ᄒᆞ야 어사활을 며리 ᄯᅥᆺ고 금의 화동을 쌍쌍이 압서우고 나려오난이라 ᄒᆞ거ᄂᆞᆯ 상공이 말듯고 심중 히오ᄃᆡ 오날밤은 수상ᄒᆞ상ᄒᆞᄃᆞ 훗날 밤의 지시히 보리라 ᄒᆞ고 도라오니 이ᄯᅢ 낭ᄌᆞ 셩군을 ᄭᆡ와 ᄒᆞᄂᆞᆫ 말이 세셰 시부 무밧ᄀᆡ 와 자치을 □노드ᄒᆞ오니 밧비 쳐소로 가라옵소서 만일 쳡을 잇지 못ᄒᆞ야 세부와 셰동니 알기 되면 쳡의 원설리 도라올거시오 세모세모 신기난 도라도 알이라 부ᄃᆡ 마음을 히심ᄒᆞ야 경셩의 올ᄂᆞ가 과쾌을 심써 ᄒᆞ야 영ᄒᆞ로 도라오기을 쳔만 바ᄅᆞ난이다 ᄒᆞ며 권권ᄒᆞ

〈9-뒤〉

야 보ᄂᆡᆫ이라 잇튼날 힝ᄒᆞ야 기우 질 오십 니을 가 수소을 졍ᄒᆞ고 석반을 밧자오이 심ᄉᆞ불평ᄒᆞ야 ᄂᆞᆼᄌᆞ 당부ᄒᆞ든 말을 듯지 안이ᄒᆞ고 ᄯᅩᄒᆞᆫ ᄒᆞ인도 모기 집으로 도라와 낭ᄌᆞ 방의 드으가니 낭ᄌᆞ 놀의 이러안ᄌᆞ 말히 왈 ᄃᆡ장부 세상ᄂᆡ 난다가 공밍의 듯지 옵고 요망ᄒᆞᆫ 일여ᄌᆞ을 ᄉᆡᆼ각ᄒᆞ야 이려키 누쵸ᄒᆞᆫ 힝실을 하ᄂᆞᆫ이가 차라이 쳡의 목숨 쥬기만 갓지 못ᄒᆞ다 ᄒᆞ고 젼후사연을

설화ᄒᆞ이 성군 그지야 마음을 휘가 자칙ᄒᆞ야 저로 이별ᄒᆞ면 낭ᄌᆞ 화상을 ᄂᆡ여주면 왈 낭국으 쳡을 보고져 ᄒᆞ그든 화상 보고 울도지심사을 푸읍고니 화상 빗치 변ᄒᆞ그든 쳡으 몸니 골ᄒᆞᆫ 줄 아옵소서 화상을 관수후 하즉할지 상공이 또 문박ᄭᅴ 나와 잣취을 살피든니 낭ᄌᆞ 소ᄅᆡ 덜이그단 상고 ᄒᆞᆫ자 ᄉᆡᆼ각ᄒᆞᄃᆡ 고리ᄒᆞᄃᆞ 낭자갓탄 졀힝니 엇지 탄인

<10-앞>

을 간통ᄒᆞ야시면 또 ᄂᆡ집을 단장 노푸고 노복도 마혀니 웃지 ᄉᆡᆼ심인덜 임ᄆᆡ로 추임ᄒᆞ이요 분함을 참고 쳐소로 도라와 분함을 이기지 못ᄒᆞ드라 잇ᄯᆡ 낭ᄌᆞ 세부 자취을 알고 낭군을 전쵸하여 보ᄂᆡ드라 이튼날 상공이 낭ᄌᆞ을 부여 이로ᄃᆡ ᄂᆡ 간밤의 도젹을 살피려 ᄒᆞ고 별당 근쳐로 지ᄂᆡ이 남ᄌᆞ 소리 들인이 네 바로 말ᄒᆞ라 ᄒᆞ시니 낭ᄌᆞ ᄃᆡ왈 서방님 과거 후로 밤이면 심심ᄒᆞ여 춘양 동츈을 다니고 또 ᄆᆡᆼ월을 다이고 말슴ᄒᆞ여신니다 웃지 위인을 다이고 말을 ᄒᆞ니요 상공이 ᄇᆡᆨ변 ᄉᆡᆼ각ᄒᆞ여도 만일(마음)을 놋치 못ᄒᆞ야 그후의 ᄆᆡᆼ월을 불너 요사ᄋᆡ ᄂᆞᆼᄌᆞ 방의 (가)든야 ᄆᆡ월이 엿ᄌᆞ오ᄃᆡ 소비은 오시예 간 ᄇᆡ 읍난이다 ᄒᆞ니 상공 들려시고 덕욕 수상ᄒᆞ야 ᄆᆡᆼ월리 다시 엿ᄌᆞ온ᄃᆡ 오세 서방님이 과ᄀᆡ 가시고 집안의 모젹을 살피려 ᄒᆞ고 후원으로

<10-뒤>

낭ᄌᆞ 쳐소의 지볼 젹의 남ᄌᆞ소ᄅᆡ 들이기로 낭ᄌᆞ을 볼너 뮤련이 녀을 다리고 마ᄒᆞ여 ᄃᆡᄒᆞ드니 네 간 ᄇᆡ 엽다 ᄒᆞ니 가장 고니ᄒᆞ도다 웃드ᄒᆞᆫ 놈을 여더 간통ᄒᆞ거 실푸니 낭자 방 수직ᄒᆞ다 그놈 진위을 알아로리라 ᄒᆞ니 ᄆᆡ월리 영을 듯 그날 밤부텀 주야로 낭ᄌᆞ방의 수직ᄒᆞᆫ니 남ᄌᆞ 잣치 아지못ᄒᆞ드라 ᄆᆡ월리 ᄉᆡᆼ각ᄒᆞᄃᆡ 서방님이 아무 연분의 날노 ᄒᆞ여곰 방수을 쳥ᄒᆞ여드니 낭ᄌᆞ와 작후로 나을 도라보지 아이ᄒᆞ니 ᄂᆡ 쳘쳘지원을 무여ᄒᆞ고 낭ᄌᆞ 염힝

으로 모함ᄒᆞ리라 ᄒᆞ고 부ᄒᆞᆫ 놈을 부여 월 그ᄃᆡ ᄂᆡ 경을 알거니와 우리 서방님이 아무 연부의 날로 인ᄒᆞ야곰 방수을 경ᄒᆞ여다 낭ᄌᆞ와 즉바ᄒᆞᆫ ᄒᆞ로 상찬 팔여이 되야시니 ᄒᆞᆫ분도 도라보지 안이ᄒᆞ니 그 철철지원을 뉘라서 다 일소야 분을 푸고져 ᄒᆞᆫᄃᆡ 틈을 읏지 못ᄒᆞ여 듯니 맛참 서방님 과거 간

〈11-앞〉

후로 ᄂᆡ가 분을 푸고져 ᄒᆞ니 그ᄃᆡ난 ᄂᆡ말ᄃᆡ로 ᄒᆞ라 ᄂᆡ 오날밤의 상공게 여ᄎᆞ여ᄎᆞᄒᆞ여 상공 알건이와 상공 안히 수상키 ᄒᆞ되 낭ᄌᆞ 방의 나은치 ᄒᆞ고 방무을 여려잣치고 단장을 녀며가면 냥자 음행으로 며치 못ᄒᆞ리라 ᄒᆞ니 들쇠난 보ᄃᆡ 부랑ᄒᆞᆫ 놈이라 질거ᄒᆞ드라 ᄆᆡ월이 그날밤의 상공 쳐소의 드려가 무안 후의 여ᄌᆞ오ᄃᆡ 젼일 성방님이 여차여차 ᄒᆞ옵든이 관연 오날 밤키가 팔쳑이ᄂᆞ 되ᄂᆞᆫ 놈이 낭ᄌᆞ 방의 들가로손연 몸을 감추고 드온이 그놈 다리고 ᄒᆞᄂᆞᆫ 말이 일젼의 세부님니 나을 여ᄎᆞ여ᄎᆞ ᄒᆞ옵기로 이려이려 ᄒᆞ여 난이다 ᄒᆞ고 ᄯᅩ 서방님 님니 나여오면 쥐기고 ᄌᆡ물 도젹 ᄒᆞ여가저고 도망ᄒᆞᄌᆞ ᄒᆞ오니 밧비 나가 금를을 설치 ᄒᆞ옵소셔 ᄒᆞ이 상공이 말을 듯고 ᄃᆡ분ᄒᆞ여 급피 칼을 들고 낭ᄌᆞ 낭ᄌᆞ방의 드오가든이 이ᄯᅢ 돌쉬 낭ᄌᆞ

〈11-뒤〉

방문 닷고 단장을 여며 다녀ᄂᆞ거ᄂᆞᆯ 상공 분긔을 이기지 못ᄒᆞ야 쳐소로 도라와 날ᄉᆡ기을 기다리든니 잇ᄯᅢ 세문에 ᄀᆡ 직고 원촌ᄋᆡ 달 기우고 이역ᄒᆞ여 ᄎᆞᄎᆞ 동방 열이그날 상공니 노복등 호령ᄒᆞ여 좌우ᄋᆡ 나입ᄒᆞ고 차리로 국문왈 ᄂᆡ 집은 단장이 놉푸고 노비가 만한ᄒᆞ니 엿더ᄒᆞᆫ 놈이 낭ᄌᆞ 방ᄋᆡ 출입ᄒᆞᄂᆞᆫ 다 ᄒᆞᄒᆞ면 바로 마라라 분기 등등ᄒᆞ여 낭자 (자)바오라 ᄒᆞ니 ᄆᆡ월니 ᄂᆡ달나 벌당 드려가 방문을 ᄯᅮ다리면 왈 나ᄌᆡ씨 무삼 잠을 집피 ᄌᆞ난잇가 ᄃᆡ감계서 자바오라 ᄒᆞ난이다 이ᄃᆡ 낭 잠을 집피 자드라 문밧기 요란ᄒᆞᆫ 소ᄅᆡ ᄊᆡ다으

니르니 노복 등니 고성직왈 낭즈씨는 으더ᄒ 놈으로 더부려 간통ᄒ기로 날노 우리을 큰 형별 당키ᄒ니 엿지 원통 안이ᄒ니요 ᄯᅩᄒᆞᆫ 쥐

〈12-앞〉

기려 ᄒ니 밧비 가 무죄ᄒᆞᆫ 소인을 살이주옵소서 ᄒ면 구빅이 즈심ᄒ그날 낭즈 잇말 듯고 흉당이 막혀며 이의 옥잠을 ᄲᅡ고 ᄂ오ᄂᆞᆫ니 시비 직쵸이 성 갓그날 급피 시부 문밧긔 보지못ᄒ여 여즈오ᄃᆡ 이 집픈 바ᄋᆡ 무삼 죄 잇삽관ᄃᆡ 이려타시 심야의 작단ᄒ여 즈바오릭 ᄒ신야잇가 상공 ᄃᆡ로왈 ᄂᆡ 너 침소의 ᄀ든느니 위인으로 드부여 말하며 수상 녀을 부느 무으니 낭군 과긔 간 후로 밤이면 심심ᄒ여 동춘 춘양가 밍월로 드부려 말ᄒ여다 ᄒ(든)니 그 후의 밍월 부르 무른니 낭즈 방의 간 일 업ᄒ면 수상ᄒ여 금야의 수젹ᄒ니 낭즈 참쇼의 웃드ᄒ 놈니 추입ᄒ니 엇지 발명ᄒ니요 고성ᄃᆡ독ᄒ니 낭즈 이말 드고 낙

〈12-뒤〉

뉴ᄒ여 엿즈오ᄃᆡ 발명은 무발명이요소이다 상공이 ᄃᆡ노왈 ᄂᆡ 목젼의 과연이 보와그날 엿지 긔망ᄒ이요 보지 안이ᄒ고 거은말을 ᄒ이로 금야의 낭즈 방의서 오난 놈이 눈지 경명을 져겨 을니라 ᄒ니 낭즈 ᄃᆡ경 ᄃᆡ칙왈 아무리 유레을 갓쵸지 못ᄒ여질들 엿지 그른 마을 ᄒ시난잇가 ᄂᆡ몬 비룡 천상외 득죄ᄒ여사오ᄂ 경절갓턴 경을 옵고 물경부지서을을 아옵고 ᄯᅩᄒᆞᆫ 천지 와 연크든 엿지 위인을 간통ᄒ니가 ᄂᆡ 죽음니 을타 ᄒ미라 상공 ᄃᆡ노ᄒ야 즉시 노복을 호령ᄒ 낭즈을 졀박ᄒ여 ᄂᆡ입ᄒ라 ᄒ니 노복 등이 일지ᄋᆡ 고흠ᄒ고 달녀드으 드타을 졀박ᄒ여 상공 압픠 안치그날 상공이 호명왈 녀 죄

〈13-앞〉

사 만사무궁이라 통간ᄒᆞᆫ 놈을 바로이라 큰 ᄆᆡ로 낭ᄌᆞ을 치니 낭ᄌᆞ 빅설갓트두 기미틱 궁실갓탄 눈물을 혀리면 아모리 육예을 가초지 아이ᄒᆞ여실들이려키 국문 염치ᄒᆞ니 엿지 살기을 바ᄅᆡ이요 설영 소부가 불힝ᄒᆞᆫ 일을 명박히 보엿다 ᄒᆞ여도 시비을 무리치고 연건이 불너 문난 거시 사ᄃᆡ부 도리가 올키늘 소부 모숨이 ᄎᆞ아리 죽기만 갓지 못ᄒᆞᆫ지라 ᄒᆞ고 엽드젼 기졀ᄒᆞ니 상공이 이 말을 듯고 ᄃᆡ노왈 일(국) ᄌᆡᄉᆞᆼ가의 위연을 간통ᄒᆞᆫ 죄노무식이그든 ᄯᅩᄒᆞᆫ 서목의 명빅귀 보와그든 일힝 악담나 명ᄒᆞ니 그른 힝실리 으ᄃᆡ 잇시이요 각별 염치ᄒᆞᆷ 각별 염치ᄒᆞ실 상을 바로 아리ᄒᆞ시니 옥갓탄 양 귀밋틱 혀르ᄂᆞᆫ 눈물니요

〈13-뒤〉

백옥갓턴 두 달이ᄋᆡ 주류류 유혈이 낭ᄌᆞ 혼신이 아득ᄒᆞ여 지우 정신을 진정ᄒᆞ야 목안으로 말ᄒᆞ여 여ᄌᆞ오ᄃᆡ 낭군니 쳡을 ᄉᆡᆼ각ᄒᆞ여 과ᄀᆡ 발힝ᄒᆞ든 날 기(우) 삼(십)이을 가 숙소을 정ᄒᆞ고 회힝하여 소부 방의 와삽기로 권권ᄒᆞ여 보든니 잇튼날 ᄯᅩ 와삽기로 정회을 셜화ᄒᆞ여 보ᄂᆡ삽고 자치을 감충고 세부임 두려ᄒᆞ여 ᄒᆞ엿드니 이련 ᄒᆞᆫ을 이연 ᄒᆞᆫ월 당할 줄 아라시신면 진작 설ᄒᆞ고 이련 수명을 면ᄒᆞᆯ 거설 ᄋᆡᄆᆡᄒᆞᆫ 사람을 살리ᄂᆡ이요 노비 등의 욕설과 시부 힝실을 ᄉᆡᆼ각ᄒᆞ니 사라 무읏ᄒᆞ이요 ᄒᆞ면 ᄌᆡ졈코 젼ᄒᆞ니 세모 정씨 낭ᄌᆞ 말유ᄒᆞ여 왈 낭군과 두 ᄌᆞ식을 ᄉᆡᆼ각ᄒᆞ여 죽지 못하라 ᄒᆞ면 눈물을 혈이면 상공을 도라보 ᄌᆡᆨ망 ᄌᆞ식 보지 못ᄒᆞ고 청빅

〈14-앞〉

청빅갓탄 낭ᄌᆞ을 거려키 ᄒᆞ니 후한을 면ᄒᆞ리요 ᄒᆞ면 노비 등을 물이치고 졀박ᄒᆞᆫ 거설 씰너노면 낭ᄌᆞ 손을 잡고 ᄃᆡ성통곡ᄒᆞ니 산천쵸목과 (금)수

다 실혀 ᄒᆞ드라 낭ᄌᆞ야 녀 절힝을 ᄂᆡ가 아난지라 너무 서으마고 벌ᄽᅡᆼ으로 드르가 마음을 진졍ᄒᆞ라 ᄒᆞ시고 실푸고 무졔ᄒᆞᆫ 낭ᄌᆞ 또 세모을 안고 엿ᄌᆞ오ᄃᆡ 이마 ᄉᆞᄒᆞ여시ᄃᆡ 도졍음 면ᄒᆞᄂᆞ 음의 ᄯᅵ은 면치 못ᄒᆞ다 ᄒᆞ니 웃지 살기을 바ᄅᆡ이요 ᄒᆞ고 죽ᄂᆞᆫ니다 손을 들(려) 욕작을 ᄲᅵᆨ들고 ᄒᆞᄂᆞᆯ을 우으 통곡왈 명쳔은 감ᄃᆞᆼᄒᆞ여 ᄋᆞᄆᆡᄒᆞᆫ 소부절힝을 ᄒᆞ감ᄒᆞ옵소서 음힝이 ᄋᆡᄆᆡᄒᆞ그거든 이 옥잠이 져 주치돌게 ᄇᆡᆨ키주ᄋᆸ고 만일 위인 간통ᄒᆞ엿그던 쇼부

〈14-뒤〉

가삼의 ᄲᅢᆨ게 주ᄋᆸ고 쇼부으 혁ᄇᆡᆨ을 분간ᄒᆞ여주ᄋᆸ심을 쳔만 바ᄅᆡᄂᆞ이다 ᄒᆞ고 옥잠을 더려 공즁의 ᄯᅥᆫ지고 ᄋᆸ더졀 질ᄉᆡᆨ 통곡ᄒᆞ니 이역ᄒᆞ여 그 옥즘이 공즁으로 나려와 주치돌키 ᄲᅢᆨ키그날 낭ᄌᆞ 울면 왈 실푸다 ᄂᆡ려신야 ᄂᆡ여 몸 ᄒᆞᆫ나 주거지면 추항 동춘 으니할고 별ᄽᅡᆼ으로 더여가 울면(서) 농의 부ᄎᆡ을 춘항 주면 ᄯᅡᆯ이 ᄲᅢᆺ치은 쳔하 보ᄇᆡ라 더울 ᄯᅵ은 ᄎᆞᆫ바람 ᄂᆞ고 츈을 ᄯᅵ은 더운 바람이 나고 이 붓치은 회선이라 부ᄃᆡ 집히 간수ᄒᆞ엿다가 동춘이 장셩ᄒᆞ거든 주라ᄒᆞ고 또ᄒᆞᆫ 이복을 ᄂᆡ으주면 왈 이 옷선 인간의 두문 옷이라 물의 너혀도 물이 뭇지 아니ᄒᆞ고 물이 뭇지 아니ᄒᆞ고 부리 여도 불리 붓지 안니

〈15-앞〉

ᄒᆞ니 부ᄃᆡ 짓피 간수ᄒᆞ여싸가 날본다시 이씨라 ᄒᆞ고 춘야 ᄂᆡ몸 나ᄒᆞ 죽으지면 어인 동춘을 다(리)고 역이ᄉᆞ라 ᄒᆞ난 ᄒᆞ면 모아려 다ᄒᆞ그든 물을 주고 ᄇᆡ곱푸다 ᄒᆞ그든 밥을 주고 엽ᄎᆞ거든 어브주고 부ᄃᆡ부ᄃᆡ 눈 혈기지 말고 죠이죠이 잘 잇그라 불상하고 불상ᄒᆞᄃᆞ 춘야 동춘 어이할고 ᄒᆞᆫ심ᄒᆞ고 여엽부다 춘양야 어ᄂᆞᆫ 칠 세의 여미 일코 누을 밋고 사라나면 실푸고 박졀ᄒᆞ고 동춘야 여ᄂᆞᆫ 삼 세의 어미을 일코 누을 어지ᄒᆞ여 사라ᄂᆞ이요 녀ᄋᆡ 진시

싱각ᄒᆞ고 ᄂᆡ 목숨 싱각ᄒᆞ고 너 아바님 싱각ᄒᆞ니 천지가 악덕ᄒᆞ고 일월리 무강ᄒᆞ다 눈무을 금치 못ᄒᆞ니 춘야이 어만님 거동을 보고 엿ᄌᆞ오ᄃᆡ 여마님야 여마님야 엇지 그으히 실혀 ᄒᆞᄂᆞᆫ잇고(고) 마일 여ᄆᆞ님니 죽사오면 나도 어마님

〈15-뒤〉

을 ᄯᅡ라(가)고져 ᄒᆞᄂᆞᆫ이다 ᄒᆞ면 붓덜 우다가 춘양과 동춘이 호연히 잠이 드으그날 낭ᄌᆞ 두 자식 잠든 후의 이못져못 싱각ᄒᆞ여도 살 마음 전히 업저 춘야 동춘 여류만져면 왈 ᄒᆞᆫ심ᄒᆞ고 절박ᄒᆞ다 니의 장성ᄒᆞᆫ닌 양을 보지 못ᄒᆞ고 죽기을 결단ᄒᆞ니 설고설고 원통ᄒᆞᄃᆞ 노비 등의 욕설과 세부 힝실을 싱각ᄒᆞ니 한심ᄒᆞ고 가련ᄒᆞ다 분ᄒᆞ 마음을 엿지 다 쪽양ᄒᆞ리요 한팔노 춘양을 ᄇᆡ고 ᄯᅩ ᄒᆞᆫ 팔노 동춘을 비이고 누물 비오온(ᄃᆞ)듯시 혀려며성 하닌 말 ᄋᆡ달코타 ᄋᆡ달코타 ᄋᆡᆼ돈(도) 갓터 어인 춘힝 어이ᄒᆞ여 잇고 가면 구실갓턴 우리 동춘 여이ᄒᆞ여 이졀손가 ᄂᆡ몸 하니 죽거지면 춘야 즈 남ᄆᆡ 누라서 공경ᄒᆞ면 싱각ᄒᆞ고 싱각ᄒᆞ여도 동춘 신시 덕욱 불상ᄒᆞ고

〈16-앞〉

물갓치 씨난 저절 ᄂᆡ 몬ᄒᆞ라 주여시면 어냐 누 젓 ᄒᆞᆫ 모곰 멱여줄고 시진시진ᄒᆞ고 요요호옥주□ 은장도ᄂᆞᆫ 칼을 ᄲᅢ여들고 ᄌᆡ결ᄒᆞᆯ가 말가 ᄌᆞᄒᆞᆫ가 ᄆᆡ월의 흉기와 노비 등 욕셜 싱각ᄒᆞ니 살 마음 젼히히 읍고 ᄯᅩ 춘야 동춘 잠ᄭᅢ면 자결코 ᄒᆞ되 못ᄒᆞ니라 ᄒᆞᆫᄒᆞ다(가) ᄂᆡ신 차목ᄎᆞ목ᄒᆞ다 ᄂᆡ 신시야 십죽 세만ᄂᆡᆫ 인연 ᄇᆡᆨ연히노 ᄒᆞ자든이 단만 열히을 못살고 웃ᄉᆞ 죽음니 원일인고 광보의 씨인 ᄌᆞ식 두고 과ᄀᆡ 가 낭군도 못보고 죽기을 ᄌᆡ쵸ᄒᆞ니 엇지 아니 시□ᄒᆞ니요 춘양 동춘 두고 가리 ᄂᆡ 죽건 귀신이라도 눈을 ᄭᅡᆷ지 못ᄒᆞ리로다 ᄯᅩ 춘야 동추 손도 만치면 발도 만지 보고 연장든

〈16-뒤〉

ᄂᆞᆫ 칼을 옥수의 연지 들고 춘양 보고 동춘 보고 죽기을 결단ᄒᆞ니 물너 왈 눈물이 갈발이 엽ᄃᆞ 잘잇그라 추양 동춘 잘 잇거라 인지 보면 은지 볼고 죠히 죠히 잘잇(다가) ᄂᆡ중 ᄂᆡ 죽여 구천가 다시 보ᄌᆞ 연도을 어지더려 ᄇᆡᆨ옥갓턴 낭ᄌᆞ 가심의 지려려 ᄒᆞᄃᆞ가 손ᄭᅡ락을 ᄶᅵ려 벽상의 만단졍셔을 씨고 다시 숀으로 츈양 동춘 몸 오류 만져면 난틀 ᄒᆞᆫᄐᆡ ᄃᆡ히고 실피 통곡ᄒᆞ며 연ᄌᆞᆼ도을 언진 드려 가삼 질려 숫같낫 피가 방중 강이 되고 노성병역니 쳔지 진동ᄒᆞ녀 사ᄒᆡ 강산니 뒤눠난 듯ᄒᆞ더라 잇ᄯᆡ 춘야 동춘 소ᄅᆡ 놀ᄅᆡ 놀잠을여 이려난니 어마님 가삼 칼이 쇱피거ᄂᆞᆯ ᄃᆡ성

〈17-앞〉

통곡ᄒᆞ다가 갈(로) ᄒᆞᆫ가지로 죽고자 ᄒᆞᄃᆡ ᄲᅢ려지지 아이ᄒᆞ그날 할기 엽서 동춘 ᄭᆡ우면 오마님 안고 ᄃᆡ성통곡 ᄒᆞ니 동춘 어만님 주건 주견주 모우고 졋ᄲᅡᆯ다가 아이 닌다고 우이 춘야 동춘 엽고 왈 동춘아 동춘아 우지마라 어마님 잠이 깁더으시니 잠ᄭᆡ그든 졋먹ᄌᆞ ᄒᆞ고 동춘 등을 ᄯᅮ다이면 통곡 실푸다 동춘야 어만님니 죽으시니 뉘ᄶᅡ려 졋달나 ᄒᆞ면 늬ᄯᅡᆯ여 으만임아 으만임아 부을고 ᄒᆞ면 가련ᄒᆞ고 ᄎᆞ목하다 우(으)신씨야 배곱푸고 목말른들 뉘서 ᄲᅢᆸ을 주면 무을 줄고 여마님 여마님 부은덜 누가 ᄃᆡ답ᄒᆞᆯ고 동지섯달 치(추)운 날의 누서 치(추)운들 온야 ᄒᆞ이요 우리 젼ᄉᆡᆼ의 피을 (ᄉᆡᆼ)각ᄒᆞ니 ᄎᆞ라이 주그지면 동춘 신시 더욱 부상ᄒᆞ다

〈17-뒤〉

ᄒᆞ고 어마인 신치 안고 ᄃᆡ성통곡ᄒᆞ며 왈 어마님 어마님 이여나소 잠이 기피 드려그든 그만 ᄌᆞ고 이려ᄂᆞ소 ᄒᆞ니 날(이)라 ᄉᆡ고 ᄒᆡ가 돗소 동춘이 졋달ᄂᆞ고 밤낫으로 울고 밥을 주도 아이 멱고 무을 마시도 아이 멱고 단만 졋만

다니ᄒᆞᆫ이다 이 그동 보고 ᄂᆡ 엿지 살을바리이요 ᄶᅡᆨ(을) ᄯᅮ리 ᄃᆡ성통곡ᄒᆞ니 그 경싱을 차마 보지 못할녀라 춘양 동춘의 우음소릐 산천 쵸목이 ᄃᆞ서혀 ᄒᆞ더라 각설 이ᄯᅢ 부인 춘양 동춘의 우ᄂᆞᆫ 소릐 듯고 낭ᄌᆞ 주견 줄을 알고 ᄃᆡ경치읍 드려가보니 낭ᄌᆞ 가삼의 칼이 ᄭᅩᆸ고 ᄌᆡ결ᄒᆞ여ᄂᆞᆫ 마음니 항홀ᄒᆞ여 춘양 동춘을 안고 ᄃᆡ성톡 ᄒᆞ다가 상공 공 도라와보면 젼의 업든 필서가 잇그날 ᄌᆞ서히 보니 낭ᄌᆞ 필

〈18-앞〉

리라 그 글의 ᄒᆞ여시되 실푸다 이ᄂᆡ 몸니 쳔상의서 덕죄ᄒᆞ고 인간의 나여와서 쳔숭연분으로 낭군과 인연을 ᄆᆡᄌᆞ ᄇᆡᆨ여히로 홀가 바릐든이 일시도 ᄯᅥ나지 안이ᄒᆞ고 질거ᄒᆞ다 공명의 ᄯᅳᆺ졀 두고 권권ᄒᆞ여 보ᄂᆡ든이 쳔별 ᄆᆡ치듯가 귀신 시기ᄒᆞ여든가 ᄇᆡᆨ옥갓텬 이ᄂᆡ 몸이 음힝으로 (돌)리간니 설설이 분ᄒᆞᆫ 마음을 뉘다려 설화ᄒᆞ이요 동춘 남ᄆᆡ 즘든 ᄌᆞ식 손발 죄고 ᄒᆞᆫ심 ᄭᅳᆺ 눈물노 ᄒᆞ직ᄒᆞ니 천지가 아득ᄒᆞ고 일월니 무강ᄒᆞᄃᆞ 원통ᄒᆞ고 분ᄒᆞᆫ 마음 황천 질을 ᄉᆡᆼ각ᄒᆞ고가 가장과 ᄌᆞ식 ᄉᆡᆼ각ᄒᆞ니 죽기난 설지 안니ᄒᆞ여도 강보의 크난 ᄌᆞ식 구실갓치 사랑타가 영졀이별 ᄉᆡᆼ각ᄒᆞ니 ᄂᆡ몸 ᄒᆞ

〈18-뒤〉

ᄂᆞ 죽으지면 춘양 동춘 너 ᄂᆞᆷᄆᆡ을 뉘라서 공경ᄒᆞ이요 뉘을 보고 어만님ᄒᆞ면 질기홀고 깃트 정을 ᄉᆡᆼ각ᄒᆞ니 창의 가덕ᄒᆞ고 ᄯᅩᄒᆞᆫ 낭군을 이별ᄒᆞᆫ 후오날이 소식 올가 명일이ᄂᆞ 소식올가 그려구로 기다리다리가 이른 누명을 입고 황천으로 도라기니 원통ᄒᆞ고 분ᄒᆞᆫ 마음 신은ᄒᆞ여 주옵소셔 할 말 무궁ᄒᆞᄂᆞ 손ᄭᅡ락 ᄭᅵ무려 덜고 반상의 그을 ᄡᅥ려 ᄒᆞ니 원통ᄒᆞ고 분ᄒᆞᆫ 마음 경신 아덕ᄒᆞ여 화천으로 도라가면 그만 서만 ᄭᅳᆺ치이다 ᄒᆞ여ᄡᅳ라 졍부인 그 글을 본 후의 더옥 실혀ᄒᆞ더라 그으구로 사오일을 지ᄂᆡ 후의 상공부부 의논 왈

성군 나려오(면) 분명 우리을 모함ᄒᆞ여 쥐기다 할겨시

〈19-앞〉

니 나려오아이 ᄒᆞ여 낭ᄌᆞ 신치을 (치우고)ᄌᆞ ᄒᆞ고 상공이 드려가 신치을 만져보니 신치 방의 붓고 이지 안이ᄒᆞ거ᄂᆞᆯ 낭ᄌᆞ 상공과 상노복이 아모리 할 줄 모로더라 철천지원이 되여신니 낭ᄌᆞ 혼신인덜 엇지 무무ᄒᆞ리요 ᄒᆞ더라 각설 이젹의 ᄇᆡᆨ성군이 경성의 올ᄂᆞ가 과거날을 기다이더이 한날 밤의 성군 몽ᄉᆞ 홍악ᄒᆞ기로 마음을 진정치 못하더라 (과)거과날을 당ᄒᆞ여 국왕 주당ᄃᆡ의 글지을 거려시ᄃᆡ 도광니서라 ᄒᆞ엿드라 성군니 질거 일필회지ᄒᆞ니 전장의 밧치고 ᄂᆞ와든니 항졔 성군의 그을 보고 ᄎᆞ찬ᄒᆞ여 왈 그 졀은 인간ᄉᆞ람 글 (안)이라 ᄒᆞ고 귀귀비졈이요 ᄌᆞᄌᆞ관쥐노다 상이승 ᄆᆡ기시고 실ᄂᆡ을 불너 청ᄒᆞᆼ셩이 항원을 축ᄉᆞᄒᆞ고 화님원의 닌도ᄒᆞ신 후의 직시 나ᄌᆞ

〈19-뒤〉

희여금 부모 야위젼의 젼와 낭ᄌᆞ계 편지ᄒᆞ여 보ᄂᆡ이라 이ᄯᆡ ᄉᆞᄌᆞ 주야로 ᄂᆞ려와 상공계 편지을 드리거ᄂᆞᆯ 상공 밧고 질거ᄒᆞ디라 ᄯᅥ여보니 ᄒᆞ여시ᄃᆡ 문안드리ᄋᆞᆸ이다 실ᄒᆞ 쓰난지 수월간의 부모 긔체일힝만강 ᄒᆞ신지 아고져ᄒᆞ와 원복모구구무님ᄒᆞ성지지라 ᄌᆞ식 성군은 ᄒᆞ염지덕ᄐᆡ 입ᄉᆞ와 ᄀᆡᆨ주의 무야 ᄒᆞᄋᆞᆸ고 금변 과겨은 장은ᄒᆞ여 할님학ᄉᆞ의 입쇼ᄒᆞ고 나려가오니 도문일ᄌᆞ은 금월 십오일리쇼니다 착실니 ᄒᆞᄋᆞᆸ시을 천만복망ᄒᆞᆫ나다 ᄒᆞ여거닐 상공니 편지을 다 본 후의 일번 반갑고 일번 실푼 마음 청양치 못ᄒᆞ니 낭ᄌᆞ 편지 부인 바다 들고 눈물 혈이면 왈 낭ᄌᆞ 片紙은 와시ᄃᆡ 도로혀 실푸도다 춘양은 주면 왈 이 편지은 너의 (어)만님 편

〈20-앞〉

지라 바다 간수ᄒᆞ라 ᄒᆞ니 춘양니 편지 바다 덜고 울면 동춘을 안고 어만님 빈수의 드려가 신체을 현들면 낫 한틱 ᄃᆡ히고 우다가 편지을 어만님 낫틱 덥고 통곡왈 어만님야 이려ᄂᆞ소 서울 갓든 아바님니 장원급지 ᄒᆞ여 할님학ᄉᆞ로 ᄂᆞ려온다 ᄒᆞᄂᆞᆫ이다 어만님야 동춘이 젓달나고 주야 우난 소ᄅᆡ 이ᄂᆡ 일쳔간장니 구비구비 녹ᄂᆞᆫᄃᆞ 어만님 ᄉᆡᆼ시의난 片紙 글시ᄒᆞ면 죠와ᄒᆞ시던니 오날은 밧가온 아바님 片紙 와사오되 웃지 반가치 아리ᄒᆞ시ᄂᆞᆫ이가 나은 글을 모로기로 어마님 영혼 젼의 편지 사연을 일녀 고ᄒᆞ지 못ᄒᆞ니 답답ᄒᆞ고 원통ᄒᆞᄂᆞ이다 ᄒᆞ면 동춘을 어류 만지면 달ᄂᆡ면 ᄒᆞᄂᆞᆫ 말리 다른 일은 고사ᄒᆞ고 으인 동을 주건 영신이라동 ᄉᆡᆼ각소서 ᄒᆞ면 동춘을 안고 죠모님

〈20-뒤〉

젼의 드려면 왈 죠모님은 어만 영(혼)젼의 아바님 편지을 일여주오면 죽은 으마님 영혼이(라)도 더을가 ᄒᆞ노이다 ᄒᆞ고 안ᄌᆞ ᄃᆡ성통곡ᄒᆞ니 정부인니 추양의 젼ᄉᆡᆼ 보고 낭ᄌᆞ 영혼젼의 ᄂᆞ가 片紙을 죄여 들고 누물 허리면 편紙 사연을 다 일려니 그 편지의 ᄒᆞ엇시ᄃᆡ 문안 답져ᄉᆞ오면 일서찰을 낭ᄌᆞ 죄ᄒᆞ여 (드)려ᄂᆞᆫ이다 우리 졍은 여산의히 이리 거려ᄂᆞ 틱산갓뎐 졍을 ᄯᅳ나고 쳘리원졍의 낭ᄌᆞ 답답ᄒᆞ신 졍은 일필난긔로다 ᄯᅩ한 낭ᄌᆞ 화상서 졍일과 빗치 다른니 무삼 병니 드려ᄂᆞᆫ가 ᄒᆞ여 심 ᄒᆞᆫ창의 잠 일누지 못ᄒᆞ니 답답ᄒᆞ도다 금변 과계은 낭ᄌᆞ 권권흠으로 장혼급지 ᄒᆞ여사오ᄂᆞ 낭ᄌᆞ 마음인덜 어지 질급지 아리ᄒᆞ리요 도문일ᄌᆞ은 금월 십오날이오니 ᄎᆞ실

〈21-앞〉

이 ᄒᆞᄋᆞᆸ소서 낭ᄌᆞ 쳔금갓텨 몸 안보ᄒᆞᄋᆞᆸ소셔 아무련의 ᄂᆞ려갈 설화ᄒᆞ올가 ᄒᆞ여드라 분인이 그결 다 본 후의 실푸고 답답ᄒᆞᆫ 마음을 이기지 못ᄒᆞ여

통곡왈 실푸다 춘야 동춘야 녀의 두을 엿지 ᄒᆞ리 ᄉᆡ로 통곡ᄒᆞ니 춘야니 죠모의 그동을 보고 어만님 신치을 안고 통곡왈 ᄋᆡ고 답답 ᄂᆡ 팔ᄌᆞ야 칠시의 어먼님 릴코 뉘을 밋고 ᄉᆞ라ᄂᆞ며 져 동춘은 삼 세 어미 일코 뉘을 의지ᄒᆞ여 장서ᄒᆞᆯ고 ᄒᆞ니 이편 ᄎᆞ목ᄒᆞᆫ 그동 ᄎᆞ마 보지 못할예라 경분니 상서젼의 ᄂᆞ가 여ᄌᆞ오ᄃᆡ 성군의 편지을 보니 엿ᄎᆞ엿ᄎᆞᄒᆞ온니 이 일을 엇지 ᄒᆞ오이가 상공 ᄃᆡ왈 난도 쏘ᄒᆞᆫ 주야로 ᄉᆡᆼ각ᄒᆞ온이 부인 근심치 마옵소서 ᄒᆞ고 직시 노비 등을 불여 이논왈 할님 ᄂᆞ려와 무상ᄒᆞᆫ 도리을 ᄉᆡᆼ각ᄒᆞ리요 ᄒᆞᆫ

〈21-뒤〉

ᄃᆡ 그 중의 늘건 죵놈니 엿ᄌᆞ오ᄃᆡ 소인니 할님을 모시고 아무 ᄶᅡᆼ 님진ᄉᆞᄃᆡᆨ의 가오니 여려 ᄉᆞ람 무수ᄒᆞᆫ 중의 일월갓탄 소낭ᄌᆞ가 귀경ᄒᆞᄃᆞ가 몸을 연신ᄒᆞ 니 ᄒᆞᆯ님 층춘ᄒᆞᄃᆡ 쳔ᄒᆞ졀ᄉᆡᆨ이라 ᄒᆞ더이다 지금 쏘 낭ᄌᆞ ᄒᆞ면 질거ᄒᆞ되 그ᄣᅢᆨ 낭ᄌᆞ의 쳥혼ᄒᆞ면 안직ᄂᆞᆨ이 될 듯 ᄒᆞᄂᆞᆫ이다 ᄒᆞ니 상공왈 님진ᄉᆞᄃᆡᆨ은 할님 ᄂᆞ려오ᄂᆞᆫ 질ᄶᅡ니온와오나 나와 죽마고우라 ᄒᆞ고 님진ᄉᆞ ᄣᅢᆨ을 ᄎᆞᄌᆞ 가니 진ᄉᆞ 진ᄉᆞ 상공을 (보)고 현연니 영졉ᄒᆞ여 왈 엇지 누지 ᄒᆞᆫᄃᆡ 요님ᄒᆞ신ᄂᆞᆫ 잇ᄀᆞ 상공이 ᄃᆡ왈 ᄂᆡ 여이 오기난 다름이 안이라 ᄌᆞ식 성군이 수경낭ᄌᆞ로 더부려 인연 ᄆᆡᄌᆞ 질거ᄒᆞ든니 과거 간 후의 시운 불ᄒᆡᆼᄒᆞ여 낭ᄌᆞ 주거시니 성군 니려와 낭ᄌᆞ 주견 줄 알면 결단코 ᄒᆞᆫᄶᅡ지 주걸듯 ᄒᆞ기로 요죠숙여을 광문ᄒᆞ든니 진ᄉᆞᄣᅢᆨ

〈22-앞〉

의 아음다온 구수가 잇다 ᄒᆞ기로 와 진ᄉᆞ은 마음 셜니 ᄉᆡᆼ각ᄒᆞ여 혀락ᄒᆞ옵소 서 진ᄉᆞ왈 ᄂᆡ집이ᄂᆞᆫ 여식은 혁운반월이요 낭ᄌᆞ은 쳥쳔일월이라 엇지 할님 시랑되리요 혀혼ᄒᆞ여 다만 임마과 갓지 아리ᄒᆞ면 ᄂᆡ 여식 바릴 거시니 말리 경낙이로소이다 옹ᄋᆡ미갈ᄒᆞ니 상공니 ᄀᆞ유왈 진ᄉᆞ은 너부신 덕ᄐᆡᆨ으로 집피 싱각ᄒᆞ옵소서 진ᄉᆞ ᄃᆡ왈 무가ᄂᆡᄒᆞ라 고경니 집피 깊푸기로 혀락ᄒᆞᄂᆞᆫ이다 상공이 질거왈 할님니 금월 십오일의 진ᄉᆞ씩 문젼으로 지닐 거시니 틱일ᄒᆞ여 그날 힝예을 ᄒᆞ사이다 ᄒᆞ고 집으로 도라와 직시 날ᄎᆞ을 보ᄂᆡ이라 각설 잇씨 할님니 청사관ᄃᆡ의 빅욕쵸을 손의 덜고 나려온니 이젼한 그동은 뉘안 충찬ᄒᆞ리요 각도 각업 사람니 다 구경ᄒᆞ드라 여려 날만 경긔감영의 득달ᄒᆞ니 경긔감ᄉᆞ 할님을 보고 실ᄂᆡ을 청ᄒᆞ여

〈22-뒤〉

이삼 진퇴 후의 당상 안치고 무수히 충찬ᄒᆞ시고 주찬 ᄂᆡ여 극진니 ᄃᆡ졉ᄒᆞ드라 이젹의 빅성군니 노독으로 신고ᄒᆞ여 침석의 잠 죠우든니 비몽간의 수경낭ᄌᆞ 드으아거날 살피보니 젼신의 유혈니 낭ᄌᆞᄒᆞ여 실푸 통곡왈 낭군은 그간의 직중식 무탈ᄒᆞ시ᄂᆞᆫ잇ᄀᆞ 쳡은 불힝하여 셰상을 이별ᄒᆞ옵고 황쳔으로 도라갓ᄉᆞ오니 일젼의 세모님 편지 주달ᄒᆞ옵기로 듯ᄉᆞ오니 금변 과긔은 장원급지 ᄒᆞ여싸 ᄒᆞ온니 쥭은 혼빅이라도 반갑지 안이ᄒᆞ리요 실푸고 가련ᄒᆞ다 낭군님아 영ᄒᆞ로 나려 오건만은 싱시가치 보지 못ᄒᆞ니 엇지 원통치 안이ᄒᆞ리요 어서 바비 나여가 부상ᄒᆞᆫ 춘양 동춘을 구ᄒᆞ쇼서 어미 일코 아비기려 주야로 우난이다 이ᄂᆡ 몸은 원토ᄒᆞᆫ 귀신이 되여 촌촌젼죄ᄒᆞ여 왓ᄉᆞ오니 이ᄂᆡ 가삼의 만져보옵소셔 성군 낭ᄌᆞ을 보고 반기ᄒᆞ여 손을 잡고 낙누ᄒᆞ여 몸을 만져보니 가삼의 칼이 쏩피그날 노나 깃다려

〈23-앞〉

니 남가일몽이라 쑴니 ᄒᆞ도 후참ᄒᆞ시기로 잠을 일우지 못ᄒᆞ여 동방 (님미)이 발거ᄂᆞᆯ ᄒᆞ인을 불여 가가을 ᄌᆡ촉ᄒᆞ여 주야로 나려오니 각설 이젹의 상공 힝ᄎᆞ을 ᄌᆞ이여 ᄒᆞ인을 거ᄂᆞ이고 님진ᄉᆞ씩으로 올ᄂᆞ가이라 각설 잇씨 님진ᄉᆞ가 상공 오기을 기다라다가 상공을 고을 보고 졀겨 ᄒᆞ며 홀임 오기을

기다이라 이ᄯᅵ 홀님니 님진ᄉᆞ 문젼 지닐ᄉᆡ 상공 성군 보고 밧기여 손길 잡고 이르ᄃᆡ 진ᄉᆞᄶᅵᆨ 아음운 구수이다 ᄒᆞ기로 경혼ᄒᆞ여ᄉᆞ오니 여ᄯᅳ기 ᄒᆞ요 할님이 ᄃᆡ왈 소ᄌᆞ가 광야일모일ᄂᆞᆨᄒᆞᄃᆡ 일몽을 어더니 낭ᄌᆞ 몸ᄂᆡ 유혈 낭ᄌᆞ ᄒᆞ기로 소ᄌᆞ을 븟(들)고 시푸 통고ᄒᆞ면 이리이리 그날을 아못ᄒᆞ니 ᄂᆞ려가 낭ᄌᆞ의 말삼을 듯은 후의 ᄒᆡ예을 ᄒᆞ이다 ᄒᆞ고 ᄒᆞ인을 불여기을 ᄌᆡ쵸ᄒᆞ여 진ᄉᆞ무젼을 가니 상공이 할님을 부들고 만ᄀᆡ유왈 사ᄃᆡ부 행ᄉᆞ 안이로다 혼인은 ᄃᆡᄉᆞ라 부모

〈23-뒤〉

가 구혼ᄒᆞ여 육예을 갓쵸와 부모가 ᄒᆞ신 일을 엿지 고집ᄃᆡ로 행례 안이ᄒᆞ면 진ᄉᆞᄶᅵᆨ 여식은 바린 그시니 집피 ᄉᆡᆼ각ᄒᆞ여 힝네ᄒᆞ라 ᄒᆞ니 (ᄒᆞ)호인 등이 엿ᄌᆞ오대 홀임은 깁피 ᄉᆡᆼ각ᄒᆞ며 힝례ᄒᆞᄋᆞᆸ소(니)라 홀님이 저지왈 급피 기을 ᄌᆡ쵹ᄒᆞ니라 ᄒᆞ인과 진ᄉᆞᄶᅵᆨ ᄃᆡ경ᄒᆞ드라 수일만의 홀님 문젼의 덕달홀 젹의 상공이 성군을 보고 말슴을 ᄒᆞ되 너 과ᄀᆡ 간 후로 집안이 녀기로 아무 연분의 별당 근쳐 지ᄂᆡ간니 남ᄌᆞ 소ᄅᆡ 들이기로 낭ᄌᆞ 불여 무련즉 춘양 동춘과 ᄆᆡ월을 다리고 말ᄒᆞ여ᄃᆞ ᄒᆞ기로 그 후의 ᄆᆡᆼ월 불너 무련즉 ᄆᆡ월이 간ᄇᆡ 업다 ᄒᆞ기로 그 말이 수상ᄒᆞ여 낭ᄌᆞ을 불녀 왈 약난 경치ᄒᆞ여드니 낭ᄌᆞ 여ᄎᆞ여ᄎᆞᄒᆞ며 죽거신니 이련 망년될 일 어ᄃᆡ잇소잇□ 할님니 이 말 듯고 정신이 아덕ᄒᆞ여 중문ᄋᆡ 더으가신니 별□ 그 우름소ᄅᆡ

〈24-앞〉

달이그날 시경의 더려가니 주치ᄯᅳᆯᄋᆡ 옥잠 밧기오그날 디홀임 그 옥잠 ᄲᆡ들고 ᄃᆡ성통곡왈 무정ᄒᆞᆫ 옥잠은 밧기ᄒᆞᄃᆡ 유정ᄒᆞᆫ 낭ᄌᆞ은 보엿지 ᄂᆞ월 반기지 안ᄒᆞᄂᆞᆫ요 ᄃᆡ성통곡ᄒᆞ니 눈물 혈려 ᄋᆞᆸ펄 보지 못ᄒᆞ여 별당의 드려가니 실푸다 춘양의 현픈 머리 산발ᄒᆞ고 동충을 엽 어미 신치 안고 달ᄂᆡ고 답 어만님

야 이어나소 ᄀᆡ과 깃든 아바님 나려와ᄂᆞᆫ이라 ᄒᆞ면 실피 통곡ᄒᆞ니 그 가련ᄒᆞᆫ 정싱 뉘 아이 통곡ᄒᆞ이요 춘양 동춘은 하님 보고 젓먹ᄌᆞ ᄒᆞ고 충양 아비을 안고 기졀ᄒᆞ니 할님 그 그동 보고 쳔지가 아득ᄒᆞ고 젼신이 □박ᄒᆞ다 낭ᄌᆞ 신체을 살피오니 ᄇᆡᆨ옥갓타 월골은 젼과 갓터 ᄐᆞ피 가삼의 칼 쏨고 잔ᄂᆞᆫ다시 누어신이 할님 그 그동 보고 부모

〈24-뒤〉

을 도라보면 왈 아무리 주그덜 칼도 ᄲᆡ지 안이ᄒᆞ여ᄂᆞ잇고 ᄒᆞ면 ᄃᆡ성통곡 낭ᄌᆞ 낭ᄌᆞ 수경낭ᄌᆞ야 서울 가든 ᄇᆡᆨ성군이 왓ᄂᆞᆫ이라 ᄒᆞ며 칼 ᄲᆡ니 그지야 카이 ᄲᆡ진 궁긔서 쳥세 ᄒᆞᆫ 마리가 날ᄂᆞ 한 마이은 할님 엇ᄀᆡ 안지면 우난 쇼릐 ᄒᆞ면목 ᄒᆞ면목 ᄒᆞ고 또 ᄒᆞᆫ 마리은 충양 엇ᄀᆡ 안ᄌᆞ 우ᄂᆞᆫ 소릐 소ᄋᆡᄌᆞ 소ᄋᆡᄌᆞ ᄒᆞ고 돗 ᄒᆞᆫ 마리은 동춘 엇ᄀᆡ 안자 우ᄂᆞᆫ 소릐 유ᄌᆞ심 유ᄌᆞ심 ᄒᆞ고 날ᄂᆞ가거ᄂᆞᆯ 할님 우ᄂᆞᆫ 소릐을 히득ᄒᆞ니 ᄒᆞ면복 ᄒᆞ면목 ᄒᆞᄂᆞᆫ 소릐은 엄힝한 ᄶᅵᆨ을 입고 무신 면목으로 낭군을 ᄃᆡ면ᄒᆞ리요 ᄒᆞᄂᆞᆫ 소릐요 소ᄋᆡᄌᆞ 소ᄋᆡᄌᆞ ᄒᆞᄂᆞᆫ 소리ᄂᆞᆫ 추양야 부ᄃᆡ부ᄃᆡ 동춘을 울지 말고 죠히 잘 잇그라 ᄒᆞᄂᆞᆫ 소리요 유ᄌᆞ심 유ᄌᆞ심 ᄒᆞᄂᆞᆫ 소릐은 동춘 동춘야 어인 녀을 두고 황쳔으로 도라가 눈을 감지 못ᄒᆞ리라 ᄒᆞ고 주건 혼ᄇᆡᆨ이라도 너을 ᄉᆡᆼ각ᄒᆞ고 울며 ᄃᆞ이ᄂᆞᆫ이라 ᄒᆞ여드라 그 청

〈25-앞〉

죠 ᄉᆡ 마리 낭ᄌᆞ 삼혼칠ᄇᆡᆨ이라 낭군을 막죽 보고 가ᄂᆞᆫ ᄉᆡ라 이날부터 할님니 낭ᄌᆞ 신치을 안고 ᄃᆡ성통곡 왈 ᄂᆞᆼᄌᆞ야 ᄂᆞᆼᄌᆞ야 언인 동춘 졋달ᄂᆞ고 주야로 우ᄂᆞᆫ 소릐 답답 가련ᄒᆞ다 낭ᄌᆞ야 녀ᄂᆞᆫ 세상만사을 다 바리고 황쳔으로 도라가 잇근마은 ᄂᆞ은 여인 ᄌᆞ식을 다리고 이 고상을 엇지 다 지ᄂᆡᆫ고 ᄋᆡ고답답 어린 ᄌᆞ식 어이ᄒᆞᆯ고 낭ᄌᆞ야 낭ᄌᆞ야 우리 삼부ᄌᆞ 다리가소서 원수로ᄃᆞ 과ᄀᆡ

가 원수로다 만ᄉᆞ을 다 바이고 낭ᄌᆞ만 보고 일시만 못바도 삼춘 갓치 여기든니 맛달이ᄂᆞ 되연낙고 이릇타시 영결죵천 ᄒᆞ니 여ᄂᆞᆫ 씩 다시 볼 아무리 이졀ᄂᆞ ᄒᆞ여도 동춘이 졋달나 ᄒᆞᄂᆞᆫ 소ᄅᆡ 이ᄂᆡ 일쳔 간장 구비구비 다 녹난ᄃᆞ 엇지ᄒᆞ여 엇지ᄒᆞ여 이졀소야 ᄂᆞ도 죽으 ᄒᆞᆫ가지로 ᄯᅡ라가고져 ᄒᆞᄂᆞ 죽기을 졀단ᄒᆞ 니실즉 춘양 가삼을 ᄯᅮ다리 엿ᄌᆞ오ᄃᆡ 아바님 이려타시 기졀ᄒᆞ니 만일 아반님 죽ᄉᆞ오면 우리가 뉘을 밋고 사연이가 쳔금갓탄 목

<25-뒤>

숨을 보젼ᄒᆞ옵소서 ᄒᆞ면 호쳔토곡ᄒᆞ니 할님 춘양과 동춘 ᄉᆡᆼ각ᄒᆞ여 죽지 못ᄒᆞ고 춘양 동춘야 소ᄋᆡ 붓드고 달ᄂᆡ니 춘양 거동보소 아바님 빈들 안이 쉽푸시며 목인덜 아이 마르이까 어마님 ᄉᆡᆼ세의 아바님 오거든 드럴ᄂᆞ 하고 듯든 술리ᄂᆞ 잡수소서 ᄒᆞ면 빅옥잔의 술을 부으 들고 어만님 ᄉᆡᆼ시의 유원을 ᄉᆡᆼ각ᄒᆞ옵셔 ᄒᆞ니 ᄒᆞᆯ님 마지 못ᄒᆞ여 순 ᄒᆞᆫ 즌을 바다덜 왈 여어만임 ᄉᆡᆼ시 유원이라 ᄒᆞ니 술을 먹노라 ᄒᆞ고 잔을 잡고 마시니 눈물 혈려 즌의 ᄎᆞᄂᆞᆫ지라 추양이 울면 오라 실푸 아밧님야 어만님니 아바님 오시그든 드리라고 관ᄃᆡ 시ᄃᆡ 한 ᄌᆞ락은 학을 노코 ᄯᅩ ᄒᆞᆫ자락은 학기 업시니 ᄒᆞᆨ을 놋타ᄀᆞ 주긋도다 ᄒᆞᆯ님니 ᄒᆞᆫ 보ᄆᆡ 홍장 막히 젼신 아득ᄒᆞ여 읍드져 질ᄉᆡᆼᄒᆞ니 춘양 울면 왈 아바님야 젼신을 진졍ᄒᆞ옵소 ᄂᆡ 져련 그동을 보고 살기을 바ᄅᆡ이요

<26-앞>

상공과 상ᄒᆞ 노복이 (아)모리 할 줄 모로드라 그려구로 십여일을 지ᄂᆡ 후의 ᄒᆞᆯ임니 ᄉᆡᆼ각ᄒᆞᄃᆡ 아모 연분의 ᄆᆡ월노 방수을 ᄒᆞ엿ᄊᆞ가 낭ᄌᆞ로 작별ᄒᆞᆫ 후로 져을 도라보지 아이ᄒᆞ여드니 편연 그 소시라 ᄒᆞ고 ᄆᆡ월 불여 무런니 ᄆᆡ월니 할업서 엿ᄌᆞ오ᄃᆡ 소여을 일젼ᄋᆡ 작죄 엽ᄂᆞ이다 ᄒᆞᆯ님이 덕욱 졀노ᄒᆞ여 창을 부여 호령 각별 업치ᄒᆞ라 ᄒᆞ니 ᄆᆡ월니 엄명ᄒᆞ의 기망치 못ᄒᆞ여 젼ᄉᆞ후연

난낫치 고ᄒᆞ니 할님니 노복을 호령ᄒᆞ여 돌쇠을 결박 ᄂᆡ립ᄒᆞ니 돌쇠 엇ᄌᆞ오ᄃᆡ 소인은 천지 모로옵고 금원마홍참ᄒᆞ여 ᄆᆡ월이 유인의 쏘가사오니 죽을 ᄯᅵ을 만나기로소이다 할님니 부모을 도라보면 왈 이런 오망한 여의 말을 듯고 ᄇᆡ욕갓턴 낭ᄌᆞ을 죽기신니 ᄋᆡ달ᄒᆞ고 분ᄒᆞᆫ일리 어ᄃᆡ 잇시이요 ᄒᆞ고 ᄆᆡᆼ월과 돌쇠을 일변 선참ᄒᆞ고 상공을 도라보니 상공니 붓그려ᄒᆞ

〈26-뒤〉

드라 할님 장ᄉᆞ을 ᄒᆞ라 ᄒᆞ드니 이날 밤의 일몽을 어드니 낭ᄌᆞ 드려와 졋ᄐᆡ 안ᄌᆞ면 왈 실푸다 낭군님야 쳡의 원수을 갑파신니 쳡의 신치은 구산ᄋᆡ도 뭇 말고 신사의도 못 말고 옥연동 못 가오ᄃᆡ 무뎌주면 낭군과 어인 ᄌᆞ식을 다시 보이다 ᄒᆞ고 부ᄃᆡ부ᄃᆡ ᄂᆡ을 허수이 듯지 말고 그리ᄒᆞᄋᆞ소서 만일 그렷치 안니ᄒᆞ면 만ᄂᆡ보키 어려올 그시라 ᄒᆞ고 간ᄃᆡ업그날 할님 놀ᄂᆡ ᄭᆡ다른니 남기일몽이라 직시 ᄂᆞ가 직시 ᄂᆞ가 부모ᄭᆡ 설ᄒᆞ고 장ᄉᆞ을 ᄒᆞ라 ᄒᆞ신니 신쳬가 요동치 할님과 노복니 ᄃᆡ경ᄒᆞ여 아모리 ᄒᆞᆯ 주 모으더라 그 즁 노죵이 ᄉᆡᆼ각ᄒᆞᄃᆡ 소인이 ᄉᆡᆼ각ᄒᆞ온니 낭ᄌᆞ ᄉᆡᆼ시의 사왕ᄒᆞ든 춘양 동춘을 상복을 입피고 ᄒᆡᆼ압ᄒᆡ 시우고 ᄒᆞ면 죠혈듯 ᄒᆞ노이다 할림니 올히 여기 춘양 동춘을 상복을 입피고 입피 압시우고 통곡왈 낭ᄌᆞ야 녀 ᄉᆡᆼ시ᄋᆡ 사낭ᄒᆞ든 ᄌᆞ식을 압피 시와신니 사

〈27-앞〉

양 말고 가ᄌᆞ ᄒᆞ며 업더져 기절ᄒᆞ니 그지야 신쳬가 와연이 ᄯᅳ려지그날 그려구로 옥연동을 차자간니 ᄃᆡ틱의 무리 ᄌᆞ옥ᄒᆞ그날 낭ᄌᆞ을 그 물 여치 못ᄒᆞ여 물가ᄋᆡ 안ᄌᆞ 우다가 이력ᄒᆞ여 노성벽역니 노성벽역 천지진ᄒᆞ(더니)그날 물니 ᄰᆞᆯ어지면 마려고 두 줄 무지기가 석그날 살피보니 연ᄃᆞᆼ 가운ᄃᆡ 석흠니 잇그날 낭ᄌᆞ을 그 석흠 여코 나오니 ᄯᅩ 노성병역이 천지진동ᄒᆞ드니 일시

무니 ᄌᆞ옥여그날 할님니 수중창ᄒᆞ여 무수히 통곡ᄒᆞ고 졔(문)을 지여시ᄃᆡ 그 결의 ᄒᆞ여시ᄃᆡ 시푸다 삼ᄉᆡᆼ연분으로 그ᄃᆡ을 만ᄂᆞ 원ᄂᆞᆼ좌지ᄂᆞᆨ을 ᄇᆡᆨ여ᄒᆡ요 ᄒᆞᆯᄀᆞ 바ᄅᆡ던니 ᄒᆞᄂᆞᆯ 지시ᄒᆞ고 귀신 이려ᄒᆞᆫ가 ᄋᆡᄆᆡᄒᆞᆫ 누명을 바ᄃᆞ 황천천으로 도라간니 엿지 원토치 안이ᄒᆞ이요 세상만ᄉᆞ을 다 바리고 황쳔으로 도가그이와 성군 뉘을 밋고 사이요 어인 ᄌᆞ식을 다리고 장성ᄒᆞ기 지루ᄌᆞᄒᆞ면 시푼 마음을 엇지 층양ᄒᆞ리요 낭ᄌᆞ 신체을 압 동

〈27-뒤〉

산의 무드시면 무듬이ᄂᆞ ᄌᆞ죠 볼가 바ᄅᆡ드니 낭ᄌᆞ을 물쏙의 여허시니 어연쳔연 다시 볼고 ᄒᆞ고 ᄃᆡ성토곡ᄒᆞ니 산쳔쵸목과 금수 다 실허ᄒᆞᄂᆞᆫ 듯ᄒᆞ드라 원(큰)ᄃᆡ 낭ᄌᆞ 실영지ᄒᆞ의 ᄃᆞ시 한 분 보기을 쳔만 바ᄂᆡᄅᆡᄂᆞᆫ이다 일ᄇᆡ 쳥잔으로 북형ᄒᆞ온니 강님ᄒᆞᄋᆞᆸ(소)서 ᄒᆞ면 통곡ᄒᆞ니 일역ᄒᆞ여 노상병역 쳔지진동ᄒᆞ드니 놀ᄂᆡ 무리 갈ᄂᆞ지면 낭ᄌᆞ 칠보단장 청ᄉᆞ 잇글고 완연니 ᄂᆞ오그날할님 농복 등니 놀ᄂᆡ 낭ᄌᆞ을 붓덜고 ᄃᆡ성통곡ᄒᆞ니 낭ᄌᆞ 단순호치 반만 열고 말ᄉᆞᆷᄒᆞ되 낭군님 실허ᄒᆞ지 마ᄋᆞᆸ소셔 쳡이 양군과 연분이 중ᄒᆞᆫ고로 옥황상지쎠ᄋᆞᆸ서 히노ᄒᆞ시ᄃᆡ 낭군과 두 ᄌᆞ식을 다이고 오ᄅᆡᄒᆞ시기로 왓ᄉᆞ오니 ᄂᆞᆼ군 마음을 진ᄒᆞᄋᆞᆸ소서 세부 야위은 그간의 평안ᄒᆞ시ᄂᆞ이가 ᄒᆞ니 할님 낭ᄌᆞ 손을 잡고 왈 낭ᄌᆞ ᄂᆡ 망염된 일을 ᄉᆡᆼ각ᄒᆞᄋᆞᆸ소서 낭ᄌᆞ왈 동춘야 졋 며거라 춘양아 ᄂᆞ을 보와라 녀 두리 거간의 뉘을 밋고 사라노 ᄇᆡᆨ욱갓텬 두기 밋ᄐᆡ

〈28-앞〉

눈물 비온ᄃᆞ시 혈이이 춘양니 거간의 어마님을 붓들고 어만님야 오ᄃᆡ 가다 인ᄌᆡ 왓ᄂᆞᆫ이가 모ᄂᆡ 서르 붓들고 ᄃᆡ성통곡ᄒᆞ이 할님 그 거동을 보고 일변은 반갑고 일변 고이ᄒᆞ면 낭ᄌᆞ을 붓들고 죽넌 귀신아 난왓ᄀᆞ 사라 육신이 왓ᄂᆞ 잇ᄀᆞ 그ᄉᆞ의 어ᄃᆡ로 가신ᄂᆞᆫ잇고 ᄒᆞ니 낭ᄌᆞ왈 쳡의 몸 ᄋᆡᆨ운 밋쳐 쳔상으로

갓더니 상제쎄옵서 앙군과 두 ᄌᆞ식을 다이고 올ᄂᆞ오라 ᄒᆞ기로 왓ᄉᆞ오니 낭군 염여 염여치 마옵소서 ᄒᆞ고 할님과 두 ᄌᆞ식을 낫낫치 설ᄒᆞᄒᆞ고 호성이 진동ᄒᆞ드라 각설 녜젹의 임진ᄉᆞ 이 마 듯고 상공 차자와 형망지ᄉᆞ월 무년니 상공이 ᄃᆡ답 그 일 할님쎄 밀치니 홀임 별당으로 드오가 낭ᄌᆞ쎄 임진ᄉᆞ씩 경혼을 ᄒᆞᆫ 사연을 설ᄒᆞ니 낭ᄌᆞ왈 님진ᄉᆞ씩 납치을 바다시니 엇지 다은 가문으로 가하리요 밧이 ᄂᆞ가 혀락ᄒᆞ라 ᄒᆞ시니 할님니 그지야 혀락ᄒᆞ니 진ᄉᆞ

〈28-뒤〉

직시 집으로 도라와 탁일하여 보ᄂᆡ라 이려구로 길일 당ᄒᆞ여 홀니 쳥ᄉᆞ관ᄃᆡ을 입고 ᄇᆡᆨ쵸말 타고 님진ᄉᆞ 무젼의 다다려니 좌우시ᄇᆡ 동ᄂᆡ와 맛자드라 그날 연셕의 드려ᄀᆞ 힝예을 하ᄂᆞᆫ 그동 쌍롱니 칠성을 히농ᄒᆞᆫ 듯 ᄒᆞ드라 삼일 신힝ᄒᆞ여 집으로 도라와 세부도 양위 봉□고 낭ᄌᆞ 보오니 쏘 지거ᄒᆞ여 혀갓터라 이어구로 오연을 되ᄆᆡ 일은 낭ᄌᆞ 옥병술을 세부 앙위젼의 드려 엿ᄌᆞ오ᄃᆡ 옥항상졔쎄서 ᄒᆞ직ᄒᆞ기로 왓삽ᄂᆞ라 오날 가기을 쳥ᄒᆞᄂᆞᆫ니라 세부 양위은 이 술을 잡수시요 쏘 이 술 잡수시면 만세알녕 ᄒᆞ옵고 세세상 염병은 방지장ᄒᆞᆫ이라 만세무양 ᄒᆞ옵ᄃᆞ가 명시을 당ᄒᆞ그든 영ᄒᆞ봉으로 ᄎᆞᄌᆞ오시면 만ᄂᆡ이다 노비 등을 불여 여히 등은 다 보기 으여을 거시니 서방님 양위분 모시고 잘 이거라 ᄒᆞ고 홀임

〈29-앞〉

할님과 낭ᄌᆞ 구음 타고 춘양 동춘 ᄇᆡᆨ학을 타 포연히 쳔상으로 오ᄂᆞ가그날 상공니 이으ᄒᆞ 거동을 보고 가삼을 쑤ᄃᆞ여리면 통곡(ᄒᆞ고) 졍부인 쌍을 파고 ᄒᆞ니 노비 등은 시려ᄒᆞ고 님소졔은 수심세월 보ᄂᆡ드니 그르구로 부친 붕ᄒᆞ고 님소졔은 죽여 연연 춘삼월의 녹수님광 뒤건식을 버졀 ᄉᆞ마 이골노 가면 섄굼 섄금ᄒᆞ고 저골노 가면 섄공ᄒᆞ이 그 중의 임소지 일신 ᄎᆞ목ᄒᆞ기

되엿드라 (실)푸다 낭군님아 나을 여긔 두고 어듸 가쇼 이닉 일신 다리가쇼 서방님은 으듸 가 견식을 싸라다니난고 익고답답 닉 일신아 어이홀고 닉이 일신 으이홀고 우(리)부모 느을 나여 영훈보라 훈드니 이닉 일신 이위일고 영훈은 곳스훈고 닉 팔즈 곤쳑주소 익고답답 아부님아 느은 주야로 두견식은 버졀 삼와 느무 슷틱 도라다이면 운는이다 훈드라

〈29-뒤〉

임신 陰二月二十合 수경낭즈젼 죵이라

쩰신힝보제안사돈졔 상증

인편후달포되외니구

소원주

天下영운감무틕을성두무군神아숨아 一道通道德 上탈天門훈고 中탈니리훈고 下달지리훈야 주옵시고 具乾命十禾生黃喆相甲辰生□□坤命使爲富貴吉富子務參壹훈야주옵시기을 千萬伏祝 바닉는이다

〈30-앞〉

같이

주의

원홍딕

님신이월이십숨일

수경낭즈젼이라

수뎐 나가셜

은샤에 나빠 오라 하니 천군이 알아 무하 [illegible] 시이 는 [illegible]
이러 [illegible] 온 정 [illegible] 이여야 하고 가에 엇지 [illegible] 헐 [illegible] 하
원수을 친 폐하게 날 부모 만상하여 [illegible] 박은 [illegible] 해가
지로 흉한 [illegible] 이 업산 재과 이 [illegible] 낭자 올여온 동[illegible] 곳의
미샹으나 낭군와 병이 중한 줄도 알되 다 밤마다 [illegible]
이 [illegible] 낭군이 언자 일거여 자운 생각하여 [illegible] 이
못하여 낭벽에 [illegible] 가득하엿스나 [illegible] 이 [illegible] 오
우는 낭제 병에 [illegible] 을 내 [illegible] 놓이 [illegible] 하나는 [illegible]
또 하나 [illegible] 황시 [illegible] 온 이 이 약을 [illegible] 다 산여 [illegible] 차 [illegible]
하는 가 디 병 [illegible] 이 [illegible] 다르니 또한 [illegible] 이 [illegible] 병 이 아무이
[illegible] 의 [illegible] 지 [illegible] 비 [illegible] 불은 노 [illegible] 하 [illegible] 을 [illegible]
여 [illegible] 더욱 [illegible] 하 [illegible] 세도 가 나 [illegible] 엇지 하 [illegible] 구

수경낭자전(박순호 33장본)

〈수경낭자젼이라〉는 33장(66면)으로 이루어진 이본으로, 서두 부분이 낙장 되어 있고 선군이 꿈에서 낭자를 만난 이후 상사병에 걸려 식음을 전폐하는 부분부터 서사가 시작된다. 필사 연도가 '단기四一九一年二月二十九日'(1858년 2월 29일)로 남겨져 있으며, '서울'이라는 표기가 보인다. 이 이본에서는 과거길에 오른 선군이 두 차례 집으로 되돌아온 이후, 수경낭자가 풍운을 타고 선군을 찾아가며, 낭자의 죽음 이후부터 재생하기까지의 서사가 확대되어 있다. 낭자는 자결한 후에 사자를 따라 갔다가 염나왕에 의해 지옥에 갇히는데, 천상 율관이 옥황상제에게 낭자를 용서해 달라고 간청하자 옥황상제가 용서하여 서천국으로 간다. 뒤이어 율관과 수경낭자가 주고받는 편지가 이어지는데, 율관은 낭자에게 선군이 지하에 묻으면 환생할 수 없다며 선군에게 수장하라고 당부하라고 한다. 낭자가 자식을 만나게 해달라고 옥황상제께 요청하자, 상제는 낭자를 집에 보내지 말고 식심강 죽임도로 가서 선군을 만난 후, 삼년 후 승천하라고 한다. 또한 이 이본에서는 임진사가 임소저의 혼사 문제를 아내에게 물어 결정하며, 상공이 할임에게 편지를 보내 임소저와 결혼할 것을 강권하는 화소가 첨가되어 있다.

출처: 월촌문헌연구소편, 『한글필사본고소설자료총서』69, 오성사, 1986, 349~414쪽.

〈1-앞〉

음식이나 먹으라 한데 선군이 왈 아무이 수심□□ 이라 하온들 정영이 연약하고 간이 엇지 꿈이 헜세잇까 하고 음식을 전폐하거날 부모 민망하여 백약을 쓰대 한가지로 효암이 업난지라 이적의 낭자 옥연은동 적ᄒᆞ위 있으나 낭군의 병이 중한 줄 알고 밤마다 몽중의 왕래 이로대 낭군이 엇지 일게 여자을 생각하여 마암을 젼이 못하여 병이 알신에 가득하였으니까 이 약을 먹오 옥낭제 병에 술을 내어놓으면 왈 하나는 불노쥬약이고 또 하나는 황세쥬온이 이 약을 먹삽고 삼 연을 참으소셔 하고 간데업거날 선군이 꼐다르니 또한 꿈이라 병이 임이 글수의 미쳔난지라 비록 불노초라 황병을 먹으나 병세 더욱 즁하고 가세도 가난한이 었지 하여 선군의

〈1-뒤〉

일신을 편케 하리요 또 이날 밤 꿈의 낭자 도라와 보고 일오대 낭군의 병이 점점 중하고 가세 궁하기로 금동황 한 쌍을 가저왔사온이 낭군이 자시는 방에 두옵고 자자면 부귀하오리다 하고 또 한 화상을 쥬면 왈 이 화상은 쳡의 얼골이온이 밤이면 품고 자고 낮이면 평풍의 걸어두고 낭군의 울적한 심회을 푸오보소셔 하고 간데업거날 선군이 놀레 꼐다르니 금동화 한 쌍과 화상 있거날 즉시 금동환을 남벽상에 걸어두고 화상은 밤이면 품고 자고 낮이면 평풍의 두고 시시로 낭자같이 보난지라 이젹의 각도각읍 사람들을 불으태 선군의 집의 귀이한 것이니라 사람마다 치단은 갈초오고 구경하더라 이러무료 세간은 점점 요부하며 백사가 요흑하나 선군이 낭자만 생각한이 가련타 병이 골수의 기피 드러셔슨이 뉘라서 살이리요 이젹의 낭자 생각한이 병세 깁사온이 이 었지 염여치 안이하리요 낭자의 십이 메월로 잠관수청을

〈2-앞〉

정하옵소셔 그 적막한 심회를 푸옵소셔 하고 간데없거날 선군이 께다르니 남가불몽이라 그 이튼날에 첩을 불너 첩을 삼고 그 울적한 심회을 덜나하나 시시로 낭자을 생각할 제 담없은 공산에 무심한 잔네비 수파람 소리와 두견 세 불여귀로 슬이 울 제 일혼 간장이 굽이굽이 다 녹는다 이러한 수심으로 주야로 생각한이 낭자의 수심을 다었 무단하리요 낭자 생각한데 낭군의 병이 백약이 무효한이 아무리 삼생연분인들 속절업기 허사로다 하고 또한 꿈에 와 이로대 낭군이 첩을 보라하거던 옥연동 쫓차 오소셔 하고 간데업거날 선군이 이러 안자 생각한이 마암이 황홀하야 부모에게 여자오대 간밤에 꿈을 어드온이 옥 같은 낭자 와 여차여차 하온이 그곳을 차자 가옵고저 하나이다 한데 부모 왈 너 실성하잤느냐 하고 부드러 안치고 만단게유하데 종시 듯지 안이하고 내달르니 부모 할길업서 보니 이 선군이 옥연동으로 찾아간이 종일토록 가대 옥연동이 업거날 선군의

〈2-뒤〉

궁적한 심회을 참지 못하야 하날게 비러 가로되 소소하신 명처님게 알애난 말삼을 감동하사 옥연동 가는 길을 인도하압소셔 하고 주막마다 무려 차자 가던이 한 곳에 일은니 석양은 제을 엄고 천봉만학은 구름같이 둘녔난데 수상의 부용산은 범범이 뛰여나고 장천의 양유진은 청청의 피연난데 황금 같은 꽤꼬리는 곳곳지 울고 날며 백결 같은 범나비는 곳곳마다 날고 이사으니 선군의 청춘 영광으로 춘흥을 이기지 못하야 동풍에 메겨 때때 츈색을 구경한이 꽃빛이 자자하야 웃는 듯하고 새소리는 역역하여 부르난 듯하야 용암절벽의 폭포수는 절로 소사 벽게로 흘러간이 별유천지비인간이라 횡심 일셩 비기길로 죽장막해로 가만가만 드러간이 수간화각은 반공의 소샀난데 현판에 제명하였으되 옥연동 정자라 하였더라 화각의 드러간이 분벽

사창은 의자한대 차자간이 낭자는 업는지라 뭇자한이

〈3-앞〉

무를 곳이 전혀 업서 한탄을 무수히 하다가 또 생각하여 혼자 말로 낭자는 일월성시을 거나리고 송피 비운하고 지우죄향하였으니 선군이 있지 살기을 바래리요 속절업시 죽을도다 하고 문을 닫고 바기으로 나올죄 낭자 평풍 뒤우로 녹이홍상의 별화신을 점점 옥수로 반만 차면하고 나오면 불너왈 낭군은 엇지 소리 정솔하난있가 하거날 선군이 반겨 듯고 옥수을 넌짓 잡고 낭자야 참 수경낭자신가 만약 옥낭자시면 나을 었지 쏘기신가 천상의 올라갈 줄 알□ 슬은 간장 긴 한숨으로 속절업시 도라갈나 하였드니 낭자을 배온이 죽어도 한이 업사오면 그리든 정회와 현몽하든 말삼과 차자오던 말삼 낫낫치 하거날 낭자 왈 낭군이 아무리 그러하신들 우리 야인이 본대 선관 선여로 요지연애 득죄하여 피차간에 삼연을 지내고 삼생연분을 멧으라 하엿으니 도라가 삼연을 지낸 후의 청조을 멧아 살고 보면 명안 육예을 갓초와 백년회로하려니와 만약 그 전 몸을 하시면 무예 회심할 뿐 안이라 십년 전에

〈3-뒤〉

큰 환이 있어 목숨을 보전치 못할 것이니 낭군은 잠깐 상심하여 삼연을 지내시면 부귀영화하고 백년회로하오리다 하거날 선군이 답왈 일각이여삼회라 삼연이 몇 삼연이□ 만일 그저 도라가오면 불상한 목숨이 베로 죽석어라 이 몸이 죽사오면 황천의 구혼이 되어시니 그 안이 가련한가 복망 낭자는 송죽 같은 정절을 잠깐 자피여 물의서 낙수 무난 고기을 구하압소셔 하면 소생을 결단하거날 낭자 그 경상을 위급함을 보고 만단 게유하며 쓸데업난저 그제야 운비홍안을 단장하고 녹의홍상을 수렴하여 부끄럼을 먹음고 단

정히 안자 오니 츄칠월 귀망의 명월이 빛이 난닸하거날 마암이 황홀하여 나아드려 옥수을 잡고 산수병풍을 둘너치고 비최금을 피며 놓코 원앙침을 도두비고 주야로 동낙한이 녹수의 원앙 갔고 화원의 호접 갔드라 낭자 가로대 그러나 이곳은 오래 있지 못할거시니 즉시 신횡하사이다 하고 인하여 신횡길을 차리니 청노새을 타고

〈4-앞〉

선군과 한가지로 집의 도라온이라 이적 낭자의 얼골을 보시니 설봉의 화용은 반공의 절색이라 눈에 어리치여 비할 대 업더라 낭자 침소을 동별땅에 정소하며 원앙지낙을 길게 한이 두리 정이 비할 대 업더라 선군이 낭자로 더부러 떠날 줄 모르고 학업을 전페한니 부모 민망하더라 이러그려 세월이 여유하여 팔 연이 되메 자식 남메을 두니 딸의 일홈은 춘향이요 아들의 일홈은 동춘이라 이때에 상공이 선군을 불너 왈 동별땅 경귀강은 정풍경도 좋커니와 무정한 세월을 었지 허사로 보내냐 시방 과거 소문이 있으니 입신양명하여 내 부모께 부귀영화을 보이고 내 아비 참소하든 소인을 설치하여라 하고 길을 제촉한이 선군이 주왈 우리 세간이 자족하와 노귀 일천여귀요 장심심지소락하고 이 몸으로 몰릴이대로 하거날 무엇이 부족하와 급제을 바리이요 소자은 이사의 몸도 곤하압고 글도 부족하기로 못가기로 하았니이다 하고 낭자방에 드러가 낭자다려 왈 아까 아반임 하신 말삼이 이번 과거의 나을 가

〈4-뒤〉

라 하신이 홀로 생각한이 과거 보오면 낭자을 두어달 이별 될 듯하여 이리저리 핑계하고 과거 안이 보기로 말삼 알이고 왔나이다 하거날 낭자 염용대왈 낭군 말삼을 듯자온이 단지기일이오 내지기이로소이다 한가한 첩을 두어

달 이별되기난 천이 알고 또 일홈이 용문의 올나 부모 안전에 영화 보이기에 시부임게옵서 병조의 게실 때 소인에 참소을 만내 삭탈관직고 고상으로 지내온이 이번에 입신양명하여 원수 갑기을 생각지 안이하고 한갓 쳐자만 생각한이 이것이 어이 도대체 장부라 하오잇까 명영을 어기고 이리저리 핑계하여 안이 가면 그 원망이 첩에게 밎칠 것이며 또 향중과 동거 사랑기 아랐으며 바린 사랑이 될 것이니 바비 가옵소셔 하고 길을 직촉하이 선군이 낭자 영을 어기지 못하여 정영한이 이때는 정미연 춘삼월 만강이라 길을 떠날 제 부모임 전 하직하고 낭자을 도라보면 왈 부모임 뫼시고 어린 자식을 다리고 편안이 있으라 눈물로 이별하고 떠날 적에 한 거름 가서 도라보고 두 거름 가서

〈5-앞〉

도라본이 낭자 나와 중문에 비겨서서 섬섬옥수로 불너 왈 낭군은 철리원정의 평안이 다녀오압소서 하난소리 장부의 일천간장이 녹난닷 남보게 영결갔드라 경황업시 가노란이 종일토록 겨우 삼십 리을 가서 숙소을 정하고 안잤든니 석반을 드리거날 상을 바다 놓코 호련 생각한이 낭자의 면목이 심중의 가득하여 밥 한술도 못 먹고 상을 물리치니 주인과 하인이 민망하여 왈 서방님은 음식을 전페하옵시고 철리원정의 엇지 득달하시난잇까 선군이 슬어 가로대 자연 심회 살란하여 먹을 뜻이 업다 하고 공방의 독축하여 한이 낭자의 얼골이 눈에 삼삼하여 낭자의 말소리 귀에 쟁쟁한이 점점반측 한숨 짓고 울울한 심회을 이기지 못하여 이경 말 삼경 초의 하인 잠이 들었거날 그제야 신발 도도 메고 집을 도라와 단장을 뛰여 넘어 낭자 방에 드러간이 낭자 놀내여 가로대 엇지 깊은 밤에 도라왔사있까 장황이 무르니 선군이 답왈 종일토록 간대 겨우 삼십 리을 가 숙소을 정하고 자드니 마음이 살란하여 전혀 낭자을 생각하여 음식 전페

〈5-뒤〉

하고 혼자 누엇으니 정신이 아득하여 상경도 못하고 중노의 병이 날 듯하오뫼 잠깐 낭자을 보고 심회을 푸잣고 왔나이다 낭자 밍망하여 왈 그러할진된 옛날 황무제 시절에 소문난 십구연의 처자을 이별하야도 살아있거만 하물며 좋은 일로 불과 수월을 보지 못하여 엇지 병이 되오리가 거러 책지한이 그러하나 서로 침석나가 밤이 깊도록 정회를 말하던이 있때 상공이 선군을 보내고 집안 혹 도적이나 들가하여 살피니 단장으로 도라 동별땅에 간이 낭자 방에 남자 소리 들리거날 상공이 혼자말노 이로되 고이하다 백옥 같은 정절의 왜인소리 들리니 고히하다 세상 사람 아지 못하여 그리하나 문벽 사창에 귀을 귀우리고 드른이 낭자 이윽히 말하다가 시부임 오신 줄 알고 원낭에 몸을 감초오고 아희 달내는 소리하며 동춘에 등을 두다리며 왈 자장 자장 너 아버지 이번에 장원급제하며 영화을 보나니랴 하거날 상공이 인하여 쳐소로 간이 이때에 낭자 낭군을 께워 왈 아버임 와서 엿보다가 갔소이다 첩을 잇지 못할지라도 급피 올라가소셔 만약 오락가락 하다가 남 마리

〈6-앞〉

괘상할 것이니 또 상경도 못하고 중노에서 병이 나오면 그 안이 민망하오잇까 또 왕래한 자초을 부모임 알오시면 낭군게 죄을 당할뿐 아니라 분명 책망이 첩에게 돌아올거신니 죠속히 가옵소서 하고 보닌닌이라 ᄯᅩ 그날 오십 이을 가서 숙소을 졍ᄒᆞ고 안잣스나 맘과 졍이 낭자의긔 가드라 낭자의 ᄭᅩᆺ다운 얼골이 눈의 삼삼ᄒᆞ고 낭자의 곱온 음성이 귀의 ᄌᆡᆼᄌᆡᆼᄒᆞ야 ᄌᆞᆷ관 사이의 병이 날듯ᄒᆞᆫ지라 천만지로 ᄉᆡᆼ각다가 신발을 도도 ᄆᆡ고 집으로 도라와 낭자 방의 드러간이 낭자 ᄯᅩ ᄃᆡ경ᄒᆞ여 왈 낭군 밤마당 오락가락 ᄒᆞ난익가 천금 갓튼 몸니 즁노의서 병이 나면 엇지 ᄒᆞ오릿가 그ᄃᆡ는 첩을 잇지 못ᄒᆞᆫ다 ᄒᆞ온니 ᄒᆞᆫ날 밤의난 첩이 낭군의 숙소을 차자 갈거신이 다시 오지 마옵소서

ᄒᆞ거날 선군이 웃고 왈 낭자은 규즁 여자라 엇지 위인인난 곳절 엇지 차자오면 쏘 부인의

〈6-뒤〉

횡보가 심히 어렵거든 엇지엇지 그럭킈 차자오리오 낭자 듸왈 그럿치 안이ᄒᆞ오이다 첩은 ᄒᆞ로밤의 천 이라도 즘시늬로 왕늬ᄒᆞ난이 첩의 ᄎᆡ조난 구름과 바람을 추죵ᄒᆞ압기로 남이 알 도리 업사고 쏘 화상을 늬여 쥬면 왈 이 화상은 첩의 용모온이 이겻이 빛이 변하옵거던 병이 들어 못 가올 줄 아옵소서 이리저리 만단 정화하든 차에 이때에 상공이 가내을 살피면서 집 후면으로 돌아다니다가 동별땅에 드러가 두루 살피던이 남정의 수작 소리 들리거날 귀을 기우리고 들으니 과연 남정 소리 들리거날 고히하여 혼자말로 내 집의 문호가 엄숙하고 단장이 높은데 비조라도 출입지 못하거던 이 깊은 밤에 남정 소리가 어제밤과 오날밤 들으니 반다시 종놈 중에 통간한 일이로다 하고 섬돌에 올나서며 사창에 귀을 다히고 듯는데 낭자 시부임 온신 줄을 알고 낭군을 평풍 뒤에 감초오고 잠드난 체 춘향을 어루만지면서 달레거날 상공이 쳐소로 돌아가며 혼자말노 괴상하다 내 귀로 듯고 또 내 온 줄 알

〈7-앞〉

잠든 아회 더듬어 이리저리 핑개한이 괴상하다 반다시 종놈 중에 잇으니 어느 놈이냐 하고 처소로 돌아간이 이때에 낭자 시부임 가신 줄 알고 낭군을 께와 보낸이라 이튼날 밤에 낭자 춘양 동춘을 잠들이여 놓코 문밧긔 나와 풍운을 호령ᄒᆞ여 타고 바로 낭군 인난 듸로 차자간이 죵적을 감초와 단기온니라 잇튼날 상공 부처 낭자을 불러 왈 이사이의 집의 도젹 살피다가 낭자 문 밧긔서 들은이 남정 소릐 나든이 뉘노 더부러 말ᄒᆞ난다 낭자 듸왈 바이면

심심ᄒᆞ여 ᄆᆡᆼ월노 더부리 말ᄒᆞ연난이다 상공이 ᄆᆡᆼ월을 불러 왈 요사이 낭자 방의 갓든야 ᄒᆞ신듸 ᄆᆡᆼ월이 주왈 주일 곤키로서 간 븨 엄나이다 아뢰온이 상공이 왈 이ᄉᆞ이 낭자 방의 사람 단기난 잣취 이슨이 엇써한 놈이 왕늬ᄒᆞ난가 시분이 난 자서이 형적을 살픠라 ᄒᆞ시거날 ᄆᆡᆼ월이 청영ᄒᆞ고 주야 살픠듸 죵적이 엇거랄 ᄆᆡᆼ월이 ᄉᆡᆼ각ᄒᆞᆫ이 서방님이 낭자을 어든 후로 지ᄒᆞ 팔연되야도 나을 ᄒᆞᆫ 번

〈7-뒤〉

도 도라보지 안이ᄒᆞᆫ니 도시 낭자가 늬ᄀᆡ 원수놀다 ᄒᆞ고 남모은 간장이 씽난 줄 그 뉘라서 아이요 이러ᄒᆞᆫ 조흔 씌을 당ᄒᆞ연난지라 낭자 음희ᄒᆞᆯ이라 ᄒᆞ고 인하여 한 긔교을 ᄉᆡᆼ각하여 은금 ᄉᆡ 봉지을 도적하여 가지고 질기면 왈 이른 조흔 때을 바리고 어느 때 찻으리요 즉시 종놈 중에 나가 돌새라 하는 놈을 풍체가 좋고 말 잘하고 뱃새가 구비한지라 맹월이 돌새 봉지을 주면 왈 자내 갓다 풍체로 남의 종이 되여 곤곤이 지내지 말고 내 말을 들으면 조흘 것이니 내 말을 들을나냐 한이 돌새 우선은 봉지을 본이 죄물 만다하리요 욕심이 나난 말로 하되 무삼 말인지 말하면 말대로 들을 것이니 새상에 못할 말이라도 하여라 한이 맹월이 돌새 귀에 되히고 은근히 하여 왈 소원이 여차여차한이라 내 소원대로 하여주고 그 길로 가되 소로 가셔 은금 쇠 봉지을 발미하여 가지고 백성이 되어 호이호식하면 어더한야 돌새 요량한 즉 잠간 드르시며 일평생의 족할지라 그리하라 한이

〈8-앞〉

맹월이 상쾌하야 돌새을 다리고 그날 밤의 낭자 방문 밖에 안치고 일오되 이곳에 안자다가 내 대감임 방의 들어가 여자오면 대감임 반다시 그대을 잡으로 나올 것이니 그때에 자내는 낭자 방에서 나온 체하고 방문을 열어다

고 도망하라 하고 수작한이라 諠오다 낭자 신명이야 불상하다 당부하고 수장한 후의 맹월이 대감임 방에 들어가 은근이 여차오되 일으니 동별땅의 신촉하려하고 분분하신데 손에 방마다 직키옵더니 금야에 마참 본즉 팔척 장신 되난 놈이 낭자 방에 들어가옵기로 손에 창문의 귀을 다히고 듯자온이 그놈이 낭자로 더부로 희롱하더니라 낭자 하는 말이 서방임 오시그던 죽이고 죄물과 의복을 도적하여 가지고 도망하사이다 하고 수작하더이다 알에거날 상공이 이 말을 듯고 즉시 칼을 빼여 들고 창문을 열고 내달라 동별땅의 간이라 엇더한 놈이 와연히 낭자 문을 열고 단장을 넘어 도망하거날 상공이 대분하여 침소로 돌아와서 잠을 자지 못하며 그리저리 오경 초의 □□ □□ 소리 □□

〈8-뒤〉

거날 좌우 노복을 호령하여 좌우의 갈나 서우고 엄책하고 궁문하여 왈 내 집의 단장이 높은데 출입지 못하난지라 너희 놈 중에 엇더한 놈이 낭자을 통간하나요 바로 알에워라 하다가 낭자을 잡아오라 하신이 아때에 맹월이 먼저 내달라 동별당에 가 문을 두다리며 소리 크게 질너 왈 낭자는 무삼 잠을 깊이 자시나잇가 지금 대감임께서 잡아올아 하나이다 이때에 낭자 할일밤을 종노것짓 과 낭군과 동침하고 집에 돌아와 잠을 깊이 들엇드니 문밖에 요란한 소리 들리거날 낭자 놀내여 문을 열고 보니 노복이 무수히 왔거날 문왈 너희는 무삼 일노 왔나요 노비 여자오대 낭자씨는 엇떠한 놈을 다리고 통간하시난이가 형적이 타로하여 에매한 소인 등을 다 자바 죽이려 하신이 바비 가 무죄한 소인들을 살려주옵소셔 하면 문을 열고 한 팔목을 끄여내여 하난 말이 아기씨가 어서 바비 나서라 하면 낭자을 자바내거날 낭자 이여한 거동을 보고 마암을 잡지 못하며 아무리 할 줄을 몰내여 머리에 옥잠을 꼽고 나서니 죄촉 성화갓드라

〈9-앞〉

급히 들어가서 시부임 방문 밖에 복지하여 엿자오대 이 깊은 밤에 종으로 하여금 자바오라 하시난이까 왠일이요 상공이 분노하여 왈 어제밤에 낭자 침소의 간이 낭자 방에서 뉠노 더부러 말하엿거날 고히하여 불너 물으니 낭자 대답이 낭군이 상경하신 후로 밤이면 심심키로 춘양 동춘과 시비 맹월노 더부러 말하역다 하기로 맹월을 불너 물은 죽 맹월이 답왈 낭자 방에 간 일 업다 하기로 내 마암이 생각한대 반다시 곡절이 잇도다 하여튼이 금야에 신측한이 과연 낭자 침소의 엇더한 놈이 출입이 분명한대 무삼 발명하리요 ᄒᆞ고 ᄃᆡ칙ᄒᆞ거날 낭자 이 말을 듯고 심낙하여 발명ᄒᆞᆫ이 상공이 더욱 ᄃᆡ분ᄒᆞ여 왈 뇌 목젼의 한 말을 계망ᄒᆞᆫ이 보지 못ᄒᆞᆫ 리이 엇지 망하리요 ᄌᆞᆷ말 말고 금야의 보든 놈 잇다 ᄒᆞ시면 왈 일국 ᄃᆡ가의 규중여자로 ᄒᆞ여서 ᄒᆞ랸 일도 만이 잇거든 할물면 ᄯᅩ ᄂᆡ의 이목의 분명ᄒᆞᆫ 이을 웃징 발명ᄒᆞ리요 ᄒᆞ고 반다시 토관ᄒᆞᆫ 놈이 잇슬거신이 그 성명을 아뢰라 ᄒᆞ면 호령

〈9-뒤〉

ᄒᆞᆫ이 낭자 ᄃᆡ경실ᄉᆡᆨᄒᆞ여 왈 아무리 읍애을 깃치스니 엇지 저러ᄒᆞᆫ 말삼으로 구종하시난잇가 ᄒᆞ고 발명무죄온이 죽여주압소서 ᄂᆡ 몸이 비록 ᄉᆡᆨ상의 잇사오나 빙설 갓튼 정절과 불경이부라 ᄒᆞ엿신니 천경븨필을 분명ᄒᆞ온나 엇지 외인을 통관ᄒᆞ올잇가 주어 발명ᄒᆞ고ᄌᆡ ᄒᆞ난이다 ᄒᆞᆫ이 삼공이 더욱 ᄃᆡ분ᄒᆞ여 노복을 홀령ᄒᆞ여 왈 낭자을 결박하라 ᄒᆞ신이 여려 ᄶᅩᆼ놈들이 일시의 고함ᄒᆞ여 멀ᄃᆡ갓치 달여들어 두 파을 마조 결박ᄒᆞ여 상공 압회 ᄭᅮᆯ인이 상공이 고성ᄃᆡ철ᄒᆞ여 왈 너 죄상 만상무석이라 ᄒᆞ고 ᄌᆞᆷ말 말고 통간한 놈을 바로 아ᄅᆡ라 큰 ᄆᆡ로 친라 ᄒᆞ신이 낭자의 달 갓튼 얼골 두 귀 밋틔 흘으난이 눈물이요 옥 갓튼 팔 밋회 소사난이 유혈이라 낭자 총망 중ᄋᆡ 정신을 귀우 진정ᄒᆞ여 엿자오ᄃᆡ 낭군이 첩을 잇지 못ᄒᆞ여 그날 방횡ᄒᆞ여 긔우 삼시 이

숙소을 정ᄒᆞ고 그날 밤의 도라와 첩의 침소의 단여 갓삽던이 또 그날

〈10-앞〉

오심 이을 가 아무 주졈의 숙소을 정ᄒᆞ고 또 그날 밤의 왓거날 죽기로써 광건호여옵고 인ᄒᆞ여 잣최을 감초압고 어린 소견의 부모님이 아르시면 수종이 일시가 ᄒᆞ엿든이 아바님 아르시고 수상이 무르신이 바로 살의지 못ᄒᆞ옵고 이리저리 핑ᄀᆡᄒᆞ옵고 아르삽던이 인간이 시기ᄒᆞ고 귀신이 잡귀ᄒᆞ온니 이러ᄒᆞᆫ 누명을 잇삽고 무삼 말삼을 아뢰암낙잇가 첩의 죄악기 업기난 천지 귀신이 아난이다 상공이 분기 충천ᄒᆞ여 집장놈을 호령ᄒᆞ여 ᄒᆞ날리 고고창창ᄒᆞ고 둘치 고고차ᄒᆞᆫ이 낭자 ᄒᆞᆯ길업ᄉᆡ ᄒᆞ날을 우루러 탄식 왈 슬피 듸성통곡ᄒᆞᆫ니 시부모 경씨 그 차목ᄒᆞᆫ 경상을 보고 울면 상공긔 엿차오듸 옌 말삼의 ᄒᆞ엿스듸 그릇ᄉᆡ다 눈물 ᄒᆞᆫ 반 쏙고 또 다시 담ᄀᆡ 어렵다 ᄒᆞ온이 상공긔서 안혼ᄒᆞ여 살피지 못ᄒᆞ고 송죽 가튼 낭장을 음힝으로 저러타시 박듸ᄒᆞᆫ니 엇지 후한이 업실가 ᄒᆞ며 나려가 좋을

〈10-뒤〉

물이치고 절박ᄒᆞᆫ 거설 풀어 노호며 외로 왈 부모 망영되아 너의 정졀을 몰늬 보고 저러ᄒᆞᆫ 거동을 ᄒᆞ신이 엇지 북그업지 안이ᄒᆞᆯ이요 만단ᄀᆡ유ᄒᆞᆫ니 ᄒᆞᆯ ᄌᆡ 업건이와 그어그지 말고 별당의 도라가 분흠을 진경하라 ᄒᆞ신이 낭자 울면 엿자오듸 옛 말삼 이려ᄒᆞᆫ 누명을 입고 살기을 발늬이요 즉시 죽어 모르옴이 맛당ᄒᆞ다 ᄒᆞ고 실허ᄒᆞ거날 부인이 만당 경희을 ᄀᆡ유히듸 죵시 듯지 안이하고 낭자 소으로 머이의 질은 옥줌을 씌여 하날을 향ᄒᆞ여 ᄌᆡ븨하고 슬피 우다가 갈오듸 명명한 창천이 소소명명ᄒᆞ온 일을 하감하옵소서 만일 쳡니 외인을 통간ᄒᆞ여거든 옥잠이 섬돌의 박긔지 말고 도로 쒸여 쳡의 몸의 사무 박기압고 만일 의믜하거던 섬돌ᄀᆡ 사무 박주업소서 ᄒᆞ고 뒤성통

곡ᄒᆞ다가 옥즘을 공중의 놉피 드러 ᄯᅥᆫ지고 업더지이 ᄇᆡᆨ지ᄒᆞᆫ 사람을 하날인들 모로리요 옥즘이 공중의 올나가던이 굽이굽이 나려와 섬돌의 ᄉᆞᆷ무 박키거날 그져야 상공과 일가 노복이 다 놀ᄂᆡ여 달여 들어 낭자의 손을 잡고 비러 왈 낭자 늘근 소인니 망연되야 빙설 갓튼 정졀을 몰늬보고 말삼ᄒᆞ옵다 낭자의 신기ᄒᆞᆫ 이을 본니 무삼 말

〈11-앞〉

하리잇가 낭ᄌᆞ난 본시 소견으로 두로 ᄉᆡᆼ각ᄒᆞ여 안심ᄒᆞ옵소서 ᄒᆞ건날 낭ᄌᆞ 되성통곡ᄒᆞ여 왈 난은 새상을 바리고져 ᄒᆞ난이다 ᄒᆞᆫ이 상공이 비러 왈 남녀간 ᄒᆞᆫ 번 누병은 인간의 상시라 하여신이 엇지 그리 그다지 마암을 먹난다 침소로 가자 하신니 낭ᄌᆞ 듸왈 아무리 ᄉᆡᆼ각하여도 죽어 누명을 발명코저 하난이다 상공이 무안ᄒᆞ여 다시 아무 말도 못한이 낭자 시부모 경씨을 붓들고 왈 뉘 ᄉᆡ상의 나서 이러한 옴ᄒᆞᆫ홈 일노 국난란희서 누명을 천추의 유젼ᄒᆞ면 귀신인들 엇지 북그럽지 안이ᄒᆞ올이가 인ᄒᆞ여 되성통곡ᄒᆞᆫ니 진주 갓튼 눈물니 흘너 옥면의 가득ᄒᆞᆫ지라 경씨 그 차목한 경상을 보고 상공을 원망ᄒᆞ여 왈 낭ᄌᆞ의 빙설 갓튼 경졀 일조의 음횡으로 돌여보ᄂᆡ온이 그 원통한 일이 ᄯᅩ 어듸 잇스이요 ᄒᆞ고 눈물을 흘이 가로듸 선군이 낭자의 이러ᄒᆞᆫ 일얼 알며 견단코 변고 이실거신 일련 망영되온 일이 ᄯᅩ 어되 잇스리요 ᄒᆞ고 상공을 되ᄒᆞ여 무수이 원망하더라 이러글 ᄶᅬ애 춘양이 ᄌᆡᆨ 어무 치믜을 붓들고 우러 왈 어마임아 죽지 마압소서 어마님 어마님 죽지 마압소서 우리을 두고 그런 말삼ᄒᆞ신난잇가

〈11-뒤〉

아바님 서울 가시신니 오시거든 안이 보고 주그러 ᄒᆞ신난이가 만일 어마님이 죽우면 뉘을 의지ᄒᆞ여 사라ᄒᆞ온잇가 손을 즙고 방으로 들어갓사이다

ᄒᆞ며 무수이 쵀음ᄒᆞ건날 마지못ᄒᆞ여 방을오 드러가 추양을 젓희 안치고 또 동춘을 전 머기며 절노 흘으난이 눈물이요 소사난이 유혈이라 분홈을 이기지 못ᄒᆞ여 천지을 분멸치 못ᄒᆞ드라 잇ᄯᅢ의 춘양의 거동보소 이러 안자 어미 낫을 흔들고 눈물을 싹으며 실허 왈 어마님 어마님 우지 마ᄉᆞ 우지마ᄉᆞ 나을 보고 춤으소서 ᄒᆞ면 아버임 오시그던 이 말삼을 할 것이니 우지마소 우지마소 하더라 춘양의 경상이 가련하다 송죽 같은 정저을 뉘라 굽힐소냐 불상코 수경낭자 불상하다 낭자 무수히 체읍하다가 동춘을 전먹이며 왠손으로 턱을 고코 오른손으로 동춘을 만지며 눈물을 흘리며 하난 말이 동춘아 동춘아 젓이나 만이 먹으라 어미 젓을 오늘 막죽 먹으라

〈12-앞〉

동춘아 동춘아 젖 먹으라 하며 슲허하거날 동춘은 철 모르난 아희라 배불너 젖 아니 먹는다 하는 말이 응응하며 돌아 흔들며 안 먹으니 글글사록 젖 더 먹으라 하다가 슲이 대성통곡을 하다가 온갖 의복을 내여 노코 춘양이 머리을 어루만지며 경귀하며 일오대 슲으다 춘양아 불상하다 동춘아 하날이 나을 죽게하니 죽난 줄도 보지 못한이 나의 심회 푸지 못하니 가련하다 춘양아 할일업다 동춘아 이 백학성은 세간에 두문 보베라 추우면 덥고 더우면 치운 바람이 나난지라 부대 잘 간수하여다가 동춘이 장성하거던 주고 칠보단장과 비단 제복은 너의 의복이니까 이것을 잘 간수하연다가 이부라 내가 잘못하여 너의 어미 이러한이 그 안이 불상하냐 내 죽으면 어린 동춘이 어이 살이요 그러나 목이 마르다 하거던 물을 먹이고 배고푸다 하거던 밥을 먹이고 울거던 달내고 업으며 달래며 부대 상배이 말며 싸우지 말고 잘 살아라 나는 너희을 두고 죽으니 어찌 눈을 깜으리요 그러나 너는 조금 크니까 내 죽난 일을 알건이와 동춘이는 불명 죽난 줄 모르고 젓만 달라

〈12-뒤〉

할 것이니 그 안이 불상한야 뉘을 의지하고 사리요 하며 중치가 막키여 소에을 못하고 눈물만 수수이 흘리거날 춘양이 어미 슬허함을 보고 우다가 가로대 우리을 두고 죽으면 엇지 하라고 이른 말삼하시나이까 몸을 붓들고 우다가 춘양이 기진하여 여내 잠이 들거날 낭자 망극하야 이 원통 일이 더욱 흉중의 가득하야 죽어 구천의 돌아가 누명을 버스미 올타 하고 또 아희가 잠을 께면 불명히 못 죽을 것이니 모자간 인정을 아무리 할 줄 몰라 가만이 울면 어루만지며 이로대 너의 남메 잘 잇그라 눈물이 비오듯 하메 마암의 억지하여 슯은을 잠꽌 참고 농의 든 채복을 내여 입고 원앙침 도도 비고 은장도 드는 칼노 섬섬옥수로 년짓 잡아 가삼의 지르니 어여부다 낭자야 그만이로다 그 찌르난 소리 춘양이 놀내여 께다른이 공중의 풍우 소실히 며 옥 가튼 낭자 가삼

〈13-앞〉

의 칼이 꼽히거날 춘양이 동춘을 다리고 신체 붓들고 낫을 한테 대이고 망극하여 통곡 왈 어마임아 어마임아 이러한 일이 세상의 또 잇으리오 아바임아 날 다려가소 동춘이도 다려가소 운이 산천초목이 다 슬허하더라 그 소리 원근의 들리거날 상공 부인과 일가 노복들이 놀래 나와본이 낫빛은 외무하고 가삼에 칼이 꼽힌난지라 창황한 중의 그 칼을 빼려한이 낭자 에메한 일노 원규대여 칼이 안이 싸지거날 아무리 할 줄 몰라 곡성만 진동하더라 어린 동춘이난 어미 쥬근 쥴 모르고 젓만 달나라며 우이 츈양이 동춘을 붓들고 달늬 왈 어마임 드러신이가 즘자던 젓 머그거라 어마임아 어마님아 날 식엿슨이 이러나소 동춘 젓 달나 한이 어서 이러나소 밥 주어도 안이 먹고 물 주어도 안이 마시고 어버도 안이 득고 아나도 긋치지 안이한이 어이훌고 어이훌고 훌고 슬피 통곡훈니 순천 실식훈고 이월이 무광훈여 칼

〈13-뒤〉

을 가삼의 쏩고 뭇 밧긔 나서 주져주져 ᄒᆞ든 ᄒᆞᆫ 괙귀사ᄌᆞ 들어와 기을 인도ᄒᆞ거날 낭ᄌᆞ 그 사자 ᄯᅡ라가든이 ᄒᆞᆫ 궁궐로 들어가 큰 문ᄉᆡᆫ 다다른이 낭자 고히여겨 문왈 이곳은 무어시라 ᄒᆞ난 고진이가 ᄉᆞ자 답왈 이곳은 염나라국이온이 이 문간의 잠간 잇스라 ᄒᆞ고 아ᄯᅳᆯ로 들어가든이 이식ᄒᆞ여 즙아들이라 ᄒᆞ난 영이나며 ᄒᆞᆫ ᄉᆞ자 나와 낭ᄌᆞ을 급피 잡아들이거날 낭ᄌᆞ 들어가 본이 염나라 왕이 용ᄉᆞᆼ의 좌정ᄒᆞ시고 ᄒᆞ교 왈 너난 무ᄉᆞᆷ 일로 출븨 업시 완넌다 ᄒᆞ신이 낭ᄌᆞ 머리을 산발ᄒᆞ고 억기 ᄌᆞ을 미고 가ᄉᆞᆷ의 칼을 만지며 엿ᄌᆞ오듸 소여난 본듸 천ᄉᆞᆼ 수경낭ᄌᆞ로 아모연분의 요지연의 득ᄌᆡᄒᆞ와 옹연동의 늿치웁기로 빅션군과 연분 믜자든이 일전과 화공 ᄎᆞᆷᄒᆞ여 들어완난이다 아뢴이 염나왕이 이흑키 ᄉᆡᆼ각ᄒᆞ시다가 처단 못ᄒᆞᆯ이 ᄒᆞ고 즉시 옥을로 음수ᄒᆞ고 잇 ᄡᅳ스로 ᄉᆞᆼᄌᆡᄭᅴ 상문ᄒᆞ리라 ᄒᆞ고 도라 잇ᄯᅴ의 낭ᄌᆞ 지옥의 들어가 본이 침침ᄒᆞᆫ 밤중이라 답답 모양

〈14-앞〉

을 엇지다 충양ᄒᆞ리요 잇기난 일시가 밀망ᄒᆞ드라 그르ᄒᆞ나 ᄉᆞᆼᄌᆡ의 허락을 바리든이 잇ᄯᅴ의 상ᄌᆡ 이리 업서 선관 선여로 더부러 풍악을 집펴 놀으시든이 잇ᄯᅴ의 염국 왕이 장문을 올이거날 ᄉᆞᆼᄌᆡ 즉시 율관 선관을 불너 긧탁ᄒᆞ신이 그 장문의 ᄒᆞ여스되 출븨 업나 들어왓거날 보온 즉 일신의 유혈이 낭자ᄒᆞ고 머리 산발ᄒᆞ고 가삼의 칼을 쏩고 들어왓기로 궁문ᄒᆞ온 즉 소답이 수경낭자라 ᄒᆞ오되 아지 못ᄒᆞ와 지옥의 음수ᄒᆞ안고 이 연유로 상달ᄒᆞ난이다 ᄒᆞ엿들라 상ᄌᆡ 보기를 다 ᄒᆞ시고 이윽키 ᄉᆡᆼ각ᄒᆞ시다가 ᄒᆞ교 왈 반다시 오건동의 젹븨ᄒᆞᆫ 옹낭자라 본듸 요지연의 득죄ᄒᆞ여 옹연동을로 보늬여 아문 회을 지늬고 선군과 연분 믜자 빙연회로ᄒᆞ라 정ᄒᆞ엿든이 그 사이 ᄎᆞᆷ지 못ᄒᆞ여 ᄉᆞᆷ연 전의 선군과 연분의 자삽든이 천명을 어긴 죄로 다시 이 횡익을 입엇슨

이 아즉 삼연 지옥의 음수ᄒᆞ라 ᄒᆞ신

〈14-뒤〉

□ □□□ □□□ □□□□ 수경낭자 본듸 나의 뭇씨라 혼ᄌᆞ말로 요지연의 옥죄ᄒᆞᆫ 후로 소식이 업든이 일룻탓 횡왹이 들어 지옥을 면치 못타엿다 ᄒᆞᆫ이 엇지 무심히 잇시리요 늬 힘을 다ᄒᆞ여 간ᄒᆞ리라 ᄒᆞ고 인하여 간왈 수경은 본듸 불이든 선여로서 옹연동의 늬치신이 그 죄 안이라 갈런군의 타시라 천명을 어기여한 죄로 직금 회읜에 드러신이 십분 용서하옵소서 ᄒᆞ걸날 상재 다시 하고하시듸 그 말 올타 하시고 림 한 장과 밈하여 회개한지라 잇띄애 염나왕이 ᄉᆞᆼ제의 회개을 본이 하여스되 수경은 본 선여라 지옥의 두지 말고 선천국으로 보늬라 하시고 또 그림 한 장 보늬니 이 그림을 가저다가 선군의 브치고 원수을 갑푸라 하여더라 보기을 다 하시고 직시 낭ᄌᆞ을 불너 왈 너의 근본을 아지 못하고 지옥의 가두와던이 즉놈 상직개 하교을 본이니 왕의 죄난 요사무지라 그리하나 서천국으로 가라 하고 또 그림 한 장을 닉여 주며 왈 이 그림을 가지고 서

〈15-앞〉

천으로 가난 길의 선군을 주고 자자이 원수 갑푸라 형몽ᄒᆞ고 서천으로 가라 하신이 낭ᄌᆞ 그림 바다가지 서천 가난 길의 우선 션군의ᄀᆡ 현몽 차로 간이라 잇띄 상공이 싱각하되 낭자 임의 쥬거이와 만일 선군 도라오며 낭ᄌᆞ의 가삼의 칼을 보면 결단코 한가지로 즈그러 할거신이 도라오지 안이ᄒᆞ미 올타 하고 신치방의 드러가 소렴하여 하던이 신치 방의 붓고 써러지지 안하거날 ᄉᆞᆷ공과 경씨 복드리 구 거동을 보고 아무리 할 쥴을 모로더라 각설 잇쐬에 선군이 경성의 올나가니 천하 선비라 구름 모인 듯 사방으로 모인난지라 선군이 경성의 유하여 과이을 당ᄒᆞ여 장즁의 들어간이 글죄 걸엇스되 광구

의 문동이 요라ᄒᆞᆫ이 글죄을 도라보고 일피회지ᄒᆞ여 일천의 바치고 나왓든이 사시관이 이 그을 보시고 듸찬 왈 이 글은 이틔빅의 글이 서관의 문ᄌᆡ라 ᄌᆞᄌᆞ마다 주옥이요 귀귀 마당 용사비등ᄒᆞ여도다 ᄒᆞ고 즉시 천하 올인신이 전하 친이 보시고

〈15-뒤〉

긔덕허신이 경상북도 안동 거ᄒᆞ는 빅선최 아들 선군이라 ᄒᆞ여거날 선정의서 즉스 호방ᄒᆞ시여 일번 선군을 픠초ᄒᆞ시며 실ᄂᆡ을 진틔ᄒᆞᆫ 후의 다시 ᄒᆞ교하신듸 경은 뇌 자소인야 ᄒᆞ신듸 선군이 주왈 소신은 젼 병조참판 빅성쵀 아들이요 또 즁열 후 빅선의 후로소이다 전하 ᄒᆞ교 왈 이러한 집 ᄌᆞ손을 엇지 안이 쓰리요 하시고 즉시 할임학사을 ᄌᆡ수하신이다 선군이 머리예 어ᄉᆞ화을 놉피 쏩고 몸의 난 청삼관ᄃᆡ을 되고 청홍긔을 압희 밧치고 어마의 안ᄌᆞ 천은을 축수하고 즉시 노ᄌᆞ로 하여 곧 부모 양외와 낭ᄌᆞ긔 서찰하난지라 잇ᄯᆡ예 노ᄌᆞ 쥬야로 나려와 상공 전의 서찰을 올이고 실ᄂᆡ을 부르거날 상공이 경황업시 편지을 바드시며 한심진고 가로듸 그 실ᄂᆡ 소릐 듯기 실토다 하고 긔탁하여 보신이 한 장은 부모임긔 하고 또 한 장은 낭ᄌᆞ긔 하난지라

〈16-앞〉

그 편지의 하엿스듸 부모임 좌전 두 번 절ᄒᆞ고 글얼 올이난이다 실ᄒᆞ의 써나온지 거의 수월이소이다 봉미심차처의 두 분 긔체후 만강ᄒᆞ안시고 권화ᄌᆡ절도 다 안상들ᄒᆞ신잇가 봉모 궁금 무임한 졍이 오면 소ᄌᆞ난 부모님 덕틕으로 장원급ᄌᆡ하여삽기로 문날 금월 모일로 틔길ᄒᆞ여 보닌이 그 두문일 그처 선진 조상을 다 청ᄒᆞ옵소서 ᄒᆞ엿더라 또 낭ᄌᆞ의긔 한 편지을 춘양을 주며 왈 너의 어미긔 ᄒᆞᆫ 편지라 갓다가 너 ᄉᆡ간의 간수ᄒᆞ라 ᄒᆞ시고 방성통곡

ᄒᆞᆫ난지라 춘양이 편지을 바다가지고 울며 동춘을 다리고 모친 영 잇 젼외 드러가 젓틔 동춘을 안친고 신쵀을 붓들고 편지을 픠여노코 호천통곡 왈 어마님아 니러나소 아바님 편지 왓난이다 이러나소 아바님 이번 장원급ᄌᆡ 할임학사로 ᄌᆡ수하여다 하오이다 어마님아 어서 이러나 이 반가온 아바님 편지을 바다 보아소서 하며 우다가 조모 경씨 젼의 비러 왈 나닌 금을 구하여 어마님 영혼 젼의 고 못하온이 조모님은 영혼 젼의 드러가 아바님 편지을 일너 듯기시면 어마님 영혼이라도 감동ᄒᆞ리다

〈16-뒤〉

하거날 조모 춘양의 말 드은이 다만 아회 말고라도 측은하여 낭자 영원애 드러가 그 편지을 ᄀᆡ탁ᄒᆞ여본니 그 글의 하여시되 선군은 한 번 절ᄒᆞ고 수경낭자 젼의 한 그을 보닉온이 낭조 일젼 팔일 거신 이고뒤 왕닉하시다가 성식을 몰 마암의 답답하와 낭ᄌᆞ 화상을 여 본이 밧치 변하온이 낭ᄌᆞ 몸의 병이 혹이 난이가 집의 큰 번고 잇사와 이러한온가 드르온니 밀망답답ᄒᆞ압고 선군은 부모님과 낭쥬 강편ᄒᆞ슴을로 금방 장원급ᄌᆡ 할임학사로 몸니 귀히 되야 나려가온이 도문이을 모월 정ᄒᆞ온니 낭자은 천금 갓탄 몸을 편이 보전ᄒᆞ여 뇌뇌 무양ᄒᆞ압소서 ᄒᆞ엿드라 보기을 다함의 맘이 아득ᄒᆞ여 춘양과 동춘을 어로만지며 통곡 왈 너희은 니미을 일코 엇지 살이요 하시듸 춘양이 실픠 우나 경상을 참아 보지 못할들라 경씨 나와 상공 들어가 선군의 편지 사연이 엿ᄎᆞ엿ᄎᆞ ᄒᆞ온니 선군이 날여와 낭자 주금을 보며 결단교 한

〈17-앞〉

지 죽으러 ᄒᆞᆯ 거신이 엇지 실푸지 안일이요 이런 망조한 이리 어되 쏘 잇스이요 무수이 원망ᄒᆞᆫ이 상공이 무안ᄒᆞ여 왈 뇌 ᄉᆡᆼ각ᄒᆞᆫ이 수차 무사이 될 묘칠을 ᄉᆡᆼ각ᄒᆞ로라 ᄒᆞ스더라 각설 잇ᄯᆡ의 선군이 편지을 본딕의 보닉고

삼일숙빈홀 적의 비몽간의 낭ᄌᆞ 왓거날 선군이 비록 숨이라도 반가온 마암을 이기지 못하여 ᄀᆞ슴 쇌피온이 유혈이 흘너 일신의 가득하여 ᄉᆡ다온 머리을 ᄉᆞᆫ발하고 억기의 결박 줄을 ᄆᆡ고 가삼의 은장도을 지으고 가마가만 드러와 눈물노 하난 마리 낭군님 낭굼님아 청춘의 무삼 죄로 원혼이 무삼일고니 몸니 황천ᄀᆡᆨ이된들 누명을 쓰지 못ᄒᆞ고 원혼이 된이 안이 불상코 가련한가 어린 자식 남ᄆᆡ 어이하여 낭군 언약을 ᄉᆡᆼ각하며 고상할 듯하온니 이안이 답한가 낭군님 금히 나려가 원통ᄒᆞ고 의ᄆᆡ한 일을 이것 보고 ᄌᆞᄌᆞ갑파 주압소서 하고 인하여 그림 한 장을 주고 울면 도라가거날 선군이 그걸 본이 석상의 반달을 그러거날 그림을 보고 또 다시 볼 적의 ᄉᆡ달은이 한 숨이라 심ᄉᆡ 살난하여

〈17-뒤〉

아무리 ᄉᆡᆼ각하여도 괴상한 이리라 안지 못하여 화상을 ᄂᆡ여보이 빗치 더욱 변하여 실ᄉᆡᆨ이 되얏드라 그ᄌᆡ야 주근 줄 알고 돌과 달이 돌함ᄆᆡ 드러쏘다 하고 인하여 슬피 ᄎᆡ읍하다가 즉시 써날쇠 청ᄀᆡ 어시화을 다짐의 간수ᄒᆞ고 풍악과 호통을 다 바리고 준마로 나려온이라 잇ᄣᆡ애 상공이 모ᄎᆡᆨ을 ᄉᆡᆼ각하여도 모ᄎᆡᆨ이 업슬듯하여 요량하다가 노복을 불너 의논하여 할임이 나려와 낭자 주금을 보면 결단코 주글거시이 엇지하여ᄉᆞ 조캐 할고 하신되 즁 늘근 죵이 엿차오ᄃᆡ 소인이 거연 춘의 할임을 묘시고 아문ᄃᆡ 임진사ᄃᆡᆨ의 가온이 ᄉᆞ람이 무수이 모이난지라 단장 ᄉᆞ이로 일월 갓튼 처자 나와 구경ᄒᆞ온이 할임이 그 처자을 보시고 천하절ᄉᆡᆨ이라 하시고 근처 ᄉᆞ람으ᄀᆡ 무르신이 임진사ᄃᆡᆨ 여자라 ᄒᆞ기로 그ᄃᆡ 할임이 ᄃᆡ찬ᄒᆞ시면 몬ᄂᆡ 기거ᄒᆞ엿사온이 그ᄃᆡᆨ의 구혼ᄒᆞ오면 듯ᄉᆞ올 듯ᄒᆞ안고 또 임진사ᄃᆡᆨ은 할임 나려오신 날 길가이온이 할임 오신 길의 그ᄃᆡᆨ 낭자 혼ᄎᆡ ᄒᆞ압시며 소인 맘의 ᄉᆡᆼ각 가득ᄒᆞ여 그 경을 이즐가 ᄒᆞ난이다 아ᄅᆡ온이 상공이 이 말을 듯고 의히ᄒᆞ여 왈 니

마이 가장 올틋ᄒᆞ시고 임진사난 나와 죽마고교의 조혼 버시라 ᄯᅩ

〈18-앞〉

선군이 금방 자원급ᄌᆡ 할임학사ᄒᆞ엿슨이 직금 청혼ᄒᆞ면 임진사 낙종ᄒᆞ리라 ᄒᆞ고 상공이 청혼 차로 진사ᄃᆡᆨ 차자간이 영접ᄒᆞ여 왈 상공이 엇지 왓난이가 ᄒᆞᄃᆡ 상공이 답왈 자식 선군이 수경낭자로 더부러 연분이 진중ᄒᆞ여 일시도 ᄯᅥ난지 안이ᄒᆞᄆᆡ 마암의 밀망ᄒᆞ던 차의 금방 과거을 당ᄒᆞ여 경성의 올나가라 ᄒᆞᆫ이 말을 듯지 안이ᄒᆞ고 이리저리 핑지ᄒᆞ거날 옥낭자 ᄯᅩ 간청ᄒᆞ와 올리보ᄂᆡ던 금방 장원급ᄌᆡᄒᆞ여 할임학사로 편지 왓스ᄃᆡ 낭ᄌᆞ 보지안이ᄒᆞ야 병이 드러던이 선군 과연 분다하지 금월 모일의 ᄉᆞ망하온이 ᄂᆡ 요량ᄒᆞ온즉 선군이 나려오면 결단코 함기 쥬글나 할거신이 말유할 도리 업사와 ᄌᆞᆼ졸의 ᄉᆡᆼ각ᄒᆞᆫ이 낭자 주근 말을 드기지 말고 나려오난 길의 ᄶᅧᆨ겨 혼치ᄒᆞ온 후의 수경낭자 주겨ᄒᆞ오면 신경의 마임이 이서 구졍을 이져 진졍ᄒᆞ올 듯하와 구혼을 광문하난 듯자온이 귀ᄃᆡᆨ의 아람다온 규양이 닛다 하옵기로 불고염치 하고 구혼코져 하난이다 도령 마암의 어ᄯᅥ하온지 쾌하온 말삼을 듯고져 왓난이다 한이 진사 일말을 듯고 빙소 왈 노형 ᄒᆞ든 말삼이 가장 위ᄐᆡᆨᄒᆞᆫ지라 금반 오난 길의 장ᄀᆡ들

〈18-뒤〉

리 하여 할임 신중의 잇난 낭자을 안이 보고 엇지 들면 만약 모칙으로서 장ᄀᆡ을 들ᄀᆡᄒᆞ온들 낭ᄌᆞ 주거다 ᄒᆞ오면 결단코 주글거시오 ᄯᅩ 그도 그르ᄒᆞ온나 청혼하여 옷난 길릐 무심이 연고 업시 장ᄀᆡ드라하면 할임의 심중의 고히 ᄉᆡᆼ각하여 월지할거시오 피차간 낭패 자심하리라 그러할진ᄃᆡ 반단시 용이히 되지 안이ᄒᆞ고 ᄌᆞ식만 바릴거신이 다시난 그른 말삼을 마압소서 한이 상공이 말ᄒᆞᄃᆡ 문안ᄒᆞ난이다 시혼들로 ᄒᆞ여 왈 ᄂᆡ 자식이 본ᄃᆡ 마암이

험험ᄒᆞ여 ᄂᆡ 묘칙이 엿차엿차 ᄒᆞ온이 일로써 ᄂᆡ 편지와 노자을 즁노의 보닋여 조흔 말로 ᄒᆞ여금 달늬며 타인 말은 안이 듯지 안이ᄒᆞ건이와 ᄒᆞ물며 저 아비 말을 안이 들이리요 노형 의심 마시고 캐히 허혼ᄒᆞ와 우리 즁마고교을 다시 둣텁기 ᄒᆞ압소서 ᄒᆞ신이 진사 이 말은 듯고 요양ᄒᆞ니 소연풍기의 그러홀 듯ᄒᆞ여 그도 그르ᄒᆞ건이와 뒤차 즁마고우로 괄식 못ᄒᆞ여 사식 난최ᄒᆞ다가 안들로 들어가 부인달여 상공ᄒᆞ든 말삼을 다 설화ᄒᆞ고 난처ᄒᆞᆫ 양

〈19-앞〉

을로 말삼ᄒᆞᆫ이 부인이 이 말삼 듯고 우선 심즁의 혼자말노 할님으로 도문 전 허락이 듸여 ᄉᆡ다운 영화을 도문 전의 바드며 친자식과 다름이 엄난 듯ᄒᆞᆫ지라 질거하여 왈 늬 요양ᄒᆞ온이 조흘 듯ᄒᆞ온나 진사님 맘듸로 처단ᄒᆞ압소서 ᄒᆞ거날 진사 이 말을 듯고 나와 유이미결ᄒᆞ든 샹공이 다시 문왈 악가 ᄒᆞ든 말삼이 엇드ᄒᆞ시난잇가 진사 요양ᄒᆞ다가 인하여 허락ᄒᆞ신이 상공 ᄆᆡ하 마암이 친양치 못ᄒᆞ야 도라와 직시 ᄐᆡᆨ일ᄒᆞᆫ이 불과 도문 일과 수일 전이라 죵이토록 설화ᄒᆞ다가 도라와 노자을 불너 왈 편지을 주며 왈 너 밧비 써나 할님 오신 길의 마조나서 이 편지 올이고 낭자 죽엇단 말은 말고 엿차엿차ᄒᆞᆫ 말노 ᄒᆞ며 들을 거신이 부듸 그리ᄒᆞ여라 ᄒᆞ신이 노자 청영ᄒᆞ고 할님 오신난 길의 차자간이라 잇ᄯᆡ의 임진사가 상공 보ᄂᆡ고 흔일을 고듸ᄒᆞ든이 흔일얼 당ᄒᆞ야 교븨석을 차리 낭자을 온갖 최복 칠보단장을로 할님을 고듸ᄒᆞ드라 각설 잇ᄯᆡ 할임 날여오믜 ᄉᆡᆼ각ᄒᆞᆫ이 일각이

〈19-뒤〉

일각여삼추라 급피 오난 말을 최처 모라 루름갓치 오든이 본ᄃᆡᆨ 하인이 마조와 현신ᄒᆞ거날 할임이 반기ᄒᆞ여 왈 듸감님 깃치후 일향ᄒᆞ시고 동별당 아기씨도 평안ᄒᆞ신야 ᄒᆞ신듸 노ᄌᆞ 아외되 아직 다 평안들 ᄒᆞ시압고 듸감임 영을

밧ᄌ와 왓난이다 ᄒ며 인하여 ᄒᆞᆫ 서차을 올이거날 바다본이 그 글의 하여스되 아무날 너 편지 바다본이 천힝오로 이번의 천은의 올나 할임 몸이 되어 나려온다 한이 질겁고 반갑도다 나난 권ᄒ다리고 아직 무ᄉ한이 다힝하다 도문 일언 너 말ᄃ로 하엿다 믜포하고 아무촌 임진사난 본ᄃ 나와 즁마고위로 조흔 버지라 진사난 자식이 업다가 말연의 한 여자을 본이 나난 너을 둔 후로 나을 보면 결혼이나 ᄒ자 하여 도ᄂ 듯기지 안이ᄒᆞᆯ 쌘더라 너의계 듯기지 안이ᄒ여던이 니번의 네 소식을 듯

〈20-앞〉

고 즉시 왈 날다러 이른 마리 노형은 신ᄉ 조화 저런 ᄌ식 두어 쳐ᄒ의 드문 영화을 보시고 나난 자식을 못 두엇다가 늑ᄀ의 다만 여식을 본이 그러ᄒ오나 ᄂ 마암의 상공과 결혼ᄒ여 이변 도문 전의 신ᄒ고 우리 서로 영화을 한가지로 보기 조흘 듯ᄒ온니 밧자오니다 ᄒ고 눈물 흘러 츼양ᄒ거날 ᄂ 싱각다가 못하여 낭자의갸 드러가 진ᄉ 소조 불상한 말을 낫나치한이 낭자 이 말은 듯고 ᄒ난 마리 임진사은 불상한 노인이라 인하여 쾌ᄒ여 아문 일 혼슈애단과 치혼 범빅을 갓초와 가지고 아무 쥬졈의 갈거신이 부ᄃ 그 주졈을로 나려오라 ᄒ더라 보기을 다하믜 마암이 엇지 자연 살난ᄒ여 반다시 곡절이 잇도다 만일 곡절이 업스면 삶이 엇지 이러ᄒ리요 임진사난 비록 날을 탐ᄒ여도 남외 본처 잇난ᄃ 엇지 자식을 주자ᄒ리요 직금 ᄂ 간청ᄒ여도 될지말지한 터의 엇지 먼저 청혼ᄒ리요 낭자난 다시 모함의 드러 쥬근이 임소지로 ᄒ여곰 인도ᄒ난이라 ᄒ시고 쥰마로 그 주졈의 온이 붓친이 치혼 차려

〈20-뒤〉

거나리고 와서 고ᄃᄒ거날 선군이 ᄉ복을 갓초으 뵈온이 상공이 왈 이번의

쳐은을 입고 왓슨이 다힝ᄒᆞ다 노자로 ᄒᆞ여금 보닌 편지을 바다 보왓난야 사기 여차여차ᄒᆞ기로 아지 못ᄒᆞ여 네 오난 쥬졈의 유ᄒᆞ여 늬일 답치 후 힝ᄒᆞ라 ᄒᆞ신듸 선군이 쥬왈 이 몸리 규쳐쵀쳐ᄒᆞ온들 이버의 천은얼 입고 엇지 도문 젼의 망조한 이을 할올 색더러 일전의 일몽을 어든이 괴상ᄒᆞᆫ 이리 만사와 일후 상을 아지 못ᄒᆞ온이 그 도운얼 지늬고 낭자 말을 듯고 경혼ᄒᆞ자이다 ᄒᆞ고 기을 직촉ᄒᆞᆫ이 상공이 마리 박긔여 듸강 경개ᄒᆞ난 말노 ᄯᅩ ᄒᆞᆫ되 사을 보고 구혼ᄒᆞ여 죽애을 가초와 영화을 보이난 거시 자시의 도리거날 너난 고집으로 부모님 말을 듯지 안이ᄒᆞ고 기을 직촉ᄒᆞᆫ이 자식의 도리 안이라 도모지밤 도문ᄒᆞ든지 못ᄒᆞ든지 장긔가든지 마든지 도지 몰을 노라 ᄒᆞ고 진노ᄒᆞ신이 할임이 묵묵부답ᄒᆞ고 집으로 가기만 짓촉ᄒᆞᆫ니 ᄯᅩ 엿자오듸 임진사ᄃᆡᆨ은 이은 일을 어기치면 낭패 자심ᄒᆞ온이 할임이 싱각ᄒᆞᆫ이 로소이다 ᄒᆞᆫ이 할임이 그 하인을 ᄭᅮ짓고 말을 달여 갈거날 상공이 할임업서

<21-앞>

말을 치고 뒤을 ᄯᅡ라온이라 잇ᄯᅴ의 할임이 급픠 오며 낭자 보기을 살픠며 산문의 다른이 종시 낭자 보이지 안이ᄒᆞ거날 실푸다 죽은 낭자 엇지 나와 보리요 문젼의 마을 날여 보힝을 오드러 올 ᄉᆡ ᄒᆞᆫ 거름의 슬푼 눈물 빈치며 두 거름의 슬푼 마암을 이기지 몰ᄒᆞ야 ᄒᆞ든 차 그ᄌᆡ야 상공이 선군을 붓들고 통곡 왈 뇌 ᄯᅥ난간 후 즉일 밤의 낭자 방의 남자 성음이 들이거날 고이ᄒᆞ여 낭자을 불너 무른 즉 밍월로 더불러 말ᄒᆞ엿다 ᄒᆞ의 즉시 밍월을 불너 물는듸 소답의 낭자 방의 업다 ᄒᆞ기로 부모된 마암의 이심 듸여 약간 경긔ᄒᆞ엿든이 이른 차목ᄒᆞᆫ 이리 어듸 다시 잇슬이요 ᄒᆞ신이 선군이 이 말을 듯고 듸경ᄒᆞ여 울며 왈 아바임 앗가 임진사ᄃᆡᆨ 혼인ᄒᆞ라 ᄒᆞ신 말삼은 기이난 말삼이가 ᄒᆞ고 급픠 중문의 드러간이 의연ᄒᆞᆫ 우름 소릐 들이거날 방문을 열치고 본이 춘양 이 동춘을 안고 어무 신쳬을 붓들고 울거날 할임이 그 거동을 보고 천지

〈21-뒤〉

아득ᄒᆞ여 기절ᄒᆞ얏다가 이윽ᄒᆞ여 경신을 진정ᄒᆞ여 낭자 신칙을 만지며 살피본이 얼골은 선군을 보고 반기이난 칙ᄒᆞ며 옥 갓흔 가삼의 칼을 쉽고 죽어거날 할임이 울며 왈 아물이 무심ᄒᆞᆫ들 칼을 쎽지 안이ᄒᆞ엿도다 ᄒᆞ고 그 칼을 잡아 쎽이 칼 쌔진 궁그로 청조ᄉᆡ 시 말이 날라 나왓 ᄒᆞᆫ 마리난 할임 억기의 안자 울되 ᄒᆞ면목 ᄒᆞ면목 ᄒᆞ고 ᄯᅩ ᄒᆞᆫ 마리은 춘양의 억기의 안자 우되 불명목 불명목 ᄒᆞ고 ᄯᅩ ᄒᆞᆫ 마리난 동춘의 억기의 안자 우되 여호자 여호자 ᄒᆞ고 나라간이 그 ᄉᆡ소릭 들은이 ᄒᆞ면목 ᄒᆞ난 소릐난 누명을 면치 못ᄒᆞ고 도라간이 무삼 면목으로 낭군을 보리요 ᄒᆞ난 소릐요 불명목 ᄒᆞ난 소릐난 너을 두고 간이 눈을 깜지 못ᄒᆞᆯ다 ᄒᆞᆫ난 소릐요 여호자 ᄒᆞ난 소릐난 저 어린 걸 두고 죽은이 부ᄃᆡ 조히 잇스라 ᄒᆞ난 소릐라 청조ᄉᆡ 시 마리난 반다시 낭자의 삼혼이러ᄒᆞ고 낭자

〈22-앞〉

신칙을 어루만지며 실피 통곡 왈 가련ᄒᆞ다 낭자야 추양 동춘 엇지ᄒᆞᆯ고 불상ᄒᆞ다 낭자야 어는 ᄯᅴ 다시 보러ᄒᆞ고 어듸로 간단 말가 어엽분 낭자 어듸가 다시 볼고 원수로다 원수로다 과거가 연수로다 장원급직 ᄒᆞ나 못ᄒᆞ나 금의옥식 먹그나 못 머그나 낭자 일신 못 보와서 삼춘갓치 여겻든이 영결쫑천 무삼 일고 철양ᄒᆞ다 낭자야 춘양 동춘을 어이ᄒᆞᆯ고 인ᄒᆞ여 기졀ᄒᆞ거날 울며 ᄒᆞ난 마리 아바임 아바임 주지 마압소서 어마임도 죽사압고 아바임도 죽사오면 우리 난믜은 뉘을 이탁ᄒᆞ여 사라ᄒᆞ신잇가 붓들고 운이 동춘이 ᄯᅩ 함ᄭᅴ 울거날 할임이 참아 죽지 못ᄒᆞ여 추양을 달ᄂᆡ되 이결 안고 저것 달릐여 저것 안고 이것 달ᄂᆡ며 왈 우지 말라 동춘아 우지 마라 춘양아 늬 신ᄉᆡ 둘듸 업다 여광엿취ᄒᆞ여 신칙을 붓들고 살펴본이 점점 썽난지라 더옥 슬품을 이기지 못ᄒᆞ여 고고 믜친 ᄒᆞᆫ을 ᄉᆡ로ᄉᆡ로 ᄉᆡᆼ각ᄒᆞ며 듸성통곡ᄒᆞ거날

춘양이 울며 왈 아바님 잠간 ᄎᆞᄆᆞ시고 ᄂᆡ 말삼을 드러보압소서 어마임 임종시의 날 달러 ᄒᆞ난 말이 인간 의믜

〈22-뒤〉

한 일로 구천의 도라간이 엇지 눈을 ᄶᅡᆷ을이요 너의 붓친이 이번의 급ᄌᆡᄒᆞ어 나려와서 입신양명ᄒᆞ올 ᄃᆡ 이붐직ᄒᆞᆫ 관ᄃᆡ ᄒᆞᆫ 불을 깃다가 다 못 깃고 ᄒᆞᆫ 편의 ᄒᆞᆨ의 발을 놋치 못ᄒᆞ고 차목ᄒᆞᆫ 당ᄒᆞ여 항천의 도라가로라 ᄒᆞ던이다 ᄒᆞ고 인ᄒᆞ여 ᄃᆡ성통곡ᄒᆞᆫ이 할임이 관ᄃᆡ을 본이 과연 한 편의 학의 날의 업거날 흉격이 막히고 울적ᄒᆞᆫ 심회 엇지 다 설화ᄒᆞ리요 그러ᄒᆞ나 울적 마암을 참고 곡절을 아라보리라 ᄒᆞ고 일전의 몽사을 ᄉᆡᆼ각ᄒᆞᆫ이 그 기름의 돌과 월이 당초의 ᄆᆡᆼ월 방수을 삼아다가 낭자ᄀᆡ 정혼한 후로 ᄆᆡᆼ월 박ᄃᆡᄒᆞ엿든이 간싸ᄒᆞᆫ 연이 시기ᄒᆞ여 낭자을 모함ᄒᆞ엿도다 달을 반다시 ᄆᆡᆼ월이요 돌은 반다시 돌쇠라 그러ᄒᆞ나 ᄉᆡ상 이을 아지 못ᄒᆞᆫ이 그 금본을 아라보이라 ᄒᆞ고 인ᄒᆞ여 노비 ᄌᆞᆼ을 호령ᄒᆞ엿더라 인ᄒᆞ여 임문ᄒᆞ실ᄉᆡ 그 중의 늘근 ᄌᆞᆼ을 동여 ᄆᆡ고 큰 ᄆᆡ로 치여 고성ᄒᆞ여 왈 너 ᄌᆡ을 아뢰라 ᄒᆞ돈이 ᄃᆡᆨ 집 단장이 놉기로 외인이 간ᄃᆡ로 추입지 못ᄒᆞ거날 변고난 너희 놈 ᄌᆞᆼ이라 수상ᄒᆞᆫ 놈을 아뢰라 ᄒᆞ면 삼ᄆᆡ장으로 학서을 ᄊᆡᆫ이 그

〈23-앞〉

놈이 견ᄃᆡ지 못ᄒᆞ여 아ᄅᆡᄃᆡ 소인은 모월 모일의 돌ᄉᆡ 집의 가튼이 ᄆᆡᆼ월이 돌쇠로 더부러 언근이 수작ᄒᆞ압던이 곡절을 아지 못ᄒᆞ고 지ᄂᆡᆫ온 이리온이 돌ᄉᆡ을 잡아들여 궁문ᄒᆞ압소서 ᄒᆞ고 아뢴이 할임이 즉시 돌쇠을 잡아 ᄆᆡ고 둘리 장으로 치며 문왈 이번 변고난 네 놈이 알거시라 바로 아뢰라 ᄒᆞ고 수업시 친이 돌쇠라 ᄒᆞ난 놈이 감당치 못ᄒᆞ여 아뢰ᄃᆡ 모월 모이의 ᄆᆡ월이 와서 이른 말이 그ᄃᆡ난 힘을 다 ᄒᆞ여 ᄂᆡ 소원을 다 ᄒᆞ여줄 듯ᄒᆞᆫ이 ᄂᆡ 말은

드르라 ᄒᆞᄆᆡ 소인 답ᄒᆞ는 말이 무슨 마린지 서활ᄒᆞ라 한즉 ᄆᆡᆼ월이 은금 수천 양을 주면 ᄒᆞ는 말이 ᄂᆡ 말이 엿차엿차ᄒᆞ온이 그리ᄒᆞ라 달의옵기로 이갓치 될 줄오 아지 못ᄒᆞ와 저 말ᄃᆡ로 동별당 방문 밧ᄀᆡ 잇든이 과연 ᄃᆡ감임이 ᄒᆡᆼ차ᄒᆞ시ᄆᆡ 화광이 충천ᄒᆞ야 오시거날 ᄆᆡᆼ월이 말ᄃᆡ로 그 방문을 열러다가 닷고 인ᄒᆞ여 도망ᄒᆞ엿난이다 ᄆᆡᆼᄆᆡᆼ월이 말ᄃᆡ로 그리ᄒᆞ기만 죄잇사오나 이의 곡절을 아뢰라 ᄒᆞ온이 ᄆᆡᆼ월이 잡아들려 언문ᄒᆞ압소서 ᄒᆞ거날 할임

〈23-뒤〉

이 □ᄉᆡᆨ을 호려ᄒᆞ야 ᄆᆡᆼ월을 잡아오라 ᄒᆞ시거날 돌ᄉᆡ 젼각의 잡아 들러 죽도록 큰 ᄆᆡ로 친이 ᄆᆡᆼ월 견ᄃᆡ지 못ᄒᆞ여 아릐ᄃᆡ 모일의 상공씌압서 소여로 ᄒᆞ여금 동별당의 신축ᄒᆞ라 ᄒᆞ시압기로 변명ᄒᆞ와 ᄀᆡ교ᄒᆞ여 돌ᄉᆡ로 더부려 수작ᄒᆞ압고 상공ᄀᆡ 아ᄅᆡᆫ온니 상공ᄀᆡ압서 듸로ᄒᆞ압고 ᄃᆡ감임이 아ᄅᆡᆫ온이 되감임이 낭자 아기씨을 나님ᄒᆞ여 음형 수죄ᄒᆞ오ᄆᆡ 낭자 아기씨 악형을 당치못ᄒᆞ여 통곡하시다가 옥잠을 쎄여 공중의 썬지 왈 섬돌의 박킨 후의 인ᄒᆞ여 낭자 죽엇사온이 소여 맘의 낭자을 잠관 박ᄃᆡ ᄃᆡ압고 할임이 손여을 갓치이 ᄒᆞ실가 ᄒᆞ여삽든이 지금 소여 죄는 만사무석이로소이다 ᄒᆞᆫ이 할임이 득기을 다ᄒᆞᄆᆡ ᄃᆡ분ᄒᆞ여 돌ᄉᆡ는 삼모장을로 씌 죽기고 죄 갓흔 ᄆᆡᆼ월이난 길의 ᄂᆡ여 톱으로 써 죽이고 옥잠 박킨 도을 차자 본 섬돌ᄀᆡ 옥잠이 쉽히거날 할임이 그 옥쌈을 차아 쏀이 옥잠이 쌔진이 옥잠 박켠난 굼그로 □□□

〈24-앞〉

지라 할임이 실ᄉᆡᆨᄒᆞ여 왈 이런 절통한 이리 어ᄃᆡ ᄯᅩ 잇슬이요 ᄒᆞ고 실피 통곡한이 잇ᄯᆡ 상공이 무안ᄒᆞ여 왈 아희들아 비온다 선거긔 ᄒᆞ여라 방차다 불만이여라 이리저리 ᄑᆡᆼ기ᄒᆞ드라 이적의 할임이 여러날 지ᄂᆡᄆᆡ 실품은 잠관 진정ᄒᆞ고 낭자의 창사활러 ᄒᆞ고 번ᄇᆡᆨ을 차이더라 각설 잇ᄯᆡ의 임진사

교븨석의 고딕ᄒᆞ다가 낭픽지심ᄒᆞ여 서로 타시ᄒᆞ면 진사는 부인을 원망ᄒᆞ고 부인은 진사 원마ᄒᆞ여 서로 원망으로 식월얼 보닉고 임소직난 방의 누어이지 안이한이 상공 당한 집과 갓드라 이젹의 천상 율관이 일업서 자여빗창한 옥낭자을 싱각한이 한심한 이리로다 불이의 우리 남믜 서로 의지ᄒᆞ여 상직 안전의 잇든이 우연이 요지연의 득죄ᄒᆞ여 인간의 닉치신이 지옥기들어 지올을 면치 못ᄒᆞ다가 서천의 보닉 신직 수월되야도 할 돌이 만무한지라 그르ᄒᆞ나 믓씨의기 편지ᄒᆞ라 ᄒᆞ엿거날 애 옥낭자 지옥을 면ᄒᆞ고 서천국의 가서 마암과 틱평ᄒᆞ엿 잇스나 볏

〈24-뒤〉

이을 싱각한이 한탄이 무궁ᄒᆞ드라 이르그러 천상사자 왓그날 본니 사자일봉 서차을 올이고 엿차오딕 소이은 처상 율관의 사자압든이 이 편지나율관도사의 편지온이 바다보압소서 ᄒᆞ걸날 낭자 그 편지을 기탁ᄒᆞ여 본이그 글의 ᄒᆞ엿스딕 율관 선관은 한번 절ᄒᆞ고 한 장 그을 수경낭자 누의임기붓치난이 요지연의 남믜 이별 후 소식이 막히온이 마암이 간절ᄒᆞ나 피차갈리여 한탄할 색일는이 이 위의 염나국왕의 장문을 본이 천만이위라 멀이얼 산발ᄒᆞ여 은장도 드난 칼을 버겨 들고 가삼의 쉅피슨이 비명언 무삼일고 자식 남믜 썻처두고 원귀은 무삼 일고 용자 사자 압서우고 지옥은무삼 일고 삼면을 덜 보닉여 성혼은 무삼 일고 원직기 믓씨 엿자와 선천국의잇기 ᄒᆞ나 일후의 환싱흔 만무한지라 지금 선군이 믓씨 신치을 지ᄒᆞ의 안장할나 한이 만약 그리할진딘 환싱할 돌이 더욱 엄난지라

〈25-앞〉

믓씨 급피 가 선군의기 현몽ᄒᆞ여 지하의 뭇지 말고 옹연동 못 가운틱 여허달나 ᄒᆞ고 도라오며 우리 상봉은 삼연 후의 자연 될 거신이 그리ᄒᆞ압소서

ᄒᆞ엿드라 보기을 다ᄒᆞᄆᆡ 맘암 살난ᄒᆞ야 빗창함을 이기지 못ᄒᆞ여 답장을 써 보ᄂᆡᆫ이라 잇ᄊᆡ 선과이 편지한 후로 사자 도라오기을 반ᄅᆡ든 차의 사자 도라와 섯차을 올이거날 바다보온이 낭자의 편지라 그 글의 ᄒᆞ엿스ᄃᆡ 옥낭자 ᄆᆡᆺ씨난 두 번 절ᄒᆞ고 한 장 그을 선관 오라밤 일전 붓치난이다 요지연의 이별 후로 성식이 마연튼이 피차 각인 타시라 지옥을 면ᄒᆞ고 서천의 잇서 몸은 무야ᄒᆞ나 친나이 ᄎᆡᆨ귀와 사쟈쌘일넌이 선관 오라반님 차저신이 천만 ᄉᆡᆼ가밧기라 이버 가화공참ᄒᆞ여 가로ᄃᆡ 송죽 갓흔 절ᄀᆡ을 굽피지 못ᄒᆞ여 이 몸이 원귀 듸여 염나국의 드러가 지옥을 면치 못ᄒᆞ던이 오라반님 덕으로 지옥을 면ᄒᆞ고 서역국의 도라왓스나 자식 남ᄆᆡ와 가장 선군을 그리여 진정 못ᄒᆞ면 자식 남ᄆᆡ 신로 어미 찬난 소ᄅᆡ 귀의 ᄌᆡᆼᄌᆡᆼ 눈의 삼삼 ᄒᆞ온니 아물이 유명이 다르나 원귀좃차 자식 모르

〈25-뒤〉

리요 답답ᄒᆞ다 이ᄂᆡ 가삼 가연ᄒᆞ고 원수로다 팔자 신명 원수로다 몸의 칼이 둘러와한들 송죽 좃차 굽피손가 원귀 ᄃᆡ기 둘러ᄒᆞ며 송죽 보기 북구러와 산희갓치 싸인 말뫼 일픠난기라 펴지 말삼 듸로 ᄋᆡᆨ길로 가서 형몽할거신이 후사나 살피여 천상의 올나가ᄀᆡ ᄒᆞ압소서 하엿드라 보기을 다ᄒᆞᄆᆡ 실품을 이기지 못ᄒᆞ드라 잇ᄊᆡ의 낭자 형몽 차로 선군ᄀᆡ 간이라 이적의 이적의 활님이 낭자 장사 할여ᄒᆞ고 경산ᄒᆞ여 번븩을 차리던이 비몽간의 낭자 머리을 산발ᄒᆞ고 몸의 유혈이 낭자ᄒᆞ여 들어와 겻ᄒᆡ 안지며 ᄒᆞ는 말이 낭군이 옥석을 분별ᄒᆞ와 천의 ᄋᆡᄆᆡ한 이을 발기주신이 죽은 혼인들 엇지 질겁지 안이할이요 그러ᄒᆞ오나 다만 춘양 동춘을 두고 ᄯᅩ 낭군도 다시 보지 못ᄒᆞ와 실픈 공혼이 ᄃᆡ온이 실품이 구천의 사뭇치도다 신ᄉᆡ 이러ᄒᆞ오나 첩의 신쵀을 선산의도 뭇지 말고 구산 지하의도 뭇지 말고 옹연동 못 가운틔 석곽 잇사온이 첩의 신ᄎᆡ을 운자 장포의 묵거 석곽의 너허 주압소서 만일

〈26-앞〉

그리지 안이 ᄒᆞ압시며 첩의 소원을 일우지 못할거신이 부ᄃᆡ 낭군 첩의 소원 ᄃᆡ로 주여압소서 ᄒᆞ고 간ᄃᆡ업거날 ᄉᆡ다른이 한 숨이라 그 몽사을 부모님 전의 설화ᄒᆞ고 낭자 소원듸로 ᄒᆞ여 보사이다 ᄒᆞ고 안장 차로 운상할 ᄉᆡ 관곽이 요동치 안이ᄒᆞ거날 할님이 빗창한 심회을 금치 못ᄒᆞ여 춘양 동춘을 안고 말을 타여 ᄒᆡᆼ장 뒤애 서운이 그ᄌᆡ야 곽이 요동ᄒᆞ여 수이가난지라 가다가 할임이 춘양 동춘을 집으로 들어보ᄂᆡ고 할님이 ᄒᆡᆼ상 뒤의 싸라가며 빗창한 맘암가 실품을 이기지 못ᄒᆞ여 기얼 요량치 못ᄒᆞ드라 슬픠 통곡 왈 실푸다 낭자야 이 길인야 불상ᄒᆞ다 어ᄃᆡ로 가신난고 ᄇᆡᆨ연히로을 탑갓치 발릿든이 영결종천 윈말이인고 원수로다 원수로다 한탄을 무수이 ᄒᆞ여 울고 간이 초목이 다 슬허ᄒᆞ난 듯ᄒᆞ드라 이윽ᄒᆞ여 옹연동 못가의 다다른이 ᄃᆡ특이 창일ᄒᆞ고 주광이 창천ᄒᆞ지라 그 물을 본이 한 말 업서 한탄 무궁ᄒᆞ던이 이윽ᄒᆞ여 천지

〈26-뒤〉

아득ᄒᆞ여 일월이 무광ᄒᆞ던이 인ᄒᆞ여 물이 말의거날 자서이 본이 못 가운ᄃᆡ 석곽이 과연이 잇거날 기묘한 이리로다 ᄒᆞ고 인ᄒᆞ여 안장ᄒᆞ고 쉬든이 홀지의 천지 자옥ᄒᆞ며 뉘승병역 일어나며 정신 아득ᄒᆞ든이 인ᄒᆞ여 운무 흣터지며 날이 청명ᄒᆞ거날 경각의 ᄃᆡ특이 창일한이 할님이 탄식ᄒᆞ고 망극ᄒᆞ여 우다가 ᄌᆡ문 지어 고유한이 그 ᄌᆡ문의 ᄒᆞ엿스듸 유ᄉᆡ차 모연 모월 모일의 부 할님 ᄇᆡᆨ선군은 감소고우 수경낭자 묘ᄒᆞ는이 실푸다 삼ᄉᆡᆼ연분을로 그ᄃᆡ 럴 만ᄂᆡ 원왕지낙을로 ᄇᆡᆨ연히로 할가 바릿든니 영결이 뜻밧기라 조물이 시기ᄒᆞ고 귀신 잡귀ᄒᆞ여 서로 수월 길인 정희을 설화치 못ᄒᆞ고 천만 이위의 이리듸온이 엇지 한심코 가련치 안이히리요 실푸다 낭자야 적막한 황천의 뇌을 읫탁할어ᄒᆞ고 이 지경이 듸단 철양ᄒᆞ다 어린 자식 남믜을 달이고 뇌을

밋고 살이요 가연ᄒᆞᆫ 낭자의 신ᄎᆡ을 젼산의나 후산의나

〈27-앞〉

무더두고 조모로 볼아든이 소원ᄃᆡ로 옥연동 못 가운ᄐᆡ 엿코 본이 무덤은 간ᄃᆡ업고 창회수만 가득한이 ᄋᆡ연ᄒᆞ고 불상ᄒᆞ다 낭자야 유명이 달으나 부부 졍이야 달를손가 답답ᄒᆞ고 의석한 마암이 골수의 밋치신이 엇지ᄒᆞ야 낭자의 오관을 다시 보리요 실푸다 일븨주로 공혼을 위로한들 홍양 엇지 볼손가 답답다 그르ᄒᆞ나 부감ᄒᆞ압소서 ᄌᆡ문 맛친 후의 업더더 통곡한이 초목금수 다 우난 듯ᄒᆞ드라 인ᄒᆞ야 집으로 도라온이 추양 동춘이 어미을 부르며 슬피 우거늘 할님이 망극ᄒᆞ여 기절ᄒᆞ엿다가 ᄀᆡ우 진정ᄒᆞ어 아희들 달ᄂᆡᄃᆡ 이것 안고 ᄌᆡ것 다라며 불상ᄒᆞ다 추양아 우지 마라 동춘아 이리저리 밤을 지ᄂᆡ던 이 비몽간의 낭자 와서 것희 안지면 춘양 동춘을 어러만지며 가로ᄃᆡ 낭군은 홀노 무정한 ᄉᆡ월을 허소이 엇지 보ᄂᆡ이요 쳡은 연분이 업서 영결ᄒᆞ와

〈27-뒤〉

이연이 ᄯᅥ처슨이 첩을 ᄉᆡᆼ각 말고 부모님 청ᄒᆞ신ᄃᆡ로 님소ᄌᆡ을 마좌 ᄇᆡᆨ연히 로 ᄒᆞ압소서 ᄯᅩ 춘양 동춘을 그려 엇지 건딜고 ᄒᆞ여 울고 가거날 할님이 놀ᄂᆡ ᄭᆡ달은이 남가일몽이라 ᄭᅩᆺ다운 ᄐᆡ도 눈의 삼삼 다정한 말소ᄅᆡ 귀의 ᄌᆡᆼᄌᆡᆼᄒᆞ여 슬피 통고ᄒᆞ다가 왈 낭자난 불민한 선군을 이별ᄒᆞ여 살건이와 선군는 엇지 낭자을 뵈반할이요 다시 최처ᄒᆞ오며 일후의 황천의 도라가 낭자 엇지 볼오이가 ᄒᆞ고 ᄉᆡ월을 위통으로 보ᄂᆡ든이 잇ᄯᆡ 님소ᄌᆡ 할임의 소식을 득고 ᄉᆡ상을 몰으고저 ᄒᆞ나 부모님 말삼이 익기로 죽지 못ᄒᆞ여 주야 탄식으로 지ᄂᆡᆫ이 가긍한지라 이러ᄒᆞ기로 소문이 원근의 전파한이라 이적의 상공이 이 말을 득고 불상이 여겨 혼사을 지ᄂᆡ고저ᄒᆞ나 지금 할임이 빗창한 마암으로 지ᄂᆡᆫ이 차마 말을 붓치지 못ᄒᆞ고 지ᄂᆡ든이 ᄉᆡᆼ가다가 못ᄒᆞ여 할임을

〈28-앞〉

불러 가로듸 나의 연광이 칠십이 넘더록 실ᄒᆞ의 다만 너ᄲᅮᆫ이라 집안 운수가 시훈이 들어 낭자 죽어신이 한탄ᄒᆞ야도 씰듸업신이 그리지 말고 뇌 부모을 위ᄒᆞ여 경한 호인을 일우괴ᄒᆞ면 우리 고단함가 너의 정막한 심회을 덜기 ᄒᆞ미 엇더ᄒᆞᆫ야 하시듸 할임이 주왈 소자의 자식 남믜가 잇사온이 장성ᄒᆞ거던 전가할 듯ᄒᆞ온이 지금 쇠처만이ᄒᆞ여도 관기ᄒᆞ올익가 ᄒᆞᆫ이 상공이 다시 경기ᄒᆞ여 왈 뇌 말이 의위라 너달여 이 말이 박박절ᄒᆞ다만은 속담의 이른 말이 효자가 불여악첨만 못ᄒᆞ고 ᄯᅩ 노인이라도 후첩을 구ᄒᆞ그던 항차 삼십 전 아회들이 면한 안이하기난 만무한지라 ᄯᅩ 임소ᄌᆡ은 종신ᄃᆡ사라 늬기 북그럽지안이ᄒᆞ리요 그르ᄒᆞ나 임소ᄌᆡ 뇌의 집 연분이 듸며 우리 말연의 이 안이 영화안이야 한갓 고집만 싱가지 말고 뉘 부모을 ᄉᆡᆼ각ᄒᆞ여라

〈28-뒤〉

ᄒᆞ신듸 할임이 도라와 춘양을 다리고 무정한 ᄉᆡ월을 보늬더라 각설라 잇ᄯᆡ의 천상 율관 선관이 상ᄌᆡ기 주달ᄒᆞ여 왈 연전의 서역국의 보닌 슈경낭자는 지금 삼연을 지늬온이 다시 요탕ᄒᆞ실이 엇드ᄒᆞ실사 아릐ᄃᆡ 상ᄌᆡ ᄯᅵ다르시고 ᄒᆞ교 왈 선영을 오건동의 보늬여 한싱ᄒᆞ여 달여오라 ᄒᆞ신의 선여 청영ᄒᆞ고 오견동으로 날여와 못가의 안ᄌᆡ 진언을 일은이 물리 마르난지라 인하여 돌함을 ᄯᅳ고본이 낭자 발서 한싱ᄒᆞ여 잠이 들어다가 ᄭᆡᆫ것 같드라 일어안자 한심직고 ᄒᆞ난 말이 삼ᄌᆡ기압서 부르던야 한의 선여 답왈 ᄒᆞ교을 밧자와 왓사온이 밧비 올나가사이다 ᄒᆞ고 인ᄒᆞ야 함ᄭᅴ 올나 상ᄌᆡᄀᆞ 븨온듸 상ᄌᆡ ᄒᆞ교 왈 천영을 거역한ᄌᆡ로 고상ᄒᆞ여 ᄒᆞ시고 인ᄒᆞ여 율관기 붓치들이라 낭자 나와 율관을 만닌이 남믜간 그리든 청히을 비빈할듸 업드라 낭자 ᄯᅩ 차차 설화하듸 옹연동의 잇든 말이면 선군과 성혼ᄒᆞ든 말과 힝의기 들든 말과 지옥의 들어다가

〈29-앞〉

서천의 가 잇든 말과 편지 바다보든 말을 차차로 설하흔이 율관이 듯고 차차 설화ᄒᆞ시듸 염나국 왕의 장문 보든 말이면 상직기 주달ᄒᆞ여 섯천의 보늬든 말이면 답장 보든 말과 쏘 이번의 주달ᄒᆞ여 환싱ᄒᆞ여 올나온 말을 차차로 설화한 후의 서로 질기더라 잇쎡의 낭자 몸과 맘은 편ᄒᆞ나 작시 남믜와 선군은 보지 못ᄒᆞ야 의연한이 율관이 왈 그러ᄒᆞ며 식상의 나가고저 ᄒᆞ나야 그러할진듸 선경의 잇서 씰듸업신이 날여가기로 경영ᄒᆞ라 ᄒᆞ시고 인하여 삼연 싹가 낭자 다리고 사직기 들어가 사연문을 올이고 간절ᄒᆞ여 왈 수경은 천상외 잇서 씰듸업사온이 식상의 보늬여 저의 자식과 선군을 상면하기 ᄒᆞ압시며 엇드ᄒᆞ실지 주달ᄒᆞ압난이다 상직 ᄒᆞ교ᄒᆞ사 그 일이 난처ᄒᆞ나 경의 말이 당

〈29-뒤〉

연한지라 그러할진듸 바로 선군의 집의 보늬지 말고 식심강 주임도의 보늬여 선군을 만늬보기 ᄒᆞ고 아문 희의 빅성치 늬외 줄을 거신이 삼연을 보늬 후의 선군과 수경이 함ᄭᅴ 올나오기 ᄒᆞ라 ᄒᆞ신이 낭자 승명ᄒᆞ고 날러와 율관의 ᄒᆞ직ᄒᆞ고 인ᄒᆞ여 식심강 주임도로 가서 몸은 펴ᄒᆞ나 선군을 잇지 못ᄒᆞ여 형몽 차로 간이라 각설 잇쎡의 할임이 자식 남믜 달이고 탄식을로 지늬든이 비몽간의 낭자 흔연이 들어와 가로듸 슬푸다 낭군은 죽은 나을 잇지 못ᄒᆞ여 조흔 임소직을 엇지 발리난익가 할임이 왈 아물이 무심한들 낭자을 잇고 신졍을 듸ᄒᆞ올 마암이 엇지 잇사올이가 낭자 답왈 낭군은 첩을 볼여ᄒᆞ거던 식심강 주임도로 차자오옵소서 ᄒᆞ고 인ᄒᆞ여 가거날 ᄭᅢ달른

〈30-앞〉

이 한 쑴이라 마암이 황홀ᄒᆞ여 직시 발힝할 셰 춘양달러 이로듸 늬 모친이

와 현몽ᄒᆞᄃᆡ 죽임도로 차자오라한이 ᄂᆡ 잠관 상면ᄒᆞ고 올거신이 글이 알고 잇스라 춘양이 울며 왈 어마님을 보시거든 달여오압소서 ᄌᆡ순 당부ᄒᆞ드라 할임이 부모 전의 ᄒᆞ직ᄒᆞ고 왈 소자 심난ᄒᆞ와 병이 날듯ᄒᆞ압기로 작관 나가 산수 구경이나 ᄒᆞ고 도라올이다 ᄒᆞ고 인ᄒᆞ여 주임도로 차자간니 여러날 만의 한 곳의 다다른니 서산의 걸인 ᄒᆡ은 일낙서산ᄒᆞ고 동영의 돈난 달은 월출이라 수광접천ᄒᆞ고 월ᄉᆡᆨ은 반공산이라 무심한 잔나비는 처처 실피 울고 유의한 두견ᄉᆡ은 불여귀을 일삼으이 실푸다 저 ᄉᆡ로 ᄂᆡ 심사와 갓흔지라 인적은 고요ᄒᆞ고 유수 정이 슬푸도다 창망한 강산 상의서 갈 발을 아지 못ᄒᆞ고 철양한 비회 나든 차의 홀연 한 곳 바ᄅᆡ본이 한 동자

〈30-뒤〉

일 편 선의 등불을 도도 달고 지늬가거날 할임이 급히 문왈 동자은 ᄉᆡ심강 죽임도 가난 기을 인도ᄒᆞ압소서 한이 동자 답왈 귀ᄀᆡᆨ을 보온이 아동 거ᄒᆞ느 ᄇᆡᆨ선군이잇가 할임이 왈 ᄂᆡ 선군이건이와 엇지 나을 아난다 ᄒᆞ신이 동자 답왈 그러ᄒᆞ시면 소동으 뒤을 ᄯᅡ르소서 소자난 동희 용왕 영을 밧자와 ᄇᆡᆨ할임을 인도ᄒᆞ로 왓사온이 수이 ᄇᆡ애 오르소서 ᄒᆞ거날 반가온 마암을 이기지 못하여 급피 ᄇᆡ애 올은이 수식간의 강을 건너 동자 가르처 왈 져리로 가면 죽임도가 잇사온이 경성이 지극ᄒᆞ오면 낭자을 보오리다 ᄒᆞ고 간듸업거날 할임이 죽임도로 차자 가던이 문득 ᄒᆞᆫ 고듸 다다른이 화송은 울미ᄒᆞ고 녹죽언 은은한ᄃᆡ 그 길로 수일을 들어간이 좌우 죽임이 울밀한 가오듸 삼간초옥이 잇시ᄃᆡ 단장과 사모의 풍경 소소의 정신 훗터진이 과연 ᄉᆞᆷ 갓드라 ᄯᅩ 보지 못할 듯한이 진실노 선경일너라 문전 ᄇᆡᆨ화ᄒᆞ여 인적을 살픠던이 이윽하여 나와 갈오듸 엇더한 속ᄀᆡᆨ이관ᄃᆡ 선경을 모르고 왓난다 ᄒᆞ거날 할임이 답왈 나난 ᄇᆡᆨ선군 일년이 천상연분으로 수경낭자을 볼

〈31-앞〉

가 하여 이고즈로 차자 왓난이다 하신이 선군이 답왈 빅할임이라 ᄒᆞ온이 이직 알건이와 일전의 수경낭자 천상 상직 수유라 와 수일을 유화온연 빅할임이 오실가 ᄒᆞ여 바릐ᄃᆡ 소식이 업사오믜 오릐 유옵지 못ᄒᆞ므 천상의 올나가실 직 ᄒᆞ신 말삼이 낭군이 오시거든 바릐드 연유을 하라 ᄒᆞ던이다 ᄒᆞ거날 선군이 이 마을 드른이 낙심ᄒᆞ여 울며 왈 선여난 불상한 목숨을 잔잉이 여기자 낭자을 한 번 보기 ᄒᆞ압소서 익결ᄒᆞ거날 선여 답왈 낭자 업사오나 잠간 유ᄒᆞ여 요기나 ᄒᆞ고 가압소서 ᄒᆞ고 인도ᄒᆞ거날 할임이 싸라드러간이 방쥬이 소쇄ᄒᆞ고 다른 사람은 엄난지라 잇씌 낭자 후면의 수머 ᄉᆡᆼ각한이 낭군이 이다지 무상한가 불명 병이라리라 ᄒᆞ고 인ᄒᆞ여 문을 열고 들어와 할임의 사믹사을 잡고 우면 왈 춘양 동춘을 뉘기 맛기고 왓난익가 선군이 낭자을 본니 여광여최ᄒᆞ여 창망 중의 진경ᄒᆞ여 낭자을 붓들고 울면 왈 낭자야 엇지 그리 무경 익

〈31-뒤〉

가 아물이 원통한 일이 잇사온들 나을 바고 이 몸이 되야난익가 ᄒᆞ신이 낭자 차차 설화ᄒᆞᄃᆡ 당초의 송도써지 단견온 이후로 힝익의 들어 옥잠으로 ᄃᆡ강 발명ᄒᆞ고 죽은 말과 낭군을 보지 못하고 죽은 □여한된 말이며 염나국의 들어가 지옥의 갓치여 사재기서 돌아와 서천의 잇서 그림 한 장 가지고 형몽한 말이며 옥연동 못가읏틔 돌함의 신치 환ᄉᆡᆼᄒᆞ여 천상외 올나가 ᄉᆡᆼ각ᄒᆞ온이 한심코 철야ᄒᆞ와 상직씌 원경을 지어 올인니 첩의 경상을 불상이 여기시고 ᄒᆞ교ᄒᆞ시ᄃᆡ 죽임도로 보닋여 다시 연분을 믜지라 ᄒᆞ시압기로 첩의 마암이 인간의 잇슬 쓰지 업든 차의 이곳으로 청ᄒᆞ신이 다힝ᄒᆞ여 또 고요ᄒᆞ압기로 수관초옥을 지어 녹코 몸을 의지ᄒᆞ여 잇삽기로 경영ᄒᆞ온이 낭군의 쓰지 엇더ᄒᆞ온익가 할임이 또 울면 왈 전후 수말을 설화ᄒᆞ고 낭자

만일 그르하올진디 부모 자식을 이고을로 오기ᄒᆞ사이다 한이 낭자 답왈 첩인들 부모 자식을 엇지 싱각지 안이할오리가

〈32-앞〉

마난 첩의 몸이 전과 달나 식상 사람 인난디 살기 어엽사온이 이곳디로 오기난 어엽지 안이ᄒᆞ나 올 수 업삼난이다 할임이 답왈 부모님은 다른 자식이 업사고 다만 닉 ᄒᆞ나 쑨이라 우리ᄶᅧ지 잇사오며 부모임이 의탁할 곳지 업사온이 보련 낭자난 깁피 싱각ᄒᆞ압소서 낭자 양구의 왈 사식 일졍 그러할 듯ᄒᆞ나 첩이 ᄯᅩ 싱각ᄒᆞ온이 임진사의 소직난 자연 평싱을 속절업시 허소이 보닐 거신이 그 엇지 불상치 안의ᄒᆞ올익가 그리 마압시고 낭군이 임소직을 재최ᄒᆞ여 부모임을 믜시기 ᄒᆞ고 낭군은 왕닉ᄒᆞ여 단이시며 서로 조흘 닷ᄒᆞ온이 ᄒᆞ오이다 족음도 의혹 말고 그리 ᄒᆞ압소식 강권ᄒᆞ거날 할임이 싱각한이 그르듯ᄒᆞ여 인ᄒᆞ여 허락ᄒᆞ고 집으로 도라와 부모 전의 낭자 만닉 본 말과 임소직 이을 수작한 말삼을 고한디 상공 붓치 이 말을 듯고 일면 놀닉고 질거ᄒᆞ시며 왈 진

〈32-뒤〉

실로 그러ᄒᆞ며 작키 졸흘야 ᄒᆞ고 인ᄒᆞ여 튁일ᄒᆞ여 임진사딕의 보닌이 진사 질거ᄒᆞ드라 기일을 당ᄒᆞ믜 상고이 할임을 다리고 진사딕의 득달한이 간의 거동이 찰난ᄒᆞ드라 교븨석의 나와간이 위풍이 넘늠ᄒᆞ여 옛 사람과 갓지 ᄒᆞ드라 져 날 애을 다한 후의 동방 나아가 등축을 물이치고 소직을 딕한이 수경낭자의 얼골이 눈의 삼삼ᄒᆞ여 마암이 식로 실푼지라 밤을 지닉고 삼일을 유한 후의 소직을 달이고 도라와 부모님 전의 븨온 후의 소직난 집의 두고 죽임도로 도라간이 낭자 흔연이 마자들어 가오디 낭군은 식사람을 마자사온이 엇드ᄒᆞ든익가 할임이 답왈 낭자을 싱각ᄒᆞ온이 엇지 전과 갓사

올이익가 낭자 답왈 낭군의 쓰지 과ᄒᆞ다소이다 이ᄌᆡ 나가 부모임과 소ᄌᆡ을 븨온 후의 춘야 동춘을 달이오압소서 ᄒᆞ거날 할임이 급피 돌아와 부모임

〈33-앞〉

과 소ᄌᆡᄀᆡ 고왈 자식 남믜을 달여가난이다 한이 모친이 이 말을 듯고 춘양 동춘을 안고 듸성통곡 왈 실푸다 오날날 너의 얼골 막죽 본이 엇지 갈연치 안이할이요 너의난 어미을 싸라가건이와 나는 너의 보ᄂᆡ고 뷜노 더불여 심ᄒᆡ을 풀고 ᄒᆞ며 몬늬 실혀ᄒᆞ들아 할임이 아ᄒᆡ 달이고 죽임도로 간이 낭자 나와 춘양 동춘을 안고 울며 왈 너희난 나을 엇지 사라난아 ᄒᆞ며 인ᄒᆞ야 실피 통곡한이 그 경상을 차마 보지 못할트라 춘양은 인사을 안난지라 어마임 엇지 여ᄀᆡ 와 ᄀᆡ신익가 ᄒᆞ고 인ᄒᆞ여 통곡ᄒᆞ드라 동춘은 젓만 먹고 써나지 안이한이 서로 빗창한 맘과 질기난 맘을 엇지 다 설원할이요 이후로 만사ᄒᆞ락ᄒᆞ여 아ᄒᆡ 남믜 달이고 수관모옥의 ᄉᆡ상 만물을 모르고 지ᄂᆡᆫ이 만사무심 ᄒᆞ더라 할임이 주야로 왕늬ᄒᆞ여 ᄉᆡ월을 보늬던이 상공부처 연만ᄒᆞ여 기ᄉᆡ

〈33-뒤〉

ᄒᆞ신이 할임과 낭자와 소즤 의통ᄒᆞ고 서산의 안장 후의 잇ᄃᆡ 임소ᄌᆡ 일자일여을 두어난지라 할임과 낭자 연만ᄒᆞ여 인간을 이별할ᄉᆡ 할임이 임소ᄌᆡ 잔여을 불어 손을 잡고 왈 우리는 이ᄌᆡ 인간을 ᄒᆞ직ᄒᆞ고 오날날 이별한이 엇지 실푸지 안이ᄒᆞ리요 ᄒᆞ고 ᄯᅩ ᄋᆡ자 춘양 동춘을 임소ᄌᆡ개 부탁ᄒᆞ여 왈 자식 남믜을 부인ᄀᆡ 붓치난이 부인은 편이 잇사온면 부귀영하은 ᄃᆡᄃᆡ로 울이거신이 조금도 부인은 의심 마압고 편이 잇스소서 ᄒᆞ고 인ᄒᆞ여 써나로라 ᄒᆞ고 할임과 낭자 청사자을 타고 오운의 싸이여 아문 듸로 가는 줄 몰으더라 임소ᄌᆡ와 동춘 형ᄌᆡ 다 화합ᄒᆞ여 부귀 일국의 진동ᄒᆞ드라 할임과 낭자 천상의 올나가 상ᄌᆡᄀᆡ 븨온이 할임은 청원사 일관도사의 ᄌᆡ자 듸고 낭자은

연ᄒᆞ봉 마고선여의 ᄌᆡ자듸여 요지연의 상봉 □지ᄒᆞ드라

단기 四一九一年 二月 二十九日 수경낭자젼 맛춤

수경낭자전

각셜 이때 고려국 사지대에 셰상 조통 안동
땅에 [illegible] 이 잇스되 성은 백가요 일흠
文공이라 한데 상공은 패안한 간하얏슴을
재월을 보내더라 일 안은 인부 인정씨가 상공께
였자오대 분회 삼천의 무자한 죄가 졸고
하오니 상공이 너 [illegible] 다분의로 이가까지

수경낭자전(김동욱 66장본)

〈수경낭자전〉은 66장(132면)의 필사본 소설이다. 배경은 '고려국사시대', '경성 조동 안동 땅'으로 되어 있다. 소설 앞부분에서 상공부부가 만득자로 백선군을 얻는 내용이 나오고, 부인이 해산할 때에 선녀가 내려와 천생 배필이 수경낭자임을 알린다. 필사본 계열의 줄거리와 대동소이하나 임소저에 대한 언급이 없다. 작품의 후반부에서 자결한 수경 낭자를 선군이 옥연동에서 장사 지내며 제문을 읊은 후 슬피 통곡하는데, 이때 낭자가 하늘에서 내려와 선군과 자식들을 본다. 이에 선군과 자식들과 함께 집으로 돌아와 동별당 가무정에서 다시 지내며, 이후 상공의 상을 지내고 춘향 동춘 남매의 혼례를 마친 후 백년기세하는 것으로 끝을 맺고 있다.

출처: 박종수편, 『(나손본)필사본고소설자료총서』26, 보경문화사, 1991. 337~468쪽.

〈1-앞〉

각설이라 옛 고려국사 시대에 경성 조동 안동 땅에 한 사람이 있의되 성은 배가요 일홈은 상공이라 한대 상공은 매일 한탄하야 슴의로 새월을 보내더라 일일의 부인 정씨가 상공께 엳자오대 분희 삼천의 무자한 죄가 좋크타 하오니 상공의 넓의산 덕분의로 여기까지

〈1-뒤〉

보존하여쓰나 듯사오니 고욕정계하고 정성의로 소백산예 드러가 기도를 잘하면 귀자를 본다 하오니 우리도 발원이나 하 보사이다 한대 상공이 저왈 비러 자식 의들신대 기사예 무한 사람이 있어 하여 보사이다 하고 모욕지계 하고 전조란 말놀 하고 소백산예 드러가 정성의로 발원

〈2-앞〉

하고 집의로 도라와 즐기려니 과연 그날부터 태기가 있어 십 삭이 차메 하루난 집안의 요운 영농할 재 천지 진동하니 예길을 탄생하며 하날로써 한 선녀 나려와 옥영에 향물을 부어 에기를 씨켜 뉘이고 분인다려 위로 왈 이 에기는 천생 선관의로 요지원예 갓다가 수경낭자로 더부려 수작한 죄로

〈2-뒤〉

옥황상제계옵서 댁의로 보내여사니 성연분을 수경낭자를 보낸지라 하니 이 예기를 잘 기루면 영화를 볼 거시요 상성 연분을 수경낭자로 모실 거시니 탄인예 구혼 마옵소서 하고 인하여 간 대 업는지라 부인이 에연이 여겨 수경 점성의로 이 말을 낫낫치 엿자오대 상공이

〈3-앞〉

아헤를 살펴보니 얼골이 관옥 갓고 섬몸이 튀여나고 옥핀을 셧치난 덧 하고 풍휘는 늡늡하여 천생 선관이 완연하구나 상공이 극히 사랑하야 이름믈 선군이라 하였난지라 아들 선군이 점점 자라매 사서삼경을 무불통지하고 골격이 장대히니 뉘가 칭찬 안니 할 자 업더라 선군이 나희 십□

〈3-뒤〉

에 당하메 완연한 선군이요 새상 사람 안일내라 부모 귀중이 여겨 엇지 저 옥 같한 배필을 정하리요 날로 광순하더니 이적의 수경낭자로 천상예 득조하고 옥연동의로 나려온 후로 선군을 생각하여 잇을 날이 업더라 각설하로 밤애난 선군의 꿈의 낭자 와 연자하옵고 가옵더니 그 후로 선군이

〈4-앞〉

병이 되여 일일이 여삼추오니 엇지 삼 년을 기다리라 함니까 그겄의로 병이 골수예 짚어난지라 부모 왈 너를 나을 때에 하날로써 선녀가 나려와 여차여차 하던 일과 연애 꿈애 수경낭자라 하되 꿈은 다 허사라 하고 음식을 권한지라 선군이 딕왈 정연한 기약이 지중하오니 엇지 허사라 하오릿가 누어도

〈4-뒤〉

생각이 업다 하고 누엇다가 이러나지 안이하거날 백약의로 치료하되 조금도 차희가 업난지라 낭자 비록 옥연동애 적거하야시나 선군의 병새가 상함을 알고 밤마다 몽중애 왕래하여 병이 저대지 깊어나잇가 약을 써옵소서 하고 유리병 셋을 내여 놓의며 일호대 한 병은 불로초요 또 한 병은 불사주요

〈5-앞〉

또 한 병은 만경주요 이 세 가지 약을 써옵고 부대 삼 년을 참의소서 하고 간 대 업거날 께다르니 남가일몽이라 선군 병세 더우 중하□□ 일절 소음이 업난지라 낭자 또한 생각□□ 낭군의 병세가 점점 위중하고 가사가 점점 치패하□ 엇지 세간을 이르리요 하고 또한 꿈의 가 일의대 낭군의 병세 점점 침중하고 가세가 곤궁

〈5-뒤〉

하기로 금동자 한 쌍을 가저왔아오니 낭군의 방안에 안처 두면 자연 부귀할 거시요 처의 화상을 가저왓사오니 밤이면 덮고 낮이면 벽상에 거러 두옵소서 하고 간 대 업거날 께여 보니 장원한 첩이라 인하여 금동자를 벽상에 올려 안치고 낭자의 화상을 벽상애 거러 두고 시시로 낭자 같이 보던이 이때 읍 사람들이

〈6-앞〉

백선군의 집에 귀물이 잇단 말을 듯고 각각 귀경가자 하고 금은 체단을 만이 가추고 만단 귀경하니 가산은 점점 오복하되 선군의 병세는 조금도 소흠이 업난지라 또 한 꿈의 가 일호대 낭군이 종시 첩을 못 잊어 저대지 심회가 심한이 진실로 민망답답한지라 일행의로 병세 침중하오니 그가 이댁 집 종 매왈

〈6-뒤〉

노 방수를 정하여 울적 심회를 진정하옵소서 하거날 선군이 비자 매월을 불러 방수를 정하고 조금 안심한대 은근한 정은 낭자에 미치 못할내라 이때 낭자 옥연동에 있서 낭군의 병세를 생각하니 만일 낭군이 날같은 여자를

생각하고 만일 죽어지면 백연 언약 속절업시 □□구나 하고 또 한 꿈애 가로대 낭군이 첩을

〈7-앞〉

생각하여 보고저 하거던 옥연동 가무정의로 자주 오옵서서 하고 가거날 께다르니 몽중사 황홀한지라 마음이 쾌락하여 벌떡 이러나 부모님 전애 드러가 엿자오대 간밤애 몽중을 어드매 수경낭자가 와 일호대 옥연동 가무정의로 차저오라 하오니 아무리 생각하여도 병세 점점 급박하오니 옥연동을 차저갈 박에 업난

〈7-뒤〉

이다 하고 직시 부모님게 하직하고 발행하매 부모님이 만단 말류하되 듯종시 듯지 안니하고 엿자오대 소자의 병이 이갓이 지중하고 발행하여 부모의 명을 거역하니 일정 불효 갓아오나 이난 사중구성이오니 부모님은 말류치 마옵소서 하고 옥연동을 차저감니다 하니 부모 할일업서 허락한대 선군이

〈8-앞〉

심회 광할하여 백나읍편의로 옥연동을 차저 차즘차즘 차저가니 앞길이 희미한지라 사직을 못 이기여 하날을 우러러 축수 왈 소소한 하날님은 하감하사 옥연동 가난 길을 가르처 수경낭자와 백년가약을 일치 말게 하옵소서 하고 백마금전의로 차저가니 석양은 이무 서산애 걸치고 옥연동은 막막

〈8-뒤〉

하고 한 곳세 다다르니 신세 광활하고 중□은 절승한대 옥연동 구역애는 삼색초 만발하고 봉우리에는 오색 구름이 영농한대 수양산 천만 옥연 반모

애 높이 소삿다 황금 갓튼 저 꾀꼬리난 춘정을 못 이기여 숨풀을 차저들제 별유천지에 인간이로다 풍경을 귀경하며 차즘차즘 귀경하며 드러가니 선관을

〈9-앞〉

바처 가되 옥연동 가무정이라고 저기 씨여 잇거날 선군이 맘이 황홀하여 염치불구하고 마루 면상애 올라가니 꿈애 오던 옥 가턴 낭자 아미를 숙기고 한 마음을 주어 질석하며 왈 그대는 누구인대 이러탄 선경을 임무로 왕내하나잇가 선군이 대왈 나는 이상하는 사람의로

〈9-뒤〉

우연이 이곳애 당하여 선경인 줄 모르고 드러왓아오니 죄가 막성이로소이다 낭자 왈 그대는 목숨을 액길진대 밧비 나려가소서 하거날 선군의 마음이 일변 두려우나 악이사지하여 또 이때를 일의면 다시 만나기 어려울지라 하고 점점 나아가 안지며 왈 낭자는 엇지 나를 모로

〈10-앞〉

나잇가 나는 백선군이라 하니 낭자 청이불문하고 전후부지 모르난 채 하고 잇의니 선군 할일업서 하날을 우러러 탄식하며 문을 닷고 도라서니 그재야 낭자 녹의홍상 백호선을 손애 들고 병중□ 빗겨 선군을 불러 왈 낭군은 가지 마옵소서 내 말을 드르소서 하니 선군이 이 말을

〈10-뒤〉

듯고 마음이 황핑하여 도라서니 낭자 왈 그대 아무리 인간애 황밍하엿슨들 저대지 직심이 업서서 아무리 천 년을 매잣은들 엇지 정흘이 허락하오릿가

하며 오르기를 청하니 선군이 그제야 안여 왕왕히 올라가매 낭자 다부처 안지며 여러 말을 하되 낭군은 엇지 삼 년을 못

〈11-앞〉

지달르고 저대지 작심이 업난이가 선군이 한 번 본대 마음이 황홀하여 달여 들고 천내음이 심운애 간절하되 겨우 안심하여 낭자의 옥속을 자부며 왈 오날날 낭자를 대면하니 이재는 죽어도 여한이 업난이다 하고 그리던 정희를 난단의로 설하니 낭자 대왈 낭군이 날 갓튼

〈11-뒤〉

여자를 생각하야 이렇타시 병세이 되엿의니 엇지 대장부 행실이라 하오릿가 우리 양인이 천생애서 서로 득죄하여 인간애 나려와 삼성 인연을 매자두고 삼 년을 매잣스니 삼 년 후애 육여 가초와 백년해로를 할 거시요 부애가 망심하오니 부대 안심하여 삼 년을 지달으면 백년해로 하오리다 선군이 대왈 일각이

〈12-앞〉

여삼추라 엇지 삼 년을 기다르라 함□□ 낭자 만일 그제 도라가면 선군의 목심은 이□ 직색이라 이내 몸 죽어 황천애 도라가 원혼이 되면 낭자 천명인덜 온전하오릿가 낭자는 천금 가튼 몸을 잠간 허락하오면 구의 목심을 안보하올 덧 하니 낭자는 송죽 가튼 정을 잠간 귀펴 그리던 정희를

〈12-뒤〉

푸러 주옵소서 하며 사생을 결단하고 달여드니 낭자 생각하되 이제는 할일 업다 이때 위로 왈 광은 만정이요 야식은 삼경이라 선군이 친금을 돈애

걸고 발근 달 삼경 밤애 전일 그리던 정회를 낫낫치 토파하니 야인의 거동은 일필로 잇난지라 단상 봉황이 죽실을 불고 방공애 넘노난 듯

〈13-앞〉

녹수 원앙이 창파를 희롱하며 장유애 넘노난 듯이 아지아는 한정은 호용청검 드난 칼로 배인덜 엇지 배이며 모진 불로 사룬덜 엇지 사를소냐 우리 양인은 은근한 정희난 천지 간애 뉘가 알이요 낭자 대왈 대장부의 요심이 저대지 허량하면 부태하오릿가 이제는 부가내아라 내 몸이 부정

〈13-뒤〉

하엿의니 공부하기 부지업다 신행길을 급히 하라 낭군은 학기 가리라 하고 처자는 장한고 쌍을 불러내여 옥연교애 올라 안저 낭군 함게 발행하니 그 거동 그 위애 잇난 사람은 안이요 선인 적슬하□ 이때 낭자는 신부애 기해로 서모임이 제성신하매 상부처 흔연이 답하고 낭자의

〈14-앞〉

고흔 얼골을 자세이 보니 월태화용은 천하애 제일이요 옥빈은 화당시애 봉쌍이라 노주애 홍련화가 티글이 진 후애 강남 춘일산 안만 괴여 울난 듯 청천애 명월이 거문 구름 거든 하애 두려시 청강 속애 비취난 듯 낭자의 고흔 태도난 일구로 난설이라 상고 무처 애하여 낭자를 동

〈14-뒤〉

별당애 거처할 제 업더라 세월이 여류하여 팔 년이 지내매 자식 남매를 나흐니 딸 가삼이 요부하고 동산애 가무정을 높이 짓고 주야로 탄금하여 양인이 서로 화답하매 그 소래 처량하여 산곡이 응성하는 듯 그 가산애

하엿스되 양인이 대작산화 기한이 일백일백 우일배를 아취욕면군

〈15-앞〉

차거 하니 명도애 유이포금대하소 선군이 낭자와 백년언약 매진 후로난 일시라도 서로 떠나지 못하더라 부모 매양 매장하여 왈 너의 부부는 분명 천삼 천관 선녀로다 하고 선군을 불러 왈 드른직 금번에 과거를 보인다 하니 너도 경성애 올라가 입신양면하여 부모의 목전 영화를 뵈이고저 선□

〈15-뒤〉

빗내미 엇더하오 선군이 대왈 새간이 일군애 제일이요 노복이 천여 명이라 심지어 소락과 이목지소욕을 마음대로 하올 거시니 무엇이 부족하와 과거 하기를 바래릿가 한이 이는 다름이 아니라 참시라도 낭자를 떠나지 못함이라 낭자 방애 드러가 부친 하던 말슴을 하며 과거

〈16-앞〉

안이 가기로 말하니 낭자 엄용대왈 대장부 세상애 처음애 꽂다운 이름을 용문애 올리고 부모 목전애 영화를 밧치고 조성을 밋내 대장부의 떳떳한 일이 잇거날 이제 날 같은 여자를 못 잊저 과거를 안이 가면 공명도 일코 부모님과 다른 사람도 천이 여겨 과거 안 간다고 할

〈16-뒤〉

거시니 낭군은 부대 마음을 진정하야 백 년 산 중 두어 달 기다리고 금번 과거애 장원급제 하옵시면 부모님께 영화 보이고 일국애 영화 될 거시니 첩의 질은 마음은 엇더타 하오릿가 낭군이 만일 과거를 안이 가면 첩이 죽을 거시니 부대 첩을 생각지 말고 발행하라 하며 금을 사천

〈17-앞〉

냥 내여 놓고 노복을 오륙 인을 내여 길을 재촉하니 선군이 마지못하야 발행할 제 이때는 기미년 춘삼월 만간이라 부모님 전애 하직하고 낭자를 도라보며 왈 그대는 부모를 모시고 어린 자식 다리고 무사희 지내면 그리던 정이를 풀 날이 잇의리라 하고 한 거름애

〈17-뒤〉

도라보고 두 거름애 도라본이 낭자 왈 장부애 벗겨 서서 낭군 과거를 못내 질거하되 선군은 중심애 잇이 못한 심회를 가젓기로 종일토록 겨우 삼심 리를 가서 숙소를 한 후애 석반을 드리거날 낭자를 생각한 정희가 심중애 가득하여 한 술 밥도 못 먹고 인하여 상을 물리치이오 한이

〈18-앞〉

노복이 민망하야 엿자오대 서방님이 저대지 음식을 전패하시고 엇지 철원경을 득달하오릿가 선군이 ᄃᆡ왈 자연이 심회 울적하여 음식을 먹을 기리 업고 공방독침애 홀로 누엇스ᄆᆡ 낭자의 얼골 두 눈애 잠잠하고 말소ᄅᆡ 두 귀애 쟁쟁하야 울울한 정희를 드럿거날 선군이

〈18-뒤〉

신발을 동여ᄆᆡ고 집의로 도라와 단장을 쒸여너머 낭자의 방애 드러가니 낭자 깜작 놀래며 왈 낭군은 엇지 깊은 밤애 왓나잇가 선군이 ᄃᆡ왈 종일토록 행하는대 겨우 삼십 리를 가서 숙소를 정하고 낭자를 생각하니 울적한 회포 만하기로 음식을 못 먹고 잠을 못 드러 왓노라 하고 낭자

〈19-앞〉

로 더부러 못내 질기더니 잇ᄃᆡ 상공이 선군을 경성의로 보ᄂᆡ고 집안애 도적

들가 염여 되야 담 뒤로 단이다가 별당 문박애 당하미 낭자의 방애서 낭자의 소래 나거날 상공이 고이 여겨 안마음애 생각하되 낭자 솜중 같은 정저리 엇지 외인을 디하리요 하고 창박애 귀를 기우리고

〈19-뒤〉

듯던이 잇디 낭자 문박게 분친 오신 줄 알고 낭군의 자최를 감추고 아이를 달래는 채 하고 동춘의 등을 두다려 자장자장 하며 말을 하되 동춘아 너의 부친은 금번 과거애 장원급재하야 금의환양 하시난이라 하니 상공이 고히 하다 하며 후일애 오리라 하고 처소로 도

〈20-앞〉

라 가니라 낭자 낭군다려 위로디 시부친님 엄영지하애 낭군의 자최를 아르시면 내게 꾸중이 도라올 덧 하오니 부디 마음을 진정하야 경성의로 올라가 과거를 하야 영화를 보사이다 하고 닉보닉엿던이 선군이 염염한 마음을 못 이기여 잇틋날 발행하야 겨우 오십 리를 가 숙소를 정하고 석반을

〈20-뒤〉

지닌 후애 또한 심회 온전치 못하야 낭자를 생각하여 노복 모르게 집의로 도라와 낭자의 방애 드러가니 낭자 디경실색하여 낭군은 엇지 날만한 사람을 생각하고 광명을 도라보지 안이하온이가 닉 몸이 지금 올타하미 선군이 도로혀 무류하라 그러나 낭자의 염염한 정곡은 십분 간절

〈21-앞〉

하더라 낭자의 광명을 위할지로다 이러구러 정의로 만단설화를 하더니 또한 상공이 후원애 단이다가 낭자의 방문 박애 당하미 또한 남자의 소리

들리거날 상공이 싱각하되 고히하도다 낭자의 송죽 갇치 굳은 절개로 엇지 외인을 듸면하며 쏘 닉 집은 담장이 높앗스니 외인

〈21-뒤〉

이 엇지 임의로 출입하난고 하며 분심을 못 이기여 처소로 도라오니라 이때 낭자 쏘한 시부님 문박게 오신 줄 알고 낭군의 자최를 가추고 아히를 달래여 왈 아가 자장자장 하며 낭군의 자최는 종시 흔적하난지라 상공이 마음을 제우 진정하며 처소로 도라가니라 이때 상공이 그 부

〈22-앞〉

인 정씨다려 그 말을 낫낫치 하고 낭자를 부러 문왈 주야로 집안애 괴이하기로 도적을 잡의려 하고 두러 살피다가 낭자 문박개 당하믹 남자의 소리 나기로 괴이하다 하고 닉 처소로 도라왓더니 쏘 이튿날 밤애 너의 방안애서 정령 남자의 소리 나니 어덕한 곡절인지 발은딕로 알려라 낭자

〈22-뒤〉

엿자오딕 낭군이 경성애 가신 후애 밤이면 심심하야 춘향이와 동춘과 매월을 다리고 말슴하와 제 엇지 외인을 다리고 말삼하오릿가 상공이 말을 듯고 마음이 조금 풀리되 정녕이 남자의 소리 드럿스니 이난 전이 못 잇것다 하고 믹월을 불러 무러 왈 너 요사이 낭자의 방애 갓더냐

〈23-앞〉

믹월이 엿자오딕 제가 요사이 몸이 불편하야 안이 드러갓습니다 상공이 더욱 수상이 여겨 믹월이를 싀저 왈 요새애 낭자의 방애서 외인의 소리 나기로 엿드르니 정녕 어떤 놈이 낭자를 통간하엿의니 그 놈을 지세이 아러

라 하고 ᄆᆡ월이 청연하고 주야로 추심하되 종적이 업난지라 ᄆᆡ월이 생각

〈23-뒤〉

하되 서방님이 일즉 미노 방수를 삼고 낭자와 백년언약 맺은 후로 지금 팔 년이 되얏의되 종시 나를 박ᄃᆡ하니 구곡간장 구비구비 썩고 일촌단심 마디마디 녹난지라 이ᄣᅢ를 당하야 낭자를 음해코저 하면 내 마음이 상쾌하리라 하고 금을 수천 냥을 도적하여 가지고 재동유장애 이논하되

〈24-앞〉

내 말 듯난 이 잇스면 금을 사천 양을 줄 거시니 지원하라 그 중애 돌쇠라 하는 놈미 잇스되 마음 본대 로활한 놈이라 장원하거날 ᄆᆡ월이 즐거하여 금을 ᄂᆡ여주며 왈 부ᄃᆡ ᄂᆡ 말을 종시 행하소 ᄂᆡ가 정이 다름이 안이라 우리 서방님이야 수년 년분이 날로 방사를 정하고 옥낭자와 언약을 ᄆᆡ진 후로 지금

〈24-뒤〉

팔 년이 되얏스되 로일 분코 견이한 나의 흉중의 접접 싸인 회포를 뉘라서 말하리요 주야로 낭자를 음해코자 하되 종시 틈을 못탓던이 마침 서방님이 경성애 갓스니 이제는 나의 소원을 이룰지라 그ᄃᆡ는 나의 말을 자세이 드르라 낭자 방문 박개 가만이 섯스면 내 그 영음을 상공애개 고하되 어떠한 놈이 낭자의

〈25-앞〉

방애 드러간다 하면 분명이 상공이 나오실 거시니 부ᄃᆡ 상공 목적애 수상한 것을 보이고 낭자의 방애서 나오는 듯 하고 다시 도망하면 필정 두절이

잇스리라 각별이 약속하고 ᄆᆡ월이 상공 침소애 드러가 엿자오ᄃᆡ 손녀 일전애 ᄃᆡ감님 엄년을 뫼셔 수일 낭자의 문박게 수저하옵던이 오날

〈25-뒤〉

밤애 어써한 놈인지 낭자의 방애 드러가기로 소녀가 종적을 감추고 귀를 기울러 듯사오니 낭자 그놈다려 하난 마리 서방님 <글자 누락> 상공이 이 말을 듯고 ᄃᆡ경실색하야 칼을 ᄲᆡ여 들고 낭자의 방문 박개 드러가니 아연 팔 적 장신이 낭자의 방문 박애 내닷거날

〈26-앞〉

상공이 이런 변괴를 보고 분기충천하야 침소로 도라와 날 새기를 기다르더니 이ᄯᅢ 오경 북소래가 나며 원촌애 재명성 들이거일 노복을 밧비 불러 좌우애 난낫치 세우고 염치 불구하고 서방님이 경성애 가신 후애 시신이 무란하기로 밤이면 단장을 뒤로 단이다가 낭자의

〈26-뒤〉

방문 박게 당하ᄆᆡ 어떤 놈인지 낭자의 방애서 ᄂᆡ다르니 ᄂᆡ 집은 단장이 높앗스니 외인 출입하기 만무하고 너의 중 엇던 놈인지 낭자의 방애 출입한 놈이 잇을 거시니 발은ᄃᆡ로 아뢰라 호통한 소ᄅᆡ 천지 진동하거날 ᄆᆡ월이 밧비 낭자의 방ᄋᆡ 드러가 말을 굴리며

〈27-앞〉

포악하며 왈 낭자는 무슨 잠 저ᄃᆡ지 깊피 드럿스며 낭군 이별한 지 몃 날이 못되여 어써한 놈을 통간하다가 자최가 눈애 나서 상공 목전애 들키여서 무죄한 우리를 엄칙하야 죽기하며 낭자를 잡아오라 하신이 어서 밧비 갑시

다 이쌔 낭자 춘향과 동춘을 다리고 놀다가 잠이 제우 드럿던이

〈27-뒤〉

씃박게 ᄆᆡ월이 호통하거날 낭자 정신을 진정하야 의복을 ᄆᆡ동이고 옥잠을 머리애 쏩고 나오니 말 이루ᄃᆡ 낭자는 무엇이 부족하여 서방님 나가는 사이ᄋᆡ 어쎤 놈을 통간하다가 설가 눈애 나서 무죄한 소인들을 이ᄃᆡ지 밧치난이가 낭자 이 말을 듯고 ᄃᆡ경실색하야 일변은

〈28-앞〉

통분하야 일변은 서러워 아무리 할 줄을 모르난지라 노복이 방문 박게 꾸러 안치거날 정신이 창황분주하야 엿자오ᄃᆡ 제가 무슨 죄가 잇기로 이 짚픈 밤애 노복의로 하여 자바오라 하심니가 상공이 왈 바로 하여라 선군이 경성애 가신 후로 집안애 도적 들가 염여되여 단장을 두로

〈28-뒤〉

단이다가 너의 방문 박게 당하ᄆᆡ 남자의 소ᄅᆡ 나거날 마음이 이상하여 너를 불러 무른즉 너 ᄃᆡ답하기를 낭군 과거 간 후로 밤이면 심심하야 춘향과 동춘과 ᄆᆡ월을 다리고 말하엿다 하기로 그 후애 ᄆᆡ월을 불러 무른즉 ᄆᆡ월의 말이 몸이 곤하여 낭자의 방애 간 바 업다 하기로 필년 무슨 곡절이 잇는가

〈29-앞〉

하여 오날밤애 너의 방문 박게 가엿본이 어써한 놈인지 너의 방문을 닷고 나가는 것을 내가 분명이 보앗의니 무슨 발명을 하느냐 낭자 이 마을 듯고 춘중이 ᄆᆡ켜 눈물을 흘리며 애ᄆᆡ하다 누누이 발명하니 상공이 더욱 분누하여 왈 ᄂᆡ 목전애 보아도 저ᄃᆡ지 발명하거든 하물며 모지 안이할 일이야 엇지 다

〈29-뒤〉

생언하리요 호령이 추산갖이 하려 하니 낭자 체읍 왈 아무리 시부님 영이 업사하고 부월이 당치하여도 일성 자최한 일이 업사오니 무슨 말슴 아뢰릿가 상공이 고성 왈 종시 통간하는 놈을 못 가르처 주건냐 하며 창두를 호령하야 낭자를 절박하여 노코 엄칙 굼문하니 낭자의 전생이 가련가근하다 낭자 아무리

〈30-앞〉

육예를 가추지 못하엿슨덜 이갖이 음행의로 ᄭᅮ중하옵고 분명이 목도하엿다 하옵시니 발명 무료하나 세세 통측하옵소서 ᄂᆡ 몸이 비록 세상애 잇스나 빙설 같은 정절과 부경이부지절을 알고 독한 청천일월 알거던 엇지 외인을 통간하오릿가 하고 방성통곡하니 낭자애 근한 전생은

〈30-뒤〉

참아 못볼ᄂᆡ라 상공이 진노 왈 극채상가의 옥낭자로서 외인을 통간한 죄 만사무석이라 하고 창두를 제촉하여 종시 적고하라 하니 가련하다 낭자의 월색 가튼 두 귀 밑애 흐르난 게 눈물이요 옥설 같은 두 종아리애 살쏘난 이 유혈이라 낭자 혼미 증애 제우 정신을 진정하여 엿자오ᄃᆡ 낭군이 저를 생각하

〈31-앞〉

여 과거 가던 날 제우 삼십 리를 가 숙소를 정하고 잠을 못드러 왓기로 만단 ᄀᆡ유하여 ᄂᆡ여보ᄂᆡ던이 ᄯᅩ 이튼날 밤애 왓기로 제가 죽기로 ᄆᆡᆼ세하야 보ᄂᆡ옵고 어린 소견애 행여나 시부님 아르시면 ᄭᅮ중이 날가 두려하야 낭군의 종져을 숨기고 직시 엿주지 못하엿던이 어느 인간이 미워하엿난지

〈31-뒤〉

귀신이 적해하엿난지오 이럿타시 누명을 형별이 몸애 비첫사오니 무슨 면목의로 말슴을 아뢰며 일후애 낭군을 무슨 면목의로 ᄃᆡ면하오릿가 나의 무죄한 일은 하날과 ᄯᅡᆼ이나 알제 인간 사람이야 그 뉘라서 아리요 인하여 제결코저 하다가 낭군과 자식을 생각하야 ᄯᅡᆼ애 업드러저 기절하엿던

〈32-앞〉

이 이ᄣᅢ 정사 낭자의 참목한 전생을 보고 ᄋᆡ통방극하여 상공 전애 엿자오ᄃᆡ 상공은 엇지 혼미한 면목의로 발외 보지 못하고 사시장춘 송죽 가탄 낭자를 저ᄃᆡ지 음행의로 박대하시니가 엇지 후환이 업사오릿가 부인이 달려드러 창두를 물리치고 절박한 거설 끌너 노며 낭자의 옥 가탄 손을 잡고 낯슬 한태 대고

〈32-뒤〉

방성통곡 왈 시부님 망영더러 너의 정을 모르고 이 지경이 되엿스니 ᄂᆡ가 너의 정절은 ᄂᆡ가 아는 ᄇᆡ라 별당의로 드러가 조곰 안심하여라 낭자 진주 가튼 눈물을 흘리며 엿자오ᄃᆡ 옛말애 하엿스되 도적 대는 벗거니와 음행 대는 못 벗는다 하엿사오니 엇지 누명을 입고 살기럴 바ᄅᆡ릿가 하고 머리애 ᄭᅩ친 옥잠을 ᄲᅢ여

〈33-앞〉

들고 하날을 우러러 제ᄇᆡ하고 방성통곡 왈 소소한 하날님은 하감하사 첩의 애ᄆᆡ하고 안이 애ᄆᆡ한 일을 분별하여 주옵소서 첩이 말일 외인을 통간하엿거던 이 옥잠이 가슴애 박히고 말일 ᄋᆡᄆᆡ하거든 섭틀독애 전위를 분별하여 주옵소서 하고 옥잠을 높피 드러 공중애 던지고 ᄯᅡᆼ애 업더시니 옥잡이 뛰놀ᄆᆡ

〈33-뒤〉

섭틀독애 박히거날 그제야 상공이 낭자의 애ᄆᆡ한 줄 알고 ᄃᆡ경실색하여 마음을 회심하여 노복을 드러보ᄂᆡ면 왈 그 일이 신기하다 하고 ᄂᆡ달아 낭자의 손을 잡고 비러 왈 낭자는 늘근이 망녕한 일을 일분도 생각지 말고 부ᄃᆡ 안심하라 만단 개유하되 낭자의 빙설 갈튼 절개 원통한 심회를 엇지 다 칭양

〈34-앞〉

하리요 제가 천만 번 죽어도 죽기는 설의지 안이하거니와 재 몸이 사라서난 이러탄 누명을 인간 사람이야 엇지 저ᄃᆡ지 서러워하는고 하고 방성통곡 왈 날 갈은 게집은 세상애 낫다가 음행한 죄로 그 말이 천추애 절할 거시니 무삼 면목의로 살기를 바ᄅᆡ릿가 부인이 낭자의 차목한 정상을 보고 상공을 층원하여 왈

〈34-뒤〉

상공은 엇지 낭자의 빙설 갈은 정절을 일조의 음행의로 도라보ᄂᆡ니 이런 원통한 일이 잇스리오 낭자 만일 죽어드면 선군이 ᄂᆡ려와 함개 죽을 거시니 압겨나 낭자를 안심하야 후환이 업개 하리라 하고 무수이 위로하니 이ᄯᆡ 춘향이 낭자 초ᄆᆡ를 잡고 ᄃᆡ성통곡 왈 어머님 어머님 부ᄃᆡ 죽지 마소 어마님이 죽의면

〈35-앞〉

낸들 엇지 살며 동춘인들 엇지 살개 아바님 나려오시거든 원통한 사정이나 알개 부ᄃᆡ 죽지 마소 동춘이 발서부터 젓 달라고 우ᄂᆡ 어서 방의로 드러가 동춘의 젓시나 먹이소 만일 어마님 죽의면 우리 남ᄆᆡ는 뉘를 의탁하여 사라

날게 슬피 울며 낭자의 손을

〈35-뒤〉

잡고 방의로 드러가ᄆᆡ 낭자 마지못하야 방의로 드러가 춘양을 젓틔 안치고 동춘을 젓 ᄆᆡ기고 피 갓튼 눈물을 흘리며 온갓 채옥을 ᄂᆡ여 놓고 춘향의 머리를 만지며 통곡 왈 답답하다 춘향아 이ᄂᆡ 몸 죽개 되엿스니 흉중 ᄆᆡ켜 말 못하갯다 너의 부친

〈36-앞〉

나려오시거든 이런 사정이나 주달하여 나의 원통한 혼백을 위로캐 하여라 ᄋᆡ고답답 ᄋᆡ도롭다 춘양아 이 ᄇᆡ는 천하애 재일간 ᄇᆡ라 치의면 천운 바람 나니 이 ᄇᆡ를 부ᄃᆡ 잘 간수하엿다가 동춘이 장성하거든 주고 칠보 단장괴 비단 채옥은 너의 소당 기물이니 잘 간수

〈36-뒤〉

하엿다가 너 차지하고 동춘을 다리고 목 모른다 하거든 물 ᄆᆡᆨ이고 ᄇᆡ 곮프다 하거든 밥 ᄆᆡ기고 울거든 업어 달ᄅᆡ고 부ᄃᆡ 눈을 흘겨보지 말고 잘 잇거라 가련하다 춘양이 불상하다 동춘이를 두고 간이 피 갓튼 눈물을 어이하리 춘향이가 어마님 거동을

〈37-앞〉

보고 방성통곡 왈 어마님아 어마님아 엇지 저ᄃᆡ지 슬펴하는가 만일 어마님 죽의면 우리 남ᄆᆡ는 누구를 의틱하여 살개 우리 남ᄆᆡ 다리고 가소 가련타 동춘이 세상애 업는 귀자라 하더니 엇지 잇고 갈개 원통하다 서로 부들고 슬피 울다가 춘양이 겨우 잠을 드럿거날 낭자 아무리 생

〈37-뒤〉

각하여도 인간의 사라서는 누명을 벗지 못할 거시니 차라리 죽어 황천애 도라가 청백 고혼이 되얏다 하고 동춘을 어루만지며 초ᄆᆡ 한 폭을 ᄊᆡ여 손애 들고 손가락을 ᄭᆡ여 혈서를 써서 벽상애 거러 두고 옷을 ᄂᆡ여 입고 원앙침을 ᄂᆡ여 비고 온장도 드난

〈38-앞〉

칼을 옥수로 더욱 잡고 죽을가 말가 여러 번 생각하다가 방성통곡 왈 강보애 싸인 자식을 압해 두고 철리 원정의 낭군을 이별하고 죽기 과연 원통타 칼을 높이 드러 가슴을 꾹 지르니 청천일월이 무광하고 뇌성벽력이 천지진동하거날 춘양이 천동

〈38-뒤〉

소ᄅᆡ 놀ᄂᆡ ᄭᆡ다르니 어미 가슴애 칼을 꼽고 유혈이 낭설하엿거날 춘양이 ᄃᆡ경실색하여 칼을 찔러 함게 죽고저 하여 칼을 ᄲᆡ려 하니 칼이 ᄲᆡ지지 안니하니 춘양이 동춘을 ᄭᅵ와 다리고 신체를 안고 낯을 한ᄃᆡ ᄃᆡ고 방성통곡 왈 어마님 어마님 나와

〈39-앞〉

동춘을 다리고 가소 슬피 우는 소ᄅᆡ 원근 산천이 진동하거날 삼공이 부처와 노복들이 놀ᄂᆡ여 황황이 나려 드러가니 낭자 가슴애 칼을 꼽고 죽엇거날 상공 부처 창황분주하여 칼을 ᄲᆡ려 하니 낭자 죽어 원혼 되엿거던 칼이 엇지 ᄲᅡ질소냐 아무리 할 줄을 몰라 황황망극하더라 이ᄯᆡ 동춘의 나이

〈39-뒤〉

삼 세라 어미 죽은 줄을 모르고 달려드러 젓슬 빨며 안이 난다고 울거날 춘양이 동춘을 달ᄅᆡ 왈 ᄋᆡ고답답하다 동춘아 어마님 잠을 자시니 께시거던 젓 먹어라 하며 방성통곡 왈 어마님 죽엇시니 우리 남ᄆᆡ는 뉘를 의틱하여 살거나 너 하나

〈40-앞〉

거동 보기 더욱 실타 쏘한 신체를 안고 ᄃᆡ성통곡 왈 어마님아 어마님아 날이 발가오니 어서 일어나소 ᄋᆡ고답답 서러워 어마님 어서 일어나소 동춘이가 젓 달나ᄂᆡ 어서 일어나서 동춘이 젓 ᄆᆡ기소 달ᄂᆡ여도 안이 듯고 밥을 주어도 아니 먹고 젓만 달라고 우ᄂᆡ 어서 이러나서 젓

〈40-뒤〉

ᄆᆡ기소 하며 동춘을 안고 통곡 왈 어마님 죽엇시니 우리도 함개 죽어 지하애 도라가 모친의 혼ᄇᆡᆨ이나 의지하자 하며 슬피 우니 가련타 그 정상은 차마 못 볼ᄂᆡ라 그럭저럭 날이 발가 오니 벽상애 못 보던 혈서 부처 잇스되 슬프다 이ᄂᆡ 몸

〈41-앞〉

천생애 득조하고 인간ᄋᆡ 나려와서 낭군과 ᄇᆡᆨ년언약을 ᄆᆡ잣드니 낭군이 날 같은 녀자만 생각하고 공명을 듯지 안키로 누누 강권하야 과거 보ᄂᆡᆫ 후애 귀신이 적ᄒᆡ하여 사시장춘 송죽 가튼 절개 음행으로 속절업시 되야 앞앞피 잠자는 자식 어루만주

〈41-뒤〉

며 생각하되 이ᄂᆡ 몸이 이탓 누명을 입고 인간ᄋᆡ 살 마음 저의 업시 어린 자식을 앞패 두고 철리 원정애 낭군 이별하고 이ᄂᆡ 몸 속절업시 죽어 황천애 드라가 원되니 낭군의 마음인덜 엊지 온전하오릿가 ᄃᆡ처 백년언약 속절업시 허사로다

〈42-앞〉

낭군님아 낭군님아 어서 도라와서 이ᄂᆡ 몸 죽은 신체를 몸서 무더 주고 원통한 혼ᄇᆡᆨ을 위로하여 주옵소서 할 말이 무궁하여 흉중이 ᄆᆡ켜 그만 근치노라 하엿더라 이러구러 사오 일이 지ᄂᆡᄆᆡ 상공이 생각하되 낭자 이제 죽엇스니 만일 선군이

〈42-뒤〉

나려와서 낭자 가슴애 칼을 꼽고 죽음을 보면 정녕코 우리가 음해하여 원통이 죽은 줄로 알고 선군이 결단코 함게 죽을 거시니 선군이 나려오시기 전의 낭자의 신채을 안장하리라 하고 낭자의 방의 드러가 칼을 ᄲᆡ려 한덜 낭자 죽어 원혼 되엿

〈43-앞〉

거던 신체를 운동 하오릿가 시체가 ᄯᅡᆼ애 붓고 ᄯᅥ러지지 안이하거날 상공부처 엊지할 줄 몰라 창황망극하더라 잇ᄯᆡ 선군이 낭자를 이별하고 경성의 나가 장화문 박개 동지의 집애 사체하고 사오 일 유련하ᄆᆡ 과거 날이 당하거날 선군이 장중애

〈43-뒤〉

드러갈 제 본이 도연이서용인년퇴무필애 천천장귀를 패여 들고 잇ᄯᆡ ᄇᆡᆨ문 장황이 지필 업의로 일필휘지하야 선장의로 맛쳣드니 상이 보시고 ᄃᆡ찬 왈 이난 천하애 귀제라 하시고 직시 장원급제 실ᄃᆡ를 부르신 후애 직차 할림학사를 제수하신이 선군이 천은을

〈44-앞〉

ᄇᆡ사하고 한원ᄋᆡ 즉시 가서 진되 한을 부모님 전애 드리는 편지요 한 장은 낭자애개 전한 편지라 밧비 노복을 불러 편지를 본가의로 보ᄂᆡᆫ이 노복이 주야로 달려간이 안동ᄯᅡᆼ애 득달하야 상공 전애 편지를 올린이 잇ᄯᆡ 상공이 선군을 경성애 보ᄂᆡᆫ 후로

〈44-뒤〉

가옥이 불안하얏기로 한탄하다가 ᄯᅳᆺ박게 선군의 편지 왓거날 바다 본즉 한 장은 부모님게 올리는 편지요 한 장은 낭자애개 부친 편지라 상공이 급히 편지를 보니 하엿스되 옥비심 이ᄅᆡ 부모님 기체후 일향만안 하옵니가 복모구구 무림하성지지 로소이다

〈45-앞〉

자식 몸이 무량하옵고 ᄯᅩ한 금번 과거애 체은이 망극하와 장원급제 할림학사로 나려가옵소서 하거날 낭자애개 한 편지를 가지고 ᄂᆡ당의로 드러가 부인 정씨 다리고 말을 하니 부인이 말을 듯고 방성통곡 왈 춘양아 춘양아 내 아비 편지 왓다 금번 과거애 장원급제 하야 나려온다 하니 ᄂᆡ 어미 신체 더욱 불상타

〈45-뒤〉

춘양이 이 말을 듯고 진주 같은 눈물을 흘리며 편지를 가지고 동춘을 안고 어미 빙소로 드러가 신체를 흔들며 얼골애 덮은 종우를 배기고 편지를 펴여 들고 낯을 한태 대고 방성통곡 왈 어마님 어마님 어서 이러나소 아바님 편지 왓닉 어서 이러나소 아바님

〈46-앞〉

금번 과거애 장원급제하야 할림학사로 나려오신다닉 어서 이러나서 어마님 평일 글 조와하더니 엇지 오날은 아바님 편지 와도 못 보는가 춘양이 글을 아라보면 편지 사연을 말하야 어마님 영혼을 위로하련만은 몰라보니 애고답답하다 이쯰 부인 정씨 춘양의 거동을 보고 실피 울며 낭자의 빈소로 드러가 편지

〈46-뒤〉

를 패여 들고 사연을 말하야 낭자의 원혼을 위로하니 그 편지애 하였스되 일장서 편지를 옥낭자 좌하익 부치나니 바다 보옵소서 우리 두 사람의 틱산 갈튼 정저리 발리 막켜스믹 낭자의 고흔 얼골을 욕망이 난망이요 무사이 사라 흉중의 가득한 정희는 일필로 난기

〈47-앞〉

로다 그딕의 화상이 전과 갓지 못하고 이제 섹이 변하엿스니 무슨 곡절이 잇난지 아지 못하오니 객한등에 수심의로 지닌 지 민망답답하오나 낭자의 강선하신 덕분의로 금번 과거애 장원급제 할림학사로 나려온다니 엇지 낭자의 공인 줄을 모르리요 옥낭자는

〈47-뒤〉

천금 같은 몸을 안보하옵소서 하엿거날 부인이 편지를 못다 보와 흉중이 막켜 춘양의 몸을 안고 방성통곡 왈 불상타 춘양아 가련타 동춘아 닉 아비 편지를 보니 닉 어미 신세 더욱 불상하다 춘양이 편지 사연과 조모님 말슴을 듯고

〈48-앞〉

동춘이을 다리고 어미 신체를 안고 방성통곡 왈 우리 어마님 엇지하야 다시 사라서 부친님의 영화를 함개 볼가 무수이 익통한이 인간 사람이야 초목금수 안이려든 뉘 안이 울며 철석간장 아니려든 뉘 안이 낙누하리요 잇쯰 부인이 편지 사연을 보고 상공다려 고왈 선군의 편지 사연이 여차여차한이

〈48-뒤〉

선군이 나려와서 옥낭자의 죽음을 보면 정녕코 함개 죽을 거시니 이 일을 엇지하오릿가 상공이 답왈 나도 주야로 염여하다가 좋은 묘췩을 생각하엿슨이 부인은 염녀 마옵소서 하고 직시 노복을 불러 왈 할림이 나려와 낭자의 죽음을 보면은 정녕코 함개 죽을 듯하니 너이

〈49-앞〉

들 각각 할림 안심지도를 생각하라 그 중애 한 놈이 엿자오딕 소인이 년전애 할림을 모시고 도화동 사는 임 진사 딕익 가 수일 유련하미 반달 같은 여자 보이거날 할림이 엿보시고 천하의 일색이라 하야 본내 칭찬하엿스니 엇지하야 임 진사의 낭자와 구혼하야 인년을 세로 믹

〈49-뒤〉

지면 할림의 안심지도가 될 듯하니 임 진사 딕 낭자와 쌜리 결혼하옵소서

상공이 ᄃᆡ희하여 왈 너의 말이 올타 또한 임 진사는 날과 조마고우요 지금 할림 영화로 나려오신이 그 ᄃᆡᆨ애 청혼하면 낙종할 덧한이 ᄂᆡ 밧비 행장을 차리라 상공이 직시 발행하야 임 진사 ᄃᆡᆨ애 가ᄆᆡ 진사 후면의로 연접

〈50-앞〉

하여 왈 상공이 무슨 일이 잇기로 이럿탄 누지애 오셧나잇가 상공이 ᄃᆡ왈 자식 선군이 중정의 수경낭자더러 인연이 지중하와 ᄇᆡᆨ년해로코저 하더니 금번 과거를 당하야 경성애 올라가 천행의로 장원급제하야 할림학사로 나려온단 편지 왓의나 마침 ᄂᆡ 집 가운이 불행하야 저의 연분이 부족하온지 금월

〈50-뒤〉

모야 일ᄋᆡ 수경낭자가 죽엇스니 자식 선군의 안심지도를 생각하야 혼처를 구하던 차ᄋᆡ 듯사오니 진사 ᄃᆡᆨ애 아름다운 낭자 잇다 하기로 염치 불고하고 청혼차로 왓사오니 진사의 뜻시 엇더하나요 또 선군이 천은을 이어 할림학사로 나려온다니 진사 ᄃᆡᆨ 낭자와 결혼하면 우리 두 집의 영화가 될 듯하온이 바라

〈51-앞〉

견ᄃᆡ 쾌히 허락하옵소서 진사 ᄃᆡ왈 금월 망일의 가무정을 지ᄂᆡ다가 별당애서 할림과 낭자 노는 양을 보온즉 월궁정 선여 화초를 썩거 머리애 쏩고 반공애 넘노는 듯이 수경낭자는 춘천발월이오 ᄂᆡ이 여자는 창운발월이요 그 낭자 일정 죽엇스니 상필 선군이 부지치 못할 거시니 만일 성혼하엿다가 선군이

〈51-뒤〉

듯지 안이하면 나의 여식은 엇지하오릿가 수삼 차 사양하다가 마지못하여 허락하니 상공이 딕히하여 직시 틱길하고 집의로 도라와 납체를 보닉고 선군을 기다르더니 잇딕 선군이 천은을 입고 별남포애 황금씌를 빗겨 뛰고 빅옥을 손애 높피 들고 빅총마의 금안을 지여 타고 청개를 반공애 높피 씌우고 금의

〈52-앞〉

화동을 상상이 앞세우고 왕왕이 나려올 제 옥제 소릭 벼공익 요란하다 경기 쌍애 득달하믹 경기 감사임을 보자고 실릭를 청할결 할임이 별남포를 몸익 입고 황금서를 허리애 빗겨 쒸고 빅혹을 손익 높피 들고 어사화를 머리익 쫍고 왕왕이 드러가니 감사 서화당익 높이 만실을 두세 번 진되한 후 딕찬 왈 그 진실노

〈52-뒤〉

선풍도고릭로다 하더라 잇씨 할임이 해역이 뇌곤하여 침신익 잠간 조우더니 닉몽 간익 낭자 완연이 문을 열고 드러오믹 형용이 초저하고 유혈이 낭자하야 할임 젓틱 안저 피 갓튼 눈물을 흘리며 왈 낭군임 낭군임 첩은 가운이 불행하여 낭군 경성익 보닉신 후익 누명을 인간익 잇지 못하고 구천익 도라가 원혼 되엿던이 일전익

〈53-앞〉

낭군의 편지 사연을 듯사오니 금번 과거익 장원급제 할임학사로 나려오신다 하오니 아무리 구천익 도라간 혼백이라도 반가와 이곳세 왓사오니 낭군임이 바비 나려가서 춘양과 동춘을 거두옵고 첩의 원혼을 위로하야 주옵소

서 하거날 할임이 마음이 비감하야 낭자의 손을 잡고 가삼을 만처 보니 칼이 박엿거날

〈53-뒤〉

깜작 놀ᄅᆡ여 쎄다르니 남일몽사라 잇때 오정의 북소ᄅᆡ 나며 원의 개명성이 들이거날 직시 하인을 불러 길을 제촉하야 주야로 나려오니 잇ᄯᆡ 상공이 주육을 만이 갓추고 노복을 거나려 임 진사 ᄃᆡᆨ 문하ᄋᆡ 가 할림이 오거날 상공이 일히일비하야 실ᄅᆡ를 받은 후ᄋᆡ 할림의 손을 잡고

〈54-앞〉

칭찬 왈 ᄂᆡ 금번 과거ᄋᆡ 장원급제하야 옥당 할림의로 나려온다 하오니 ᄂᆡ 마음이 ᄆᆡ우 깁브도다 일전애 ᄂᆡ 생각하ᄆᆡ 너의 벼슬이 할림애 잇고 얼골이 관옥 갓고 풍체 겨룩하니 너 갓튼 귀남자가 한 분인의로 세월을 보ᄂᆡ리요 하야 ᄂᆡ 너를 위하여 어진 낭자를 관구하던 차의 드른즉 이 고을 도화동 사는 임 진사

〈54-뒤〉

ᄃᆡᆨ의 낭자 잇스되 월궁선여요 총승의 반달이요 서시 목판ᄋᆡ 양귀비 선을 널다 하기로 임 낭자와 결혼하야 행여를 오날로 정하엿의니 너의 뜻이 어더하나 할임이 ᄃᆡ왈 간밤애 몽사가 여차여차하고 또한 수경낭자와 인연이 지중하와 ᄇᆡᆨ연가약 ᄆᆡ잣스니 집의로 도라가 낭자를 보고 말삼한 후ᄋᆡ 결단하오리다 길을

〈55-앞〉

제촉하거날 상공이 말유하여 왈 ᄂᆡ 너를 생각하여 임 진사와 결론하야 영화

를 보릿더니 ᄂᆡ가 나의 말을 거역하니 인사의 도리가 안이오 ᄃᆡ사를 그릇치게 하니 이난 군자의 도리가 안니라 할임이 묵묵부담하고 길을 제촉하ᄆᆡ 노복 한 놈이 엿자오ᄃᆡ 감사의 말슴이 여차여차 하옵시고 진사 ᄃᆡᆨ ᄃᆡ사가 낭패 자심하온이 할임은

〈55-뒤〉

깊이 생각하옵소서 할림이 하인을 꾸지저 물리치고 길을 체촉하거날 상공이 할일업서 할임을 달ᄅᆡ여 왈 너 경성애 올라간 후애 수일 낭자의 방애서 남자 소ᄅᆡ 나기로 고이 여겨 낭자를 불러 무른즉 너 과거 간 후로 심심하야 ᄆᆡ월을 다리고 말하엿다 하기로 ᄆᆡ월을 불러

〈56-앞〉

무른즉 ᄆᆡ월이 ᄃᆡ답하기를 그 사이 몸이 곤하야 낭자의 방애 간 일 업다 하거날 ᄂᆡ 마음ᄋᆡ 십분 수상하기로 낭자 방문 박애 엿보는즉 어떤 놈인지 낭자를 통간하고 ᄂᆡ닷거날 ᄂᆡ 분기 막심하기로 낭자를 야단치고 하엿더니 낭자 글노 하야 원통이 죽엇스니 이런 민망답답한 일이 업다 할임이 말삼을 듯고 ᄃᆡ경

〈56-뒤〉

실섹하야 왈 아반님이 나를 임 진사 ᄃᆡᆨ 쌀과 결혼 아이 하엿다고 속이잔 말삼이요 진실노 죽엇소 하고 여광여취하야 천지도지 중문 박애 다다르니 동별당ᄋᆡ서 처량한 우름소ᄅᆡ 나거날 훌덕 뛰어 담장 안애 달려들ᄆᆡ 낭자의 옥잠이 섭들독애 박엿거날 옥잠을 쌔여 손애 들고 방성통곡 왈 무정한 저 옥잠은 마중 나와

〈57-앞〉

반기난듸 우리 낭자는 어듸 가고 모르난가 익통망극하야 동별당애 드러가니 낭자는 간듸업거날 철양한 춘양이 할임을 보고 방성통곡 왈 동춘을 업고 빙소로 드러가 시체를 보고 실피 울며 왈 익고답답 어마님 어서 이러나소 과거 갓든 아바님이 오셧늬 어서 이러나소 익고익고 아바님 어마님 죽엇시니 우리 남믹는 뉘를 밋고 살가요 할임이

〈57-뒤〉

춘양의 거동을 보고 더욱 망극하야 낭자의 낫세 덮픈 것을 비겨 보니 옥갓튼 낭자 가슴애 칼을 쏩고 자는 다시 죽엇거날 부모를 도라보며 왈 아무리 무정한들 잇듸가지 칼도 안이 쌔엿나잇가 칼을 잡고 낫을 한틔 듸고 익통하여 왈 낭자야 낭자야 과거 갓든 선군이 왓늬 어서 이러나소 하며 칼을 쑥 쌔니 칼 박혓던 구멍에서 청조세 세 마리 나오며 한 마리는 할임의 억게에 안저 슬피 울며 목목 하고 또 한 마리는

〈58-앞〉

춘향의 억게 위익 안저 울되 소릭 자자 하고 또 한 마리는 동춘의 억게 위애 안저 울되 감심감심 하고 가거날 할임이 그 소릭를 드른즉 하며 목목은 음양 쎡를 입고 무슨 면목의로 낭군을 보리요 하난 소릭요 소릭 자자는 춘양이 부듸 동춘을 잇지 말고 잘 잇스라 하난 소릭요 감심감심은 동춘아 늬가 여전이 너를 앞애 두고 죽엇신이 눈을 감고

〈58-뒤〉

못 가갯다 하난 소릭 그 청조세는 낭자 삼혼인이 낭군 망종 이별하고 가난 세라 그날부터 낭자의 셱이 변한지라 할임이 낭자의 신체를 안고 방성통곡

왈 슬프다 낭자야 춘양을 어이하며 ᄋᆡ고답답 낭자야 동춘을 어이할가 불상한 낭자야 동춘이 젓 메기소 절통한 낭자야 날 다려가소 원수로다 원수로다 과거가 원수로다 장원급제 못하나 금의육식 먹의나

〈59-앞〉

못 먹의나 낭자 얼골 일시만 못 보아도 삼추 갓더니 이제는 우리 낭자 애결 종체 하엿슨이 어느 날애 다시 보며 어느 곳세서 다시 만날가 ᄋᆡ고답답하다 어린 자식을 어미 업시 엇지하며 ᄂᆡ들 낭자 업시 엇지 살가 나도 함게 죽어 낭자의 혼백을 ᄯᅡ라 구천애 도라가 상봉하여 볼가 처량하다 춘양아 너는 어미 업시 어이 살며 ᄋᆡ도롭다 동춘아 너도 어미 업시

〈59-뒤〉

어이 살거나 춘양이 이 거동 보고 위로하여 왈 애고답답 서러워라 아반임은 엇지 저ᄃᆡ지 한탄하난잇가 동춘을 업어 달ᄅᆡ여 왈 동춘아 우지 마라 아반임 죽의시면 너는 엇지 살며 ᄂᆡ들 어이 살거나 우지 마라 만일 아반임이 죽의시면 우리도 함개 죽어 부모님 혼백을 ᄯᅡ라 구천애 도라가세 할임이 춘양의 거동을 보고 더욱 애통망극

〈60-앞〉

하여 울울한 심회와 정막한 회포를 못아겨 하난지라 춘양이 슬피 울며 왈 아반님 속인덜 오직 고프시며 목인덜 오직 말랏스릿가 어마님이 종시애 하신 말슴 아바님이 과거 갓다가 오시거던 드린다고 백화주 한 병을 가득 너 두엇스니 원통하다 말하시고 이 술 한 잔 잡수시고 처량한 춘향과 동춘이를 불상히 여겨 부ᄃᆡ 심회를 진정하소서 할림이 술 한 잔을 바다 들고 낙누하며 왈 ᄂᆡ가 이 술을 먹고 무엇하리요만은 너의 정상을 생각하

〈60-뒤〉

니 더욱 가련하다 춘양이 슬피 울며 왈 어마님이 종시에 날다려 말습하시되 내가 죽기난 서럽지 안이하나 천만 이미한 음행 때를 입고 어린 자식을 앞애 두고 구천애 도라가니 엇지 눈을 감고 가며 또한 철리 원정의 낭군 얼골을 다시 못 보고 가노라 하며 또한 너의 부친 과거하여 오신되도 입을 만한 관딕 도복이 업다 하고 관딕 도복을 지여 벽학을 수 놓다가 한쪽은 의로 도라간다 하고 우리 남미를 잠드혀 놓고 죽엇나이다 하며 벽장 문을 열고 관딕 도복을 닉여 노의며 방성통곡하거날 할임이 이통하여 왈

〈61-앞〉

관딕를 들고 보니 옷체 영농하여 풀자 단금포의 칠자 단전포로 안을 밧처 지엿거날 한 번 보니 흉중이 막켜고 두 번 보미 심장이 답답하다 세 번 보미 구곡간장 구부구부 녹난지라 할임이 정신을 제우 진정하고 생각하되 당초의 미월을 방수를 정하고 낭자와 백년언약 미진 후로 저를 조금 박딕하엿더니 정녕코 이 못을 년이 실허하여 낭자를 음해하여 죽엿다 하고 노복을 호령하여 미월을 잡아다가 뜰 아릭 업저 놓고 엄칙 고문 왈 닉 이년아 전후 소행 모를 바른딕로 알외

〈61-뒤〉

여라 추산갗이 호령하니 미월이 할일업서 전후 실상을 낫낫치 황복하거날 할임이 분노 왈 낭자의 방에서 나가던 놈인지 바른딕로 알외여라 미월이 엿자오딕 돌쇠라 하나이다 돌쇠도 마침 창두 중의 섯난지라 할임이 천동 갗치 호령하여 엄칙한딕 돌쇠 울며 엿자오딕 소인의 죄는 인이로소이다 모두 미월의 죄로소이다 소인이 미월의 요인한 말을 듯고 죽을 죄를 지엿사오니 이 소인을 죽여 주옵소서

〈62-앞〉

할임이 ᄃᆡ도하여 노복을 좌우로 갈라 세우고 될쇠를 박살하여 죽이라 각별이 호령하고 칼을 들고 ᄆᆡ월의 가슴을 쿡 질러 해치고 상공을 도라보며 체읍 왈 이런 요망한 년의 말을 듯고 옥 갓튼 무죄한 낭자를 죽엿사오니 이런 원통한 일이 ᄯᅩ 어ᄃᆡ 잇사오릿가 상공이 묵묵부답하고 분분이 낙누하더라 이ᄯᆡ 할임이 심회를 이기지 못하여 적막히 안잣더니 비몽 간의 낭자 헌튼 머리 삼발하고 몸ᄋᆡ 위혈을 흘리며 문을 열고 드러와 할님 젓해 안저 낙누하여 왈 실프다 낭군임아

〈62-뒤〉

이재는 옥석을 구별하고 첩의 애ᄆᆡ한 일을 분별하여 주시니 그로 감격하온 중애 ᄯᅩ ᄆᆡ월 죽여 원수를 가파 주시니 이제 죽어도 여한이 업거니와 다만 흉중이 막키고 한이 막켜 낭군을 다시 못 보고 어린 자식을 아패 두고 구천애 도라가 원혼 되였스니 철천지한을 어이하리 실프다 낭군임아 첩의 시체를 장쏘로 질근 뭉쩌 구산도 잡아 묻지 말고 서산도 잡아 묻지 말고 옥연동 가무정 아래 연못 가운ᄃᆡ 너 주시면 구천 타일애 상봉하리요 하고 문득 간ᄃᆡ업거날 놀ᄅᆡ여 ᄭᆡ다르니 일장

〈63-앞〉

춘몽이라 급피 이러나 부모님 전ᄋᆡ 몽사를 올리고 장사개로를 가추고 시체를 운동하ᄆᆡ 시체가 ᄯᅡᆼᄋᆡ 붓고 장시 운동치 아니하거날 할임이 천만 ᄋᆡᄆᆡ지설로 구천ᄋᆡ 도라가 원혼 되엿스니 아무리 죽은 혼ᄇᆡᆨ인덜 엇지 심심이 업슬소냐 심회를 안장하고 춘향과 동춘을 상복 지여 입히고 시체를 운동하니 그제야 시체 쾌히 운동한지라 행장을 밧비 차려 옥연동 못가의로 드러가니 창파도 창일하고 슴광도 첩첩하더니 이윽코 물결이 자자지며 못 가운ᄃᆡ

석곽이 노엿거날 이상이 여겨

〈63-뒤〉

석곽이 안정하엿거날 감각 간의 사면의로 이러나며 ᄃᆡ틱이 창일하거날 할임이 ᄃᆡ경하여 방성통곡하며 물을 향하여 무수히 탄식하고 제문 일 장을 슬피 지여 낭자의 원혼을 위로하니 그 제문애 하엿스되 오호통죄라 모년 모월 모일 할임 백선군 외ᄋᆡ 다행의로 낭자의 원혼을 위로하니 하감하소서 우리 두 사람이 천생의 연분의로 삼색가약을 매저 백년해로 살가 하엿더니 미워하엿난지 낭자를 철리 박애 이별하고 한 번도 못 보고 천만 ᄋᆡ지설도 음행 ᄯᅵ를 입고 구천애 도라가 원혼 되엿거니

〈64-앞〉

와 나는 어린 자식을 다리고 뉘라 의택하리요 ᄂᆡ 집 동산애 무더 두고 무덤이나 조석의로 보자 하엿더니 낭자의 소원이 약차하기로 그ᄃᆡ의 시체를 물속애 너엇스니 구천 타일애 무삼 면목의로 낭자를 ᄃᆡ면하리요 유병은 비록 언약이 지중하엿스니 한 번 다시 만나 보기를 천만 바ᄅᆡ나니 신령은 하감하소서 할 말이 무궁하되 흉중이 막키고 눈물이 맺처 옷슬 적시여 이만 긋치노라 상향 하는 소리 천지일월이 무광하고 강산초목이 슬퍼한다 물저리 치돋든 이윽고 수경낭자 칠보단장ᄋᆡ 노그홍

〈64-뒤〉

상을 입고 봉체를 머리ᄋᆡ 연저 꼽고 백선을 손ᄋᆡ 쥐고 청사자 한 쌍을 빗겨 타고 반공애 나려오거날 할임이 ᄃᆡ경실색하여 낭자의 손을 부여잡고 방성 통곡 왈 그대 죽은 지 이십 년이요 또한 수중고혼 되엿거든 엇지하여 사라오난가 그ᄃᆡ의 정을 잡은 혼백인가 육신인가 혼백이라도 부부 다시 만나 보니

반갑고 반갑도다 또 낭자가 할임의 손을 잡고 단수호치를 반만 여러 말하되 낭군임아 낭군임아 우지 마소 우지 마소 처는 낭군임과 인연이 잇던지 업던지 천생의 올라가 옥황상제님 전의 선신하온즉

〈65-앞〉

상제의개 용서하고 도로 나려가 낭군과 백년해로하라 하기로 나려왓사오나 부모님 기체 일향하십니가 할임이 위로 왈 일분도 생각지 말고 부듸 심회를 진정하옵소서 하니 난중의 춘양과 동춘을 안고 낫츨 한틔 듸고 분분히 낙누하니 춘향이 낭자의 초미를 부여잡고 낙누하며 왈 어마님아 어마님아 어듸 갓다가 이제야 오시나잇가 어서 동춘의 젓 좀 머기소 하며 한숨짓고 실피 우니 그 거동은 차마 못 볼리라 낭자 할림을 위로 왈 집의로

〈65-뒤〉

도라가사이다 하니 할임이 낭자의 말이 올타 하고 집의로 도라와 부모님 전 문안하며 인사하매 상공이 낭자의 고혼 얼골 다시 보매 황천애 도라가신 부모님 다시 본 듯시 강동애 떠난 형제 다시 본 듯시 즐거운 마음 칭양업다 낭자의 손을 부여잡고 위로 왈 너의 일 번 죽엇더니 엇지 사라왓느냐 왕사는 물론하고 부듸 마음 진정하여라 낭자 아미를 숙이고 단선을 반개여러 엿자오듸 저는 천생 사람의로 낭군과 인연이 지중하와 상제개 엿자오니 도로 인간애 나려가 낭군을 모시라

〈66-앞〉

하기로 나려왓사오니 부모님 은해를 엇지 갑사오릿가 할임이 낭자 더부려 동별당 가무정의 드러가 백년언약을 다시 매저 원앙의 지락을 다시 이루니 초희황이 무산 시연을 다리고 양듸 상애 올라 가무할 제 구름 타고 왕내하난

듯시 진저사 옥도여를 다리고 모란봉애 올라 산제할 제 벽동석거의 손 위애 희롱하는 듯 할임 부처 즐기는 정을 엇지 다 칭양하며 엇지 다 기록하리요 세월이 여류하여 상공이 별세

〈66-뒤〉

하니 초종지절과 장사지의를 다하고 삼 년이 지ᄂᆡ매 춘향의 나이 십팔 세요 동춘의 나이 십오 세라 춘양과 동춘의 혼예를 다하고 낭자와 백년기세 하더라

유경옥낭자젼니라

각셜이라 옛 고려국 시졀의 경상도 안동쎵의 한 지상
이 잇시되 셩은 박이오 명은 셩쥬이라 일즉 등과ᄒᆞ야
벼살이 병부시랑의 잇셔 명망이 [illegible] 경의 읏듬이라 셰되
충열 공의 후예라 가운이 불ᄒᆡᆼᄒᆞ야 ᄎᆡᆨ쓰을 ᄆᆞᆯ내고 ᄒᆡᆼ
의 시려와 농업을 심쓰던이 가산이 오부ᄒᆞ고 세상의 [illegible]
무ᄒᆞᆫ 신이라 셰월이 여류ᄒᆞ야 연광이 반팔이라 ᄒᆞ로난
상공이 부인으로 더부러 왈 월수의 올나 월식을 구경
ᄒᆞ더니 부인이 탄왈 우리 셰간이 오부ᄒᆞ고 벼살니 졔일
이로되 다만 실하의 일졈 혈육이 업사오[illegible]몰 ᄒᆞ길

수경옥낭ᄌᆞ젼니라(조동일 47장본)

〈슈경옥낭ᄌᆞ젼니라〉는 47장(94면)의 필사본 고소설이다. 배경은 고려이고, 상공의 이름은 '빅셩즉'이며 작품 서두에 그에 대한 소개가 제시되어 있다. 이후 서사는 기자치성과 만득자 모티프로 시작되는데, 백선군이 탄생할 때 선녀가 내려와 숙영낭자가 천생연분임을 알려 준다. 이 이본에서 선군은 낭자를 옥연동 연못 수장하는데, 이때 운구 타령과 제문이 길게 서술된다. 과거급제 후 돌아온 선군에게 상공이 임소저와의 정혼을 권유하나 선군은 거절하고, 낭자를 수장한 이후에도 선군은 춘양 동춘과 지내며, 상공이 혼인을 권하여도, 자식이 있으니 다시 장가갈 필요가 없다고 하며 임소저와의 혼인을 거절한다. 그러다가 낭자가 꿈에 나타나 자신을 찾아오라고 하고, 이에 부모께는 산수 구경을 간다 하고 낭자를 보러 떠난다. 선군은 고생 끝에 세승강 죽림촌을 겨우 찾아가 그곳에 있는 낭자를 집으로 데려온 후 삼간초당을 지어 거처를 다시 마련한 후, 환생연을 베풀고 거문고를 타면서 노래를 부르는 것으로 끝맺는다. 이 작품은 서술이나 묘사에 한문투가 많이 나오는 편이다. 작품 말미에 "게뫼연 즁츈 십팔 일 각필"이라고 하여 필사 시기가 나타나 있다.

출처: 조동일, 『조동일 소장 국문학 연구자료』 10, 박이정, 1999, 1~96쪽.

〈1-앞〉

각셜이라 옛 고려국 시졀의 경상도 안동 씽의 한 직상이 잇시되 셩은 빅이요 명은 셩즉이라 일즉 등과ᄒᆞ야 벼살이 병부시랑의 잇셔 명망이 조졍의 읏듬이라 셰ᄃᆡ 츙열공의 후예라 가운이 불힝ᄒᆞ야 참소을 만나 고힝의 ᄂᆡ려와 농업을 심씨던이 가산이 요부ᄒᆞ고 셰상의 □무 한신이라 셰월이 여루하야 연광이 반팔이라 ᄒᆞ로난 상공이 부인으로 더부려 완월누의 올나 월식을 구경ᄒᆞ더니 부인이 탄왈 우리 셰간이 요부ᄒᆞ고 벼살니 졔일이로ᄃᆡ 다만 실하의 일졈 혈육이 업사오니 압풀 ᄂᆔ기

〈1-뒤〉

인도ᄒᆞ며 뒤을 ᄂᆔ가 니여 션영 힝화을 안이 끈으며 빅골을 ᄂᆔ가 거두리요 ᄒᆞ여 죄인이라 탄식ᄒᆞ고 낙누ᄒᆞ니 상공이 왈 낙누ᄒᆞ며 무ᄌᆞ홈은 다 ᄂᆡ의 죄라 양구의 부인인 엿ᄌᆞ오ᄃᆡ 오형지죄 삼쳔의 무ᄌᆞ식한 죄가 크다 ᄒᆞ온즉 울리도 졍셩으로 틱빅산 실령임게 지셩으로 비려나 보ᄉᆞ이다 한즉 상공이 허허 웃고 비려 ᄌᆞ식을 나을진ᄃᆡ 셰상의 무ᄌᆞ식한 ᄉᆞ람이 어ᄃᆡ 잇사오릿가 마난 부인의 원ᄃᆡ로 ᄒᆞ사이다 그날보톰 모욕지게ᄒᆞ고 졔물을 소찬으로 즁만ᄒᆞ여 졍성으로 발원ᄒᆞ고 집의 도라와 질기던니 과연 그달보틈 틱기 빗셔 십 삭의 당ᄒᆞᄆᆡ 일일은 집안의 오운이 영농ᄒᆞ며

〈2-앞〉

향ᄂᆡ 진동ᄒᆞ더니 일기 옥동ᄌᆞ을 탄싱ᄒᆞᄆᆡ 하날노셔 한 션여 나려와 옥병의 힝슈을 부어 아히를 싯게 누이고 부인더려 이로ᄃᆡ 이 아히난 쳔싱 션관으로 요지원의 슈겡낭ᄌᆞ로 더부려 히롱한 죄로 상졔제 득죄ᄒᆞ야 인간의 젹거ᄒᆞ여 의틱할 ᄇᆡ 업셔 틱빅산 실령임이 이 ᄃᆡᆨ의 지시ᄒᆞ여스니 부ᄃᆡ 이 아히를 잘 지르오면 삼싱연분으로 ᄆᆡ양 질거ᄒᆞ여 타문의 구혼 마옵소셔 ᄒᆞ고 간ᄃᆡ

업거날 삼공이 안의 드려가이 부인이 션여 이로던 말삼을 다 고한듸 삼공니 아히을 조셔이 보니 얼골니 관옥 갓고 셩음니 쇄락ᄒᆞ여 쳔싱 션관 갓더라 풍쇄 늠늠하더라 상공히 아히 일홈

〈2-뒤〉

을 빅션군이라 ᄒᆞ더라 션군이 졈졈 자라나미 시셔빅가어을 무불통지ᄒᆞ고 골격이 장듸ᄒᆞ미 뉘라 층찬 안니하리요 션군이 나히 십오 셰의 당ᄒᆞ니 셰상 사람니 안이요 쳔싱 션인이라 ᄒᆞ더라 부모 민망ᄒᆞ여 져와 갓탄 빅필을 졍ᄒᆞ려라 ᄒᆞ고 날노 광문ᄒᆞ더니 이젹의 슈경낭조 쳔싱의 득죄ᄒᆞ여 옥연동 젹거한 후로 션군과 금셰 연분이 지즁ᄒᆞ여쓰나 션군은 인간의 길싱ᄒᆞ여기로 쳔싱ᄉᆞ을 아지 못ᄒᆞ여 타문의 구혼ᄒᆞ면 낭조 싱각ᄒᆞ되 우리 양인이 인간의 젹거ᄒᆞ여 기약을 금셰의 미조더니 졔 낭군이 타문의 취혼ᄒᆞ시면 삼싱 연분이 속절업시 허ᄉᆞ될 거시이 알고

〈3-앞〉

엇지 고치지 안이ᄒᆞ리요 ᄒᆞ고 이날 밤 션군의 ᄭᅮᆷ의 ᄀᆞ 이로듸 낭군은 쳡을 모로시난잇가 쳡은 쳔싱연분으로 요지연의 가 낭군으로 더부러 히롱한 죄로 상졔게옵셔 인간의 뵈니와 사싱연분을 미지라 ᄒᆞ고 언역이 지즁ᄒᆞ여거날 엇지 타문의 구혼ᄒᆞ랴 ᄒᆞ시난잇가 낭군은 삼 연 위한ᄒᆞ고 쳡을 기달이옵소셔 직삼 당부ᄒᆞ고 간듸엽것날 문득 ᄭᆡ드르니 남가일몽이라 놀니여 이려 안지이 페월슈화지페와 침어낙안지상이 엽펴 안자난 듯 단순호치을 반만 여려 말ᄒᆞ난 듯 쇠라난 귀의 징징ᄒᆞ고 옥 갓탄 얼골은 눈의 삼삼ᄒᆞ여 쳐쳐의 병이 되야 극즁한지라 부모 민

〈3-뒤〉

망ᄒᆞ여 왈 너의 병셰을 보니 고히ᄒᆞ다 ᄒᆞ시고 진경을 바로 아뢰라 션군이 ᄃᆡ왈 모일 모야의 일몽을 엇사오니 옥 가탄 낭ᄌᆞ 와셔 이로ᄃᆡ 월궁션녀로라 ᄒᆞ고 여ᄎᆞ여ᄎᆞ ᄒᆞ옵고 가더니 글로 병이 되여싸오니 일각이 여삼츄롸소니 다 엇지 삼 연을 기달이리요 글노 병이 되야 물격의 집퍼나니 ᄃᆡᄒᆞ니 부모 왈 너를 나을 ᄶᅴ의 하날노셔 션여 나려와 여차여차 ᄒᆞ더니 과연 슈겡낭ᄌᆞ로다 ᄒᆞ고 그려ᄒᆞ나 ᄭᅮᆷ은 다 허ᄉᆞ라 ᄉᆡᆼ각 말고 음식이나 먹의라 ᄒᆞ니 션군이 ᄃᆡ왈 아모리 ᄭᅮᆷ이 허ᄉᆞ라 ᄒᆞ온들 경영 기약이 지즁ᄒᆞ온ᄃᆡ 엇지 허사라 ᄒᆞ올 닛가 아모것도 먹을 ᄉᆡᆼ각 업다 ᄒᆞ

〈4-앞〉

고 병셕의 눕고 이지 안이ᄒᆞ거날 부모 민망이 예게 ᄇᆡᆨ약으로 치료ᄒᆞ되 일경 효음이 업난지라 낭ᄌᆞ 비록 옥년동의 적거ᄒᆞ여시나 낭군의 병셰 급한 즁을 알고 밤마당 몽즁의 왕ᄂᆡᄒᆞ여 일오ᄃᆡ 날과 갓탄 안여ᄌᆞ을 ᄉᆡᆼ각ᄒᆞ여 병이 져ᄃᆡ지 덥펴ᄂᆞᆫ잇가 이 약으로 쓰옵소셔 ᄒᆞ고 유리병 셰 ᄀᆡ를 ᄂᆡ여 노으며 갈로ᄃᆡ 한나은 불노쥬옵고 ᄯᅩ 한나은 불사쥬옵고 ᄯᅩ 한나ᄂᆞᆫ 만경쥬온니 이 약 쓰옵고 삼 연만 참무소셔 ᄒᆞ고 간ᄃᆡ업거날 ᄭᆡᄃᆞ르니 션군의 병셰 더옥 지즁한지라 낭ᄌᆞ ᄯᅩ한 ᄉᆡᆼ각ᄒᆞ되 낭군의 병셰가 졈졈 즁ᄒᆞ고 가셰 ᄀᆞ빈한 □□□

〈4-뒤〉

지 ᄒᆞ여야 셰간을 일우리요 ᄒᆞ고 ᄯᅩ 한 ᄭᅮᆷ의 가 일오ᄃᆡ 낭궁의 병셰 지즁ᄒᆞ고 가셰 곤궁ᄒᆞ기로 금동ᄌᆞ 한 쌍을 가져왓시이 낭군임 ᄌᆞ시난 방안의 안쳐 두옵시면 자연이 부귀ᄒᆞ오리다 ᄒᆞ며 ᄯᅩ 한 화상을 쥬며 왈 이 화상은 쳡의 용모니오니 밤이면 덥고 자옵고 낫시면 병풍의 결려 두옵고 소일ᄒᆞ옵소셔

ᄒᆞ겨날 ᄭᅢ다르니 ᄯᅩ한 간ᄃᆡ업난지라 인ᄒᆞ여 금동ᄌᆞ을 벽상의 올려 안치고 낭자으 화상을 병풍의 걸고 시시로 낭자 갓치 보던이 잇ᄯᅢ의 각읍 슈령이 말ᄒᆞ되 ᄇᆡᆨ션군의 집의 귀물이 잇다 ᄒᆞ니 귀경ᄒᆞᄌᆞ ᄒᆞ고 금은 ᄎᆡ

〈5-앞〉

단 갓초와 가지고 닷ᄯᅩ와 구경ᄒᆞ니 일노부터 션군의 가셰가 요부ᄒᆞ더라 그려ᄒᆞ나 션군의 병셰 조금도 회름이 업난지라 ᄯᅩ한 낭ᄌᆞ 와 션군의 ᄭᅮᆷ의 이로ᄃᆡ 낭군이 종시 쳡을 잇지 못ᄒᆞ여 져ᄃᆡ지 심회 극심ᄒᆞ오니 실노 민망답답ᄒᆞ오나 일힝 병셰 낫지 못ᄒᆞ시거던 이즉 ᄃᆡᆨ 집종 ᄆᆡ월노 잠간 방슈을 정ᄒᆞ옵소셔 ᄒᆞ고 간ᄃᆡ업거날 ᄭᅢ다르니 남가일몽니라 이튼날 비ᄌᆞ ᄆᆡ월을 불너 총쳡을 삼무이 적히 심회을 더나 헛도한 정은 낭ᄌᆞ으게 밋지 못할네라 ᄆᆡ일 낭ᄌᆞ을 ᄉᆡᆼ각ᄒᆞ여 율율한 심회와 총총한 슈회을 이기지 못ᄒᆞ난지라 이적

〈5-뒤〉

의 낭ᄌᆞ 옥연동의 적거ᄒᆞ여시나 낭군의 병셰을 ᄉᆡᆼ각ᄒᆞ니 ᄆᆡ일 낭군이 쳡을 ᄉᆡᆼ각다가 죽어지면 언약이 속절업시 허ᄉᆞ로다 ᄒᆞ고 ᄯᅩ한 션군의 ᄭᅮᆷ의 가가로ᄃᆡ 낭군이 쳡을 보고져 ᄒᆞ거던 옥연동 가무정을 차ᄌᆞ오소셔 ᄒᆞ고 가거날 션군이 놀ᄂᆡ여 ᄭᅢ다르니 ᄯᅩ한 ᄭᅮᆷ이라 마음이 황홀ᄒᆞ여 눕고 이려나지 못ᄒᆞ더니 몸니 와연이 이려나 부모임 방의 드려가 엿ᄌᆞ오ᄃᆡ 간밤의 일몽을 엇사오니 옥낭ᄌᆞ 와셔 말ᄒᆞ되 옥연동으로 차ᄌᆞ오라 ᄒᆞ옵고 가거날 아모리 ᄉᆡᆼ각ᄒᆞ되 병셰 급박ᄒᆞ오니 옥연동으로 ᄎᆞᄌᆞ가ᄂᆞ이다 ᄒᆞ고 인ᄒᆞ여 ᄒᆞ즉ᄒᆞ니 부모 울며 왈

〈6-앞〉

네 발광ᄒᆞ여도다 ᄒᆞ고 붓ᄌᆞ바 안치니 션군이 민망답답ᄒᆞ다가 가로ᄃᆡ 소ᄌᆞ 병셰 잇삽고 부모 안젼의 불회을 씻치오니 죄난 만사무셕이오나 사경이 급박ᄒᆞ오니 부모 명영을 어기와 옥연동을 ᄎᆞᄌᆞᄀᆞ나이다 ᄒᆞ며 ᄂᆡᄃᆞ르니 부모 말유치 못ᄒᆞ여 허락ᄒᆞ신ᄃᆡ 그졔야 션군이 심사 히락ᄒᆞ여 ᄇᆡᆨ마의 금안장을 지여 ᄐᆞ고 옥연동을 ᄎᆞᄌᆞ가난지라 이젹의 종일토록 ᄎᆞᄌᆞ가되 옥연동을 보지 못ᄒᆞ니 션군 심사 울울ᄒᆞ여 마음을 진졍ᄒᆞ여 하날을 우려러 ᄉᆞ러 ᄌᆡᄇᆡ ᄒᆞ고 비려 왈 소소한 명쳔은 ᄒᆞ감ᄒᆞ옵소셔 옥연동 간난 길을 발키 ᄀᆞ라쳐 쥬옵소셔 ᄇᆡᆨ연

〈6-뒤〉

기약을 일치 말게 ᄒᆞ옵소셔 ᄒᆞ고 쥬마가편으로 ᄎᆞ잠ᄎᆞ잠 ᄎᆞᄌᆞ가니 셕양은 ᄌᆡ를 넘고 옥연동은 망망ᄒᆞ다 슈 리을 드려ᄀᆞ니 그졔야 광할ᄒᆞ여 쳔봉만악은 ᄀᆡ름으로 둘려 잇고 양유쳔만ᄉᆞ은 동구을 덥퍼 공즁의 흐날이고 황금 갓튼 ᄭᅬ고리난 상하지의 왕ᄂᆡᄒᆞ며 탐화봉졉은 츈풍의 흥을 제워 츈ᄉᆡᆨ을 ᄌᆞ랑ᄒᆞ고 화힝은 십이ᄒᆞ니 버루쳔지비인간이라 ᄎᆞ잠ᄎᆞ잠 드려ᄀᆞ니 그제야 션판의 ᄒᆞ여시되 옥연 가무졍이라 ᄒᆞ여더라 션군의 마암의 그제야 황홀ᄒᆞ여 불고염치ᄒᆞ고 당상의 올나ᄀᆞ니 낭ᄌᆞ 아미을 슉기고 이이한 마암을 이기지

〈7-앞〉

못ᄒᆞ여 피셕 ᄃᆡ왈 그ᄃᆡ은 엇더ᄒᆞᆫ 사람이관ᄃᆡ 임으로 션경의 올나왓난다 ᄒᆞ니 션군이 ᄃᆡ왈 나난 유산ᄒᆞ려 단니난 속ᄀᆡᆨ일너니 이려한 산중 모로고 션경의 볌ᄒᆞ여싸오니 죄ᄉᆞ무셕이오나이다 발명ᄒᆞ니 낭ᄌᆞ 왈 그ᄃᆡ난 목슘을 앗기거던 밥비 나가소셔 ᄒᆞᄃᆡ 션군이 낙막ᄒᆞ여 반가온 마음니 일변 두러온지라 ᄇᆡᆨ이ᄉᆞ지ᄒᆞ여도 잇ᄯᆡ을 니르면 다시 만나기 어려온지라 하고 졈졈

나여 안지며 왈 낭ᄌᆞ난 나을 아지 못ᄒᆞ시난잇가 ᄒᆞᄃᆡ 낭ᄌᆞ 청이불문ᄒᆞ고 시니불견ᄒᆞ야 모로난 체ᄒᆞ니 션군이 할길업셔 하날을 우려려 탄식ᄒᆞ고 문을 닷고 나어셔니 낭ᄌᆞ 녹의홍상

〈7-뒤〉

으로 ᄇᆡᆨ학션을 쥐고 병풍의 비게 셔셔 불너 왈 낭군은 ᄀᆞ지 마옵소셔 ᄂᆡ 말삼을 잠간 드르소셔 ᄒᆞ니 션군의 심사 회락ᄒᆞ여 도라셔니 낭ᄌᆞ 왈 그ᄃᆡ은 인간의 환ᄉᆡᆼ한덜 지식이 져ᄃᆡ지 엽난잇가 아모히 쳔연을 ᄆᆡᄌᆞ신덜 엇지 한 말의 허락ᄒᆞ르ᄀᆞ ᄒᆞ고 오르기을 청ᄒᆞ니 션군이 그졔야 완완이 올나가이 낭ᄌᆞ 호치을 반ᄀᆡᄒᆞ여 말ᄒᆞ되 낭군은 엇지 져ᄃᆡ지 지식이 업난잇가 ᄒᆞ거날 션군니 한번 보ᄆᆡ 마음니 황홀ᄒᆞ야 쒸여들고 시푼 마암 간졀ᄒᆞ나 아즉 안심ᄒᆞ여 낭ᄌᆞ으 손을 잡고 왈 오날날 낭ᄌᆞ을 ᄃᆡ면ᄒᆞ니 이졔야 쥭사와도 여한니 업나이다 ᄒᆞ며 오ᄅᆡ 기리던

〈8-앞〉

정회을 만단으로 셜화ᄒᆞ니 낭ᄌᆞ 왈 낭군은 날 갓탄 안여ᄌᆞ을 ᄉᆡᆼ각ᄒᆞ여 병이 되여시니 엇지 ᄃᆡ장부의 ᄒᆡᆼ실이라 ᄒᆞ오리요 우리 양인 쳔상의 득죄ᄒᆞ야 인간의 나려와 인연을 ᄆᆡᄌᆞ 두고 삼 연 위한 ᄒᆞ야싸오니 삼 연 후의 쳥조로 ᄆᆡᄑᆡᆨ 삼고 상봉으로 육네 삼아 ᄇᆡᆨ연히로ᄒᆞ려니와 만일 지금 허락한즉 쳔으을 거사으시미요 ᄯᅩ 무례막심ᄒᆞ오니 부ᄃᆡ 안심ᄒᆞ오면 여ᄎᆞ 삼 연 후의 인년을 ᄆᆡᄌᆞ시면 ᄇᆡᆨ연히로ᄒᆞ오니다 ᄒᆞ니 션군이 ᄃᆡ왈 일일이 여삼츄라 몃 삼츄라 ᄒᆞ나닛가 낭ᄌᆞ 만일 션군을 그져 가라ᄒᆞ오면 션군으 목심이 비조즉셕이라 ᄂᆡ 몸니 죽여

〈8-뒤〉

황천의 도라가온 혼빅이 되오면 엇지 낭ᄌ의 신명인들 온젼ᄒ오릿가 복망 낭ᄌ난 잠간 몸을 허ᄒ옵소셔 그러ᄒ여야 션군의 목슘이 온젼ᄒ올 터의니 낭ᄌ난 송빅 갓탄 정절을 잠관 굽펴 불에 든 나부와 낙슈의 물인 고기 구완 ᄒ옵소셔 ᄒ며 ᄉ싱을 결단ᄒ니 낭ᄌ 헹세 문부티산지상이라 빅이ᄉ지ᄒ 여도 무가닉ᄒ라 이젹의 월식은 만정이요 야식은 삼경이라 션군이 원왕침 을 닉여오니 낭ᄌ 할일업셔 몸을 허락한지라 션군이 그졔야 침금을 도도 베고 뵈릭듸단 겹이불을 페여 덥고 젼일 그리던 정이며 첩첩이 싸인 회포을 질기고 밤을 지닉나니 두 사람의 정이 원왕이

〈9-앞〉

녹슈을 만남 갓고 비취연의 질지름 갓더라 일야지간의 이이한 졍은 용천검 드난 칼노 벼히거던 버히고 홍노 모진 불로 살니거던 살니거라 인ᄌ사 가소 롭다 이 안이 세상인가 공명을 뉘 알소야 희롱ᄒ난지라 낭ᄌ 왈 남졍의 욕심이 아물이 듸단한덜 이듸지 물예ᄒ올닛가 이졔난 무가닉하라 닉 몸니 이무 부졍ᄒ니 공부ᄒ기 부질업다 ᄒ고 신힝질을 차으시면 낭ᄌ와 한가지 로 가ᄉ이다 ᄒ고 청노식을 몰아닉여 놋코 낭ᄌ은 옥연교의 올나 안지니 션군이 빅힝ᄒ여 집으로 도라온니라 이젹의 시모 졍씨게 ᄌ빅ᄒ고 이려나 니 상공 부쳐 공경 듸졉ᄒ고 낭ᄌ을 ᄌ셔히 보니 셩풍하용

〈9-뒤〉

은 천ᄒ의 졀식이요 아양미난 홍도화 츈풍의 무루녹난 갓더라 상공 부쳐 즁히 역여 동별의 쳐소을 졍ᄒ고 원왕지낙을 이으게 ᄒ니 그 두 사람의 은은한 졍은 비할 듸 업더라 일시도 잇지 못ᄒ더라 쪄나지 안니ᄒ고 학엽을 젼폐ᄒ니 상공 부부 민만이 역게 션군쓴 안니라 ᄉ짓도 못ᄒ난지라 셰월이

여류ᄒᆞ여 팔 연을 지ᄂᆡ이 ᄌᆞ식 남ᄆᆡ을 나흐니 ᄯᅡᆯ의 일홈은 츈힝이요 아달의 일홈은 동츈이라 ᄒᆞ여더라 그려ᄒᆞ나 가산이 요부ᄒᆞ니 동산의 나부졍을 짓고 오헌금남츈방이라 ᄒᆞ난 가사을 지여 탄금ᄒᆞ며 ᄒᆞ답ᄒᆞ

〈10-앞〉

니 쇠ᄅᆡ 쳥이ᄒᆞ여 산학을 헤치난 듯 ᄒᆞ더라 그 가ᄉᆞ의 ᄒᆞ여시되 양인니 ᄃᆡ작산회ᄀᆡᄒᆞ니 일ᄇᆡ일ᄇᆡ부일ᄇᆡ라 아취목면군ᄎᆞ거ᄒᆞ니 명죠의 우이거던 포검ᄂᆡᄒᆞ소셔 타그을 ᄃᆞᄒᆞᄆᆡ 마암니 여광여취ᄒᆞ여 월ᄒᆞ의 ᄇᆡ회ᄒᆞ니 션군이 낭ᄌᆞ 아롬다온 ᄐᆡ도을 보고 마음을 진졍치 못ᄒᆞ더라 상공니 ᄆᆡ일 사량ᄒᆞ여 션군과 낭ᄌᆞ다리고 히롱ᄒᆞ여 왈 너니 두 사람은 분명 쳔ᄉᆡᆼ 션광션여로다 ᄒᆞ고 션군으로 더부려 일오ᄃᆡ ᄂᆡ 드르니 금번 과거을 벼인다 ᄒᆞ니 너도 경셩의 올ᄂᆞ가 입신양명ᄒᆞ야 부모 안젼의 영화을 뵈이고 조션을 빗

〈10-뒤〉

ᄂᆡ게 ᄒᆞ미 엇더ᄒᆞ요 ᄒᆞ신ᄃᆡ 션군이 ᄃᆡ왈 우리 가산이 쳔ᄒᆞ의 일부요 노비 등니 천여 구요 심지지소락과 이목지소욕을 마음ᄃᆡ로 할 거시니 무엇시 부족ᄒᆞ여 급졔을 바ᄅᆡ이요 ᄒᆞ난 말니 잠시도 낭ᄌᆞ을 이별ᄒᆞ고 ᄯᅥᄂᆞ지 못ᄒᆞ미니 ᄯᅩ 낭ᄌᆞ 방의 드려가 부친 말삼이며 과거 안이 가기로 말삼을 듯고 낭ᄌᆞ 엄용 ᄃᆡ왈 장부 셰상의 쳐ᄒᆞᄆᆡ ᄭᅩᆺᄃᆞ욘 일홈을 용문에 올나 영화을 부모 안젼의 뵈이고 조션을 빗ᄂᆡ미 장부 ᄯᅥᆺᄯᅥᆺ한 일일니여날 이졔 낭군니 쳡을 잇지 못ᄒᆞ여 과거을 안니 가오면 공명도 일삽고 ᄯᅩ한 부모 양위와 다른 사람이라도 쳡의거 혹ᄒᆞ여 안니 간다 할

〈11-앞〉

거시이 낭군은 마음을 회심ᄒᆞ여 ᄇᆡᆨ연살인졍 두어 달이니 ᄉᆡᆼ각ᄒᆞ시고 금번

장완급제 ᄒᆞ략기면 부모게 영화되오니 그 안이 상쾌ᄒᆞ오며 니ᄂᆡ 마음니야 그 엇지 층양ᄒᆞ올릿가 힝장을 ᄎᆞ려 쥬며 왈 낭군이 만일 과거을 안니 가오면 쳡이 마참ᄂᆡ 사지 앗이 ᄒᆞ오리다 ᄒᆞ고 금은 슈쳔 양과 노복 오육 인과 틱경ᄒᆞ여 질을 ᄌᆡ촉ᄒᆞ니 션군니 마지못ᄒᆞ여 부모게 ᄒᆞ즉ᄒᆞ고 낭ᄌᆞ을 도라보며 왈 부모와 어린 ᄌᆞ식을 다리고 무ᄉᆞ히 지ᄂᆡ면 그리던 정회와 고상ᄒᆞ던 회포을 풀가 ᄒᆞ나이다 ᄒᆞ고 길을 써날 ᄉᆡ 한 거름 두 거름의 낭ᄌᆞ을 도라보니 낭ᄌᆞ 즁문을 비게 션난 양은 낭군이 과거 가물

〈11-뒤〉

질거ᄒᆞ미라 그려나 션군이 ᄂᆡᄂᆡ 잇지 못ᄒᆞ여 심사 둘 ᄃᆡ 업셔 종일토록 가되 ᄃᆞ 못 삼십 이을 가 슉소ᄒᆞ고 셕반을 바드니 낭ᄌᆞ으 년년ᄒᆞᆫ 졍니 심즁의 가득ᄒᆞ야 한 슐 밥도 못 먹고 인ᄒᆞ여 상을 물니치고 심즁 사렴ᄒᆞ더니 노복 등니 민망이 여게 엇ᄌᆞ오ᄃᆡ 셔방임이 음식을 젼폐ᄒᆞ고 이 원졍을 엇지 득달ᄒᆞ오릿가 션군이 왈 자연 심신 울젹ᄒᆞ여 음식을 먹굴 길이 업다 ᄒᆞ고 공방 독침의 누어시이 낭ᄌᆞ으 얼골이 눈의 삼삼ᄒᆞ고 음셩은 귀의 ᄌᆡᆼᄌᆡᆼᄒᆞ며 울울한 졍회을 이기지 못ᄒᆞ야 이경 말 삼경 초의 ᄒᆞ인 다 잠을 달게 자거날 션군이 신발을 도도 ᄆᆡ고 집으로 도라와 단장을 넘어 낭ᄌᆞ으 방

〈12-앞〉

의 드려간니 낭ᄌᆞ 놀ᄂᆡ여 가로ᄃᆡ 낭군은 엇지 집픈 밤의 오난잇가 션군이 ᄃᆡ왈 힝ᄒᆞ난 ᄇᆡ 제우 삼십 이 가 슉소ᄒᆞ고 낭ᄌᆞ을 ᄉᆡᆼ각ᄒᆞ니 울젹한 회포을 니기지 못ᄒᆞ여 왓나이다 ᄒᆞ고 낭ᄌᆞ을 다리고 말ᄒᆞ며 질기던니 잇ᄯᆡ의 상공이 션군을 경셩의 보ᄂᆡ고 집안의 혹 도젹을 살피며 단장 두로 단이다 별당 문박기 간즉 낭ᄌᆞ의 방의 남졍 소ᄅᆡ 들니거날 상공이 ᄉᆡᆼ각ᄒᆞ되 낭ᄌᆞ의 ᄇᆡᆨ옥가탄 졍졀로 외인을 엇지 ᄃᆡᄒᆞ리요 ᄒᆞᆫᄃᆡ 이젹의 낭ᄌᆞ 창박긔 시부임 오신

쥴을 알고 동츈 등 쑤다리며 즈장가을 ᄒᆞ며 말ᄒᆞ되 너 아부임 금번 장완급제 ᄒᆞ여 영화로 오난이라 ᄒᆞ거날

〈12-뒤〉

상공니 혼자말로 괴히ᄒᆞᆫ 일니로다 하고 후일로 보리라 ᄒᆞ고 쳐소로 도라가 이라 잇ᄯᅢ의 낭ᄌᆞ 낭군을 ᄭᅮ지져 왈 부모 앗가 문박긔 와게 보다가 도라가게 사오니 낭군은 밥비 나가옵소셔 말일 쳡의 말을 듯지 안이ᄒᆞ고 다시 왓다가 난 시모임 톰지ᄒᆞ여 ᄌᆞ최 아르시면 쳡의게 ᄭᅮ죵이 도ᄅᆞ올 듯 ᄒᆞ오니 부ᄃᆡ 마음을 온젼이 먹고 올나가오면 과거의 참방ᄒᆞ여 영화로 ᄂᆡ려와 질그사이 다 ᄒᆞ고 ᄂᆡ여보ᄂᆡ이 션군니 오리 여게 연연ᄒᆞᆫ 마음을 이기지 못ᄒᆞ여 ᄯᅩ 잇튼날 발ᄒᆡᆼᄒᆞ야 계 오십 이을 ᄒᆡᆼᄒᆞ여 슉소을 졍ᄒᆞ고 셕반을 먹은 후의 ᄯᅩ한 심사을 정치 못ᄒᆞ여 낭ᄌᆞ 일오던 말삼을 젼이 잇고 녹복

〈13-앞〉

등니 아지 못ᄒᆞ게 집으로 도라오니 낭ᄌᆞ ᄃᆡ경질ᄉᆡᆨᄒᆞ여 왈 낭군은 날 갓탄 안여ᄌᆞ을 ᄉᆡᆼ각ᄒᆞ여 공명의 듯시 업고 이 갓치 몸을 벼풀진ᄃᆡ 차라히 몸이 쥭어 올타 ᄒᆞ이 션군이 도로여 무루이 역기더라 낭ᄌᆞ 마음을 진실노 연연ᄒᆞ고 정은 간졀ᄒᆞ나 낭군의 공명 이루믈 깃거ᄒᆞ미라 이려구려 만단정화 ᄒᆞ더니 ᄯᅩ한 상공이 문밧기 와 순ᄒᆡᆼᄒᆞ더니 남경의 소ᄅᆡ 들니거날 상공이 혼자말로 헤오ᄃᆡ 고히ᄒᆞ고 이상ᄒᆞ다 낭ᄌᆞ 가튼 경졀로 여지 외인 ᄃᆡᄒᆞ며 ᄂᆡ 집 장이 놉고 구듬니 쳘ᄉᆡᆼ 갓거날 엇지 외인이 임으로 츌입ᄒᆞ난고 ᄒᆞ며 분한 마암을 이기지 못ᄒᆞ여 도라온지라 이젹의 시부임 문박긔 와 게신 쥴 알고 낭군 자최

〈13-뒤〉

을 감초고 아히을 달ᄂᆡ여 왈 이 아히야 잠을 자자 ᄒᆞ며 종시 낭군의 엄젹을 ᄒᆞ난지라 이젹의 상공이 ᄯᅩᄒᆞᆫ 몸을 시아려 쳐소로 가난지라 상공이 부인다려 말ᄒᆞ고 낭ᄌᆞ 불려 문 왈 쥬야로 집안이 공젹ᄒᆞ기로 도젹을 살피이라 ᄒᆞ고 단쟝을 두로 단이다가 낭ᄌᆞ 쳐소로 간즉 방안의 외인 소ᄅᆡ 나거날 고히ᄒᆞ다 ᄒᆞ고 도라왓더이 이튼날 밤의 ᄯᅩ 졍영이 외인 소ᄅᆡ 들이니 엇더한 일인지 실상을 알고져 ᄒᆞ노라 낭ᄌᆞ ᄃᆡ왈 밤이면 심심ᄒᆞ기로 츈힝광 도츈이며 ᄆᆡ월다리고 고상ᄒᆞ여ᄯᆞ ᄒᆞ며 엇지 외인을 ᄃᆡᄒᆞ여 무삼 말삼 ᄒᆞ여싸오잇가 아로니 상공이 마음은 젹의 노히나 졍영 ᄒᆞᆫ 소ᄅᆡ을 드려난지라

〈14-앞〉

그려나 밋지 못ᄒᆞ여 츙비 ᄆᆡ월을 불너 왈 네 요ᄉᆡᆨ의 별당의 가더야 분부ᄒᆞ니 ᄆᆡ월이 아뢰되 손여난 몸이 곤곤ᄒᆞ여 요ᄉᆡᆨ의 낭ᄌᆞ 방의 간 ᄇᆡ 업나이다 상공이 더옥 슈상이 여게 왈 ᄆᆡ월을 ᄭᅮ지져 왈 요ᄉᆡᆨ이 낭ᄌᆞ 방의 외인 소ᄅᆡ 나거날 고히ᄒᆞ여 무른즉 너로 더부려 말삼ᄒᆞ여다 ᄒᆞ더니 네 종시 가지 하니 ᄒᆞ여싸 ᄒᆞ니 분명니 엇더한 놈미 단이며 능견ᄒᆞᄒᆞ나요 일을 네 자상이 살펴 그 놈을 아라 고ᄒᆞ라 ᄒᆞᄆᆡ ᄆᆡ월이 영을 듯고 ᄃᆡ히ᄒᆞ야 슈즉ᄒᆞ되 도젹은 고사ᄒᆞ고 귀신도 임으로 츄립지 못ᄒᆞ난지라 ᄆᆡ월이 흉게을 먹음고 ᄉᆡᆼ각ᄒᆞ되 서방임니 낭ᄌᆞ와 작ᄇᆡᄒᆞᆫ 후로 우금 팔 연의 날을 도라보

〈14-뒤〉

지 안니ᄒᆞ시이 잇ᄯᆡ가지 셕은 간장 구부구부 셕난지라 이려한 쥴 뉘 알이요 잇ᄯᆡ을 당ᄒᆞ여 낭ᄌᆞ을 음ᄒᆡᄒᆞ미 그 아이 상쾌ᄒᆞ가 금은 쳔 양을 도젹ᄒᆞ여 가지고 제 동유 즁의 가 으논 왈 금은 슈쳔 양을 쥴 거시니 뉘가 나 말을 드리랴 ᄒᆞ나야 그 즁의 돌쇠라 ᄒᆞ난 놈니 미거지 안니ᄒᆞ되 마암이

오할ᄒᆞᄂᆞᆫ지라 ᄃᆡ답ᄒᆞ고 나거날 ᄆᆡ월이 돌쇠다려 왈 이 금은을 쥴 거시이 간슈ᄒᆞ고 나 말ᄃᆡ로 시힝ᄒᆞ라 ᄂᆡ 사경이 다름 안이라 우리 셔방임이 아무 연분의 날로 ᄒᆞ여곰 방슈을 경ᄒᆞ더니 낭ᄌᆞ 작ᄇᆡ한 후로 우금 팔 연을 도라 보지 안이ᄒᆞ니 쳡쳡이 싸인 회포 뉘다려 말ᄒᆞ리요 쥬야로 음히코져 ᄒᆞ되 틈을 ᄐᆞ

〈15-앞〉

지 못ᄒᆞ여더니 마잠 셔방임이 경셩의 가 게시이 ᄂᆡ의 소원을 마칠 ᄃᆡ라 그ᄃᆡ은 ᄂᆡ 말을 들을지라 낭ᄌᆞ 방문 밧기 은신ᄒᆞ여다가 상공의 안목의 슈상ᄒᆞᆫ 거동 베히고 낭ᄌᆞ 방으로 온난 ᄃᆞ시 도망ᄒᆞ여시면 상공게옵셔 실상을 아라 낭ᄌᆞ의 의ᄆᆡᄒᆞᆫ 곤침이 낫실거시이 아라 츄심ᄒᆞ라 ᄆᆡ월이 상공 침소로 드려가 연유을 아뢰되 소인이 상공임 영을 뫼와 슈일 낭ᄌᆞ 방의 슈즉ᄒᆞ더니 금야의 엇더ᄒᆞᆫ 놈미인지 낭ᄌᆞ 방의 드려가날 소인이 종젹을 감초고 귀을 붓쳐 듯사오니 낭ᄌᆞ 그놈다려 말ᄒᆞ되 경셩의 간 셔방임이 나려오시거던 독약으로 쥭이고 옷가 ᄌᆡ물을 슈탐ᄒᆞ여 가지고 칠야 삼경 즙픈 밤의 우리 두리 도

〈15-뒤〉

망ᄒᆞ야 ᄇᆡᆨ연히로 ᄒᆞ사이다 ᄒᆞ더이다 ᄒᆞ니 상공니 이 말 듯고 마음이 ᄃᆡ로ᄒᆞ여 잠검을 ᄊᆡ여 들고 낭ᄌᆞ의 별당을 힝야 가더니 과연 팔 쳑 장신이 낭ᄌᆞ 방문을 여치고 왈칵 ᄯᅱ여 도망ᄒᆞ니 상공이 분기을 이기지 못ᄒᆞ여 쳐소로 도라와 잠을 이루지 못ᄒᆞ고 밤을 지ᄂᆡ니 문득 오경 북소ᄅᆡ 나거날 상공이 노복 등을 불너 좌우의 갈나 셰우고 차례로 엄치 국문ᄒᆞ되 ᄂᆡ 집 단장니 놉파시이 외인이야 ᄉᆡᆼ심도 츌립지 못ᄒᆞ리라 네히 등은 낭ᄌᆞ 방의 츌립ᄒᆞ난 놈을 알 거시이 바로 아뢰라 ᄒᆞ며 엄치 궁문ᄒᆞ며 낭ᄌᆞ을 착ᄂᆡᄒᆞ라 ᄒᆞ난

소릐 셩화갓탄지라 믹월이 영을 듯고 물 찬 제비쳐로 낭ᄌ 방의 드려가 것짓 싱각

〈16-앞〉

ᄒ야 간셜ᄒ난 말이 이 어인 일이요 낭ᄌ은 무삼 잠을 이듸지 자난고 셔방임 이별ᄒ신 제 한 달이 못ᄒ여 엇더한 놈을 밤마당 간통ᄒ여 ᄌ쇠 헬노ᄒ야 상공니 아무 죄도 업난 우리 등을 이듸지 엄치ᄒ믹 우리 등이 쳣자 고상이오니 어셔 가사이다 ᄒ던 ᄎ의 낭ᄌ 자버오라 칙촉이 셩화갓거날 낭ᄌ 동츈을 다리고 잠을 일루지 못ᄒ여다가 제우 잠을 달거 자더니 쳔만 의외의 믹월의 호통 소릐의 낭ᄌ 정신을 진졍ᄒ고 의복을 ᄎ라 입고 은잠과 옥잠을 머리의 솟고 혼연이 나오니 좌우의 하난 말이 낭ᄌ은 머시 부족ᄒ관듸 셔방임 가신 ᄉ의에 엇던 놈을 통관ᄒ다가 ᄌ최을 헬노ᄒ야 무죄한

〈16-뒤〉

소인 등을 이듸지 맛치난잇가 ᄒ니 낭ᄌ 이 말을 듯고 듸경질식ᄒ야 일번 통분ᄒ고 일번 셜룬 일을 엇지할 쥴 모로난지라 사경을 모로고 잡바라져 시부모임 방문 박기 ᄭ려안치거날 경신이 창황ᄒ여 엿자오듸 이 집픈 밤의 무삼 죄 잇삽관듸 종으로 자바오시난잇가 ᄒ니 상공이 분ᄒ여 왈 늬 낭ᄌ 쳐소의 간즉 낭ᄌ 방의 외인이 졍영이 말ᄒ거날 늬 실상을 아지 못ᄒ여 춤고 낭ᄌ 불너 무른즉 낭ᄌ 소답이 낭군이 경셩의 가신 후로 밤이면 심심ᄒ여 츈힝과 동츈이며 믹월을 다리고 말ᄒ여다 ᄒ거날 그 후의 믹월을 불너 무른즉 믹월은 낭ᄌ 방의 간 빅 엽다 ᄒ거날 피련 고히ᄒ다 ᄒ고 자최

〈17-앞〉

을 엿보더니 금야의 침소의 간즉 엇더한 놈니 팔 척 장신니 낭ᄌ 방문을

닷치고 도망ᄒᆞ난지라 무삼 발명 ᄒᆞ리요 ᄒᆞ고 고셩ᄃᆡ질ᄒᆞ야 발명 못ᄒᆞ게 ᄒᆞ신ᄃᆡ 낭ᄌᆞ 이 말을 듯고 눈물을 흘니고 쳥ᄋᆡ지셜노 발명무지라 상공니 더옥 불로ᄒᆞ야 왈 ᄂᆡ 목젼의 완연니 본 일을 져ᄃᆡ지 발명ᄒᆞ니 보지 못ᄒᆞᆫ 일니야 엇지 셩연ᄒᆞ리요 ᄒᆞ며 호령니 츄상갓거날 낭ᄌᆞ 왈 아모리 시부님 영니 엄슉ᄒᆞ옵고 철부지형을 당ᄒᆞ온들 일졍 작죄 업사오니 무삼 말삼을 아료릿가 상공니 졈졈 분기등등ᄒᆞ여 왈 종시 통간한 놈을 못 아롤소야 ᄒᆞ며

〈17-뒤〉

창두로 ᄒᆞ여곰 겔박ᄒᆞ며 극문 엄칙ᄒᆞ니 낭ᄌᆞ 졍상니 가린가긍ᄒᆞᆫ지라 낭ᄌᆞ 왈 아모리 눅에를 갓초지 못ᄒᆞ여슨들 이 갓치 음양으로 향ᄒᆞ옵고 ᄊᆞ지시며 분명 목도하옵고 두남ᄒᆞ옵시니 변졍무로ᄒᆞ옵ᄂᆞᆫ니다 세세통촉ᄒᆞ옵소셔 ᄂᆡ 몸이 비록 세상의 쳐ᄒᆞ여시나 빙셜옥결 갓탄 졍절을 붐니부지사를 아옵고 ᄯᅩ한 청천니 완명켜날 엇지 외인을 간통ᄒᆞ오릿가 ᄒᆞ며 방셩통곡ᄒᆞ니 그 ᄋᆡ긍한 졍상을 차마 보지 못할네라 상공니 질노 왈 일국 ᄃᆡ가의 규즁의 외인 츌립도 만사무셕이거날 ᄒᆞ물며 ᄂᆡ 안목

〈18-앞〉

의 분명ᄒᆞ믈 보와시니 볌홀이 다사리지 못ᄒᆞ리라 ᄒᆞ고 창두을 호령ᄒᆞ여 각별 엄치 즉고ᄒᆞ라 ᄒᆞ신ᄃᆡ 낭ᄌᆞ 월ᄉᆡᆨ 갓탄 양협의 흐르나니 눈물니요 옥셜 갓탄 죵아리의 흐르난니 유헬이라 낭ᄌᆞ 혼미 즁의 졔우 인사을 진졍ᄒᆞ여 엿ᄌᆞ오ᄃᆡ 낭군니 쳡을 사모ᄒᆞ여 과거 발힝ᄒᆞ던 날 게우 삼십 이을 가와 ᄀᆡᆨ창의 잠을 이류지 못ᄒᆞ야 왓쌉긔로 쳡니 죽기로써 권ᄒᆞ야 보ᄂᆡ여쌉고 ᄌᆞ최을 엄젹ᄒᆞ여긔난 어린 쇠견의 항여 시부님게셔 ᄉᆞ종니 잇사올가 두려워 진즉 엿잡지 못ᄒᆞ여쌉더니 인간이 미워ᄒᆞ난지 귀신이 작희ᄒᆞ난지 이러타시 누명

〈18-뒤〉

으로 현발니 이닉 몸의 밋쳐쓰오니 ᄒᆞ면목으로 말삼을 알루오며 일후의 낭궁을 엇지 ᄃᆡ면ᄒᆞ올릿가 유죄무죄간의 하날과 짱니나 알 듯ᄒᆞ옵닉니다 ᄒᆞ며 ᄌᆞ결코져 ᄒᆞ다가 낭군과 어린 ᄌᆞ식을 ᄉᆡᆼ각ᄒᆞ고 ᄯᅡ의 업더져 기졀ᄒᆞ여 써니 시모 졍씨 그 차목한 졍ᄉᆞᆼ을 보고 체읍ᄒᆞ며 ᄉᆞᆼ공 젼의 고 왈 그르침을 족키 당ᄒᆞ기 어렵다 ᄒᆞ더이다 상공 안혼ᄒᆞ여 발기 보지 못ᄒᆞ고 송죽 갓친 낭ᄌᆞ을 져렷타시 박ᄃᆡᄒᆞ시니 엇지 후환니 업사오릿가 부인 닉달나 ᄎᆞᆼ두을 물이치고 결박한 것셜 ᄰᅳᆯ너 노으며 낭ᄌᆞ 손을 잡고 낫찰 한ᄐᆡ ᄃᆡ히고 통곡ᄒᆞ며 이

〈19-앞〉

로ᄃᆡ 부모 망녕되여 너의 졍졀을 몰나보시고 이 지경이 되어시니 너의 졍졀은 닉가 아난지라 별당의 도라가 젹이 안심ᄒᆞ여라 ᄒᆞ니 낭ᄌᆞ 엿ᄌᆞ오ᄃᆡ 옛말의 ᄒᆞ여시되 도젹의 ᄯᅵ난 볏고 창녀의 ᄯᅵ난 못 볍난다 ᄒᆞ니 닉 엇지 누명입고 살긔을 바랄릿가 ᄒᆞ며 ᄒᆞᆫ 실피 우니 부인니 만단으로 ᄀᆡ우ᄒᆞ되 낭ᄌᆞ 종시 듯지 안니ᄒᆞ난지라 낭ᄌᆞ 손으로 옥즘을 ᄲᅦ여 들고 ᄒᆞ날을 우러러 슬피 울며 왈 소소한 명천은 ᄒᆞ감ᄒᆞ옵소셔 ᄋᆡᄆᆡᄒᆞ고 ᄋᆡᄆᆡ한 일을 분간ᄒᆞ여 쥬옵소셔 쳡니 만일 외인을 간통ᄒᆞ여 죄을 범ᄒᆞ여거던 이 옥잠니 셤돌의 박키지 말고 도로여 닉 가삼의

〈19-뒤〉

박키옵소셔 만일 ᄋᆡᄆᆡᄒᆞ옵거던 셤돌의 ᄇᆡᆨ키여 진위을 분간ᄒᆞ여 쥬옵소셔 ᄒᆞ며 울고 옥잠을 공즁의 놉피 써지고 ᄯᅡ의 업더려지니 그 옥잠니 쒸놀며 셤돌의 박키난지라 그져야 상공니 놀닉여 마음을 회심ᄒᆞ고 노복을 돌라보며 왈 이 일 신기ᄒᆞᄃᆞ ᄒᆞ며 닉달나 낭ᄌᆞ의 최ᄆᆡ을 잡고 비려 왈 낭ᄌᆞ난

늘근 놈 망영된 일을 분도히 ᄉᆡᆼ각 말고 마음일 안심ᄒᆞ여라 ᄒᆞ며 만단으로 ᄀᆡ유ᄒᆞ니 낭ᄌᆞ의 빙셜옥결 갓탄 마암의 원통한 심회을 의기지 못ᄒᆞ여 왈 만분도 쥭여 셜렵지 안이ᄒᆞ거니와 ᄂᆡ 만일 살라셔난 이 갓튼 누명을 신원치 못ᄒᆞ리라 ᄒᆞ고 쥭기

〈20-앞〉

로 한사결단ᄒᆞ거날 상공니 다시 비려 왈 남여 간의 이련 누명은 인간상사라 엇지 그ᄃᆡ지 셜워ᄒᆞ난야 ᄒᆞ고 쳐소로 도라보ᄂᆡ니라 낭ᄌᆞ 시모 졍씨을 붓들고 통곡ᄒᆞ며 갈로되 날 갓탄 게즙은 음양한 죄로 세상의 낫타나셔 그 말히 천츄의 우젼ᄒᆞ면 엿지 붓그렵지 안이ᄒᆞ며 진쥬 갓탄 눈물을 흘여 옥면을 젹시니 시모 졍씨 그 차목한 거동을 보시고 상공을 ᄭᅮ지져 왈 낭ᄌᆞ 빙셜 갓탄 졍졀을 일조의 더러온 음양으로 도라보ᄂᆡ니 그런 원통답답한 일히 어ᄃᆡ 잇시리요 ᄒᆞ며 만일 낭ᄌᆞ 쥭으면 션군이 ᄂᆡ려와 쥭음을 보고 결단코 쥭을 거시이 아못커나 ᄂᆡᄂᆡ 안

〈20-뒤〉

심ᄒᆞ야 후환이 업게 ᄒᆞ라 ᄒᆞ며 무슈히 슬려ᄒᆞ더라 이젹의 츈향의 나흔 칠 세요 동츈의 나흔 삼 세라 츈향히 낭ᄌᆞ의 쵸ᄆᆡ을 잡고 울며 왈 어마님 어마님 쥭지 마옵소셔 ᄂᆡ들 엇지 살며 동츈이들 엇지 살며 아부님니 ᄂᆡ려오시거던 이런 원통ᄒᆞᆫ 말삼니며 ᄋᆡᄆᆡ한 신원이나 ᄉᆞᆺ치옵소셔 동츈이 발셔붓톰 졋 먹ᄌᆞ 우나니다 방의 드려가 동츈 졋시나 멱여 쥬옵소셔 만일 어마님니 쥭사오면 우리 ᄯᅩ 남ᄆᆡ 누을 의지ᄒᆞ야 ᄉᆞ라나리요 낭ᄌᆞ 방으로 드러가셔 마지못ᄒᆞ여 츈향을 졋ᄐᆡ 안치고 동츈을 안어 졋셜 먹이고 눈물을 흘려 옷깃셜 젹시

〈21-앞〉

며 옷과 치복을 닉여 놋코 츈향의 머리를 만지며 이로딕 슬푸다 츈향아 오날날 쥭기난 하날니 미워 예기미라 ᄒᆞ고 너의 부친이 원경의 잇셔 보지 못ᄒᆞ고 이닉 몸 쥭워지니 너의 부친니 닉려오시거던 이련 사경이나 ᄒᆞ여 원통한 혼빅이나 위로ᄒᆞ게 ᄒᆞ여라 슬픠 통곡ᄒᆞ며 왈 츈향아 이 빅우션은 쳔ᄒᆞ의 졔일 뵈빅라 치우면 더운 발람이 이려나고 더우면 치운 발람니 일려나니라 부딕 즙픠 간슈ᄒᆞ여싸가 동츈이 장셩ᄒᆞ거든 쥬고 칠보단장과 비단 치복은 너의 소종지물이니 잘 간슈ᄒᆞ여다가 네가 ᄎᆞ지ᄒᆞ여라 ᄒᆞ며 츈향아 닉 쥭혼 후라도 어린 동

〈21-뒤〉

츈을 다리고 목모르다 ᄒᆞ거던 물을 먹히고 빅곱푸다 ᄒᆞ거던 밥을 멱이고 울거던 달닉여 업고 부딕부딕 눈을 흘게보지 말고 조히 잇시라 가련타 츈향아 불상ᄒᆞ다 동츈을 엇지ᄒᆞ고 쥭을고 답답ᄒᆞ다 츈향 뉘을 의지할고 ᄒᆞ며 눈물을 흘리니 차목한 츈향니 어머 거동을 보고 딕셩통곡 왈 어마님 어마님 엇지 이딕지 셜워ᄒᆞ난잇가 만일 어마임 쥭사오면 우리 두른 뉘를 이틱ᄒᆞ여 살라나올릿가 속졀업시 쥭어 어마님을 의탁ᄒᆞ오리다 가련타 동츈아 셰상의 닉여셔 싱장키 어려온니 원통답답ᄒᆞ다 모여 셔로 붓들고 실

〈22-앞〉

픠 통곡ᄒᆞ다가 츈향니 몸히 진ᄒᆞ여 잠을 즙픠 들려거날 낭ᄌᆞ 아모리 싱각ᄒᆞ여도 세상의 살라셔난 낫셜 들려 뉘을 딕면ᄒᆞ리오 ᄒᆞ며 쥭어 구천의 도라ᄀᆞ 뉘명을 슷치리라 ᄒᆞ고 츈향과 동츈을 어로만지며 네히 등을 장셩ᄒᆞ난 거셜 못보고 통분한 마음을 이기지 못ᄒᆞ여 속졀업시 쥭으리라 손까락을 씌물나 벽상의 글를 써 붓치고 잠든 ᄌᆞ식을 다시 안고 만지며 왈 불상타 츈향아

가련타 동츈아 너히난 뉘히을 의지ᄒᆞ야 살라나리요 ᄒᆞ며 금니을 ᄂᆡ여 입고 원왕침을 도도 베고 은장도 드난 칼을 셤셤옥슈로 더우잡고 참아 쥭을가 말ᄀᆞ 여려

〈22-뒤〉

변 쥬져ᄒᆞ다가 또한 실피 울며 왈 강보의 ᄉᆡ인 ᄌᆞ식을 두고 낭군도 보지 못ᄒᆞ고 쥭어 황천의 도라가 와혼니 되리로다 ᄒᆞ고 칼을 나소와 가삼을 질르니 청천일우 소소ᄒᆞ고 뇌셩이 천지 진동ᄒᆞ거날 춘향과 동춘이 천동 쇠ᄅᆡ의 ᄭᆡ다르니 어미 가삼의 칼니 곳치고 유혈히 낭ᄌᆞᄒᆞ어써날 춘향히 ᄃᆡ경질ᄉᆡᆨ ᄒᆞ여 함긔 칼노 길너 쥭으리라 ᄒᆞ고 칼을 ᄲᆡ려 ᄒᆞ니 ᄲᆡ지지 안니ᄒᆞ거날 춘향니 동춘을 ᄭᆡ어 다리고 신체를 안고 낫셜 한ᄃᆡ ᄃᆡ히고 ᄃᆡ셩통곡하며 왈 어마님 어마님 니려나소 니려ᄂᆞ소 어마님 쥭어거던 우리랑 함긔 쥭게 이려ᄂᆞ소 날과 동춘을

〈23-앞〉

다려가소 슬피 우난고로 원근이 들니거날 상공의 부쳐와 노복 등니 놀ᄂᆡ여 드려가니 낭ᄌᆞ 가삼의 칼을 쏫고 쥭어거날 창황분쥬ᄒᆞ여 칼을 ᄲᆡ려 ᄒᆞ니 원혼니 되여 ᄲᆡ지지 안니ᄒᆞ거날 아모리 할 쥴 몰나 상ᄒᆞ노복니 ᄃᆡ경실ᄉᆡᆨᄒᆞ되 동츈은 어미 쥭은 쥴 모로고 달려드려 졋셜 ᄲᆞᆯ며 안니 난다 ᄒᆞ고 우니 춘향니 동츈을 달ᄂᆡ여 왈 어마님 잠을 자시니 ᄭᆡ시거던 졋셜 먹ᄌᆞ ᄒᆞ고 어부며 슬피 통곡 왈 동츈아 어마님 쥭어시니 우리난 엇지 살라나며 너히 거동 차마 보지 못ᄒᆞ것다 또 신체을 안고 통곡 왈 어마님 어마님 나리 발과 오니 이려ᄂᆞ소 이려ᄂᆞ소 ᄋᆡ고답답ᄒᆞ

〈23-뒤〉

여 못살것닉 동츈니 졋 먹즈 하나니다 ᄒᆞ며 츈향니 동츈을 다리고 울며 왈 우리도 어마님 함긔 쥭어 지ᄒᆞ의 도라가ᄌᆞ ᄒᆞ며 통곡ᄒᆞ니 그 정상 ᄎᆞ마 보지 못할러라 츈향과 동츈니 셔로 궁글며 우난 정상은 초목금슈 다 스려ᄒᆞ 난 듯 ᄒᆞ고 산쳔니 변ᄉᆡᆨᄒᆞ난 닷 ᄒᆞ더라 함기 우다ᄀᆞ 나리 발ᄀᆞ오거날 벽상의 예 업던 그리 잇거날 그 글을 보니 ᄒᆞ여시되 슬푸ᄃᆞ 닉 몸니 쳔상의 득죄ᄒᆞ 여 인간의 나려와셔 쳔상 부부로 낭군과 ᄇᆡᆨ연그약을 ᄆᆡᆺ고 일시도 못이던니 공명의 듯시 잇셔 권권낭군ᄒᆞ여 과거의 보ᄂᆡ신 후 조물히 시긔ᄒᆞ며 귀신이 작희ᄒᆞ던가 박옥 갓탄 니닉

〈24-앞〉

몸의 음양으로 도라가셔 속졀업시 쥭게 되니 이렷탓 셔른 일니 어ᄃᆡ 쏘 닛시며 통곡ᄒᆞ며 압압피 잠든 ᄌᆞ식 ᄃᆞ시 어로만지며 ᄉᆡᆼ각ᄒᆞ되 이닉 몸 쥭긔 난 셔렵지 안니ᄒᆞ되 강보의 ᄊᆡ인 ᄌᆞ식 요닉 몸 쥭은 후의 누을 이지ᄒᆞ야 살라나리요 네 정상 ᄉᆡᆼ각ᄒᆞ니 아닉 마음 더옥 둘 ᄃᆡ 업다 ᄒᆞ물며 낭군님은 원경의 이별ᄒᆞ고 쳘 니 밧긔 몸니 잇셔 니닉 몸도 업거이와 사라 잇셔 못 보난 낭군님 마암니야 엇지 온젼ᄒᆞ리요 피ᄎᆞ ᄇᆡᆨ연디락니 일조의 속졀업시 허ᄉᆞᄀᆞ 되야고ᄂᆞ 낭군님 낭군님 어셔 밥비 도라와 니닉 신쳬 몰슈ᄒᆞ거 슈십 ᄒᆞ고 원통한 니

〈24-뒤〉

닉 혼ᄇᆡᆨ 명박키 신원ᄒᆞ와 위로ᄒᆞ여 쥬옵소셔 할 말삼 무궁ᄒᆞ되 원통ᄒᆞ고 분한 마음니 쥭엄을 ᄌᆡ촉ᄒᆞ니 그만 근치ᄂᆞ니다 ᄒᆞ여더라 이려구려 사오 일을 지닉ᄆᆡ 상공히 ᄉᆡᆼ각ᄒᆞ되 낭ᄌᆞ 니무 쥭어시ᄆᆡ 만일 션군니 도라와 낭ᄌᆞ 가삼의 칼을 쏩고 쥭은 신쳬을 보면 뉘ᄀᆞ 모함ᄒᆞ여 원통니 쥭은 쥴 알고

션군니 졀단코 쥭를 거시니 션군이 오기 젼의 오기 젼의 낭ᄌ 신체을 안장ᄒ미 올타 ᄒ고 낭ᄌ 방의 드려ᄀ 소렴ᄒ랴 ᄒ즉 신쳬가 붓고 요동치 안니ᄒ거날 상공이며 경씨며 상ᄒ노복 등니 그 거동을 보고 아모리 할 쥴 모로더라

〈25-앞〉

각셜이라 이젹의 션군이 경셩의 올니가니 팔도 션ᄇᆡ 사면으로 구름 모덧ᄒ더라 션군이 슈일 유련ᄒ여 과일을 당ᄒᄆᆡ 장즁기게를 갓초와 장즁의 드려가 션졉한 후의 션군이 션관을 바ᄅᆡ보니 글졔을 거려시되 강구의문동요라 ᄒ여거날 션군이 일필휘지ᄒ여 션장ᄒ여 밧치고 나오니 이젹의 젼하 션군의 글을 보시고 ᄃᆡ찬 왈 아 글을 보니 분명 니인의 글리로다 ᄒ시고 귀귀마당 슈옥이요 글시난 용ᄉ비등ᄒ여시니 이 션ᄇᆡ난 쳔ᄒ의 인ᄌᆡ라 ᄒ시고 즉시 봉ᄂᆡ을 ᄀᆡ틱ᄒ여 보니 ᄒ여시되 경상 좌도 안동 ᄊᆡ의 ᄇᆡᆨ션군이라 ᄒ여더라 젼하

〈25-뒤〉

즉시 실ᄂᆡ을 무슈히 진퇴한 후의 할림학ᄉ을 졔슈ᄒ시거날 션군니 쳔은을 축사ᄒ고 한원의 임조한 후의 즉시 노자로 ᄒ야곰 본가로 보ᄂᆡ더라 이젹의 노ᄌ 쥬야로 나려와 상공써 편지을 드리난지라 이젹의 바ᄃ보시니 한 ᄌᆼ은 부모 양위게 ᄀ난 편지요 또 한 장은 옥낭ᄌ으게 가난 편지라 상공니 편지을 ᄣᅦ여보니 ᄒ여시되 문안 아뢰오며 이ᄉ니의 부모님 기쳬후일힝만안ᄒ옵신지 복모구구ᄒ옵시며 ᄌ식은 ᄒ렴업사와 몸도 무량ᄒ옵고 또 장원급졔ᄒ와 할님학로 님조ᄒ와 나려ᄀ옵고 또 도문 일ᄌ난 금월 망일니요니

〈26-앞〉

도문게 괴ᄒ라 ᄒ옵소셔 ᄒ여쎠라 또 옥낭ᄌ으게 ᄀ난 편지을 부인 경씨

들고 울며 왈 츈향을 쥬며 니 편지난 네의 모친게 가난 편지니 갓다 잘 간슈ᄒᆞ라 ᄒᆞ시고 부인니 방셩통곡ᄒᆞ니 츈향니 그 편을 ᄇᆞ다 ᄀᆞ지고 동츈을 안고 빈소의 드려ᄀᆞ 어마님 신체을 붓들고 울며 왈 얼골 더퍼던 종이을 볏기고 편지을 쎄여 들고 낫찰 한데 ᄃᆡ니며 슬피 통곡 왈 이려ᄂᆞ소 이려나소 아바님 장원급졔ᄒᆞ여 할림학ᄉᆞ로 졔슈ᄒᆞ야 나려오신다 ᄒᆞ고 편지로 낫셜 더푸며 왈 동츈이 연일 젓 먹자 ᄒᆞ고 우ᄂᆞ이다 어ᄆᆞ님 평ᄉᆡᆼ의 글을 죠와ᄒᆞ시더니 오날날은 아바님 반ᄀᆞ온 편지

〈26-뒤〉

가 왓ᄉᆞ오니 엇지 반긔지 안니ᄒᆞ신닛가 이려ᄂᆞ소 이려ᄂᆞ소 이 편지 ᄉᆞ연을 보시소 츈향니 글을 몰나 어ᄆᆞ님 영혼 젼의 알뢰지 못ᄒᆞ옵ᄂᆡ니다 어셔 이려ᄂᆞ소 조화ᄒᆞ시던 글을 보시소 ᄒᆞ며 슬피 울고 조모님은 어ᄆᆞ님 영혼 젼의 편지 ᄉᆞ연을 외옵소셔 어ᄆᆞ님 영혼니 감동할ᄀᆞ ᄒᆞ옵ᄂᆡ니다 ᄒᆞ니 졍씨난 글을 아ᄂᆞᆫ고로 빈소의 드려ᄀᆞ 편지 쎠여 들고 ᄉᆞ연을 고ᄒᆞ난지라 그 글려ᄒᆞ여시되 문안 잠관 젹ᄉᆞ오며 옥낭ᄌᆞ 좌ᄒᆞ의 올니나이다 우리 양닌의 ᄐᆡ산 ᄀᆞᆺ탄 졍니 막키여 옥낭ᄌᆞ 면목을 욕망니 난망니요 불ᄉᆞ히 ᄌᆞᄉᆞ로다 그ᄃᆡ 상화 니젼과

〈27-앞〉

갓지 안니ᄒᆞ고 변ᄒᆞ여시니 아지못게라 아ᄆᆡ도 무삼 병니 드려난지 아지 못ᄒᆞ니 민망답답ᄒᆞ며 낭ᄌᆞ의 권ᄒᆞ시무로 금번 장원급졔ᄒᆞ여 할림학ᄉᆞ로 졔슈ᄒᆞ여 나려가오니 엇지 낭ᄌᆞ의 ᄯᅳᆺ슬 아지 못ᄒᆞ리요 도문 일ᄌᆞ은 금월 망일니오니 복망 낭ᄌᆞᄂᆞᆫ 천금 갓탄 몸을 안보ᄒᆞ옵시면 나려ᄀᆞ 반가히 보ᄉᆞ니다 ᄒᆞ여더라 보기을 다ᄒᆞᄆᆡ 더욱 슬픈을 이기지 못ᄒᆞ여 통곡 왈 슬푸다 츈향아 ᄀᆞ련ᄐᆞ 동츈아 어머 일코 엇지 사난다 ᄒᆞ며 슬피 통곡ᄒᆞ니 츈향이

동츈을 보듣고 편지 사연과 조모님 말삼을 듯고 어마님 신체을 안고 궁글며 슬피 우니 ᄎᆞ목한 거동은

〈27-뒤〉

차ᄆᆞ 보지 못할러라 경씨 상공을 도라보와 왈 션군의 편지 ᄉᆞ연 여ᄎᆞ여ᄎᆞᄒᆞ고 ᄯᅩ 낭ᄌᆞ을 잇지 못ᄒᆞ여 병니 되여ᄃᆞ ᄒᆞ니 이 일을 엇지 ᄒᆞ오릿가 ᄒᆞᆫᄃᆡ 상공니 정신니 엽시 ᄃᆡ답 왈 니도 쥬야 염에ᄀᆞ 되옵써니 그려ᄒᆞ오ᄂᆞ 조흔 뫼ᄎᆡᆨ을 상각ᄒᆞ여ᄊᆞ오니 부인은 염여 ᄆᆞ옵소셔 즉시 노복 등을 불너 왈 할림니 나려와 거셔 낭ᄌᆞ 죽엄을 보면 절단코 할림게옵셔도 죽을 거시니 너의 동은 각각 할림 안심할 도리을 상각ᄒᆞ라 ᄒᆞ신ᄃᆡ 그 즁의 한 종니 엿ᄌᆞ오ᄃᆡ 소인니 일젼의 할림을 뫼시고 암무 ᄡᅡᆼ 님진ᄉᆞ ᄃᆡᆨ의 ᄀᆞ오니 여러 ᄉᆞ람 ᄇᆡ임난ᄃᆡ 침ᄌᆞᆼ ᄎᆡ히로 일월

〈28-앞〉

갓탄 쳐ᄌᆞ을 보시고 쳔ᄒᆞ절ᄉᆡᆨ이로다 ᄒᆞ시며 잇지 못ᄒᆞ와 근쳐 ᄉᆞ람으게 무른니 님진ᄉᆞ ᄃᆡᆨ 낭ᄌᆞ로소니ᄃᆞ ᄒᆞ오니 할림니 ᄃᆡ찬ᄒᆞ여 겨시던니 그 ᄃᆡᆨ 낭ᄌᆞ와 구혼ᄒᆞ여 인연을 ᄉᆡ로니 ᄆᆡ지시오면 혹 안심이 될 덧 ᄒᆞ온ᄃᆡ 연즁의 임진ᄉᆞ ᄃᆡᆨ기 ᄂᆡ려오시난 노변이오니 할림 ᄂᆡ려오시난 길의 영ᄌᆞ 되오니 더옥 됴를 듯 ᄒᆞ오니 아무ᄶᅩ록 진심ᄒᆞ와 ᄲᆞᆯ니 그 ᄃᆡᆨ의 가 쳥혼ᄒᆞ면 드를 듯ᄒᆞ니 경ᄒᆞ면 약조ᄒᆞ리라 ᄒᆞ고 상공니 즉시 발힝ᄒᆞ여 임진ᄉᆞ ᄃᆡᆨ의 ᄀᆞ니 님진ᄉᆞ 안으로 연졉ᄒᆞ고 뭇ᄌᆞ오ᄃᆡ 엇지 누지의 와 게신닛가 상공니 왈 ᄌᆞ식 션군니 등젼의 슈경낭ᄌᆞ로 연

〈28-뒤〉

분니 지즁ᄒᆞ와 일시도 써ᄂᆞ지 안니ᄒᆞ랴 ᄒᆞ던니 금변 과거의 당ᄒᆞ야 경셩의

올여보닉쌉던니 ᄃᆞ힝이 금번 장원급졔ᄒᆞ와 할림으로 닉려오난 편지가 왓사오니 ᄀᆞ운니 불힝ᄒᆞ온지 졔의 언분니 지즁ᄒᆞ던지 금월 모일의 낭ᄌᆞ 쥭어싸오니 호ᄉᆞ의 ᄃᆞᄆᆞᄅᆞ 분명 션군니 닉려오면 졀단코 쥭음을 면치 못할 터기로 혼쳐을 광문ᄒᆞ와 진ᄉᆞ ᄃᆡᆨ의 아룸다은 선낭ᄌᆞ 닛ᄯᆞ ᄒᆞ오ᄆᆡ 염치을 불고ᄒᆞ옵고 왓ᄊᆞ오니 친ᄉᆞ간 되오미 엇더ᄒᆞ오닛ᄀᆞ 자식 션군니 연소한 마음의 신경으로 구경을 니질가 ᄒᆞ오니 바ᄅᆡ옵건ᄃᆡ 나와 괘니 허락ᄒᆞ옵소셔 ᄒᆞᆫᄃᆡ 진ᄉᆞ ᄃᆡ왈

〈29-앞〉

겨미연 츄칠월 망닐의 ᄃᆡᆨ의 가와 ᄀᆞ무졍 별당의셔 할림과 옥낭ᄌᆞ 노난 양을 보오니 낭ᄌᆞ와 션군니 셔로 탄금ᄒᆞ며 글귀 읍난 양은 월궁 항아ᄀᆞ 옥왕상졔계 반도 진상ᄒᆞ난 거동 갓ᄉᆞ온ᄃᆡ 닉의 ᄌᆞ식으로 비할진ᄃᆡ 낭ᄌᆞ은 한쳔의 반월니요 닉의 ᄌᆞ식은 흑운의 반월니라 그 낭ᄌᆞᄀᆞ 쥭어ᄉᆞ오면 할림니 결단코 세상의 부지치 못할 셧 ᄒᆞ오니 만일 허혼ᄒᆞ여ᄃᆞᄀᆞ ᄯᅳᆺ과 갓지 못ᄒᆞ오면 닉의 어린 ᄌᆞ식만 발필 듯ᄒᆞ오니 그 안니 한심니 안니온잇ᄀᆞ 세 번 ᄉᆡ양ᄒᆞ다가 ᄆᆞ지못ᄒᆞᄂᆞᆫ 쳬 ᄒᆞ고 허락ᄒᆞ며 왈 할림 갓탄 ᄉᆞ회을 정ᄒᆞ오니 엇지 질겁지 안니하리

〈29-뒤〉

요 ᄒᆞ고 그졔야 쾌히 허락ᄒᆞ거날 상공이 ᄃᆡ히 왈 션군이 금월 망일의 진ᄉᆞ ᄃᆡᆨ 문젼으로 나려올 거시니 그 날로 ᄐᆡᆨ일ᄒᆞ여 힝예ᄒᆞ라 ᄒᆞ고 상공니 집으로 도라와 납칙를 보닉고 션군 오기을 기달리더라

각셜이라 이젹의 션군이 쳥ᄉᆞ관ᄃᆡ의 ᄇᆡᆨ옥홀을 들고 ᄇᆡᆨ총마의 금안을 지여 타고 쳥ᄀᆡ을 반공의 ᄯᅴ우고 금의화동은 쌍쌍이 세우고 나려오니 일힝니 십 이의 ᄃᆞᆺ헛더라 옥져 소ᄅᆡ는 원근 산천을 흔드난 듯 쳥ᄀᆡ난 일월을 ᄀᆞ리

고 너울너울ᄒᆞ난 즁의 이팔청춘 소연이 두려시 안ᄌᆞ시니 각도각읍 노소관 즁이

〈30-앞〉

며 만셩 인민이 셔로 닷토와 구경ᄒᆞ되 층찬 안니 하 리 업더라 경긔의 득달 ᄒᆞ니 경긔감ᄉᆞ 션군을 보시고 실ᄂᆡ을 청ᄒᆞ니 션군이 어ᄉᆞ화을 숙여 콧고 허리의 옥ᄃᆡ을 ᄯᅮ고 완완이 드려ᄀᆞ니 감ᄉᆞ 실ᄂᆡ을 세 번 진퇴한 후의 ᄃᆡ찬 왈 그ᄃᆡ 실노 션풍도골이로다 ᄒᆞ더라 각셜 이젹의 션군이 연일 노독으로 뇌곤ᄒᆞ여 침셕의 비게 조으던니 비몽 간의 낭ᄌᆞ 완연이 문을 열고 만신의 유혤이 낭ᄌᆞᄒᆞ고 션군의 겻ᄐᆡ 안지며 눈물을 흘니고 왈 나ᄂᆞᆫ 신운이 불길ᄒᆞ 와 세상의 부지치 못ᄒᆞ고 구천의 도라ᄀᆞᄂᆞ니다 일젼의 시모님게 낭군의 편지 ᄉᆞ연은 듯ᄉᆞ오니 금번 장

〈30-뒤〉

원급졔ᄒᆞ와 할림학ᄉᆞ로 나려오신ᄃᆞ ᄒᆞ오ᄆᆡ ᄂᆡ 쥭은 혼ᄇᆡᆨ인덜 엇지 짓겁지 안니ᄒᆞ리요 낭군은 경힝ᄒᆞ옵시니 반갑사와 이곳ᄁᆞ지 왓사오나 슬푸도ᄃᆞ 낭군님 아모리 영화로 오시되 쳡은 낭군과 갓치 가지 못ᄒᆞ오니 이런 답답ᄒᆞ 고 졀박ᄒᆞ미 어ᄃᆡ 잇ᄉᆞ오릿가 ᄒᆞ며 가니 불상ᄒᆞᄃᆞ 낭군님아 어셔 밥비 나려 ᄀᆞ셔 츈향과 동츈을 달ᄂᆡ옵소셔 어미 일코 아비 긔려 우난이ᄃᆞ ᄒᆞ며 왈 쳡의 몸니 슈쳑ᄒᆞ야 촌촌젼진ᄒᆞ여 왓사오니 쳡의 가ᄉᆞᆷ을 잠관 만ᄌᆞ보옵소 셔 ᄒᆞ며 한슘짓고 낙누ᄒᆞ거날 션군니 반게ᄒᆞ여 낭ᄌᆞ을 안고 손을 들

〈31-앞〉

러 낭ᄌᆞ 몸을 만져보니 낭ᄌᆞ ᄀᆞ삼의 칼니 박켜거날 놀ᄂᆡ ᄭᆡᄃᆞ르니 남가일몽 이라 몽사 흉츰ᄒᆞ기로 이려 안ᄌᆞ시니 오경 북소ᄅᆡ ᄂᆞ며 겨명셩이 들니거날

하인을 불너 길을 직촉ᄒᆞ야 쥬야로 나려오난지라 잇ᄯᅢ 상공이 쥬육을 장만ᄒᆞ여 노복을 거날리고 님진사 ᄃᆡᆨ 문젼의 가셔 할림 오기을 기달니던이 이ᄯᅢ의 할림이 ᄇᆡᆨ마금안으로 오거날 상공이 실니을 세 번 진퇴ᄒᆞᆫ 후의 션군의 손을 잡고 왈 제 급졔ᄒᆞ여 할림으로 ᄂᆡ려온니 깃부미 층양업도다 ᄒᆞ며 손조 술잔을 건ᄒᆞ니 할림이 두 손으로 잡바 삼 ᄇᆡ의 지닌

<31-뒤>

후의 상공이 흔연니 ᄀᆞ로ᄃᆡ 일젼의 ᄉᆡᆼ각ᄒᆞ니 네 버살니 할림이요 얼골니 관옥지상이라 풍치 거록한ᄃᆡ 너 갓탄 장부로 한 부인으로 엇지 세상을 보ᄂᆡ리요 너을 위ᄒᆞ야 어진 지식을 광문ᄒᆞ니 님진ᄉᆞ ᄃᆡᆨ의 낭ᄌᆞ 잇시되 쳔ᄒᆞ의 일ᄉᆡᆨ니라 ᄒᆞ믹 일젼의 님진ᄉᆞ을 ᄎᆞᄌᆞ와 너 ᄇᆡᆨ필을 졍ᄒᆞ여 힝예을 오날날 졍ᄒᆞ여기로 왓시이 네 뜻스 엇더ᄒᆞ요 만단으로 셜화ᄒᆞ니 션군니 ᄃᆡ왈 간밤의 일몽을 엇사오니 옥낭ᄌᆞ 몸의 유헬니 낭ᄌᆞᄒᆞ고 겻ᄐᆡ 안져시며 엿ᄎᆞ엿ᄎᆞᄒᆞ오며 ᄀᆞ로ᄃᆡ 낭ᄌᆞ와 언약이 지즁ᄒᆞ니 집니 날어

<32-앞>

가 낭ᄌᆞ을 보고 말을 드른 후의 결단ᄒᆞ오리다 ᄒᆞ며 길을 직촉ᄒᆞ여 가거날 상공니 할림을 말우ᄒᆞ여 왈 양반의 힝실 안니로다 혼인은 인간ᄃᆡᄉᆞ라 부모 구혼ᄒᆞ여 육에을 가쵸와 영화을 션영의 빗나미 ᄌᆞ식의 도리 올커날 네 고집ᄒᆞ여 임소졔 종신ᄃᆡᄉᆞ을 그릇치게 ᄒᆞ니 군ᄌᆞ의 도리 안니로다 ᄒᆞ거날 할림니 묵묵부답ᄒᆞ고 말을 직촉ᄒᆞ니 한 노복이 엇자오ᄃᆡ ᄃᆡ감님 말삼 여차여ᄎᆞᄒᆞ고 ᄯᅩ한 임진ᄉᆞ ᄃᆡᆨ ᄃᆡᄉᆞᄀᆞ 낭피 ᄌᆞ심ᄒᆞ오니 할림은 집피 ᄉᆡᆼ각ᄒᆞ옵소셔 알뢰이 할림이 ᄉᆞ지져 왈

〈32-뒤〉

잠말 말고 가ᄌᆞ ᄒᆞ며 ᄇᆡᆨ마금편으로 나려오거날 상공니 션군을 붓들고 울며 왈 과거하여 영화로 ᄂᆡ려오거니와 네 경셩의 써는 후의 슈일 낭ᄌᆞ 방의 외인 남졍 소ᄅᆡ 나거날 고히ᄒᆞ여 낭ᄌᆞᄃᆞ려 무르니 너 왓단 말은 안니ᄒᆞ고 ᄆᆡ월노 더부려 말ᄒᆞ엿ᄃᆞ ᄒᆞ거날 슈상ᄒᆞ여 낭ᄌᆞ을 약간 졈각ᄒᆞ여더니 여ᄎᆞ 여ᄎᆞᄒᆞ여 쥭어시니 일런 막극답답한 이리 어ᄃᆡ 잇시리요 ᄒᆞ신ᄃᆡ 션군이 그 말삼을 듯고 ᄃᆡ경실ᄉᆡᆨᄒᆞ여 왈 아ᄇᆡ임이 나를 속여 님진ᄉᆞ ᄃᆡᆨ 낭ᄌᆞ으게 장ᄀᆡ드르라 ᄒᆞ시고 소기시난 말삼이신잇가 실노 쥭어나잇가 ᄒᆞ며

〈33-앞〉

여광여취ᄒᆞ여 전지도지ᄒᆞ며 즁문의 다다르니 동별당의셔 ᄋᆡ연ᄒᆞᆫ 우름소ᄅᆡ 문밧기 들리거날 할림이 눈물이 살 쏘다시 나난지라 단장 안의 들려ᄀᆞ니 셤돌 속의 옥잠니 박켜거날 할림니 옥잠을 두 손으로 ᄊᆡ여 들고 눈물을 흘리며 왈 무졍한 옥잠은 마조나와 반게ᄒᆞ되 우졍한 낭ᄌᆞ는 엇지 안니 ᄂᆞ오 난고 방셩통곡ᄒᆞ니 압풀 분별치 못할러라 동별당의 드려ᄀᆞ니 가히업고 층 양업다 이 일을 엇지할고 춘향니 동츈을 업고 빈소의 드려가 어ᄆᆞ님 신쳬을 붓들고 흔들며 울며 왈 아고 답답ᄒᆞᄂᆡ 어ᄆᆞ님 어ᄆᆞ님 이려ᄂᆞ소 이

〈33-뒤〉

려ᄂᆞ소 과거 ᄀᆞ게든 아ᄇᆡ님 왓나니다 ᄒᆞ며 동츈을 업고 할림을 붓들고 업더 저 울며 왈 어ᄆᆞ님 쥭어나니ᄃᆞ ᄒᆞ며 동츈이 젓 멱ᄌᆞ ᄒᆞ고 신쳬을 붓들고 우난니ᄃᆞ ᄒᆞ며 슬피 운니 할림이 춘향과 동츈을 안고 통곡ᄒᆞ여 압풀 분별치 못ᄒᆞ며 쏘한 낭ᄌᆞ의 신체을 안고 기졀ᄒᆞ니 춘향과 동츈니 할림을 붓들고 업더져 울며 낫철 한ᄃᆡ ᄃᆡ고 우니 할림이 졔우 졍신을 ᄎᆞ려 통곡ᄒᆞ며 신상의 더푼 거셜 벗기고 보니 옥 갓튼 낭ᄌᆞ 가슴의 칼을 쏫고 자난 다시 누엇거날

할림니 부모을 도라보며 왈 아모리 무정ᄒᆞ온들

〈34-앞〉

잇ᄯᅢᄀᆞ지 칼을 ᄲᅢ지 안니ᄒᆞ야삽난닛ᄀᆞ ᄒᆞ며 션군이 칼을 잡고 낫쳘 한ᄃᆡ ᄃᆡ이고 왈 낭ᄌᆞ야 낭ᄌᆞ야 션군 도라왓시니 이러ᄂᆞ소 이러ᄂᆞ소 ᄒᆞ고 칼을 ᄲᅢ니 칼 ᄇᆡᆨ케든 구무로 청조 셰 마리 나라나며 한 마리ᄂᆞᆫ 할림 엇ᄀᆡ 우의 안ᄌᆞ 소ᄅᆡᄒᆞ되 하면목 하면목 ᄒᆞ며 울고 ᄯᅩ 한 마리난 춘향의 엇ᄀᆡ 우의 안ᄌᆞ 소ᄅᆡᄒᆞ되 소ᄋᆡᄌᆞ 소ᄋᆡᄌᆞ ᄒᆞ고 울고 ᄯᅩ 한 마리ᄂᆞᆫ 동츈의 엇ᄀᆡ 우의 안ᄌᆞ 소ᄅᆡᄒᆞ되 유감식 유감식 ᄒᆞ며 울고 ᄂᆞ라ᄀᆞ거날 할림이 그 ᄉᆡ소ᄅᆡ을 듯른니 ᄒᆞ면목은 음양을 닙고 무삼 면목으로 낭군을 ᄃᆡ면ᄒᆞ리요 ᄒᆞ난

〈34-뒤〉

소ᄅᆡ요 소ᄋᆡᄌᆞ 소ᄋᆡᄌᆞᄂᆞᆫ 춘향아 부ᄃᆡ 동츈 잇지 말고 조히 잇시라 ᄒᆞ난 소ᄅᆡ요 유감식 유감식은 동츈아 동츈아 어린 너을 두고 죽여신니 눈을 감지 못ᄒᆞ난 소리라 ᄒᆞ고 그날보틈 낭ᄌᆞ 신쳬 점점 셕난지라 할림니 낭ᄌᆞ을 안고 ᄃᆡ셩통곡 왈 슬푸다 낭ᄌᆞ야 나을 엇지ᄒᆞ며 ᄋᆡ도롭ᄃᆞ 낭ᄌᆞ야 동츈을 엇지할 고 가련타 낭ᄌᆞ야 춘향과 동츈을 보ᄆᆡ 더옥 슬푸다 불상타 낭ᄌᆞ야 어린 동츈니 졋 멱ᄌᆞ ᄒᆞ니 졋이나 며기소셔 유정ᄒᆞ던 낭ᄌᆞ야 나을 바리고 어ᄃᆡ로 ᄀᆞ난고 원통ᄒᆞ다 낭

〈35-앞〉

ᄌᆞ야 나를 다려ᄀᆞ소 다려ᄀᆞ소 원슈로다 원슈로다 과거ᄀᆞ 원슈로ᄃᆞ 급졔난 ᄒᆞ나 못ᄒᆞᄂᆞ 금이옥식은 먹기ᄂᆞ 못 머그ᄂᆞ 낭ᄌᆞ 얼골 다시 보고지거 일시도 못 보와도 삼츄 갓치 억기던니 이제난 우리 낭ᄌᆞ 영결종천 ᄒᆞ단말과 언의 시졀의 다시 보고 어른 자식 엇지ᄒᆞ며 나난 낭ᄌᆞ 업시 엇지 일시들 살고

ᄒᆞ며 낭ᄌᆞ 신체을 놋치 안이ᄒᆞ고 궁글며 왈 나도 일시도 살 뜻시 업시니 나도 쥭어 낭ᄌᆞ의 혼을 ᄯᆞ라가 상봉ᄒᆞ리라 ᄒᆞ고 쳘량타 춘향아 너난 엇지 살ᄭᅩ ᄒᆞ며 긔졀ᄒᆞ니 츈향이 통곡으로 비려 왈

〈35-뒤〉

ᄋᆡ고답답ᄒᆞᄂᆡ 아ᄇᆞ님 그ᄃᆡ지 한탄ᄒᆞ시ᄂᆞᆫ잇ᄀᆞ 만일 아ᄇᆞ님 신명을 못 치시면 우린들 엇지 살나 ᄒᆞ시ᄂᆞᆫ닛ᄀᆞ 춘향이 동츈을 붓들고 우지 마라 아바님ᄯᅩ 쥭어지면 너난 엇지 살며 우리도 함기 쥭ᄌᆞ 아ᄇᆞ임 ᄶᅡ라ᄀᆞ 부모 혼빅을 의틱ᄒᆞ자 ᄒᆞ며 동츈아 동츈아 우지 ᄆᆞ라 ᄒᆞ며 한 손으로 할림의 목을 안고 ᄯᅩ 한 손으로 동츈의 목을 안고 슬피 우난 정은 초목금슈 다 우난 듯 ᄒᆞ더라 할림니 춘향의 거동을 보고 춘향의 손을 쟙고 방으로 드려ᄀᆞ 동츈의 머리를 어로만지며 슬피 우니 춘향니 압

〈36-앞〉

푸로 안지며 아ᄇᆞ님 동츈이 ᄇᆡ곱푸다 ᄒᆞ면 밥을 멱기고 목마르ᄃᆞ ᄒᆞ면 물을 쥬고 밤이면 어버 달ᄂᆡ고 지ᄂᆡ더니ᄃᆞ ᄒᆞᆫ니 할림의 슬품미 층양업더라 울울한 심ᄉᆞ와 젹막한 회포을 이기지 못ᄒᆞ야 졀노 긔졀ᄒᆞ거날 츈향니 그 거동을 보고 왈 아ᄇᆞ님아 빈들 안니 곱퓨시며 목인들 안니 갈ᄒᆞ시요 어ᄆᆞ임 임종시의 아ᄇᆞ님 오시거든 들리라 하시고 ᄇᆡᆨ화쥬을 옥병의 가득 부어ᄊᆞ오니 슐니나 한 잔 잡슈시요 어마님 님종시의 ᄒᆞ시던 유원을 다ᄒᆞ오리다 슬푸다 마옵시고 가긍한 동츈이며 불상한 츈향이를 어여

〈36-뒤〉

비 ᄉᆡᆼ각ᄒᆞ와 이 슐 한 잔 잡슈시오 ᄒᆞ며 옥잔의 가득 부어 들고 ᄉᆞᆯ려안자 드리거날 할림니 술잔을 ᄇᆞᄃᆞ 들고 왈 나ᄂᆞᆫ 슐 먹고 무엇ᄒᆞ리요마난 너

경상이 가련ᄒᆞ고 ᄯᅩ 너의 어미 유언을 일릇ᄃᆞ 하니 마시노라 ᄒᆞ고 마시려 ᄒᆞ니 눈물니 슐잔의 가득ᄒᆞ여 슐잔이 차난지라 춘향이 울며 왈 어ᄆᆞ님 이별할 졔 날다려 ᄒᆞ시되 ᄂᆡ 죽기난 셔렵지 안니ᄒᆞ리 천만 ᄋᆡᄆᆡ한 일노 음양을 입고 황천의 도라ᄀᆞ니 엇지 눈을 감고 가리요 ᄒᆞ며 쳘 니 원경의 ᄀᆞ신 낭군의 얼골 다시 못보고 도라ᄀᆞ노라 너의 아ᄇᆞ님 급졔ᄒᆞ여 나려오시되 임

〈37-앞〉

엄즉 ᄒᆞᆫ 도포 관ᄃᆡ 업ᄀᆡ로 도포 지여 장 안의 넛코 관ᄃᆡ 짓던이 뒤자락의 ᄇᆡᆨ학을 놋타가 학의 한 날ᄀᆡ 싹을 맛치지 못ᄒᆞ여이니 일 당ᄒᆞ니 속졀업시 황천의 도라ᄀᆞ난니ᄃᆞ 슬피ᄃᆞ 너의 아ᄇᆞ님 도라오시거던 본ᄃᆞ시 드리라 ᄒᆞ고 동츈을 졋 먹이던이 ᄂᆞ도 잠든 후의 죽어사오니다 ᄒᆞ며 관ᄃᆡ 도포을 갓초와 노의며 왈 슈푼 제도나 보옵소셔 ᄒᆞ고 ᄃᆡ셩통곡ᄒᆞ니 할림니 관ᄃᆡ를 보니 오ᄎᆡ 영농ᄒᆞ며 팔단금포의 칠단션포의로 관을 너어거날 할림니 펴여 들고 슬품을 참지 못ᄒᆞ여 츈향을 쥬며 왈 그것 보니 더옥 슬푸다 ᄒᆞ

〈37-뒤〉

고 업더려져 긔졀ᄒᆞ니 츈향과 동츈니 아비 통곡하시믈 보고 츈향니며 동츈니며 두 발을 구류며 왈 아ᄇᆞ님아 엇지 그ᄃᆡ지 셔러ᄒᆞᄂᆞᆫ닛가 ᄒᆞ니 할림니 이려나 안지며 왈 낭ᄌᆞ야 낭ᄌᆞ야 오날날 날을 바리고 어ᄃᆡ로 가랴ᄒᆞ난다 ᄒᆞ며 두 손으로 ᄶᅡ를 ᄡᅮ다으며 우난 경상을 보고 츈향이며 동츈이며 아비 거동을 보고 슬피 통곡ᄒᆞ며 왈 아바임 아바임 니려ᄂᆞ소 니려ᄂᆞ소 ᄒᆞ며 왈 만일 아바임이 셰상을 ᄇᆞ리시면 날과 동츈이 엇지 사라나리요 ᄒᆞ며 부ᄌᆞ여식 셔로 븟들고 울며 왈 이졔 ᄉᆡᆼ각ᄒᆞ니 ᄃᆞᆼ초의 ᄆᆡ월노 총첩 삼아더니 낭ᄌᆞ와 작ᄇᆡᆨ 후로 인연

〈38-앞〉

을 괄셰ᄒᆞ여더이 이 연의 음ᄒᆡ라 ᄒᆞ고 노복 불려 ᄆᆡ월을 결박ᄒᆞ라 그 죄을 ᄉᆡᆼ각ᄒᆞ니 만ᄉᆞ무셕이라 ᄒᆞ고 궁문할 ᄉᆡ 자최시종을 즉고ᄒᆞ라 하거날 ᄆᆡ월이 엿ᄌᆞ오ᄃᆡ 츄호도 죄 업다 ᄒᆞ니 할림니 더옥 불로ᄒᆞ야 즁티을 ᄃᆡ며 왈 네 조고만한 연이 집안을 불란켜 ᄒᆞ니 종실즉고ᄒᆞ기 젼의 우죄무죄ᄂᆞᆫ 고사ᄒᆞ고 쥭리리라 ᄒᆞ고 엄치ᄒᆞ니 ᄆᆡ월이 견ᄃᆡ지 못ᄒᆞ여 젼후 흉겨을 종실즉고ᄒᆞ니 돌쇠을 급피 잡ᄇᆞ드리거날 결박ᄒᆞ고 고셩ᄃᆡ질 왈 돌쇠야 네 드르라 너난 엇더한 놈무로셔 ᄌᆡ물 밧고 송쥭 갓탄 ᄉᆞ람을 ᄒᆡ하여 비명

〈38-뒤〉

으로 쥭게 ᄒᆞᆫ니 천츄의 원혼되야 천음우십 셜리 울져 거리즁천 써단니며 슬피 울 졔 너 신명니 온젼할가 너의 연놈을 살여 두면 후 셰상 ᄉᆞ람이 본을 바들 거시니 쥭어 낭ᄌᆞ의 원혼을 시칠리라 ᄒᆞ며 창으로 지르고 회시ᄒᆞ이 상공이 무안ᄒᆞ여 아모 말도 못ᄒᆞ더라 잇ᄯᆡ 할림니 낭ᄌᆞ을 안장ᄒᆞ여 하고 범ᄇᆡᆨ을 구비할 졔 이날 밤 쑴 가온ᄃᆡ 낭ᄌᆞ 우며 할림 겻ᄐᆡ 안ᄌᆞ 왈 옥셕을 구별ᄒᆞ시고 ᄋᆡᄆᆡᆨ한 죄을 시쳐 쥬시니 쥭은 혼ᄇᆡᆨ이라도 도로여 한니 업나이다 춘향 동츈과 낭군님을 다시 보지 못ᄒᆞ고 무쥬고혼이

〈39-앞〉

구천의 ᄉᆞ모ᄎᆞᆺ또다 쳡의 장ᄉᆞ난 신산 구산 ᄃᆞ ᄇᆞ리고 옥연동 연못 속의 완연이 너어 쥬옵소셔 그려치 안니ᄒᆞ면 쳡의 원한을 푸지 못할 ᄲᅮᆫ더려 쳡의 일신 가련ᄒᆞ여이다 부ᄃᆡ부ᄃᆡ 명심불망ᄒᆞ옵소셔 반ᄀᆞ히 ᄭᆡ다르니 일장츈몽이라 황홀ᄒᆞᄃᆞ 즉시 장ᄉᆞ 기게를 갓쵸와 옥연동으로 가려할 졔 관곽이 요동치 안이하거날 여려 가지로 영혼을 위로ᄒᆞ되 종시 요동치 안니ᄒᆞ거날 할림이 슬피 울고 츈향과 동츈을 말 ᄐᆡ와 ᄉᆡᆼ에 앞편 세우니 그졔야 ᄉᆡᆼ에가 순종

ᄒᆞ거날 옥연동으로 갈 제 셔룬 두 명 유ᄃᆡ군

〈39-뒤〉

의 거동 보쇼 요랑을 흔들며 어이여라 불상ᄒᆞ다 옥낭ᄌᆞ난 비명으로 황쳔고혼니 되야구나 어리여라 어릉츙청 어히어라 불상ᄒᆞ다 츈향 동츈 어히여라 어셔 가ᄌᆞ 쎳다 바라 옥낭ᄌᆞ 혼ᄇᆡᆨ 쳔만 질 구만 장쳔의 쎳다 보아라 어리령 츙청 어셔 가자 북망산쳔 어ᄃᆡ미요 옥연동은 망망ᄒᆞ다 어히 가ᄌᆞ 어노 송ᄇᆡᆨ 갓탄 낭ᄌᆞ 경절 무쥬고혼이 되야구나 목셩 조혼 상부군놈 실명ᄃᆡ로 소ᄅᆡ 맛고 명경 공포 운ᄒᆞ 삽션 즁쳔의 써나ᄀᆞ고 구름 갓탄 방ᄌᆡ일은 바람길의 너울너울 옥연동을 다다르니 ᄃᆡ틱이 창일한ᄃᆡ 슈셰은 졉쳔이라 할림니 할

〈40-앞〉

릴업셔 장쳔부리ᄒᆞ올 적의 쳔지가 아득ᄒᆞ여 일월이 회명턴이 물리 졈졈 마르거날 ᄌᆞ상이 살펴보니 셕함이 뇌여거날 그 셕함의 안장ᄒᆞ니 뇌셩벽역 쳔지 진동ᄒᆞ며 오ᄉᆡᆨ 구름 홋터지며 ᄃᆡ틱이 여젼이라 망망히 바ᄅᆡ보니 속졀 업ᄃᆞ 낭ᄌᆞ 신체 ᄀᆞ련ᄒᆞ다 졔문 지여 졔할 적의 축문의 ᄒᆞ여시되 유세ᄎᆞ 모연 모월의 할림 ᄇᆡᆨ션군은 소고우 낭ᄌᆞ 실령지하의 ᄒᆞ나니ᄃᆞ 슬푸다 우리 삼ᄉᆡᆼ연분으로 원왕지낙을 써나지 마ᄌᆞ썬이 조물이 시기ᄒᆞ고 귀신이 작히 ᄒᆞ여 과거길 써나 슈월을 이별ᄒᆞ고 낭ᄌᆞ을 ᄉᆡᆼ각더니 만단졍회을 못다ᄒᆞ고 쳔만 ᄋᆡ미지ᄉᆞ

〈40-뒤〉

로 고든 졀ᄀᆡ의 누명을 입고 고혼이 되여시이 황쳔길이 어ᄃᆡ미요 낭ᄌᆞ은 일신을 상ᄉᆞ로 잇고 가거이와 션군과 어린 자식 어이할고 슬푸ᄃᆞ 낭ᄌᆞ 신쳐 못 가온ᄃᆡ 장ᄉᆞᄒᆞ니 유명니 현슈ᄒᆞ나 원한은 쳘쳔이라 낭ᄌᆞ의 옥안운빈

어ᄃᆡ가 다시 볼고 죠금이나 유정커던 몽즁의 상봉할ᄀᆞ 슬푸다 일ᄇᆡ쥬로 고혼을 위로ᄒᆞ니 부ᄃᆡ부ᄃᆡ 감동ᄒᆞ여 원정을 살피소셔 상향 축문을 필독 후의 업더져 ᄃᆡ셩통곡ᄒᆞ니 초목금슈 우난 듯 ᄒᆞ더라 졔를 파ᄒᆞ고 집으로 도ᄅᆞ와 츈향 동츈을 안고 쥬인 업난 빈방 안□ 한숩짓고 안ᄌᆞ

〈41–앞〉

시니 동츈이 어미 부르난 소ᄅᆡ 일천간장이 다 녹난다 붓들고 달ᄂᆡᆯ 젹의 몸니 곤ᄒᆞ여 비게더니 비몽 간의 낭ᄌᆞ 와셔 졋ᄐᆡ 안지며 ᄌᆞ여 등을 어로만져 탄식 왈 츈초난 열연녹이건마난 나ᄂᆞᆫ 가고 오기 어렵도ᄃᆞ 슬푸ᄃᆞ 낭군은 우정한 셰월을 속절업시 허송 말고 인연 큰 친첩을 ᄉᆡᆼ각 말고 부모게 졍혼한 님소졔로 ᄇᆡᆨ여을 ᄒᆡ로ᄒᆞ옵소셔 가련타 츈향 동츈 날을 일코 어히 살니 놀ᄂᆡ여 ᄀᆡ달리니 남가일몽이라 말소ᄅᆡ 귀의 ᄌᆡᆼᄌᆡᆼ 얼골은 눈의 암암 쥬야로 통곡 ᄒᆞ더라 각셜이라 님소졔 할림의 소식을

〈41–뒤〉

난낫치 드른 후로 신셰을 자탄ᄒᆞ며 죽고져 ᄒᆞ나 부모님 더옥 민망히 지ᄂᆡ오니 할일업고 님소졔 젹막ᄒᆞ게 지ᄂᆡ는 양은 원근이 ᄌᆞᄌᆞᄒᆞ더라 상공이 할림으로 향예코져ᄒᆞ되 할림니 쥬야 통곡ᄒᆞ고 마음을 진정치 못ᄒᆞ기로 아모말도 못ᄒᆞ던니 일일은 상공니 님소졔의 졍곡을 ᄉᆡᆼ각ᄒᆞ여 할림다려 으론 마리 이위 낭ᄌᆞ난 죽어시이 한탄한들 무엇ᄒᆞ랴 우리도 연광 육순이라 ᄌᆞ식이 니ᄲᅮᆫ이요 님소졔도 쳘쳔지한니 업게 ᄒᆞ라 인연 ᄉᆞᆫ친 낭ᄌᆞ을 ᄉᆡᆼ각ᄒᆞ고 남무 신셰난 안이 ᄉᆡᆼ각ᄒᆞ니 부모되고 안니 민망

〈42–앞〉

ᄒᆞ야 할림니 엇자오ᄃᆡ 소ᄌᆞ 이위 ᄌᆞ식 남ᄆᆡ가 잇ᄉᆞ오니 장개 안니간들 관게

ᄒᆞ온닛가 상공이 무춤ᄒᆞ여 아모말도 못ᄒᆞ고 가시더려 할림니 ᄌᆞ여 등을 달리고 셰월을 보ᄂᆡ던니 일일은 일몽을 어드니 낭ᄌᆞ 졋틔 안지며 한슘짓고 츈향 동츈을 다리고 어히하리 슬푸다 낭군임은 쳡을 잇고 ᄉᆡ 인연을 ᄆᆡᄌᆞ ᄇᆡᆨ연이나 ᄒᆡ로ᄒᆞ옵소셔 할림이 엇ᄌᆞ오ᄃᆡ 낭ᄌᆞ을 이별ᄒᆞ고 엇지 ᄉᆡ 인연을 ᄆᆡᄌᆞ 춘향 동츈을 어니할리 낭ᄌᆞ 울고 ᄃᆡ왈 낭군이 졀리 ᄒᆞ시ᄃᆞᄀᆞ 일신이 병이 되면 안보ᄒᆞ기 어렵도ᄃᆞ 할림니 만일 쳡을 보시고져

〈42-뒤〉

하시거든 셰승강 죽님동으로 ᄎᆞᄌᆞ오옵소셔 ᄒᆞ즉ᄒᆞ고 가거날 놀ᄂᆡ여 ᄊᆡᄃᆞ르니 남ᄀᆞ일몽이로다 반갑고나 반갑고나 즉일로 발힝할 ᄉᆡ 춘향을 다ᄅᆡ는 말리 너의 모친 ᄂᆡ게 와 현몽ᄒᆞ여시니 잠간 보고 오거시니 동츈을 위로ᄒᆞ고 잇시라 츈향이 울며 왈 부ᄃᆡ 모친을 보시거던 다리고 옵시요 ᄌᆡ삼 당부ᄒᆞ더라 할림 ᄃᆡ답ᄒᆞ고 부모 젼의 ᄒᆞ즉ᄒᆞ되 슈회을 미포ᄒᆞ니 산슈 귀경이나 ᄒᆞ고 도라오리ᄃᆞ ᄒᆞ즉ᄒᆞ고 금안쥰마로 셰승강을 차ᄌᆞ갈 졔 한 곳을 다다르니 일낙셔산ᄒᆞ고 월츌동경ᄒᆞᆫ□ 슈광은 졉천ᄒᆞ고 월ᄉᆡᆨ

〈43-앞〉

은 만산ᄒᆞᆫᄃᆡ 무심ᄒᆞᆫ 잔ᄂᆡ비와 부려귀 두견셩은 나무 셕난 간장 다 녹은다 슬푸ᄃᆞ 져 ᄉᆡ소ᄅᆡ 날과 갓치 우한이라 인정은 고요ᄒᆞ고 심회를 이길소야 아득한 강가의 발질니 망연ᄒᆞ다 처량한 심회 ᄇᆡ회ᄒᆞ더니 홀련니 ᄇᆞᄅᆡ보니 엇더한 옥동ᄌᆞ 일렵션의 등촉을 발커 달고 포연이 지ᄂᆡ거날 할림니 반게ᄒᆞ여 불려 문 왈 강상의 쎠가난 동ᄌᆞ난 셰승강 죽임동을 인도ᄒᆞ여 쥬옵소셔 동ᄌᆞ 답 왈 귀ᄀᆡᆨ은 안동 ᄇᆡ할림니 안니신닛가 나ᄂᆞᆫ 동ᄒᆡ 용왕의 영을 ᄇᆞ다 할림을 인도ᄒᆞ려 왓사오니ᄃᆞ ᄒᆞ고 오르긔을 청ᄒᆞ거날 할림이

〈43-뒤〉

빅의 올나안지니 살 갓덧 ᄒᆞ더라 순식간의 강을 건늬여 한 곳슬 다다르니 동ᄌᆞ ᄒᆞ즉 왈 져 길로 슈 리을 ᄀᆞ오면 쥭임동이 잇사오니 정셩으로 ᄎᆞ지소셔 인ᄒᆞ여 간ᄃᆡ업거날 할림니 무슈히 치ᄒᆞᄒᆞ고 쥭임동을 차ᄌᆞ간ᄃᆞ 차잠차잠 한 곳슬 다다른니 잉무 공쟉 넘노난 듯 ᄉᆞᆺ 즁의 잠든 나부 ᄌᆞ쵀 소ᄅᆡ의 훨훨 날고 단게 벽도 울밀한ᄃᆡ 경ᄀᆡ도 좃켠이와 연못 속의 삼간초당 지여시되 금ᄌᆞ로 썹인 쥬렴 사면의 둘러거날 아모리 보와도 션경일시 분명ᄒᆞ다 동경을 살펴보니 이식ᄒᆞ여 한 션여 나와 문 왈 엇더한 속ᄀᆡᆨ이관ᄃᆡ 감히 션경을 범ᄒᆞ

〈44-앞〉

여시난닛가 한ᄃᆡ 할림이 답 왈 나는 빅션군이옵더니 쳔상 연분으로 슈경낭ᄌᆞ을 보려 왓나니ᄃᆞ 션여 ᄃᆡ왈 빅할림이라 ᄒᆞ시잇가 할림이 ᄃᆡ왈 엇지 아르시난잇가 ᄌᆞ연 알거이와 일젼 슈경낭ᄌᆞ 상졔게 슈유ᄒᆞ고 일□□ 유련타ᄀᆞ 할림이 안이 오시ᄆᆡ 오ᄅᆡ 유련치 못ᄒᆞ와 ᄀᆞ게싸오니 가련ᄒᆞ도ᄃᆞ 낭ᄌᆞ 가시며 말삼ᄒᆞ시기을 할림니 오시거던 이런 ᄉᆞ연이나 ᄒᆞ라고 ᄒᆞ시더니다 션군이 이 말을 듯고 간담이 써려지난 듯 션여게 비려 왈 가련한 인ᄉᆡᆼ을 ᄉᆡᆼ각ᄒᆞ여 낭ᄌᆞ을 다시 보게 ᄒᆞ옵소셔 ᄒᆞ고 ᄋᆡ겔하니 션여 함소 왈 낭ᄌᆞ난 업셔도 잠간 슈여 요긔나 ᄒᆞ

〈44-뒤〉

고 가소셔 인도ᄒᆞ여 올니거날 션군이 션여을 싸라 드려가니 이젹의 낭ᄌᆞ ᄉᆡᆼ각ᄒᆞ되 낭군이 이ᄃᆡ지 고상타가 날을 못 보시면 분명 병이 될 듯ᄒᆞ노라 ᄒᆞ고 셤셤옥슈을 얼는 드려 엣ᄐᆡ도로 고은 얼골을 산호 쥬렴 반만 것고 할림을 인도할 졔 나삼을 부어잡고 반기 울며 하난 마리 낭군은 엇지 이ᄃᆡ지

슈쳑ᄒᆞ여난ᄀᆞ 할림이 낭ᄌᆞ 손을 잡고 울며 ᄒᆞ난 말리 원통한들 날를 젼히 잇고 이 몸이 되단말과 낭ᄌᆞ 곡졀을 낫낫치 셜화ᄒᆞ여 반기며 슬피 우니 낭ᄌᆞ 낭군의 손을 잡고 왈 낭군의 즙푼 졍과 ᄌᆞ여의 고단난 졍을 ᄉᆡᆼ각ᄒᆞᄆᆡ 가히

〈45-앞〉

한숩코 가련ᄒᆞ다 그련고로 상졔게 원통한 원졍을 알뢰니 쳡의 졍상을 불상ᄐᆞ ᄒᆞ시고 인간의 다시 인연을 ᄆᆡᄌᆞ ᄇᆡᆨ연히로ᄒᆞ라 ᄒᆞ시긔로 슈간초당을 지여 부부지예을 ᄒᆡᆼᄒᆞ야 일ᄇᆡᆨ쥬로 다시 인연 ᄆᆡᄌᆞ 집으로 도라가 부모게 이 연을 고ᄒᆞ고 츈향 동츈을 보고지ᄀᆞ 이 날 집으로 도라와 상공 부쳐 젼의 현알ᄒᆞ고 나오니 츈향 동츈이 어미 오단 말을 듯고 ᄭᅮᆷ 갓더라 쥭은 모친 다시 사라와 셔로 붓들고 통곡ᄒᆞ니 궁글며 업들려져 셜니 우난 츈향이 경상은 일필노 난긔로다 각셜이라 이젹의 낭ᄌᆞ 다시 환ᄉᆡᆼ

〈45-뒤〉

ᄒᆞ여 도라오니 상공 부쳐와 일가친쳑이며 근쳐 노소인민이 낭ᄌᆞ 환ᄉᆡᆼᄒᆞ여 할림이 셰승강 쥭임촌의 가셔 맛나 왓단 말을 듯고 셔로 닷토와 귀경할 졔 옥연동 가셔 다려왓슬 졔와 조금도 다롬 ᄇᆡ 업고 여젼ᄒᆞ더라 잇ᄯᅴ 환ᄉᆡᆼ연을 ᄇᆡ셜ᄒᆞ고 삼간초당을 다시 졍미ᄒᆞ게 짓고 낭ᄌᆞ 침소을 졍한 후 ᄃᆡ연을 ᄇᆡ셜ᄒᆞ고 질글 젹의 옛마음 훨신 다 바리고 신졍으로 취흥을 못 이기여 셤셤옥슈 반만 것고 거문고로 한 곡죠을 히롱ᄒᆞ되 반갑도다 반갑도다 할림 학ᄉᆞ 반갑도ᄃᆞ 쳐량ᄒᆞ다 쳐량ᄒᆞ다 츈향

〈46-앞〉

동츈 쳐량ᄒᆞᄃᆞ 더드도ᄃᆞ 더드도ᄃᆞ 할림학ᄉᆞ 더드도다 태고젹 시졀인가 청

틱을 가리던가 염제셰쇠 오릭거든 이정불힝ᄒᆞ시던가 상빅초 약을 지여 인싱을 구ᄒᆞ던가 구연지슈 상곤되여 고절셩공ᄒᆞ시던가 ᄃᆡ한칠연 가뭄되여 은왕셩탕 구ᄒᆞ던가 낭ᄌᆞ의 무덤 ᄎᆞᄌᆞ 조긱되여 잇도던가 꿈 가온ᄃᆡ 셔로 만나 츄회불망ᄒᆞ여던ᄀᆞ 홍문연 놉픈 잔치 픽공을 구ᄒᆞ던가 장견의 넉슬 만나 축문 지여 졔 ᄒᆞ던가 골운산 ᄃᆡ화 즁의 옥셕을 구별던가 망지여운ᄒᆞ시난 즁의 취

〈46-뒤〉

지여일ᄒᆞ여셔라 비금쥬슈 낙누 즁의 삼혼구빅 홋쩌써니 옥왕상졔 명영 바다 사싱을 밧가셔라 창히로 환싱쥬 비져ᄂᆡ여 할림학ᄉᆞ로 독낙ᄒᆞ외리다 만셰만셰 억만셰의 츈향 동츈 셩인ᄒᆞ여 월궁항하 ᄌᆡ봉지□라 타기을 다ᄒᆞᄆᆡ 환싱쥬을 가득 부여 낭군임게 드린 후의 인호상이 ᄌᆞ작이라 하며 일비일비 부일비라 할림으게 붓고 부어 취토록 먹어노이 취흥을 못 이기여 청가 일곡으로

〈47-앞〉

화답ᄒᆞ되 그 곡조의 ᄒᆞ여시되 무정ᄒᆞ고 야쇽한 임아 이별 후의 소식이 이ᄃᆡ지 돈절한ᄀᆞ 공산야월 두견지셩과 동봉춘풍 호졉지몽으 다 만기 아라던니 낭ᄌᆞ일시 분명토ᄃᆞ 오동의 걸린 달 두렷한 네 얼골 눈 압펴 휘왕ᄒᆞ다 청강 식벽비의 모욕ᄒᆞ고 안진 졔비 ᄂᆡ게 ᄒᆞ소한다 츄야장 진진 봄의 그력기 소릭 잠 못드려 화답ᄒᆞ며 할림과 낭ᄌᆞ와 셔로 단슌호치 반기ᄒᆞ고 월식을 호롱할 졔 야식은 삼경이라 과여ᄒᆞ고 동낙

〈47-뒤〉

할 져 보던 ᄉᆞ람 뉘 안니 층찬ᄒᆞ리 셰월히 여루ᄒᆞ여 도라간 봄 다시 온다

계뫼연 즁츈 십팔 일 각필이라

계뫼연 즁츈 십팔 일 각필이라

츈초은 연연녹이건만은 나난 한 범 가면 다시 올 쥴 모으난고

歲在癸卯年仲春十八日

숙향낭자젼젼지일이라

각셜이라옛고려국시졀의경상도안동ᄯᅡᆼ의한치
상니잇시되셩은빅이요명은셩구라세ᄃᆡ도명환
미션치지안이ᄒᆞ니츙열후빅진의후예라쇼년
등과ᄒᆞ야베ᄉᆞ리병부시랑으밋치되영화실슉
으웃듬이라실푸다홍진비릐는고금으상사라
시운이불힝ᄒᆞ야소인으참소를만나베ᄉᆞᆯ을바리
고집으도라와농부어옹에ᄎᆡᆨ미ᄒᆞ야세시복납이
면졍양조고ᄒᆞ야양훈으말수을주포ᄒᆞ고양견
광ᄃᆡ조ᄒᆞᆫ집으번임을모시고음풍월ᄒᆞ야낙지
논을일삼아강티공으고든낙수와부츈산엄ᄌᆞ
롱으놉푼절긔갓더니광음이여유ᄒᆞ야시랑으

숙향낭자젼 권지일이라(단국대 40장본)

〈숙향낭자젼 권지일이라〉는 40장(79면)의 필사본 고소설로, 표제는 〈숙힝낭쟈젼이라〉이다. '갑인 사월 초칠일이라'라는 필사기가 남겨져 있다. 작품 서두에서 시대적 배경은 고려국으로 제시되고, 상공의 이름은 빅셩구이며, 츙열후 빅진의 후예로 소개된다. 작품 전반부의 서사는 필사본 계열의 서사와 대동소이하며, 작품 결말부에서 춘향과 동춘이 계모인 임소저와 함께 지내다가 장성하여 부귀영화를 누리는 것으로 끝맺고 있다. 후반부의 내용을 살펴보면, 자결한 낭자는 선군의 꿈에 나타나 옥연동에 수장해 줄 것을 당부하는데, 선군은 그 말에 따라 낭자를 옥연동의 못속에 장사지낸 후 집에 돌아와 남매와 애통하여 지내다가 꿈에 나타난 낭자의 말을 따라 '셰심강 죽임도'에 가 낭자를 만난다. 낭자는 선군에게 임소저을 취하여 부모를 봉양케 한 후 남매를 데리고 오라 하는데, 선군이 이 말을 따라 임소저와 혼인한 후 집과 죽임도를 왕래하며 지내다가 백공부부가 세상을 뜬 후 낭자와 함께 승천한다. 이 이본의 경우 글씨가 매우 정갈하며 끝부분에 교훈적인 필사기를 덧붙이고 있는 것이 특징이다.

출처: 단국대 율곡기념도서관 『漢籍目錄』, 1994.(古 853.5 숙2477거)

〈1-앞〉

슉항낭자전권지일이라

각셜이라 옛 고려국 시절의 경상도 인동 ᄯᆞᆼ의 한 ᄌᆡ상니 잇시되 셩은 ᄇᆡᆨ이요 명은 셩구라 셰ᄃᆡ로 멍환이 ᄭᅳᆫ치지 안이ᄒᆞ니 츙열후 ᄇᆡᆨ진의 후예라 쇼년등과ᄒᆞ야 베ᄉᆞ리 병부시랑으 밋치ᄆᆡ 영화 일국으 웃듬이라 실푸ᄃᆞ 홍진비ᄅᆡ는 고금으 상사라 시운이 불ᄒᆡᆼᄒᆞ야 소인으 참소를 만나 베사을 바리고 집으도라와 농부 어옹에 ᄎᆡᆨ미ᄒᆞ야 세시복납이면 ᄑᆡᆼ양포고ᄒᆞ야 양훈으 말수을 주포ᄒᆞ고 양젼 광ᄃᆡ 조흔 집으 번임을 모시고 음풍월ᄒᆞ야 낙지논을 일삼아 강ᄐᆡ공으 고든 낙수와 부츈산 엄ᄌᆞ룽으 놉픈 절ᄀᆡ 갓더니 광음이 여유ᄒᆞ야 시랑으

〈1-뒤〉

연광이 오십이 당ᄒᆞ여시되 실ᄒᆞ으 일점 헬육이 업시니 ᄆᆡ일 서러ᄒᆞ더니 일일은 부인 정씨 시랑게 말삼ᄒᆞ여 왈 듯사오니 무자식한 사람언 소부산으가 발원ᄒᆞ면 혹 자식을 본다 ᄒᆞ오니 우리도 게나 가서 비러 보사이ᄃᆞ 한ᄃᆡ 시랑이 오리 네게 ᄉᆡᆼ긔복덕일을 ᄀᆞ리여 시랑 부부 정성을 다ᄒᆞ야 소ᄇᆡᆨ산으 올나가 젼조단발ᄒᆞ고 신영ᄇᆡᆨ모ᄒᆞ야 지성으로 산신젼으 축원ᄒᆞ고 나려왓더니 지성이면 감천이라 과연 그달봇톰 ᄐᆡ긔 잇서 십 ᄉᆞᆨ이 당ᄒᆞᄆᆡ 일일언 지반으 ᄎᆡ운이 영롱ᄒᆞ고 ᄒᆡᆼᄂᆡ 진동ᄒᆞ며 부인이 정신이 혼미ᄒᆞ야 누엇더니 이윽ᄒᆞ야 일ᄀᆡ 남자을 탄ᄉᆡᆼᄒᆞ니 문득 ᄒᆞ날로 한 선관이 ᄇᆡᆨ

〈2-앞〉

학을 타고 ᄇᆡᆨ우션을 흔들며 완연이 나려와 옥병으 ᄒᆡᆼ무를 지우려 ᄋᆞ긔을 식게 뉘고 부인게 엿ᄌᆞ오ᄃᆡ 이 아히는 쳔상 선관으로 요지연으서 숙ᄒᆡᆼ낭ᄌᆞ와 히롱한 죄로 세상으 적거ᄒᆞ여싸오니 부인언 천긔을 누설치 마르소서

직삼 당부ᄒᆞ고 문득 나가거날 부인이 정신을 진정ᄒᆞ야 직시 시랑을 청ᄒᆞ야 션관 이르던 말삼을 낫낫치 고한ᄃᆡ 시랑이 반게 여게 ᄋᆡ긔을 살페보니 얼고리 관옥 갓고 성음이 웅장ᄒᆞ야 ᄇᆡᆨ옥을 ᄭᆡ치난 듯 풍치 늠늠ᄒᆞ여 두목지을 압두할네라 시랑이 희ᄉᆡᆨ이 만안ᄒᆞ야 일홈을 선군이라 ᄒᆞ더니 점점 자라나ᄆᆡ 빅우지 아니한 그럴 무불통달ᄒᆞ며 일취

〈2-뒤〉

월장ᄒᆞ야 모냥과 지조 측양치 못ᄒᆞᆯ네라 나히 십오 셰을 당ᄒᆞᄆᆡ 퓽치 거록ᄒᆞ여 셰샹으 무쌍니라 시랑 부부 더욱 사랑ᄒᆞ여 어진 가문으 져와 갓헌 요됴숙여을 구ᄒᆞ야 짝을 삼을리라 ᄒᆞ더라 차셜 잇ᄯᅢ으 슉행랑쟈 천상으 득죄ᄒᆞ고 지ᄒᆞ으 젹거ᄒᆞ야시되 셰상 이을 다 통달ᄒᆞ난지라 션군은 환ᄉᆡᆼᄒᆞ고 낭쟈은 젹ᄒᆞᄒᆞ야 연분을 ᄆᆡ져씨니 비컨ᄃᆡ 견우 직여 은ᄒᆞ슈을 ᄉᆡ예 두고 셔로 ᄆᆡᆨᄆᆡᆨ 상간ᄒᆞᆫ지라 슬푸다 셰상 사ᄅᆞᆷ니 뉘 능히 알 리 잇시리요 잇ᄯᅢ의 싀랑 부부 엇지 리ᄒᆞᆫ 쥴을 아을이요 다맛득 귀ᄒᆞ고 아름다은 얼골을 랄노 사랑ᄒᆞ야 어진 가문으 구혼ᄒᆞ기을 일삼더라 이적으 낭자 문득 ᄉᆡᆼ각ᄒᆞ되 우리 양인

〈3-앞〉

이 인간으 적ᄒᆞᄒᆞ야 ᄇᆡᆨ연언약을 ᄆᆡ저쓰니 엇지 ᄇᆡ약ᄒᆞ고 ᄃᆞ른 ᄀᆞ문으 구혼ᄒᆞ리요 만일 타문으 정혼ᄒᆞ면 우리 삼ᄉᆡᆼ연분이 일조으 허망ᄒᆞ리ᄅᆞ ᄒᆞ고 이날 밤 삼경으 성군으게 선몽ᄒᆞ야 퇴정ᄒᆞ미 올ᄐᆞ ᄒᆞ고 변화ᄒᆞ여 성군 침소로 ᄀᆞ니ᄅᆞ ᄎᆞ설 성군이 촉ᄒᆞ으 호을노 안저서 ᄎᆡᆨ을 보ᄃᆞᄀᆞ 호련이 몸이 곤ᄒᆞ야 서안을 비거 조울더니 천상으로 ᄒᆞᆫ 청학이 게화 일지을 물고 ᄂᆡ려와 젓틔 안더니 문득 변ᄒᆞ야 당나릐 시절으 양구비 ᄀᆞᆺ턴 낭ᄌᆞ라 성군을 ᄒᆡᆼᄒᆞ야 단순호치을 반기ᄒᆞ야 엄연이 ᄃᆡ왈 낭군은 첩을 모르시난잇ᄀᆞ 첩은 천상 옥여로 요지연으서 성군과 히롱한 죄로 인간으 적거ᄒᆞ야

〈3-뒤〉

삼싱연분을 금세에 미저쌉거날 낭군이 엇지 드른 ᄀ문으 구혼ᄒ이잇ᄀ 삼연 젼으넌 서로 합한지락을 몬 이울 써시니 부ᄃ 그리 아르시고 삼 연만 지ᄃ르소서 그ᄃ로 ᄒ여야 평싱 영화 극진할 써시니 변ᄀ치 ᄆ르소서 ᄌ삼 당부ᄒ고 문득 간 고시 업거늘 놀ᄂ여 ᄊᄃ르니 남ᄀ일몽이ᄅ 낭ᄌ 화용월ᄐᄀ 눈으 삼삼ᄒ여 옥음이 귀에 징징ᄒ야 불ᄉ이ᄌ사ᄒ며 욕망이 난망이라 여광여취ᄒ야 심ᄉ를 둘 ᄃ 업서 식음을 전폐ᄒ고 그날봇톰 병이 되야 침금으 누워 잇지 아니ᄒ고 병이 점점 윗터ᄒ거늘 시랑 부부 민망ᄒ야 아무리 의약으로 구완한들 귀신이 준 병이 아니여든 됴금도 ᄎ회

〈4-앞〉

잇슬소냐 긔산도 수왼 ᄀ지로 지성ᄒ되 조금도 동정이 업씨며 점점 침중ᄒ거늘 시랑 부부 민망ᄒ야 붓들고 통곡ᄒ며 무러 ᄀ뢰ᄃ 네 병세 실노 괴이ᄒ여 알 수 업스니 네 심중으 무삼 소회 잇거든 쇠긔지 말고 실상을 말ᄒ여ᄅ ᄒᆫᄃ 성군이 그제야 제우 정신을 진정ᄒ고 입얼 여러 공순이 엿ᄌ오ᄃ 소ᄌ 아모날 밤으 홀연이 일장츈몽을 어든직 옥 갓턴 낭ᄌ 완연이 와서 젓ᄐ 안저 말ᄒ되 월궁으 선여로 인간으 적ᄒᄒ여 소자와 삼싱염분이 잇ᄃᄒ옵고 문득 간ᄃ업삽긔로 인하야 병이 되니 ᄌ연 그러ᄒ오이ᄃ ᄒ거날 시랑이 탄식 왈 네 처음 탄싱할 ᄊ에 선관이 이르던 숙힝

〈4-뒤〉

낭ᄌᄀ ᄒ로라 그러나 꿈이 ᄃ 허사라 조곰도 싱각지 말고 어서 병이ᄂ 조섭ᄒ라 ᄒ신ᄃ 성군이 ᄃ시 엿ᄌ오ᄃ 아모리 그러ᄒ오나 언약이 분명ᄒ오ᄃ 아모리 그리 ᄆᄌ ᄒ오되 절노 심회 살난ᄒ와 아못것도 머글 싱긱이 업삽고 병이 점점 침중ᄒ나이다 시랑 부부 듯고 민망ᄒ야 실농씨 ᄇ초약과 허인으

침법으로 아모리 치요ᄒᆞ되 만무회음이요 주야로 정성을 ᄃᆞ ᄒᆞ감ᄒᆞ옵소서 안동 ᄇᆡᆨ성군는 젼싱으 무삼 죄로 말연으 어든 ᄌᆞ식 셩취 전으 죽게 되오니 이 아니 ᄀᆞ련ᄒᆞ오릿ᄀᆞ ᄂᆡ 몸으로써 ᄃᆡ로 죽고 ᄌᆞ식 성군을 살여 주옵소서 ᄒᆞ며 빌긔를 마지아니ᄒᆞ더라 잇ᄯᆡ으 낭자 옥연동으 잇스나 낭군으

〈5-앞〉

병셰을 엇지 몰을리 이날 밤의 ᄯᅩ 셩군의게 션몽ᄒᆞ야 일오ᄃᆡ 낭군니 일ᄀᆡ 여ᄌᆞ로 ᄒᆞ야곰 병환니 침즁ᄒᆞ신다 ᄒᆞ온니 이 약을 써 보옵쇼셔 ᄒᆞ고 율리병 두 ᄀᆡ을 쥬어 갈오ᄃᆡ ᄒᆞ나넌 만병단니요 ᄒᆞ나은 ᄯᅩ 불사약이온니 이 두 가지 약을 쓰옵고 삼 연만 ᄎᆞ무쇼셔 ᄒᆞ고 문득 간ᄃᆡ업거을 셩군니 오ᄅᆡ불망지 졔으 반갑긔 칙양업셔 옥슈을 잇글고져 ᄒᆞ다가 흔들여 놀ᄂᆡ ᄭᆡ달은니 침상일 몽니라 심사 더옥 황홀ᄒᆞ야 좌우을 살펴본니 유리병 두 ᄀᆡ가 뇌야거ᄂᆞᆯ 신긔히 여겨 약 먹을 마음도 업고 낭ᄌᆞ 보고 시푼 싱각만 잇ᄂᆞᆫ지라 엇지 안니 쳬양ᄒᆞ리요 낭ᄌᆞ ᄯᅩ 싱각ᄒᆞ되 낭군의 가셰 빈ᄒᆞᆫᄒᆞ야 곤곤니 지ᄂᆡᆫ다 ᄒᆞ니 ᄂᆡ 셰간을

〈5-뒤〉

일우어 일신니 편케 ᄒᆞ리라 ᄒᆞ고 이날 밤의 ᄯᅩ 션몽ᄒᆞ야 갈오ᄃᆡ 지금 낭군니 병셕으 당ᄒᆞ와 슈월 고상ᄒᆞ신 즁으 ᄯᅩ 가셰가 한미ᄒᆞ야 용도도 극난ᄒᆞ심을 알고 금동ᄌᆞ 한 쌍을 가져왓ᄉᆞ온니 낭군으 침쇼으 두고 누셜치 마옵시면 ᄌᆞ연 부귀ᄒᆞ올 거시요 ᄯᅩ 쳡으 화상을 가져왓ᄉᆞ온니 밤이면 가삼으 언고 나지먼 병픙으 걸어두소셔 ᄒᆞ고 인ᄒᆞ야 문득 뵈이지 안이한지라 놀ᄂᆡ ᄭᆡ달라 병픙을 보니 금동자와 화상만 잇거을 동ᄌᆞ은 방으 안쳐 두고 화상은 병픙으 거러 두니라 차셜 이 언무족니힝쳘니라 ᄒᆞ난 말이 일로 두고 이음이로다 사방 사람더리 셔로 ᄃᆡᄒᆞ여 말ᄒᆞ되 금은보화을 만이 가지고 닷토와 열낙부졀ᄒᆞ니

〈6-앞〉

이러무로 성궁으 ᄀᆞ세ᄀᆞ 점점 부요ᄒᆞ야 그를 거시 업시되 ᄃᆞ맛 낭ᄌᆞ를 잇지 못ᄒᆞ야 병이 조금도 ᄎᆞ회 업고 점점 위중ᄒᆞ거날 낭ᄌᆞ ᄯᅩ ᄉᆡᆼ각ᄒᆞ야 왈 낭군으 병세ᄂᆞᆫ ᄂᆡ 임으 짐작ᄒᆞᄂᆞ니 심회를 덜면 간게티 아니ᄒᆞ리라 ᄒᆞ고 그날 밤으 ᄯᅩ 낭군 침소으 도라와 선몽ᄒᆞ야 ᄀᆞ로ᄃᆡ 낭군이 첩을 잇지 못ᄒᆞ야 병세ᄀᆞ 쾌티 아니ᄒᆞ오니 우선 심회을 덜 뫼착이 잇ᄉᆞ오니 ᄆᆡ월로 첩을 삼어 지ᄂᆡ시ᄃᆞᄀᆞ 삼 연 후에 ᄇᆡᆨ연동낙 ᄒᆞᄉᆞ이ᄃᆞ ᄒᆞ거날 성군이 반게 붓들여 ᄒᆞᄃᆞᄀᆞ ᄭᆡᄃᆞ르니 ᄯᅩ한 ᄭᅮᆷ이라 아모리 ᄉᆡᆼ각ᄒᆞ여도 낭ᄌᆞ 처소를 알 그리 업고 삼 연을 지다를 수 업서 우선 안심ᄒᆞᆯᄉᆡᆨ ᄒᆞ야 ᄆᆡ월로 첩을 정ᄒᆞ여 비록 탁정ᄒᆞ여시ᄂᆞ 낭ᄌᆞ을 이

〈6-뒤〉

질 수ᄀᆞ 업서 ᄉᆡᆼ각이 곳 나면 병이 침중ᄒᆞ난지라 낭ᄌᆞ ᄯᅩ ᄉᆡᆼ각ᄒᆞ되 낭군이 날노 ᄒᆞ야금 병이 덧처 긔세ᄒᆞ오면 ᄇᆡᆨ연언약이 속절업시 되리라 ᄒᆞ고 이날 밤으 ᄯᅩ 성군으게 선몽ᄒᆞ여 ᄀᆞ로ᄃᆡ 낭군이 그러ᄒᆞ여도 잇지 못ᄒᆞ야 병세ᄀᆞ 쾟치 아니ᄒᆞ오니 민망ᄒᆞᆫ 마음 둘 ᄃᆡ 엄난지라 아모리 ᄉᆡᆼ각ᄒᆞ여도 무ᄀᆞᄂᆡᄒᆞ오니 첩을 ᄎᆞ지려 ᄒᆞ옵거던 옥연동 강홍경으로 ᄎᆞ저오서소 ᄒᆞ고 간 곳 업거날 ᄭᅡᆷ작 반ᄀᆞ ᄭᆡᄃᆞ르니 춘몽이 완연커날 호련이 이러 안저시니 정신이 환ᄯᅳᆺᄒᆞ고 낭ᄌᆞ으 성음이 귀에 ᄌᆡᆼᄌᆡᆼᄒᆞ야 신병이 나실 ᄯᅳᆺᄒᆞᆫ지라 심사 ᄌᆞ연 혼미ᄒᆞ야 부모 전으 나어ᄀᆞ 엿ᄌᆞ오ᄃᆡ 몽ᄉᆞᄀᆞ 여ᄎᆞ여ᄎᆞᄒᆞ오니 옹연동을 ᄎᆞ저ᄀᆞ고ᄌᆞ ᄒᆞ노이ᄃᆞ ᄒᆞᆫᄃᆡ 부모 놀ᄂᆡ여 ᄀᆞ

〈7-앞〉

로ᄃᆡ 네ᄀᆞ 정영이 실성ᄒᆞ엿ᄃᆞ ᄒᆞ고 붓드러 안치니 성군이 울메 엿ᄌᆞ오ᄃᆡ 부모임은 말이지 마릅소서 ᄒᆞ며 부득히 ᄂᆞᄀᆞ거늘 부부간으 말이지 못ᄒᆞ여

ᄂᆡ보ᄂᆡ더라 각설 성군이 종일토록 ᄀᆞᄃᆞᄀᆞ 한 고ᄃᆡ으 이르니 경ᄀᆡ 절싱ᄒᆞ야 화초만발한 듸 어쥬축수 ᄋᆡ산춘으 무릉도화 복상ᄭᅩ시며 ᄎᆞ문주ᄀᆞ ᄒᆞ처ᄌᆡ 오 목동요지 살구ᄭᅩ시며 위성조우 읍경진 ᄀᆡᆨᄉᆞ청청 버들ᄭᅩ시며 화중왕으 목단화ᄂᆞᆫ 숭이숭이 힝기락고 사시장춘 월게화는 설중이화 석게 잇고 조출ᄒᆞ다 난초입은 군ᄌᆞ절을 직켜난ᄃᆡ 청송녹죽은 우밀ᄒᆞ고 벗 부르난 ᄭᅬᄭᅩ이ᄂᆞᆫ ᄌᆞ언긔명 우름 우러 춘흥을 ᄌᆞ랑ᄒᆞ고 한심ᄒᆞᄃᆞ 두견조넌 불여귀을 일

〈7-뒤〉

삼ᄂᆞᆫᄃᆡ 긔화요초 그 ᄀᆞ온ᄃᆡ 현조남남 나러드러 ᄒᆡ당화를 히롱ᄒᆞᆫ 듸 한 루각이 황홀ᄒᆞᄃᆞ 경궁요ᄃᆡ 조흔 집으 비취봉작이 나ᄅᆞ든ᄃᆞ 불글 단 푸를 청 고물고물 단청한 듸 문우 선판으 ᄉᆡ게시되 옹연동이라 ᄒᆞ여거날 ᄌᆞ시 살페보니 감흥경이라 완연ᄒᆞ다 성군이 직거온 ᄆᆞ음을 이기지 못ᄒᆞ야 문을 열고 드러ᄀᆞ니 분벽ᄉᆞ창이 완연ᄒᆞᆫ듸 하문석이 단정ᄒᆞ다 인적은 고욕ᄒᆞ고 풍경은 절승ᄒᆞᆫ듸 혼ᄌᆞ 안저 ᄉᆡᆼ각ᄒᆞ니 일히일비 쌘이로ᄃᆞ ᄆᆞ음으 시아르되 낭ᄌᆞ 일정 ᄇᆡᆨ운을 히롱ᄒᆞ고 옥안을 감추아 천상으로 올ᄂᆞ간 듯 ᄒᆞ니 엇지 살긔을 바ᄅᆡ이요 이제난 속절업시 주글이로ᄃᆞ ᄒᆞ고 정신업시 비창함누ᄒᆞ더니 인적 소ᄂᆡ 들이거

〈8-앞〉

을 가만이 살펴보니 벵풍 뒤로셔 ᄒᆞᆫ 노긔홍상헌 미인이 나오거을 눈을 들어 반게 보니 운빈옥안은 예날 운우ᄃᆡ의 초왕 몽중의 왓던 실여도 갓고 화용월ᄐᆡ은 봉항ᄃᆡ 상의 초진군 좌ᄒᆞ의 온 미인도 갓한지라 팔ᄌᆞ ᄋᆡ미을 찡그리고 옥슈로 학션을 반만 들어 옥안을 가리외고 화양우의 연자 거음으로 가만가만 거러와셔 염실단좌ᄒᆞ야 단슌호치을 반ᄀᆡᄒᆞ야 셩군 보고 ᄒᆞ난 마리 낭군이 엇지 그ᄃᆡ지 경션ᄒᆞ시잇가 ᄒᆞ며 안ᄉᆡᆨ이 불평ᄒᆞ거을 셩군이 검분 마음

둘 ᄭᅵ 업셔 보고보고 다시 보니 목단화 ᄒᆞᆫ ᄉᆡᆼ이가 아침 이실을 머금고 슈월슈월 넘노ᄂᆞᆫ 듯 지당으 홍연화가 봄빗셜 자랑ᄒᆞ야 셰우 즁의 흔들흔들 츔츄ᄂᆞᆫ 듯 이

〈8-뒤〉

리 보고 져리 보아도 절ᄉᆡᆨ으 ᄐᆡ도 분명ᄒᆞ다 셩군의 거동 보소 여광여취 ᄀᆡ쌘 마음 뉘라셔 금할손야 불고염치 달여드러 낭자의 옥슈을 덥벅 ᄌᆸ고 무러 가로ᄃᆡ 날 속이고 천상의로 올라갈가 ᄒᆞ여 이ᄂᆡ 몸이 쇽절업씨 죽을ᄲᅮᆫ ᄒᆞ엿던 ᄂᆡ 인졔은 셔로 ᄉᆡᆼ면ᄒᆞ니 쥬거도 무삼 ᄒᆞᆫ이 잇ᄉᆞ올잇가 이말져말 다 바리고 양유천사 풀은 가지로 장막 삼아 둘너 두고 홍ᄋᆡᆼ 벡도 ᄇᆡᆨ비화로 병풍 삼아 셰워 두고 뒤견 젹동 부려귀ᄂᆞᆫ ᄉᆡᆼ황금실 삼아 두고 ᄇᆡᆨ옥벵으 국화쥬며 유리벵으 연엽쥬을 노자작 ᄋᆡᆼ무ᄇᆡ을 청금홍금 좌우사로 자바 ᄆᆡ고 양인이 ᄃᆡ작 권권ᄒᆞᆯ 제 일ᄇᆡ일ᄇᆡ부일ᄇᆡ라 소ᄃᆡ예을 지ᄂᆡᆫ 후의 일낙셔 황혼되니 오ᄉᆡᆨ 자금 원앙침과 황용 비취

〈9-앞〉

금의합환지낙을 일워씨니 셩군의 글리던 졍을 엇지 다 칙양ᄒᆞ리요 낭ᄌᆞ 옥어 낭낭이 엿ᄌᆞ오ᄃᆡ 울리 양인이 상졔계 득죄ᄒᆞ고 인군의 젹ᄒᆞᄒᆞ야 ᄇᆡᆨ연 언약을 ᄆᆡ져ᄉᆞ온니 낭군은 조곰도 셥셥이 알의시지 마옵고 돌아ᄀᆞ ᄃᆞ시 삼 연을 지달리쇼셔 그ᄯᆡ을 당ᄒᆞ면 부모임계 고달ᄒᆞ와 육예로 셩혼ᄒᆞ고 인간도 ᄃᆞ 알계 ᄒᆞ야 부부지낙을 일울 거시요 삼 연 젼의 졍혼ᄒᆞ면 우리 양인 즁으 ᄯᅩᄒᆞᆫ 몬져 황ᄉᆞ을 면치 못ᄒᆞᆯ 거시니 낭군은 조곰도 의심치 말으시고 삼 연만 ᄎᆞ무쇼셔 여유 셰월니 얼ᄆᆡ나 올ᄋᆡ잇가 ᄒᆞᆫᄃᆡ 셩군니 변ᄉᆡᆨ ᄃᆡ왈 일각이 여삼츄라 엇지 삼 연을 지달리이요 낭ᄌᆞ 만일 그져 가라 ᄒᆞ옵시면 셩군은 비조직셕이라 낭ᄌᆞ은 송죽 갓헌 졀ᄀᆡ을 잠간 굽펴

〈9-뒤〉

죽게 된 인명을 구제ᄒᆞ옵소서 ᄒᆞ며 ᄉᆞᄉᆡᆼ을 결단코ᄌᆞ ᄒᆞ거늘 낭ᄌᆞ 아모리 ᄉᆡᆼ각ᄒᆞ여도 무ᄀᆞᄂᆡᄒᆞ라 ᄒᆞ일업시 허락ᄒᆞ고 두 사람이 원앙비취지낙을 이긔지 못ᄒᆞ야 히롱이 ᄐᆡ심ᄒᆞ거늘 낭ᄌᆞ 불싱긔히ᄒᆞ여 ᄀᆞ로ᄃᆡ 아무리 남ᄌᆞ으 욕심원들 이ᄃᆡ지 무례ᄒᆞ신잇ᄀᆞ ᄒᆞ며 단순을 반ᄀᆡᄒᆞ야 ᄀᆞ로ᄃᆡ 이제는 엇지할 수 업신ᄃᆡ 신힝지를 ᄎᆡ려 ᄀᆞᄉᆞ이ᄃᆞ ᄒᆞ고 청ᄉᆞᄌᆞ 한 쌍을 모라ᄂᆡ여 옥건괴를 시러 ᄐᆞ고 호호망망지를 써나 성군 ᄃᆡᆨ으로 드러ᄀᆞ니 잇ᄯᆡ 성군으 부모 성군을 ᄂᆡ보ᄂᆡ고 ᄆᆞ음이 비창ᄒᆞ야 식불감미 불안ᄒᆞ며 만ᄉᆞ으 정황이 업서 주야으 눈물노 일삼고 오너이ᄂᆞ 올ᄀᆞ ᄂᆡ일이ᄂᆞ 올ᄀᆞ 출문망망 삼시고ᄃᆡᄒᆞ더니 ᄯᅳᆺ박그 성군이 낭ᄌᆞ을 ᄃᆞ리

〈10-앞〉

고 와 시랑 부부게 뵈이거늘 시랑 부부 성군을 보ᄆᆡ 실푼 마음은 간ᄃᆡ업고 반갑긔 ᄎᆡᆨ양업서 정신을 진정ᄒᆞ야 낭ᄌᆞ를 ᄌᆞ서이 보니 정정ᄒᆞᆫ 괴ᄐᆡ 진실로 요됴숙여요 은은ᄒᆞᆫ 화용은 월궁항아ᄀᆞ ᄒᆞ강ᄒᆞᆫ 갓턴지지라 히불ᄌᆞ금ᄒᆞ야 삼일을 지ᄂᆡᆫ 후으 후원 별당 처소를 정ᄒᆞ니 회힝이 구구ᄒᆞ며 싱순화속ᄒᆞ야 ᄀᆞ정범ᄇᆡᆨ을 무불민첩ᄒᆞ며 두 사람으 정이 비할 ᄯᆡ 업서 일시도 못 뵈면 주굴 듯 ᄒᆞ야 잠불ᄉᆡᆼ이ᄒᆞ고 하지 일질 고진 날과 동지 야질 고진 밤이라도 원왕지락과 금실지정은 일노 소ᄉᆞ난지라 이러무로 학업을 전폐ᄒᆞ고 춘흥이 호탕ᄒᆞ야 세월을 허송ᄒᆞ니 시랑이 민망이 여게 적으 거동만 보더니 세월이 여유ᄒᆞ야

〈10-뒤〉

팔 연을 지ᄂᆡᆫ 후으 초산에 여아를 탄ᄉᆡᆼᄒᆞ야시니 일홈을 춘힝이라 ᄒᆞ고 ᄯᅩ 아달을 탄ᄉᆡᆼᄒᆞ니 일홈을 동춘이라 ᄒᆞ야 나이 삼 세 유아라 그 ᄉᆡ이에 일여일

남을 두어씨되 얼고리 관옥 갓고 비록 어린 ᄒᆞᄒᆡᄂᆞ 풍ᄎᆡ 준수ᄒᆞ니 성군이 더옥 ᄉᆞ랑ᄒᆞ야 일시도 ᄯᅥᄂᆞ지 아니한지라 시랑으 ᄀᆞ세 부요ᄒᆞ야 동산으 감흥경이란 집을 짓코 오현금으로 낙춘방 ᄀᆞᄉᆞ를 지여 ᄉᆡᄉᆡ로 화답ᄒᆞ니 그 곡조으 ᄒᆞ여씨되 양인이 ᄃᆡ작산화ᄀᆡᄒᆞ니 일ᄇᆡ일ᄇᆡ부일ᄇᆡ라 아취욕면군ᄎᆞ거ᄒᆞ니 명됴유의커든 포금ᄂᆡ ᄒᆞ난 소ᄅᆡ 청ᄋᆡᄒᆞ야 운외에 소ᄉᆞᄂᆞ니 진소위 별세게라 성군 ᄂᆡ외 ᄆᆡ일 혼혼한 정곡과 낙낙한 금조로 상화ᄒᆞ며 부창부화ᄒᆞ야 회ᄒᆡᆼ 부

〈11-앞〉

모ᄒᆞ야 무어포답ᄒᆞ고 시시로 상낙ᄒᆞ니 이른바 지상선라 시랑 부부 사랑ᄒᆞ야 두 사람을 히롱ᄒᆞ야 ᄀᆞ로ᄃᆡ 네으 양인은 진세 사람이 아니라 ᄒᆞ며 무수히 질긔더라 일일은 시랑이 성군을 불너 ᄀᆞ로ᄃᆡ 동산 별당 경ᄀᆡ와 감흥경 풍물도 됴커니와 여유 세월을 엇지 허도이 보ᄂᆡ랴 드르ᄆᆡ 성상이 즉위ᄒᆞ사 세화연풍ᄒᆞ고 국ᄐᆡ민안ᄒᆞ야 ᄉᆞ방으 이리 업서 경과를 주신다 ᄒᆞ니 너도 올ᄂᆞᄀᆞ 입신양명ᄒᆞ여 부모게 영화도 뵈이고 감흥경 풍경도 더 빈ᄂᆞ게 ᄒᆞ면 그 아니 조을소냐 성군이 엿ᄌᆞ오ᄃᆡ 우리 세간이 천ᄒᆞ에 갑부라 심지소락과 의목지소도ᄀᆞ 업ᄉᆞ거늘 무어시 부족ᄒᆞ야 과궈를 바ᄅᆡ잇ᄀᆞ 이만ᄒᆞ면 부모임도 만세 ᄒᆡᆼ봉

〈11-뒤〉

ᄒᆞ오리다 ᄒᆞ고 낭자 방으 드러가 부친 ᄒᆞ시던 말삼을 설화ᄒᆞ니 낭자 엄용ᄃᆡ왈 낭군이 만일 과궈을 ᄀᆞ시지 아니ᄒᆞ오면 그 허무리 다 첩으게 도라올 거시요 부모임게 ᄎᆡᆨ망을 면치 못할 써시니 엇지 아니 ᄀᆞ오릿ᄀᆞ ᄯᅩ ᄃᆡ장부 세상으 ᄂᆞᄆᆡ 엇지 안여자와 갓치 평ᄉᆡᆼ을 집으서 늘그리요 부모임 말삼이 당연ᄒᆞ오니 올나가 입신양명ᄒᆞ여 영화로 도라오시면 그 아니 됴흘잇ᄀᆞ ᄒᆞ

고 힝장을 수십ᄒᆞ야 주거늘 성군이 낭자 마를 올이 여겨 마지못ᄒᆞ야 지렬 써날시 잇ᄯᅴ는 정미연 춘삼월이라 초목군싱지무리 춘긔을 자랑ᄒᆞ야 다각 다각 질긔난듸 낭자를 이별ᄒᆞ고 갈 이럴 싱각한직 연연불망ᄒᆞ나 무ᄀᆞᄂᆡᄒᆞ라 부모 전으 하직ᄒᆞ고 낭자를 도라보

〈12-앞〉

와 이른 마리 부모를 모시고 어린 ᄌᆞ식 ᄃᆞ리고 부ᄃᆡ 평안이 잇스라 ᄒᆞ고 써나넌 지를 이별할 제 한 거름으 도라보고 두 거름으 도라보니 말 바리 헛듸듸여 갈 지리 엇서 종일토록 제우 삼십 이을 가 숙소를 뎡ᄒᆞ고 술식 낭자를 다시 싱각ᄒᆞ니 홍순녹한 집픈 심회 천지ᄀᆞ 아득ᄒᆞ야 아무리 싱각ᄒᆞ여도 이질 수ᄀᆞ 젼이 업서 좌불안석 누어써니 석반을 듸리거늘 심회를 강인ᄒᆞ야 수제를 들고 밥을 ᄃᆡᄒᆞ니 음식이 마시 업고 낭자 싱각섄이로ᄃᆞ 한술을 제우 먹고 상을 물이치니 ᄒᆞ인이 엿ᄌᆞ오ᄃᆡ 서방임이 식음을 전폐ᄒᆞ고 철이 원경을 엇지 ᄀᆞ오릿ᄀᆞ 성군이 ᄃᆡ왈 ᄌᆞ연 그러ᄒᆞᆫ다 ᄒᆞ고 이날 밤으 긱창한 등으 홀로 안저 싱각

〈12-뒤〉

ᄒᆞ니 낭ᄌᆞ으 고은 ᄐᆡ도 눈의 암암ᄒᆞ며 동츈리 다이고 졋 몌긔던 형용니 삼삼ᄒᆞ야 아물이 잠을 들먼 이질가 ᄒᆞ여도 잠들 슈ᄀᆞ 전이 업셔 일이 궁글 저리 궁글 젼젼반칙 혼이 엇셔 ᄒᆞ인 잠든 후으 ᄀᆞ만이 신 들고 바로 집으로 도라올 졔 동산 호월 집푼 밤으 비금쥬슈 슉임ᄒᆞ고 긔즁으 두건조은 심야월색 혼자 탐ᄒᆞ야 물여귀을 일삼넌듸 우벅지벅 거로올 제 장원 급제 내ᄀᆞ 실고 낭ᄌᆞ 상각섄이로다 불켄 덕긔 보고 십펴 망지쇼지 다라ᄀᆞ셔 단장을 넘어 낭ᄌᆞ 방으 가만가만 자초 업시 들어ᄀᆞ니 낭ᄌᆞ 롤ᄂᆡ여 가오ᄃᆡ 이 집푼 밤으 엇지 오시난잇ᄀᆞ 셩군니 왈 종일 제우 삼십 이을 ᄀᆞ 슉쇼을 뎡ᄒᆞ고

낭ᄌᆞ을 ᄉᆡᆼ각ᄒᆞᄆᆡ 심회을 금치 못ᄒᆞ

〈13-앞〉

야 아모리 하여도 이질 슈ᄀᆞ 업고 보고 십픈 마암 간절ᄒᆞ야 죽긔로써 불고ᄒᆞ고 왓나이ᄃᆞ ᄒᆞ며 죵일 긔이던 졍을 풀ᄉᆡ 잇뒷으 시랑이 셩군을 과귀질 보ᄂᆡ고 집안니 젹요ᄒᆞ야 화게으 ᄇᆡ회ᄒᆞ며 ᄀᆞ졍을 살피ᄃᆞᄀᆞ 별당으 리은직 낭ᄌᆞ 침쇼으셔 남자 말쇼ᄋᆡ 들이거을 시랑이 으심ᄒᆞ야 안마음으 시알되 낭ᄌᆞ 빙셜 갓턴 졍절로 엇지 외인을 ᄃᆞ이고 슈작ᄒᆞᆯ고 실졍 괴니ᄒᆞ도ᄃᆞ ᄒᆞ고 창박그 ᄀᆞ셔 들으니 잇ᄯᆡ 낭ᄌᆞ 시부임이 박긔 오신 졸을 알고 낭군을 침장 뒤으 감츄고 애긔 달ᄂᆡ난 말소ᄅᆡ로 동츈을 어음안지며 ᄀᆞ오ᄃᆡ 우지 말고 졋 먹거라 네으 아반임은 급제ᄒᆞ야 영화로 ᄂᆡ여오시리라 ᄒᆞ거을 시랑니 처소로 도라왓던이 낭ᄌᆞ 시랑 ᄀᆞ심을 알고

〈13-뒤〉

성군을 ᄀᆡ유ᄒᆞ야 ᄀᆞ로ᄃᆡ 악ᄀᆞ 시분임이 박그왜 긋ᄃᆞᄀᆞ ᄀᆡ겟쓰니 낭군이 만일 공명도 못ᄒᆞ고 첩을 잇지 못ᄒᆞ야 병이 ᄂᆞ면 그 아니 민망할ᄀᆞ ᄯᅩ 부모임이 이런 주를 아르시면 ᄉᆞ중이 ᄃᆡ단할 거시요 허무리 모도 첩으게 도라올 거시니 밧비 ᄀᆞ소서 ᄒᆞ고 ᄌᆡ촉ᄒᆞ니 성군이 정회도 쾌히 풀도 못ᄒᆞ고 하릴업서 막소로 오니 ᄒᆞᆫ인이 아직 잠을 ᄭᆡ지 아니ᄒᆞ연난지라 누설이 잇시이요 잇튼날 ᄯᅩ 제우 삼십 이를 ᄀᆞ 숙소를 정ᄒᆞ고 안저시니 만사으 ᄯᅳ시 업서 회과첨출ᄒᆞ이 부귀도 비오원이요 제힝도 불ᄀᆞ긔ᄅᆞ 연연불망 우리 낭자 이 ᄂᆡ 심회 더러 주소 이리저리 ᄉᆡᆼ각ᄒᆞ다가 ᄯᅩ ᄀᆞ마니 신을 들메고 ᄂᆞ넌ᄃᆞ시 여광여취ᄒᆞ야 불고

〈14-앞〉

염치ᄒᆞ고 집으 도라와 단장을 너머 낭자 침소으 드러ᄀᆞ니 낭자 ᄃᆡ갱질쇡ᄒᆞ여 왈 낭군이 주야로 저리 분주ᄒᆞ시ᄃᆞᄀᆞ 천금 갓턴 귀한 몸이 병환이 ᄂᆞ시면 그 아니 민망ᄒᆞ신잇ᄀᆞ 첩을 만일 잇지 못ᄒᆞ실진ᄃᆡ 명일봇톰은 첩이 낭군 처소로 ᄀᆞ오리ᄃᆞ 성군이 왈 낭자는 귀중 여자로 엇지 멀이 주임을 ᄒᆞ오잇ᄀᆞ 낭자 ᄃᆡ왈 낭군이 엇지 첩을 모로시난잇ᄀᆞ 첩은 ᄒᆞ로밤으 철 이라도 바람과 구름을 취ᄒᆞ야 타고 삼철 이를 ᄂᆡ왕ᄒᆞᄂᆞ이ᄃᆞ ᄒᆞ고 쏘 화상을 주어 ᄀᆞ로ᄃᆡ 이 화상을 잘 간수ᄒᆞ얏ᄯᆞᄀᆞ 비시 변ᄒᆞ거든 첩으 몸으 병이 잇서 못ᄀᆞ넌 줄 아르소서 한참 이리할 제 시랑이 쏘 ᄀᆞ정을 살피ᄃᆞᄀᆞ 별당으 다다른

〈14-뒤〉

즉 쏘 남자으 말소ᄅᆡ 들이거날 시랑이 시아르되 낭자 방으서 양일 밤을 보아도 외인으 말소ᄅᆡ 들이니 괴이ᄒᆞᄃᆞ ᄒᆞ고 귀를 지우려 창박그서 드른득 ᄃᆞ맛 동춘이 달ᄂᆡ난 소ᄅᆡ뿐이라 잇ᄯᆡ으 낭자 시부임이 쏘 박그 오신 줄 알고 낭군을 병풍 뒤에 쉼기고 동춘을 달ᄂᆡ여 이로ᄃᆡ 아ᄀᆞ아ᄀᆞ 우지 마라 네으 부친임이 장원 급제ᄒᆞ야 영화로 도라오시리라 자장자장 어서자장 ᄒᆞ넌 소ᄅᆡ뿐이라 시랑이 침소로 와 호의 만단ᄒᆞ야 잠을 이루지 못ᄒᆞ야 ᄂᆞ럴 싀여 잇튼날 밤으난 낭자 춘힝 동춘을 달ᄂᆡ여 잠 드리고 풍운을 자버 타고 낭군 처소로 ᄀᆞ 자고 쏘 잇튼날 밤으 날마닥 왕ᄂᆡᄒᆞ야 정회를 푸난지라 그러한 졸 천지 귀신이ᄂᆞ 알제 뉘 알이요 잇ᄯᆡ 시랑이 밤마닥 살

〈15-앞〉

피니 인적이 업시니 쏘ᄒᆞᆫ 괴이ᄒᆞ야 일일은 낭ᄌᆞ을 불너 문왈 ᄌᆞ부 요ᄉᆡ 고상이 엇더ᄒᆞᆫ요 접ᄯᆡ ᄂᆡ가 ᄂᆡ정으 ᄇᆡ회ᄒᆞᄃᆞᄀᆞ 별당의 일은니 네 방의셔 외인 말쇼ᄅᆡ 들인니 혹 시비을 다리고 말ᄒᆞ여는야 낭ᄌᆞ 염용ᄃᆡ왈 밤이면

젹막ᄒᆞ옵그로 츈향과 ᄆᆡ월 동츈을 달이고 슈작ᄒᆞ여ᄂᆞᆫ니ᄃᆞ ᄒᆞ고 도라온니라 시랑니 ᄯᅩ ᄆᆡ월을 불너 문왈 네 요ᄉᆡ 밤의 낭ᄌᆞ 방으 갓던야 ᄒᆞᆫᄃᆡ ᄆᆡ월리 ᄃᆡ왈 몸이 심이 곤ᄒᆞ옵긔로 간 ᄇᆡ 업난이ᄃᆞ ᄒᆞ거을 시랑이 ᄯᅩ 갈오ᄃᆡ 셔방임 상경ᄒᆞᆫ 후로 집안니 젹요ᄒᆞᄆᆡ ᄂᆡ ᄀᆞ졍의 순힝ᄒᆞ야 별당의 일은직 낭ᄌᆞ 침쇼의셔 외인 말소ᄅᆡ 들이니 연고을 ᄌᆞ셔히 알어 올이라 ᄒᆞᆫᄃᆡ ᄆᆡ월은 근본 셩군 쳡으로 탁졍ᄒᆞ여닷ᄀᆞ 낭ᄌᆞ 만난

〈15-뒤〉

후로 거절ᄒᆞ니 엇지 원한지심니 업시이요 안마음의 항상 낭ᄌᆞ을 원망ᄒᆞ던니 이ᄯᅢ을 당ᄒᆞᄆᆡ 엇지 무암치 안니ᄒᆞᆯ야 쥐 갓헌 쇠을 ᄉᆡᆼ각ᄒᆞ고 금은을 만니 도젹ᄒᆞ야 츔츄며 ᄒᆞ은 말니 일헌 조흔 ᄊᆡ을 바리고 어으 ᄊᆡ을 타 ᄒᆞ리요 죵놈 즁의 돌쇠라 ᄒᆞ은 놈을 쳥ᄒᆞ야 황금 다셧 봉을 쥬고 은근니 말ᄒᆞ되 그ᄃᆡ 무숨 죄로 남의 죵니 되야 일어타시 고상ᄒᆞ은고 이졔 ᄂᆡ 말을 들으면 쇽양ᄒᆞ여 쟐 될 거신니 그ᄃᆡ 마음니 엿더ᄒᆞᆫ요 월ᄂᆡ 돌쇠라 ᄒᆞᄂᆞᆫ 놈니 음흉ᄒᆞᆯ 샌니 안니라 말도 잘ᄒᆞ고 심슐이 고약ᄒᆞ여 일을 조아ᄒᆞ은 놈이 이 말을 듯고 ᄃᆡ히ᄒᆞ야 허낙ᄒᆞ은지라 이날 밤의 ᄆᆡ월이 돌쇠을 낭ᄌᆞ 방으 문압푸 안치고 시랑게 고ᄒᆞ여 갈오ᄃᆡ 금일 밤의 숀여가 살피

〈16-앞〉

온직 키은 팔 쳑이 남고 몸은 짓동 갓헌 놈니 낭ᄌᆞ 방으로 들어ᄀᆞ옵던이 낭ᄌᆞ로 더부려 히롱이 ᄐᆡ심히며셔 셔로 질거 말ᄒᆞ되 셔방임이 오시거던 가만이 쥐긔고 ᄌᆡ물을 도젹ᄒᆞ야 ᄀᆞ지고 도망ᄒᆞ자 ᄒᆞ더이다 ᄒᆞᆫᄃᆡ 시랑이 쳥파으 ᄃᆡ경ᄒᆞ야 칼을 들고 별당으 들어간니 무상불칙ᄒᆞᆫ 돌쇠란 놈이 시랑 오시을 보고 낭ᄌᆞ 방으셔 나오은 쳬 ᄒᆞ고 담을 넘어 도망ᄒᆞ거을 시랑이 ᄃᆡ로ᄒᆞ야 침소로 도라와 분흠을 이긔지 못ᄒᆞ야 잠을 이유지 못ᄒᆞ고 날 ᄉᆡ긔

을 지달으더니 오경이 당ᄒᆞ야 바ᄅᆡ 소ᄅᆡ ᄂᆡ며 게명셩이 들니거을 로복 등을 호영ᄒᆞ야 좌우으 세우고 엄치 중문ᄒᆞ되 ᄃᆡ 지비 간장이 롭고 문호ᄀᆞ 구더 외인 츄입니 얼렵거을 낭ᄌᆞ 방으셔 외인

〈16-뒤〉

추입이 잇시니 분명 너으 롬 중으 낭ᄌᆞ 방으 츄입ᄒᆞ난 롬이 잇실 것시니 종실 직고ᄒᆞ라 ᄒᆞ시며 쏘 일벤 낭ᄌᆞ을 자바오라 ᄒᆞ시이 잇ᄃᆡ의 낭ᄌᆞ 팔일 밤을 송도가지 ᄀᆞ 자고 낭군을 하직ᄒᆞ고 별ᄃᆞᆼ으 도라와 초잠을 들어덧니 쓰박긔 로복 등니 ᄃᆞ 죽도록 형별을 당ᄒᆞ고 낭ᄌᆞ을 성하 갓치 잡바오라 ᄒᆞ여신니 어셔 밧비 나오소셔 ᄒᆞ거을 낭ᄌᆞ 롤ᄂᆡ여 잠을 ᄭᆡ여 경신업시 ᄉᆡᆼ각ᄒᆞᆫ직 천만 몽외지사ᄅᆞ 일런 누취ᄒᆞᆫ 말을 드으ᄆᆡ 심장이 ᄯᅥᆯ이난지라 어광어취ᄒᆞ야 숢인지 ᄉᆡᆼ시지 ᄭᆡ달치 못ᄒᆞ고 멀이의 옥잠을 제우 ᄭᅩ고 나온니 젼으 넌 눈도 ᄀᆡ미 들여 보지 못ᄒᆞ던 롬이 구박이 자심ᄒᆞ야 어셔 가자 ᄒᆞ고 ᄌᆡ촉ᄒᆞ난 소래 셩화갓헌지라 낭ᄌᆞ 밥비 나와 시부 젼으 복지ᄒᆞ야 엿자오ᄃᆡ 아

〈17-앞〉

모리 육예를 갓초디 못ᄒᆞ여씬들 무삼 되로 둉놈으게 자바오라 성화갓치 ᄒᆞ신잇ᄀᆞ 시랑이 ᄃᆡ로ᄒᆞ야 ᄭᅮ져 ᄀᆞ로ᄃᆡ ᄂᆡᄀᆞ 요ᄉᆡ에 집아니 적요ᄒᆞ긔로 월ᄉᆡᆨ을 취ᄒᆞ야 잠을 이루디 못ᄒᆞ고 두루 ᄇᆡ회ᄒᆞᄃᆞᄀᆞ ᄀᆞ정을 살피여 별당으 이른직 네 방으서 남ᄌᆞ 말소ᄅᆡ 들이긔에 너ᄃᆞ려 무른직 ᄆᆡ월과 춘ᄒᆡᆼ 동춘을 ᄃᆞ리고 수작ᄒᆞ여노라 ᄒᆞ긔로 ᄂᆡ 마음으 괴이ᄒᆞ야 ᄆᆡ월을 불너 무른득 간ᄇᆡ 업노라 ᄒᆞ니 피류 곡절이라 ᄒᆞ야 간밤으 수직ᄒᆞ야 보니 과년 외인 츄립이 분명ᄒᆞ거늘 네 발명은 무삼일고 ᄒᆞ며 호령이 추상갓터니 낭ᄌᆞ 이 마를 드르ᄆᆡ 흉중이 ᄆᆡᆨ키고 정신이 아득ᄒᆞ야 ᄃᆞ뭇 눈무리 흐른지라 제우 정신을 수십ᄒᆞ야 아모리 발명ᄒᆞ야도 시랑이 더욱 ᄭᅮ지져 ᄀᆞ로ᄃᆡ 옛

〈17-뒤〉

그레 ᄒᆞ여씨되 충신은 불사이군이요 열여는 불경이부라 ᄒᆞ여써늘 네 엇지 외인을 통간ᄒᆞ고 ᄂᆞ를 쇠긔느냐 아는 이를 쇠길 제 아디 못ᄒᆞᆫ 이리야 일너 무엇ᄒᆞ리요 간밤으 외인 ᄃᆞ리고 수작ᄒᆞᄃᆞᄀᆞ 나를 보고 도망ᄒᆞ난 놈이 ᄒᆞ날로 올ᄂᆞ갓씨며 짱으로 드러ᄀᆞ랴 분명 그놈으 거주와 성명을 알 써시니 종실직고ᄒᆞ라 네 무삼 면목으로 입을 여러 말ᄒᆞᄂᆞ냐 ᄒᆞ며 ᄌᆡᆺ촉이 추상ᄀᆞᆺ터니 실푸ᄃᆞ 천만 의외에 이런 변괴를 당ᄒᆞᄆᆡ ᄒᆞ나리 무너지고 ᄊᆡᆼ이 써지난 득 ᄀᆞ삼이 쓸이고 긔운이 쇠ᄒᆞ난지라 인제는 발명도 못ᄒᆞ고 속절업시 누명을 이버씨니 속절업시 주금이 올토ᄃᆞ ᄒᆞ며 셤셤옥수 두 손질노 ᄀᆞ삼을 쑤ᄃᆞ리며 진주 ᄀᆞᆺ턴 눈무리 도화 ᄀᆞᆺ턴 양협으 숭이숭이 ᄆᆡ저 흐르난지ᄅᆞ 그 참혹한 경상을 엇지 긔

〈18-앞〉

록ᄒᆞ리요 보넌 사람더리 눈물 아니 흘이 리 업더라 낭ᄌᆞ 또 ᄒᆞ릴업서 정신을 진정ᄒᆞ야 엿ᄌᆞ오ᄃᆡ 시부님쎄업서 외인 통관ᄒᆞ엿ᄃᆞ ᄒᆞ시니 첩으 죄는 만ᄉᆞ무석이요 이제 죽긔에 당ᄒᆞᄆᆡ 엇지 추혼들 긔정ᄒᆞ오릿ᄀᆞ 낭군이 처음 으지럴 ᄯᅥᄂᆞ 동일토록 게우 삼십 이를 ᄀᆞ 숙소를 정ᄒᆞ고 쉬ᄃᆞᄀᆞ 첩을 ᄉᆡᆼ각ᄒᆞ야 그날 밤으 단장을 너머 왓삽긔에 ᄀᆡ유ᄒᆞ야 보ᄂᆡ삽더니 그 잇튼날 밤으 또 왓삽긔여 시부임이 ᄋᆞ르실ᄀᆞ ᄒᆞ야 ᄌᆡ여 보ᄂᆡ삽고 그 마를 시부임게 곳치 ᄋᆞ니ᄒᆞ옵긔넌 어린 소견으넌 낭군 와 ᄌᆞ고 ᄀᆞᆺᄃᆞ ᄒᆞ오면 수동이 도로 ᄃᆞ첩으게 올 뜻 ᄒᆞ야 낭군으 진 죄를 감추아쌉써니 이제 누명으로 죄를 도라보ᄂᆡ시니 엇지 발명ᄒᆞ오릿ᄀᆞ 첩이 왕촉으 그럴 보니 충불ᄉᆞ이군이요 열불경이부ᄅᆞ ᄒᆞ여쌉긔로

〈18-뒤〉

마음의 항상 불망ᄒᆞ여슙고 또 울리 세간니 천ᄒᆞ의 일부라 무어시 부족ᄒᆞ야

음힝의 ᄯᅳᆺ슬 두고 외인 통간ᄒᆞ올잇ᄀᆞ ᄒᆞ날이 미여ᄒᆞ시고 귀신니 작ᄒᆡᄒᆞ야 첩으게 누명을 씨치미로소니ᄃᆞ ᄒᆞ며 ᄃᆡ셩통곡ᄒᆞ니 시랑 더옥 노긔등등ᄒᆞ야 더옥 ᄭᅮ지져 갈오ᄃᆡ 네ᄀᆞ 간교한 말을 ᄭᅮᆷ여 당돌이 나을 쇽이ᄂᆞᆫ다 ᄒᆞ며 호영이 엄슉ᄒᆞ니 부인 정씨 말여 갈오ᄃᆡ 시랑은 망영된 말ᄉᆞᆷ ᄂᆡ지 말고 구만 차무쇼셔 낭ᄌᆞ의 빙셜 갓헌 정절로 ᄋᆡᄆᆡᄒᆞᆫ 말을 듯고 응당 사지 못ᄒᆞᆯ 겨시니 만일 셩군이 낭ᄌᆞ 쥭음을 들으면 결단코 사지 못ᄒᆞ리이 너머 과도이 말옵소셔 ᄒᆞ며 쳔만 가지로 말유ᄒᆞ고 ᄯᅩ 낭ᄌᆞ을 붓들고 한숨지여 일은 말이 부ᄃᆡ 셜어 말ᄅᆞ 죠물이 시긔ᄒᆞ고 귀신니 음ᄒᆡᄒᆞ미라 셩군

〈19-앞〉

니 날러오면 ᄌᆞ연 셜분할 거신니 조곰도 원통니 아지 말고 어셔 네 방으로 들어가거라 ᄒᆞ고 비창ᄒᆞ미 ᄆᆞ지 아니ᄒᆞ더라 이러구로 오 일을 지ᄂᆡ되 낭자 실픈 마음을 참지 못ᄒᆞ야 전전 통곡ᄒᆞᄃᆞ가 머리에 옥잠을 쎄여 들고 하날게 비러 왈 명명ᄒᆞ신 천지 귀신과 일월성신이며 후토실령은 하감ᄒᆞ옵소서 첩이 죄악이 잇거던 옥잠이 첩의 가삼의 ᄇᆡᆨ키옵고 ᄋᆡᄆᆡ옵거던 섬돌 독케 가ᄇᆡᆨ히옵소서 ᄒᆞ고 옥잠을 놉피 드러 공즁의 던지니 이윽고 옥잠이 나러와 섬독에 ᄇᆡᆨ히난지라 낭ᄌᆞ 이거슬 보고 피을 흘이고 썩구러지니 그제야 시랑이 거동을 보고 ᄃᆡ경실ᄉᆡᆨᄒᆞ여 천방지방 나와 낭자을 어르만지며 비러 가로ᄃᆡ ᄂᆡ가 연만ᄒᆞᆫ 소치로 귀먹고 눈 어두어 잘못 듯고 ᄒᆞ난 일리니 허물치 말나 ᄒᆞ며 망지소지ᄒᆞ야 아무리 흔드러도 정신을 차리지 못ᄒᆞ거늘 의원 불너 침약ᄒᆞ여 무

〈19-뒤〉

슈히 칠회ᄒᆞ니 이윽고 낭ᄌᆞ 정신을 진정ᄒᆞ야 새면을 도라본니 귀경ᄒᆞᄂᆞᆫ ᄉᆞ름더리며 시랑 부부 젓ᄐᆡ 안져 만단 ᄀᆡ유ᄒᆞ여 ᄋᆡ걸ᄒᆞ거을 낭ᄌᆞ 분연ᄒᆞ여

가로ᄃᆡ 인제은 아물리 쳡을 살이고자 ᄒᆞ여 달ᄂᆡ여도 이 몸이 쥭어 누명을 시칠 거시ᄆᆡ 속셜의 ᄒᆞ옵긔을 도젹의 씌은 버셔도 화음의 씌는 면치 못ᄒᆞᆫᄃᆞ ᄒᆞ온니 이졔 쳡의 몸의 ᄒᆞᆫ 변 실힝ᄒᆞ온 말리 ᄌᆞ연 낫타나오면 쳔추으 유젼ᄒᆞ 올 거신이 엿지 분그엽지 안니ᄒᆞ올잇ᄀᆞ ᄒᆞ며 ᄃᆡ셩통곡ᄒᆞ니 진쥬 갓헌 천만 줄 눈물리 양협으 흘으ᄂᆞᆫ지라 졍씨 낭ᄌᆞ의 거동을 보고 시랑을 칙망ᄒᆞ야 ᄀᆞ오ᄃᆡ 시랑은 ᄉᆞ부의 돌에로 셜형 일헌 리이 잇셔도 번셜치 말고 잇ᄯᆞ가 셩군이 오거든 종용 체단ᄒᆞᆯ 것이여을 낭

〈20-앞〉

ᄌᆞ의 빙셜 갓헌 졍졀을 일조의 음힝으로 돌아보ᄂᆡ이 엇지 졀통치 안이ᄒᆞ리 요 ᄒᆞ며 시랑 무수히 원망ᄒᆞ던이 츈향니 낭ᄌᆞ을 붓들고 발을 동동 굴으면셔 ᄃᆡ셩통곡 ᄒᆞᄂᆞᆫ 말리 어만임 어만임 어셔 들러가셔 동츈이 졋 메긔쇼 어만임 갓헌 졀ᄀᆡ로 외인 통간 되단 말은 청천ᄇᆡᆨ일지ᄒᆞ의 못실 마리라 속셜의 일으 기을 질니 안이여던 가지 말고 마리 안이여던 탄치 말나 ᄒᆞ여슨직 그ᄆᆞᆯ 져말 다 바리고 어셔 방으로 들여ᄀᆞᄉᆡ 조부임 망영되신 말슴을 엇지 ᄃᆞ 각골ᄒᆞ야 셜원ᄒᆞ신ᄂᆞᆫ잇ᄀᆞ 진졍ᄒᆞ야 참어 계시ᄃᆞ가 아반임 오시거든 발명 니나 ᄒᆞ옵고 ᄉᆞᄉᆡᆼ을 결단ᄒᆞ옵소셔 지금 동츈이 졋 달나고 우ᄂᆞᆫ 쇼ᄅᆡ ᄎᆞᄆᆞ 듯지 못ᄒᆞ건네 어셔 가 졋 메긔쇼 ᄒᆞ고

〈20-뒤〉

초ᄆᆡ을 잡고 ᄋᆡ글며 어셔 가ᄉᆡ 어셔 가ᄉᆡ 어셔 가ᄉᆡ ᄋᆡ통ᄒᆞ니 일월니 무광ᄒᆞ 고 초목금슈 다 눈물짓는 듯 ᄒᆞ야 그 경상을 참아 보지 못ᄒᆞᆯ너라 낭ᄌᆞ 마지 못ᄒᆞ야 방으로 들어가 동츈을 졋 메그며 츈향을 졋ᄐᆡ 안치고 눈물을 흘리면 셔 아몰리 ᄉᆡᆼ각ᄒᆞ여도 살 마음이 엽셔 왼갓 으복을 ᄃᆞ ᄂᆡ여 놋코 츈향을 어음만지 경계ᄒᆞ야 갈오ᄃᆡ 슬푸고 ᄋᆡ달옵ᄃᆞ ᄂᆡ 몸의 누명을 하날리 미여ᄒᆞ

고 귀신니 쟉희ᄒᆞ미라 너으 아반임 오시거던 ᄂᆡ의 심회나 ᄃᆞ 말ᄒᆞ여라 원통코 ᄒᆞᆫ심ᄒᆞᄃᆞ 츈힝아 이 화션은 쳔ᄒᆞ의 보ᄇᆡ라 치우면 온픙니 나고 더우면 량풍니 난이 잘 간슈ᄒᆞ여닷가 동츈니 쟝셩ᄒᆞ거든 쥬고 ᄯᅩ 칠보단장과 비단 의복을 네게 당ᄒᆞᆫ 거시니

〈21-앞〉

잘 간수ᄒᆞ야닷ᄀᆞ 날 본다시 ᄂᆡ여 입으라 ᄒᆞ며 흘으난 눈물을 금치 못ᄒᆞ여 츈항을 불은난 소ᄅᆡ 목이 메여 ᄒᆞᆫ숨지여 갈오ᄃᆡ 절통코 ᄀᆞ연ᄒᆞ다 츈항아 얼인 동싱 달이고 뉘을 의지ᄒᆞ야 살아날건나 네의 남ᄆᆡ을 잇고 ᄎᆞ마 쥭지 못ᄒᆞ것다 ᄒᆞ며 ᄋᆡ통ᄒᆞ거을 츈항니 옷짓셜 부잡고 울며 갈오ᄃᆡ 어만임 만일 원경의 가신 아반임과 울니 남ᄆᆡ을 엇지 ᄒᆞ러 ᄒᆞ시ᄂᆞᆫ잇ᄀᆞ 우지 마쇼 우지 마쇼 어만임 쥭ᄉᆞ오면 얼인 동싱 살일 질니 업ᄉᆞ온니 졔발 덕분 쥭지 마쇼 일려 쳐로 ᄋᆡ결ᄒᆞ며 모여 셔로 붓들고 무수히 통곡ᄒᆞ다가 츈항 동츈니 질역ᄒᆞ야 잠을 들거을 낭ᄌᆞ 쳡쳡ᄒᆞᆫ 심회와 원통ᄒᆞᆫ 누멍을 ᄉᆡᆼ각ᄒᆞ니 일쳔간장 썩은 눈물니 옥안으로 쇼ᄉᆞ

〈21-뒤〉

난니 엿지 살 쓰시 잇시리요 두 아히 만일 잠을 ᄭᆡ면 응당 쥭지 못ᄒᆞ리라 ᄒᆞ고 눈물을 흘이며 금의 ᄎᆡ복을 다 내여 노코 두 아히 손을 잡고 통곡ᄒᆞ며 가슴을 두달이며 츈항 동츈으 얼골을 만지며 ᄋᆡ고ᄋᆡ고 답답 셜음이야 어린 ᄌᆞ식 두고 쥭ᄂᆞᆫ 이ᄂᆡ 팔ᄌᆞ 엿지 일리 박졀ᄒᆞᆫ고 단봉눈 ᄒᆞ직ᄒᆞ고 ᄇᆡᆨ용퇴로 힝ᄒᆞ던 왕쇼군의 셜음인들 이예셔 더ᄒᆞ며 소상강 반쥭으 눈물 ᄲᅳᆯ리던 아황 여영으 셜음인들 이예셔 더ᄒᆞᆯ손야 ᄋᆡᆨ운니 미진ᄒᆞ야 누명을 벗지 못ᄒᆞ고 쳘 리 원경의 ᄀᆞ신 낭군도 보지 못ᄒᆞ며 얼인 ᄌᆞ식 두고 쥭게 된니 눈을 감지 못ᄒᆞ고 쳘천지원을 가슴의 언고 도라근니 엿지 안이 답답ᄒᆞᆯ가 이ᄂᆡ

흉즁 믹친 셜음 뉘가 아려 풀어쥽ㄱ 천지일월 발가시니 그 박긔 알

〈22-앞〉

리 뉘 이슬가 방셩통곡ᄒᆞ고 젼젼반칙ᄒᆞ다가 동츈이을 물니치고 원앙침을 도두 볘고 비취금졍니 덥고 단졍니 누어셔 츈항 동츈 다시 만져 보며 실피 탄식ᄒᆞ여 울음 울 졔 이리 ᄉᆡᆼ각 졀리 ᄉᆡᆼ각 츈항도 만져 보며 동츈도 만져 보고 ᄉᆡᆼ각을 무수히 ᄒᆞ여도 쥭을 ᄇᆡᆨ긔 무가ᄂᆡᄒᆞ라 ᄒᆞ일업시 쥭넌구나 은쟝도 드은 칼로 옥 갓헌 가삼을 속졀업시 질은니 피 흘너 물 솟듯 ᄒᆞ난지라 니ᄯᆡ 츈항 동츈니 잠을 ᄭᆡ여 어만임 어만임 무수히 부러도 ᄃᆡ답지 안니ᄒᆞ거을 츈향니 황망ᄒᆞ여 만져 본니 젼의 업던 칼리 가삼의 ᄇᆡᆨ커거을 츈향니 긔졀ᄒᆞ여 바을 동동 굴으며 달여들어 칼을 ᄲᆡ려ᄒᆞᆫ들 원혼니 되야 구쳔의 ᄆᆡ쳐거든 뉘라셔 임으로 ᄲᆡ여닐가 츈향니 아물리 할 쥴을 몰

〈22-뒤〉

나 ᄃᆡ셩통곡ᄒᆞ며 언만임 구만 이려나소 이려나소 ᄒᆞ며 실피 울 졔 동츈니는 쥭은 쥴도 아지 곳ᄒᆞ고 졋말 먹을나고 이리 궁글 져리 궁글 졋 안니 난다 ᄒᆞ고 우음소ᄅᆡ 참마 못 듯것네 츈항니 말ᄂᆡ난 말이 아가아가 우지 마라 어만임 잠들어계다 어셔 일러나셔 졋 몌긔쇼 아무리 ᄋᆡ통ᄒᆞᆫ들 엇지 살리요 신쳬을 흔들면셔 이러ᄂᆞ쇼 이러ᄂᆞ쇼 구만 이러ᄂᆞ쇼 날 다 샛네 동츈니 달ᄂᆡ 쇼 ᄂᆡ 참마 못 듯건네 ᄒᆞ고 이리 ᄋᆡ통 져리 ᄋᆡ통 ᄒᆞ난 소ᄅᆡ 쳘셕간장니 다 셕넌 듯 ᄒᆞ야 듯난 사름더리 뉘 아니 울며 비금쥬수라도 눈물지여 실허ᄂᆞᆫ 듯 ᄒᆞ여 그 쳬양한 거동은 ᄎᆞ마 보지 못ᄒᆞᆯ네라 각셜이라 박명ᄒᆞᄃᆞ 낭자의 ᄋᆡᆨ운이여 일월니 무광ᄒᆞ고 창쳔니 함수ᄒᆞᄂᆞᆫ 듯 이러구

〈23-앞〉

러 십오 이을 당ᄒᆞᄆᆡ 시랑 부부 ᄉᆡᆼ각ᄒᆞ되 낭ᄌᆞ 인졔 죽어씨니 션군이 ᄂᆡ려오면 ᄀᆞ슴으 칼도 안 ᄲᆡ엿다 ᄒᆞ고 더옥 ᄋᆡᄆᆡᄒᆞᆫ 쥴 알 거시니 져 오긔 젼의 신체ᄂᆞᆫ 금장ᄒᆞ미 올ᄐᆞ ᄒᆞ고 소염을 ᄒᆞ려 ᄒᆞ니 신체 운동치 안니ᄒᆞ거을 시랑 부부 경황 분쥬ᄒᆞ야 아무리 ᄒᆞᆯ 줄을 몰나 졍신니 업셔 넉을 이은 사ᄅᆞᆷ 갓더라 ᄎᆞ셜 이ᄯᆡ 션군은 경셩의 올나가 과거날을 당ᄒᆞᄆᆡ 장즁으 드러가니 글졔을 걸어씨되 송ᄒᆞ으문동ᄌᆞ라 ᄒᆞ여겨을 멍지을 펼쳐 노코 고용지연의 멱을 가라 일필휘지ᄒᆞ야 일쳔의 션장ᄒᆞ니 귀귀마닥 쥬옥이요 쟈쟈마닥 용사로다 ᄉᆡᆼ이 견필의 ᄃᆡ히ᄒᆞᄉᆞ 봉ᄂᆡ을 ᄀᆡ툭ᄒᆞ신니 경상도 안동 거ᄒᆞᄂᆞᆫ ᄇᆡᆨ션군이라 ᄒᆞ여거을 직시 실ᄂᆡ을 불너 두세 번 진퇴ᄒᆞ신 후의 살펴보신니 츙회지상니 얼골의 나타

〈23-뒤〉

난지라 칭찬을 마지 안이ᄒᆞ시고 할임학샤을 졔슈ᄒᆞ시니 션군니 쳔은을 축수ᄒᆞ여 할임원의 입직ᄒᆞ고 부모 낭ᄌᆞ으게 편지ᄒᆞ여 보ᄂᆡ이라 각셜 이ᄯᆡ예 시랑 부부 경황업시 지ᄂᆡ던니 문득 경셩 셔간을 올니거을 ᄯᅥ여본니 그 글예 ᄒᆞ야씨되 불회ᄌᆞ 션군은 부모임 덕으로 급졔ᄒᆞ와 할임원의 입직ᄒᆞ와 잇사온니 깃분 마음 비할 ᄃᆡ 업ᄂᆞᆫ이다 도문날은 금월 망일이온니 ᄒᆞ양ᄒᆞ옵소셔 ᄒᆞ여덧라 시랑니 편지을 보고 일히일비ᄒᆞ야 ᄂᆡ두ᄉᆞ을 아모리 ᄒᆞᆯ 쥴을 몰으더라 ᄯᅩ 낭ᄌᆞ으게 부친 편지을 가지고 츈향을 쥬어 ᄀᆞᆯ오ᄃᆡ 이 편지은 네 엄이게 붓치ᄂᆞᆫ 편지라 ᄒᆞ고 쥬니 츈향니 편지을 바다 ᄀᆞ지고 낭ᄌᆞ 신체 방으 들러ᄀᆞ셔 엄만임 엄만임 어셔 밥비 이러ᄂᆞ쇼 아바임게셔 할임학사로

〈24-앞〉

나려오신다 ᄒᆞ고 편지을 ᄒᆞ여거을 편지을 올이고 ᄃᆡ셩통곡ᄒᆞ여 ᄀᆞ오ᄃᆡ 얼

인 동ᄉᆡᆼ 젓 못 먹거 우ᄂᆞᆫ소ᄂᆡ 참마 못 듯것네 어맘임 평ᄉᆡᆼ으 글을 조와하시 던니 오ᄂᆞᆯ은 아반임 편지 왓시되 엿지 방갑지 안이ᄒᆞ신잇ᄀᆞ ᄒᆡ며 우ᄃᆞ가 시랑으게 고ᄒᆞ야 왈 나은 글을 몰나 여만임 홀영 젼으 편지 사연을 외지 못ᄒᆞ오니 조분임리 편지을 ᄀᆞ지고 여만임 영혼 젼으 외야 혼ᄇᆡᆨ리라도 감동케 ᄒᆞ옵소셔 ᄒᆞ거을 시랑이 그 경상을 본리 여인 아히 마리아도 자연 ᄀᆞᆷ동ᄒᆞᆫ지라 비창ᄒᆞᆫ 마음을 둘 ᄃᆡ 업셔 항불을 피러 로코 셔간을 페여 보니 그 셔으 ᄒᆞ여시되 두어 자 글로 낭ᄌᆞ게 부치나니 부모을 모시고 알영이 게시며 춘향 동츈이도 ᄃᆞ 잘 잇난잇ᄀᆞ 그ᄯᆡ 파 일을 밤마닥 송도ᄭᆞ지

〈24-뒤〉

와셔 자고 가신 후로 종젹이 막막ᄒᆞᆫ 골로 답답ᄒᆞᆫ 마음 둘 ᄃᆡ 업셔 화상을 ᄂᆡ여본직 젼과 갓지 안이ᄒᆞ오니 아지못거라 무삼 연고 이삽난지 ᄀᆡᆨ창ᄒᆞᆫ등으 심회을 붓잣지 못ᄒᆞ야 낭ᄌᆞ으 화용월ᄐᆡ 눈으 암암ᄒᆞ고 얼인 ᄌᆞ식 셩음이 귀으 ᄌᆡᆼᄌᆡᆼᄒᆞ니 일각이 여삼추라 보고 십푼 마음 불씬 듯긔 ᄀᆞᆫ절ᄒᆞ네 ᄀᆞ부 셩군은 급졔ᄒᆞ야 ᄒᆞᆯ임ᄒᆞᆨ사로 그월 망일으 도문ᄒᆞ려 ᄒᆞ오니 바ᄂᆡ옵건ᄃᆡᆫ 낭ᄌᆞ은 수고을 ᄉᆡᆼ각지 마으시고 ᄒᆞᆫ양ᄭᆞ지 마종나와 보시면 반갈ᄀᆞ ᄒᆞ난니다 ᄒᆞ여거을 건폴으 시랑 부부와 상ᄒᆞ로속니 다 망극ᄒᆞ야 곡셩이 진동ᄒᆞ니 뉘 안이 눈물지며 초목금수도 ᄃᆞ 실여ᄒᆞ더라 시랑 부부 로복을 다 불너 이논ᄒᆞ야 ᄀᆞ오ᄃᆡ ᄒᆞᆯ임으 편지 사년을 보ᄆᆡ 여차여차ᄒᆞ여시니 엇지 ᄃᆞᆸᄃᆞᆸ

〈25-앞〉

지 아리ᄒᆞ리요 ᄂᆡ 밋기은 ᄃᆞ맛 할임ᄲᅮᆫ이라 할임이 라여와셔 낭ᄌᆞ 죽음을 보면 결단코 사지 못ᄒᆞᆯ 써시니 네으 중으도 무삼 뫼칙을 ᄉᆡᆼ각ᄒᆞ여 할임을 살이게 ᄒᆞ라 ᄒᆞᆫᄃᆡ 그 즁으 ᄒᆞᆫ 종놈이 엿자오ᄃᆡ 거연으 ᄒᆞᆯ임을 모시고 셔문 박그 임진사 ᄯᆡᆨ 도문시으 갓삽던니 귀경ᄒᆞ던 사암덜이 만이 뫼인 즁으 장막

뒤여셔 흔 낭ᄌ 귀경ᄒ거을 자세이 본직 용모가 졀식이라 홀임이 보시고 소인다려 믈삼ᄒ시기을 잇지 못ᄒ것다 ᄒ시고 근쳐 사람다려 무은즉 임진사 딕 낭ᄌ라 ᄒ오니 임진 딕사은 경셩으셔 나여오신 ᄉ부 딕이온니 홀임니 닉여오신난 글으 납치 예필ᄒ야 임소세게 탁정ᄒ오면 죽은 낭ᄌ을 이질ᄀ ᄒ나이다 ᄒ니 시랑이 ᄃ히하야 그 말리 ᄀ장 올토다 ᄒ고

〈25-뒤〉

직시 임진ᄉ 딕의 가니 진ᄉ 반게 ᄃ졉ᄒ야 갈오ᄃ 엇지 뉘지으 오신잇가 시랑이 ᄃᄒ여 갈오ᄃ 팔ᄌ 기박ᄒ야 로닉예 ᄌ식 흔나을 두어 부부지낙이 족ᄒ던니 ᄌ식 상경흔 후의 낭ᄌ ᄌ부상을 당ᄒ여습긔로 귀딕의 어진 낭ᄌ 잇단 말을 듯고 쳥혼코져 왓사온니 존이가 엿더ᄒ시잇ᄀ 진사 ᄃ왈 거연 칠월 망일의 할임과 숙향낭ᄌ을 보온이 월궁으 션여 ᄒ강험 갓흔지라 할임으 엄숙흔 위픔과 낭ᄌ의 요됴한 용모은 세상의 쳐음이오니 만일 허낙ᄒ여 닷ᄀ 할임 마음으 당치 못ᄒ오면 그 안이 민망흔니가 ᄒ며 직삼 당부ᄒ고 허낙ᄒ거을 시랑니 ᄃ히ᄒ야 ᄀ로ᄃ 할임이 금월 망일이면 진사 딕 문젼으로 지낼 것슨니 그 날로 힝예ᄒ사이다 ᄒ고 집으로 돌라와 납치을 보닉고

〈26-앞〉

할임 오긔을 지달리더라 각셜 이씌의 할임니 쳥ᄉ관ᄃ으 옥홀을 잡고 금안쥰마의 쳥홍기을 밧치고 쌍쌍 화동이 옥졔을 히롱ᄒ고 닉려온이 남여노소 업시 귀경ᄒ넌 ᄉ름이 질리 메여 혹 칭찬ᄒ며 혹 비창ᄒ야 낭ᄌ을 싱각ᄒ며 눈물을 흘이은 ᄌ 만터라 실푸ᄃ 셩군은 영화로 닉려온다만은 엿지 질거운 마음이 잇시리요 발경흔이 심 일을 지닉여 즁노 긱졈의 들어 쉴식 여관 흔등의 심회 ᄌ연 슈쳡ᄒ고 신혼이 쏘흔 뇌곤ᄒ야 긱침의 비겨 조흘더니 비몽간으 낭ᄌ 몸의 피을 흘리고 졋티 안져 울며 갈오ᄃ 쳡은 시운이 불힝ᄒ

야 셰상을 바리고 구천의 도라갓나이ᄃᆞ 일젼의 낭군 편지 ᄉᆞ연을 듯ᄉᆞ온이 장원 급졔ᄒᆞ야 할임학ᄉᆞ로 ᄂᆡ러오신다 ᄒᆞ온이 엇지 죽은 혼ᄇᆡᆨ이라

〈26-뒤〉

도 질겁지 안이ᄒᆞ리요 글허나 조흔 영화을 쳡은 남과 갓치 보지 못ᄒᆞ온이 엇지 불쌍치 안이ᄒᆞ리요 가연타 낭군은 츈항 동츈을 엇지 ᄒᆞ실는잇가 쳡의 몸니 유명이 달나씨나 젼일 ᄉᆞ랑ᄒᆞ시던 정과 츈향 동츈 남ᄆᆡ을 못 니져 불원쳘이ᄒᆞ고 왓ᄉᆞ온 이ᄂᆡ ᄀᆞ슴이나 만져 보옵소셔 ᄒᆞ고 한숨지여 낙누ᄒᆞ거을 할임이 놀ᄂᆡ여 손을 잡고 몸을 만져 본이 일신으 유혈이 낭ᄌᆞᄒᆞᄒᆞ고 가삼의 칼리 쏩펴거을 마음미 소솔이쳐 놀ᄂᆡ ᄭᆡ달은이 침상일몽이라 몽사을 ᄉᆡᆼ각ᄒᆞ니 졍신이 살난ᄒᆞ고 흉장이 아득ᄒᆞ야 낭ᄌᆞ의 형용이 가연허물ᄎᆞ마 셩언치 못ᄒᆞ고 칭칭ᄒᆞᆫ 심회을 것잡지 못ᄒᆞ여 질을 ᄌᆡ촉ᄒᆞ야 촉망이 날러오던이 쏘 ᄒᆞ로밤의 ᄀᆡᆨ챵ᄒᆞᆫ등

〈27-앞〉

외로니 안져 쳡쳡ᄒᆞᆫ 심회을 풀지 못ᄒᆞ고 젹젹ᄒᆞᆫ 심야의 심ᄉᆞ 둘 ᄃᆡ 업셔 좌불안셕ᄒᆞ던이 비몽사몽간으 낭ᄌᆞ 쏘 와셔 체양이 울어 갈오ᄃᆡ 듯ᄉᆞ온이 낭군의 어진 ᄇᆡ필을 구ᄒᆞᆫ다 ᄒᆞ오니 어진 ᄀᆞ문으 착헌 낭ᄌᆞ을 만나 ᄇᆡᆨ연히노ᄒᆞ연이와 쳡은 의틱 업넌 혼이 되야싸온이 엇지 가연치 안이ᄒᆞ리요 불상타 동츈 남ᄆᆡ 뉘을 의지ᄒᆞ야 살ᄭᅩ 낭군은 부ᄃᆡ 불상이 ᄉᆡᆼ각ᄒᆞ옵소셔 ᄒᆞ고 울며 간ᄃᆡ업거을 할임이 젼젼반칙ᄒᆞᄃᆞᄀᆞ 계명 소ᄅᆡ예 놀ᄂᆡ ᄭᆡ달은이 쏘ᄒᆞᆫ ᄒᆞᆫ 쑴이라 인ᄒᆞ야 잠을 일우지 못ᄒᆞ고 묵묵히 안져씨니 비충헌 마음 엇지 다 셩언ᄒᆞ리요 마을 ᄌᆡ촉ᄒᆞ야 지을 ᄇᆡ도ᄒᆞ여 달러올 제 각셜 잇ᄯᆡ으 시랑이 쥬회을 셜비ᄒᆞ야 진ᄉᆞ ᄃᆡᆨ 문젼의 쟝막을 ᄇᆡ셜ᄒᆞ고

〈27-뒤〉

할임 오기을 고딕ᄒ더니 이윽ᄒ야 할임이 젼비 화동을 쌍쌍이 압세우고 오거을 시랑이 실닉을 불너 진퇴ᄒ고 할임의 손을 잡어 ᄀ로ᄃ 비쳔ᄒ나 국은이 망극ᄒ야 용문의 올나 할임학사로 닉려온이 질거온 마음은 엇지 다 성언ᄒ리요 연니나 네 베슬리 할임의 쳐ᄒ고 또 가셰 요죡ᄒ니 두 부인 두미 맛당ᄒᆫ지라 이 골 임진ᄉ 딕의 ᄒᆫ 낭ᄌ 잇시되 경경한 화용과 은은ᄒᆫ 틱도 진시 요슉여라 ᄒ긔로 간신이 청혼ᄒᆫ야 오날로 완정ᄒ여시니 바로 그니 ᄀ자 ᄒ고 만단으로 설화ᄒ야 할임ᄋ 쓰설 회심케 ᄒ니 할임이 청파ᄋ 안색이 불평ᄒ야 ᄀ로ᄃ 소ᄌ 간밤ᄋ 일몽을 어드니 낭ᄌ 몸ᄋ 피을 흘이고 소ᄌ 젓틱 와 안저 여ᄎ여ᄎᄒ오니 무삼 연고 잇난ᄀ 시푸옵고 또 처음

〈28-앞〉

ᄋ 낭ᄌ와 언약ᄒ 일이 잇사온이 지부 ᄀ 낭ᄌᄋ 마을 들어 보사이다 ᄒ고 ᄀ기만 식촉ᄒ거을 시랑이 또 ᄀ유ᄒ야 ᄀ로ᄃ 혼인 인간딕사라 닉ᄀ 구혼 ᄒ야 육에로 갓추와 우리 못전ᄋ 영화을 뵈인 것시 ᄌ식ᄋ 도에여을 너은 고집ᄒ야 임조제 종신딕사을 그읏되게 ᄒ고 또 닉ᄋ 쓰설 밧지 안이ᄒ니 엇지 ᄌ식ᄋ 도에라 ᄒ리요 ᄒᄃ 할임이 묵묵부답ᄒ고 가기만 경신이 잇난 지라 ᄒ인 등니 엿ᄌ오ᄃ 날리임 집피 싱각ᄒ와 회정ᄒ옵소셔 ᄒᆫᄃ 할임이 청이불문ᄒ야 ᄒ인을 다 물니치고 필마로 달려가은지라 시랑니 ᄒ일업셔 할임을 쌀아온니라 집 압푸 일으어 할임을 붓들고 울며 일오ᄃ 너 과거간 후의 낭ᄌ 방ᄋ 수일 밤을 살펴본직 남ᄌ 말소닉 들리거을 괴히

〈28-뒤〉

ᄒ야 낭ᄌ다려 무은직 믹월리 다리 말ᄒ여로라 ᄒ긔에 직시 믹월을 불러 무은ᄃ 간 이리 업다 ᄒ거을 닉 마음ᄋ 괴이ᄒ야 약간 경계ᄒ여덧니 낭ᄌ

인ᄒᆞ야 죽어시니 일헌 절통ᄒᆞᆫ 일 어ᄃᆡ ᄯᅩ 잇시이요 ᄒᆞᆫᄃᆡ 할임 니 마을 듯고 정신니 업셔 체읍 양구으 가로ᄃᆡ 아반임써읍셔 임진사 집으 혼인ᄒᆞᆯ야고 나을 쇠긔ᄂᆞᆫ 말슴인가 ᄒᆞ야 급피 집으로 드러ᄀᆞ니 ᄋᆡ연ᄒᆞᆫ 울음소ᄂᆡ 들이거을 방문을 여러 본니 츈향 동츈니 제으 에미 신체을 안고 셔로 ᄋᆡ동ᄒᆞ여 ᄌᆞ진ᄒᆞ거을 할임니 그 정상을 본직 쳔지 아득ᄒᆞ여 눈이 캉캄ᄒᆞ고 귀가 먹먹 정신업시 긔졀ᄒᆞ여ᄯᆞ가 이윽고 제우 진정ᄒᆞ야 시신을 살펴보니 옥 갓헌 가슴의 칼이 솝펴거을 할임이 이거셜 보고 긔ᄀᆞ ᄆᆡᆨ허 넉설 일코 아물

〈29-앞〉

이 ᄒᆞᆯ 쥬을 몰라 분긔츙쳔ᄒᆞ야 이은 마리 아무리 무심ᄒᆞᆫ들 인지ᄉᆡᆨ지 칼도 안니 ᄲᆡ여다 ᄒᆞ고 와낙 달여들어 칼을 잡고 ᄲᆡ니 칼 ᄇᆡᆨ커든 궁긔로 청조 셰 마리 나오던니 ᄒᆞᆫ 마리은 할임 얼골의 안져 울되 ᄒᆞ면목 ᄒᆞ면목ᄒᆞ며 울고 ᄒᆞᆫ 마리으 츈향 억ᄀᆡ에 안져 울되 소외ᄌᆞ 소외ᄌᆞ ᄒᆞ며 울고 ᄯᅩ ᄒᆞᆫ 마리은 동츈이 머리으 안저 우되 유ᄌᆞ식 유ᄌᆞ식ᄒᆞ며 울고 모도 다 날나가ᄂᆞᆫ 지라 할임니 ᄉᆡ소ᄅᆡ을 ᄌᆞ세히 ᄉᆡᆯ여본니 ᄒᆞ면목 ᄒᆞ은 소ᄅᆡ은 음힝을 면치 못ᄒᆞ고 누명으 로라가니 무삼 면목으로 낭군을 ᄃᆡ면ᄒᆞ리요 ᄒᆞᄂᆞᆫ 소ᄅᆡ요 소외ᄌᆞ ᄒᆞ은 소ᄅᆡ은 츈향 동츈을 울니지 말고 잘 잇시라 ᄒᆞ난 소ᄅᆡ요 유ᄌᆞ식 ᄒᆞ난 소ᄅᆡ은 ᄂᆡ 너을 두고 죽으니 눈을 감지 못ᄒᆞ고 간ᄃᆞ ᄒᆞᄂᆞᆫ 소ᄅᆡ라 그 청죠는 낭ᄌᆞ의 심혼니 쳘쳔지원

〈29-뒤〉

을 가삼으 언고 죽으ᄆᆡ 지원절통ᄒᆞ기로 ᄒᆞᄒᆞ여 청조 되야 낭ᄌᆞ을 망조막 보고 가은 ᄉᆡ라 그날보퍼 낭ᄌᆞ으 신체ᄀᆞ 점점 썩은지라 할임니 낭ᄌᆞ의 시신을 안고 궁글며 ᄃᆡ셩통곡ᄒᆞ여 갈오ᄃᆡ 가연ᄐᆞ 낭ᄌᆞ야 날 바리고 어ᄃᆡ로 간ᄃᆞ 원통ᄒᆞᄃᆞ 랑ᄌᆞ야 어ᄂᆡ 날 ᄃᆞ시 만ᄂᆞ 볼고 한심ᄒᆞᄃᆞ 랑ᄌᆞ야 옌이를 ᄉᆡᆼ각ᄒᆞ니

몽중인들 이려할ᄀ 무심ᄒᆞᄃᆞ 낭ᄌᆞ야 부ᄃᆡ 어서 날 다려ᄀᆞ소 무정ᄒᆞᄃᆞ 낭ᄌᆞ여 ᄂᆡ 이를 어이할고 원수로ᄃᆞ 원수로ᄃᆞ 과거 지리 원수로ᄃᆞ 급제도 ᄂᆡᄉᆞ실코 할임도 ᄂᆡᄀ 시러 보고지거 보고지거 낭ᄌᆞ 얼골 보고지거 낭ᄌᆞ를 일시ᄂᆞ 못 보면 삼추 갓치 여긔더니 인제는 낭ᄌᆞ를 이별ᄒᆞ고 어느 날 다시 ᄃᆞ시 만ᄂᆞ 볼ᄀ 체랑ᄐᆞ 춘향 동춘아 너히를 ᄃᆞ리고 어이할고 ᄒᆞ며 긔절ᄒᆞ거늘 춘향이 젓ᄐᆡ 잇ᄃᆞᄀ 할임을

〈30-앞〉

붓잡고 말유ᄒᆞ여 왈 아반임 진정ᄒᆞ옵소서 어마님 죽삽고 아반임ᄯᅩ 업ᄉᆞ오면 뉘를 의탁ᄒᆞ야 사라잇ᄀ ᄒᆞ며 붓들고 지성으로 ᄋᆡ결ᄒᆞ야 울거늘 그 정상은 ᄎᆞ마 보지 못ᄒᆞ야 철석간장이라도 뉘 아니 눈무를 흘이리요 할임이 차마 죽지 못ᄒᆞ야 동춘을 안ᄉᆞᆫ 춘향을 압세우고 들낭날낭 여광여취ᄒᆞ야 다니난지라 춘향이 할임으게 엿ᄌᆞ오ᄃᆡ 어만임이 ᄉᆡᆼ시에 날ᄃᆞ려 ᄒᆞ옵긔를 천만몽외에 음힝으로 누명을 입고 황천으 도라가니 엇디 눈을 가무리요 네으 부친 과거ᄒᆞ시고 오시거든 이불 관ᄃᆡ를 짓닷ᄀ 이런 변괴를 당ᄒᆞ야 입는 듸 보도 못ᄒᆞ고 구천 원호니 되니 엇지 한심치 아니ᄒᆞ리요 ᄒᆞ더이ᄃᆞ ᄒᆞ며 ᄋᆡ연통곡 슬피 울거늘 할임이 관ᄃᆡ를 ᄂᆡ여 보니 청

〈30-뒤〉

홍 금ᄉᆞ의 쌍쌍 백학이 웅비 좋ᄌᆞ 격으로 완연니 ᄉᆡ여싯니 월궁 션여의 슈픔이요 인간 ᄉᆞ름의 ᄌᆡ질은 안니라 할임이 관ᄃᆡ을 ᄂᆡ여 놋코 본니 심장니 ᄆᆡ키고 가삼니 울젹ᄒᆞ야 엿지 살긔을 바ᄅᆡ리요 눈물로 셰월을 보ᄂᆡ던니 일일은 회심을 강인ᄒᆞ고 문득 ᄉᆡᆼ각ᄒᆞ니 당초의 ᄆᆡ월로 수청을 ᄒᆞ여ᄊᆞ가 낭ᄌᆞ 만난 후로 박ᄃᆡᄒᆞ여더니 몹슬 연니 시긔ᄒᆞ고 낭ᄌᆞ을 미여ᄒᆞ야 글험이라 ᄒᆞ고 직시 노복을 호영ᄒᆞ야 ᄆᆡ월을 자바다가 절박ᄒᆞ여 안치고 네 죄을

바로 일으라 흔딕 믹월리 울며 ㄱ로딕 쇠비는 죽어도 죄 업슴는니다 흐거을 할임 더옥 분로흐야 ㅅ지져 ㄱ로딕 네 일정 쇠기여 말흔다 흐고 큰 믹로 학실을 밍쟝흐니 믹월이 견딕지 못흐야 젼후곡졀을 낫낫치 쥬들흐은지라 할임니 코게 호영흐야 ㅅ지

〈31-앞〉

져 가로딕 너 갓턴 연을 엇지 일시나 살여두리요 흐고 차든 장도을 쌔여 믹월을 갈라 헤치고 간을 닉여 씨부며 분긔츙쳔흐니 잇씩으 시랑 부부은 아무 말도 못흐고 눈물만 흘니더라 ㅊ셜 할임니 아무리 싱각흐여도 죽은 낭ᄌ 살일 수 업고 셜분은 흐여씨직 신쳬나 안장흐여 쥬리라 흐고 산지을 광구흘 제 흐로밤의 일몽을 어드니 낭ᄌ 머리을 산발흐고 일신의 유혈리 낭ᄌ흐야 익연니 할임게 엿ᄌ와 가로딕 실푸다 낭군은 옥석을 분간흐야 쳡의 익믹한 누명을 발커 쥬시니 니제은 죽은 혼리라도 여흔니 업사온나 다맛 원똥흔 바은 츈향 동츈과 낭군을 다시 못보고 황쳔의 고혼니 되야싸온니 엇지 가연치 안니흐오리까 이제 쳡의 신체을 운장흐러 흐시니 션산도 졍치 말고 신산도

〈31-뒤〉

구치 말고 옥언동 못 가온딕 너허 주옵소셔 마일 그러치 안니흐오면 쳡으 소원니 글읏될 섄 아리라 낭군의 일신과 츈향 동츈 남믹 신셰ㄱ ᄌ연 가궁흐올 써시니 쳡으 원딕로 흐여 쥬옵소셔 흐고 간딕업거을 씩달으리 남가일몽이라 몽ᄉ을 싱각흐니 원딕로 힉미 올타 흐고 부모 젼의 그 ᄉ연을 고흔 후의 직시 힝상을 갓초와 운관흐려 흐니 곽이 요동치 안니흐거을 윈가지로 영혼 젼의 졍셜흐되 조곰도 요동흘 수 업은지라 할임이 슬푼 마음 더옥 금치 못흐나 우션 민망흐야 츈향 동츈을 말 틱와 힝상 압푸 세우니 그제야

곽니 운동ᄒᆞ은지라 죽은 혼니라고 츈향 남ᄆᆡ을 잇지 못ᄒᆞ야 원한니 구곡간장의 ᄆᆡ쳐슨니 엇지 잠시라도 잇질손야 힝상을 순니ᄒᆞ여 옥연동 못가의 ᄃᆞ달은니 ᄃᆡ

〈32-앞〉

틱이 창일ᄒᆞ야 물결리 하날으 다허ᄂᆞᆫ지라 할임이 이 경상을 보고 마음 더옥 둘 ᄃᆡ 업셔 챵망니 바ᄅᆡ보니 이윽ᄒᆞ야 천지 아득ᄒᆞ며 일월이 무광ᄒᆞ더니 수셰 잔잔ᄒᆞ야 못물니 말너써을 괴히ᄒᆞ야 다시 보니 연못 가으ᄃᆡ 셕곽이 잇거을 다힝ᄒᆞ여 ᄉᆡ면을 ᄌᆞ상니 살펴본니 쳔작으로 헌 셕곽이 완연ᄒᆞ거을 ᄒᆞ관을 졍히 ᄒᆞ고 분뫼을 뇝히 지여 산역을 다헌 후의 졔문 지여 졔흘ᄉᆡ 쵸헌의 참션ᄒᆞ고 아헌의 독츅ᄒᆞ니 그 츅문의 ᄒᆞ여씨되 모월 모일의 ᄇᆡᆨ셩군은 감소고우 낭ᄌᆞ 영혼 졍ᄒᆞ노니 ᄉᆞᆷᄉᆡᆼ연분으로 낭ᄌᆞ을 만나 원낭지낙과 비취지졍을 ᄆᆡ져 ᄇᆡᆨ연히로할ᄉᆡ ᄒᆞ여던이 조무리 시긔ᄒᆞ고 귀신니 작히ᄒᆞᆫ지 낭ᄌᆞ로 더부려 졍회도 셜화치 못ᄒᆞ고 쳔만니외지사로 낭ᄌᆞ 운빈

〈32-뒤〉

옥안이 일조으 쳘이고혼이 되야 젹막산쳔은 외로니 단니니 엇지 ᄀᆞ언치 안이ᄒᆞ리요 ᄋᆡ돌옵다 낭ᄌᆞ야 셰상만ᄉᆞ을 엇지 잇고 구천으 ᄀᆞᆺ삼난이가 한심ᄒᆞ고 ᄀᆞ긍ᄒᆞ니 ᄂᆡ 신셰 어인 ᄌᆞ식 다리고 엇지 사잔 말ᄀᆞ 실푸ᄃᆞ 낭ᄌᆞ 신쳬을 집 뒤동산으 무더 두고 ᄇᆡᆨ연 삼만 육쳔 일과 이일 십이시예 낭ᄌᆞ 보난다시 왕ᄂᆡᄒᆞ며 셰월을 보ᄂᆡᆯ까 ᄒᆞ여쩌니 그ᄃᆡ으 소원으로 신체을 못 가온ᄃᆡ 너코 가니 엿지 불상치 안이ᄒᆞ리요 유명은 비록 다으나 졍이야 엇지 벤ᄒᆞᆯ가 답답ᄒᆞ고 ᄋᆡ도온 마음이 골수으 ᄆᆡ쳐씨니 엇지ᄒᆞ여야 낭ᄌᆞ으 월틱 화용 다시 ᄒᆞᆫ 번 방각게 만나 볼ᄉᆡ 월ᄒᆞ초쥬 일ᄇᆡ쥬로 힝혼을 위로ᄒᆞ니 힘힝이나 ᄒᆞ소셔 ᄒᆞ고 ᄋᆡ통 그졀ᄒᆞ니 산천초목이 다 시러ᄒᆞ며 비금쥬슈도

다 눈무을 흘이니 가연지상을

〈33-앞〉

엇지 ᄃᆞ 성언ᄒᆞ리요 이윽고 뢰성병역이 이러ᄂᆞ며 오우니 영농ᄒᆞ더니 경각간으 ᄃᆡᄃᆡᆨ이 창렬ᄒᆞ야 수세 광활ᄒᆞ여 호호망망한디라 할임니 ᄇᆡᄅᆡ보ᄆᆡ 정신이 막막ᄒᆞ야 지리 탄식ᄒᆞ고 ᄒᆞ얌업시 도라올 제 이ᄂᆡ 심회를 뉘ᄅᆡ서 아라줄ᄀᆞ 동춘 남ᄆᆡ를 ᄃᆞ리고 지부로 도라와 적막ᄒᆞᆫ 빈방 안으 안저 명촉으로 버설 삼아 정왕업시 좌불안석ᄒᆞᄃᆞᄀᆞ 정신이 혼미ᄒᆞ야 안상으 비겨더니 비몽간으 낭ᄌᆞ 문득 드러와 할임 졋ᄐᆡ 안저 춘향 동춘을 어르만지며 ᄀᆞ로ᄃᆡ 낭군은 엇지 무정 세월을 덧업시 보ᄂᆡ시리요 첩의 연분언 임으 영결되야쓰니 첩은 ᄃᆞ시 ᄉᆡᆼ각지 말고 부모님 정ᄒᆞ신 임소제으게 인연을 ᄆᆡ저 ᄇᆡᆨ연히로ᄒᆞ시면 근들 아니 질거오릿

〈33-뒤〉

가 실푸ᄃᆞ 춘향 동춘아 날 긔리여 엇지 살ᄭᅩ ᄒᆞ며 울고 ᄀᆞ거늘 할임이 ᄒᆞ도반과와 소시리처 ᄭᆡᄃᆞ르니 침상춘몽이라 낭ᄌᆞ으 고흔 얼골 눈으 삼삼ᄒᆞ고 아릅ᄃᆞ온 ᄐᆡ도 압푸 암암ᄒᆞ며 유순한 말소ᄅᆡ 귀에 ᄌᆡᆼᄌᆡᆼᄒᆞ야 주야로 ᄌᆞ탄만ᄒᆞ더ᄅᆞ 잇적으 임소제 할임으로 ᄒᆞ여곰 청춘 원하니 구곡간장으 ᄆᆞ듸ᄆᆞ듸ᄆᆡ저 살 쓰시 져니 업서 주야로 죽고ᄌᆞ ᄒᆞᄂᆞ 부모 말유ᄒᆞ긔로 ᄎᆞᄆᆞ 죽지 못ᄒᆞ고 ᄋᆡ통으로 세워를 보ᄂᆡ니 그 참혹ᄒᆞ고 ᄀᆞ긍한 정상을 ᄉᆞ방 ᄉᆞ람더ᄅᆡ 듯고 못ᄂᆡ ᄋᆡ여니 예긔니 시랑이 이 소식을 득고 불힝이 예겨 ᄃᆞ시 혼ᄉᆞ를 의논코자 ᄒᆞ야 할임을 불너 ᄀᆞ로ᄃᆡ 우리 연광이 만ᄒᆞ되 실ᄒᆞ으 민는 바넌 네ᄲᅮᆫ이라 사람 팔ᄌᆞ 무상ᄒᆞ야 낭ᄌᆞ 이왕 주거

〈34-앞〉

씨니 우리 마암을 위로ᄒᆞ야 임무 정ᄒᆞᆫ 혼사을 일우어 우리 심회을 덜고 임소졔 청춘 원ᄒᆞᆫ을 풀미 장부으 일이어늘 엇지 고집ᄒᆞ야 이연 ᄉᆞᆫ치은 사남만 ᄉᆡᆼ각ᄒᆞ고 나무 신명를 도라보지 안리ᄒᆞ나야 ᄒᆞᆫᄃᆡ 할임이 엿자오ᄃᆡ 소ᄌᆞ 니졔 ᄌᆞ식 남ᄆᆡ를 두어싸온니 다시 취쳐 아니ᄒᆞ와도 무방ᄒᆞ옵나이다 ᄒᆞ거를 시랑이 어이업셔 다시은 ᄀᆡ셜치 아니ᄒᆞ더라 할임이 물너와 츈향 남ᄆᆡ을 다리고 주야로 심회을 참지 못ᄒᆞ야 눈물로 벗셜 삼고 ᄒᆞᆫ숨으로 세월을 보ᄂᆡ니 구부구부 ᄆᆡ친 근심 간장이 ᄃᆞ록넌듯 졀졀리 싸인 셔엄 목셕으 부리 붓넌 듯 아무리 ᄒᆞ여도 이질 슈 젼이 업셔 ᄒᆞ지일 동지야으 젼젼반칙 이러저리 ᄉᆡᆼ각난이 낭ᄌᆞ로ᄃᆞ 이ᄂᆡ 가삼 칩푼 ᄒᆞᆫ를 뉘라셔 푸려 줄가 야속ᄒᆞ고 무

〈34-뒤〉

졍ᄒᆞᄃᆞ 낭ᄌᆞ 여셔 밥비 날 달여가소 ᄒᆞ여 무슈히 ᄋᆡ통ᄒᆞ다ᄀᆞ 조흐더니 낭ᄌᆞ 흐연이 침상으 비계 말슴ᄒᆞ되 낭군이 첩을 잇지 못ᄒᆞ야 조혼 인연를 바니시ᄂᆞᆫ잇가 ᄒᆞ겨늘 할임이 ᄃᆡᄒᆞ여 ᄀᆞ오ᄃᆡ 아무니 무심ᄒᆞᆫ들 낭ᄌᆞ를 엇지 잇고 달은 ᄉᆞᄅᆞᆷ으계 취처ᄒᆞ올가 ᄒᆞᆫᄃᆡ 낭ᄌᆞ 염신ᄃᆡ왈 낭군으 말삼를 듯ᄉᆞ오니 지극 감격ᄒᆞ며 ᄯᅩᄒᆞᆫ 가긍ᄒᆞᆫ지라 쳡 갓현 용열ᄒᆞᆫ ᄉᆞᄅᆞᆷ를 잇지 아니ᄒᆞ시니 불여 ᄒᆞ시거든 셰심강 죽임도로 차져오소셔 ᄒᆞ고 가겨ᄂᆞᆯ 문득 반게 ᄭᆡ다러니 편시츈몽이라 마음니 상캐ᄒᆞ야 죽임도로 발항ᄒᆞᆯ새 츈향 불너 일오ᄃᆡ 너으 모친이 간밤으 션몽ᄒᆞ야 아모 고ᄃᆡ로 차져오라 ᄒᆞ여스니 ᄂᆡ 잠간 가보고 올 겨스니 동츈이을 울이지 말고 잘 잇시면 수히 단여오리아 ᄒᆞᆫᄃᆡ

〈35-앞〉

츈향이 울며 월 어마임 보시거든 모시고 오조셔 당부ᄒᆞ더라 할임니 ᄯᅩ 부모

계 엿ᄌᆞ오ᄃᆡ 소ᄌᆞ 집의 잇셔셔는 심난ᄒᆞ야 병니 될 듯ᄒᆞ오니 잠간 나ᄀᆞ 산수나 귀경ᄒᆞ고 도라오리다 ᄒᆞ고 셰심간 쥭임도을 ᄎᆞ져간니라 여러 날만의 ᄒᆞᆫ 고ᄃᆡ 당ᄒᆞ니 일낙셔산ᄒᆞ고 월출동영ᄒᆞ 듸 수광으 졉천ᄒᆞ고 월ᄉᆡᆨ은 만강이라 무심헌 ᄌᆞᆺᄂᆡ비은 월ᄒᆞ으 실피 울여 ᄀᆡᆨ회를 ᄌᆞ어ᄂᆡ고 유정ᄒᆞᆫ 져 뒤견는 부려귀을 일ᄉᆞᆷ아 화지의 피를 ᄲᅳᆯ려 졈졈이 ᄆᆡ져 두고 다정헌 져 ᄇᆡᆨ구는 쌍쌍이 ᄒᆡ상의 펼펼 날어들어 심ᄉᆞ을 지쵹ᄒᆞ며 천봉만학의 평풍ᄃᆡ야 둘너는듸 낙낙장송과 울울록쥭은 양안의 울이 되야 가리여ᄂᆞᆫᄃᆡ 한산 셕경 빗근 질로 ᄎᆞ졈ᄎᆞ졈 드러가니 인젹은 괴옥ᄒᆞᆫ듸 수유셩이 집쏘다 망망헌 강호가의 쳬양니 ᄇᆡ회ᄒᆞ

〈35-뒤〉

더니 호연니 바ᄅᆡ본니 남ᄃᆡ로로 ᄒᆞᆫ 동ᄌᆞ 일엽편쥬을 타고 등부을 놉피 달고 옥져을 히농ᄒᆞ고 지ᄂᆡ가거를 할임이 불너 가로ᄃᆡ 강상의 ᄯᅳᆫ 져 동ᄌᆞ야 셰심강 쥭임도을 인도히미 엇더ᄒᆞᆫ요 동ᄌᆞ 답왈 안동 ᄇᆡᆨ할임이시잇가 ᄒᆞᆫᄃᆡ 할임이 ᄀᆞᆯ오ᄃᆡ 동자 엇지 아는요 동ᄌᆞ 엿ᄌᆞ오ᄃᆡ 나은 동히 용왕의 명을 밧ᄌᆞ와 할임을 인도하러 왓나니다 ᄒᆞ고 슌슉간으 강을 건네여 ᄒᆞᆫ 곳슬 가르쳐 가로ᄃᆡ 져리로 수 리을 가면 쥭임도ᄀᆞ 잇ᄂᆞᆫ이다 정셩으로 낭ᄌᆞ을 ᄎᆞᄌᆞ보소셔 ᄒᆞ고 가거을 할임이 동ᄌᆞ을 이별ᄒᆞ고 쥭임도로 ᄎᆞᄌᆞ가더니 한 고ᄃᆡ 일으니 청송녹쥭이 울미한 가온ᄃᆡ 져근 지리 잇거을 수 리을 드러가니 좌우의 쥭임은 무셩ᄒᆞ고 연화는 만발ᄒᆞᆫ듸 못 가온ᄃᆡ 쵸당 ᄉᆞᆷ간를 지여씨

〈36-앞〉

되 네 귀으 풍경를 다러씨니 순풍이 불면 졍그령 ᄌᆡᆼ그령 ᄒᆞ는 소ᄅᆡ 귀으 은은이 나며 ᄉᆞ면의 쥬렴를 둘러 잇난ᄃᆡ 고봉의 나는 구음은 남표로 도라드니 진실로 션경이라 두로 ᄇᆡ회ᄒᆞ야 동경를 살피더니 이윽ᄒᆞ야 예비 나와

무러 ᄀᆞ로ᄃᆡ 어ᄶᅥ한 속ᄀᆡᆨ이관ᄃᆡ 션경를 무르시고 ᄇᆡ회ᄒᆞ신나잇가 ᄒᆞ거를 할임이 ᄃᆡ왈 나는 안동 ᄇᆡᆨ할임일넌니 천상연분 숙향낭ᄌᆞ를 보랴 ᄒᆞ고 왓노라 ᄒᆞᆫᄃᆡ 시비 가로ᄃᆡ ᄇᆡᆨ할임리라 ᄒᆞ시니 이졔 알니로소이다 일젼의 슉향낭ᄌᆞ 상졔ᄶᅥ 슈명ᄒᆞ옵고 수일 이곳의셔 지달으다가 할임이 오시지 아니ᄒᆞ옵긔로 도로 갓ᄉᆞ온니 일헌 가연ᄒᆞᆫ 일리 잇씨니요 낭ᄌᆞᄶᅦ옵셔 할임이 오시거던 일헌 말솜이나 ᄒᆞ라 ᄒᆞ시더이다 ᄒᆞᆫᄃᆡ 할임이 니 마를 드르ᄆᆡ 일천간

〈36-뒤〉

장이 다 녹는 듯ᄒᆞ여 신셰을 ᄉᆡᆼ각ᄒᆞ니 ᄒᆞ염업난 눈무리 옷깃을 다 젹시는지라 실푼 마음 다시 진졍ᄒᆞ고 시비다려 ᄀᆞᆯ오ᄃᆡ 셜려는 가긍헌 목심을 불생니 옉여 낭ᄌᆞ을 ᄒᆞᆫ 번 만나 보게 ᄒᆞ소셔 ᄒᆞ고 무수히 ᄋᆡ걸ᄒᆞᆫᄃᆡ 시비 이윽히 ᄉᆡᆼ각ᄒᆞ다가 시만ᄒᆞ여 왈 할임의 졍상을 보오니 긍칙ᄒᆞᆫ지라 ᄂᆡ 드러가 아모쪼녹 낭ᄌᆞ을 만나 보계 ᄒᆞ올 써시니 예셔 잠간 지달으소셔 ᄒᆞ고 드러가 낭자으게 연유를 고ᄒᆞᆫᄃᆡ 낭ᄌᆞ 듯고 가로ᄃᆡ 낭군니 날로 ᄒᆞ여곰 졀이 고상ᄒᆞ다가 또 병니 나면 그 안이 불상ᄒᆞ리요 ᄒᆞ고 쥬염을 것고 나와 할임 쇼을 잡고 당상의 안치고 악슈 통곡ᄒᆞ여 왈 츈향 동츈은 뉘계다가 ᄆᆡᆨ기고 오셔ᄂᆞᆫ잇가 원졍으 근고 막심ᄒᆞᄂᆞᆫ이다 할임이 낭ᄌᆞ을 보ᄆᆡ 졍신니 아득ᄒᆞ야

〈37-앞〉

붓들고 우러 ᄀᆞ로ᄃᆡ 이계 몽즁인가 ᄉᆡᆼ신인가 반갑긔 칙양업고 슬피긔 여ᄉᆞ로다 눈물을 거두고 문왈 낭ᄌᆞ 그ᄃᆡ지 무졍ᄒᆞ와 아무리 원통한 리리 잇슬지라도 나 오긔을 못 지다리고 그 지경의 당ᄒᆞ여ᄂᆞᆫ잇가 ᄒᆞᆫᄃᆡ 낭ᄌᆞ 젼후곡졀을 낫낫시 다 셜화ᄒᆞ고 못ᄂᆡ 반계 왈 낭군으 경지와 양아의 이을 ᄉᆡᆼ각ᄒᆡ면 한심코 가긍ᄒᆞ와 상졔계 원졍을 올이니 쳡의 졍상니 불상타 ᄒᆞ와 금셰으 연분을 다시 ᄆᆡ지라 ᄒᆞ시기로 쳡니 이곳의 와 슈간두옥 의지ᄒᆞ야 낭군을

니리 만나계 ᄒᆞ여ᄉᆞ온니 뜻시 엇더신잇가 할임이 답왈 글허ᄒᆞ오면 봉부모 숄쳐ᄌᆞ ᄒᆞ올잇가 낭ᄌᆞ 갈오ᄃᆡ 쳡으 정셩니 본ᄃᆡ 부족ᄒᆞ미 안니라 지금은 쳡의 몸이 젼과 달나 세상 ᄉᆞᄅᆞᆷ을 다시 상ᄃᆡ할 길리 엽기로 ᄒᆞ난 말ᄉᆞᆷ

〈37-뒤〉

이온니다 ᄒᆞ거늘 할임이 왈 부모계옵셔 다은 ᄌᆞ식 업ᄉᆞᆸ고 다ᄉᆞᆺ 니뿐이라 우리 예 와셔 잇시면 부모 의탁할 곳시 엽ᄉᆞ온니 다시 ᄉᆡᆼ각ᄒᆞ쇼셔 ᄒᆞᆫ다 낭ᄌᆞ 이윽히 잇ᄯᆞᄀᆞ 갈오ᄃᆡ ᄉᆞ세 웅당 글허ᄒᆞ온나 이졔 또 임쇼졔 정상을 ᄉᆡᆼ각ᄒᆞ온직 그역 가긍ᄒᆞᆫ지라 죄 업시 청츈을 그졔 보ᄂᆡᆯ잇가 남의계 원한을 ᄆᆡ치지 마옵고 육예을 갓츄와 임쇼졔을 마진 후으 다려다ᄀᆞ 부모 봉양ᄒᆞ옵고 낭군은 왕ᄂᆡᄒᆞ여 단이시면 죠흘 듯 ᄒᆞ오니 조곰도 근심치 말옵고 글허케 ᄒᆞ옵쇼셔 ᄒᆞᆫᄃᆡ 할임이 오리 예게 허낙ᄒᆞ고 직시 도랴와 츈향 남ᄆᆡ을 부른ᄃᆡ 츈향니 할임 오시을 보고 반겨 울며 ᄀᆞᆯ오ᄃᆡ 엇지 어만임 안이 오시며 알영이 졔스던잇가 ᄒᆞ고 실피 울거을 할임이 달ᄂᆡ여 ᄀᆞᆯ오

〈38-앞〉

ᄃᆡ 슈이 오마 ᄒᆞ더라 ᄒᆞ고 부모 젼의 문안 후의 낭ᄌᆞ 만나본 ᄉᆞ연을 고ᄒᆞᆫ대 시랑 부부 놀ᄂᆡ여 반계 가로ᄃᆡ 셰상으 이러헌 히ᄒᆞᆫ 일리 어ᄃᆡ 또 잇시리요 ᄒᆞ며 못ᄂᆡ 질긔더라 할임이 또 임소제의 통혼할 말ᄉᆞᆷ을 엿ᄌᆞ오니 시랑 ᄃᆡ히 ᄒᆞ야 직시 ᄐᆡᆨ일ᄒᆞ야 보ᄂᆡ이라 ᄎᆞ셜 임소졔 신셰을 ᄌᆞ탄ᄒᆞ고 침금의 누어씨니 홍슈벽한니 구곡간장의 가득ᄒᆞ여씨되 풀여ᄂᆡ 리 잇슬가 청츈 홍안니 무단니 늘글 일을 ᄉᆡᆼ각ᄒᆞ니 ᄌᆞ졀ᄒᆞ여 죽을 마음 간졀ᄒᆞ나 부모의 불회을 면치 못ᄒᆞ기로 무정 세월을 덧업씨 보ᄂᆡ던니 일일은 시비 드러와 ᄇᆡᆨ할임ᄃᆡᆨ 셔간 온 연유을 고ᄒᆞ는지라 마음의 괴히ᄒᆞ여더니 어으 ᄉᆡ이예 기일이 당ᄒᆞᄆᆡ 할임니 욱예을 ᄎᆞ리고 임진ᄉᆞ ᄃᆡᆨ의 이르러 고ᄇᆡ셕의 나여ᄀᆞ 조안

예필 후의 동방의 드러가니

〈38-뒤〉

화촉이 휘황ᄒᆞᆫ지라 황혼니 지ᄂᆡᆫ 후의 등촉을 돋키고 소제을 살펴본니 유순헌 화용과 요죠ᄒᆞᆫ 교ᄐᆡ 진실로 군ᄌᆞ의 호구라 신정니 간ᄃᆡ업고 구정니 칭출ᄒᆞ야 마음이 불평ᄒᆞ나 마음을 강인ᄒᆞ야 원앙지낙을 이우고 삼 일 후의 소셰을 달이고 와 부모계 뵈옵고 밤을 지ᄂᆡᆫ 후으 부모계 엿자오ᄃᆡ 죽임도로 가와 낭ᄌᆞ으계 잠간 일헌 말이나 일으고 올이다 ᄒᆞᆫᄃᆡ 시랑이 허낙ᄒᆞ겨늘 동츈 남ᄆᆡ을 얼우만져 달ᄂᆡ이고 직일 말항ᄒᆞ여 죽인도로 들여ᄀᆞ니 낭ᄌᆞ 흔연이 마자 ᄀᆞ로ᄃᆡ 신연을 ᄆᆡ지ᄆᆡ 마음이 엇더ᄒᆞ시던잇가 할임이 답왈 낭ᄌᆞ ᄉᆡᆼ각ᄒᆞ여 심ᄉᆞ 불평ᄒᆞ오니 아ᄆᆡ도 신졍이 구졍만 갓지 못ᄒᆞ더이ᄃᆞ ᄒᆞ고 셔로 반긔여 못ᄂᆡ 사랑ᄒᆞ야 희희낭낭ᄒᆞᄃᆞ가 낭ᄌᆞ ᄯᅩ 가로ᄃᆡ 이변의난 할임이 나가 부모임은 임쇼셰쎄 봉양

〈39-앞〉

ᄒᆞ시고 츈향 남ᄆᆡ을 이리 다여오쇼셔 ᄒᆞ거을 할임이 직시 도라와 부모와 소셰을 뵈옵고 양아 다러갈 연우를 고ᄒᆞᆫᄃᆡ 시랑 부부 츈향 남ᄆᆡ를 붓들고 ᄃᆡ셩통곡ᄒᆞ야 가로ᄃᆡ 너흐을 보ᄂᆡ고 뉘을 의지ᄒᆞ야 사자 말ᄀᆞ 너흐넌 어미을 ᄯᆞ라가거니와 우리은 마음 둘 ᄃᆡ 업셔 어이ᄒᆞ잔 말가 못ᄂᆡ 실어ᄒᆞ나 사셰가 그러ᄒᆞᆫ지라 츈향이 ᄯᅩ 죠부모 젼으 ᄋᆡ연이 쳬읍 왈 우리 어인 쇠겐으로도 죠부모임 실ᄒᆞ을 ᄲᅥ나가옵기 실노 불안ᄒᆞ오나 에미을 못 본 졔ᄀᆞ 젹연이오ᄆᆡ 부득불 가야 ᄒᆞ난니 너머 ᄋᆡ통 말으시고 부ᄃᆡ 기체 알영ᄒᆞ소셔 ᄒᆞ고 이날 할임을 ᄯᆞ라 죽임도으 일으니 낭ᄌᆞ 츈향 동츈을 안고 궁굴며 우러 가로ᄃᆡ 너흐 그 ᄉᆡ이예 날 긔우어 엇지 사라는야 ᄒᆞ며 일히일비ᄒᆞ야 츈향도 어음안지며 도츈도 졋 몌긔

〈39-뒤〉

니 츈향 남믹 ᄒᆞ도 반가와 눈만 듯고 볼 ᄯᅳ음이라 츈향이 다시 낭ᄌᆞ게 무러 가로ᄃᆡ 어만임 엇지 이곳ᄃᆡ 왜 겨시잇가 도라가계든 어어만임 다시 보온니 반갑긔 칙양업고 질겁긔 여사로다 우리 남믹 보고 십푸지 안이ᄒᆞ더잇가 동츈니은 졋만 먹글야고 반가온 쥴도 몰으고 ᄯᅥᆯ러지지 안이ᄒᆞ더라 ᄎᆞ셜 이후로는 만ᄉᆞ을 시음업시 지ᄂᆡ니 셰상 지미 비ᄒᆞᆯ ᄃᆡ 업더라 할임은 쥬야로 왕ᄂᆡᄒᆞ여 셰월을 보ᄂᆡ니 그역 팔ᄌᆞ라 임소셰 회양구고ᄒᆞ며 승순노복ᄒᆞ야 가산범졀을 무불민쳡ᄒᆞ는지라 ᄯᅩ 일남일여을 두어씨되 인물과 ᄌᆡ질이 비볌 ᄒᆞ니 뉘 안이 칭찬ᄒᆞ리요 시랑 부부 연만ᄒᆞ야 동일 동시으 셰상를 바리시거 을 할임 부부 ᄋᆡ통질예ᄒᆞ야 션산으 안장ᄒᆞ니라 슬푸다 홍진비ᄅᆡ는 ᄉᆞ람의

〈40-앞〉

상ᄉᆞ라 할임 ᄂᆡ외 연만ᄒᆞ여 인간 이별이 당ᄒᆞ여씨믹 양아 손을 잡고 가로ᄃᆡ 우리는 곤낙이 진ᄒᆞ야 네으을 이별ᄒᆞ고 갈테이니 부ᄃᆡ 날 본다시 부귀영화 로 잘 살라 ᄒᆞ고 부부 한가지로 쳥ᄉᆞᄌᆞ을 타고 ᄒᆞ날로 올나가거늘 츈향이 동츈을 안고 하날을 우러러 무수히 통곡ᄒᆞᆫ들 인졔는 다시 볼 질이 업는지라 ᄋᆡ통긔졀ᄒᆞ다가 졔우 정신을 채려 ᄉᆡᆼ각ᄒᆞ니 아물이 ᄒᆞ여도 이번 영결종천 이라 할 수 업셔 동츈을 다리고 게모 임소졔을 모시고 회심이 극진ᄒᆞ니 임소졔 ᄯᅩᄒᆞᆫ ᄉᆞ랑ᄒᆞ여 ᄂᆡ ᄌᆞ식 갓치 지의던니 셰월이 여유ᄒᆞ야 츈향으 연광 니 십ᄉᆞ오 세의 당ᄒᆞ믹 ᄆᆡᆼ승상의 메날이 되야 부귀 일국의 진동ᄒᆞ고 동츈은 십오 세의 당ᄒᆞ야 용문의 올나 츙회 거녹ᄒᆞ믹 벼실이 일품으 올라 멩망이 조졍으 진동ᄒᆞ야 자자손손이 게게싱싱ᄒᆞ더라

이 착 보는 ᄉᆞᄅᆞᆷ덜도 허낭이 아지 말고 옛일을 ᄉᆡᆼ각ᄒᆞ야 낭ᄌᆞ의 빙셜 갓헌 졀힝을 본바다 ᄂᆡ일 갓치 알면 쳔심미 ᄌᆞ연 감동ᄒᆞ여 복녹이 도라올 거시니 부ᄃᆡ 예차로 보지 말고 각심ᄒᆞ고 명심ᄒᆞ소셔

유셩낭ᄌᆞ젼(金光淳所藏本)

셜 니라 잇ᄯᆡ 유ᄒᆞᆫ셩이 ᄒᆞᆫ 사ᄅᆞᆷ이 잇스되

박시오 ᄯᅢ은 ᄯᅥ 유라 부귀 선비 무거 소현ᄒᆞ니

ᄒᆞᆫ나 병조참판의 귀ᄂᆞᆫ 미텬ᄒᆞᆫ 흔ᄒᆞ니 현ᄒᆞ이 비ᄉᆞ나 드

승샹이 참소ᄋᆞᆫ 만ᄉᆡ 사ᄅᆞᆫ ᄒᆞ지라 ᄒᆞ고 ᄎᆞᆫ송ᄒᆞ미 고ᄒᆞᆫ

오다 와 놀ᄋᆞᆫ 친ᄉᆞ이 일은 ᄋᆞ 이 부귀ᄒᆞ 지천ᄋᆞᆫ 곳에

슈경낭ᄌᆞ젼(김광순 24장본)

〈슈경낭ᄌᆞ젼〉은 전체 24장(48면)이고, 초두의 훼손과 낙장이 심하다. 공간 배경은 '슈경 ᄯᅡᆼ'이고, 상공의 이름은 '박경수'로, 소년 등과하여 병조참판에 올랐으나 참소를 입어 낙향하였다는 소개가 작품 서두에 제시되어 있다. 작품 앞장의 '宋萬燮 서울 특별시'라는 낙서와 "남북니 갈니어 슈월로셔 보지 못ᄒᆞ고 영결될 쥴을 아라시리요"라고 서술된 부분이 있어 주목되며, 마지막 장에 '갑진 이월 초팔일'이라는 필사기가 남겨져 있다. 글씨는 정갈한 편이다. 이 이본에서 천상에 살던 수경과 선군은 요지연에서 서로 희롱하다가 옥황상제에게 죄를 받아 적강하는데, 인간세상에서 선군은 수경 땅에 사는 박상공 댁에 태어나고, 수경은 옥연동의 옥승상 댁에 태어나 어려서 부모를 여의고 유모에게서 자란다. 이 이본의 특징은 자결한 수경의 시신을 수장하면서 끝을 맺는 비극적 결말을 취하고 있다는 점이다. 여타 이본들에 나타나는 수경의 재생과 승천의 결말과는 크게 차이를 보이는 독특한 마무리로 주목된다.

출처: 김광순, 『(필사본)한국고소설전집』 19, 경인문화사, 1993, 385~432쪽.

〈1-앞〉

슈경낭ᄌᆞ젼

□션니라 잇날 슈경 ᄯᅡᆼ의 한 사람이 사라□□ 박니요 명은 경슈라 본ᄃᆡ 션뷔로새 소연 등과□□ 살니 병조 참판ᄋᆡ 거ᄒᆞᄆᆡ 일홈니 일국의 빗나드니 소선의 참소을 맛ᄂᆡ 삭탈관직ᄒᆞ고 출송ᄒᆞ이 고향에 도라와 농읍을 힘시니 일□□□□ 시쳔을 보니

<이하 낙장>

〈1-뒤〉

<이상 낙장> 사십 ᄉᆡᆨ니 되ᄆᆡ 일일 <낙장> 진동ᄒᆞ더니 이억ᄒᆞ야 한 아히을 탄ᄉᆡᆼᄒᆞ니 ᄒᆞ늘□ 일위 션관니 나러와 옥병의 항유을 기울려 아히을 식기 뉘피고 부닌ᄶᅡ려 이로ᄆᆡ 이 아히ᄂᆞᆫ 쳔상 신션으로 요지연의 노음 갓다가 슈경낭ᄌᆞ로 더부러 히롱ᄒᆞ난 죄로 상지끼 덕죄ᄒᆞ야 인간의 ᄂᆡ치시ᄆᆡ 상ᄉᆡᆼ 연분을 금시의 ᄆᆡ지라 ᄒᆞ고 다러와사온니 부ᄃᆡ 쳔정 <이하 낙장>

〈2-앞〉

을 어기지 마옵소새 ᄌᆡ삼 당부ᄒᆞ고 인ᄒᆞ야 간ᄃᆡ업거날 부닌니 정신을 진장ᄒᆞ야 상공을 쳥ᄒᆞᆫᄃᆡ 상공니 들러오거날 부닌니 션관이라는 말삼을 낫낫치 셜화ᄒᆞ니 상공니 질거ᄒᆞ야 아히을 자시 본 적 과연 용모 비범ᄒᆞ난지라 부모 사랑ᄒᆞ야 일홈을 션군니라 ᄒᆞ□ 션군이 졈졈 자라나ᄆᆡ 얼골이 슈려ᄒᆞ고 지조 비상ᄒᆞ야 시셔 ᄇᆡᆨ가서을 무불통지ᄒᆞ니 뉘 안니 칭찬 □□□□□□ <낙장> 이 십오새라 부모 □□□□□□ 왈 □□ᄒᆞ야 너와 갓한 ᄇᆡ필을 구ᄒᆞ리요 ᄒᆞ고 혼사을 광구ᄒᆞ더라 차셜 잇ᄯᆡ의 슈경낭자 천상의 덕죄ᄒᆞ고 옥연동 옥싱상 ᄃᆡᆨ의 탄ᄉᆡᆼᄒᆞ야더니 죄악니 미진ᄒᆞ야 부모을 일직 여흐고 다만 유모을 □□□□□ 부□ᄒᆞ며 시월을 지ᄂᆡ드니 연광이 십오시라 □□□□□

□ 나의 삼싱연분은 션군 <이하 낙장>

〈2-뒤〉

젼싱사을 잇고 타문의 구혼ᄒᆞ니 삼싱연분□ □□ 업시 되여시면 엇지 원통치 아니ᄒᆞ리요 ᄒᆞ고 이날밤의 션군의 ᄭᅮᆷ의 가셔 이로되 션군은 쳡을 모온니가 쳡은 쳔상 션여로새 요지연의 션군으로 더부러 히농한 죄로 상지ᄭᅴ 덕죄ᄒᆞ야 인간의 나러와 인연을 □새의 ᄆᆡ자드니 엇지 다은 가문의 구혼을 ᄒᆞ려ᄒᆞ니 금셕 갓한 삼싱 은약을 어니 ᄒᆞ오미 쳡의 신명을 싱각지 안□□□가 삼연□의 인연을 ᄆᆡᄌᆞ 삼싱을 지ᄂᆡᄌᆞ ᄒᆞ고 ᄇᆡᆨ분 당부ᄒᆞ고 간ᄃᆡ업거날 션군니 ᄭᅢ달은니 남가일몽니라 낭ᄌᆞ의 ᄭᅩᆺ 갓한 얼골니 눈의 삼삼ᄒᆞ고 항기 잇난 말소ᄅᆡ 귀의 징징ᄒᆞ야 장부의 심사을 도돠ᄂᆡ니 ᄌᆞ연니 빙니 되난지라 부모 보시고 민망ᄒᆞ야 왈 너의 빙니 가장 고니ᄒᆞ니 심즁의 인난 소회을 말삼ᄒᆞ라 ᄒᆞᄃᆡ 션군이 황공ᄒᆞ야 왈 모월 모일의 일몽을 어더니 옥 갓한 낭ᄌᆞ와 말삼ᄒᆞ되 나는 월궁 션여라 ᄒᆞ고 여ᄎᆞ여ᄎᆞᄒᆞ고

〈3-앞〉

가온 휴로 ᄌᆞ연니 빙이 되야 얼골니 유쳑ᄒᆞ나니라 부모 왈 너을 탄싱할 ᄯᅵᆨ 션관니 나러와 여차여차ᄒᆞ더니 과연 슈경낭ᄌᆞ신가 ᄒᆞ로라 ᄒᆞ고 ᄯᅩ 위로 왈 ᄭᅮᆷ은 다 허사라 싱각지 말고 안보ᄒᆞ라 ᄒᆞ니 션군니 쥬왈 아무리 ᄭᅮᆷ은 허사라 ᄒᆞ오나 경영ᄒᆞᆫ 기약이 잇사오니 음식 싱각도 업난니다 ᄒᆞ고 빙셕의 누뷔 이지 아니ᄒᆞ니 부모 민망ᄒᆞ야 이약을 구ᄒᆞ되 ᄇᆡᆨ약이 무효하드라 이젹의 낭ᄌᆞ 비록 옥연동의 이시나 션군의 빙시 위즁ᄒᆞ난 줄을 알고 밤마다 비몽간의 가셔 이러되 션군은 엇지 일기 아여ᄌᆞ을 싱각ᄒᆞ야 빙이 되어 사경의 이러난이가 ᄒᆞ며 무신 약을 쥬며 왈 이 약 시기는 하나힌 불노초요 ᄯᅩ 하나힌 불사약이요 ᄯᅩ 하나힌 만빙초온니 이 약을 잡슈시고 삼연만 ᄎᆞ무소

셔 ᄒᆞ거날 ᄭᆡ다으니 간ᄃᆡ업난지라 션군니 더옥 빙시 위즁ᄒᆞ야 ᄉᆡ경의 이르니 낭ᄌᆞ ᄉᆡᆼ각ᄒᆞ되 션군니 빙시 졈 □□ᄒᆞ고 가사 더옥 영락ᄒᆞ□ 엇지 ᄒᆞ야 시간을 <이하 낙장>

〈3-뒤〉

또 ᄭᅮᆷ의 와 일오ᄃᆡ 션군으 빙시 지즁ᄒᆞ고 또한 가지 □□ᄒᆞ기로 금동ᄌᆞ 한 상을 ᄂᆡ여 쥬며 왈 션군의 ᄌᆞ난 방의 두옵소셔 ᄒᆞ며 또 화상 ᄒᆞᆫ 판을 쥬며 왈 이 화상은 쳡의 용모오니 밤니면 화상을 보고 자시고 나지면 빙퓽의 부처 두옵소셔 ᄒᆞ거날 ᄭᆡ다으니 간ᄃᆡ업난지라 방안을 살피보니 과연 금동ᄌᆞ 안ᄌᆞ거날 인ᄒᆞ야 병퓽의 안치고 낭ᄌᆞ 화상을 병퓽의 거러두고 시시로 낭ᄌᆞ갓치 보더니 이ᄯᆡ의 각도 각읍 ᄉᆞ람니 말삼ᄒᆞ되 직금 션군의 집의 ᄉᆡᆼ뷸이 잇다 ᄒᆞ고 귀경할 ᄉᆡ 각각 금은을 가지고 ᄎᆡ단을 드리며 귀경오니 이러무로 가사 졈졈 치부ᄒᆞ난지라 션군이 낭ᄌᆞ 얼골을 ᄉᆡᆼ각ᄒᆞ니 빙시가 졈졈 위즁ᄒᆞᄆᆡ 낭ᄌᆞ 또 ᄭᅮᆷ의 와 이로ᄃᆡ 지금 션군이 가사가 요부ᄒᆞ되 죵시 쳡을 ᄉᆡᆼ각ᄒᆞ오니 위션 ᄃᆡ집 종연 명월을 작ᄇᆡᆨᄒᆞ야 시월을 보ᄂᆡ소셔 ᄒᆞ거날 ᄭᆡ다으니 남가일몽니라 이튼날 명월을 불너 쳡을 사마 시월을 보ᄂᆡ더라 명월이 비록

〈4-앞〉

단정ᄒᆞ고 비상ᄒᆞ나 ᄆᆡ일 낭ᄌᆞ을 ᄉᆡᆼ각ᄒᆞ니 울울한 심사와 총총한 마음을 이기지 못난지라 낭ᄌᆞ 비록 옥연동의 니시나 션군을 ᄉᆡᆼ각ᄒᆞ되 만일 션군니 쳡을 ᄉᆡᆼ각ᄒᆞ시다가 죽어시면 ᄇᆡᆨ연 언약니 속졀업시 될 거시니 실망 지탄니 잇시니라 ᄒᆞ고 션군의 ᄭᅮᆷ의 또 와 이로ᄃᆡ 션군은 염여 마옵고 슈히 기약ᄒᆞ야 닌연을 정ᄒᆞ시리다 ᄒᆞ고 간ᄃᆡ업거날 ᄭᆡ다으니 또 ᄭᅮᆷ니라 맘니 ᄌᆞ연니 황홀ᄒᆞ야 병셕의 눕고 이지 못ᄒᆞ든 몸니 우연니 이러난니 경신니 쇠락ᄒᆞ난지라 부모 젼의 엿ᄌᆞ오ᄃᆡ 여러 ᄒᆡ 눕고 이지 못ᄒᆞ던 몸니 감밤의 일몽을 어드니

꼿 갓흔 낭즈 와 이러이러ᄒᆞ옵고 가니 아무리 ᄉᆡᆼ각ᄒᆞ어도 사시 부가ᄂᆡ오 그곳질 찾자가사리다 ᄒᆞ고 고ᄒᆞ야 ᄒᆞ직ᄒᆞ거날 부모 위셔 왈 너가 발광ᄒᆞ여 도다 ᄒᆞ고 붓즈부니 션군니 사ᄆᆡ을 쯜치고 나가거날 부모도 할 슈 업셔

⟨4-뒤⟩

노흐니 션군니 심사 □□ᄒᆞ고 <낙장> 동을 찾자갈 ᄉᆡ 죽장 집고 망해 신고 강산 귀경거니 □되 옥연동은 보지 못ᄒᆞ니 울울한 마음을 니기지 못ᄒᆞ야 하날을 부러지지며 왈 소소ᄒᆞ신 명쳔은 감동ᄒᆞ옵소셔 옥연동 가난 질을 발키쥬옵소셔 ᄒᆞ매 흔 곳을 차즈가니 별유쳔지 비닌간니라 졈졈 들러가니 그 가온ᄃᆡ 광활ᄒᆞ야 쳔봉만학은 좌우의 병픙 되고 부안은 지당의 범범ᄒᆞ고 양유쳔만ᄉᆞ은 광픙의 츔을 추고 황금 갓흔 쇠소리는 양유ᄉᆞ을 왕ᄂᆡᄒᆞ고 탐화광졉은 만학쳔봉 가며오며 츈ᄉᆡᆨ을 조롱ᄒᆞ고 화초은 지욱ᄒᆞ니 과연 빌 시근곤니라 졈졈 ᄎᆞ자 들러가며 멀니셔 바ᄅᆡ보니 와연흔 화각니 공즁의 소사난ᄃᆡ 황금 ᄃᆡ즈로 션판을 부치시되 옥연동니라 ᄒᆞ야거날 션군니 반가 ᄒᆞ야 불고염치ᄒᆞ고 ᄃᆡ상의 올나간니 흔 낭즈 ᄋᆡ미을 쉬기고 ᄐᆡ도을 이기지 못하나□□ᄒᆞ고 안즈거날 션

⟨5-앞⟩

군이 압ᄑᆡ 나아가니 낭즈 반ᄉᆡᆨ ᄃᆡ왈 그ᄃᆡ난 엇더흔신 속ᄀᆡᆨ이관ᄃᆡ 나무 션당의 오신잇가 션군니 ᄃᆡ왈 나는 유산 다니난 속ᄀᆡᆨ이옵더니 션당을 모러고 들러와 션경을 더릅피니 죄사 무셕니로소니다 낭즈 ᄃᆡ왈 그ᄃᆡ 목슘을 ᄋᆡᆨ기거든 쌀니 나가라 흔ᄃᆡ 션군니 심사 막막ᄒᆞ야 ᄉᆡᆼ각ᄒᆞ되 이 지경의 이러러 이ᄯᆡ을 일가면 다시 만닐 기약이 업도다 ᄒᆞ고 졈졈 들안지며 왈 낭즈은 나을 모로시난니가 낭즈 종시 모은난 치 ᄒᆞ거날 션군니 하릴업셔 돌라셔 나려오니 낭즈 ᄉᆡᆼ각ᄒᆞ되 션군니 만일 공힝ᄒᆞ시면 죽으리로다 ᄒᆞ고 그ᄌᆡ야

녹이홍상으로 병풍을 으지ᄒᆞ야 불너 왈 션군은 가지 마옵소셔 ᄒᆞ니 션군니 이심니 만만ᄒᆞ야 도라션니 낭ᄌᆞ 위셔 왈 그ᄃᆡᄂᆞᆫ 종시 지식니 업도다 아무리 천연을 ᄆᆡᄌᆞ신들 엇지 ᄒᆞᆫ 말□의 허락ᄒᆞ니요 ᄒᆞ고 오날 오시물 기달나다 ᄒᆞ이 션군니 그ᄌᆞ야 완연니 올나가 안잔적 낭ᄌᆞ 다시 왈 션□□ □□지 지식이 업나잇가 ᄒᆞ거

〈5-뒤〉

날 션군니 한 분 보ᄆᆡ 정신니 황홀ᄒᆞ난지라 ᄭᅩᆺ 본 나부 봄을 어니 알며 물 본 기러기 어옹을 엇지 겁ᄂᆡ리요 ᄒᆞ고 낭ᄌᆞ 손을 잡고 왈 오날 낭ᄌᆞ 얼골을 ᄃᆡ면ᄒᆞ니 이ᄌᆡ 쥭사와도 한니 업사니다 하며 긔리는 경회을 만단으로 션화ᄒᆞ니 낭ᄌᆞ 왈 날 갓탄 아여ᄌᆞ을 ᄉᆡᆼ각ᄒᆞ야 병이 되야다 ᄒᆞ오니 엇지 ᄃᆡ장부라 ᄒᆞ오니가 우리난 천상 사람으로 상지ᄉᆡ 덕죄ᄒᆞ야 인간의 나리와 남녀를 졍ᄒᆞ야 인연을 ᄆᆡᄌᆞ사오니 삼연을 지ᄂᆡ시면 상봉으로 육애을 삼고 ᄇᆡᆨ연을 ᄒᆡ로ᄒᆞ연이와 만일 급피 작ᄇᆡ되면 쳔이불거사리 막칙한 화니 이실 거시니 부ᄃᆡ 조심ᄒᆞ야 삼연만 위한ᄒᆞ옵고 기다리시면 ᄇᆡᆨ연ᄒᆡ로ᄒᆞ오니다 션군니 ᄃᆡ왈 일각니 여삼츄라 삼연니 밋삼춰라 ᄒᆞ난니가 낭ᄌᆞ ᄉᆡᆼ각ᄒᆞ되 션군으 말삼니 져러ᄒᆞ시니 만일 거져 도라가시면 결단코 쥭을 거시니 이 몸니 쥭어 황천의 외로온 혼ᄇᆡᆨ니 되면 낭ᄌᆞ 신명인들 엇지 온젼ᄒᆞ리요 ᄒᆞ며 만단으로 ᄀᆡ유ᄒᆞ니 션군니 ᄃᆡ왈 낭ᄌᆞ

〈6-앞〉

은 잠간 몸을 혀ᄒᆞ옵소서 ᄒᆞ매 나의 목숨을 보존ᄒᆞ거 ᄒᆞ야 빙설 갓한 졍졀을 굽피어 불의 든 나부와 그물의 든 고기을 구조ᄒᆞ옵쇼셔 ᄒᆞ고 사ᄉᆡᆼ을 건단ᄒᆞ니 낭ᄌᆞ ᄇᆡᆨ니사지ᄒᆡ도 무가ᄂᆡᄒᆡ라 ᄒᆞ고 좌우을 살피보니 인젹은 고요ᄒᆞ고 원ᄉᆡᆨ은 만□□□ 몸니 곤희야 □색의이지ᄒᆞ니 션군니 그ᄌᆡ야 원잉지락을

경ᄒᆞ고 밤을 지ᄂᆡ니 화락ᄒᆞ난 인경을 엇지 다 셜화ᄒᆞ리요 낭ᄌᆞ 왈 ᄂᆡ 몸니 이미 군ᄌᆞ을 쫏히여시니 신힝을 차리소셔 군ᄌᆞ와 ᄒᆞᆫ 가지로 가사리다 ᄒᆞ고 힝장을 차일 적의 셔산 노ᄉᆡ 호되 안장 ᄆᆡᆸ슈 잇기 거어ᄂᆡ야 션군니 올나 타고 ᄇᆡᆨ옥교ᄌᆞ 금발 쥬렴 황홀ᄒᆞ기 차리ᄂᆡ어 낭ᄌᆞ가 비기 타고 시비을 압셔우고 거마을 영솔ᄒᆞ야 시가로 나리가ᄉᆡ 도화은 작작ᄒᆞ고 져구난 관관ᄒᆞ다 ᄒᆞ도다 각셜리라 낭ᄌᆞ 시부모 양위 전의 애븨로 디리니 상공 ᄂᆡ위 보시고 ᄃᆡ히ᄒᆞ사 칭찬 왈 봉황니 쫙을 어더시니 이 안니 반갑ᄒᆞ리요 ᄒᆞ고 낭ᄌᆞ을 ᄋᆡ즁니 여겨 동별

〈6-뒤〉

당의 쳐소을 졍ᄒᆞ고 원잉지락을 일우니 상공부뷰 질거온 마음니 비할 ᄃᆡ 업드라 션군니 ᄆᆡ일 낭ᄌᆞ로 더부러 히롱ᄒᆞ며 일시도 ᄯᅥ나지 안니 ᄒᆞ니 학업도 져티ᄒᆞ고 가사도 불고ᄒᆞ니 상공부뷰 민망ᄒᆞᄂᆞ 아달니 다만 션군ᄲᅮᆫ니라 ᄭᅮ짓도 못 ᄒᆞ더라 이러그러 시월을 보ᄂᆞ더니 삼연니 지ᄂᆡᆫ지라 ᄌᆞ여간의 남ᄆᆡ을 탄ᄉᆡᆼᄒᆞ니 여ᄌᆞ 일홈은 춘양이요 아달 일홈은 동춘니라 가산니 요부ᄒᆞ니 오현금 월남취라 ᄒᆞ난 거실 지어 탄금ᄒᆞ니 그 쇼ᄅᆡ 쳥아ᄒᆞ야 그 곡조의 ᄒᆞ야시되 □ 양닌니 ᄃᆡ작산화ᄀᆡᄒᆞ니 야취옥면 군ᄌᆞ거라 일ᄇᆡ일ᄇᆡ 부일ᄇᆡ ᄒᆞ니 명조의 유이 포금ᄂᆡᄒᆞ라 낭ᄌᆞ 타기을 다 ᄒᆞᄆᆡ 시형을 이기지 못ᄒᆞ야 원ᄒᆞ의 ᄇᆡ휘ᄒᆞ더니 션군니 낭ᄌᆞ으 아람답은 ᄐᆡ도을 사랑ᄒᆞ야 시을 지으 화답ᄒᆞᆯ ᄉᆡ 요죠슉여 군ᄌᆞ 호구로다 ᄒᆞ더라 부모 ᄆᆡ일 션군과 낭ᄌᆞ을 사랑ᄒᆞ야 왈 너으난 과연 천상 션관 션녀로다 ᄒᆞ시고 션군을 불러 왈 국가니 ᄐᆡ핑ᄒᆞ사 □□과을 보난

〈7-앞〉

다 ᄒᆞ니 너도 경성의 올나가 입신양명ᄒᆞ□ □□□의 영화을 보니라 ᄒᆞ시고

작일 과거 □□□□□□□□□니 슈왈 우리 살□니 쳔ᄒᆞ의 시일 부ᄌᆞ□ □□□ 쇼락과 이목지쇼호을 다ᄒᆞ야신니 □□□□□ᄒᆞ와 급지을 바리잇가 만일 경셩의 올나가면 낭ᄌᆞ로 더부러 슈월 직별할 거시니 그 안니 졀박ᄒᆞ나잇가 ᄒᆞ고 낭ᄌᆞ의 방의 들러가 부모의 말삼을 셜화ᄒᆞ고 과거 안니 가기을 작졍ᄒᆞ니 낭ᄌᆞ 빈식 ᄃᆡ왈 ᄃᆡ장부 시상의 쳐ᄒᆞ야 일홈을 용문의 올니고 영화을 조션의 빗ᄂᆡ미 올커날 이직 낭군니 쳡을 잇지 못ᄒᆞ야 과거을 안니 가오면 공명을 고사ᄒᆞ고 부모 구즁니 ᄃᆡ단할 샌 아니라 ᄂᆡ종 원망니 쳡으기 밋칠 쎳ᄒᆞ오니 아모리 ᄉᆡᆼ각ᄒᆞ와 과거을 가옵쇼셔 ᄒᆞ고 ᄒᆡᆼ장을 차려쥬며 왈 낭군니 만일 안니 가시면 쳡니 민망ᄒᆞᆫ 마음을 참지 못ᄒᆞ야 자결할 거시니 밤□□옵쇼셔

〈7-뒤〉

ᄒᆞ고 은ᄌᆞ 삼ᄇᆡᆨ 양과 노마 오육 인을 ᄐᆡᆨ츌ᄒᆞ야 길을 촉ᄒᆞ니 션군 마지 못ᄒᆞ야 길을 써난니라 가셜 잇ᄯᆡ난 □□□ 츈삼월 망일니라 발ᄒᆡᆼ할 ᄉᆡ 부모양위□의 ᄒᆞ직ᄒᆞ고 낭ᄌᆞ을 도라보며 왈 부모을 모시고 어인 ᄌᆞ식을 다리고 ᄂᆡᄂᆡ 무양ᄒᆞ오 ᄒᆞ고 비휘을 금치 못ᄒᆞ야 눈물을 흘니며 써날 ᄉᆡ ᄒᆞᆫ 거름 것고 ᄒᆞᆫ 분 도라보며 두 거름 것고 두 분 도라보니 낭ᄌᆞ 즁문의 비기셔셔 눈물을 흘리며 왈 낭군은 쳘니 원졍의 편안니 단니오옵소셔 ᄒᆞ난 소ᄅᆡ 장부 간장 다 녹킨다 션군이 종일토록 가되 낭ᄌᆞ ᄉᆡᆼ각니 지즁ᄒᆞ야 지우 십 니을 가셔 슉쇼을 졍히야 셕반을 들러거날 션군니 낭ᄌᆞ을 ᄉᆡᆼ각ᄒᆞ니 심즁의 훠표 가ᄃᆡᆨ한지라 셕반을 졀피ᄒᆞ고 상을 물니친니 ᄒᆞ닌니 면망ᄒᆞ야 엿ᄌᆞ오ᄃᆡ 셔방님니 음식을 젼피ᄒᆞ니 쳔니원졍을 어니 덕달ᄒᆞ러 ᄒᆞ신잇가 션군니 답왈 ᄌᆞ연니 음식니 무미ᄒᆞ도다 ᄒᆞ고 젹

〈8-앞〉

막ᄒᆞᆫ 빈방 안ᄂᆡ 다만 낭ᄌᆞ ᄉᆡᆼ각뿐니로다 낭ᄌᆞ 얼골 눈의 삼삼 낭ᄌᆞ 말삼 귀의 ᄌᆡᆼᄌᆡᆼ ᄒᆞᆫ 분 한숨 두 분 탄식ᄒᆞ다가 울젹ᄒᆞᆫ 심사을 이기지 못ᄒᆞ야 이경 말 삼경 초의 ᄒᆞ인니 잠을 자거날 션군니 혼자 나와 집으로 도라와셔 단장을 너뭐 낭ᄌᆞ 방의 들러가니 낭ᄌᆞ ᄃᆡ경ᄒᆞ야 왈 이 집푼 밤의 어니 오신니가 션군니 ᄃᆡ왈 종일토록 가되 낭ᄌᆞ을 ᄉᆡᆼ각ᄒᆞ야 지우 십 니을 가셔 슉쇼을 졍ᄒᆞ니 울울ᄒᆞᆫ 심사을 이기지 못ᄒᆞ야 음식을 젼피ᄒᆞ고 노즁의셔 빙니 될 쎳ᄒᆞ오니 잠간 낭ᄌᆞ로 더부러 심취을 말삼ᄒᆞ고져 ᄒᆞ나니다 ᄒᆞ고 못ᄂᆡ 질기 더라 잇ᄯᆡ의 상공니 도젹을 살피러 하고 단장 안으로 두로 단니다가 동빌당 의 간적 남ᄌᆞ 쇼ᄅᆡ 들리거날 상공니 이심ᄒᆞ다가 ᄉᆡᆼ각ᄒᆞ되 낭ᄌᆞ 빙셜 갓ᄒᆞᆫ 졍졀로셔 엇지 위인을 ᄃᆡ면ᄒᆞ리요 ᄒᆞ고 도라셔다가 진위을 아지 못ᄒᆞ야 동편 사창의 귀을 기우리 들은적 낭ᄌᆞ ᄯᅩᄒᆞᆫ 인젹을 의심ᄒᆞ

〈8-뒤〉

야 말삼ᄒᆞ다가 왈 시부임미 문박ᄉᆡᆨ□ □□오니 원ᄋᆡᆼ금의 몸을 감쵸소셔 ᄒᆞ고 낭ᄌᆞ은 아휘을 달ᄂᆡ난 치ᄒᆞ며 왈 너허 아부지 이변 과거의 장원 급지ᄒᆞ 야 영화로 도라 오리라 ᄒᆞ고 아휘을 달ᄂᆡ거날 상공니 인ᄒᆞ야 쳐쇼로 도라오 니라 잇ᄯᆡ 낭ᄌᆞ 낭군을 ᄶᅡ와 이로ᄃᆡ 시부님니 문박ᄭᆡ 살피보고 갓사오니 낭군은 아무리 쳡을 잇지 못할지라도 잠간 이지시고 경셩으로 올나가 셩공 ᄒᆞ야 영화을 부모 젼의 빈ᄂᆡ면 그 아니 조흘잇가 낭군니 만일 쳡을 ᄉᆡᆼ각ᄒᆞ야 누누니 왕ᄂᆡᄒᆞ오면 부모님니 아라시고 결탄코 죄가 니실 거시니 밧비 가옵 쇼셔 ᄒᆞ며 질을 ᄌᆡ촉ᄒᆞ거날 션군니 ᄃᆡ왈 조곰 자다가 갈니라 ᄒᆞ고 누어다가 간 젹 ᄒᆞ닌니 잠을 ᄭᆡ지 아니 ᄒᆞ여난지라 ᄯᅩ 잇든날 ᄯᅥ나가되 마음니 불안ᄒᆞ 야 지우 삼십 니을 가셔 슉쇼을 졍ᄒᆞ고 누어시니 낭ᄌᆞ ᄉᆡᆼ각니 지즁ᄒᆞ야 빙니 날가 염여

〈9-앞〉

ᄒᆞ여 쳔만 가지 ᄉᆡᆼ각ᄒᆞ되 부가ᄂᆡ히라 ᄒᆞ닌을 모로기 ᄒᆞ고 집으로 도라와 낭ᄌᆞ 방의 들러가니 낭ᄌᆞ ᄃᆡ경 왈 션군은 엇지 ᄒᆞ야 밤으로 ᄂᆡ왕ᄒᆞ시난닛가 만일 이러ᄒᆞ시다가 쳔금 갓탄 몸을 즁노의셔 빙니 나면 어니 ᄒᆞ올잇가 죵ᄂᆡ 쳡을 잇지 못할진ᄃᆡ ᄂᆡ일 밤은 쳡니 낭군의 슉쇼로 차ᄌᆞ가사리다 션군니 ᄃᆡ왈 낭ᄌᆞ은 구즁 쳐ᄌᆞ로셔 ᄒᆡᆼ보ᄒᆞ기 어렵거든 엇지 원로 ᄂᆡ이왕ᄒᆞ시잇가 낭ᄌᆞ 왈 그러ᄒᆞ오면 조현 모칙니 잇다 ᄒᆞ고 화상을 ᄂᆡ어쥬며 왈 이 화상은 쳡으 용묘온니 즁노의셔 빗치 변ᄒᆞ거든 쳡으 몸니 불안ᄒᆞᆫ 쥴을 아옵쇼셔 ᄒᆞ고 새로 이별할 ᄶᅴ 상공니 맛참 동빌당 박씨 가다가 더은 적 고이ᄒᆞᆫ 쇼ᄅᆡ 나는지라 이혹ᄒᆞ여 왈 슈일 밤을 두고 낭ᄌᆞ 방ᄋᆡ 남ᄌᆞ 쇼ᄅᆡ 들니거날 이혹니 ᄃᆡ단ᄒᆞᆫ지라 쳐쇼로 도라와 호의만단ᄒᆞ드라 잇ᄯᅴ의 낭ᄌᆞ 시부 오신 줄 알고 츈양을 달ᄂᆡᄃᆡ <훼손>

〈9-뒤〉

을 위로 왈 시부임니 낭군의 왕ᄂᆡᄒᆞ난 쥴 아라□고 창 박씌 누누 슌ᄒᆡᆼᄒᆞ오니 밥비 슉쇼로 가옵소셔 ᄒᆞ니 션군니 놀ᄂᆡ 슉쇼로 간니라 이턴날 상공니 낭ᄌᆞ을 불너 문왈 일간의 집안니 고젹ᄒᆞ야 밤마당 슌ᄒᆡᆼᄒᆞ다가 동별당의 간젹 남ᄌᆞ 소ᄅᆡ나니 그 이리 가장 고히ᄒᆞ도다 실상으로 고ᄒᆞ라 ᄒᆞ되 낭ᄌᆞ ᄃᆡ왈 밤니면 심심ᄒᆞ기로 츈양과 동츈과 명월을 다리고 말삼ᄒᆞ여난니다 엇지 위닌을 ᄃᆡ면ᄒᆞ야 말삼ᄒᆞ올잇가 ᄒᆞ니 상공니 그ᄌᆡ야 마음을 노흐나 일번 고히ᄒᆞ야 명월로 불너 문왈 너가 요사니의 낭ᄌᆞ 방의 가드야 명월니 고왈 소여난 몸니 곤ᄒᆞ야 근간의 낭ᄌᆞ 방의 가지 못ᄒᆞ니다 ᄒᆞ거날 상공니 더옥 슈상ᄒᆞ여 명월을 ᄭᅮ지져 왈 요사니의 낭ᄌᆞ 방의 위닌 쇼ᄅᆡ가 밤마다 난니 고히ᄒᆞ야 낭ᄌᆞ ᄶᅡ러 무은 젹 밤으로 심심ᄒᆞ와 명월로 다리고 놀라다 ᄒᆞ니 너난 ᄌᆞ시 알 거시라 직고ᄒᆞ라

〈10-앞〉

ᄒᆞ라 ᄒᆞ니 명월니 쥬야로 슈작ᄒᆞ되 종적을 보지 못ᄒᆞᆫ지라 명월니 ᄉᆡᆼ각ᄒᆞ되 셔방님니 낭ᄌᆞ와 작ᄇᆡ 휴의 팔 연을 나을 도라보지 안니 ᄒᆞ니 이ᄂᆡ 간장 굽이굽이 셕난 쥴을 뉘라셔 알니요 ᄒᆞ고 흉기을 ᄂᆡ되 이ᄯᆡ을 당ᄒᆞ야 낭ᄌᆞ을 모함ᄒᆞ야 셜분ᄒᆞᄌᆞ ᄒᆞ고 낭ᄌᆞ을 음힝으로 모함할 ᄉᆡ 금은 슈쳔 양을 도적ᄒᆞ야 가지고 져의 동유 즁의 가셔 의논 왈 금은 쳔양을 쥴 거시니 뉘가 나을 위히여 셜원ᄒᆞ리요 ᄒᆞ니 그 즁 한 놈니 나 안진니 일홈은 돌쇄라 이 놈은 보ᄃᆡ 음흉ᄒᆞᆫ 놈니라 명월으 슈족을 금은을 바다 감슈ᄒᆞ고 명월ᄶᅡ러 뭇거날 명월니 은긴니 말ᄒᆞ되 니 사졍니 다리미 안니라 우리 ᄃᆡᆨ 셔방님니 당초의 날노 희야곰 방슈을 졍ᄒᆞ야더니 옥낭ᄌᆞ 오신 휴로 팔 연니 지ᄂᆡ시되 ᄒᆞᆫ 분도 인졍을 두지 안니 ᄒᆞ믜 ᄂᆡ의 마음니 울정ᄒᆞ야 지우금 지ᄂᆡ더니 마참 셔방님니 경셩의

〈10-뒤〉

가시기로 옥낭ᄌᆞ을 모히쿄져 ᄒᆞ노라 그ᄃᆡ난 ᄂᆡ 말을 ᄌᆞ상니 덜러라 ᄒᆞ고 이날 밤의 돌쇠을 다리고 낭ᄌᆞ 방문 박ᄭᅴ 안치 두고 왈 그ᄃᆡ난 이곳의 안자 시면 ᄂᆡ가 상공 쳐소의 가셔 여ᄎᆞ여ᄎᆞ한 말을 고히면 상공니 분명니 분노ᄒᆞ야 그ᄃᆡ을 자부라 ᄒᆞ고 나올 거시니 그ᄃᆡ난 거짓 낭ᄌᆞ 방문으로 나온치 ᄒᆞ고 문을 열려닷치고 도망ᄒᆞ라 ᄒᆞ고 명월니 상공 쳐소의 가 고ᄒᆞ되 소여 경일 동별당의 슈직ᄒᆞ라 ᄒᆞ신 영을 미고 밤마다 슈직ᄒᆞ되 사람의 종젹니 업삼드니 오날밤의 가온젹 팔 쳑 장신위 ᄒᆞᆫ 놈니 낭ᄌᆞ 방의 들려가셔 낭ᄌᆞ와 히롱ᄒᆞ거날 소여 사창의 귀을 ᄃᆡ니고 드은 젹 셔방님 상경히여 다가 나러오시거든 쥐기고 ᄌᆡ물을 도적ᄒᆞ야 도망ᄒᆞ자 이논ᄒᆞ더니다 상공니 ᄃᆡ로ᄒᆞ야 칼을 덜고 나난다시 동별당의 가니 엇더ᄒᆞᆫ 놈니 단장을 넘뭐

〈11-앞〉

가거날 상공니 ᄃᆡ분ᄒᆞ야 쳐쇼로 도라와 분기을 이기지 못ᄒᆞ고 작경ᄒᆞ다가 한작 발을 상ᄒᆞᆫ지라 이윽ᄒᆞ야 오경 북소ᄅᆡ 나며 원촌의 기명셩니 나ᄂᆞᆫ지라 상공니 노복을 불너 호영ᄒᆞ야 좌우의 갈나 셔우고 ᄒᆞ나식 업치고 궁문ᄒᆞ되 ᄂᆡ 집니 단장니 놉파 위닌 츌입은 업난ᄃᆡ 너허 놈 즁의 엇더ᄒᆞᆫ 놈니 낭ᄌᆞ 방의 ᄂᆡ왕ᄒᆞ난다 너허 놈은 분명 알거시니 바로 직고ᄒᆞ라 ᄒᆞ며 즁장ᄒᆞᆯ ᄉᆡ 분기을 이기지 못ᄒᆞ야 호영 왈 낭ᄌᆞ을 다리 오라 ᄒᆞ거날 명월니 먼저 달려가 별당문을 쑤다이며 소ᄅᆡ을 크기 ᄒᆡ여 왈 낭ᄌᆞ은 무신 자물 그리 직기 자신난닛가 ᄒᆞ거날 낭ᄌᆞ 놀ᄂᆡ 이러 안진니 명월니 문박ᄊᆡ셔 호영ᄒᆞ되 낭ᄌᆞ 잡아오라 ᄒᆞᆫ다 ᄒᆞ니 정신니 암암ᄒᆞᆫ지라 ᄌᆞ시 살피보니 문박ᄊᆡ 분쥬ᄒᆞᄂᆞᆫ 소ᄅᆡ 들리거날 낭ᄌᆞ 놀ᄂᆡ 문을 열고 보니 남녀 간 종을 업퓌놋코 무슈니 궁문ᄒᆞ거날 낭ᄌᆞ 문왈 너허ᄂᆞᆫ 무삼 일로 작경ᄒᆞ난다 ᄒᆞ니 종들리 일시의 ᄃᆡ왈 낭

〈11-뒤〉

ᄌᆞ난 엇더한 놈을 더부러 통간ᄒᆞ다가 현젹니 현노ᄒᆞ야 ᄋᆡᄆᆡ한 소신 등을 즁죄 당키 하나잇가 밥비 나와 무죄한 소닌 등을 살리 쥬옵소셔 ᄒᆞ며 구ᄇᆡᆨ니 ᄌᆞ심ᄒᆞ거날 낭ᄌᆞ 이 말을 듯고 정신니 암암ᄒᆞ야 무러 왈 무삼 연고로 그러ᄒᆞ다 ᄒᆞ니 ᄌᆡ촉니 셩화 갓ᄒᆞᆫ지라 머리의 옥잠을 곱고 나가니 시부님니 ᄃᆡ로ᄒᆞ거날 급피 문박ᄊᆡ 업더져 고왈 이 집퓬 밤의 무삼 죄로 종연으로 ᄒᆡ여곰 잡아오라 ᄒᆞ신잇가 상공니 ᄃᆡ로 왈 ᄂᆡ가 거순의 낭ᄌᆞ 쳐쇼의 간젹 낭ᄌᆞ 남ᄌᆞ로 더부러 말하난 소ᄅᆡ 들리거날 슈상ᄒᆞ야 물은젹 ᄃᆡ답ᄒᆞ난 말리 낭군 상경ᄒᆞ신 휴로 밤니면 심심ᄒᆞ야 츈양 동츈과 명월을 다리고 말삼 ᄒᆡ야다 ᄒᆞ드니 그 휴의 명월을 불러 무은젹 낭ᄌᆞ 방의 간난 ᄇᆡ 업다 ᄒᆞ거날 고이 ᄒᆞ야 슈직ᄒᆞᆫ젹 낭ᄌᆞ 방의 엇던 놈니 츌닙ᄒᆞ니 무삼 발명ᄒᆞ리요 ᄒᆞ고 고셩 ᄃᆡ칙ᄒᆞ니 낭ᄌᆞ 이 말을 듯고 낙누ᄒᆞ며 발명ᄒᆞ니 상공니 더옥 분로ᄒᆞ야 왈 ᄂᆡ 목젼

〈12-앞〉

의 본이리라 너가 기망ᄒᆞ니 보지 못한 이러야 엇지 다 셜화ᄒᆞ리요 오날밤의
낭ᄌᆞ 방의 나오난 놈은 엇더ᄒᆞᆫ 놈니관ᄃᆡ 종ᄂᆡ 기망ᄒᆞ난다 일국 ᄌᆡ상가의
위인니 츌입ᄒᆞ니 그 놈으 셩명을 바로 아리라 ᄒᆞ며 호영니 추상 갓거날
낭ᄌᆞ 질ᄉᆡᆨ ᄃᆡ왈 아무리 육애을 갓초지 안니ᄒᆞ온들 엇지 이은 말삼으로 구즁
ᄒᆞ옵신잇가 발명 무로ᄒᆞ오나 시시 살피보옵소셔 ᄂᆡ 몸니 비록 시상의 나러
와시나 빙셜 갓ᄒᆞᆫ 졀ᄀᆡ와 열여불경이부 ᄌᆞ로 아옵고 ᄯᅩᄒᆞᆫ 쳔졍니 완젼크든
엇지 위닌을 ᄃᆡ하잇가 죽어도 모리난니다 상공니 더옥 ᄃᆡ로ᄒᆞ야 낭ᄌᆞ을
졀박 나입ᄒᆞ라 ᄒᆞ거날 창두 등니 일시의 고함ᄒᆞ고 달여들러 낭ᄌᆞ의 손을
잡고 졀박히여 상공 젼의 안치고 고셩 ᄃᆡ질 왈 너의 죄난 만사무셕니라
잡말 말고 ᄂᆡ왕ᄒᆞ난 놈을 직고ᄒᆞ라 ᄒᆞ며 큰 ᄆᆡ를 잡아 ᄆᆡᆼ장ᄒᆞ니 낭ᄌᆞ 기가
막키 흐리난니 눈물니요 소사나니 유혈니라 낭ᄌᆞ 혼미 즁의 정신을 지우
진정ᄒᆞ야 엿자오ᄃᆡ

〈12-뒤〉

낭군니 쳡을 ᄉᆡᆼ각ᄒᆞ야 질을 ᄒᆡᆼᄒᆞ여 지우 십 니을 가셔 슉쇼을 졍ᄒᆞ고 와삽든
니 그 이튼날 밤의 ᄯᅩ 와삽거날 쳡은 미거ᄒᆞᆫ 소견으로 부모 아라시면 구즁니
ᄃᆡ단할가 염여ᄒᆞ야 종젹을 감초고져 사위ᄒᆞᆫ ᄒᆞ야 고하지 못ᄒᆞ야삽드니 귀
신니 시기ᄒᆞ고 조뮬니 튜기ᄒᆞ난지라 이른 뉴명으로 사경의 더러사오니 무
삼 면목으로 발명ᄒᆞ오며 쳡의 무죄ᄒᆞ옵난 쳐지을 아난잇가 상공니 더옥
호영ᄒᆞ여 집장을 고찰ᄒᆞ며 ᄃᆡ칙 왈 너가 종시 기망ᄒᆞᆫ다 ᄒᆞ니 낭ᄌᆞ 하리
업셔 하날을 우러러 울며 왈 소소ᄒᆞ신 명쳔은 아ᄆᆡ한 목슘을 살리 쥬옵소셔
ᄒᆡ며 기졀ᄒᆞ니 시모 졍시 그 차목한 형상을 보고 치엽하ᄆᆡ 왈 상공은 안혼ᄒᆞ
야 ᄌᆞ시 보지 못ᄒᆞ고 ᄇᆡᆨ옥 갓ᄒᆞᆫ 낭ᄌᆞ을 음ᄒᆡᆼ으로 박ᄃᆡᄒᆞ니 엇지 휴사가
업시잇가 ᄒᆞ고 달여들러 창두을 물니고 낭ᄌᆞ을 붓잡고 ᄃᆡ셩통곡ᄒᆞ며 왈

부모 망영되야 이러타시 박딕ᄒᆞ되 낭ᄌᆞ의

〈13-앞〉

정졀은 ᄂᆡ가 아난지라 ᄒᆞ고 별당으로 드러가라 하며 만단으로 위로ᄒᆞ니 낭ᄌᆞ 고왈 잇말ᄉᆡ ᄒᆞ야시되 도젹 ᄊᆡ는 벗고 창여 ᄊᆡ는 벗지 못ᄒᆞ다 ᄒᆞ니 여튼 뉴명을 입고 살기을 바ᄅᆡ잇가 쥭기미 맛당ᄒᆞ다 ᄒᆞ니 시모 졍시 만단으로 ᄀᆡ유ᄒᆞ되 종시 덧지 안니ᄒᆞ난지라 낭ᄌᆞ 손으로 머리의 옥잠을 ᄲᆡ여 들고 하날을 우러러 실피 울며 왈 소소ᄒᆞ신 창쳔은 ᄒᆞ감ᄒᆞ옵소셔 만일 ᄒᆡᆼ실니 부졍ᄒᆞ거든 이 옥잠니 셤돌의 ᄇᆡᆨ키지 안니 ᄒᆞ고 만일 ᄋᆡᄆᆡᆨᄒᆞ거든 이 셤돌의 사부차기 ᄇᆡᆨ키 쥬옵고 쳡으 ᄋᆡᄆᆡᆨᄒᆞᆫ 누명을 소상니 발키 쥬옵소셔 ᄒᆞ고 옥잠을 들러 공즁의 던지고 엽더진니 옥잠니 나러와 셤돌의 ᄇᆡᆨ키거날 그ᄌᆡ야 상공니 ᄭᆡ달나 황급ᄒᆞ야 낭ᄌᆞ을 위로 왈 늘근 ᄋᆡ비 망영되야 낭ᄌᆞ의 빙셜 갓ᄒᆞᆫ 졍졀을 몰ᄂᆡ 보고 이다지 박딕ᄒᆞ니 낭ᄌᆞ난 너무신 소견으로 두로 ᄉᆡᆼ각ᄒᆞ야 안심ᄒᆞ옵소셔 낭ᄌᆞ 통곡 왈 나는 시상을 바리고져 ᄒᆞ나니다 상공니

〈13-뒤〉

ᄃᆡ경ᄒᆞ야 낭ᄌᆞ을 위로 왈 남녀 간의 한 분 누명은 □혹여사오니 만분 셔량ᄒᆞ와 쳐쇼로 가자ᄒᆞ니 낭ᄌᆞ 왈 ᄂᆡ가 아무리 ᄉᆡᆼ각히도 죽어사 누명을 버사리다 ᄒᆞ니 상공니 무안ᄒᆞ야 아무리 할 쥴을 모리드라 낭ᄌᆞ 시모을 청히여 왈 날 갓ᄒᆞᆫ ᄀᆡ집이라 ᄒᆞ난 사람도 ᄒᆞᆫ 분 누명으로 휴시의 유젼ᄒᆞ니 ᄂᆡ도 엇지 살기을 바ᄅᆡ니요 ᄒᆞ고 방셩통곡ᄒᆞ니 옥 갓ᄒᆞᆫ 두 귀밋ᄐᆡ 진쥬 갓ᄒᆞᆫ 누뮬니 흐은지라 시모 ᄋᆡ연히 여목을 안고 갓치 통곡ᄒᆞ다가 상공을 ᄎᆡᆨ망ᄒᆞ여 왈 망영ᄒᆞ다 두셔 업다 상공인지 즁공인지 옥셕을 몰나보고 낭ᄌᆞ을 모함ᄒᆞ야 이 지경이 되야신니 휴사을 엇지 할고 낭ᄌᆞ 쥭은 휴의 션군이 나리와셔

이 쇼식 드러시면 결단코 쥭으리라 ᄌ식 업냐 두 늘근니 뉘을 이지ᄒ야 사단 말고 상공은 이ᄂᆡ 죄로 그러ᄒ기 무괴ᄒ되 무상ᄒ다나스신시 어니히여 사단 말고 무슈니 통곡ᄒ니 낭ᄌ 시모을 위로 왈 하날니 무너져도 소사날 구무 잇다 하이 과니 셜어다옵소셔 ᄒ며 만단

〈14-앞〉

으로 셜화할 ᄉᆡ 츈양 동츈니 낭ᄌ의 치ᄆᆡ을 잡고 울며 ᄒ난 말리 어마님요 어인 동ᄉᆡᆼ 동츈을 ᄉᆡᆼ각ᄒ야 울지 마옵쇼셔 어마임 쥭어지면 어인 동츈 어니ᄒ며 아부지 나러오시거든 어마임 ᄋᆡᄆᆡ한 말삼니나 셜화ᄒ고 사ᄉᆡᆼ을 판단ᄒ옵쇼셔 우나이다 우나이다 동츈니 졋 먹자 우나이다 방으로 드러가셔 동츈을 졋짐 쥬쇼 ᄋᆡ고 ᄋᆡ고 셔음이야 어마임 쥭어지면 우리 두리 어인 거시 뉘을 이지ᄒ야 살라날고 동츈니 ᄯᅩᄒᆞᆫ 어마임 목을 안고 방ᄋᆡ 가셔 졋을 달라 ᄒ니 낭ᄌ 철셕 간장인들 이인 경을 어니ᄒ리 츈양을 압세우고 동츈을 안고 방으로 더러가셔 동츈을 안고 졋을 ᄆᆡ기니 누뮬니 압퓰 갈와 오장의 뷸리 난다 빗집을 ᄂᆡ어 놋코 츈양을 머리 빗기며 ᄒ난 말이 실푸다 츈양아 가연타 동츈아 ᄂᆡ 쥭난 거신 셜잔ᄒ되 너그 두리 어니 살며 너의 아부지 셔월 가셔 오날날 ᄂᆡ 쥭난 쥴은 어니 알소 가연ᄒᆞᆫ 이ᄂᆡ 심사 말할 곳지 젼니 업다 ᄒ고

〈14-뒤〉

옥함을 열고 부ᄎᆡ 한 벙을 ᄂᆡ여 츈양을 쥬며 왈 부ᄎᆡ 일홈은 ᄇᆡᆨ합션이라 차을 ᄯᆡ의 붓치면 더온 바람 니오고 더올 ᄯᆡ 붓치면 ᄎᆞ온 바람니 소난니 집피 간슈히여다가 너의 동ᄉᆡᆼ 동츈을 쥬라 ᄒ고 ᄯᅩ 비단 옷 ᄒᆞᆫ 불을 ᄂᆡ어 쥬며 왈 이 옷 일홈은 상사단이라 어무 ᄉᆡᆼ각니 이심 ᄯᆡ의 이부면 ᄉᆡᆼ각니 업난니라 ᄒ고 ᄋᆡ통할 ᄉᆡ 동츈은 무읍픠 안치고 츈양의 머리을 만지며 왈

불상ᄒᆞ다 츈양아 ᄂᆡ 쥭은 휴의 부ᄃᆡ 동츈을 잘 키와라 목마으다 ᄒᆞ거들나 밤니라도 물을 쥬고 ᄇᆡ곱푸다 ᄒᆞ거들나 참참니 밥을 쥬고 시시로 안고 업버 부ᄃᆡ 눈을 상히 보지 말코 조히 잇시라 답답ᄒᆞ다 츈양아 불상ᄒᆞ다 동츈아 ᄂᆔ을 이지 ᄒᆞ야 잘라 날고 가삼을 두다니며 뮤슈이 통곡ᄒᆞ니 츈앙니 어무 경싱을 보고 울며 왈 어마 어마 쥭지 마쇼 어인 동싱과 나을 ᄂᆔ 앗ᄐᆡ 부탁ᄒᆞ고 이은 지경ᄒᆞ신니가 셔로 븟들고 통곡ᄒᆞ다가 츈양니 기진

〈15-앞〉

ᄒᆞ야 잠니 들고 동츈도 자난지라 낭ᄌᆞ 혼자 □□ 싱각ᄒᆞ니 막막ᄒᆞᆫ 심휘와 원통ᄒᆞᆫ 분기을 이기지 못ᄒᆞ야 아무리 싱각ᄒᆞ도 ᄂᆡ 몸니 구천의 드러가셔 이은 누명을 시질니라 ᄒᆞ고 가만니 츈양 동츈의 머리을 마치며 왈 불상ᄒᆞ다 츈양 동츈아 너가 잠니 ᄭᆡ면 나을 쥭지 못할 거신니 부ᄃᆡ 잘 잇거라 ᄒᆞ고 옥함의 금의을 ᄂᆡ여 입고 원잉침 도도 비고 칰도 칼을 셤셤옥슈 잡바ᄂᆡ여 가삼을 질너ᄂᆡ니 ᄇᆡ일이 무광ᄒᆞ고 산쳔니 암암도야 쳔동소ᄅᆡ 나며 츄우ᄃᆡ 라 ᄒᆞᆫ지라 옥 갓ᄒᆞᆫ 낭ᄌᆞ 가삼의 유혈니 낭ᄌᆞᄒᆞ거날 츈양니 맛참 잠을 ᄭᆡ어보니 어무 가삼을 칼니 쏩피거날 츈양니 ᄃᆡ경 질식ᄒᆞ야 칼을 ᄲᆡ려ᄒᆞ니 요지부동니라 츈양니 동츈을 ᄭᆡ와 업고 신치을 안고 낫틀 ᄒᆞᆫᄐᆡ 다니고 ᄃᆡ셩 통곡ᄒᆞ며 왈 어마님아 나을 다리가쇼 어인 동싱은 어이 할고 ᄒᆡ며 실피운니 일월니 무광ᄒᆞ고 목셕니 락누ᄒᆞ드라 곡생니 원

〈15-뒤〉

근의 들니거날 상공 부뷰와 일가 노비 등니 ᄃᆡ경ᄒᆞ야 들러가니 낭ᄌᆞ 가삼의 칼을 쏩고 누어거날 ᄌᆞ시본젹 옥안의 화식은 업시나 안식은 여상ᄒᆞᆫ지라 창황 쥰의 칼을 ᄲᆡ려ᄒᆞ니 요지부동니라 상공 부뷰 아무리 할 쥬을 모러드라 잇ᄯᆡ의 동츈니난 어무 쥬근 쥴 모으고 달여드려 졋지 안니 난다 ᄒᆞ고 운니

츈양니 동츈을 달ᄂᆡ며 왈 동츈나 동츈나 어마님 잠을 ᄊᆡ그들나 젓을 먹으라 하며 쥭은 신치을 흘들며 왈 어마님아 이러나쇼 동츈나 젓 먹자 ᄒᆞ고 우난니 다 어버도 안니 듯고 안아도 안니 듯고 밥을 조도 아니 먹고 뮬을 조도 안니 먹고 어마님마 부르며 젓만 먹자 ᄒᆞ나니다 우약 ᄊᆡ나 ᄂᆡ 이러야 츈양니 동츈을 달ᄂᆡ며 셔로 붓들고 함기 쥭자 ᄒᆞ고 궁글며 통곡ᄒᆞ니 사람이야 못 보긴ᄂᆡ 초목금슈라도 우난 텃ᄒᆞ니 아모리 쳘셕 갓ᄒᆞᆫ 인ᄉᆡᆼ이야 안니 울고 어니 ᄒᆞ리요 이리 져리 사오 일니 지ᄂᆡ도 신치난 불빈ᄒᆞ난지라 상공 부뷰 ᄉᆡᆼ각ᄒᆞ되 낭ᄌᆞ 이ᄌᆡ 쥭어신니 션군니 나리 와셔 낭ᄌᆞ 가삼의 칼을 보

〈16-앞〉

면 분명니 우리가 모함ᄒᆞ야 쥬근 쥴을 알고 졀연코 한 가지로 쥬을 거신니 션군 오지 안니 ᄒᆞᆫ 젼의 신치을 갈물ᄒᆞᄌᆞ ᄒᆞ고 상공니 노복을 다리고 방안의 드러가 쇼ᄃᆡ 염ᄒᆞ리 ᄒᆞ니 신치가 붓고 요동치 안니ᄒᆞ거날 상공니 아무리 할 쥴 모러드라 각셜 잇ᄯᆡ의 션군니 경셩의 올나가 슈일 유ᄒᆞᆫ 휴의 과거날을 당ᄒᆞ야 장즁의 드러간니 쳥금다사 모니드라 결지을 ᄂᆡ여거날 ᄌᆞ시 보니 이젼의 짓든 ᄇᆡ라 필먹을 갓꽈 일필휘지 ᄒᆞ야 일천의 밧치고 나와든니 황지 보시고 ᄃᆡ찬 왈 이 글은 귀귀 쥬옥니요 ᄌᆞᄌᆞ 문장니라 ᄒᆞ고 장원을 션졈ᄒᆞ야 방목을 거리거날 션군니 바ᄅᆡ보드니 맛참 심ᄂᆡ을 부르거날 션군이 드러가 셔 어쥬 삼잔 반취 휴의 머리의 어사화요 몸의난 쳥삼니라 황지 직시 할님학 사을 쥬시거날 션군니 사음 슉ᄇᆡᄒᆞ고 집으로 나려올 ᄉᆡ 화동을 압셔우고 ᄒᆞ인을 보ᄂᆡᆯ 젹의 부모와 낭ᄌᆞ 젼의 편지을 먼져 보ᄂᆡ니라 ᄒᆞ인니 나리와 상공

〈16-뒤〉

젼의 핀지을 드러거날 상공 부뷰 바다 보니 글의 하야시되 부모의 음덕으로

금변 과거의 장원ᄒᆞ믹 황지의 덕튁으로 할님의 올나사온니 쳔은니 망극ᄒᆞ옵고 부모 영광을 빈ᄂᆡ가사리다 ᄒᆞ고 도문일ᄌᆞ은 금월 십오일로 졍희여사온니 그리 ᄒᆞ감ᄒᆞ시고 도문 조쳐을 ᄒᆞ옵쇼셔 ᄒᆡ여드라 ᄯᅩ 낭ᄌᆞᄭᅴ 부친 핀지을 츈양을 불너 쥬며 왈 이 핀지난 너의 어무ᄭᅴ 부친난 핀지라 가지다가 옥함의 간슈ᄒᆞ라 ᄒᆞ시고 방셩통곡ᄒᆞ거날 츈양니 바다 가지고 울며 동츈을 다리고 방으로 드러가 동츈을 압픠 안치고 어무 신치을 안고 낫틔 덥픈거실 볏기고 핀지을 들고 낫틀 한틱 다히고 ᄃᆡ셩통곡 왈 어마님아 이러나쇼 아부지 핀지 왓나니다 어셔 이러낫쇼 아부지 장원급지ᄒᆞ야 할님으로 오난니다 ᄒᆞ고 핀지을 어무 낫틔 덥고 울며 왈 어마님 젼일의 핀지을 조

〈17-앞〉

와 ᄒᆡ시드니 오날은 어니 ᄒᆡ여 아부지 핀지라 ᄒᆡ도 이러나지 안니 ᄒᆞ며 반갑기도 안니 ᄒᆞ시잇가 뷸쵸ᄒᆞᆫ 츈양니은 쳔ᄌᆞ을 몰ᄂᆡ보와 어마임 혼빅 젼의 사연을 고ᄒᆞ지 못ᄒᆞ고 핀지을 가지고 조모 젼의 가셔 울며 왈 할마님아 핀지 사연을 알거들나 어마님 신치 젼의 가 일너쥬쇼 우리 어마님 쥭은 혼빅이라도 아오리다 ᄒᆞ니 조모 츈양의 거동 보고 통곡ᄒᆞ믹 드러가 핀지 사연을 이러니 그 셔의 ᄒᆞ야시되 문안 즘관 젼ᄒᆞ오니 낭ᄌᆞ은 바다 보쇼 그간의 쳔금귀지을 안보ᄒᆞ나잇가 나은 낭ᄌᆞ으 지극한 졍셩으로 금변 과거의 장원 급지ᄒᆞ야 도문일ᄌᆞ을 졍ᄒᆡ사오나 그ᄃᆡ 화상니 날로 빈ᄒᆞ온니 아지 못ᄒᆞ건니와 무삼 연고 잇난지 몰나 휘심니 만만ᄒᆞ야 침식니 뷸안ᄒᆞ오나 급피 나리가온니 부ᄃᆡ 낭ᄌᆞ은 쳔금 갓ᄒᆞᆫ 몸을 안보ᄒᆞ와 ᄂᆡᄂᆡ 무량ᄒᆞ옵시오 쉬히 나려가 반가니 상봉ᄒᆞ오리라 ᄒᆡ여드라 보기을 다ᄒᆞ믹 마음니 어광어취ᄒᆞ야 동츈

〈17-뒤〉

과 츈양을 어로 만지며 통곡 왈 가연ᄒᆞ다 츈양 동츈아 너으 아부지 핀지은 와시되 너의 어미난 어ᄃᆡ 간고 안니오소 ᄋᆡ달ᄒᆞ고 졀통ᄒᆞ다 만단으로 통곡 ᄒᆞ니 츈양이 그 사연을 듯고 어무 신치을 붓들고 무슈니 통곡ᄒᆞ다가 기졀ᄒᆞ니 조모 붓잡아 근근니 구ᄒᆞ니 그 거동을 차마 보지 못할ᄂᆡ라 정시 나와 상공ᄶᅡ러 왈 션군의 핀지을 보니 여ᄎᆞ여ᄎᆞᄒᆡ여시니 이ᄌᆡ 션군니 나리와셔 낭ᄌᆞ 죽으을 보면 결단코 ᄒᆞᆫ 가지로 죽을 거시니 이 일을 어니ᄒᆞ리요 상공인 ᄃᆡ왈 ᄂᆡ ᄉᆡᆼ각ᄒᆞ니 조헌 모ᄎᆡᆨ니 이도다 부닌은 염여 마옵쇼셔 ᄒᆞ고 직시 노복을 불너 왈 할님니 나리와 낭ᄌᆞ 죽으물 보면 결단코 죽을 거시니 너히들도 각각 ᄉᆡᆼ각ᄒᆞ라 ᄒᆞ니 그 즁의 늘근 종인 고왈 소인니 거연의 할님을 모시고 임진사 ᄃᆡᆨ의 간젹 낭ᄌᆞ 무슈니 모화난ᄃᆡ 금빅사니로 옥 갓ᄒᆞᆫ 낭ᄌᆞ 나와 귀경ᄒᆞ거날 할님니 그 낭ᄌᆞ을 보고 이로ᄃᆡ 쳔ᄒᆞ의 일ᄉᆡᆨ니라 ᄒᆞ고 사람

〈18-앞〉

불너 물은젹 임진사 ᄃᆡᆨ 낭ᄌᆞ라 ᄒᆞ니 할님 못ᄂᆡ 사랑ᄒᆞ드니다 그ᄃᆡᆨ으로 구혼ᄒᆞ온면 조헐 덧ᄒᆞ옵고 ᄯᅩ한 그ᄃᆡᆨ니 나리 오난 길가니 오니 연소한 마음으로 신졍을 이류오면 구졍을 이질 덧ᄒᆞ오니 아무ᄶᅩ록 구혼ᄒᆞ옵쇼셔 상공니 ᄃᆡ히 왈 너의 말리 올타 ᄒᆞ고 그ᄃᆡᆨ 진사은 나와 ᄌᆡ별ᄒᆞ고 ᄯᅩ한 션군니 급지ᄒᆡ여시니 쳥혼ᄒᆞ면 질거ᄒᆞ리라 ᄒᆞ고 ᄌᆡᆨ일의 상공니 발ᄒᆡᆼᄒᆞ야 임진사 ᄃᆡᆨ의 간니 진사 영졉ᄒᆞ여 왈 엇지 누지의 오신잇가 ᄒᆞ거날 상공니 ᄃᆡ왈 우리 션군니 낭ᄌᆞ와 연분니 지즁ᄒᆞ야 일시도 ᄯᅥ나지 아니ᄒᆞ드니 과거을 당ᄒᆞ야 경셩ᄋᆡ 올나가라 ᄒᆞᆫ젹 ᄂᆡ 말을 덧지 아니ᄒᆞ고로 낭ᄌᆞ 강권ᄒᆞ야 보ᄂᆡ더니 금번 장원 급지ᄒᆞ야 할님으로 온단 핀지 온 ᄌᆡ 슈일니라 그러ᄒᆞ나 가문니 불ᄒᆡᆼᄒᆞ야 우리 낭ᄌᆞ가 모월 모일의 죽어시니 분명 션군니 나리오면 결단코 죽을지라 그러무로 혼사을 광문ᄒᆞᆫ직 진사 □□□□□□잇다 ᄒᆞ

〈18-뒤〉

오믹 불고염치ᄒᆞ고 구혼 ᄎᆞ로 와사오니 진사 뜻지 엇더ᄒᆞ신잇가 우리 할님니 연소ᄒᆞ와 신경을 이우시면 구정을 이질 덧ᄒᆞ고 ᄯᅩ한 영화 극진ᄒᆞ오니 쾌키 하락ᄒᆞ쇼셔 진사 ᄃᆡ왈 거연의 상공 ᄃᆡᆨ의 가 동별당의 할임니 낭ᄌᆞ로 더부러 히롱ᄒᆡ며 노난 양을 보니 월궁항아 갓ᄒᆞᆫ지라 ᄂᆡ의 여식은 황혼의 반달니요 옥낭ᄌᆞ은 추천의 온달니라 만일 할님니 신경의 뜻지 업고 구정만 ᄉᆡᆼ각ᄒᆞ면 이 안니 민망ᄒᆞ오 ᄌᆡ삼 당부ᄒᆞ다가 마지못ᄒᆞ야 허락ᄒᆞ여 왈 할님 갓한 사위을 정ᄒᆞ면 엇지 질겁지 안니 ᄒᆞ리요 ᄒᆞ니 상공니 ᄃᆡ히 왈 할임니 금월 당일의 진사 ᄃᆡᆨ 문전으로 지ᄅᆡ 거시니 그날로 ᄒᆡᆼ얘ᄒᆞ리다 ᄒᆞ고 상공인 집으로 도라와 납치을 보ᄂᆡ고 할임 오기을 기달러드라 잇ᄯᆡ의 할임니 머리의 어사화을 쏩고 청삼을 입고 화동을 압셔우고 천금쥰마의 청운 락슈교로 나리오믹 실ᄂᆡ을 부르니와 연ᄒᆞᆫ

〈19-앞〉

션관일ᄂᆡ라 즁노의 쳐쇼을 정ᄒᆞ사 유ᄒᆞ드니 비몽 간의 낭ᄌᆞ 드러오며 몸믹 유혈니 나는지라 할님 졋ᄐᆡ 안지믹 락누ᄒᆡ여 왈 쳡은 신운니 불칙ᄒᆞ와 시상을 하직ᄒᆞ고 황천의 도라가사온나 일젼의 시모님씨 할님 핀지 사연을 덧사온니 금방 장원극지ᄒᆞ옵고 할님으로 오신다 말삼은 쥭은 혼ᄇᆡᆨ이라도 반갑기 칭양 업사와 이곳 ᄀᆡᆨ사의 와사오나 실푸다 낭군니 영화드 나리오되 남과 갓치 못 보오니 졀통ᄒᆞᆫ 일을 엇지 다 셜화하리가 눈믈을 흘어 울믹 왈 낭군은 츈양을 어니 ᄒᆡ며 동츈을 어니 ᄒᆞ오잇가 쳡의 몸니 슈척ᄒᆞ야 촌촌 젼진ᄒᆞ여 와사온니 쳡의 가삼니나 만지 보쇼셔 ᄒᆞ고 ᄒᆞᆫ슘 짓고 락누ᄒᆞ거날 할님니 낭ᄌᆞ을 안고 가슴을 만져 보니 칼니 쏩피거날 놀ᄂᆡ ᄭᆡ달으니 필시 흉몽니라 이러 안진니 오경 북소ᄅᆡ 나며 기명성니 들니거날 ᄒᆞ인을 분뷰 왈 도문일ᄌᆞ 밥부니 쌜니 가ᄌᆞ ᄒᆞ

〈19-뒤〉

고 써나 쥬야로 나리오더라 이젹의 상공이 호ᄉᆞ□□□□ᄒᆞ야 임진사 ᄃᆡᆨ의가 할님 오기을 기달으드니 이윽ᄒᆞ야 할님니 오거날 거동을 보니 우이 ᄃᆡ단ᄒᆞ야 과연 천상션관 갓ᄒᆞᆫ지라 상공니 질거ᄒᆞ여 마조 나가 실ᄂᆡ을 청ᄒᆞ니 할님니 복지 ᄌᆡ빅 왈 아부지 즁노의 나오신잇가 상공니 할님 손을 잡고 왈 이ᄌᆡ 급지히여 할님으로 나리오니 영화 극진ᄒᆞ도다 ᄒᆞ고 슐을 권하니 할님니 반취ᄒᆞ거날 상공니 위시ᄆᆡ 왈 ᄂᆡ ᄉᆡᆼ각ᄒᆞ니 너난 이ᄌᆡ 비살니 할님의 올나 일홈니 일국의 빗나고 ᄯᅩᄒᆞᆫ 얼골니 관옥 갓ᄒᆞᆫ지라 ᄃᆡ장부 엇지 ᄒᆞᆫ 낭ᄌᆞ로 ᄒᆡ여곰 시월을 보ᄂᆡ리요 그러무로 혼사을 광문ᄒᆞ애 이ᄌᆞᆺ 임진사 소낭ᄌᆞ로 결혼ᄒᆞ니 너난 오날 ᄒᆡᆼ애ᄒᆞ고 가난 거시 어써ᄒᆞᆫ야 ᄒᆞ니 할님니 고왈 간밤의 일몽을 어드니 낭ᄌᆞ 와시되 옥 갓ᄒᆞᆫ 얼골니 슈쳐ᄒᆞ고 만신의 유혈이라 겻ᄐᆡ 안ᄌᆞ 보니온니 집안의 무삼 연고 잇난잇가 ᄒᆞ며 ᄯᅩᄒᆞᆫ 낭ᄌᆞ와

〈20-앞〉

언약니 지즁ᄒᆞ온니 집으로 나려가 낭ᄌᆞ로 더부러 의론ᄒᆞᆫ 휴의 결단ᄒᆞ올이다 ᄒᆞ고 질을 ᄌᆡ촉ᄒᆞ야 가거날 상공니 말을 붓잡고 위로 왈 혼인은 인간ᄃᆡ사요 늘근 아비 경ᄒᆞᆫ 일을 ᄌᆞ식니 불청히면 불효 막ᄃᆡᄒᆞ니 너난 고집 말고 육애을 갓초와 영화을 부모 ᄉᆡᆼ젼의 봄미 ᄌᆞ식 도리의 올거날 종시 고집ᄒᆞ면 부모의 실망지탄을 고ᄉᆞᄒᆞ고 진사 ᄃᆡᆨ 소낭ᄌᆞ 종신 ᄃᆡ사을 어니 ᄒᆞ잔 말인다 ᄒᆞ니 홀임니 묵묵 부답ᄒᆞ고 말을 ᄌᆡ촉ᄒᆞ니 ᄒᆞ인니 고왈 ᄃᆡ감님니 여ᄎᆞ여ᄎᆞ ᄒᆞ옵고 진사 ᄃᆡᆨ 도우사온니 집피 ᄉᆡᆼ각ᄒᆞ쇼셔 할님의 ᄒᆞ인을 ᄭᅮ짓고 필마금 핀으로 나러가거날 상공니 할일업셔 말을 타고 뒤을 싸라 오다가 집 압ᄑᆡ 다달나 할님을 붓들고 낙누 왈 너가 과거 써난 휴의 슈일 밤의 낭ᄌᆞ 방의셔 남ᄌᆞ 쇼릐 나거날 낭ᄌᆞ을 불러 무은 젹 너가 왓다가 갓단 말은 아니ᄒᆞ고 명월로 더부러 말삼히엿다 ᄒᆞ거날 잠시 명월을 불러 무은젹 낭ᄌᆞ 방의 간

이리 업다 ᄒᆞ거ᄂᆞᆯ 늘근 ᄋᆡ비 망영된 타시로 그 말□□□□□ᄒᆞ야

〈20-뒤〉

낭ᄌᆞ을 약간 ᄭᅮ지져드니 낭ᄌᆞ 여ᄎᆞ여ᄎᆞᄒᆞ와 쥭어신니 가화을 엇지 다 셜화ᄒᆞ며 답답ᄒᆞᆫ 일을 다시 이론ᄒᆞ니요 ᄒᆞ니 할님니 그 말을 듯고 울며 왈 아부지 날을 임진사 ᄃᆡᆨ의 장기 들나 ᄒᆞ고 쇼기 말삼ᄒᆞ신잇가 ᄒᆡ며 정신을 진정치 못ᄒᆞ야 여광여취ᄒᆞ난지라 즁문의 다다으니 ᄋᆡ연ᄒᆞᆫ 소ᄅᆡ 들니거날 문박셔 당두ᄒᆞ니 셤돌의 옥잠니 ᄭᅩᆸ피거날 할님니 옥잠을 ᄲᆡ러ᄒᆞ니 눈물니 압플 가루난지라 옥잠을 만지며 왈 무정ᄒᆞᆫ 옥잠은 마쥬나와 잇근만은 유정ᄒᆞᆫ 낭ᄌᆞ은 나오지 안니ᄒᆞ고 무삼 잠을 집피 자난다 ᄒᆞ며 방셩통곡ᄒᆞ야 압플 분별치 못ᄒᆞ고 방으로 드러간니 츈양니 동츈을 업고 어무 신치을 흔들며 왈 어마님아 니러나쇼 아부지 왓난니다 ᄒᆡ며 할님을 붓들고 왈 아부지은 우리을 엇지ᄒᆞ올잇가 어마님니 쥭어신니 어닌 동츈니 졋을 먹자 ᄒᆞ고 쥬야로 우난니다 ᄒᆞ니

〈21-앞〉

할님니 츈양 동츈으 정싱을 보고 더옥 망극ᄒᆞ야 아무리 할 쥬을 몰나 낭ᄌᆞ 신치을 안고 업더져 기절ᄒᆞ니 상공 부뷰 황급ᄒᆞ야 침약으로 구조ᄒᆞ니 이억ᄒᆞ야 인사을 차리어 ᄃᆡ셩통곡ᄒᆞ다가 낭ᄌᆞ 덥푼 이불을 벗기고 보젹 옥 갓ᄒᆞᆫ 낭ᄌᆞ 쳔연니 누벼거날 가슴을 히시니 칼니 ᄭᅩ피난지라 할님니 부모을 도라보며 왈 아무리 무정ᄒᆞ온들 칼도 ᄲᆡ지 안니ᄒᆞ나잇가 ᄒᆞ며 칼을 ᄲᆡ니 칼 ᄲᆡ든 구무로 ᄉᆡ 쳥조 시말리 날나나와 ᄒᆞᆫ 마리난 할님의 억기 안ᄌᆞ 소ᄅᆡᄒᆞ되 하면목 하면목 ᄒᆞ며 울고 ᄯᅩ 한 마리난 츈양의 억기 안ᄌᆞ 소ᄅᆡᄒᆞ되 유감시 유감시 ᄒᆞ며 울고 ᄯᅩ ᄒᆞᆫ 마리 난 동츈의 억기 안ᄌᆞ 소ᄅᆡᄒᆞ되 소ᄋᆡᄌᆞ 소ᄋᆡᄌᆞ ᄒᆞ고 날나가거날 할님니 그 ᄉᆡ소ᄅᆡ을 드러니 ᄒᆞ면목 ᄒᆞ난 소ᄅᆡ은

음힝을 입고 무삼 면목으로 낭군을 다시 보리요 ᄒᆞᆫ 쇼ᄅᆡ요 유감시라 ᄒᆞ난 소ᄅᆡ는 어닌 ᄌᆞ식을 두고 죽으니 눈을 감지 못한다 ᄒᆞ난 소ᄅᆡ요 소ᄋᆡᄌᆞ라 ᄒᆞ난 소

〈21-뒤〉

ᄅᆡ난 츈양아 부ᄃᆡ 동츈을 울니지 말고 잘 이시라 하ᄂᆞᆫ 소ᄅᆡ라 이 ᄉᆡ 마리난 낭ᄌᆞ의 삼혼니라 낭군을 다시 ᄎᆞ자 이별ᄒᆞ고 가난지라 이날부텀 낭ᄌᆞ의 신치가 졈졈 변ᄒᆡ며 상ᄒᆞ거날 할님니 낫틀 한ᄐᆡ 다니고 ᄃᆡ셩통곡 왈 츈양 동츈의 거동을 보기 실타 ᄋᆡ달ᄒᆞ다 낭ᄌᆞ야 어인 츈양과 졋 멱난 동츈을 어니 잇고 죽어난고 남북니 갈니어 슈월로셔 보지 못ᄒᆞ고 영결될 쥴을 아라 시리요 사랑ᄒᆞ든 우리 낭ᄌᆞ야 날도 함기 다리가쇼 원슈로다 원슈로다 과거 질리 원슈로다 급지난 ᄒᆡ여시나 영광될 ᄉᆡ 머어시며 할님학ᄉᆞ ᄒᆡ여신들 옥 갓ᄒᆞᆫ 우리 낭ᄌᆞ을 보지 못ᄒᆞ여신니 실ᄃᆡ업다 졀통ᄒᆞ다 우리 낭ᄌᆞ 영결이 ᄌᆞ 원 말리요 어인 자식과 나을 잇고 어니 ᄒᆞ야 ᄌᆞ결한고 무슈니 통곡ᄒᆞ며 츈양 동츈을 안고 낭ᄌᆞ의 신치을 현들며 왈 함ᄭᅴ 죽어 지하의 도라가셔 반가니 만ᄂᆡ리라 ᄒᆞ다가 일변 ᄉᆡᆼ각하되 어인 ᄌᆞ식을

〈22-앞〉

두고 날 좃차 죽으이요 ᄒᆞ다가 길졀ᄒᆞ거날 츈양니 아부 손을 잡고 울며 왈 아부지요 이되도록 상심ᄒᆞ다가 쳔금 귀쳬을 상키ᄒᆞ면 우리난 뉘을 이탁 ᄒᆞ야 사라나의가 ᄒᆞ고 동츈은 사ᄆᆡ을 붓잡고 울며 왈 아부지 졋 먹자 ᄒᆞ고 우난 모양을 보ᄆᆡ 차마 죽지 못ᄒᆞᄂᆡ라 츈양 동츈을 안고 ᄃᆡ셩통곡ᄒᆞ니 츈양 니 위로 왈 아부지ᄂᆞᆫ 어ᄃᆡ 가셔 잇다가 이ᄌᆡ 와셔 이은 ᄎᆞ목한 형상을 당ᄒᆞ 시난잇가 할님니 츈양의 말을 덧고 가슴을 두다리며 통곡 왈 답답ᄒᆞ고 막막 ᄒᆞ다 이ᄂᆡ 급지 무어 ᄒᆡ며 아ᄂᆡ 할님 실ᄃᆡ업다 원통ᄒᆞ다 우리 낭ᄌᆞ ᄇᆡᆨ연ᄒᆡ로

ᄒᆞᄌᆞ든니 영결니라 위ᄒᆞᆫ 말고 울울ᄒᆞᆫ 심졍과 ᄋᆡ연ᄒᆞᆫ 인졍을 이기지 못ᄒᆞ야 발악작경ᄒᆞ니 츈앙니 그 형상을 보고 울며 손을 잡고 위로 왈 아부지 만약 져러ᄒᆞ시다가 죽어지면 우리난 어니 ᄒᆞ리요 ᄒᆞ며 ᄯᅩ 울며 왈 아부지 져

〈22-뒤〉

러ᄒᆞ신니 빈들 안니 곱푸며 목인들 안니 마르잇가 어마님 ᄉᆡᆼ시의 날ᄶᅡ려 ᄒᆞ난 말삼니 아부지 오시거든 드리라 ᄒᆞ시고 옥병의 ᄇᆡᆨ화쥬을 가덕 너허 두어시니 슈리나 ᄒᆞᆫ 잔 ᄌᆞ부시면 어마님 종임시의 유은 ᄒᆞ든 말삼을 시힝ᄒᆞᆫ 다 ᄒᆞ고 ᄇᆡᆨ옥잔의 가덕 부어드리거날 할님니 슐을 바다 들고 눈물을 흘니며 왈 ᄂᆡ가 이 슐을 먹글 거시 안니로ᄃᆡ 너의 어무 유은니라 ᄒᆞ니 ᄂᆡ가 먹난다 ᄒᆞ거날 츈양니 눈뮬을 흘니며 왈 어마님니 임종시의 날다러 이오되 실퓨다 죽기난 셜지 안니ᄒᆞ되 쳔만 이위의 ᄋᆡᄆᆡᄒᆞᆫ 일로 도라가니 엇지 눈을 ᄭᆞᆷ으리 요 ᄒᆞ며 ᄯᅩ 아부지 급지ᄒᆞ야 도라올 ᄶᆡ의 입을 관ᄃᆡ 도표 업시ᄆᆡ 도포 한 뷸을 짓다가 두 자락ᄋᆡ난 ᄇᆡᆨ학을 놋코 ᄒᆞᆫ 자락은 맛지 못ᄒᆞᆫ다 ᄒᆞ고 낙누ᄒᆞ드 니다 ᄒᆞ며 도포을 ᄂᆡ어 놋커을 할님니 바다 ᄒᆞᆫ 분 보ᄆᆡ

〈23-앞〉

낭ᄌᆞ 열골을 ᄃᆡᄒᆞ난 덧ᄒᆞ고 졍신니 암암ᄒᆞ야 장부의 간장을 녹킨지라 이러 그러 십여 일이 되ᄆᆡ 할님니 ᄉᆡᆼ각ᄒᆞ되 당초의 명월로 슈쳥을 두어다가 낭ᄌᆞ 와 작ᄇᆡ 휴의 일변 탁졍니 업셔드니 분명 니 연니 낭ᄌᆞ을 모함ᄒᆞ야도다 ᄒᆞ고 직시 노복을 호영ᄒᆞ야 명월을 잡바ᄂᆡ어 안치고 ᄃᆡ칙 왈 너가 젼후 사연을 낫낫치 고ᄒᆞ라 ᄒᆞ니 명월니 울며 엿ᄌᆞ오ᄃᆡ 아무 죄도 업난니다 ᄒᆞ니 할님니 더옥 분로ᄒᆞ야 왈 너가 종시 기망히면 쥐기리라 ᄒᆞ고 노형을 거죠ᄒᆞ 니 명월니 할길업셔 젼휴 사연을 낫낫치 고ᄒᆞᆫᄃᆡ 할님니 ᄃᆡ분ᄒᆞ야 칼을 ᄲᆡ여 들고 조영 왈 너 갓탄 연을 시상의 엇지 살리두리요 ᄒᆞ고 칼을 드러 명월의

빅을 질러 녹코 상공을 도라보며 왈 아부지난 요망흔 연의 말을 듯고 무쬐흔 낭즈을 쥬기 히여사온니 일은 답

〈23-뒤〉

답고 원통흔 일니 어듸 이시리요 ᄒᆞ니 상공니 묵묵부답ᄒᆞ고 눈물만 흘리드라 이젹의 낭즈 신치을 안장ᄒᆞ려 ᄒᆞ고 장사 거동을 ᄎᆞ리드니 이날밤의 할님니 일몽을 어드니 낭즈 만신의 피을 흘니며 방문을 열고 드리와 졋틔 안지며 왈 실푸다 낭군은 옥셕을 분별ᄒᆞ야 쳡의 이미흔 일을 발키옵고 원슈연 명월을 쥐기오니 이ᄌᆡ난 여한은 업건이와 다만 츈양 동츈을 두고 낭군도 다시 보지 못ᄒᆞ고 황천의 가 외로온 혼빅니 되야 구쳔의 한니 ᄎᆞ니 쳡의 신치을 신산의도 뭇지 말고 구산의도 뭇지 말고 옥연동 못 가온듸 슈장ᄒᆞ야 쥬옵쇼셔 구천 타일의 낭군과 어인 ᄌᆞ식을 다시 볼 썻ᄒᆞ오니 부듸 허쇼니 ᄉᆡᆼ각지 말고 닉 말ᄃᆡ로 ᄒᆞ옵쇼셔 만일 그리 안니 ᄒᆞ오면 쳡의 원을 퓨지 못할 쌘 안니라 낭군과 츈양 동퓬의

〈24-앞〉

일신니 가연ᄒᆞ리라 ᄌᆡ삼 당부ᄒᆞ고 간듸업거날 씨다은니 남가일몽니라 급피 이러나 부모 양위 젼의 낭즈와 유작ᄒᆞ든 말을 고ᄒᆞ고 직일의 낭즈 신치을 운동ᄒᆞ드니 과연 ᄌᆞ리의 붓고 운동치 안니ᄒᆞ거날 상공과 일가 혼실니 망극ᄒᆞ야 암무리 흔 쥬을 몰나 모다 이로되 낭즈 이미흔 일로 쥭어시ᄆᆡ 사랑ᄒᆞ든 츈양 동츈을 두고 황천의 외로온 혼빅니 되어시니 엇지 온젼ᄒᆞ리요 ᄒᆞ며 빅 가지로 고유ᄒᆞ되 소무동염ᄒᆞ니 할님니 실픈 휘푸을 금치 못ᄒᆞ고 츈양 동츈을 말을 틔와 힝상 압픠 셔우니 그ᄌᆡ야 과연 운동ᄒᆞ여 힝상니 나난다시 가난지라 이윽ᄒᆞ여 옥연동 다다으니 듸틱니 이셔 물빗치 황홀ᄒᆞ여난지라 할님니 할길 업셔 한탄ᄒᆞ드니 인ᄒᆞ여 물니 말나지거날 둘러본젹 못 가온듸

셕곽니 이난지라 □□□□□

〈24-뒤〉

셕곽의 여허니 천지 진동ᄒᆞ며 풍우 □□□□□□ 시의 못시 ᄎᆞ난지라 상공은 □□□□□□□□고 가거날 할님니 지문 지어 고유ᄒᆞᆯ ᄉᆡ 츈양 동츈을 압셔우고 굴근 지복으로 술잔을 부워 놋코 ᄌᆡ비ᄒᆞ고 도라올 ᄉᆡ 무슈니 통곡ᄒᆞ니 뉘 아니 락누ᄒᆞ리 좌우의 보난 사람 일시의 하난 말리 시상의 ᄌᆞ시 보지 못ᄒᆞᆫ 일을 부ᄃᆡ부ᄃᆡ 모함 말라 앙급기신ᄒᆞ나이라 남녀 간의 못실 힝실 다은 사람 모함ᄒᆡ면 화불션종할 거시니 부ᄃᆡ부ᄃᆡ 조심ᄒᆞ오 상공 갓ᄒᆞᆫ 사람도 후회한들 실ᄃᆡ업시니 어화 시상 사람드라 부ᄃᆡ 남 모함마라 ᄒᆡ엿드라

갑진 이월 초팔일의 맛ᄎᆞ시나 오셔 락ᄌᆞ 만ᄒᆞ니 비방 말고 무러로 보라

써고 티 상황의 당숙모 별세의 한숨 많이 나 되양

흔 말에 더요량은 몬해야 흉풍 박절의 휴예라

열 자 흔 문의 올 다 볼 흔 새 조량에 잘 흔 차 못

이 흔 연의 참 효 흔 만 나 숙 덜 괴 자 해 연 그 향 의

후 하 와 흥 양 을 할 신 이 가 친 이 효 부 한 지 라 연

중 소 상 의 얼 집 할 육 이 별 고 보 고 유 상 해 하

돈 이 부 인 정 사 엿 즛 오 의 수 청 지 회 의 문 후 가 니

한 문 흔 이 송 공 을 [illegible] 로 문 의 도 움 한 예 을

슈경낭즈젼(김광슌 46장본)

〈슈경낭즈젼〉은 46장(91면)으로 이루어져 있는 이본으로, 이 작품은 천상에서 죄를 짓고 적강한 숙영낭자와 백선군의 만남, 선군의 과거행과 두 차례에 걸친 귀가, 그로 인한 시부 백공의 의심, 훼절 누명을 입은 숙영낭자의 자결, 선군에 의한 낭자의 신원과 수장, 재생 등 필사본 계열의 공통 화소를 모두 갖추고 있다. 다만, 수장된 수경낭자가 재생하여 옥연동 너머 '연즈산'에 거처하다가 만세 후에 선군, 춘양, 동춘 남매, 임소저와 함께 화락하는 결말을 취하고 있다는 점에서 다른 이본들과 차이를 보인다. 시대적 배경은 고려 시절로 제시되며, 상공의 이름은 '빅운'으로 참소를 입고 낙향하여 농업에 힘써 가산이 요부해지는 것으로 설정된다.

다른 이본과 달리 이 작품에는 과거길에 오른 선군을 위로하고자 수경낭자가 풍운을 타고 낭군 숙소 왕래하며 정회를 위로하는 내용이 삽입되어 있다. 한편, 작품 결말부에서 선군과 낭자의 재회 이후 상공부부가 별세한 것으로 설정되나, 이후 다시 수삼 일이 지나 '연즈산'에 거처하던 낭자가 선군에게 내려가서 부모를 모시다가 만세 후에 임소저를 데리고 오라고 당부하는데, 이는 필사하는 과정에서 발생한 오류로 보인다. 결말부에서 동춘은 월궁 항아에게, 춘양은 동해 용왕에게 보내지며, 낭자와 선군은 선녀와 선관으로 천상을 오르내리며 만만세에 부부가 화락했다는 후일담으로 끝맺는다. 작품 마지막장에 "경상도 안동 경상도 안동 임혈니면 쳔젼기권스집이 가보라."는 필사기가 남겨져 있다.

출처: 김광순편, 『(필사본)한국고소설전집』48, 경인문화사, 1993, 161~251쪽.

〈1-앞〉

옛 고려 시졀의 경ᄉᆞᆼ도 안동ᄯᅡᆼ의 한 ᄉᆞ람이 이되 셩은 ᄇᆡᆨ이요 명은 운이라 츙효 ᄇᆡᆨ젼의 후예라 일직 용문의 올ᄂᆞ 일홈이 죠졍의 진동하덧니 소인의 참소을 만ᄂᆡ ᄉᆞᆨ탈관직하고 고향의 도라와 농업을 힘신이 가ᄉᆞᆫ이 요부한지라 연ᄌᆞᆼ ᄉᆞ십의 일집혈육이 업ᄂᆞᆫ 고로 쥬야 졀위하든이 부인 졍시 엿ᄌᆞ오되 ᄉᆞᆷ쳔지되의 무후지ᄃᆡ되라 ᄒᆞ온이 ᄉᆞᆼ공은 쳥을 됸문의 두옵신이 은

〈1-뒤〉

혀 감격하온이 소ᄇᆡᆨᄉᆞᆫ 츄룡봉의 올ᄂᆞ ᄉᆞᆷ일 ᄌᆡ기ᄒᆞ고 졍셩은로 발원ᄒᆞ면 혹 ᄌᆞ셕을 본ᄃᆞ ᄒᆞ온이 우리도 비라보ᄉᆞ이ᄃᆞ ᄉᆞᆼ공이 위여왈 비여 ᄌᆞ식을 어들진ᄃᆡ 셰ᄉᆞᆼ의 무ᄌᆞ식할 ᄉᆞ람이 이ᄉᆞ올이가 그려ᄂᆞ 부인의 원이 그려ᄒᆞ시며 비여보ᄉᆞ이ᄃᆞ ᄒᆞ고 그날보텀 젼초단발ᄒᆞ고 소ᄇᆡᆨᄉᆞᆫ을 드여가 츄용봉의 올ᄂᆞ 졍셩으로 츅원하고 집의 도라와 부인으로 드(더)부여 글거덧이 과연 그달붓텀 ᄐᆡᄀᆡ 이셔 십ᄉᆞᆨ이 ᄎᆞᄆᆡ

〈2-앞〉

지안의 운무 ᄌᆞ옥ᄒᆞ며 ᄒᆡᆼᄂᆡ 진동ᄒᆞ던이 과연 옹동ᄌᆞ을 탄ᄉᆡᆼᄒᆞᆫ이 하늘노셔 션여 ᄂᆞ려와 옥병의 ᄒᆡᆼ슈을 부어 동ᄌᆞ을 시여 누이고 이로ᄃᆡ 이 ᄋᆡᄀᆡᄂᆞᆫ 쳔ᄉᆞᆼ 셩관으로 묘지연 ᄂᆞ여와 슈경ᄂᆞᆼᄌᆞ을 더부려 ᄒᆡ롱한 되로 ᄉᆞᆼ졔ᄀᆡ 덧되하와 인간의 졋간ᄒᆞ와 ᄉᆞᆷᄉᆡᆨ연분을 금셰예 ᄆᆡᆨ고져 ᄒᆞ여ᄉᆞ온이 부ᄃᆡ 괴히 글ᄂᆡ ᄂᆡ옵소셔 ᄒᆞ고 셰ᄃᆡ로 올ᄂᆞ가거늘 부인이 혼미 즁의 ᄭᆡ다은이 졍신 아득하여 ᄉᆞᆼ공을 쳥하여 몽ᄉᆞ을 ᄂᆞᆫᄂᆞᆫ치 셜화

〈2-뒤〉

ᄒᆞ고 ᄉᆞᆼ공과 한가지로 ᄋᆞᄒᆡ을 ᄌᆞ셔이 본이 얼골이 형ᄉᆞᆫ ᄇᆡᆨ옥갓고 셩음 쇠ᄅᆡᆨ

하야 옥을 씌치는 덧하더라 부모 익중ᄒᆞ여 일호을 셩군이라 ᄒᆞ다 셩군이 졈졈 ᄌᆞ릭ᄂᆞ믹 시셔빅가을 무불동지하이 뉘 안이 칭츤하리로 셩군의 ᄂᆞ히 십오셰 됭ᄒᆞ믹 풍딕 거녹한지라 부모 별노 ᄉᆞ랑ᄒᆞ야 믹일 ᄒᆞ난 말슴 웃지하여 져와 갓흔 빅피을 구ᄒᆞ로 ᄒᆞ고 늘노 구혼ᄒᆞ시덧이 각셜 잇딕예 슈경낭ᄌᆞ 천숭의 덕뫼ᄒᆞ고 욕연동의 젹거ᄒᆞ덧이 셩

〈3-앞〉

군과 본딕 연분인호나 선군이 인즁 황싱ᄒᆞ기로 천의얼 아지 못하고 탐문의 구혼ᄒᆞ기로 낭자 싱각ᄒᆞ되 우리 양인이 인간에 적것하여 빙연기약글 믹ᄌᆞ던이 이적긔 낭군이 탐문의 구혼ᄒᆞ는가 싯푼이 우싱 삼싱연분이 속절업시 쓴구름이 되리로다 엇짓 무단ᄒᆞ리요 하고 이날 봄에 선군의 꿈의 와 이로되 낭군과 초지연의 가 히롱한 죄로 상제겻옵소서 우리을

〈3-뒤〉

인간늬 닛처 연분을 믹잣더널 난군이 엇짓 탐문늬 구혼하난이갓 이제 삼연을 위ᄒᆞ옵곳 기다리옵소서 ᄒᆞ면 직삼 당부ᄒᆞ고 간딕업거널 씌다른이 남가일몽이라 낭ᄌᆞ의 솟다온 얼고리 침방의 옥반운비을 슈기고 단슈열 반ᄀᆡ하난 듯 몽즁 ᄒᆞ던 마리 귀여 징징 눈의 삼삼하여 자연이 병이 도여 식음로 지닌이 부모 보시고 밀망하여 문왈 뎨 병세을 본이 고히ᄒᆞ다 소회을 다 화ᄒᆞ여라

〈4-앞〉

하신딕 선군이 엿ᄌᆞ오딕 몽월 모일의 월궁선여라 ᄒᆞ고 엿차엿차하고 가던이 그날붓덤 병이 도연난이다 일각기 여삼추라 엇쩻 삼연을 기다리까 글노 하여곰 병이 골슈의 믯천난이다 한딕 부모 드르시고 왈 너을 나흘 씌예

하날노 선에 나려와 엿찻엿찻ᄒ고 가던이 고히 여겻쏘다 그려나 숨은 다 허사라 잠렴 말고 음식기나 달게 머거라 ᄒ신딕 선군이 왈 안무리 숨미 다 허사라 ᄒ온들 절연이 언약글 하옵고 쏫

〈4-뒤〉

갓ᄉ온이 허ᄉ라 ᄒ오린고 ᄒ고 음식을 전폐ᄒ고 병석기 누어 이지 못한이 부모 민망하여 빅약그로 치호하되 조금도 차효 업ᄉ 낭자 비록 옹연동의 이스나 낭군 병세 즁한 쥴 알고 봄마동 몽즁ᄒ면 이로딕 낭군은 엇짓 안여자을 잇짓 몬ᄒ여 병이 일신닉 각득ᄒ연난잇ᄀ 이 약글 먹사오면 자연 차호 잇ᄉ오린다 ᄒ고 유리 병 세 흘 닉여 노흐면 ᄀ로딕 ᄒ나흔 신선초요 ᄒ나흔 불노초요 ᄒ나흔 환싱초온이 이 약

〈5-앞〉

을 즙우시고 삼연을 차무소서 ᄒ고 간딕업거널 선군이 반겨 ᄭᅵ다은이 남가 일몽이라 살펴본직 아무것도 업고 힝식이 막연ᄒ지라 더옥 병식 심즁ᄒ이 일편단심미 싱각난이 낭자ᄲᅮᆫ이로다 이적긔 낭ᄌ 싱각ᄒ되 난군의 병이 점점 즁ᄒ고 ᄯᅩ흔 가세 빈난한(불)이 엇지ᄒ여ᄉ 병이 나흘고 ᄒ며 ᄯᅩ흔 숨의와 이로되 낭군의 병이 종시 낫지 안이ᄒ고 가세 빈ᄒ기로 금동자 한 쌍을 가저왓삿온이 낭군 ᄌ는 방안

〈5-뒤〉

의 안처 두옵시면 자연 부귀ᄒ옵고 병세 심즁ᄒ기로 화상을 드리온이 은첩빅 용모온이 밤미면 낭군임 덥고 자고 나지면 평픙의 거러두오면 낭군임 병이 나흘 듯ᄒ온이다 ᄒ고 가니 반겨 ᄭᅵ다른이 낭자는 간딕업고 업던 금동ᄌ와 화상이 노엿거널 그 동자난 벽상 올여 안치고 화상은 평픙의 거러두고

시시로 낭자 갓치 보던이 각읍 ᄉᆞ람드리 이로되 선군의 (집이) 귀물이 잇다 ᄒᆞᆫ이 구경가자

〈6-앞〉

하고 ᄎᆡ단을 갓초화 구경ᄒᆞᆫ이 이러무로 세간이 요분ᄒᆞᆫ이 가세 넉넉ᄒᆞ나 선군은 난ᄌᆞ ᄉᆡᆺ다오 ᄐᆡ 압ᄑᆡ 안ᄌᆞᆺ는 듯 일편단심이 ᄉᆡᆼ각난이 낭자뿐이로다 이려무로 병세 점점 골슈의 든이 누라서 샷샷여ᄂᆡ리요 이적의 낭ᄌᆞ ᄉᆡᆼ각닷가 못하여 ᄯᅩ 현몽ᄒᆞ여 가로ᄃᆡ 낭궁의 병이 첩을 잇지 못ᄒᆞ와 낫사온이 궁ᄃᆡᆨ 소비 ᄆᆡᆼ월은 절ᄃᆡ미인이라 일노 방슈을 정ᄒᆞ와 정막한 심회을 덜계ᄒᆞ

〈6-뒤〉

옵소서 하거날 ᄭᆡᆺ다른이 일장춘몽이라 잇뜻날 ᄆᆡᆼ월을 불너 종첩불 삼문이 울적한 심회난 푸나 실로 낭자을 ᄉᆡᆼ각할 적ᄀᆡ 다른 서산의 너머 가고 잔난비난 실피 울고 두경ᄉᆡ난 부려귀을 실피 울 적의 밤마동 일편단심이 귀비귀비 녹난지라 이러한 심회로 ᄉᆡᆼ각한이 낭자의 삼정인들 엇지 온전ᄒᆞ리요 낭자 ᄉᆡᆼ각ᄒᆞᄃᆡ 낭군의 병이 점점 즁

〈7-앞〉

한이 아무리 천정이 즁한들 쥬겨지면 속절업시 허ᄉᆡ로다 하고 ᄯᅩ 현몽하여 가로ᄃᆡ 낭군는 날을 보려ᄒᆞ거던 옥연동 감문정으로 차자오소서 ᄒᆞ거날 ᄭᆡ다른이 ᄯᅩ한 ᄭᅮᆷ미라 마음이 황홀ᄒᆞ야 눕고 이지 못하던이 이려나 부모 처소의 드려가 엿자오되 간밤의 일몽 엇사온이 옹낭자 와 이리이리 고하고 가오이 아물이 ᄉᆡᆼ각ᄒᆞ여도 그고줄 차자가고저 ᄒᆞ난이다 ᄒᆞᄃᆡ 부모 위여 왈 네 실성하여

〈7-뒤〉

쏘다 ᄒᆞ고 말유하거날 선군이 민망 답답하여 아뢰되 소ᄌᆡ 병이 그려ᄒᆞ옵고 부모의 명을 거역ᄒᆞ오이 죄사무석이오나 사즁구ᄉᆡᆼᄒᆞ온이 옥연동의로 차자 가난이다 ᄒᆞ거날 부모 마지모ᄒᆞ여 허럭ᄒᆞ신이 선군이 삼신이 황홀ᄒᆞ여 ᄇᆡᆨ마 금편으로 옥연동을 차잠차잠 드려간이 울울ᄒᆞᆫ 마음을 진정치 몯ᄒᆞ야 ᄒᆞ날임 게 비려 왈 소소ᄒᆞ신 명천 이 몸 강동ᄒᆞ사 옥연동 간난기을 인ᄒᆞ와 아

〈8-앞〉

름다온 인연을 ᄆᆡᆺ게 ᄒᆞ옵소셔 ᄒᆞ고 쥬마가편의로 차잠차잠 드러간이 석양 은 ᄌᆡ을 넘고 옥연동은 막막ᄒᆞᆫᄃᆡ 슈일을 드려간이 그 가온ᄃᆡ 광활하여 천봉 만ᄒᆞ근 좌우의 평풍이 되야 기리 무로 둘넌난ᄃᆡ 슈상부아난 연당의 병병하 고 슈양천만사은 광풍의 헛날이고 황금 갓탄 ᄭᅬᆻ고리난 쌍쌍이 왕ᄂᆡᄒᆞ고 탐화봉접은 춘풍의 홍을 계워 춘ᄉᆡᆨ을 히롱ᄒᆞ고 평펴진 반종

〈8-뒤〉

우의 청학ᄇᆡᆨ이 깃드려 느려진 단계화 난봉공작이 나라들고 지근덕덕 목사의 청조ᄉᆡ 우지지고 휘드려진 열나이 우의 원낭ᄉᆡ 쌍쌍이 오락가락ᄒᆞ고 자자젓 다 전나무난 구름 소ᄀᆡ 소사잇고 우거젓다 봉성화난 벽게슈의 헌날이고 상침상극 위낭ᄉᆡ 중중첩첩 방올ᄉᆡ 덜넝 황ᄉᆡ 슈류륙 일노 본이 진지 벼류천 지비인간이라 점점 드려간면 운무 즁으로 바ᄅᆡ본이 기린화각근 반공

〈9-앞〉

의 소사잇고 현판을 발ᄅᆡ본이 황금ᄃᆡ자로 썻스되 동명은 옥연동이요 집은 감문정이라 두러시 써거날 선군의 마암 황홀ᄒᆞ여 불고염치ᄒᆞ고 모물 소소 와 연당을 너머간이 한 낭자 ᄋᆡ미을 수기고 아자 슈귀한 마음을 이기지

못ᄒᆞ여 피석 ᄃᆡ칙 왈 그ᄃᆡ 난 어ᄯᅥ한 속ᄀᆡ기관ᄃᆡ 이러타시 물리이 성경을 차자완난다 ᄒᆞᆫᄃᆡ 선군이 ᄃᆡ왈 나난 츈흥을 탐하야 유산하난 속ᄀᆡᆨ기넌이 진퇴

〈9-뒤〉

유곡그로 선경을 아지 못ᄒᆞ고 암의 선경을 범ᄒᆞ여사온이 물리 막심ᄒᆞ연이다 ᄒᆞᆫ이 낭자 왈 이고즌 선경이라 속ᄀᆡᆨ기 임무로 츄립지 못할 분 안이라 하믈며 남녀유별ᄒᆞ온이 그ᄃᆡ난 목숌멀 앗기건던 사속키 나가라 ᄒᆞᆫ이 선군이 심사낙막ᄒᆞ여 반가온 마음미 도로허 두려온지라 선군이 ᄉᆡᆼ각ᄒᆞ되 잇ᄯᆡ을 바리면 다시난 만ᄂᆞᆯ 기리 업서 점점 나아가 안지면 가로ᄃᆡ 낭자난 날을

〈10-앞〉

모로난 잇ᄀᆞ 한ᄃᆡ 낭ᄌᆞ 종시 모로난 체ᄒᆞ고 묵묵부답하난지라 선군이 할길 업셔 ᄒᆞ직하고 문을 ᄂᆞᆺ고 ᄯᅳᆯ아ᄅᆡ 나여간이 낭ᄌᆞ 그제야 농의홍상으로 ᄇᆡᆨ학선을 쥐고 운무평풍의 비겨 서서 가는 목 계우 여려 불너 왈 낭군는 가지 말고 ᄂᆡ 말삼 드르소서 그ᄃᆡ 종시 지각기 업ᄯᅩᄃᆞ 안물이 천정인연인들 일연ᄂᆡ 엇짓 허락ᄒᆞ오릿가 ᄒᆞ면 오르기을 청한ᄃᆡ 선군이 그지여야 왕왕이 올나간이 낭자 옥슈을 계유 드려 인도ᄒᆞ여 좌정 후의 노의금 비겨 안자슨

〈10-뒤〉

이 그 ᄐᆡ도난 아미산 츄야월이 동정호의 어귀예 소사오난 듯ᄒᆞ난지라 선군이 마음의 황황한지라 나라드려 옥슈을 덥퍼 잡고 가로ᄃᆡ 이제 낭ᄌᆞ의 옥안우민을 ᄃᆡ한이 오날 즁는다 ᄒᆞ여도 무삼 한 이싸오리갓 기리든 정회을 만단설화한이 낭ᄌᆞ ᄃᆡ왈 낭군이 첩 갓튼 아여자을 ᄉᆡᆼ각ᄒᆞ여 병이 도야시이 엇지 ᄃᆡ장부라 ᄒᆞ오리가 양인이 천상의 득쥐ᄒᆞ고 인간네 날여와 맛ᄂᆡ씬리 삼연

이 격ᄒᆞ여사온이 삼연 후의 청조로 ᄆᆡ자삼아 ᄇᆡᆨ

〈11-앞〉

연동낙ᄒᆞ오련이와 만일 지금 허신ᄒᆞ오면 천의을 거사려 무지막심ᄒᆞ올 거신이 아물쪼록 ᄋᆞᆫ심ᄒᆞ옵소서 삼연을 기다리오면 일상히로 하오리다 한ᄃᆡ 선군이 ᄃᆡ왈 일각기여삼쵀라 삼연이 몃삼츄라 ᄒᆞ난잇가 낭ᄌᆞ 그저 가라 하오면 선군의 목슘미 빗초죽선이라 마음미 ᄌᆞᄌᆡ할 차의 선군이 ᄯᅩ 한가지로ᄃᆡ ᄂᆡ 몸 쥭거 황천의 외온 고혼이 되어 저문 날 구진비예 우지지고 단이면 낭ᄌᆞ 심의 정인들 엇지 온전ᄒᆞ오리가 ᄇᆞ리건ᄃᆡ 낭ᄌᆞ난

〈11-뒤〉

마음을 좀관 구펴 부ᄅᆡ 든 나부와 낙슈 문 고기을 ᄒᆞ옵소서 ᄒᆞ면 사졍을 결단ᄒᆞᆫ이 낭ᄌᆞ 선군을 본이 여광여쵀하여 마음을 잡짓 못하여거날 ᄇᆡᆨ가지로 ᄉᆡᆼ각ᄒᆞ여도 무간ᄂᆡ라 이적의 월ᄉᆡᆨ은 만정ᄒᆞ고 야ᄉᆡᆨ은 삼경이라 공방촉ᄒᆞ의 남녀 상봉ᄒᆞᆫ이 그 안이 천정인가 타타ᄒᆞᆫ 정을 잡지 못하여 점점 나아든이 낭ᄌᆞ 할길업서 정절을 굽펴 희ᄉᆡ그로 보거날 원난녹슈을 만ᄂᆞᆫ갸고

〈12-앞〉

비취 열이지예 깃드림 갓더라 연분도 기푸시고 청운낙수 공의 공명도 ᄂᆡᄉᆞ슬타 막ᄉᆞ의 무심ᄒᆞᆫ이 부귀을 ᄂᆡ 알손양 보난이 낭ᄌᆞ쑨이라 일야지간의 은ᄀᆞᆫ 정을 용천금 드난 칼노 버일 손양 인간의 이런 ᄌᆡ미 ᄉᆞ람도 잇것마는 우리 두리 제이된가 낭ᄌᆞ ᄒᆞ난 마리 남ᄌᆞ의 욕심미 암물리 ᄃᆡ단ᄒᆞᆫ들 이다지 무례ᄒᆞᆫ가 이ᄂᆡ 몸미 부정ᄒᆞᆫ이 여거잇깃 부질업다 신힝기을 차리시면 낭군과 ᄒᆞ긔 ᄀᆞ사이다 ᄒᆞ고 청사마을 모라ᄂᆡ여 옥여고을 놉피 타고 선군이 ᄇᆡ힝ᄒᆞ여 집

〈12-뒤〉

으로 도라와 상공 부모긔 선신흔이 상공 붓체 놀닉여 낭즈을 즈서이 본이 설부화롱은 천흐의 절식기요 여중군자라 두 귀밋틔 아람다온 틔도난 홍도화 벽도화 츈풍의 헌날인 듯 구시월 블근 드리 구름 속의 빗취난 듯 흐더라 상공이 붓쳣 사랑흐여 낭즈의 처소을 후원 동별당의 정흐고 위낭지낙을 이루게 한이 부부 화답흐난 정을 비할 딕 없더라 선군이 날노 쎳날쥴 모르고 학업불 전폐흔이 상공 붓처

〈13-앞〉

민망흐나 다만 아들련 선군이 쑛이라 쑷짓도 못하던이 세월리 여류하여 팔연 지닉믹 즈식 남 남믹을 나흐난지라 뚤의 일홈은 츈양이요 아달의 일홈은 동춘이라 흔딕 연흐여 가산이 요분흐믹 후원 동亽닉 정자각글 짓고 오현금으로 낙성연을 흐올 적의 소릭 청으흐여 산악을 쌋치난 듯 소상각 저문 날의 빅학기 우지지난 듯 남훈전 오현금의로 남풍시을 화답흐난 듯 아황여영 비파 타면 동정호텬흐난 듯 이런틋신 화답흔이

〈13-뒤〉

낭즈 마음을 진정치 못하여 월흐의 빅회한이 부모 보시고 가로되 너혜 두 사람은 천상연분이 적실흐고 선광선여 오운을 타고 광한전의 흐강흐난 듯 흐더라 흐시고 선군을 불너 이로되 닉 드런이 븡금 천흐 인직을 보러 흐시고 알성과을 보이신다 흔이 너도 경성의 올나가 입신양명흐여 우리 싱전의 영화을 보이고 조선을 빈닉미 엇덧한놓 흐고 적일 힝장을 차려 기을 직촉흔이 선군이 알외되 우리 가세 천

〈14-앞〉

하의 졔이리요 노비 천여 귀라 마음믹 길거하난 바와 이목긔 본난을 힘딕로

ᄒᆞ거널 무어시 부족하와 과거을 보렵난잇가 ᄒᆞ난 ᄆᆞ은 낭ᄌᆞ을 이별ᄒᆞ고 쎳날 듯지 업덧라 낭자 방의 도라와 ᄒᆞ난 마리 부모 과거의 가라 ᄒᆞ신이 마일 과거의 가오면 두어 ᄃᆞᆯ 유별이 될 듯ᄒᆞ오ᄆᆡ 안이 가기로 결단한이 낭ᄌᆞ 엄룡ᄃᆡ왈 ᄌᆞᆼ부 세상의 처ᄒᆞ여 ᄉᆞᆺᄃᆞ온 일홈을 용문의 올예 영화로 조서ᄂᆡ 빗ᄂᆡ미 장부 썻썻ᄒᆞᆫ ᄇᆡ여어널 이제 낭군

〈14-뒤〉

이 첩을 잇짓 못ᄒᆞ여 과거의 안이 가시면 부모의 ᄉᆞᆺᄌᆞᆼ과 타인의 마리 첩의계 홋탁ᄒᆞ여 과거도 안이 본다 할 붓더려 ᄌᆞᆼᄂᆡ 천ᄒᆞᆫ 말삼이 첩의것 도라올 거신이 ᄋᆞ무리 어렵ᄃᆞ ᄒᆞ와도 금번은 가옵소서 ᄒᆞ면 힝장을 차러주면 이로되 낭군이 금번 자원금제ᄒᆞ 나려오시면 그 안이 부모의 영화 극진ᄒᆞ오면 ᄂᆡ의 마음의 더옥 아름ᄃᆞ오리가 ᄒᆞ고 금은 수빙 양과 노비 오육 인을 틱츌ᄒᆞ여 기을 짓촉ᄒᆞᆫ이 선군이 마지 못ᄒᆞ여 정묘 춘사왈 일리

〈15-앞〉

라 발힝ᄒᆞᆯ ᄉᆡ 부모 양위ᄭᆡ ᄒᆞ즉ᄒᆞ고 낭ᄌᆞ을 도라 보면 왈 부양위분 무시고 어린 ᄌᆞ식 다리고 ᄂᆡᆫᄂᆡᆫ 무양 지ᄂᆡ오면 슈이 도라와 그리든 정휘을 화ᄒᆞᄉᆞ이 다 못ᄂᆡ 연연 이별ᄒᆞ고 쎳날 ᄌᆡ ᄒᆞᆫ 거름의 도라보고 두 거름의 도라본이 낭ᄌᆞ 중문의 나와 비겨서서 암의 우의 손을 언고 함누ᄒᆞ여 은근이 일너왈 철이 원정의 평안이 단여 옵소서 ᄒᆞ며 눈물을 헐이면 본이 ᄃᆡ장부의 일촌간 ᄌᆞᆼ 이 안이 상ᄒᆞᆯ손양 그령저령 ᄒᆞ 모통이 도라드러 두 모통이 도라선이 집변 어이 머러가며 사는 어아 막켜난고 ᄒᆞᆫ탄이 무궁ᄒᆞ면 종일토록

〈15-뒤〉

겨우 ᄉᆞ심 이얼 가 슉소을 정ᄒᆞ고 좌정 후의 석반을 드리거날 밥을 드리거날

음식 싱각 전이 업고 일편단심미 싱각난이 낭ᄌᆞ뿐이로다 연연ᄒᆞᆫ 틱도 눈의 삼삼ᄒᆞ고 은은ᄒᆞᆫ 말소리 귀예 징징ᄒᆞ여 ᄒᆞᆫ 술 밥도 먹지 못ᄒᆞ고 상을 물이친이 ᄒᆞ인드리 엿ᄌᆞ오딕 이러ᄒᆞ오면 철이 원정을 엇짓 득달하오리가 ᄒᆞᆫ딕 선군이 왈 ᄌᆞ연 그러ᄒᆞ도다 ᄒᆞ고 정막ᄒᆞᆫ 등촉카 긱침을 도도비고 즘 업시 혼ᄌᆞ 누엇슨이 낭ᄌᆞ만 싱각ᄃᆞ가 울적ᄒᆞᆫ ᄆᆞ음 즙지 못

〈16-앞〉

ᄒᆞ여 삼경 초의 ᄒᆞ인 모로긔 신발을 도도믹고 집으로 도라와 단장을 너머 중문을 열고 낭ᄌᆞ 방의 □간이 낭자 딕경ᄒᆞ여 이로딕 이 깁픈 밤의 엇지 왓나잇가 한딕 선군 왈 죵일토록 계우 ᄉᆞ십을 가 숙소을 정ᄒᆞ고 낭ᄌᆞ을 생각다가 삼□□□□□□여 음식을 먹지 못ᄒᆞ고 즁노의셔 병이 날가 염여ᄒᆞ여 잠관 낭ᄌᆞ로 더부러 심회 풀고져 ᄒᆞ여 와나이다 ᄒᆞ고 침소의 나아드러 밤이 맛도록 심회을 푸더이 이적의 상공이 선군이 □□□□□ 집안□ 혹 □적이 들가ᄒᆞ여 두로 살펴보던 □□□□

〈16-뒤〉

낭ᄌᆞ 방문 밧계 간이 낭ᄌᆞ 방의 남정 소릭 들□□□ 상공이 싱각ᄒᆞ딕 천만몽지ᄉᆞ라 낭ᄌᆞ □□갓튼 정절의 엇지 외인을 엇지 딕ᄒᆞ리요 그러나 셰상ᄉᆞ을 안지 못ᄒᆞ리라 ᄒᆞ고 살창의 □□□□ 러 들은이 이적의 낭ᄌᆞ 시부모임 문박계 오□□ 알고 낭군을 □□□ 몸을 □ 초□□아히 달닉난 체ᄒᆞ며 아히을 ᄃᆞ다리며 워리 ᄌᆞ라 워리 ᄌᆞ라□ 아바임은 장원급제하여 여화로 도라오난이라 워리 ᄌᆞ장 워리 자장 ᄒᆞ거날 상공이 혼ᄌᆞ말로 고이ᄒᆞ고 고이ᄒᆞ다 후원잇 쏘□□ 타ᄒᆞ□□□□

〈17-앞〉

도라온이라 이제 낭ᄌᆞ 낭군다려 이로되 창박긔 시부모임 엿보난이다 ᄒᆞ면 낭군은 급피 가옵소서 만일 첩을 잇지 못ᄒᆞ와 다시 왕ᄂᆡ ᄒᆞ오면 시부모임 연 탐지ᄒᆞ의 잣최가 드러ᄂᆞ면 첩의계 ᄉᆞ종이 도라올 듯ᄒᆞ온이 부ᄃᆡ 마음을 온전이 가지고 경승의 올나가 장원급제ᄒᆞ와 영화로 도라와 ᄉᆡ로이 즐겨이 호사다이다 ᄒᆞ고 ᄂᆡ여보ᄂᆡ던이 선군이 오히러 연연한 ᄆᆞ음을 이기지 몬ᄒᆞ여 사서의 도라온이 ᄒᆞ인이 아즉 자을 ᄁᆡᆺ지 안이ᄒᆞ더라 ᄯᅩ 잇듯날 블힝ᄒᆞ여 계우 이심 이을 가 슉소을 정ᄒᆞ고 공ᄇᆡᆼ의 홀노 안자ᄉᆞᆫ이 낭ᄌᆞ 얼고리 침병의 비겻난 듯 잠을 이루지 못ᄒᆞ고 천망가지로 ᄉᆡᆼ각ᄒᆞ되 보지 못하면 변이 나기 적실ᄒᆞᆫ다 ᄒᆞ고 하인

〈17-뒤〉

잠든 후의 낭ᄌᆞ 방의 도라간이 낭ᄌᆞ ᄃᆡ경하여 왈 낭군임아 낭군임아 날마당 왕ᄂᆡᄒᆞ시다가 맛일 천금 갓사온 모미 ᄀᆡ짓여 변이 나오면 엇짓ᄒᆞ려 ᄒᆞ난잇ᄭᅡ 낭군이 만일 첩얼 잇짓 못ᄒᆞ오며 명일 후의난 첩비 낭군 슉소로 차자가오리다 ᄒᆞ거널 선군이 왈 낭ᄌᆞ난 금슈 여ᄌᆞ라 힝신 엇짓 임으로 ᄒᆞ오리가 ᄒᆞ면 그렁저렁 ᄃᆡᆸᄒᆞ던이 도 상공이 그 지ᄂᆡᆫ 밤 이들 ᄉᆡᆼ각ᄒᆞ고 마음의 고이ᄒᆞ여 별당의 들러가 창박의 귀을 기우려 드른이 도한 지ᄂᆡᆫ 밤의 나든 남정의 소ᄅᆡ 드이거날 심즁의 고이ᄒᆞ여 왈 ᄂᆡ 집비 단장이 놉고 노비 슈다ᄒᆞᆫ 즁의 엇짓 외인이 츄립ᄒᆞ리요

〈18-앞〉

반다시 소장지환이로다 ᄒᆞ시고 분을 이기지 몬ᄒᆞ야 쥬제하던이 낭ᄌᆞ 시부임 창박긔 오신 쥴 선군의 종적 감초고 아히을 달ᄂᆡ난 체ᄒᆞ고 ᄯᅩᆺ 위로ᄃᆡ 자ᄌᆞᆼ 자ᄌᆞᆼ 자ᄌᆞᆼ ᄒᆞ거날 ᄉᆞᆼ공이 ᄯᅩ ᄉᆞ처의 도라오신이라 선군이 ᄌᆞᆺ최을 은회

ᄒᆞ고 연연한 송정 구하여 슉소료 도라온이라 이적긔 상공이 부인다려 전후 슈마을 일너왈 ᄌᆞ식기 술하을 써난 후 가즁이 공허ᄒᆞ기로 도적글 살피려 ᄒᆞ고 단장의로 두로 살피던이 낭ᄌᆞ 처소의 간이 낭ᄌᆞ 방의 외인의 소ᄅᆡ 나거날 연ᄒᆞ여 이튼날 밤의 탐지ᄒᆞ고 완노라 그 이리 고이한이 낭ᄌᆞ을 불러 보리라 하고 잇

〈18-뒤〉

튼날 낭ᄌᆞ을 불너 왈 네 요ᄉᆞ이 ᄌᆞ슥기 업스ᄆᆡ 집안을 살피다가 네 처소의 간이 남정의 소ᄅᆡ 나ᄆᆡ 술상으로 드련난이 진상을 그이지 말고 바로 ᄒᆞ라신ᄃᆡ 낭ᄌᆞ ᄃᆡ왈 밤미면 심심하여 츈양 동춘과 ᄆᆡ월 ᄃᆞ리고 말삼ᄒᆞ연난이다 엇짓 외인을 다리고 말ᄒᆞ오릿가 ᄒᆞᆫᄃᆡ 상공이 이적의 마음을 노ᄒᆞ왈 ᄂᆡ 정영하 남정의 소ᄅᆡ 드런난지라 밋지 못하야 ᄆᆡ위을 불너 무러 왈 네 요시히예 낭ᄌᆞ 방의 갓든양 하신이 ᄆᆡ월 아로ᄃᆡ 소연난 요사히예 모미 고단ᄒᆞ여 낭ᄌᆞ 뫼신 ᄇᆡ 엄난이다 한ᄃᆡ 상공이 더옥 의심ᄒᆞ여 ᄆᆡ월 ᄭᅮ지저 왈

〈19-앞〉

요사이예 낭ᄌᆞ 방의 쥬야로 외인 소ᄅᆡ 나거날 고이하여 낭ᄌᆞ다려 무른이 심심하여 널노 더부러 화담한다 ᄒᆞ던이 너난 가지 안이ᄒᆞ여싸 한이 분명 어덧한 노미 다이난쏘다 ᄒᆞ시고 네 자서이 살펴 그 놈을 고달하라 ᄒᆞ신ᄃᆡ ᄆᆡ월 청영ᄒᆞ고 주야로 슈직하되 종적글 아지 못ᄒᆞ난지라 잇ᄯᆡ 낭ᄌᆞ 날마다 삼경 일점의 풍운을 자ᄇᆞ 타고 낭군 슉소로 왕ᄂᆡ하며 정회을 위로ᄒᆞ던이 경성지경 다달나 그날 밤의 이로되 일후 다시 오지 못할 거신이 화상을 시시로 보와 심회을 푸압소 하고 눈물노 ᄒᆞ즉하고 도라오면 왈 만일 이 화상 빗치 변ᄒᆞ거던 첩비 편치 못한 쥴 아옵

〈19-뒤〉

소서 ᄒᆞ고 가던이 이적의 ᄆᆡᆼ월리 ᄉᆡᆼ각ᄒᆞ되 서방임미 낭ᄌᆞ와 작ᄇᆡᆨᄒᆞ신지 임ᄆᆡ 팔연이 되ᄃᆡ 나을 다시 도라도라보지 안이한이 ᄂᆡ의 일초간ᄌᆞᆼ이 굽이굽이 썩난 쥴 뉘라 아리요 아ᄆᆡ도 잇ᄯᆡ을 타 낭ᄌᆞ을 음힝하면 그 안이 상쾨할가 금은 슈빙 양을 도적ᄒᆞ여 가지고 저의 동유 즁 가 의논 왈 금은 슈빙 양을 쥴 거신이 나을 위하야 ᄂᆡ 말ᄃᆡ로 승천 하오릿갓 한이 궁즁의 동쐬라 ᄒᆞ난 놈미 허락하거널 ᄆᆡᆼ월리 크기 길거ᄒᆞ거날 금은을 쥬고 ᄯᅩ 돌쇠타러 일너 왈 ᄂᆡ 사정 ᄃᆞ름이라 서방임미 모연 모이의 나를 정하엿ᄯᅥᆫ이 옥낭ᄌᆞ 작ᄇᆡᆨ하신 후로 우□ 팔연이로

〈20-앞〉

되 전슈이 도라보지 안이한이 첩첩이 싸인 원을 신원하고 십펴서 쥬야료 낭ᄌᆞ을 유히코저하여 도음을 엇지 못하여던이 맛참 서ᄫᅡᆼ임이 경승의 올나가시고 상공계업서 낭ᄌᆞ을 으심하난 이리 이슨이 이난 진슬노 ᄂᆡ의 소원을 풀 ᄯᆡ라 그ᄃᆡ난 ᄂᆡ 마를 자서이 드르라 이제야 ᄌᆡᆨ이삼경이라 낭ᄌᆞ ᄇᆞᆼ문 박의 안ᄌᆞ싸가 ᄂᆡ 상공긔 엿ᄌᆞ오면 상공이 분명 나올 거신이 긋ᄯᆡ을 긔다려 낭ᄌᆞ 방문의로 나오난 체ᄒᆞ고 상공 안전의 슈ᄉᆞᆼ한 거동을 보이고 다라나면 분명 낭ᄌᆞ

〈20-뒤〉

의게 곤침이 될 거신이 부ᄃᆡ부ᄃᆡ 조심ᄒᆞ여 힝하라 하고 ᄆᆡᆼ월이 상공 처소의 가 아뢰ᄃᆡ 소여 일전의 상공 분부 밧ᄌᆞ와 낭ᄌᆞ 방을 슈직ᄒᆞ옵덧이 과연 간밤의 어ᄯᅥ한 노미 낭ᄌᆞ ᄇᆞᆼ의 드러가옵거날 손여 종적글 감초옵고 귀을 기우려 듯ᄌᆞ온이 낭ᄌᆞ 그놈다려 이른 마리 선군이 경성의 올나간신이 나려오거던 쥐기고 죄물을 도적하여 가지고 도망하자 하던이다 한ᄃᆡ 상공이

이 말을 듯고 딕경ᄒᆞ여 왈 칼을 쎄여들고 낭ᄌᆞ 방의로 힝하던이 과연 어써ᄒᆞᆫ 놈이 낭ᄌᆞ 방문을 싸치고 단장을 너머 도망한이 신

〈21-앞〉

장이 팔 척이요 형적 슈상한지라 상공이 분ᄒᆞᆷ을 이기지 못하야 처소로 도라와 밤을 기다리던이 오경 북 소릭 들이면 원촌의 계명선이 ᄂᆞ거날 노복 둥을 호령하여 좌우의 각각 서우고 차려로 엄치궁문 왈 닉 집비 단장이 놉고 너히 둥이 슈다한이 외인이 엇지 싱심인들 추립하리요 너희난 낭ᄌᆞ 방의 츌입ᄒᆞ난 놈을 알 거신이 바로 알외라 호령이 츄산갓든지라 낭ᄌᆞ 잡아 드리라 한딕 밍월이 영을 듯고 급피 낭ᄌᆞ 방의 드러가 바을 쉴이며 고함하여 왈 낭ᄌᆞ난 무삼 잠을 집피 드려씻면 서방임 이별한지 일식이 못하야 어써ᄒᆞᆫ 놈을 통간ᄒᆞ다가 종적이 탈노하여 무죄한 우리들을 이더지 엄치ᄒᆞ여 쥭기려 하옵

〈21-뒤〉

고 낭ᄌᆞ을 ᄌᆞ바오라 하신난잇가 한딕 낭ᄌᆞ 밤마둥 츄림하다가 잠을 집피 드렷ᄃᆞ가 밍월이 전한 말을 듯고 잠절의 정신을 진정치 못ᄒᆞ여 의복을 믹동이고 옥쌋을 머리의 솝고 ᄂᆞ온이라 노복 둥이 모도 이로되 낭ᄌᆞ씨난 무어시 부족ᄒᆞ여 서방임 써난 후의 면말이 되건딕 위인을 딕하여 무삼 말 ᄒᆞ다가 익믹한 소인 둥을 이더지 맛치난잇가 ᄒᆞᆫ되 낭ᄌᆞ 이 마을 듯고 딕경질식ᄒᆞ여 일변 통분ᄒᆞ여 ᄒᆞ고 일변 익통한지라 시부모 방 문긔 가 ᄉᆞ러안ᄌᆞ 황망 즁의 엿ᄌᆞ오되 무삼 죄 잇습건딕 깁픈 ᄌᆞ야 븜의 노소그로 ᄒᆞ여곰 ᄌᆞ바오라 하시난잇가 한딕 상공이 분노ᄒᆞ여 왈 닉 일전의 낭ᄌᆞ

〈22-앞〉

처소의 간이 정한 외인으로 더불어 무삼 말 ᄒᆞ여난용 진정을 긔이지 말고 바로 ᄒᆞ라 한이 낭ᄌᆞ의 소답이 낭군이 경성 가신 후로 밤이명 심심ᄒᆞ여 춘양 동춘과 시비 ᄆᆡᆼ월로 더부러 말삼하여다 ᄒᆞ걸날 그 후의 ᄆᆡᆼ월 불너 무른즉 낭ᄌᆞ 방의 간 ᄇᆞ 엄다ᄒᆞᄆᆡ 필연 고이ᄒᆞ다 ᄒᆞ여 ᄌᆞ최을 살피던이 금야의 낭ᄌᆞ 첨소의 간이 엇더한 놈이 팔척 ᄌᆞᆼ신이 방문을 닷치고 도망한이 무ᄉᆞᆷ 발명ᄒᆞ리요 고성ᄃᆡ질ᄒᆞᆫ이 낭ᄌᆞ 이 말을 드르ᄆᆡ 정신을 슈습지 못하여 옥성을 나직하여 알외ᄃᆡ ᄋᆡᄆᆡ 이을 방명 무궁이라 무삼 말호리요 한ᄃᆡ ᄉᆞᆼ공이 더옥 ᄃᆡ분을 이기지 못하여 고성ᄃᆡ질 왈 ᄂᆡ 목전의 완연이 본 이을 이더지 기망한이

〈22-뒤〉

하물며 못본 거시야 엇지 저령ᄒᆞ리요 ᄒᆞ고 호령을 츄상 갓한이 낭ᄌᆞ 엄용ᄃᆡ왈 암무리 시부임 엄영지ᄒᆞ의 부왈이 당전ᄒᆞ온들 일점 작죄 업ᄉᆞ온이 다시 ᄒᆞ올 말ᄉᆞᆷ 엄난이다 한ᄃᆡ ᄉᆞᆼ공이 더옥 분긔 등등ᄒᆞ여 왈 종ᄂᆡ 통간하난 놈을 긔망다 ᄒᆞ고 창두로 ᄒᆞ여곰 절복ᄒᆞ라 ᄒᆞ고 엄치 궁문ᄒᆞᆫ이 낭ᄌᆞ 신세 가극한지라 낭ᄌᆞ ᄒᆞ난 마리 안무리 육여을 갓초지 못ᄒᆞ온들 이 갓든 음힝으로 구종ᄒᆞ옵고 이더지 모함하신이 볼명 무지요나 세세이 통촉ᄒᆞ옵소서 ᄂᆡ 몸미 비록 세상의 처ᄒᆞ엿스나 빙천옥결 갓튼 정절과 알월 가튼 마음을 가지옵고 또 소소ᄒᆞ신 명천이 초임ᄒᆞ옵거날 엇지 외인을 통가ᄒᆞ오릿가

〈23-앞〉

하면 방성통곡한이 그 가련한 모양을 차마 보지 못할너라 상공이 ᄃᆡ로 왈 일국 ᄃᆡ신 가의 외인이 규즁의 츄립한이 죄사무석이요 ᄒᆞ물며 ᄂᆡ 목전의 본 거슬 저더지 긔정한이 벼면이 다스리지 못할지라 하고 창두로 호령하여

각별 엄치ᄒᆞ야 동실즉공ᄒᆞ라 ᄒᆞ신이 낭ᄌᆞ ᄒᆞ날을 우려려 통곡한이 월식 갓튼 두 귀밋틔 흘너난이 눈무리요 옥설 갓튼 두 다리의 솟난이 유혈이라 낭ᄌᆞ 정신을 진정ᄒᆞ여 엿ᄌᆞ오되 낭군이 첩을 ᄉᆡᆼ각ᄒᆞ옵고 ᄉᆡᆨ창ᄒᆞᆫ 둥의 잠을 이우지 못ᄒᆞ와 왓삽긔로 그여이 강권ᄒᆞ여 보ᄂᆡ옵고 ᄌᆞ최업이 기ᄒᆞ옵기난 어린 소견의 부모임 구즁 이슐가 두려워 진작 엿잡지 못하여삽던이 인심이 무고ᄒᆞ온지 조무리 시기ᄒᆞ연난지 이러한 더러온 음힝의로 누명을 입사온이 한면목으로 낭군을 ᄃᆡ면

〈23-뒤〉

하오릿가 유죄무죄 간의 ᄒᆞ날과 귀신이며 후토시령 아옵난이다 ᄒᆞ고 ᄌᆞ결코저 ᄒᆞ다가 낭군과 ᄌᆞ식을 ᄉᆡᆼ각ᄒᆞ여 ᄯᅡᆼ의 업더저 기절ᄒᆞ거날 시모 정씨 그 경ᄉᆞᆼ을 보고 울면 엿ᄌᆞ오ᄃᆡ ᄉᆞᆼ공이 그릇 보압고 옛 말삼이 그릇세 담아든 무를 ᄯᅡᆼ의 쏫고 ᄃᆞ시 담기 어렵ᄯᅩᄃᆞ ᄒᆞ던이 상공이 노망ᄒᆞ여 발키 보왑지 못ᄒᆞ옵고 송쥭 갓듯 낭ᄌᆞ의 정절을 음힝으로 저더지 엄치ᄒᆞ신이 엇지 후환이 업사오릿가 ᄒᆞ고 ᄂᆡ달나 창두을 물이치고 절박ᄒᆞᆫ 거슬 글너 노흐이면 낭ᄌᆞ 소을 잡고 낫츨 한틔 ᄃᆡ이고 토곡ᄒᆞ여 이로ᄃᆡ ᄉᆞᆼ공 망영되야 네여 경절을 몰ᄂᆡ고 이 지경이 되야슨이 네의 경별은 ᄂᆡ가 아난지라 별다의로라가 기운울 진정하라 ᄒᆞ신이 낭ᄌᆞ 엿ᄌᆞ오되 엿 말삼의

〈24-앞〉

ᄒᆞ여시되 도적긔 ᄶᅵ난 볏고 창여의 ᄶᅵ난 벗지 못한다 ᄒᆞ온이 엇지 니런 누명을 입고 살기을 바ᄅᆡ리요 쥬거 모로미 올타ᄒᆞ고 ᄒᆞ 서려거날 부인이 만단 ᄀᆡ유ᄒᆞ되 종시 듯지 안이ᄒᆞ고 옥슈 갓틋 머리예 ᄭᅩ즌 옥즙을 ᄲᅢ여 들고 ᄒᆞ날을 우려려 ᄌᆡ빅하고 통곡 왈 솔명명 ᄒᆞ신 ᄒᆞ날임은 ᄒᆞ감ᄒᆞ옵소셔 ᄋᆡ마하고 안이 ᄋᆡ마한 이을 발케 분간ᄒᆞ여 쥬옵소셔 첩이 만일 외인을 통간

ᄒᆞ엿거던 이 옥잠이 첩의 가삼의 ᄇᆞᆨ키옵고 만일 ᄋᆡᄆᆡᄒᆞ옵거던 섬뜰 돌의 사못차게 박켜쥬옵소셔 ᄒᆞ고 울면 옥즘을 공즁의 썬진이 그 옥즘미 셤돌의 뚜놀면 삼못차게 박키난지라 그지예야 상공이 놀ᄂᆡ 마음의 회심하여 정씨을 도라보면 왈 이 이리 신긔하도다 ᄂᆡ달나

〈24-뒤〉

낭ᄌᆞ의 소ᄆᆡ을 ᄌᆞᆸ고 비러 왈 낭ᄌᆞ야 늘근 ᄆᆡ영된 이을 쾌점말고 ᄆᆞ음을 안심ᄒᆞ여라 ᄒᆞ면 만단으로 기뉴ᄒᆞ되 빙설 옥결 갓튼 정져리 언통한 심회을 이기지 못ᄒᆞ여 왈 ᄇᆡᆨ변 주거 설치 안이ᄒᆞ되 이ᄂᆡ 몸 쥬거지면 이 갓튼 누명을 신원치 못ᄒᆞ리로다 ᄒᆞ고 죽기을 위한거날 상공이 다시 비러 왈 남녀간의 함변 누명은 인간상사라 엇지 이더지 고집ᄒᆞ난양 ᄒᆞ고 별당으로 보ᄂᆡᆫ이라 낭ᄌᆞ 시부모 정씨을 붓들고 통곡 왈 날 갓튼 몸 ᄇᆡᆨ번 음힝으로 세상의 낫타ᄂᆡ여 후세예 유전ᄒᆞ올 거신이 엇지 붓그럽지 안이ᄒᆞ오릿ᄀᆞ ᄒᆞ며 진쥬 갓튼 눈물을 흘여 옷안을 적신이 그 참혹한 거동을 보고 상공을 원망ᄒᆞ여 왈 낭ᄌᆞ의 ᄇᆡᆨ옥 갓튼 정절을 일조의 더려흔 일홈으

〈25-앞〉

로 도라보ᄂᆡᆫ이 그리 원통코 당당한 이리 어ᄃᆡ 이시리요 만일 낭ᄌᆞ 쥬저지면 선군이 나여와 결단코 낭ᄌᆞ와 한가지로 죽글 거신이 아무리 원통 답답ᄒᆞ나 후환 업게 하라 하면 무슈이 ᄋᆡ걸ᄒᆞ더라 이젹의 츈양의 나흔 팔세요 동츈의 나흔 삼세라 츈양이 낭ᄌᆞ의 치ᄆᆡ을 잡고 왈 어만임아 어만임아 죽지마올 죽지마올 우리 남ᄆᆡ 어이 살면 누을 밋고 사오릿가 아반임 도라오시거던 원통한 누명을 명ᄇᆡᆨ키 고달ᄒᆞ여 신원ᄒᆞ옵소셔 어만임아 동츈이 별서벼텀 전 먹ᄌᆞ고 우난이다 어만임 밧비 드려가 도춘이 저지나 머기소서 마일 어만임 죽사오면 우리 남ᄆᆡ ᄒᆞᆫ가지로 다리고 가ᄉᆞ이다 하면 슬피 울면 어미

소을 ᄌᆞᆸ고 ᄇᆞᆼ으로 드려간이 낭ᄌᆞ 마지 못ᄒᆞ여 방의 드려가 춘양을 겻ᄐᆡ 안치고 동춘을 안고

〈25-뒤〉

저즐 머기면 눈무리 비오듯 흘이며 왈 실푸다 츄양아 가련타 동춘아 내 주으면 너의 남ᄆᆡ 어이 술고 어린 ᄌᆞ식 두고 중난 인ᄉᆡᆼ이 오즉할손양 ᄒᆞ면 온갖 ᄎᆡ복을 ᄂᆡ여 녹코 튠양의 머리을 어루만지면 왈 이ᄂᆡ 정절 그 뉘 아리 셜음지고 셜음지고 이 ᄂᆡ 진정 가련토다 측중인 ᄃᆡ야슨이 척부인의 서림이요 옥ᄌᆞᆼ고혼 되야슨이 우미인의 서름이요 뫌이타국 고혼된이 왕소군의 서름이요 소상강 깁푼 밤의 월ᄉᆡᆨ기 창망한ᄃᆡ 두경ᄉᆡ 실피 운이 아황영의 셔름이요 마의파ᄒᆞ 고혼된이 양귀비 셔름이요 상강이월 어복포의 의복츙홍 되야슨이 굴삼여의 셔름이요 이ᄂᆡ 진정 ᄉᆡᆼ각한이 죽기난 설지 안이하나 상ᄉᆞᄒᆞ든 우리 낭군 다시 보지 못ᄒᆞ고 속졀업신 죽단 말가 너의 붓친 오시거던 이런 ᄉᆞ정 자세ᄒᆞ여 원통한

〈26-앞〉

이ᄂᆡ 고혼 신원하여 위로ᄒᆞ라 ᄒᆞ면 통곡하다가 눈물노 ᄇᆡᆨ학션을 ᄂᆡ여 춘양을 듀면 왈 이 ᄇᆡᆨ학션은 천하의 졔일보ᄇᆡ라 취우면 더운 바람미 나고 더우면 취운 바람이 난이 부ᄃᆡ 깁피 간슈하엿다가 동춘이 장성ᄒᆞ거던 쥬고 칠보단장 ᄎᆡ복단ᄌᆞᆼ은 다 네계 소당한 거신이 부ᄃᆡ 부ᄃᆡ 잘 간슈하여라 너 붓친 급제하야 오신다 ᄒᆞ여도 입불 거시 업셔 관ᄃᆡ을 짓다가 뒤폭의 ᄇᆡᆨ학을 못다 노코 이 지경이 되얏슨이 날 본다시 바다 이부라 ᄒᆞ여라 츈양아 ᄂᆡ 죽근 후의 어린 동춘이 몽마르다 ᄒᆞ거던 물 머기고 ᄇᆡ곱푸다 ᄒᆞ거던 밤 머기고 울거든 달ᄂᆡ여 부ᄃᆡ 함기 단이면 눈을 흘긋 보지 말고 부ᄃᆡ 불상이 ᄉᆡᆼ각ᄒᆞ여라 가련타 춘양아 어린 동ᄉᆡᆼ을 어이할고 아이ᄂᆡ 목숨 죽근 후의 뉘을 의지하

여 ᄉᆞ라날고 너의 일 ᄉᆡᆼ각

〈26-뒤〉

한이 가삼이 답답ᄒᆞ고 심간이 당당하다 뻬ᄭᅵ 우로 소슨 눈물 비ᄭᅵ미 퇴강이 된다 츈양이 엄무 거동을 보고 ᄃᆡ셩통곡하여 왈 어만임아 엇지 이ᄃᆞ지 술허ᄒᆞ난잇갓 만일 어만임 쥭사오면 속절업시 함긔 쥭거 지ᄒᆞ의 도라가 의탁고져 ᄒᆞ난이다 불상할ᄉᆞ 동춘아 세ᄉᆞᆼ의 낫다가 어미 업시 ᄉᆡᆼ즁ᄒᆞ기 어렵돗다 원통ᄒᆞ고 답답ᄒᆞᄃᆞ ᄒᆞ며 몬여 셔로 붓들고 통곡하다가 춘양이 기진ᄒᆞ여 ᄌᆞ물 ᄌᆞ거날 낭ᄌᆞ 암무리 ᄉᆡᆼ각하여도 한면목그로 뉘을 ᄃᆡᄒᆞ리요 차라리 쥭어 굿천의 도라가 누명을 씨리라 ᄒᆞ고 츈양 동츈을 어루만지며 하난 마리 네의 ᄌᆞᆼ성ᄒᆞ난 양을 보지 못ᄒᆞ고 원통ᄒᆞᆫ 마음을 이기

〈27-앞〉

지 못하여 속절업시 쥭그리로다 ᄒᆞ고 손ᄭᆞᆺ락을 ᄭᆞ무려 피을 ᄂᆡ여 벽상의 원정을 써 붓치고 다시 잠든 ᄌᆞ식을 어루만지면 왈 ᄀᆞ련타 츈양아 뷸상타 동추나 너의 ᄉᆞ쥬가 이려한가 ᄂᆡ의 팔ᄌᆞ 일려한가 ᄂᆡ 쥭근 후의 뉘을 의지ᄒᆞ여 ᄉᆞ리요 하면 금의 ᄎᆡ복을 ᄂᆡ여 첩첩이로 입고 위낭금침 돌베고 세ᄌᆞᆼ도 드는 칼노 섬섬옥슈 더우ᄌᆞ바 가슴을 전쥬우면 츈양 동춘을 도라보와 지을가 말가 열변 ᄌᆞᄌᆡᄒᆞ다가 독ᄒᆞᆫ 마음을 먹고 실피 울면 왈 강보ᄋᆡ 어린 ᄌᆞ식 두고 낭군도 보지 못ᄒᆞ고 속절업시 도라간이 영혼인들 오즉ᄒᆞ리 구처의 도라가도 누을 감지 모하리로다 ᄋᆡ고 답답 츈양 동츄아 어미 면목 막쥭 바라 ᄒᆞ고 칼을 나추와 가슴을 팩 즈른이 원통코 가련 목숨

〈27-뒤〉

잇냥의 겸당 ᄶᅩᄎᆞ 혼빅이 되어슨이 엇지 천지도 뭅심하리요 청천빅일우

소소ᄒᆞᆫ이 뇌셩병역 천지진동한면 잇ᄯᅢ 츄양과 동춘이 그 소리의 놀ᄂᆡ여 도라본이 어만임 가슴의 칼을 쏩고 유혈이 낭ᄌᆞ한이 츈양이 ᄃᆡ경ᄒᆞ여 못진과 함계 쥬그려 하고 칼을 ᄲᅢ려한이 칼리 ᄲᆞ지지 안이ᄒᆞ난지라 춘양이 어메의 신체을 안고 궁글며 무슈이 통곡한이 동츈이난 어린 아ᄒᆡ라 달여드러 저즐 물고 저지 안이 난다 ᄒᆞ고 우난지라 츈양이 동춘을 덥체 안고 실피 울면 ᄒᆞ난 마리 야야ᅣ 우지 마라 어만임 좀을 ᄭᆡ거던 전머거라 ᄒᆞ면 한소ᄋᆞ로 어무 신체을 안고 흔들면 통곡한난 마리 어만임아 어만임아 어서 밧비 이러나 젓

〈28-앞〉

머기소셔 ᄒᆞ며 슬피 운이 그 경ᄉᆞᆼ을 ᄎᆞ마 보지 못할너라 슬푸다 동춘아 너을 엇지 ᄉᆞᆯ여닐고 불ᄉᆞᆼᄒᆞ다 동춘아 어만임 쥬거슨이 어이ᄉᆞᆯ고 통곡한이 ᄉᆞᆼ공이 붓쳐와 노복 등이 놀ᄂᆡ여 일시의 드러간이 낭ᄌᆞ 가삼의 칼을 쏩고 듁것난지라 황황 분듀ᄒᆞ여 칼을 ᄲᅢ려한이 원혼이 되야ᅣ 칼이 ᄲᅡ지지 안이ᄒᆞ난지라 상ᄒᆞ 노복 등이 다 황겁하여 암물이 할 듈 모르고 셔로 볼 다름일너라 츈양이 동츙을 안고 왈 너 거동 보기 슬타 어무 신체을 흔들며 이러나오 이러나오 어만임 이러나오 삼경 일점 잠든 달기 오경 일점 우지우지 ᄂᆡ 동청의 발근 ᄂᆞᆯ이 동ᄒᆡ 동산 빗최엿스되 어만임 엇지 그리 이러나지 안이하난고 동츈이 별서벗텀 젼 먹고져 안나도 안이 듯고

〈28-뒤〉

어버도 안이 듯고 물을 듀어도 안이 먹고 밥을 쥬어도 안이 먹고 졋만 먹ᄌᆞᄒᆞ고 우난이다 ᄋᆡ고 답답 어만임아 동츈을 그리 ᄉᆞ랑하시던이 인져난 동츈을 보지 안이ᄒᆞ시고 졋도 머기지 안이ᄒᆞ신이 엇지 그리 무졍하신고 불ᄉᆞᆼᄒᆞᆯᄉᆞ 동츈을 어이할고 ᄋᆡ고답답 어만임의 날 갓탄 인ᄉᆡᆼ을 낫치나 말게 나 낫켜던

듁지나 말게 나 쥭것든 다렷가오 우리 남미 다려가오 부듸 부듸 다려가오 ᄒᆞ면 통곡한이 초목금슈 다 슯허ᄒᆞ난 듯ᄒᆞ고 일월이 무광ᄒᆞ고 산천이 변식 ᄒᆞᆫ이 아무리 철셕 간ᄌᆞᆼ인둘 안이 우리 업더라 이 갓치 슬피 우다가 날리 발그ᄆᆡ 벽ᄉᆞᆼ을 엇듯 본이 예 업던 혈서 잇거날 그 글의 ᄒᆞ여스듸 슬푸다 이ᄂᆡ 몸미 천상의 득죄ᄒᆞ고 인간의 나려와셔 천ᄉᆞᆼ연분을 낭군과 ᄆᆡᄌᆞ

〈29-앞〉

더이 장치 팔연의 ᄌᆞ식 남미을 낫코 천상 연분을 일시도 잇지 못ᄒᆞ여 서로 써나기 어려워셔 공명의 뜻지 업고 써날 쥴 모로거날 옷 갓튼 ᄂᆡ 정절 음힝 으로 낫타ᄂᆡ여 속졀업시 듁게된이 이 갓치 셔른 진정 뉠ᄃᆞ려 ᄃᆞ할손양 첩첩 비 누인 ᄌᆞ슥 일 ᄉᆡᆼ각한이 굽이굽이 썩난 간ᄌᆞᆼ 용천금 드는 칼을 엇듯 드려 이ᄂᆡ 가삼 젼쥬운이 쥭기난 설지 안이ᄒᆞ되 전후ᄉᆞ을 ᄉᆡᆼ각ᄒᆞᆫ이 가련ᄒᆞ물면 낭군임도 철이 원정의 이셔 원통한 이ᄂᆡ 진경 보지도 몬ᄒᆞ온이 낭군의 시경 인들 엇지 온전ᄒᆞ리요 빙연긔약기 속졀업시 일ᄌᆞᆼ츈몽이요 ᄉᆞᆷᄉᆡᆼ연분이 속 졀업시 쳘이말이 쓴구름이 도얐도다 낭군임아 낭군임아

〈29-뒤〉

어셔 밧비 나려와셔 이ᄂᆡ 신체 염십비나 잘하여 쥬옵소셔 원통한 이ᄂᆡ 고혼 명빅키 시원ᄒᆞ여 쥬옵소셔 츈양 동츈을 잘 길너ᄂᆡ옵심을 천만 ᄇᆞᄅᆡ난이다 첩첩한 ᄉᆞ경 다 아뢰지 못하옵고 ᄃᆡ강ᄒᆞ여난이다 ᄒᆞ엿더라 이령져령 ᄉᆞ오 일 지ᄂᆡ난지라 만일 션군이 나려와 보면 칼도 ᄲᆡ지 안이ᄒᆞ여다 ᄒᆞ고 우리 모함하여다 ᄒᆞ고 위통이 듁근 쥴 알고 결단코 신명 보젼 못할거신이 선군이 도라오기 져의 신체을 염습ᄒᆞ미 올타ᄒᆞ고 상공이 직시 방의 드려가 염습하 려ᄒᆞᆫ이 신체가 ᄌᆞ리예 붓고 써려지지 안이한이 상공붓쳐와 노복 등이 그 거동을 보고 아무리 할 쥴을 모러더라 이적의 선군이 경성의 올나간이 팔도

선비 문중드리 구름 못틋 ᄒᆞ더라 션군이 슈일 뉴슉 후의

〈30-앞〉

과거날을 당하여 장중의 드러간이 글제을 거려거날 시기을 폐쳐 들고 요지연의 머글 가라 강읍의 부줄 쎅여 왕희지필 법부로 조밍부의 최을 바다 일필회진 선중ᄒᆞᆫ이 전ᄒᆞ 선군의 그를 보시고 ᄃᆡ찬ᄒᆞ여 왈 이 그을 본이 인간 ᄉᆞ람이 안이요 천상 션관의 그리로다 ᄒᆞ시고 구비마당 쥬옥기요 획마당 용ᄉᆞ비등이라 이 선비난 실노 ᄂᆡ의 슈족지신이라 ᄒᆞ시고 즉시 봉ᄂᆡ을 ᄯᅦ탁ᄒᆞ신이 경송도 안동부 빅선군이라 ᄒᆞ엿거날 전ᄒᆞ 직시 실ᄂᆡ을 두셰번 진퇴 후의 직일의 홀임학ᄉᆞ을 졔수ᄒᆞ신이라 선군이 금관옥ᄃᆡ예 머리우의 어ᄉᆞ화요 손의 빅옥ᄒᆞᆫ을 줘고 금안쥰마의 두러시 나온이 천상 선광이 ᄒᆞ강ᄒᆞ난 듯ᄒᆞ더라 삼일유과하고 할임원의 입초ᄒᆞ고 직시 나졸 불너 부

〈30-뒤〉

모 양위와 옥낭ᄌᆞ긔 편지을 보ᄂᆡ이라 노ᄌᆡ 쥬야로 날여와 편지을 상공긔 드린이라 상공이 바다본이 그 셔의 ᄒᆞ여스되 문난안 알위오며 실하을 써나 슈일이 되온이 양위분 긔테 후 일향하옵심을 모로와 쥬야 복만이로소이다 소ᄌᆞ난 하렴 입ᄉᆞ와 쳘이 원정의 무ᄉᆞ이 득달ᄒᆞ와셔 조임 은덕으로 천은이 망극ᄒᆞ와 금번 ᄌᆞ원금졔ᄒᆞ야 할임학ᄉᆞ로 졔슈ᄒᆞ와 나려가온이 도뭄날은 금월 망일노 아옵소셔 각항범졀을 쥰비ᄒᆞ옵소셔 ᄒᆞ여더라 ᄯᅩ 낭ᄌᆞ의계 온 편지을 정씨을 쥰ᄃᆡ 정씨 그 편지을 들고 울면 츈양을 쥬면 왈 이 편지난 너의 어무거 오는 편지라 가졌다가 네 그릇셰 간슈ᄒᆞ라 ᄒᆞ시고 부인이 방셩통곡한이 츈양이 편지을 들고 동츈을 안고 빈소의 드려가 어무 신

〈31-앞〉

신체을 흔들면 얼골의 덥푼 조회 벗기고 편지을 두 손의 펴여 들고 낫츨 ᄒᆞᆫᄐᆡ 다히고 통곡하여 왈 이러나소 이러나소 어만임 이러나소 반갑돗다 반갑돗다 일ᄌᆞᆼ 졍출 반갑돗다 경셩의 갓시든 아반임 ᄌᆞᆼ원급졔 하와 할임학ᄉᆞ로 나려오신다 하옵고 편지 와사온이 보왑소셔 어만임 ᄉᆡᆼ젼의 그을 조하하시던이 오날날 붓친임 반가온 편지 왓ᄉᆞ오ᄃᆡ 반기지 안이 ᄒᆞ시난이가 츈양은 아직 그을 모로난 고료 어만임 영혼 전져의 고치 모ᄒᆞ난이다 하면 나와 조모 졍씨을 붓들고 왈 조모임은 어만임 령혼 전의 가 편지을 ᄌᆞ셔이 이르소셔 혹 어만임 혼ᄇᆡᆨ이나 감동할가 하난이다 한ᄃᆡ 졍씨 마지 못ᄒᆞ야 빈소의 드려가 편지을 들고 울면 왈 편지을 이른이 그 셕의 ᄒᆞ여씨되 탐탐한 졍회을 즘관 젹거 옥낭ᄌᆞ의계 올이난이다 우리 양인이 쳔ᄉᆞᆼ 연분으로 ᄐᆡ산 갓튼 졍졀리 말 이

〈31-뒤〉

ᄀᆡᆨ지의 옥안운빈을 잇곳저 ᄒᆞ여도 잇지 모하고 ᄉᆡᆼ각지 마ᄌᆞ ᄒᆞ되 스사로 ᄉᆡᆼ각이 되온이 듀야 ᄉᆞ모ᄒᆞ여 울울한 졍회을 한 부즈로 기록하기 어렵쏘다 낭ᄌᆞ의 화상이 전과 달나 얼고리 변ᄒᆞᆫ이 아지 못계라 무삼 벼이 드려난지 ᄀᆡᆨᄎᆞᆼ한 등의 슈심으로 잠을 이류지 못ᄒᆞ여 밀망답답ᄒᆞ든 차의 녹양 츈삼월의 ᄒᆡ난 어이 그리 길면 줄른 어이 그리 멀건ᄃᆡ 소식조차 돈절ᄒᆞ고 ᄉᆞ볏달 찬 바람의 기럭기 실피 울고 갈 졔 반가온 낭ᄌᆞ 소식 드을가 ᄇᆞ리던이 창망한 구름 박긔 헛 ᄉᆡ소ᄅᆡ 뿐이로다 낭ᄌᆞ 원ᄒᆞ신든 덕틱그로 금변 ᄌᆞ원금ᄌᆡ하여 할임학ᄉᆞ로 나려가온이 영화 극진할 뿐더려 낭ᄌᆞ 뜻졔 엇지 즐겁지 안이 ᄒᆞ오리요 도움일ᄉᆞ난 금월 만이리라 복망 낭ᄌᆞ난 천금갓ᄉᆞ온 옥체을 안보하옵소셔 슈일 나려가 그 ᄉᆞ이 기리든 졍회을 ᄉᆡ료이 반겨 탐탐할

〈32-앞〉

이다 하엿덧라 정씨 보기을 다ᄒᆞᄆᆡ 더옥 술푼 마음 이기지 못ᄒᆞ여 통곡 왈 슬푸다 춘양아 어린 아ᄒᆡ 어미을 일코 어이 ᄉᆞ리요 ᄒᆞ면 셔로 통곡한이 춘양 동춘이 조모임 편지 ᄉᆞ연을 듯고 어무 신체을 안고 ᄃᆡ성통곡 왈 어만임아 ᄋᆞ반임 편지 ᄉᆞ정 듯ᄉᆞ온이 즐겁지 안이하온잇가 어셔 이려나 동춘이 전 머기소서 하면 동츙을 업고 기졀ᄒᆞᆫ이 그 참혹한 겨상을 참마 보지 못할너라 정씨 상공긔 엿ᄌᆞ오ᄃᆡ 션군의 편지 사연이 엿엿 하옵고 ᄯᅩ한 낭ᄌᆞ을 잇지 몬하여 연연한 정의 만일 도라오면 낭ᄌᆞ 쥬겸을 보고 결단코 함기 쥬글 듯한이 엇지하시려 하난잇가 한ᄃᆡ 상공이 왈 난도 글노 하녀곰 쥬야 염염하난이다 그르나 조흔 못칙을 ᄉᆡᆼ각하여슨이 부인은 너무 염여 마옵소셔 ᄒᆞ고 즉짓 노복을 불너 왈 의논 왈 할임미 나려와 낭ᄌᆞ 쥬검을 보면 갓

〈32-뒤〉

갓치 듁글 썻한이 너히등은 각각 조흔 못칙을 ᄉᆡᆼ각하여라 하신ᄃᆡ 그 즁의 늘근 종이 엿ᄌᆞ오ᄃᆡ 소인이 전이ᄅᆡ 할임을 못시고 츙쥬 임진ᄉᆞᄃᆡᆨ 문전으로 지ᄂᆡ온이 여려 ᄉᆞ람이 만히 못현 즁의 맛참 침즁 ᄉᆞ이로 달 갓튼 쳐ᄌᆞ 구경하시던이 그 쳐ᄌᆞ 모을 감초오고 피ᄒᆞ거날 할임이 그 쳐ᄌᆞ을 보고 층찬 왈 그 쳐ᄌᆞ난 쳔하 졀ᄉᆡᆨ이라 하신ᄃᆡ 근쳐 ᄉᆞ람다려 무른 즉 임진ᄉᆞᄃᆡᆨ 만셰영난이라 하오ᄆᆡ 할임미 몸ᄂᆡ 엿연ᄒᆞ신이 이졔 그ᄃᆡᆨ기 구혼ᄒᆞ와 인연을 ᄉᆡ로이 밋사오면 구졍을 잇습고 신졍을 ᄉᆡᆼ각할 듯ᄒᆞ옵고 연즁 임진ᄉᆞᄃᆡᆨ은 할임 나려오난 길가이온이 쏙글가 ᄒᆞ난이다 아물쪼록 하여도 그ᄃᆡᆨ의 졍혼ᄒᆞ여 졍혼ᄒᆞ옵소셔 한ᄃᆡ 상공이 마을 듯고 ᄃᆡ히ᄒᆞ여 왈 네 마리 가즁 올토다 ᄒᆞ고 임진ᄉᆞ난 ᄂᆡ와 즁마붕우라

〈33-앞〉

닉 말을 홀 듯ᄒᆞ고 쏘 선군이 일홈미 화원의 올나 일홈 일국의 올나 ᄌᆞᄌᆞᄒᆞᆫ이 경혼하면 낙죵ᄒᆞ리라 직시 발힝ᄒᆞ여 임진ᄉᆞᆨ의 간이 진ᄉᆞ 흔연 령접하여 왈 엇지 누지의 오신잇가 한ᄃᆡ 상공이 답왈 다름안이라 연젼의 슈경낭ᄌᆞ로 더부러 인연을 경ᄒᆞ여던이 금변 과거의 올나가 다힝이 장원급졔 하여 할임학ᄉᆞ을 졔슈ᄒᆞ시기로 편지 왓ᄉᆞ오나 맛참 가운이 불힝와 져의 연분이 업삽난지 금월 몬이의 낭ᄌᆞ 듁거ᄉᆞ온이 선군이 나려오면 결단코 쥬검을 면치 모할 듯ᄒᆞ와 불고염치ᄒᆞ고 온 ᄇᆡ난 귀ᄐᆡ의 어진 낭ᄌᆞ 잇가ᄒᆞ오ᄆᆡ 경혼ᄒᆞ여 연소한 마음의 신경을 이류면 구경을 이즐 듯ᄒᆞ온이 바ᄅᆡ건ᄃᆡ 허락ᄒᆞ시면 ᄌᆞ식의 ᄌᆞᆫ 보젼할 거시오 우리 두 즙 영화 극진할 거신이 쓰졔 엇써하온잇

〈33-뒤〉

가 한ᄃᆡ 진ᄉᆞᄃᆡ왈 거연 치월 망일의 망운경 별당의셔 노난 양을 본이 두 ᄉᆞ람이 탕금ᄒᆞ여 가ᄉᆞ을 음난 양은 월궁 황아 광한젼의 상졔을 모셔 문답ᄒᆞ난 듯 셔왕봉 모지연의 쥬왕을 모셔 경회을 베푸난 듯 일노 보건ᄃᆡ 옥낭ᄌᆞ난 츄쳔단월이요 닉의 여식근 펴운간지 반월리라 그 낭ᄌᆞ 만일 쥬거시면 셰상의 그련 낭ᄌᆞ난 다시 굿치 못할지라 만일 허혼ᄒᆞ여삽다가 쓰과 갓치 못되오면 인하여 닉예 여식은 일싱을 바릴 거신이 그 안이 한심ᄒᆞ오릿가 ᄌᆡ삼 ᄉᆞ양하다가 마지 못ᄒᆞ여 허락ᄒᆞ여 왈 할임 가튼 셔랑을 정ᄒᆞ오면 엇지 깁붓지 안이하오릿가 한ᄃᆡ 상공이 길거하여 집비 도라와 그날 기다리던이 호인나리 점점 닥치ᄆᆡ 승공이 폐빅을 갓초와 노복글 갓초와 다리고 진ᄉᆞᄃᆡᆨ 근처의 가 선군 오기을 기다리던이 잇ᄯᅴ예 선군이

〈34-앞〉

빅총 마상의 호피 도듬 녹코 금안을 비겨 타고 화동을 좌우의 날열하고 옷졔 소릐난 산악을 씻치난 듯 완완이 날여온이 각도열읍의 구경하난 ᄉᆞ람드리 구름 못틋하더라 경기도 지경의 득달한이 경긔 감ᄉᆞ 션군을 보고 실닋을 청하면 두셰 변 진되 후의 ᄌᆞ셔이 본이 선풍도고리 진실노 인간 ᄉᆞ람은 안이요 천ᄉᆞᆼ 션광이 하강ᄒᆞᆫ는 듯ᄒᆞ더라 션군이 여러 날만의 모미 곤ᄒᆞ여 침셕의 잠관 조우던이 비몽간의 낭자 와연이 무을 열고 드려온이 면ᄉᆞᆼ의 유혈이 낭ᄌᆞᆼᄒᆞ고 션군의 겻틔 안즈면 눈물를 흘여 왈 쳡이 신명이 기박ᄒᆞ와 셰ᄉᆞᆼ의 부지 못하고 구천의 위로온 고혼이 되얏ᄉᆞ온이 이렷타신 가련한 이리 이시오면 또 얼젼의 시모임계 낭군 편지 ᄉᆞ연 듯ᄉᆞ온이 금번 ᄌᆞ원급졔ᄒᆞ여 할임학ᄉᆞ로 나려오신다 ᄒᆞ온이 안무리 쥬근 영혼인들 엇지 즐겁지 안이 ᄒᆞ오릿가 낭군이 영화료 오신

〈34-뒤〉

힝차 반갑ᄉᆞ와 잇고것지 왓ᄉᆞ온이 슬푸다 낭군임아 영화부귀 극진ᄒᆞ나 유명이 다르기료 남과 갓치 보지 못한이 이련 원통ᄒᆞ고 답답ᄒᆞᆫ 이리 어ᄃᆡ 잇ᄉᆞ오릿가 불상ᄒᆞ다 셔봉임아 어셔 밧빗 나려가셔 가련한 이ᄂᆡ 신체 염습ᄒᆞ여 쥬옵시고 엄이 일코 셔려ᄒᆞ며 아비 기려 셔려ᄒᆞ면 ᄒᆞ난 춘양 동춘을 불상이 ᄉᆡᆼ각ᄒᆞ옵소셔 하고 진쥬 갓튼 눈무리 옷안의 비 오듯 하난지라 선군이 일회일비ᄒᆞ여 낭ᄌᆞ을 안고 소ᄋᆞ로 두료 만져본이 가삼의 카리 박켠난지라 놀ᄂᆡ 씻다른이 남가일몽이라 쑴이 하 흉참ᄒᆞ여 이려안즌이 오경 북소릐 나면 계명션이 둘이거날 하인을 불너 기을 짓촉ᄒᆞ여 듀야료 나려오난지라 잇ᄯᅴ예 ᄉᆞᆼ공이 실ᄂᆡ을 두셰 변 진퇴 후의 할임의 손을 즙고 왈 네 몸이

〈35-앞〉

룡문의 올나 베ᄉᆞ리 화월ᄒᆞ여슨이 즐겁기 층양 못ᄒᆞ리료다 하시고 울이 청하여 왈 ᄂᆡ ᄉᆡᆼ각한이 네 부귀 일국의 극진할 ᄲᅮᆫ 안이라 소연풍경의 한 부인으로 셰월을 보ᄂᆡ미 맛지 못ᄒᆞ야 너을 위하여 어진 낭ᄌᆞ을 구혼ᄒᆞ야슨 이 이곳 임진ᄉᆞ 만셰영난이라 용모 졀ᄉᆡᆨ은 셰ᄉᆞᆼ의 비ᄒᆞ리 엄난지라 그런고로 ᄂᆡ 일전의 진ᄉᆞ을 ᄎᆞᄌᆞ가 결혼ᄒᆞ고 힝예을 오날노 정ᄒᆞ여기료 히고ᄃᆡ와 지ᄃᆡ한이라 한ᄃᆡ 할임이 엿ᄌᆞ오ᄃᆡ 한 ᄉᆞᆷ얼 ᄉᆞᆫ이 낭ᄌᆞ의 몸의 유혈이 낭ᄌᆞᆼᄒᆞ고 겻ᄐᆡ 안즈면 엿ᄎᆞ엿ᄎᆞ 하옵고 가더니 무삼 연고인난이가 ᄒᆞ고 ᄯᅳᆺ한 낭ᄌᆞ와 언약 지즁ᄒᆞ온이 집의 도라가와 낭ᄌᆞ의 마을 듯고 결단ᄒᆞ오리다 ᄒᆞ고 기를 짓촉하여 발셔 임진ᄉᆞᄃᆡᆨ 문전으로 지ᄂᆡ거날 상공이 할임을 붓들고 만단으로 ᄀᆡ뉴ᄒᆞ여 왈 ᄉᆞ부의 힝실리 안이로다 호인은 인간ᄃᆡᄉᆞ라

〈35-뒤〉

부모 구혼ᄒᆞ여 임의 납체ᄒᆞ여슨이 너난 예을 이루어 우리 ᄉᆡᆼ전의 영화을 보이미 인ᄉᆞ도리의 ᄯᅥᆺᄯᅥᆺᄒᆞ미여날 너난 이더지 고집ᄒᆞ야 임소졔 종신ᄃᆡᄉᆞ을 그른친이 엇지 ᄉᆞᄌᆞ의 도리예 맛ᄯᅡᆼᄒᆞ리요 ᄒᆞᆫ이 할임이 묵묵부답ᄒᆞ고 마을 칫쳐 발힝한이 ᄒᆞ인등이 엿ᄶᅩ오ᄃᆡ ᄉᆞᆼ공이 엿ᄎᆞ엿ᄎᆞ하옵고 임진ᄉᆞᄃᆡᆨ ᄃᆡᄉᆞ을 낭픽ᄒᆞ온이 할임은 깁피 ᄉᆡᆼ각ᄒᆞ옵소셔 한ᄃᆡ 할임이 하인을 물이치고 쥬마가편으로 달여가거날 상공이 ᄒᆞ릴업셔 마을 달여 뒤을 ᄶᅩᆺᄎᆞ오다가 집 압폐 다달나 선군의 손을 붓들고 눈물 혈여 왈 네 경셩의 ᄡᅥ난 후의 슈일 만의 낭ᄌᆞ 방의 위인의 소ᄅᆡ 나겨날 고히하야 낭ᄌᆞ을 불너 무른 즉 네 왓던 종젹을 이른지 안이ᄒᆞ고 ᄆᆡ월노 더부려 말ᄒᆞ엿다 하거날 나ᄆᆡ 부모도야 그 이리 슈상ᄒᆞᄆᆡ 낭ᄌᆞ을 ᄃᆡ강 경계ᄒᆞ여던이 엿ᄎᆞ엿ᄎᆞᄒᆞ여 쥬거슨이 이련 망극ᄒᆞᆫ 이리 어ᄃᆡ 이스리요 ᄒᆞ

〈36-앞〉

신ᄃᆡ 션군이 이 말삼을 듯고 ᄃᆡ경질ᄉᆡᆨ하여 쳬읍고왈 낭ᄌᆞ 쥭단 말삼이 왼 말삼이온잇가 ᄂᆡ 경셩의 갈 ᄊᆡ 심회을 진정치 못ᄒᆞ여 슈일을 도로 왕ᄂᆡᄒᆞ엿던이 필련 낭ᄌᆞ을 모함ᄒᆞ여 쥬겻ᄯᅩ다 ᄯᅩ 임진ᄉᆞᄃᆡᆨ 정혼ᄒᆞ신 말삼이 소ᄌᆞ을 위하여 ᄒᆞ신 말삼잇가 술노 낭ᄌᆞ 쥬견난잇가 ᄒᆞ면 여광엿취ᄒᆞ여 젼지도지 ᄒᆞ며 즁문의 다다른이 화 동별당의 ᄋᆡ연ᄒᆞᆫ 우롬 소ᄅᆡ 들이거날 할임이 눈물리 소ᄉᆞ난 쥴 모로고 당ᄌᆞᆼ 안의 드려선이 셤ᄯᅳᆯ 도ᄅᆡ 옥좀이 박켜거날 그 옥좀을 ᄊᆡᆨ여 손의 들고 통곡 왈 무정한 옥좀은 마조 나와 반겨ᄒᆞ되 유정한 낭ᄌᆞ난 어ᄃᆡ 가고 마죠나와 반기지 안이ᄒᆞ난고 ᄒᆞ며 방셩통곡ᄒᆞ여 압풀 분별치 못ᄒᆞ고 별당의 드려간이 가련코 쳬량ᄒᆞ다 츄양이 동츙을 안고 울면 하난 마리 ᄋᆡ고답답

〈36-뒤〉

어만임아 이려나오 과거 가시던 아반임 완난이다 이려나소 동츈이난 할임을 겻쩟보고 울며 달여들고 춘양이난 할임을 붓들고 업더져 긔절한이 할임이 츈양을 엽페 끼고 동츈을 덥쳐 안고 낭ᄌᆞ의 신을 붓들고셔 낫틀 한ᄐᆡ ᄃᆡ히고 업써져 여려순 기절한이 부모 할임을 붓들고 셔료 통곡하던이 션군이 왈 낭ᄌᆞ야 우리 양인이 삼ᄉᆡᆼ연분으로 인간의 만ᄂᆡ 일시을 써나지 못ᄒᆞ고 갈기다가 나을 바리고 어이 이 모양이 되난잇가 불ᄉᆞᆼ할ᄉᆞ 불ᄉᆞᆼ할ᄉᆞ 우리 춘양 동츈이 불상할ᄉᆞ ᄒᆞ면 명상의 덥펴든 거슬 볏기고 본이 낭ᄌᆞ의 가솜의 칼을 솝고 누워거날 할임이 부모을 도라보면 왈 아물리 무정한들 이젹지 칼도 ᄊᆡ지 안이하연난이가 ᄒᆞ고 션군이 칼을 ᄊᆡᆫ이 칼 박켠던 군그로 청조ᄉᆡ 세 마리 나라나와 ᄒᆞᆫ 마리난 할임의 엇ᄊᆡ 우의 안ᄌᆞ 소ᄅᆡᄒᆞ되 ᄒᆞ면목 ᄒᆞ면목 으로 울고 ᄯᅩ 한 마리난 츈양

〈37-앞〉

의 엇띄 우의 안ᄌᆞ 소릐ᄒᆞ되 유감실 유감실 하면 울고 ᄯᅩ 한 마리난 동츈의 엇띄 우의 안ᄌᆞ 소릐하되 송이ᄌᆞ 송이ᄌᆞ 하면 운이 ᄒᆞ면목 ᄒᆞ고 우난 소릐난 하면목그로 낭군을 되ᄒᆞ리요 ᄒᆞ난 소릐요 유감실 하난 소릐난 어린 ᄌᆞ식 두고 마음의 늣겨 눈을 □우리요 ᄒᆞ난 소릐요 송이ᄌᆞ ᄒᆞ난 소릐난 어린 ᄌᆞ식 두고 엇지 할고 ᄒᆞ난 소릐라 그 청조식 셰 마리난 낭ᄌᆞ의 삼혼이 되야 낭군과 ᄌᆞ식을 막죽보고 가난 청조싀라 그날붓텀 낭ᄌᆞ의 신체 졈졈졈 썩난지라 할임이 낭ᄌᆞ의 신쳬을 안고 통곡 왈 슬푸다 낭ᄌᆞ야 츈양을 어이하면 동츈을 어이할고 가련할ᄉᆞ 낭ᄌᆞ야 여린 ᄌᆞ식 어이할고 유졍 무심한 우리 낭ᄌᆞ야 어이 그리 무졍한고 빙연긔약기 일조의 쓴구름이 되단말가 빈난이다 비난이다 우리 낭ᄌᆞ긔 비난이다 보고지고 보고지고 나ᄌᆞ 얼골 보고지고 다여가오 다여가오 나을 부듸 다려가오 긋천의 도라가 다시 만

〈37-뒤〉

ᄂᆡ볼가 비난이다 원슈료다 원슈료다 과거기리 원슈료다 금졔사 ᄒᆞ계나 말계나 금의옥식기ᄉᆞ 먹계나 몬먹계나 낭ᄌᆞ 얼골 다사 함변 보면 죽다ᄒᆡ도 한이 업슬까 ᄒᆞ난이다 일시을 못보와도 삼츄갓치 여겻던이 쳔고연결 되단말가 가련ᄒᆞ다 가련ᄒᆞ다 어는 ᄯᅢ예 다시 볼고 뮤졍한 놉집은 어이ᄒᆞ여 비여스면 뉴심ᄒᆞᆫ 거문고난 소릐쏘ᄎᆞ 슷너졋다 도완의 홍화난 ᄂᆡ을 위ᄒᆡ 비연난고 동졍 발근 다른 ᄂᆡ을 위ᄒᆡ 발가난고 물싀은 예갓치 잇것마난 낭ᄌᆞ난 어듸 가 계신고 나도 함긔 죽겨 이 셰상의 미진한 연분을 ᄌᆡᄒᆡ의 도라가 다시 ᄆᆡᄌᆞ볼가 ᄒᆞ면 기졀한이 츈양이 슬피 통곡 왈 □반님 이다지 한탄ᄒᆞ시다가 만일 셰상을 바리시면 우리 남ᄆᆡ 어이

〈38-앞〉

살나ᄒᆞ난잇가 졍신을 진졍ᄒᆞ와 어만임 죵신ᄒᆞ실 ᄯᅵ여 하시던 말삼을 드르소셔 ᄒᆞ고 ᄇᆡᆨ쥬를 한잔ᄋᆡ 부어 권하여 이 술 한잔은 못□□□□□□ ᄃᆡ방쥬로소이다 한이 할임이 즌을 바다 머근이 눈물이 흘나 즌으 가득ᄒᆞ□라 춘양이 왈 못침님 말삼하시되 실푸다 이ᄂᆡ 인명ᄌᆡ쳔이 한ᄯᅵ박긔 으엽ᄯᅩ다 쳔만의외예 음힝ᄉᆞ로 잡피여 원통코 분한 마음을 이기지 못ᄒᆞ여 쥭기을 ᄌᆡ촉한이 ᄋᆡ고답답 망극하다 낭군임 다시 만ᄂᆡ 보지 못하고 황쳔의 도로아가 외로온 고이 된이 눈을 엇지 ᄶᅡᆷ물이로 네의 부친임 급졔하여 나여오신다 하여도 보온직한 오시 읍그로 도포 지여 한농 역코 관ᄃᆡ로 긋다가 뒤차락 한 극ᄋᆡ ᄇᆡᆨ학을 놋타가 학의 날의 한편을 놋치 못하고 이 지경의 당하여 슨이 너의 붓친 오시겨던 날 본다시 입부시라 하고무슈이 통곡ᄒᆞ시던이 나와 동춘이 즘든 후의 이 지경이 도연난이다 하고 관ᄃᆡ와 도포을 드리면 왈 슈품졔도을 보옵소셔 ᄒᆞ고 방셩통곡한이 할임이 오슬 바다 본이 옷ᄎᆡ 영농하고 칠ᄉᆞ단젼

〈38-뒤〉

포을 안을 밧쳐 운무단으로 겻철 밧쳐 오리오리 감친 ᄉᆞ랑 폭폭기 눈무리라 ᄋᆡ고 답답 낭ᄌᆞ야 낭ᄌᆞ의 슈졍은 여긔 이다만은 낭ᄌᆞ 얼골 어ᄃᆡ간고 못보와도 병이 되고 못이져도 ᄒᆞᆫ이된이 흉즁이 막히여 아뭇말도 못ᄒᆞ도 실셩ᄒᆞᆫ ᄉᆞ람 갓더라 이러그려 열러날 지ᄂᆡᄆᆡ 할님이 문득 ᄉᆡᆼ각ᄒᆞ이 당초ᄋᆡ ᄆᆡ월노 방수을 졍ᄒᆞ엿덧이 낭ᄌᆞ와 즉ᄇᆡᄒᆞᆫ 후의 졔을 도라보지 안이ᄒᆞ여덧이 분명 요괴ᄒᆞᆫ 연이 낭ᄌᆞ을 모함ᄒᆞ여 듕겻도다 ᄒᆞ고 즉시 노복 등을 호령ᄒᆞ여 ᄆᆡ월을 ᄌᆞ바ᄂᆡ여 결박ᄒᆞ여 엄치 궁문ᄒᆞ여 왈 ᄂᆡ 네 연의 간계을 님이 아난이 낭ᄌᆞ의 젼후 ᄉᆞ졍을 졍이 알의라 ᄒᆞ고 호령이 추산갓튼지라 ᄆᆡᆼ워리 울면 엿ᄌᆞ오되 소비 등은 일즉 죄 엄난이다 하겨날 할임 더옥 분노ᄒᆞ여 왈 큰

ᄆᆡ을 골나ᄂᆡ여 ᄒᆞ나 치고 열을 너며 시물을 ᄆᆡᆼᄌᆞᆼ한이 ᄆᆡᆼ워리 ᄒᆞ린업셔 전후 슈말을 고ᄒᆞᄒᆞ여 왈 할임이 고셩ᄃᆡ질 왈 낭ᄌᆞ 방으로 나

〈39-앞〉

갓던 놈은 엇던한 놈인양 바로 알외라 한이 ᄆᆡ워리 ᄆᆡ을 견ᄃᆡ지 못ᄒᆞ여 엿ᄌᆞ오ᄃᆡ 과연 돌쐬로소이다 한ᄃᆡ 잇ᄊᆡ예 돌쐬 져의 동유 즁의 셧난지라 진즉 돌쐬을 ᄌᆞ바ᄂᆡ여 결박ᄒᆞ곡 ᄉᆞᆷ모ᄌᆞᆼ으로 ᄆᆡᆼᄌᆞᆼᄒᆞ여 엄치궁문한이 돌쐬 울면 엿ᄌᆞ오ᄃᆡ 소인은 금은을 탐하여 천지을 모로고 ᄆᆡᆼ월의 뉴인의 드려 엿ᄎᆞ엿ᄎᆞ하여ᄉᆞ온이 소인 갓튼 무렴한 놈은 ᄇᆡᆨ 번 쥭ᄉᆞ와도 악갑지 안이ᄒᆞ도소이다 한이 할임이 분긔 등등ᄒᆞ여 돌쇠을 직시 박살ᄒᆞ고 ᄆᆡᆼ월을 크게 ᄭᅮ지져 왈 너갓치 요망한 여을 엇지 일신들 세상의 살여두리요 ᄒᆞ고 ᄉᆞ지을 찌져 쥭기고 상공을 도라보아 왈 이려한 불초한 여의 말을 듯고 ᄇᆡ옥 갓튼 무죄한 낭ᄌᆞ을 쥬겻ᄉᆞ온이 이런 원통한 이리 어ᄃᆡ 잇ᄉᆞ오릿가 한ᄃᆡ 상공이 묵묵부답ᄒᆞ고 눈물만 흘일 다름이라 이젹의 할임이 안ᄌᆞᆼᄒᆞ려 ᄒᆞ고 졔물과 범ᄇᆡᆨ을 준비하던이 이날밤의 한 ᄭᅮᆷ을 어든이 낭ᄌᆞ 헛튼 머리 산발ᄒᆞ고 모ᄆᆡ

〈39-뒤〉

유혈리 낭ᄌᆞᆼᄒᆞ면 방문을 열고 덜어왈 셩군의 겻ᄐᆡ 안지며 왈 실푸다 낭군임아 옥셕을 구별하여 ᄋᆡ마함을 시원ᄒᆞ여 쳔추 원호을 위로ᄒᆞ온이 ᄯᅩᄒᆞᆫ 낭군과 어린 ᄌᆞ셕을 ᄃᆞ시 못보옵고 영결ᄒᆞ온이 철쳔지원이로소이다 ᄂᆞᆫ군임아 쳡의 신쳬을 육지ᄌᆞᆼ포ᄃᆡ로 소염을 손소하여 구ᄉᆞᆫ의도 뭇지 말고 신산의도 뭇지 말고 옥연동 못 가옷ᄃᆡ 부ᄃᆡ부ᄃᆡ 안ᄌᆞᆼᄒᆞ여 주옵시며 구천 타일의 낭군과 ᄌᆞ셕을 다시 보올 덧ᄒᆞ온이 부ᄃᆡ 허소이 ᄉᆡᆼ각마옵시고 만일 쳡의 말을 허소이 덧ᄌᆞ오면 ᄂᆡ두의 ᄉᆞ을 그을칠 것신이 부ᄃᆡ 명심ᄒᆞ옵소셔 낭군의 신세와 춘향 동춘의 경ᄉᆞᆼ을 ᄉᆡᆼ각한이 주근 영혼이덜 엇지 일시을 이지잇가 ᄒᆞ고 문득

〈40-앞〉

간듸업거날 놀닉 씌다은이 남가일몽이라 직시 겁피히 일여나 침소의 드여가 몽스을 셜화ᄒᆞ고 직일의 힝상 별졀을 가초와 운구하려한이 신체가 ᄌᆞ리의 붓고 요동치 안이ᄒᆞ난지라 셩군이 망망ᄒᆞ여 아무리 할주을 모으든이 문득 싱각ᄒᆞ고 춘향 동춘을 상복을 지여 입피고 마을 타이고 압셔 운이 그지예야 신쳬 써나은지라 춘향 동춘이 울며 왈 어만임은 어듸로 가시난잇가 우리도 함겨 가ᄉᆞ이다 ᄒᆞ고 졈졈 옥연동 못가의 다다은이 듸틱이 창일ᄒᆞ여 수삭이 망연한듸 할임이 할글읍셔 하날을 우어려 무수이 탄식하든이 져건득하여 천지 아덕하면 일월이 변셕하며 무리 시ᄉᆞ로 ᄌᆞᄌᆞ지난지라 셩군이 술펴본이 못 가온듸 셕곽이 잇거날 기히 너겨 신쳐을 셕곽의 여히 안장한이 이억ᄒᆞ여 ᄉᆞ방으로

〈40-뒤〉

뇌셩벽역이 이여나면 오싁구음이 못셰 가득하며 수식간의 물이 듸틱 가득한이 셩군이 방셩통곡하여 물을 향하야 무수이 탄셕하고 졔문 지여 예ᄉᆞ할식 그 졔문의 하여시되 유셰ᄎᆞ 모연 모월 모일의 할임 학ᄉᆞ 빅셩군은 소고우망실유 낭ᄌᆞ실영 지하의 올이난이 실푸다 삼싀연분으로 그듸을 만닉 빅연동낙할가 바릭숩든이 인간이 시기한지 귀신 ᄌᆞᆨ한지 이별 수월의 쳔만 의망한 일노 구천의 외로온 혼빅이 되어ᄉᆞ온이 엇지 실푸지 안이ᄒᆞ오리요 답답한 이닉 진졍 누야셔 다 알손양 낭ᄌᆞ난 셰승만ᄉᆞ을 다 잇고 황쳔 갓건이와 셩군은 어린 ᄌᆞ셕을 다리고 고향으로 눈물노 셰월을 보닉온이 답답하기 그지업ᄉᆞ연 쏘한 낭ᄌᆞ의 신체을 압동산 뒤동순의 놉피 뭇고 무듬이나 보ᄌᆞ덧이 낭ᄌᆞ의

〈41-앞〉

현몽이 그더지 간절하미 낭즈의 옥체을 물소계 여히근이와 구천 타월의 무숨 면목으로 낭즈 듸하이요 유면이 다으나 함 변 상봉은 천만 바릐난이다 주과포혜로 은근 고하온이 추비타 마옵시고 힘힝하옵소셔 하고셔 여운이 보난 스암이 뉘 안이 셔여하리요 이윽하여 뇌셩이 일여나며 못물이 솟난 듯하던이 물결이 갈나지면 낭즈 칠보단즁의 녹의홍상을 갓초오면 청스마을 항 승을 타고 구얼의 스고등쳔하거날 션군이 멀이 셰셰 바릐보고 듸경질식하여 왈 낭즈난 주근지 여려날□□ 수중고혼 된줄 아라든 낭즈의 영혼이 충천 하옵신이 하일엽셔 춘향 동춘을 압셔우고 집으로 도아와 부모임져의 그 스연을 엿즙고 춘향 동춘을 어로만지면 무수히 한탄하든이 하로밤의 낭즈와 현몽하여 단순홋치와

〈41-뒤〉

옥안을 반긔하여 이로듸 낭군은 자셕을 다이고 우지마옵소셔 쳡을 낭군과 연분와긔로 쳔상의 올나가 상졔계 현신하온이 흐시되 근셰예 너익 운이라 연분이 미진할분더라 낭군과 어린 자셕을 다리고 올나오라 하시미 청스즈한 상을 몰고 왓스온이 나을 보려하시거든 모왈 모일의 옥연동을 넘으 연주순을로 추즈오소셔 즈연 알 도리 이거신이 부듸 그 고을 치지소셔 흐고 간듸옵거날 놀닉 씌다은이 일징춘몽이라 그날을 당하여 모즈을 부모계 셜화한이 부모임 하시난 말숨이 낭즈은 본듸 천상 션예라 분명 환싱하엿셜 겻신이 가 보라 하신이 춘향 동춘을 달닉여 왈 너 어미 엿추엿추흔이 닉 장관 가 보고 올겨신이 그 스히이 동춘을 울이지 말고 조히 이시라 한듸 춘향이 울며 엿즈옷되 어만임 만일 보옵겨든 춘향 동춘이 날노 어미을 춧더라 흐옵고 부듸 부듸 함겨 옵소셔 한

〈42-앞〉

이 할임이 눈물노 디답하고 더나 차즘차즘 옥연동 덤어간이 디히가 당젼하여 물셰난 하날의 다잇 덧하고 갈길은 망망한디 셕양은 지을 놉고 격막은 실피 울고 존납이난 쉬파암 부고 두경시난 부여귀을 실피 우여 긱회디질 젹의 흔 동낭간으로 바리보이 오쇡 구음이 두으면 수심간의 무지기 다리노 이거날 반겨 건니간이 난디읍난 집북이 공중의 달여겨날 치아다본이 현판의 황금디 디즈로 셧시디 이 집북을 치면 소리 쳔지진동하면 소식을 셔로통하난이라 하여거날 셩군이 반겨 집부을 함 변 놉피 둘어친이 그 소리 뇌셩벽이 이여나면서 썩 하거날 그제야 셩군인줄 알고 낭즈 반겨 득고 공중으로 나려와 모던 션여 좌우의 오위하고 셩군을 영졉한이 셩군이 낭즈의 난숌을 부어즙고 울면 왈 우리 두

〈42-뒤〉

두리 삼식연분우로 일초의 영이별이 되어던이 일리와 만닐 줄 어이 쯧하여심요이요 하면 쏘 녈근의 망연된 일을 일분도 쇠염 마옵소셔한이 낭즈 디왈 쳡의 시운이 불길할 분덜여 우리 피차연분이 젹습고 쳔명을 어기온 비라 뉘을 원망하올잇가 하면 원통한 스경을 난낫치 셜화한이 셩군이 둘으시고 익연한 마암을 이기지 못하여 피차 익연 넉기면 충주 임소졔예 청혼한 스연을 난낙치 일운이 낭즈 이익키 듯고 싱각하여 이로디 익 일로디 그딕 만셰 영낭이리하온이 다은 즈식 읍삽고 그 쇼졔예 타문의 구하와 듯지 안하오면 그 몸은 낭군을로하여 쯧 구엄갓스오면 남의 지악이기 젹지 안이하온이 낭군이 도라가와 그 소졔을 연탐하와 보압고 졀긔가 젹

〈43-앞〉

스오면 힝예흐와 부모 양위 뫼압시긔하오면 그도 만분 다힝하올 그시오

또 그 후의 추양 동춘 남미을 다여올뜬이 그만 다힝다힝하온 이리 이수올잇가 한디 셩군이 들은 직 이셰 당당하고 말마당 주옥이라 낭ᄌ의 소원이 그러하오면 그디로 하연이와 낭ᄌ을 두고 갈 뜻지 읍ᄉ온 함긔 가ᄉ이다 한디 낭ᄌ 답왈 근은 누명이 다으온이 엇지 닷시 세상의 나여가올잇가 ᄌ식을 다여온 후의 부모 ᄉ후의 시로 천상의 올나와 □연분을 다시 미ᄌ 빅연동낙하ᄉ이다 하며 도라가 길을 통젼통젼한이 부모와 ᄌ식을 잇지 모하고 또 낭ᄌ 밀망이 동원하난고로 마지못하여 낭ᄌ을 하직하고 도라셔 본직 오운의 사이여 청상으로 가고 형적이 망연한지라 집이 도라와 부모 양위의 춘향 동춘을 보고 그 ᄉ연을

〈43-뒤〉

난낫치 고한디 상공 양위와 ᄌ식 남미 듯고 젼고의 허한한 이린 줄 알고 추향 동춘을 두고 왓다 하고 원망하듸라 잇디 임진ᄉ 셩군을 낭픠하고 다은 가문을 의논한이 소졔 죽긔로 엿ᄌ오디 충신은 불ᄉ이군이요 열여난 불경이부라 하온이 엇지 다은 가문을 취하올잇가 하면 음식을 제페한이 진ᄉ 니외 망극하여 그 ᄉ연으로 승고과 할임기 편지하여 원망 원망하면 닷시 손 약와 힝예하물 빅벼 당부한이 상공이 편지을 바다 보고 셩군을 주며 왈 ᄉ셰가 일여한이 네 쳐단하라 한디 셩군 왈 낭ᄌ의 ᄉ연이 엿차엿차 하온이 마지 못하와 날을 보와 힝예하올이다 한디 상고이 디히하야 다힝다 힝하다 하고 날을 보와 답중한이 진ᄉ니외 당향이 여기여 비을 갓초오고 일가 노속을 모와 호인을 기다이던이 셩군이 날이 당하미 상공이

〈44-앞〉

비힝하여 초려을 극진이 친 후의 직시 신힝하여 시가의 승공 양위가 예을 돌인 후의 금실낙을 이루나 셩군은 주야 낭ᄌ 싱각만 간절한지라 소졔난

ᄉᆞᆼ공 양위기 호셩이 지극하나 진ᄉᆞ ᄂᆡ위 나이 연만한고로 근친하여 잇든이 운연 득병하여 긔세하신이 할임과 소졔 초ᄉᆞᆼ을 극진이 치고 셔산의 안ᄌᆞᆼᄒᆞ고 후에 신복인난 노복으로 힝ᄌᆞ셔워 산소와 졔ᄉᆞ을 극진위하라 하고 젼답 시간을 분파하여 경중하여 주고 집이 도라와 부모을 경셩으로 보향한이 그 역□□ 그 연 ᄉᆞᆷ연이된이 셩군이 ᄌᆞ나씌나 낭ᄌᆞ 마음이 간절하여 식음을 마실 모로든이 하로난 바ᄋᆡ 우연 조오덧이 비몽간의 낭ᄌᆞ 와 일오ᄃᆡ 임소졔 와 ᄌᆞᆨᄇᆡ하온이 합신별졀과 부모 양위면 ᄌᆞ식 남ᄆᆡ예 훌하난 도리 별졀이 으더하

〈44-뒤〉

덧ᄋᆡ가 한ᄃᆡ 셩군이 마음의 황공감ᄉᆞ하여 ᄃᆡ강 말하되 ᄇᆡᆨ사범졀을 공경극진하오나 셩군은 주야 안목의 소경이 일단 졍신이 낭ᄌᆞ온이 그 ᄉᆞ이 긔이지 잇ᄉᆞ온이 ᄋᆡ둘고 셔은 말ᄉᆞᆷ을 이로다 주야 칙양하올ᄋᆡ가 못ᄂᆡ 연연한 마음을 이기지 못하여 낭ᄌᆞ도 마음이 ᄌᆞ연 굿분지라 비감한 마음을 셔로 이기지 못하며 낭ᄌᆞ 이로ᄃᆡ 이졔난 소졔 와ᄉᆞ온이 부모 양외을 모실 ᄯᅧ하온이 ᄌᆞ식 남ᄆᆡ을 다여갈 ᄯᅧ인이 아모날 다리고 연주ᄉᆞᆫ으로 오소셔 하며 못ᄂᆡ ᄎᆞ탄하다가 하직하고 가거늘 ᄯᅵ다은이 남가일몽이라 말소ᄅᆡ 귀예 ᄌᆡᆼᄌᆡᆼ하고 ᄭᅩᆺ갓탄 화안은 눈의 ᄉᆞᆷᄉᆞᆷ한지라 무모양위와 소졔 춘향 동춘을 ᄃᆡ하여 몽ᄉᆞ을 난낫치 고달한

〈45-앞〉

이 소졔난 ᄌᆞᆷ하고 ᄉᆞᆼ공 양위난 그 글셰 올타ᄒᆞ고 춘향 동춘은 죠하ᄒᆞ면 수이 가ᄌᆞ하든이 그날이 당하ᄆᆡ 춘향 동춘이 죠부모 양위와 소졔 모친긔 하직ᄒᆞ고 ᄯᅳ나가거날 ᄉᆞᆼ공 양위와 소졔 인졍의 ᄋᆡ연하여 못ᄂᆡ 못ᄂᆡ 너기더라 셩군 수이 도라옴을 당부 당부 하신이 셩군이 ᄃᆡ답ᄒᆞ고 ᄯᅳ니 연주ᄉᆞᆫ의

이은이 낭ᄌᆞ 셩군 오신 줄 알고 운무 ᄌᆞ옥하며 집등구리 나여와 ᄌᆞ식 남ᄆᆡ을 여혀 ᄐᆡ이고 셩군은 ᄉᆞᄌᆞ을 ᄌᆞᆸ아 ᄐᆞ고 낭ᄌᆞ 오운의 ᄊᆞ이여 올나간이 춘향 동춘이 엄미을 ᄌᆞᆷ관 보고 달여들여 긔절한이 낭ᄌᆞ ᄌᆞ식의 모양을 바다 보고 울면 춘향아 날을 기여 엇지 ᄉᆞ라시면 동춘아 젼 ᄀᆡ여워 엇지 ᄉᆞ라난양 ᄒᆞ면 져질 물니고 으우만지면 춘양을 엽페 ᄊᆡ고 등을 두다이면 못ᄂᆡ 셔여 셔여 우더라 셩군

〈45-뒤〉

ᄯᅩ한 아연하여 일히일비한이 그 ᄉᆡ론 졍이 비할 ᄃᆡ 업드라 일여그여 수ᄉᆞᆷ일 이 되ᄆᆡ 낭ᄌᆞ 셩군다여 ᄂᆞᆼ군이 나려가 부모을 못시다가 만셰 후의 임소졔을 달이고 오소셔 한ᄃᆡ 셩군이 오히 여겨 직일 발힝하여 도라와 부모 모셔 헌신한이 ᄉᆞᆼ공 부쳐 문왈 낭ᄌᆞ 무양ᄒᆞ며 춘향 동춘이 모여 ᄉᆞᆼ봉ᄒᆞ야 날양한 ᄃᆡ 셩군 왈 과연 ᄉᆞᆼ봉ᄒᆞ여여난이다 한ᄃᆡ ᄉᆞᆼ공 부쳐 이 말을 듯고 못ᄂᆡ 칭ᄎᆞᆫ ᄒᆞ시더라 셰월이 여유ᄒᆞ여 부모 ᄂᆡ외 구몰ᄒᆞᆫ 셔ᄉᆞᆫ의 안ᄌᆞᆼᄒᆞ고 가ᄉᆞᆫ을 노복 을 막기고셔 영수호라 ᄒᆞ고 임소졔을 다이고 연주ᄉᆞᆫ으로 간이 낭군 오시난 쥴 알고 영졉하여 왈 부모임 만셰 후의 안ᄌᆞᆼᄒᆞ고 평안이 오신잇가 하면 임소졔예 옥수을 ᄌᆞᆸ고 셔로 길기은 양은 여형약졔하야 일ᄉᆡᆼ화락이 지ᄂᆡᆫ이 그 아암ᄃᆞ온 인졍은 비할 ᄃᆡ 읍드라 춘양 동춘

〈46-앞〉

이 졈졈 ᄌᆞᄅᆡ나ᄆᆡ 춘양은 동ᄒᆡ용왕의의 보ᄂᆡ고 동춘은 월궁황ᄋᆡ긔 보ᄂᆡᆫ이 쳔상 귀한 일이 이 밧기 ᄯᅩ 이설손양 셩군과 낭ᄌᆞ 한가지로 청ᄉᆞᄌᆞ을 타고 옥졔을 불이면 광ᄒᆞᆫ젼의 올ᄂᆞ 상졔겨 현신하신이 ᄉᆞᆼ졔 ᄉᆞ랑ᄒᆞᄉᆞ 션약을 ᄂᆡ여쥬신이 오동은 좌편이 ᄂᆞ열ᄒᆞ고 신여ᄂᆞᆫ 우편이 ᄂᆞ렬ᄒᆞ여 풍악을 울인 이 청학 ᄇᆡᆨ학이 시ᄉᆞ로 ᄃᆡᆷ노ᄂᆞᆫ지라 셩군은 션관 되고 ᄂᆞᆼᄌᆞ은 션여 되여

시시로 청ᄉᆞᆼ으로 오으락나리락하면 옥황시 현날하며 만셰 만셰 만셰예 부부화악한이 셰상 ᄉᆞ암드라 이 글을 ᄌᆞ셔이 보소 줄줄리 눈물이요 ᄌᆞᄌᆞ이 인정일느라

경ᄉᆞᆼ도 안동 임혈ᄂᆡ면 쳔젼거 권ᄉᆞ집이 가 보라

다만 죠필노시노란이 ᄌᆞᆼᄌᆞᆼ이 혹 유낙ᄌᆞ라도 그리 보ᄋᆞᆸ

슉향낭ᄌ젼 [illegible]

가이 실이라 세고에 시방의 [illegible] 호이 [illegible]

시되 [illegible] 운덩 [illegible] 시 [illegible]

듕과 [illegible] 베실이 일 [illegible] 고 [illegible]의 [illegible]

던니 소인의 [illegible] 나 고향 [illegible] 와 [illegible]

셔이 하더가 산이 요부하나 [illegible] 시 [illegible] 하셔 시되 살

[illegible]의 실 [illegible] 이 [illegible] 하여니 [illegible]

[illegible]

슈경낭ᄌᆞ젼 권지단(단국대 44장본)

〈슈경낭ᄌᆞ젼 권지단〉은 단국대학교 율곡기념도서관에 소장되어 있으며, 총 44장(88면)으로 구성되어 있다. 표제는 〈슈경낭ᄌᆞ젼〉이고, 내제는 〈슈경낭ᄌᆞ젼 권지단〉이며, 작품 마지막 장에 을사년이라는 필사기가 남겨져 있다. 글씨체가 미려하지는 않지만 읽는데 큰 어려움은 없으며, 필사자 개인의 방언이나 잘못 알고 있는 한자어가 쓰여 있다. 정확한 시간적 배경은 등장하지 않고 상공 이름은 '빅셩춰'로, 그에 대한 소개가 작품 서두에 제시되어 있다. 이 이본에서는 재생한 수경낭자가 3년간 선군, 시부모와 동거한 뒤 부모를 남기고 먼저 승천한다. 이후 상공 부부가 득병하자 선군과 낭자가 선약을 얻어 부모의 병을 낫게 하고 그 며칠 뒤 상공 부부 역시 승천하여 부자가 상봉하는 것으로 되어 있다. 이 이본에는 다른 이본과 달리 승천한 선군과 낭자가 상제와 함께 인간 재미가 어떤지에 대한 문답을 나누는 부분이 추가되어 있으며, 상공 부부의 득병 원인이 '잠시라도 낭ᄌᆞ을 몰나보고 누명을 입게 함으로 말연의 고싱'한 것으로 설정되어 있다. 또한 '상공이 할일읍셔 후일로 상봉하ᄌᆞ 하고 션군을 다리고 본딕으로 나려 오시던니 여러 날 만의 관동의 득달한지라'라고 서술되어 있으나 이 문장의 전후에 임소저에 대한 언급이 없는 것으로 보아 필사하는 과정에서 임소저와 관련된 화소를 생략한 것으로 생각되며, 낭자가 '신경의 구혼ᄒᆞ면 후싱의도 못볼지라'라고 언급하는 부분이 독특하다.

출처: 단국대학교 율곡기념도서관 (古853.5 / 숙2478가)

〈1-앞〉

각셜이라 에 고씩 시졀의 경상도 안동 쌍의 한 직상이 있시되 승은 빅이요 명은 셩취라 본딕 성□□□□ □소연등과하여 베살이 일품 직상으로 일홈이 □죠정의 덥피던니 소인의 참소을 만나다 고향의로 도라와 농업으로 심쎠하니 가산이 요부하나 나히 삼□십이 당하여시되 실하의 일졈 혈육이 읍□□ 쥬야 한탄하더니 일일은 부人 경씨 조용이 승상계□□□□□

〈1-뒤〉

한 죄 잇다 하오니 지하의 도라가 □들히면 무□□ 죠상을 빅오리가 쳡이 닉침직 하오나 군주 너부신 덕틱을 입ᄉ와 지금가지 조문의 의틱하와 안심하오니 감격하오나 듯ᄉ오니 소빅산 츌영보산의 드러가 칠일 긔도 하옵고 경셩으로 발원하오면 혹 남여 간 즈식을 둔다 하오니 우리도 거긔 가 경셩으로 발원하여 보ᄉ이다 승상이 우셔 왈 비러셔 즈식을 볼진딕 셰상의 무즈식할 사람이 잇ᄉ올잇가 그러하오나 부인의 소원의 그러 하오니 비러 보ᄉ

〈2-앞〉

이다 하고 그부터 목욕 직계하고 소빅산의 드러가 극진이 경셩으로 발원하고 집의 도라와 질기던니 그 달버텀 틱긔 잇셔 십삭이 ᄎ미 일일은 집안의 안긔가 즈옥ᄒ고 향닉 진동하고 부인이 혼미 즁의 남즈을 탄상하니 션여 나려와 향슈을 기울여 아기을 씻기여 누이고 부인다려 왈 이 아가난 천상 션관으로 요지연외 슈경낭즈로 더부러 희롱하다가 상제게 득죄하여 인간의 닉치시믹 소빅산 실영이 지시하여 틱문하의 낫ᄉ오이 부딕 □□

〈2-뒤〉

비여 길너 천경 연분을 어긔지 마르소셔 부인니 혼미 즁의 답왈 천경연분니 어듸 잇난듸 션여난 ᄌ셔이 가로쳐 쥬옵소셔 션여 답왈 쳔긔을 누셜 침소하오나 슈경낭ᄌ 옥파동의 젹거하여사온니 일후의 ᄌ셔이 아올이다 하고 문득 간듸읍거날 부인니 경신을 진졍하여 승상을 쳥하니 승상이 급피 드러와 아기 얼골을 보니 옥 갓고 셩음이 쇄락하여 진짓 쳔상 션관니 하강한 듯한지라 승상과 부인니 젼여 이르던 말을 ᄉᆡᆼ

〈3-앞〉

각하여 일홈을 션군이라하다 션군이 졈졈 ᄌ라ᄆᆡ 풍ᄎᆡ난 관옥 갓고 문장은 이ᄇᆡᆨ을 겸한지라 부모 ᄉ랑하ᄆᆡ 날노 더하더라 나히 십오셰예 이르니 져갓튼 ᄇᆡ필을 구치 못하여 염여허여 ᄆᆡ픽로 하여금 널리 구하더라 각셜이라 슈경낭ᄌ 옥연동의 젹거하 연후루 션풍지시와 요월지야의 낭군 ᄉᆡᆼ각이 간졀하나 젹한니 아직 ᄎ지 못하고 션군은 인간의 강ᄉᆡᆼ하여 쳔ᄉᆡᆼ 일을 읏지 알이요 이러무로 타문의 구한지라 낭ᄌ ᄉᆡᆼ각하듸

〈3-뒤〉

우리 양인니 젹강하여 ᄇᆡᆨ연 긔약을 금셕 갓치 ᄆᆡ져서나 이졔 낭군이 타문의 ᄉᆡᆼ취하여 삼ᄉᆡᆼ 연분이 속졀읍시 허ᄉ되리라 하고 이날 밤 션군이 ᄭᅮᆷ의와 이로듸 낭군은 쳡을 아지 못하오니 쳡이 쳔ᄉ 션여로 요거연 간삽다가 낭군과 희롱하온 죄로 상졔게 득죄하여 인간의 ᄂᆡ치시ᄆᆡ 인연을 금졔예 밋고ᄌ 하여더니 이졔난 낭군이 다른 듸 구혼ᄒᆞ옵기로 ᄉᆡᆼ각다 못하여 한 말을 부탁하옵난니 삼연만 지ᄂᆡ오면 젹한니 지ᄂᆡ오면 상봉하오려니와 부듸 범연이 ᄉᆡᆼ

〈4-앞〉

각지 마옵소셔 하고 문득 간듸읍거날 ᄭᆡ다르니 남가일몽이라 낭ᄌ의 ᄭᅩᆺ다

온 얼골과 아름다운 ᄐᆡ도난 천연 셩월이 구름 속의 반만 비취엇고 홍도화 아름이 실을 머금은 듯 츈풍의 노난 듯 옥 갓튼 소ᄅᆡ난 귀예 ᄉᆡᆼᄉᆡᆼ하고 ᄭᅩᆺ 갓튼 얼골은 눈의 암암하여 욕망이 노망이요 불ᄉᆞ이 가산의로다 여광여취 하여 ᄌᆞ연 병이 골슈의 드난지라 부모 민망하여 불너 무러 왈 네 병세를 보니 범상치 안니 한지라 바로 이르라 ᄌᆡ삼 ᄀᆡ우하거날 션군니 마지 못하

〈4-뒤〉

여 피셕 ᄃᆡ왈 여ᄎᆞ여ᄎᆞ 하옵고 가옵더니 그 후루 병이 되여삽거니와 일각이 예삼츄라 웃지 삼연을 지ᄂᆡ리가 글노 연하여 병이 골슈의 드러나이다 하거 날 부모 왈 너을 낫탄 ᄶᆡ의 션여 와 여차여차 하던니 관연 슈경낭ᄌᆞ가 시부 라 ᄭᅮᆷ일을 웃지 젹부이 ᄉᆡᆼ각하리요 ᄉᆞ렴치 말고 몸을 안보하여 부모를 위로 하라 션군니 ᄃᆡ왈 부모임 말삼이 올ᄉᆞ오나 그 낭ᄌᆞ의 말이 젹연하옵고 음식 이 맛시 읍ᄉᆞ□□ 글노 민망하나이다 하고 ᄌᆞ리예

〈5-앞〉

눕고 이러나지 못ᄒᆞ니 부모 민망하여 ᄇᆡᆨ약이로 치효하되 조금도 듣지 아니 난지라 낭ᄌᆞ 군ᄌᆞ의 병세 즁하물 알고 밤마다 몽즁의 왕ᄃᆡ하며 이로ᄃᆡ 낭군 웃지 안여ᄌᆞ의 ᄉᆡᆼ각하여 천금 귀쳬를 악기지 안니 하여 병셰 져ᄃᆞ지 지중하 니 일어하고 웃자 삼연을 지ᄂᆡ오리가 이 약이나 먹어 보옵소셔 하고 옥병예 술 쥬며 왈 한흔 불노주요 하나흔 불ᄉᆞ쥬요 하나흔 말연쥬오니 이 약을 먹고 아모ᄶᅩ록 보즁ᄒᆞ옵소셔 후일 긔약을

〈5-뒤〉

ᄆᆡᆺ게 하옵소셔 하거날 ᄭᆡ다르니 한 ᄭᅮᆷ이라 낭ᄌᆞ난 간ᄃᆡ읍고 낭ᄌᆞ 안ᄌᆞ던 ᄌᆞ리의 옥병 셰히 노여거날 몽ᄉᆞ을 부모게 엿삽고 그 약을 쓰니 과연 ᄎᆞ도

인난지라 낭ᄌ 다시와 이로ᄃᆡ 낭군 병셰 이러하옵고 ᄯᅩ 가소가 ᄃᆡ핍하여기로 이거슬 드리오니 바다 두옵소셔 ᄒᆞ고 금동ᄌ 한 쌍과 미인도 한장을 쥬어 왈 금동ᄌ난 집의 두면 ᄌ연 가셰가 요부할 거시요 미인도ᄂᆞᆫ 첩의 용묘오니 밤이면 덥자옵고 나지면 벽상의 거러 두옵소셔 그러하여도 종시 첩

〈6-앞〉

을 잇지 못하거던 ᄃᆡᆨ ᄉᆞ화 ᄆᆡ월노 방슈청을 잠간하여 적슈 회포을 더옵소셔 하고 문득 간ᄃᆡ읍거날 ᄯᅩᄒᆞᆫ ᄭᅮᆷ이라 금동ᄌ난 벽상의 두고 미인도란 평상의 거러 두고 심회희로 낭ᄌ을 본다 ᄒᆞ니 문득 ᄃᆡ쳐 ᄉᆞ람이 이 말을 듯고 션군 집의 긔이한 보ᄇᆡ 잇다 하여 모도다 구경하고 갑슬 후이 쥰니 이러무로 가셰 졈졈 요부하나 병셰난 종시 낭ᄌ을 잇지 못하여 병셰 졈졈 셔른지라 홀홀ᄒᆞᆫ 심회와 암암한 ᄉᆡᆼ각을 잇지 못하여던니 ᄯᅩ ᄭᅮᆷ의 와 이로ᄃᆡ 낭군니 첩

〈6-뒤〉

으로 하여금 병셰 져ᄃᆞ지 지즁하니 웃지 삼연 기약을 지다리지 못하여 첩을 보고ᄌ ᄒᆞ옵거던 옥연동 가운졍으로 ᄎᆞ자오옵소셔 하거날 ᄭᆡ다르니 마음이 황홀ᄒᆞ여 눕고 이지 못하더니 의연이 이러나 부모게 엿ᄌ온ᄃᆡ 간밤의 일몽을 읏ᄉᆞ오니 낭ᄌ와 여ᄎᆞ여ᄎᆞ 하오니 소ᄌ 실ᄒᆞ의 잠간 쎠나 옥연동 ᄎᆞᄌ가 낭ᄌ의 ᄭᅩᆺ다운 인연일 일우고ᄌ 하옵나이다 부모 무어왈 네 실셩하여도다 말유하여 문박긔 나지 못하게 한다 션군이 민망 답답ᄒᆞ여 다시 엿

〈7-앞〉

ᄌ오ᄃᆡ 소ᄌ 병셰 졈치 즁ᄒᆞ오니 ᄉᆡᆼ각하옵건ᄃᆡ 청츈을 헛도이 발여 부모 안의 불효을 지을 듯ᄒᆞ오니 사즁구ᄉᆡᆼ으로 부모 명영을 어긔여 옥연동을

ᄎᆞᄌᆞ ᄯᅡ라 하나시다 부모 하릴읍셔 허락하신ᄃᆡ 션군이 심ᄉᆞ 허랑하여 ᄇᆡᆨ마 금편으로 옥연동을 ᄎᆞᄌᆞ 종일도룩 가더니 ᄉᆞᆫ은 첩첩하여 평풍되고 물은 창쳔하여 소이되여난ᄃᆡ 긔화요초난 만발한 가온ᄃᆡ ᄋᆡᆼ무 공작이 안셧져 넘노난지라 아지 못할거라 불번 션원을 하십고 낙막한 마음

〈7-뒤〉

을 진정치 못하여 하날을 우러러 탄식 왈 소소ᄒᆞᆫ 명쳔은 ᄒᆞ감하옵소셔 옥연동 가은 길을 가라쳐 아림다운 긔약을 일치 말게 하옵소셔 셔양은 ᄌᆡ를 넘고 비조난 슬피 우난지라 ᄂᆞᆫᄃᆡ 옥연동은 만지슈리을 드러가니 쳔봉 만학은 구름으로 둘너낭ᄃᆡ 슈상부안지난당의 볌볌하여 ᄋᆡᆼ무난 츈풍의 흔날이고 ᄭᅬᆨ꼬리난 진당의 왕ᄂᆡ할졔 탐화봉졉이난 츈셔을 ᄌᆞ랑하니 이난 쳔지변곤이라 유드른 강산이라 멀이 셔셔 바라

〈8-앞〉

본니 쥬난화강언 방공의 소ᄉᆞ난ᄃᆡ 분벽 ᄉᆞᄎᆡᆼ이 구름 속의 영롱하거날 션군니 마음이 황홀하여 문박긔셔 쥬져하던니 션방을 폐각하고 산조난 ᄇᆡᆨ인이라 션관의 ᄉᆡᆨ여시되 옥연동 가운졍이라 두려시 ᄉᆡᆨ여거날 동편 졍ᄌᆞ 아ᄅᆡ을 살펴보니 ᄒᆞᆫ 낭ᄌᆞ 머리의 ᄇᆡᆨ연화을 ᄭᅩᆺ고 손의 봉미션을 쥐고 월하의 ᄇᆡ회하난 양은 셔왕묘요 지연의 강임한듯 무슴 션여 양ᄃᆡ 산의 노난듯 ᄒᆞᆫ 변 바라 보미 심신니 황홀하여

〈8-뒤〉

졈졈 나소와 드러가니 낭ᄌᆞ 인젹 잇시믈 외심하여 몸을 두루여 ᄂᆡ당으로 드러가거날 뒤을 조ᄎᆞ 당상의 오르니 낭ᄌᆞ 암홀 슈기고 숑괴한 ᄐᆡ도을 머금고 손ᄅᆡ 나작히 하여 물어 가로ᄃᆡ 그ᄃᆡ난 엇더한 ᄉᆞ람이관ᄃᆡ 이 집흔 밤의

뉘을 ᄎᄌ 이곳ᄃᆡ 드러 완난요 션군니 공슌니 ᄃᆡ왈 나난 유산 ᄉᆞ난 ᄉᆞ람이압던니 우연니 션당을 범하여ᄉᆞ오니 물효막ᄎᆞ하오나 죄을 용ᄉᆞ하옵소셔 하고 졈나소아 안거니 낭ᄌ 변ᄉᆡᆨ ᄃᆡᄉᆡᆨ 왈 그ᄃᆡ 목숨을

〈9-앞〉

악기거던 ᄊᆞ속히 나가라 ᄒᆞᄃᆡ 션군니 낙심하여 반간은 마엄이 도로혀 낙심한지라 ᄇᆡᆨ이 ᄉᆞ지하여 ᄯᅩ 잇ᄯᅢ을 이르면 다시 만나기 어려올지라 션군니 다시 비러 왈 낭ᄌᆞ난 빙셜 갓튼 졀기을 굽펴 불의 이른 나비와 낙물른 고기을 어여벼 여겨 알음다온 인연을 일치 말게 하옵소셔 낭ᄌ 참소 부답이여날 션군니 다시 ᄭᅮ러안져 왈 쳔ᄉᆡᆼ이 비록 소학시 업ᄉᆞ으나 웃지 염쳬야 모로리가마난 비ᄇᆡᆨ셰 인ᄉᆡᆼ이 청츈을 헛도이 뵈ᄂᆡ으

〈9-뒤〉

면 청산 일부토의 젹양의 가련한지라 그져 가라하신들 물 본 기럭이가 어옹을 두려하며 ᄭᅩᆺ 본 나비가 불인 쥴을 웃지 알이요 ᄒᆞ고 졈졈 나소와온니 낭ᄌ 그졔야 경ᄉᆡᆨ ᄃᆡ왈 그ᄃᆡ 인간의 환ᄉᆡᆼ한 쥴 웃지 짐작이 업ᄉᆞ오릿가 아모리 천경연분을 ᄆᆡᄌᆞ신들 긔한니 아직 ᄎᆞ지 못하고 육예을 아직 ᄎᆞ리지 못하여ᄉᆞ오니 ᄉᆞ셰 난쳐로소이다 션군이 ᄃᆡ왈 천ᄉᆡᆼ이 그져 도라가오면 죽을 박이 무간ᄂᆡ로소이다 하고 더욱 나

〈10-앞〉

하고 더옥 나소아든니 낭ᄌ 할일읍셔 탄식 왈 쳡인들 웃지 심신니 온젼하오리가마난 기한 젼의 낭군을 보시면 후환을 면치 못하오리이다 그 ᄯᅴ을 당하면 후회 즉지 안 하오려이와 오날 이 ᄯᅩ한 쳔슈오니 뉘을 하리요 하고 옥병을 기우리여 쳔일쥬을 금잔의 가득 부어 무릅을 단정이 ᄭᅮ러 션군게 드리니

며 왈 이 술은 오날날 우리 합한쥬오니 사양치 마옵소셔 쏘 한 잔을 부어 나소와 가로듸 이 술은 양인니 불망쥬

〈10-뒤〉

오니 잡으소셔 이러구러 삼ᄉ 빅을 이르 취흥이 난만하고 심장이 호탕하여 나소와든니 잇씌의 달빗쳔 만경하여 야싀이 삼경이라 원낭이 녹슈을 만남 갓고 비취연니 깃드림 갓튼니 임은 유속다 우리 임이요 일월 갓고 슌지 곤군 갓튼 씌라도 이 박긔 더할소야 하로밤 지닉고 은은한 경을 읏지다 층양하리요 인간 빅ᄉ가라 가소롭다 이 아이 셰상인가 공명을 뉘 알손야 셔로 희롱하니 낭ᄌ 왈 장부의 욕

〈11-앞〉

심이 무경하여시니 공부 하기 부질업다 하고 신힝 긔구을 ᄎ려 션군과 한가지로 청ᄉᄌ와 옥연교을 타고 나려와 부모 양위 젼의 신부례로 뵈오니 월티화용이 진짓 천상션여라 승상부부 ᄌ구히의 즁하여 부부 간 금실지낙이 즁하여 잠시을 써나지 안니 하난지라 셰월이 여류하여 팔 연을 지닉믜 일남일여을 두어시듸 여아의 일흠을 츈영이라 하고 나히 칠셰요 남ᄌ 일흠은 동츈이이 나히 삼셰라 가실지난이 □□□□

〈11-뒤〉

하여 잠시도 써날 듯시 읍서 학업도 젼폐하니 승상부부 민망하여 여기더라 각셜 잇씌 쳔하 틔평하고 빅셩이 경양가을 일삼은지라 쳔ᄌ 인직을 어드랴 하시고 과거 조셔을 쳔하의 발표하시니 상공이 과가 긔별을 듯고 션군다려 왈 이번의 네 경셩의 올라가 입신 양명하여 부모 안젼의 영화을 조션의 빈닉믜 ᄉ람의 도리예 당연ᄒ자라 하고 과거 긔구을 직촉하시니 션군니

ᄃᆡ왈 우리 가산이 요부하여 남의 불어할 거시 읍

<12-앞>

거날 무어시 부족ᄒᆞ여 급졔을 바라리요 ᄒᆞ니 상공이 ᄭᅮ지져 왈 ᄌᆞ식 도리예 부모의 영을 좃지 아니 하면 오륜을 폐함이라 ᄉᆞ속히 길을 ᄯᅥ나라 ᄒᆞ신ᄃᆡ 션군이 마지 못ᄒᆞ여 ᄃᆡ답하고 낭ᄌᆞ 방의 드러가 부친의 말삼을 일오며 난ᄎᆞ한 ᄉᆞ단을 이르거날 낭ᄌᆞ 연용 ᄃᆡ왈 장부 셰상의 나ᄆᆡ 입신양명 하여 부모임젼의 영화을 뵈옵고 조션을 빗ᄂᆡ미 장부의 일이여날 이졔 군니 쳐ᄌᆞ ᄉᆞ속지경을 ᄉᆡᆼ각하여 공명의 ᄯᅳᆺ지 읍ᄉᆞ오니 이난 다 쳡이 셰로 도라오니 낭군니 과가길

<12-뒤>

을 ᄒᆡᆼ치 안니 하시면 쳡이 ᄆᆡᆼ세코 셰상의 유지 아니 하리로다 우흐로 부모의 명을 밧들고 아ᄅᆡ로 소쳡의 경셩을 ᄉᆡᆼ각하여 ᄉᆞ속히 ᄯᅥ나소셔 ᄒᆞ고 의복졀ᄌᆞ와 과가 긔게을 ᄎᆞ려 쥬며 왈 이번 과가의 장원급제ᄒᆞ여 금희환향하여 머리의 계화를 ᄭᅩᆺ고 쳥홍ᄀᆡ를 밧들고 화동을 압희 셰우고 종족과 부모님젼의 뵈외미 장부의 쾌ᄒᆞᆫ 일이라 그 ᄯᆡ의 당하여 부부 서로히 질지미 ᄯᅩᄒᆞᆫ ᄯᅧᆺᄯᅧᆺ한 일이라 한ᄃᆡ 션군니 마지 못하여 나가 부모 하직하고 낭ᄌᆞ로 더

<13-앞>

부러 작별하여 왈 부모임과 어린 ᄌᆞ식들을 축실이 봉송하여 ᄂᆡᄂᆡ 무양이 지ᄂᆡ외면 ᄂᆡ 슈히 도라와 부모게 한을 하옵고 부부 셔로 만나 반길 거시니 부ᄃᆡ 가ᄉᆞ을 잘 슈십하여 조히 잇시물 ᄌᆡ삼 당부하고 길을 ᄯᅥ날 ᄉᆡ 셔로 ᄋᆡ연한 경을 ᄂᆡᄂᆡ 잇지 못하여 일보의 셰 번식 도라보와 ᄇᆡ회하니 종일토록 삼십 이을 졔오 간지라 쥬졈의 드러 쉬더니 잇ᄯᆡ난 츈삼월 망간이라 월ᄉᆡᆨ은

영농하고 화양은 심이라 심즁의 슨렴을 이긔지 못하여 란간의 비겨 안즈던 니 낭즈 꼿다온 얼골을 눈의

〈13-뒤〉

의 삼삼하고 알헙다운 경은 입의 귀의 징징하야 심회 것잡지 못하여 하인 잠들기를 기다려 두 쥬먹을 불근 쥐고 장다틈으로 집의 도라오니 밤이 임의 깁편난지라 슨방을 살펴보니 인젹이 고요ᄒᆞ고 홀노 낭즈 방의 드러가니 총영이 은은하거날 불슈단하고 문을 펼젹 열고 방의 덤벅 드러셔니 잇씌의 낭즈 낭군을 멀이 보니고 싱각이 간절하여 잠을 이우지 못하고 촉하의 의지하여 을금의 슈 노토가 깜짝 놀나 보니 이 아니 낭군인가 뉘라셔 알이요 마

〈14-앞〉

음의 일변 반갑고 가삼 고이여겨 소릐을 나직히 하여 칙망하여 왈 웃지 이 깁흔 밤의 무삼 일노 도라 오신잇가 션군니 디왈 그디를 싱각하미 즈연 심회 간졀하여 잠간 보고즈 하여 왓거날 낭즈 웃지 반기지 안이 하고 이디지 칙망하나요 낭즈 공슌 디왈 쳡인들 웃지 싱각이 간졀치 안니 하오리가마난 이 일이 누설하면 부모 지칙과 부장지속을 면치 못하리니 이 안이 민망한가 이러교 웃지 공명을 바라리요 그러하나 임의 와게시니 밤을 기다려 닥 운 후의 즉시 남이 모르

〈14-뒤〉

계 가옵소셔 이러튼 말삼할 졔 승상이 션군을 경셩의 보니고 집안니 젹요하미 죽장을 집고 후원의 도라가 별당을 살펴보니 낭즈 방의 남셩이 나거날 싱각하되 낭즈 방셜 갓흔 졀긔의 웃지 외인으로 더부러 이 깁흔 밤의 무삼 슈작이 잇스리요 하고 창의 각가이 가 동경을 살펴보니 낭즈 상공이 창밥긔

셔시믈 알고 흔연니 아희 달닉난 쳬하고 동츈니 등을 어루만져 즈장즈장 월릭 즈장하면 하난말이 너희 아바님이 이번의 장원급졔하여 영화로이 오리라 하거날 상공이 닉렴

〈15-앞〉

의 고이여겨 후일의 낭즈다려 무르리라 하고 침소로 도라가니라 션군니을 씌여 왈 이로딕 시부모님이 와 즈최을 엿보다가 갓스오니 낭군은 밧비 종젹을 감초와 가소셔 만일 쳡을 잇지 못하여 다시 왓다가는 시부모임이 알으시면 쳡의게 쑤종이 젹지 아니 할 거시니 부딕 마음을 온젼니 하여 공명을 이루고 나려와 싀로이 질기미 올타하고 셔로 작별하여 써나이라 션군니 마지 못ᄒᆞ여 스쳐로 도라오니 하인니 잠을 씌지 아니 하여더라 잇튼날 발힝하여 졔 오 오십 이을 가 슉소 할

〈15-뒤〉

싀 셕반을 지닌 후의 쏘ᄒᆞᆫ 심스 온젼치 못하여 낭즈의 당부하던 말을 온젼혀고 쏘 집의 도라와 낭즈 방의 드러가니 낭즈 딕경 왈 낭군니 안여스의 싱각하여 공명의 마음이 읍고 이갓치 망극하오니 닉 몸이 죽어 모로미 올타한딕 션군니 도로혀 물여 하거날 낭즈 다시 말삼을 나직히 하여 왈 그러치 아니하믈 페푸나 말삼하니 션군니 딕왈 닉들 웃지 모르리가마난 정회를 잇지 못하여 이 지경의 이르러시니 감츄지칙이로다 하고 이러구러 담화하던니 쏘ᄒᆞᆫ

〈16-앞〉

상공이 문밧긔 와 엿듯르니 과여 낭즈 방의 난만한 슈작 소릭 잇거날 마음이 헤오딕 낭즈 갓튼 졀힝으로 웃지 외인을 딕하여 이런 힝실을 ᄒᆞ며 쏘 닉집이 장원니 의의ᄒᆞ고 규원니 깁퍼거늘 웃지 외인 츌입하난고 일번 놀납고 일번

고이 여겨라 잇쩌 낭즈 부모임 문박긔 오심을 알고 또 즈최를 감초 아회 달닉쳬하고 낭군의 종적을 슘기난지라 승상이 시ᄒᆞ의 분연함을 이긔지 못ᄒᆞ여 침소로 도라와 부인다려 말삼을 이르고 이튼날 낭즈을 불너

〈16-뒤〉

문왈 숙일 야의 네 방의셔 고이ᄒᆞᆫ 일 잇셔 즈서이 알야ᄒᆞ고 살피러니 어졔 밤의 또 간직 과연 방 안의셔 남즈의 소릭 낫낫지라 니 어인일이요 실졍으로 긔이지 말나 낭즈 딕왈 존구의 뭇잡난 말삼을 읏지 긔망ᄒᆞ오릿가 과연 밤이면 고젹ᄒᆞ기로 동츈과 츈영과 믹월노 더부러 말삼ᄒᆞ여거ᄂᆞᆯ 외인니야 읏지 왕닉 하오미 잇ᄉᆞ오릿가 상공이 비록 분연ᄒᆞ나 긔망ᄒᆞ기로 허실을 알이업셔 낭즈을 보닉고 믹월 불너 은근니 무러 왈 네 이식의 낭즈 방의 갓던야 믹월이

〈17-앞〉

알외되 소여 슈일 젼의 신병이 잇ᄉᆞ와 어미집의 가소 □ᄒᆞ옵기로 낭즈 방의 간 빅 읍난니라 상공이 더옥 슈상이 여겨 믹월을 ᄭᅮ지져 왈 이 식 낭즈 방의 슈상ᄒᆞᆫ 종젹이 잇거ᄂᆞᆯ 낭즈 다려 무른 즉 심심ᄒᆞ기로 아기와 너로 더부러 쇼젹ᄒᆞ여노라 하던니 이졔난 너도 안니 갓다 ᄒᆞ오니 이난 분명이 엇써ᄒᆞᆫ 놈이 다니며 낭즈와 통간하난가 시부니 네 착실이 살펴 구놈을 알아 닉게 고ᄒᆞ라 하신딕 믹월이 청영하고 쥬야로 살피되 종젹을 아지 못ᄒᆞ난지라 믹월

〈17-뒤〉

이 싱각ᄒᆞ되 낭군니 낭즈을 만난 후로 나를 지금 팔연니로되 츄호도 싱각지 안이 하니 그비그비 셔근 간장을 뉘 알손야 잇쩌을 타 낭즈을 음히로 무함하

면 그 안니 상쾌할가 하고 금은 슈쳔 양 도젹하여 가지고 졔의 동욱의 가 의논 왈 이 즁의 닉 말 드을 사람이 잇시면 이 금은 슈쳔 양을 쥬리라 하니 그 즁의 돌쇠라 하는 놈이 딕답하거놀 믹월이 즉시 돌쇠을 다리고 졔 방의 가 금은 슈쳔양을 쥬고 왈 닉 젹이 다름 안니라 셔방님이 아모 연분의 날노 방슈

〈18-앞〉

쳥을 졍하시고 극히 ᄉ랑하시더니 낭ᄌ 온 후로 지금 팔연 니로딕 보지 안니 하시니 쳡쳡ᄒ 심회 눌다려 말하리요 쥬야로 낭ᄌ를 음히코져 ᄒ되 틈을 읏지 못ᄒ여 한탄하던니 맛참닉 셔방님이 경셩의 가시고 또 상공게옵셔 낭ᄌ을 의심하난 일이 잇시니 그 씨을 지다려 낭ᄌ 방으로 가 문 밧게셔 남이 모어게 안ᄌ다가 상공을 모시고 갈거시니 그 씨을 기다려 낭ᄌ 방으로 나오난 쳬하고 급피 도망하면 상공 바다시 실싱으로 알거시니 낭ᄌ 읏지 잉명을 버셔날리요 이난 나의 원

〈18-뒤〉

통지심이라 삼가 조심ᄒ여 졍ᄉ게 통ᄒ딕 돌쇠 허락하거놀 믹월이 상공 침소로 가 엿ᄉ외딕 상공의 명영을 밧ᄌ와 슈을 낭ᄌ 방의 가 슈직ᄒ되 ᄌ최 읍ᄉ옵던니 지금 보온 즉 과연 어던 놈이 낭ᄌ 방으로 가옵거놀 소여 그 종젹을 알야 하옵고 창박긔 귀을 기우려 듯ᄉ오니 낭ᄌ가 그 놈을 다리고 말하딕 셔방님이 경셩의 갓ᄉ와니 나려 오거던 소약을 먹여 쥭이고 직물을 만리 도젹하여 가지고 한 가지로 도망하ᄌ 하고 숄을 권하여 슈작이 난망하던니다 상공이 믹월의 말

〈19-앞〉

을 듯고 ᄃᆡ로 하여 칼을 집고 바로 별당으로 들어가니 과연 키난 팔 척 한 놈이 낭ᄌᆞ 방으로 나와 답장을 너머 급피 도망하거ᄂᆞᆯ 상공이 분노하여 창두 등을 효령하여 좌우의 ᄂᆡ열하여 노비 등을 ᄎᆞᄎᆞ ᄌᆞ버 ᄂᆡ여 엄치군문 왈 ᄂᆡ 집이 장원니 놉고 외인이 임으로 츌입지 못ᄒᆞᆯ 거시니 바다시 너의 놈 즁의 통간하난 놈이 잇실거시니 종실직고하라 호령이 츄상 갓튼니 노비 등이 ᄎᆞ례로 공순 왈 소인 등은 ᄂᆡ의의 슈작한 ᄉᆞ람이 읍거이와 비조흔적 읍거날 모 야간지ᄉᆞ을 웃지 알이가 장하

〈19-뒤〉

의 쥭ᄉᆞ와도 다시 알월 말삼이 읍삽나이다 상공이 허릴읍셔 ᄆᆡ월노 ᄒᆞ여금 낭ᄌᆞ을 ᄌᆞ속히 ᄌᆞ바 ᄂᆡ라 하난 소ᄅᆡ 굴ᄂᆡ뇌 진동한지라 ᄆᆡ월 경영하고 낭ᄌᆞ 방의 드러가 발을 동동 구르며 포악하여 왈 낭ᄌᆞ난 웃지 잠을 깁히든 쳬 하나요 낭군을 이별한 제 삼일이 못되여 엇던 놈을 통간하여다가 상공 안목의 발악하여 무죄ᄒᆞᆫ 우리 등이 쥭게 되여스니 이거시 다 뉘타시요 지금 상공이 외당의 좌긔하시고 낭ᄌᆞ을 ᄌᆞ바 ᄂᆡ라 ᄌᆡ촉이 셩화 갓튼니 어셔 가ᄌᆞ 하난 소ᄅᆡ 염ᄂᆡᄃᆡ왕

〈20-앞〉

의 ᄌᆞᄉᆞᄂᆞᆫ가여 그리 경이 읍시 방은의 살긔 등쳔ᄒᆞ여난지라 잇ᄯᆡ 낭ᄌᆞ 동츈을 졋물이고 츈영을 압희 누이고 즘을 이우지 못하여던니 ᄆᆡ월의 훈동 소ᄅᆡ 의 ᄃᆡ경실ᄉᆡᆨ하여 정신을 진졍치 못ᄒᆞ여 창황이 이러나니 문밧긔 들ᄂᆡ난 소ᄅᆡ나며 ᄆᆡ월이 ᄌᆡ촉이 셩화 갓튼이 낭ᄌᆞ 아모란 쥴 모로고 의복을 졔우 슈십하여 허튼 머리로 신을 마쳐 신지 못ᄒᆞ여 ᄆᆡ월을 ᄯᅡ러 의단의 나오니 비복 등이 모여 원망 왈 낭ᄌᆞ난 무어시 부족ᄒᆞ여 서방님 ᄯᅥ나신 ᄉᆞ의 어ᄯᅥ한

놈으로 통

〈20-뒤〉

간하다가 일이 털노하여 무죄한 우리 등 ᄉᆞ지 엄형을 당게 하니 죄 지은 ᄉᆞ람은 허릴읍거니와 우리야 안니 불상한가 낭ᄌᆞ 이말을 드르ᄆᆡ 혼불 불신 ᄒᆞ고 흐르난니 눈물 ᄲᅮᆫ니로다 일번 통분하나 ᄉᆞ격을 ᄌᆞ세의 몰나 승상 침소가 ᄉᆞ러 안ᄌᆞ 엿ᄌᆞ오ᄃᆡ 이 깁푼 밤의 무삼 일이 잇관ᄃᆡ 종으로 하여금 ᄌᆞ오라 하시나잇가 상공이 질노하야 왈 네 죄상을 아나야 바로 알외라 창두 등을 명하여 결박하여 형별을 가초아 큰 ᄆᆡ로 무슈이 치며 궁문하니 낭ᄌᆞ 신세가 궁하도

〈21-앞〉

다 션군니 멀리 게시고 창천니 무이예기ᄉᆞ 뉘라셔 낭ᄌᆞ의 ᄋᆡᄆᆡ한 쥴을 알이요 가련하다 낭ᄌᆞ의 경상은 아모리 불상하나 션군니 아이게시니 웃지 발명하리요만 하날만 우러러 탄식 왈 쳡이 아모리 소학이 읍ᄉᆞ오나 부창부슈지 경과 불경이부지의에 드러옵고 하물며 창천니 완명커던 웃지 외인으로 통간하리요 하며 무슈이 방셩통곡하고 악인한 경상을 ᄎᆞ마 보지 못할너라 상공이 질노하여 왈 ᄋᆡ달다 음흉한 놈으로 츌입하여스니 그 죄난 만ᄉᆞ무셕이라 하

〈21-뒤〉

물며 ᄂᆡ 안목의 분명한 일을 보아거늘 무삼 발명하리요 각별이 궁문하니 낭ᄌᆞ ᄭᅩᆺ간탄 양협의 흐러너니 눈물이요 옥 갓튼 두 다리의 유혀리 낭ᄌᆞ하여 난지라 낭ᄌᆞ 마지 못하야 바로 엿ᄌᆞ오ᄃᆡ 과연 낭군니 쳡을 ᄉᆞ모하와 발힝하던 날 게오 삼십 니를 가 ᄀᆡᆨ실의 잠을 이루지 못ᄒᆞ고 왓거늘 만단긔유하여

보닉삽더니 또 잇날 왓거날 쥭기써 강권ᄒᆞ여 보닉옵고 ᄌᆞ최을 감초압기난 후일의 낭군이 부모임게 ᄉᆞ종 잇술가 하여삽기로 종실 직고치 못하여삽거

〈22-앞〉

니와 딕체 적한니 미진하여 낭군을 모셔삽더니 하날리미 원하며 귀신니 져히 하여난지라 누명으로 형벌이 닉 몸의 믹쳐ᄉᆞ오니 일후의 낭군니 오신들 ᄒᆡ 면목으로 상딕하며 비복인들 웃지 속하오리가 유죄무죄난 하날과 짱이나 알이다 하고 ᄌᆡ결코ᄌᆞ 하거늘 상공이 더옥 분노하여 왈 네 말이 올치안토다 아모리 음비기로 날을 간ᄉᆞ한 쐬로 속이여 하건니와 실졍 션군니 갓트면 악가 네 방으로셔 도망하던 놈도 션군이라 하나야 하고 종시 미지 안니하니 낭ᄌᆞ 손

〈22-뒤〉

으로 머리에 ᄭᅩ친 옥잠을 쎄여 ᄒᆞ날을 우러러 ᄌᆡ빅하고 빅러 왈 소소하신 명천은 하감하옵소셔 쳡이 ᄋᆡ마치 안커던 쳡의 가삼의 박히옵고 쳡이 ᄋᆡ마하옵거든 이 옥잠이 져 셕돌의 박히옵소셔 하고 연파의 우잠을 드러 공즁의 더지고 짱의 업더지거날 그 옥잠이 공즁의 노피 써 쒸놀다가 젹돌의 ᄉᆞ못 박히난지라 그졔야 상공부부 일번 놀납고 일번 고히여겨 낭ᄌᆞ 결박한 거슬 쓸너 별당와 보닉고 부인으로 ᄒᆞ여금 낭ᄌᆞ게 빅러 왈 낭ᄌᆞ난 늘근니 망영되물 허물치 말

〈23-앞〉

고 마음을 진정하라 하시고 만단 ᄀᆡ유하나 낭ᄌᆞ의 빙셜 갓튼 마음의 원통ᄒᆞᆫ 심회을 이긔지 못하여 부인 다려 왈 엣 말의 하여시되 도젹의 씌은 버셔도 창여의 씌난 벗지 못하오니 닉 웃지 이갓치 누명을 무릅쓰고 한갓 목숨을

악겨 신원치 안니 하면 후셰의 북그러오믈 면치 못하리라 하고 진쥬 갓튼 눈물이 홍치마의 흐른는지라 잇쎠의 츈영이 동츈을 안고 낭즈의 치마를 붓들고 울며 비러 왈 어마니 어마님 쥭지 마옵소셔 닉들 웃지 살며 동츈

〈23-뒤〉

인 웃지하여 하신난고 일후의 부친이 나으시거든 이런 원통한 말삼이나 하옵고 익마한 원을 수게 하옵소셔 하며 동츈을 겻틱 안치고 비려 왈 어마님 어마님 동츈이 져시나 먹여 쥬옵소셔 만일 어만님 쥭스오면 우리 남믹난 뉘을 으지하여 살나하나잇가 낭즈 츈영의 손을 이그러 각가이 안치고 동츈이 너의 남믹을 셩취하여 싱젼의 직미 보즈ᄒᆞ여더니 일조의 익믹ᄒᆞᆫ 익명으로 이 몸이 쥭게 되이 속절읍시 이닉 몸이 가리라 ᄒᆞ나 웃지 ᄒᆞ리요 ᄒᆞ면 구쳔의 도라가면

〈24-앞〉

너희 남믹 뉘을 으지ᄒᆞ리요 우리 모즈 후싱의나 다시 만나 이싱의 다 못산 졍희을 마지리라 너희 부친니 쳘 이 원졍의 가시믹 다시 보지 못ᄒᆞᆫ 도리난 혼빅이 원통하미 가삼의 믹혀도다 너희 부친 나려오시거든 이러한 ᄉᆞ졍을 ᄌᆞ셰 이르고 월ᄒᆞ의 외론 혼빅이나 잉명을 셔뤈하며 닉 비록 만번 쥭어도 원혼니 되지 안니 하리라 하고 보옥화셔을 닉여 쥬며 왈 이거시 닉 평싱의 ᄉᆞ랑하던 보빅요 닉 마음이 옥 갓튼지라 네 부친게 드려 날 본다시 간슈하게 하고 쇼 빅학션을 닉여쥬며 왈 이거슨 쳔하의

〈24-뒤〉

졔일 보빅라 날이 ᄎᆞ면 더운 바람이 나고 더운면 ᄎᆞᆫ 바람이 나난 보빅니 부딕부딕 집피 간슈하여다가 동츈 장셩하거던 쥬어 어미 졍표을 알게 하고

칠단장과 비단 치복은 너의 소당이라 잘 간스ᄒᆞ여다가 일후의 날 본다시 가지라 춘영아 나 죽은 후 동츈니 다리고 비곱푸다 하거던 밥을 먹이고 목마르다 하거던 물을 먹이고 울거던 달ᄂᆡ여 업어 쥬고 장난하여도 눈을 흘기지 말고 잘 다려고 ᄉᆞ르라 가련타 츈영아 불상타 동츈아 웃지 할고 ᄋᆡ고 답답 셔룬지고 죽기난 셜지 안이 하

〈25-앞〉

여도 너희 남ᄆᆡ 두고 도라가난 인ᄉᆡᆼ 웃지 귀신인들 경히 ᄀᆡ요하고 눈물이 비온 듯하니 산천 초목이 다 슬허 허더라 츈영이 모친의 거동을 보고 방ᄉᆡᆼ통곡 왈 어마님 웃지 이ᄃᆞ지 슬허하나인잇가 만일 어마님이 죽ᄉᆞ오면 우리 남ᄆᆡ 뉘게 의틱하여 잔명을 보젼하오리가 속졀읍시 함긔 죽어 우리 셰히 함긔 다니면 귀신니라도 질거오려니와 어마님 죽으신 후로 우리 두리 셰상의긔 남ᄉᆞ스름 잇ᄉᆞ오면 동츈니 우난 양 졋달나고 하난 소ᄅᆡ 올마 웃지 보며 어마님 ᄒᆞ난 거동

〈25-뒤〉

ᄎᆞ마 웃지 보오리가 아무리 ᄉᆡᆼ각하여도 한가지로 죽을만 갓지 못하더 하고 치을 붓들고 궁굴며 울거날 낭ᄌᆞ 마음을 진정하여 조흔 말노 달ᄂᆡ여 왈 우지마라 ᄂᆡ 신셰을 ᄉᆡᆼ각하면 죽ᄌᆞ하여더니 너희 경셩을 보니 ᄎᆞ 못 죽것다 죽은 귀신인들 너희 형상 웃지보랴 하고 단긔 위하니 츈영이 모친을 붓들고 울다가 ᄌᆞ진하여 치ᄆᆞ을 부들고 ᄌᆞ거날 낭ᄌᆞ 아모리 ᄉᆡᆼ각하여도 셰상의 살어 쓸ᄃᆡ업셔 쏘 뉘을 ᄃᆡ면하리요 죽어 구천의 도라가 누명을 씨치리라 ᄒᆞ고

〈26-앞〉

잠자난 츈영을 어룬마져 동츈의 낫쳘 한ᄃᆡ ᄃᆡ이고 늣기며 우러 왈 불상타

츈영아 ᄎ목하다 동츈아 나는 누명을 시치 못하고 죽거니와 너의는 무삼일노 십 셰 젼의 어미을 일코 으지할 고지 읍씨 되나냐 하고 눈물을 흘이며 손고락을 ᄭᅵ무러 벽의 ᄋᆡ마ᄒᆞᆫ 뜻을 긔록하고 일 답답하다 동츈아 져시나 다시 먹어라 츈영아 ᄂᆡ 얼골 망종 보아라 하고 언피의 금의을 ᄂᆡ여 입고 원앙금침을 도도베고 좌슈로 츈영의 손을 잡고 우수로 칼을 ᄌᆞ바 가삼을 지르니 인하여 명이 진한지라 ᄒᆞ날

<26-뒤>

이 엇지 무심하리요 날빗쳔 호미하고 바람은 소실한지라 츈영이 잠을 ᄭᅵ여 이러나이 모친 가삼의 칼이 박이고 유혀리 낭ᄌᆞ한지라 츈영이 ᄃᆡ경질ᄉᆡᆨ하여 어마님 어마님 이거시 어인 일고 하며 부른덜 발셔 쥭어난지라 무간ᄂᆡ로다 츈영이 가삼을 두다려 어마님 죽어 다함긔 죽ᄌᆞ 하여던니 웃지 날을 즘드려노코 웃지 혼ᄌᆞ 쥭어난고 어마님 날다려가오 동츈은 웃할고 아마도 어마님과 한칼의 죽음이 올타하고 칼을 ᄲᅦ려한 즉 칼이 ᄉᆞ못 박히여 ᄲᅦ지지 아니 하난지라 츈영이 할일읍셔

<27-앞>

동츈을 ᄭᅵ여 다리고 낫칠 한ᄃᆡ ᄃᆡ이고 셜워 ᄋᆡ통하니 곡셩이 원근의 진동한지라 상공부부와 상하노복이 다 놀나 드러가니 낭ᄌᆞ 가심의 칼을 ᄭᅩᆺ고 죽어 난지라 칭황분쥬ᄒᆞ아여 칼을 ᄲᅢ려하니 발ᄃᆡ 원혼니 되여난지라 아모도 ᄲᅦ지 못하니 상공이 일변 놀랍고 일번 북그러워 아모리 할쥴 모로더라 이런 즁의 동츈은 어린 거시라 어미 죽으금을 모로고 졋셜 먹으랴 하고 아모리 부른들 웃지 죽은 ᄉᆞ람의 졋시 나리요 아니 난다고 우니 츈영이 동츈을 달ᄂᆡ여 왈 어마님이 잠을 깁피 드러신

〈27-뒤〉

ᄭᅵ거던 졋먹ᄌᆞ 히고 두르쳐 안고 더옥 통곡 왈 어마님 이러나오 발것소 어셔 이러나오 동츈니 발셔버텀 졋달라고 우나이다 밥쥬어도 아이 먹고 물 쥬어도 아니 먹나이다 ᄋᆡ고ᄋᆡ고 답답하고 셔룬지고 이 일을 읏지할고 아바님은 어대 가시고 모로시난고 어셔와 어마님 살여쥬압소셔 우름을 긋치지 안니 하니 본 ᄉᆞ람이 다 뉘 안이 울이요 일월이 무광ᄒᆞ고 산찬니 변ᄉᆡᆨ 하여 초목금슈가 다 슬워하더라 이러구러 날이 발그ᄆᆡ 벽상의 예 업던 혈셔 잇거날 살펴보니 그 글의 하여스되 슬푸다 이ᄂᆡ 몸

〈28-앞〉

이 쳔상의 득죄하고 인간의 젹강하여 쳔정연분으로 낭군과 만나 일시도 ᄯᅥ나지 마조하여더니 공명이 지즁하여 쳘이 원졍의 가시고 독슈공방하여 쥬야 상ᄉᆞᄒᆞ옵던니 조물이 스긔하고 귀신니 작화ᄒᆞ여 옥 갓튼 이ᄂᆡ 몸의 누명을 입어 일씨도 살 마음이 옵쇠 셤셤옥슈로 드난 칼을 즙고 강복의 ᄊᆞ인 ᄌᆞ식 좌슈로 등을 어루만져 만가지로 ᄉᆡᆼ각하되 쳔졍의 먹은 마음 뉘라 셔 풀을손야 죽기난 슬지 안니 하니 유졍한 낭군도 보지 못ᄒᆞ고 어린 ᄌᆞ여 등을 두고 도라가난 인ᄉᆡᆼ인들 읏지 눈을 감을숀야 낭군님이

〈28-뒤〉

나려셔 이ᄂᆡ 몸을 거두어 쥬옵고 어인 ᄌᆞ식 달히여 쥬옵소셔 낭군님아 쳡의 화상 보옵소셔 화상빗치 빈하거든 날 죽은 쥴노 아옵소셔 할말 무궁ᄒᆞ되 원통한 마음의 죽을 ᄌᆡ촉 ᄒᆞ기로 그만 그치노라 하여더라 상고 왈 이러구러 두노면 무ᄒᆡ 하여 죽을 쥴 알거시니 션군니 오기 젼ᄋᆡ 신체을 안장하미 올타하고 방안의 드러가 염십히랴 한직 신체가 붓고 운동치 아이 하난지라 일번 황황하여 아모리 할 쥴 모로난지라 각셜이라 션군니 경셩의 올나가니

쳔하 션ᄇᆡ 구름 ᄆᆡ듯 ᄒᆞ더

〈29-앞〉

라 슈일을 유한 후의 과가 달에 당ᄒᆡᄆᆡ 장즁의 드러가니 글졔을 거러시되 도강이ᄉᆡ라 하ᄋᆡ 거결 션군니 일필휘지하여 일쳔의 밧처더니 황졔 션군의 글을 보시고 ᄃᆡ찬 왈 이 글은 분명 션인의 글이로다 ᄌᆞᄌᆞ 쥭옥이요 귀귀 용소 비등하여 오날날 만여장 글을 보아시되 이 글의난 더하리읍다 하고 쳔ᄒᆞ 인ᄌᆡ로다 하시고 할임학ᄉᆞ을 졔슈ᄒᆞ시니 할님 쳔은을 츅ᄉᆞ하고 ᄉᆞ쳐로 도라와 하인으로 ᄒᆞ여금 부모님 양위와 낭ᄌᆞ게 편지을 젼ᄒᆞᆯᄉᆡ ᄒᆞ인 쥬야로 나려 왈 상공게 드린ᄃᆡ 상공이 바다 보시니

〈29-뒤〉

한 장은 부모게 문안니요 한 장은 낭ᄌᆞ게 오난 핀지여날 부인니 바다들고 낭ᄌᆞ 신체 방의 가셔 쎠여보니 그셔의 왈 일 장 셔찰노 옥낭ᄌᆞ 좌ᄒᆞ의 부치옵나이 우리 양인의 졍이 일씨로 써나지 마조하여더니 공명이 무어신지 철이의 나와 삼ᄉᆡᆨ이 되여시니 쥬야 ᄉᆞ모지졍이 일번 난긔오며 그ᄃᆡ 화상이 날노 변하여 ᄀᆡᆨ창의 잠을 이루지 못ᄒᆞ며 쏘 도문일자온 모월모일의 요복 낭ᄌᆞ난 천금 귀체을 안보하옵소셔 나려가 반가이 만나리다 하여더라 보기을 다하ᄆᆡ 눈물을 금치 못하여 핀지을 접어 동츈을

〈30-앞〉

쥬신ᄃᆡ 동츈니 바다들고 낭ᄌᆞ의 신체을 어루만지며 편지을 낭ᄌᆞ의 얼골을 접고 통곡 왈 어마님어마님 아바님 핀지 왓ᄉᆞ오니 어셔 일러나옵소셔 아바님 장원급졔하여 오시나이다 어만님 평ᄉᆡᆼ의 글을 조아하시던니 오날은 웃지하여 반가온 편지와씨되 웃지 바기지 아니 하시난잇가 어셔 밧비 이러나

오 동츈니 여일 졋달나고 우나이다 셔로이 통곡ᄒᆞ니 그 ᄎᆞ목하믈 층양하리요 상공부쳐 탄식 왈 션군의 핀지을 보시고 이러튼 낭ᄌᆞ을 잇지 못하여시니 만일 나려와 낭ᄌᆞ 쥭음을 보면 졀단코 함긔 쥭으랴 할

〈30-뒤〉

거시니 ᄉᆡᆼ각건ᄃᆡ 낭낭와 방불한 슈여을 구하여 오난날의 셩취케 하면 혹 신정을 ᄉᆞ모하여 낭ᄌᆞ을 혹 이즐 쯧하나 이제 낭ᄌᆞ와 갓튼 졀ᄉᆡᆨ을 읏지 구하리요 ᄒᆞᆫᄃᆡ 창두 엿ᄉᆞ오ᄃᆡ 월젼의 할임을 모시고 경셩의 가오ᄆᆡ 슈원 임진ᄉᆞ ᄃᆡᆨ의셔 쉬옵던니 마침 월하의 그ᄃᆡᆨ 낭ᄌᆞ 후원 별당의셔 반월 하다가 할임을 보고 ᄂᆡ당으로 드러가니 할임이 한 번 바라보ᄆᆡ 쳔하 졀ᄉᆡᆨ이라 하여 창망부ᄃᆡ하여 쥬야 사모하옵던니 이제 그ᄃᆡᆨ과 통혼하여 그 낭ᄌᆞ와 인연을 ᄆᆡᄉᆞ오면 혹 안심할가 하나이다 알외니 상공이 기거

〈31-앞〉

왈 임진ᄉᆞ난 날과 즁마고우로 읏지 ᄂᆡ 말을 좃지 아니 하며 ᄯᅩ 션군의 몸이 영귀하여시니 구혼ᄒᆞ면 응당 낙종하리라 하고 이 날 발ᄒᆡᆼ하여 슈일 만의 임진ᄉᆞ ᄃᆡᆨ의 가 좌정 후의 ᄉᆞ연을 셜화하고 구혼을 쳥하니 님진ᄉᆞ 쾌이 허락하거 하거날 상공이 즉시 ᄐᆡᆨ일하여 션군이 옴을 기다리더라 각셜 잇ᄯᆡ 션군이 청ᄉᆞ광ᄃᆡ의 ᄇᆡᆨ옥군을 쥐고 청총마 우의 금안장을 ᄀᆞ야 타고 청홍□을 반공의 씌우고 화동은 장젼을 빗겨 셰우고 각읍의 션문노코 나려올 ᄉᆡ 일

〈31-뒤〉

ᄒᆡᆼ이 심이의 나열하여 곡소ᄅᆡ은 ᄐᆡ연곡울 부루고 노소인민이 다토와 귀경하니 칭찬 아니하리 읍더라 날이 져물거날 쥬졈의 잠간 쉬던니 비몽간의 낭ᄌᆞ 완연니 문을 열고 드러와 엿ᄌᆞ오ᄃᆡ 낭군은 이별 삼ᄉᆡᆨ의 귀체 알영하시

고 또 몸이 영귀하여ᄉᆞ오니 쳡이 하예 분분하나니다 하건늘 살펴보니 낭ᄌᆞ 솜의 유혀리 낭ᄌᆞ하고 눈물이 양협의 흐르난지라 션군니 일번 반가우나 일번 노ᄂᆡ 왈 낭ᄌᆞ 어인일인지 ᄎᆞᄌᆞ이 이르소셔 낭ᄌᆞ 눈물을 금치 못하여 왈 쳡의 명이

〈32-앞〉

긔구하여 누명을 몸의 짓지고 세상을 이별하여ᄉᆞ오니 엇지 ᄋᆡ달지 아니 하오리가 일젼의 셔찰을 밧ᄌᆞ와 보오니 낭군이 이졔 영귀하여 나려온다 하오니 쳡이 쥭은 혼ᄇᆡᆨ인들 웃지 질겁지 아니 하리요 하며 또 이곳가지 마ᄌᆞ 왓ᄉᆞ오니 유명이 달나 남과 갓치 보옵지 못하오리 원혼니 가삼의 밋쳐 ᄉᆞ오니 갈연타 낭군언 츈영을 웃지 하며 동츈을 웃지 할고 셜워 울며 왈 우난 ᄌᆞ식 보기난 쳡의 죄라 어셔 밧비 ᄂᆞ려와 츈영을 달ᄂᆡ소셔 낭군임은 신경이 조흘지라도 구경을 ᄉᆡᆼ각하여 밧비 나려

〈32-뒤〉

와 쳡의 가삼의 칼을 ᄲᅡᆡ여 쥬옵소셔 신경의 구혼ᄒᆞ면 후ᄉᆡᆼ의도 못볼지라 가련타 ᄇᆡᆨ연긔약 속졀읍시 도라갓시니 ᄌᆞ셰이 알윈 후의 종ᄎᆞ 상봉하ᄉᆞ이다 하고 집의 쳘셕 갓튼 여희 심한지일속이라 상공이 할일읍셔 후일로 상봉하ᄌᆞ 하고 션군을 다리고 본ᄃᆡᆨ으로 나려 오시던니 여러 날 만의 관동의 득달한지라 상공이 종시 긔이지 못하여 션군의 손을 잡고 낙누 왈 너 경셩의 간 후의 낭ᄌᆞ 방의 슈상한 슈작이 잇거날 낭ᄌᆞ다려 무른 즉 너 다여 갓단 말은 아니 하고 ᄆᆡ월노 더부러 말하여다 하기로 ᄆᆡ월

〈33-앞〉

을 조속한 즉 그 말이 상좌치 아니 하기로 낭ᄌᆞ을 약간 경계하여더니 낭ᄌᆞ

여ᄎᆞ여ᄎᆞ하여 죽어시니 이런 ᄋᆡ달고 답답한 일이 업다 션군니 쳥파의 질ᄉᆡᆨ ᄃᆡ왈 날노 하여금 임진ᄉᆞᄃᆡᆨ의 가 낭ᄌᆞ을 취코ᄌᆞ하여 가유ᄒᆞ믈 ᄉᆡᆼ각한 즉 낭ᄌᆞ 경연이 죽어나이가 하고 쳔지도지하여 눈물이 소ᄉᆞ 압피 아득한지라 슬피 통곡하여 중문의 다다르니 동별당의 ᄋᆡ연한 우름 소ᄅᆡ나며 문압 셤돌의 옥ᄌᆞᆷ이 박혀거날 션군니 그 옥잠을 ᄊᆡ여들고 ᄉᆡ로이 늣겨 왈 무심한 옥잠은 날을 보고 반기난ᄃᆡ 유정한

〈33-뒤〉

낭ᄌᆞ난 웃지 반기지 안난고 별당의 드러가니 과연 낭ᄌᆞ의 방의 젼도하여거날 신체을 살펴보니 옥 갓탄 가삼의 칼을 ᄭᅩᆺ고 안모여상하여 ᄌᆞ난다시 누어거날 션군니 부모을 도라보며 왈 아모리 무심한들 웃지 그져 칼을 두어나잇가 하고 우슈로 칼을 잡고 좌슈로 낭ᄌᆞ의 이마을 만지며 왈 낭ᄌᆞ야 낭ᄌᆞ야 션군니 왓나이다 아모리 유명이 달라진들 졍이야 변할소냐 신명을 아르실진ᄃᆡ 한 번 찡긔믈 아기지 말으시고 션군의 마음을 위로 하소셔하고 칼을 ᄊᆡ러한니 과연 옥 갓탄 얼골 빗치 달으고 구실 갓튼

〈34-앞〉

눈물이 두 눈의셔 소스며 칼이 ᄊᆡ지더라 그 구영의셔 청조 셰시 나와 하나흔 션군 억ᄀᆡ의 안ᄌᆞ 우러 왈 ᄒᆡ면목 ᄒᆡ면목하니 그 뜻션 이 몸이 누명을 입고 무삼 연목으로 낭군을 뵈오리요 ᄒᆞ난 소리요 쏘 하나흔 츈영의 억ᄀᆡ 안져 우러 왈 불망니 불망니 하니 니 뜻션 츈영아 나 죽은 후의 ᄂᆡ 유언을 잇지말고 동츈을 잘 기른란 소ᄅᆡ요 쏘 하나흔 동츈이 억ᄀᆡ 안ᄌᆞ 우러 왈 명목난 명목난 하니 그 뜻션 동츈이 어미 너을 두고 도라가난 혼ᄇᆡᆨ이 웃지 눈을 감으리요 하난 소리라 이난 낭ᄌᆞ의 삼혼이

〈34-뒤〉

라 변화하여 망종 유언니라 잇ᄯᆡ의 동츈이 션군을 보고 졋달나고 울거ᄂᆞᆯ 츈영이 동츈을 업고 션군의 오슬잡고 눈물을 흘리며 낭ᄌᆞ 신체을 흔들며 왈 어마니 어셔 밧비 이러나오 과가의 갓던 아바님은 웃지 그리 더듸 오시잇가 할임이 이 그동을 보고 목이 메여 ᄃᆡ답지 못ᄒᆞ여 이욱히 진정하여 츈영아 너머 우지마라 이ᄂᆡ 심장 다 녹난다 나마져 죽으면 너의 남ᄆᆡ 더옥 가련할지라 그만 울고 ᄂᆡ 마음 위로하라 시상의 덥흔 거슬 볏기고 본 즉 신ᄉᆡᆨ이 ᄎᆞᄎᆞ 변하여 ᄉᆡᆼ시와 다른 지

〈35-앞〉

할임 그 그동을 보고 여러 번 긔졀하여다가 계오 진ᄉᆞᆼ을 ᄎᆞ려 탄식하고 왈 원슈로다 원슈로다 과가 길이 원슈로다 다려가오 다려가오 날마져 다려가오 급졔도 ᄂᆡ가 실코 금의옥식도 ᄂᆡ가실코 낭ᄌᆞ 얼골만 다시 보고지고 일씨만 못보아도 삼츄 갓치 역여더니 이졔난 영결숑쳔하엿스니 어ᄂᆡ ᄯᆡ 다시 볼고 어린 ᄌᆞ식 웃지하며 ᄂᆡ들 웃지 낭ᄌᆞ 읍씨 웃지 살고 궁글며 통곡하니 춘영이 빌러 왈 아바님 ᄇᆡᆫ들 안니 곱푸며 목인들 오작 마르릿가 어마님 ᄉᆡᆼ시의 ᄇᆡᆨ화을 옥병의 두고

〈35-뒤〉

유원하시되 아바님 나려오시거던 드리라 하여ᄉᆞ오니 이 술이나 잡수면 임종시 유연을 다 알오리다 울며 왈 날다려 이른 말의 슬푸다 ᄂᆡ 죽기난 슬지 안ᄉᆞ오나 쳔ᄒᆞᆫ ᄋᆡ매한 일노 누명을 입고 죽으니 쳘이원졍의 가신 셔방님 얼골도 보지 못하고 구천의 도라간니 웃지 눈을 감으리요 너의 무친니 급졔하여 나려오시거던 이런 말삼이나 하여라 관ᄃᆡ 조복이 읍기로 조복지여 장안의 더고 관ᄃᆡ 지여 등의 ᄇᆡᆨ학을 슈노타가 말리 하□□작이

〈36-앞〉

미초지 못하고 이 일을 당하니 속절읍시□□으니 읏지 원통치 아니하리요 하시며 쏘 옥환을 버셔 닉여쥬며 아도다려 일너 왈 이거슨 나의 평즁이 여기던 보비요 나의 마음 미옥과 가튼고로 세쳐 쥬나니 잘 간측하여다가 너희 부친게 드리라 하시고 동츈이 젓물이고 나도 잠든 후의 ᄌ쳐 하여ᄉ오니 망종 얼골도 못보와 달□ 철천지원니 되여나이다 할임이 바라보믹 더옥 즁경이 막혀 통곡하다가 신체을 붓들고 ᄌ진ᄒ여 잠간 조으더니 비몽 간의 낭ᄌ 겻틱

〈36-뒤〉

안지며 이로딕 낭군온 옥셕을 귀별하여 쳡의 원수을 갑푸려 하거던 믹월을 궁문하오면 ᄌ연 아올 거시요 쳡의 신체난 관곽을 ᄎ리지 말고 칠보단장으로 육신 장표을 손소 가져다가 옥연동 못 가온딕 너호 쥬옵시면 구천 타일의 낭군과 ᄌ여등을 다시 만나 보올 거시니 부딕 허슈 싱각을 마옵소셔 그러치 아니 하오면 쳡의 원을 이루지 안니 할 분 아니라 낭군 신체와 츈영의 일싱이 가련할지다 부딕 쳡의 원딕로 하옵소셔 하고 문득 간딕읍거날 씨다르니 낭ᄌ 얼굴이

〈37-앞〉

눈의 암암하고 말 소릭 귀의 징징하여 금딕 이러나 의당의 좌긔하고 위의을 갓초아 창두 등을 호령하여 믹월을 결박 닉입ᄒ여 염치 궁문하니 물화일창의 긔긔승복 하난지라 할임 영딕로하여 믹월과 돌쇠을 삼노 육시하여 쥭이고 상공을 도라보와 왈 그런 요망한 연 말을 미더 빅옥 갓튼 낭ᄌ을 쥭여ᄉ오니 이런 익달분 일이 어듸 잇ᄉ오릿가 하니 상공부부 묵묵부답하고 눈물만 흘일 싸음일너라 션군니 직일의 낭ᄌ 말딕로 염십하여 운구하랴한직

신체가 요동치 아니하거

〈37-뒤〉

날 할임이 싱각하ᄃᆡ 낭ᄌᆞ □□□□□던 츈영과 동츈을 잇지 못하여 혼ᄇᆡᆨ이 라도 그러한가 하고 츈영 동츈을 상복을 지여 입혀 말 ᄐᆡ우니 그졔야 신쳬가 요동하여 ᄒᆡᆼ상이 나난다시 가난지라 이윽고 옥연동 못가의 일으니 ᄃᆡ틱이 창일하여 슈광이 졉견허여거닐 할임이 가이읍셔 한탄하며 아모리 할쥴 모르더니 이윽고 쳔지 아득하며 일월이 무광하더니 문득 물이 ᄎᆞᄎᆞ 말으면 평지갓거날 이상이 여겨던니 함셕이 이거날 신쳬을 안장할ᄉᆡ 오운이 이

〈38-앞〉

러나며 엿못슬 둘너ᄉᆞ고 뇌셩벽영이 쳔지 진동하며 시각의 다시 ᄃᆡ틱의 되여 슈ᄉᆡᆨ이 창일허거날 션군니 ᄃᆡ겹하여 방셩통곡하며 물을 향히여 무슈이 탄식하고 졔문지여 졔 할졔 그 졔문 하의 하여스되 유셰ᄎᆞ 모연모일의 할임학ᄉᆞ 션군은 감소고우 옥낭ᄌᆞ시현지 하옵소셔 슬푸다 삼ᄉᆡᆼ연분으로 그ᄃᆡ을 만나 원악이 춰지낙으로 ᄇᆡᆨ연히로을 바라더니 조물이 스긔하고 귀신니 작희하여 쳔만 ᄋᆡ미지ᄉᆞ로 일초의 영결하여시니 슬푸다 낭ᄌᆞ난 셰상 만ᄉᆞ을 아이

〈38-뒤〉

져거이와 ᄋᆡ달다 션군운 어린 ᄌᆞ식다리고 눌과 으지하여 ᄇᆡᆨ연을 맛칠고 낭ᄌᆞ의 신체을 안산외 무더두고 황천 타일의 무삼 면목으로 ᄃᆡ면하노릿가 비록 유명이 달나서 나인 경이야 달을소야 한 변 다시 상봉ᄒᆞ여 ᄉᆡᆼ젼의 미진함과 경회을 만분지 일이나 풀가 바라오며 일 ᄇᆡ 청작으로 위로하오니 낭ᄌᆞ의 실영으로 흠양하옵소셔 일기을 다하ᄆᆡ 하날을 우러러 슬피 통곡하

더니 이웃고 물길이 갈나지고 오운니 영농ᄒᆞ온

〈39-앞〉

즁의 ᄒᆞᆫ 션여 청ᄉᆞᄌᆞ 한 쌍과 교ᄌᆞ을 타고 은연이 나오거날 일변 놀랍고 일변 고이하여 바라보니 이난 곳 슈경낭ᄌᆞ 압희 나와 읍ᄒᆞ여 왈 낭군니 이ᄉᆡ 무양하신잇가 몸이 용문의 올라 입신양명하여 고향의 도라와 부모임 젼의 영화로 뵈고 조정을 빗ᄂᆡ오니 깃거온 말삼이야 엇지다 충양하오리가 마난 이 몸이 속졀읍시되여시니 반가이 □□연 쳡지 못하여 ᄉᆞ오니 명영이 지즁ᄒᆞ의 눈물 물을 쌔리니 비일비ᄎᆞ라 이졔 낭군니 쳡의 옥셕을

〈39-뒤〉

각별하고 소원을 이위 ᄭᆡ야진 거울이 다시 합화고 ᄭᅳᆫ어진 시위가 다시 이여 ᄉᆞ오니 이졔난 여한니 읍쓸지라 낭군은 왕ᄉᆞ을 ᄉᆡᆼ각지 말으소셔 하고 츈영과 동츈니 손을 붓들고 츈영아 어미읍시 웃지 사라ᄂᆞᆫ야 동츈아 젓먹어라 나죽은 후 너의 남ᄆᆡ ᄆᆡ일 슬어하믈 홀영이라도 ᄎᆞᄆᆞ 보지 못하여노라 동츈은 어마님 하고 두 손으로 젓슬 붓들고 질ᄉᆡᆨ하며 츈영은 낭ᄌᆞ의 치마을 붙들고 낫출 ᄒᆞᆫ□□□□□□□□□□□□□□□□□□□□□

〈40-앞〉

난잇가 동츈이 젓달나고 우난 소ᄅᆡ ᄎᆞ마 못듯거소 달 발근 밤과 비온 밤의 동츈을 안고 창을 비겨 안져 통곡ᄒᆞ다가 함긔 죽ᄌᆞ 마음이 간졀타가 어마님 유언을 아바님게 못 엿ᄌᆞ올가 동츈을 ᄉᆡᆼ각하니 어마님 읍셔 스룬 즁의 ᄂᆡ가 읍스면 더욱 경ᄉᆞᆼ을 충양치 못ᄒᆞᆯ지라 아바님 오시기을 기다려 어마님 유언을 낫낫치 엿ᄌᆞ완나이다 하니 낭ᄌᆞ ᄃᆡ왈 ᄋᆡᄆᆡ 누명을 다 씐고 다시 만나시니 이난 하날이 지기신 ᄇᆡ라 더욱 비ᄎᆞᆼ하여이다 하니 보난 ᄉᆞ람더리 깃거 아니

하리옵더라 할

〈40-뒤〉

임이 츈영과 동츈을 가로쳐 왈 웃지 이거슬 잇고 천금 귀체을 바리신잇가 한듸 낭ᄌ 붓들고 쳡인들 임으로 ᄒ오릿가 과연 낭군을 거한 젼의 모신 죄로 상제계옵셔 질노하ᄉ 누명을 입고 화천의 가솝더니 지상 왕과 셔기셰 존니 쳡을 불상이 여기ᄉ 상졔게 지셩으로 간한듸 상졔 분부하시되 만인간의 다시 나려가 션군과 츈영 동츈으로 더부러 삼연을 부모 모시고 ᄒ니 ᄎ거던 도라오라 하시기로 왓ᄉ오니 낭군과 하가지로 도라가셔 부모임게 뵈오리 상공

〈41-앞〉

부부 낭ᄌ을 붓들고 일번 낙누하야 일번 북그러워 가로듸 우리 소견니 박지 못하여 낭ᄌ로 하여 한탄하더니 이졔난 늘근니 망영되믈 허물치 말나 반가온 즁 슈피하물 칭양치 못하듸로다 낭ᄌ 염유 듸왈 이난 다 쳡의 익운니 미진하여 하날이 하신 빅요 부모 ᄌ청하신 빅 아니오니 염여치 마옵소 ᄒ고 우흐로 부모을 지셩으로 셤기고 아릐로 비복 등을 셔리 갓치 조속하니 상하 화목하나 칭찬 아니하리 옵더라 이러구러 츈영의 나이 십셰의 이르믹 빅오지 아니한 글도 알고

〈41-뒤〉

여공지질도 능히 잘하고 동츈은 나이 육셰의 이르믹 문필과 풍치 가장 긔이하더라 션군이 한원의 도라와 후로 황제 명초ᄒ신듸 낭ᄌ 잠시라도 써날 뜻지 옵셔 칭병하고 아니 올나가니라 삼연을 지닋믹 일일 낭ᄌ 부모게 엿ᄌ오듸 첩이 근본 천상션녀덜니 오지연의 득죄하고 인간의 젹강하여삽더니

이졔난 한니 차ᄉᆞ오니 무ᄌᆞ 졍이 박졍하오나 쳐사을 어긔오지 못할거시오니 올나가 상졔게 엽ᄉᆞᆸ고 모셔가올 거시오니 부모임ᄂᆡ 무양하옵소셔 하고 모쥬 ᄒᆞᆫ 병을 ᄂᆡ

〈42-앞〉

여 드려 왈 이술이 인간의 술과 달ᄉᆞ오니 마시면 속병도 강노하난 약이오니 잡슈옵소셔 하고 션군과 ᄌᆞ여 등을 거날여고 하직 쳥ᄉᆞᄌᆞ와 옥연교을 타고 션군은 동츈을 다리고 낭ᄌᆞ난 츈영을 다리고 한가지로 올나가니 집안의 ᄎᆡ운니 어리고 향ᄂᆡ 진동하더니 이윽고 막망부지여날 각셜 잇ᄯᆡ 션군과 낭ᄌᆞ 천상의 올나가 상졔계 뵈온ᄃᆡ 상졔 보시고 왈 반갑도다 너난 인간 ᄌᆡ미가 엇더하더요 션군니 ᄭᅮ러 안저 엿ᄌᆞ오ᄃᆡ 소ᄉᆡᆼ이 인간의 강ᄉᆡᆼ후 십오셰의 슈경낭ᄌᆞ을

〈42-뒤〉

만나 일남일여을 두옵고 천조의 등과 하여 할임학ᄉᆞ을 졔수하시ᄆᆡ 부모게 현을 하오니 낭ᄌᆞ 그 ᄉᆞ이 누명을 입고 ᄌᆞ쳐하여 삽기로 쥬야로 셔워하여더니 상졔의 덕틱으로 밧드러 왓ᄉᆞ오니 감격하오나 천긔을 어긔지 못하여 부모을 이별하옵고 왓ᄉᆞ오니 망극하는 말삼 읏지다 층양하오리가 ᄌᆞ예로 알외거날 상졔 소왈 낭ᄌᆞ의 ᄋᆡᆨ운니 격한니 미진하여 그ᄃᆡ을 만나기로 잠간 곤욕을 뵈인 ᄇᆡ니 왕ᄉᆞ을 ᄉᆡᆼ각지 말나 이졔 그ᄃᆡ의 부모도 불구이 만날 거시니 염여말나

〈43-앞〉

하시고 션군이을 보ᄂᆡ시고 슈경낭ᄌᆞ로 월궁황ᄋᆡ을 졔즉하시고 츈영 동츈은 아직 어린고로 각각 졔부모을 다리고 잇시라 하시니 낭ᄌᆞ 상졔게 하직하고

쳐소로 나간니라 잇띡 상공 양위난 션군과 낭즈의 즈여 등을 흘흘이 이별하고 통곡하다가 즈진하려 하거날 또 할날게 축슈하여 왈 션군니 닉외을 다시 만나게 ᄒᆞ옵소셔 하고 셔로 위로하던니 불과 일연의 나이 팔십의 당하여 호련 득병하여 빅약이 무로한지라 일가들과 노비중이 황황하여 아모

〈43-뒤〉

련쥴 모로고 션군과 낭즈 부모의 병환이 지즁한줄 알고 상졔게 엿즈온딕 상졔 션군을 불너 왈 약 한봉지을 쥬며 왈 이 약을 쓰면 직희할 거시니 부딕 너을딕의 합긔 상천하라 하시고 잠시라도 낭즈을 몰나보고 누명을 입게 함으로 말연의 고싱케 함이라 부딕 밧비가라 하신딕 션군닉외 하직하고 나려오니 임의 운명하려 하거날 그 약으로쓰 즉시 쾌ᄎᆞ한지라 승상부부 션군과 낭즈의 손을 잡고 낙누 왈 이거시 꿈이야 싱시냐 션군니야

〈44-앞〉

일변 반기시며 희희여기시더라 션군 션군니 위로 왈 슈이 모시고 상천하올 거시오니 너무 슬어마옵소서 이러구러 스일 지닉니 집안의 오운니 영농하고 향닉와 풍유소릭 진동하며 빅학을 옹위하여 션군은 승상을 모시고 나□□ 익쓰러가고 낭즈난 부인을 모셔 등천하니 상하 노복과 일가 친척더리 뉘 안이 충찬하리요 승상부부 상졔게 뵈온딕 상졔 션녀 경각을 쥬라 하신딕 션녀 화반의 옥딕잔의 말근 슈ᄒᆞᆫ 갓튼 거즐 권하거날 바다

〈44-뒤〉

마시니 상졔 일을 알니라 상졔 분부하여 왈 부지 상봉하여스니 무삼 하니 잇스리요 하시더라 각셜 이 글씨 부경하와 오즈 낙셔 만ᄉᆞ오니 보시나니 눌너 보시압고 칙망하지 마옵소셔 을ᄉᆞ 납월 초일일 필셔

저자 소개

김선현

숙명여자대학교 대학원 국어국문학과 박사과정 수료

논저 : 「〈화츙션싱젼〉의 인물 형상과 그 의미」, 2012

「〈숙영낭자전〉에 나타난 여성 해방 공간, 옥연동」, 2011외 다수

최혜진

현 목원대학교 교양교육원 조교수

숙명여자대학교 국어국문학과 및 동대학원 졸업. 문학박사

논저 : 『판소리 유파의 전승 연구』, 민속원, 2012

『고전서사문학의 문화론적 인식』, 박이정, 2009 외 다수

이문성

현 고려대학교 인문대학 교양교직 초빙교수

고려대학교 국어국문학과 및 동대학원 졸업. 문학박사

논저 : 『조선후기 막장 드라마 강릉매화타령』, 지성인, 2012

「판소리계 소설의 해외 영문번역 현황과 전망」, 2011 외 다수

이유경

현 숙명여대, 경희대, 목원대 강사

숙명여자대학교 국어국문학과 및 동대학원 졸업. 문학박사

논저 : 『고전문학 속의 여성영웅 형상 연구』, 보고사, 2012

「〈숙향전〉의 여성성장담적 성격과 그 과정에서 나타나는 환상의 기능과 의미」, 2011 외 다수

서유석

현 한라대학교 교직과정부 조교수

경희대학교 국어국문학과 및 동대학원 졸업. 문학박사

논저 : 『일상속의 몸』, 쿠북, 2009

「실전 판소리의 그로테스크Grotesque적 성향과 그 미학」, 2011 외 다수

숙영낭자전의 작품세계 1

2014년 1월 31일 초판 1쇄 펴냄

엮은이 김선현 · 최혜진 · 이문성 · 이유경 · 서유석
펴낸이 김흥국
펴낸곳 도서출판 보고사

책임편집 권송이
표지디자인 황효은

등록 1990년 12월 13일 제6-0429호
주소 서울특별시 성북구 보문동7가 11번지 2층
전화 922-5120~1(편집), 922-2246(영업)
팩스 922-6990
메일 kanapub3@naver.com
http://www.bogosabooks.co.kr

ISBN 979-11-5516-209-5 94810
979-11-5516-208-8 94810(세트)

정가 26,000원